इशिका पब्लिशिंग हाउस
ए -25, ''गणेश सदन'', गली न. 4, आदर्श बस्ती,
बी.एल. हाउस के पास, टोंक फाटक,
जयपुर-302018 (राजस्थान) भारत
फोन : 0141-2761280, Mob. 9887532741
Email: ishikapublishinghouse@yahoo.in

दिल्ली कार्यालय : 102, प्रथम मंजिल, 'सत्यम हाउस'
4324/3, अंसारी रोड़, दरियागंज, नई दिल्ली - 110 002
फोन : 011-45652440

ISBN: 9788189471392

टाइपसेटिंग : बी.एस. कम्प्यूटर्स, जयपुर

मुद्रक : थॉमसन प्रेस, नई दिल्ली

अनुक्रमणिका

1
पृथ्वी की उत्पत्ति

विभिन्न तर्कों और सिद्धान्तों के आधार पर विश्वास किया जाता है पृथ्वी की आयु अनुमानतः 450 करोड़ के आसपास होगी अभी तक ऐसी कोई वैज्ञानिक तकनीक विकसित नहीं हो पाई है जिसके आधार पर दावे पूर्वक यह कहा जा सके कि पृथ्वी की प्रमाणिक आयु इतनी है। पृथ्वी के आयु निर्धारण ना हो पाने की प्रमुख वजह समुचित प्रमाणों का अभाव माना जा सकता है। इसके बावजूद पृथ्वी की सही आयु के निर्धारण के लिए वैज्ञानिकों ने अलग-अलग तरीकों से निर्धारण करने का प्रयास किया है। पृथ्वी के आयु निर्धारण के लिए भूवैज्ञानिकों ने जिन तकनीकों और प्रमाणों को इस्तेमाल किया है वो निम्नलिखित हैं।

पृथ्वी की आयु निर्धारण सम्बंधि अवधारणा

पृथ्वी की आयु के निर्धारण का अध्ययन 'भूकालक्रमविज्ञान' में किया जाता है। प्रारम्भिक समय में पृथ्वी की आयु का निर्धारण विभिन्न प्रमाणों के आधार पर किया गया है जिनमें से कुछ प्रमुख प्रमाणों पर संक्षिप्त प्रकाश निम्न बिन्दुओं में डाला गया है।

1. **पृथ्वी का ठण्डा होना**—पृथ्वी के ठंडे होने की दर के आधार पर पृथ्वी की आयु का निर्धारण किया। विभिन्न गणनाओं के उपरान्त सिद्ध हुआ है कि भू-सतह के नीचे की ओर प्रति 32 मीटर पर 1° सेल्सियस तापमान की वृद्धि हो जाती है। इस सम्बन्ध में स्कॉटलैण्ड के विद्वान् लार्ड केल्विन ने सन् 1862 में एक संकल्पना प्रस्तुत की तथा बताया कि प्रारम्भिक समय में पृथ्वी एक पिघले पिण्ड के रूप में थी जो कालान्तर में धीरे-धीरे ठण्डी हुई है। केल्विन महोदय ने भूसतह की ताप प्रवणता की गणना करके पृथ्वी की आयु 2 करोड़ वर्ष से 40 करोड़ वर्ष के मध्य बताई।

2. **सागरों की लवणता**—सागरीय जल लवणीय होता है, जिसमें स्थानिक

भिन्नता मिलती है। ऐसा माना जाता है कि यह लवणता सागरों के निर्माण के समय नहीं थी। कालान्तर में धरातलीय जल स्रोतों (नदियों) द्वारा लवण सागरों में पहुँचे। इस संबंध में शोध करने पर पाया गया कि नदियों द्वारा लाए गए लवण तथा सागरीय लवण में समानता मिलती है। अतः यदि प्रतिवर्ष के लवणीय जमाव की दर का पता लगा लिया जाए तो सागरों की आयु का पता लगाया जा सकता है। जोली ने इस सन्दर्भ में प्रयोगों के द्वारा सिद्ध किया है कि सागरों में विद्यमान लवणों की कुल मात्रा 1.26×10^{22} ग्राम है तथा भूसतह से प्रतिवर्ष 1.56×10^{14} ग्राम लवण जमा होता है तथा इस गणना के आधार पर सागरों की आयु निम्न होगी :

$$\text{सागरों की आयु} = \frac{1.26 \times 10^{22}}{1.26 \times 10^{14}} 80,000,000 \text{ वर्ष।}$$

उपर्युक्त आकलन के आधार पर माना गया की सागर का निर्माण 8 करोड़ वर्ष पूर्व हुआ परन्तु इस प्रयोग के आधार पर इस निष्कर्ष पर नहीं पहुँचा जा सकता कि पृथ्वी का निर्माण सागर के निर्माण से कितना पूर्व हुआ। सन् 1755 में एडमंड हेली ने महासागरीय लवणता का मापन किया तथा एक दशक उपरान्त पुनः यह कार्य किया तथा इस अवधि में सागरीय लवणता में हुई वृद्धि के आधार पर पृथ्वी की आयु निर्धारण का प्रयास किया। लवणता के जमाव की दर के आधार पर पृथ्वी की आयु का निर्धारण करने में मुख्य समस्या यह है कि सागरों में नदियों से प्राप्त होने वाला लवण अवसादों के रूप में जमा होकर स्थल में परिवर्तित होता रहता है, इसके अलावा नदियों द्वारा लाए गए निक्षेप की मात्रा हमेशा एक सी नहीं रही। इसकी दर में परिवर्तन होता रहा अतः ऐसी दशा में लवणों की कुल मात्रा का निर्धारण कैसे होगा? नदियों के अतिरिक्त ज्वालामुखी तथा तटीय पवनों द्वारा भी सागरों में लवण जमा होते रहते हैं। अतः ऐसी स्थिति में केवल नदियों को ही लवणों के जमाव का स्रोत नहीं माना जा सकता है।

3. **अवसादीकरण**—विभिन्न प्राकृतिक प्रक्रमों द्वारा अवसादी शैलों का जमाव किया जाता है। अवसाद एवं अवसादी शैलों का जमाव एक सतत् प्रक्रिया है। अवसादों के निरन्तर जमाव से अवसादी शैलों की सघनता बढ़ती जाती है। यदि इनके जमाव की कुल मोटाई तथा वार्षिक दर निकाल दी जाए तो प्रथम अवसादी शैलों के निर्माण की आयु का पता लगा लेंगे तथा इस आधार पर पृथ्वी की आयु का आकलन किया जा सकता है। इनका साधारण आकलन किया जा सकता है :

$$\text{प्रथम अवसादी शैल का निर्माण काल} = \frac{\text{अवसादी शैल की कुल सघनता या गहराई}}{\text{प्रतिवर्ष जमाव की दर}}$$

इस प्रकार अवसादी शैलों की मोटाई और गहराई की माप तथा तलछट जमा होने की दर का आकलन 1860 से 1910 के दौरान अनेक स्थानों पर किया गया तथा इस आधार पर पृथ्वी की आयु 30 लाख वर्ष से 160 करोड़ वर्ष के मध्य आकलित की गई।

4. जीवाश्म (Fossils)—भू-पटल पर स्थित विभिन्न प्रकार की शैलों में मृत जीवों के अवशेष या अस्थिपंजर दबे मिलते हैं, इन्हें जीवाश्म कहते हैं। ये अवसादी शैलों में मिलते हैं तथा इन जीवाश्मों के आधार पर ही अवसादी शैलों की सापेक्षिक आयु ज्ञात की जाती है। इस सन्दर्भ में प्रसिद्ध फ्रांसीसी भूवैज्ञानिक जे. वी. कुवियर (1769-1832) तथा ब्रोगंनि आर्ट (1770-1847) ने पेरिस के समीपवर्ती क्षेत्रों की अवसादी शैलों का अध्ययन किया। इसी प्रकार सर चार्ल्स लायल (Sir Charles Lyell - 1797-1875) ने जीवाश्मों का विस्तृत अध्ययन किया जिसका विवरण उनकी पुस्तक The Principle of Geology में दिया है।

5. अपरदन की दर (Rate of Erosion)—अनेक भूवैज्ञानिकों ने यह मत दिया कि पृथ्वी पर स्थित विभिन्न भू-आकारों के अपरदन की दर का आकलन करके पृथ्वी की आयु ज्ञात की जा सकती है। यदि हम वर्तमान तक के कुल अनाच्छदनकारी पदार्थों की मात्रा तथा अनाच्छादन की वार्षिक दर का पता लगा लेते हैं तो पृथ्वी की आयु का आकलन आसान हो जाएगा। सामान्यतः कुछ भूवैज्ञानिकों ने यह अनुमान लगाया है कि एक मीटर मोटी सतही परत के अपरदित होने में लगभग 30 हजार वर्ष लगेंगे। लेकिन अपरदन की विधि के साथ सब से बड़ी समस्या यह है कि अलग-अलग स्थानों में अपरदन की दर अलग-अलग होती है इसके अलावा अपरदन की वार्षिक दर भी हर साल एक समान नहीं होती। मौसमों के बदलाव के चलते भी अपरदन की दर में बदलाव देखा जाता है, ऐसे में पृथ्वी की आयु निर्धारण में इस विधि पर विश्वास नहीं किया जा सकता।

6. रेडियोधर्मी तत्त्व (Radioactive Elements)—सर्वप्रथम सन् 1896 में प्रसिद्ध फ्रांसीसी भौतिक विशेषज्ञ हेनरी ने निकलने वाली किरणों की यूरेनियम से बाहर आने वाली शक्ति (Power) पर अनुसंधान कर बताया कि इससे फोटोग्राफी की प्लेटें बिना प्रकाश के (अंधेरे में) क्रियाशील हो जाती हैं। हेनरी महोदय ने यूरेनियम के इस गुण को रेडियो सक्रियता नाम दिया। इसके उपरान्त सन् 1903 में पियरे क्यूरी (Pierre Curie) ने रेडियो सक्रिय तत्त्वों के विखण्डन से ऊष्मा उत्पत्ति

का प्रथम प्रमाण दिया। एक वर्ष उपरान्त सन् 1904 में रदरफोर्ड ने रेडियो सक्रिय तत्त्वों की सहायता से चट्टानों की आयु की गणना करने का प्रयास किया।

रेडियो सक्रिय तत्त्वों में यूरेनियम एवं थोरियम में सर्वाधिक रेडियो सक्रिय कण उपलब्ध रहते हैं। ये दोनों तत्त्व भूपटल में पाई जाने वाली शैलों में विभिन्न रूपों में मिलते हैं। ये तत्त्व विखण्डन द्वारा उष्मा उत्पन्न करते हैं। यूरेनियम विघटित होने पर ऊष्मा की उत्पत्ति द्वारा उसके रूप में बदलाव आ जाता है और सीसा का निर्माण हो जाता है। अतः शैलों में विद्यमान सीसे (Lead) की मात्रा से यह ज्ञात किया जाता है कि कितने समय में इतने यूरेनियम से सीसे का रूपान्तरण हुआ है। इस प्रकार उक्त शैल की आयु भी ज्ञात की जा सकती है। शैलों में यूरेनियम के विखण्डन से हीलियम गैस भी उत्पन्न होती है तथा बैसाल्टिक शैलों की उपस्थिति हीलियम की मात्रा ज्ञत करके भी चट्टानों की आयु ज्ञात की जा सकती है। रेडियो सक्रिय पदार्थों की उपस्थिति आज से 1500 करोड़ वर्ष पूर्व मानी गई है जिसके आधार पर पृथ्वी की आयु 20 से 30 करोड़ के मध्य मानी गई है।

समय की खोज (Discovery of Time)

जैम्स हटन (स्काटलैंड भूवैज्ञानिक) के नेतृत्व में भूवैज्ञानिक शोधार्थियों के एक समूह द्वारा भूगर्भिक समय की खोज की गई। इन्होंने काल निर्धारण की पारम्परिक विधियों को नकार दिया तथा आर्कबिशप अशर नामक ईसाई पादरी द्वारा सत्रहवीं शताब्दी में पृथ्वी की आयु के बारे में दिए गए विचारों का विरोध किया। सन् 1658 में लन्दन में प्रकाशित पुस्तक "The Annals of the World" में यह विवरण मिलता है कि अशर ने पृथ्वी की उत्पत्ति ईसा से 4004 वर्ष पूर्व 2 अक्तूबर को प्रातः सात बजे होना बताया जिस आधार पर पृथ्वी की आयु लगभग 6000 वर्ष हुई। हट्टन तथा उनके सहयोगी विद्वानों ने ऐसे धार्मिक ने ऐसे धार्मिक प्रभावों के विरुद्ध प्रामाणिक अध्ययन प्रारम्भ किया। इन्होंने स्कॉटिश तट की शैलों का अध्ययन किया इस अध्याय से यह निष्कर्ष निकला कि पृथ्वी की आयु ऊशर द्वारा निर्धारित आयु से कहीं ज्यादा है। उन्होंने बताया कि समय की जड़ें प्रत्येक व्यक्ति की सोच से अधिक गहरी हैं।

हट्टन की समय की खोज पृथ्वी के इतिहास में घटित घटनाओं के परिणामस्वरूप उत्पन्न शैलीय पदार्थों की व्याख्या पर आधारित था। इस दृष्टिकोण से पृथ्वी के बारे में प्रचलित सोच को नई दिशा दी। हट्टन महोदय ने इस पर प्रकाश डाला है कि *वर्तमान भूत की कुंजी है* (The present is key to the past)। **अर्थात्**

भूसतह वर्तमान में स्थित स्थलरूपों की संरचना, आकार तथा स्वरूप को देखकर इसका इतिहास खोज सकते हैं। हट्टन महोदय ने बताया कि पृथ्वी पर प्राचीन काल से भूगर्भिक परिवर्तन होते आए हैं तथा वर्तमान में भी हो रहे हैं। प्राचील काल में हुए भूगर्भिक परिवर्तन आकस्मिक या प्रलयवादी नहीं थे। वर्तमान में हो रहे भूगर्भिक परिवर्तन भी इनके समरूप ही हैं।

हट्टन की इसी विचारधारा को **एकरूपता** की विचारधारा कहते हैं। इसका विवरण सन् 1785 में *रॉयल ज्यॉग्राफिकल सोसाइटी ऑफ एडिनबर्ग* के समक्ष प्रस्तुत शोध-पत्र Concerning the system of the Earth, its Duration and Stability' में मिलता है। यह बाद में 1755 में 'The theory of Earth with Prof and Illustration' नामक पुस्तक में प्रकाशित हुआ। हट्टन ने सर्वप्रथम पृथ्वी के इतिहास में चक्रीय अवस्था का प्रतिपादन किया तथा कहा कि, ''न तो आदि का पता है न अन्त का भविष्य' इसी प्रकार हट्टन ने अपनी पुस्तक में यह प्रकाश डाला है कि, ''शैलें पृथ्वी के इतिहास की पुस्तक के पृष्ठ हैं।" आगे उन्होंने बताया कि शैलों की उत्पत्ति का समय ज्ञात करने के लिए शैलों की परतों का परस्पर सम्बन्ध, रासायनिक रचना तथा बनावट का अध्ययन करना पड़ता है। इस आधार पर कहा जा सकता है कि जो कार्य कॉपरनिक्स ने अन्तरिक्ष के बारे में किया, वही हट्टन ने पृथ्वी के आयु निर्धारण के लिए किया। हट्टन से पूर्व मानवीय इतिहास को ही सम्पूर्ण इतिहास माना जाता था। अब आधुनिक वैज्ञानिक उपकरणों की सहायता से भूवैज्ञानिकों ने अनेक भूगर्भिक तथ्यों का अध्ययन किया है। आधुनिक विज्ञान पृथ्वी के इतिहास को समझने में काफी विकसित हो चुका है। तापीयगतिकी, विद्युत चुम्बकत्व, रसायन विज्ञान तथा अन्य इनसे संबंधित वैज्ञानिकों संकायों ने विभिन्न सिद्धान्तों के आधार पर पृथ्वी की उत्पत्ति तथा विकास के बारे में अनेक खोजें की हैं।

मानक भूगर्भिक समय मापनी

पृथ्वी की आयु का निर्धारण होने पर उसकी उत्पत्ति से लेकर वर्तमान समय तक के कालक्रम को किस प्रकार व्यवस्थित किया जाए तथा साथ ही यह भी जानने का प्रयास किया जाए कि किस समय पृथ्वी पर कौन-सी भौतिक तथा जैविक घटनाएँ घटित हुईं। इन सभी समस्याओं के निदानार्थ विभिन्न प्रमाणों तथा प्रयोगों के उपरान्त भूवैज्ञानिकों ने मानक भूगर्भिक समय मापनी का निर्माण किया है। इस दिशा में प्रथम प्रयास फ्रांसीसी विद्वान् बफन (Buffon) ने किया। इन्होंने पृथ्वी के इतिहास को सात युगों में विभक्त किया। लेकिन इन्होंने यह स्पष्ट नहीं किया कि कौन-सा युग कब प्रारम्भ हुआ। शैलों का अध्ययन करने के उपरान्त पृथ्वी के

इतिहास की प्रामाणिक समय सारणी यूरोप में तैयार की गई जिसे बाद में विश्वस्तर पर अपनाया गया। मानक भूगर्भिक समय मापनी को विभिन्न स्तम्भों के रूप में दर्शाया गया है, जो कल्प, महाकल्प, काल एवं युग, को प्रदर्शित करते हैं। भूगर्भिक समय के पदानुक्रम की दृष्टि से कल्प, महाकल्प, काल, युग, आयु तथा समय का क्रम अवरोही क्रम में व्यवस्थित है। प्रारंभ में भूगर्भिक इतिहास को दो प्रमुख कल्पों में बांटा गया है– क्राइप्टोजोइक कल्प तथा फेनेरोजोइक कल्प। इसके बाद तीन कल्पों में बांटा गया। क्राइप्टोजोइक कल्प, प्रीकेम्ब्रीयन कल्प तथा फेनेरोजोइक कल्प। इसी प्रकार कल्पों को पुनः चार प्रमुख महाकल्पों में विभक्त किया गया– प्रीकेम्ब्रीयन महाकल्प, पुराजीवी महाकल्प, मध्यजीवी महाकल्प तथा नवजीवी महाकल्प।

कल्पों की समयावधि के अनुसार सबसे बड़ा कल्प प्रीकेम्ब्रीयन कल्प रहा जिसकी अवधि सम्पूर्ण भूगर्भिक इतिहास की 87.6 प्रतिशत रही तथा इसके बारे में अधिक स्पष्ट तथा विस्तृत जानकारी नहीं मिलती है। प्रीकेम्ब्रीयन कल्प के दो भाग हैं : आद्य तथा प्रोटेरोजोइक। शेष 12.4 प्रतिशत समयावधि की भौगोलिक जानकारी प्राप्त हुई है, इसे फेनेरोजोइक कल्प कहा जाता है। Phanerozoic दो शब्दों Phanero तथा zoic से मिलकर बना है जिनका अर्थ क्रमशः दृष्टिगत तथा जीवन है अर्थात् इस कल्प में दृष्टिगत जीवन का विवरण दिया गया है जिसके प्रमाण तथा जीवावशेष मिलते हैं। इसे तीन महाकल्पों-पुराजीवी, मध्यजीवी तथा नवजीवी में बाँटा गया है। इस प्रकार सम्पूर्ण भूगर्भिक इतिहास को पृथ्वी पर विकसित जैविक तथा अजैविक भूदृश्यों के अनुसार विभिन्न समया विधियों में विभक्त कर एक मानक भूगर्भिक समय मापनी के रूप में प्रस्तुत किया गया है जिस पर संक्षिप्त प्रकाश नीचे डाला जा रहा है।

1. प्रीकेम्ब्रियन महाकल्प– यह भूगर्भिक इतिहास का प्राचीन महाकल्प है। इस महाकल्प में भूपर्पटी संगठित हुई थी। प्रोटेरोजोइक, अजोइक तथा आर्कियन इसके समानार्थी शब्द माने गए हैं। जबकि कुछ स्थानों पर इन्हें प्रीकेम्ब्रियन कल्प के महाकल्प माना गया है। प्रीकेम्ब्रियन को क्राइप्टोजोइक का समानार्थी भी बताया गया है। प्रीकेम्ब्रियन महाकल्प की समयावधि 4600 मिलियन वर्ष पूर्व से 570 मिलियन वर्ष पूर्व तक मानी गई है। इस दौरान पृथ्वी पर अनेक भूगर्भिक घटनाएँ सम्पन्न हुईं। प्रीकेम्ब्रियन शैलें मुख्यतः रवेदार (Crystalline), आग्नेय तथा कायान्तरित हैं जो अत्यन्त जटिल (complex) हैं। भारत का प्रायद्वीप पठार प्रीकेम्ब्रियन शैलों से निर्मित है। प्रीकेम्ब्रियन काल से पूर्व की हिम चादर गर्म जलवायु से टूट गई थी। वनस्पति में केवल सागरीय घास की परत थी। इस समय जीवन केवल उष्ण सागरों

में था जिसके स्वरूप तथा उत्पत्ति का कारण स्पष्ट नहीं हो सका है। प्रीकेम्ब्रियन शैलों में धात्विक खनिज बहुलता से मिलते हैं, जिनमें सोना, लोह-अयस्क, चांदी, तांबा, मैंगनीज, क्रोमियम प्रमुख हैं।

2. पुराजीवी महाकल्प— पुराजीवी महाकल्प अंग्रेजी भाषा के 'Paleozoic' का पर्याय है जो दो शब्दों Paleo तथा zoic से मिलकर बना है। इनका अर्थ क्रमशः प्राचीन तथा जीवन होता है अर्थात् प्राचीन काल का जीवन। 570 मिलियन वर्ष पूर्व से 245 मिलियन वर्ष पूर्व मानी गई है। इसे केम्ब्रियन, ओर्डोविसियन, सिलुरियन, डिवोनियन, कार्बोनिफेरस तथा परमियन आदि छः कालों में विभक्त किया गया है। कभी-कभी इसे प्राथमिक महाकल्प भी कहा जाता है। विश्व की प्रमुख पर्वत निर्माणकारी घटनाएँ इस महाकल्प में सम्पन्न हुईं। इनमें केलेडोनियन तथा वारिस्कन उल्लेखनीय हैं। इस महाकल्प के छः काल निम्नवत् हैं—

(i) केम्ब्रियन काल—केम्ब्रियन शब्द 'केम्ब्रिया' से बना है, जो वेल्स का लेटिन नाम है। सर्वप्रथम उन शैलों का अध्ययन वेल्स में किया गया। यह काल 570 मिलियन वर्ष पूर्व आरम्भ हुआ तथा 505 मिलियन वर्ष पूर्व तक चला। केम्ब्रियन काल की शैलें वेल्स, उत्तरी-पश्चिमी स्कॉटलैंड तथा पश्चिमी इंग्लैंड में मिलती हैं। इसी प्रकार की शैलें कनाडा तथा संयुक्त राज्य अमेरिका के ग्रैंड कैनियन क्षेत्र में भी मिलती हैं। इस काल में शैल-प्लेट बलुआ में क्वार्ट्जाइट पत्थर में कायान्तरित हुई थी। इस समयावधि में शैलों में संसार के प्राचीनतम जीवों के जीवाश्म (Fossils) पाए जाते हैं। ये जीव रीढ़विहीन थे। इस समय समुद्र छिछला था तथा इसका मुख्य विस्तार उत्तरी अमेरिका, आस्ट्रेलिया, यूरोप एवं ब्रिटेन के कुछ भागों में था। इस काल में ही जीवन का उद्गम समुद्र में हुआ था। इस काल के जीवों में शैवाल (Algal), कवक (Fungi), डायटम (Diatoms) तथा जीवाणु (Bacteria), स्पोंजी (Sponges), घेंघा (Snails), मौलस्क (Molluscs) तथा ट्राइलोबाइट (Trilobite) प्रमुख थे। इस काल में ट्राइलोबाइट की अधिकता थी जिस कारण इसे ट्राइलोबाइट काल भी कहते हैं।

(ii) ओर्डोविसियन काल—इसका नामकरण मध्य वेल्स की एक प्राचीन सेल्टिक जनजाति ओर्डोविसेज (Ordovices) के नाम पर किया गया है। इसकी समयावधि 505 मिलियन वर्ष पूर्व से 438 मिलियन वर्ष पूर्व तक मानी गई है। इस काल में बड़े पैमाने पर ज्वालामुखी उद्गारित हुए तथा कैलेडोनियन पर्वत निर्माणकारी हलचल हुई। ओर्डोविसियन काल की शैलें वेल्स के अतिरिक्त उत्तरी अमेरिका तथा उत्तरी-पश्चिमी यूरोप में मिलती हैं। इस दौरान सागरीय तली में भी ज्वालामुखी

उद्गारित हुए थे। जलवायु में भी उष्णता आ गई थी। जीवन अभी भी सागरों तक ही सीमित था, इसी प्रकार सागर में पहले रीढ़दारी जीवों का आविर्भाव हुआ, सागरों का विस्तार हुआ तथा तलछटी शैलों का विकास हुआ।

पूर्वी संयुक्त राज्य अमेरिका में टेकोनियन (Taconian) पर्वत निर्माणकारी हलचल हुई। अफ्रीका के सहारा के रेगिस्तान में मिले जीवाश्मों के अध्ययन से पता चलता है कि पहले यहाँ पर हिमावरण था। जो आगे ट्राइलोबाइट युग में भी बना रहा। पादप जीवन भी सागरीय घासपात से आगे विकसित नहीं हो पाया था, तथा स्थल पर कोई जीवन नहीं मिलता था। इस काल में सागरीय जीवों में सी लिली (Sea Lily), स्टेनफिश (Stanfish), ग्रेप्टोलाइट (Graptolites) तथा प्रवाल (Corals) आदि प्रमुख हैं। उत्तरी अमेरिका की ओर्डोविसियन शैलों में कुछ विचित्र शैलों के जीवाश्म मिले हैं, जिन्हें आधुनिक मछलियों की पूर्वज माना गया है।

(iii) सिल्यूरियन काल—सिल्यूरिन काल का नामकरण भी वेल्स की एक *'सिल्यूरेस' (Silures)* नामक प्राचीन सेल्टिक जनजाति के नाम पर किया गया है। इसका समय 438 मिलियन वर्ष पूर्व से प्रारम्भ होकर 408 मिलियन वर्ष पूर्व तक माना गया है। इस काल की शैलें वेल्स के सीमावर्ती भागों श्रॉपशायर (ग्रेट ब्रिटेन), बाल्टिक प्रदेश तथा कनाडा एवं संयुक्त राज्य अमेरिका के नियाग्रा प्राप्त क्षेत्र में मिलती हैं। इस काल में सागर तल में काफी उतार-चढ़ाव आया, जिसका प्रभाव स्थलीय भागों पर भी पड़ा।

इस काल की केलेडोनियन भू-हलचल ने सम्पूर्ण स्थलीय भाग को प्रभावित किया। मछलियों का आगमन इस काल में प्रारम्भ हो गया था। इस समय स्थलीय पौधों का उद्गम शुरू हो गया था। कूकसोनिया पादप इस समय उत्पन्न हुआ लेकिन इनमें पत्ते नहीं थे। इनके जीवाश्म आस्ट्रेलिया में मिले हैं। जल जीवों की मात्रा में वृद्धि हुई। इनमें प्रवाल सागरीय लिली ग्रेप्टोलाइट तथा बिच्छू प्रमुख थे। ये बिच्छू 9 फीट तक लम्बे होते थे। इस काल में सांस लेने वाले जीवों का भी विकास हुआ। सागरों में रीढ़वाले जीवों (Vertabrates) का विकास हुआ। प्रवालों का विकास विस्तृत रूप में हुआ तथा प्रथम स्थलीय पादप भी इसी काल में विकसित हुआ।

(iv) **डिवोनियन काल**—इसका नामकरण दक्षिणी-पश्चिमी इंग्लैण्ड की डेवोन (Devon) काउण्टी के नाम पर किया गया है। इसका काल 408 मिलियन वर्ष पूर्व से 360 मिलियन वर्ष पूर्व तक माना गया है। केलेडोनियन हलचल का उच्चतम विकास इसी काल में हुआ तथा महाद्वीपों पर उच्च पर्वतमालाएँ बनीं। यूरोप में स्केण्डेनेविया, स्कॉटलैण्ड के उत्तर-पश्चिम, उत्तरी आयरलैण्ड में पर्वतों का निर्माण

हुआ। इसी काल में स्थलीय भागों में भी विस्तार हुआ। इस काल में भी ज्वालामुखी उद्गार होते रहे। लाल बलुआ पत्थर का विकास यूरोप में हुआ। जलवायु उष्ण तथा अर्द्धशुष्क रही थी।

इस काल में पृथ्वी पर प्रथम बार जीवन की उत्पत्ति हुई तथा जड़ों, तने तथा पत्तियों वाले वृक्षों का विकास हुआ। इस काल में फर्न की ऊंचाई 40 फीट तक पायी जाती थी। कशेरुकी (Vertebrates) जीवों का तीव्रता से विकास हुआ। सभी प्रकार की मछलियों के पूर्वज विकसित हो चुके थे। आदिम शार्क (Primitive Shark) का आविर्भाव हुआ जो 20 फीट तक लम्बी थी।

इस काल में मछलियों के विकास और संख्या में इतनी बढ़ोत्तरी हुई कि इस काल को ही मछली युग की संज्ञा दी गई। सागरीय क्षेत्रों में प्रवाल शैलें बनने लगी थीं। प्रथम उभयचर इसी काल में अस्तित्व में आये। इनमें आर्थोपोडा (Orthopoda) प्रमुख थे। अकशेरुकी जीव सागर को छोड़कर स्थलीय भागों से अनुकूलन करने लगे थें इनमें आर्थोपोडा वर्ग के जन्तु कनखजूरे, शतपाद, कुटकी, बिच्छू तथा मकड़ियाँ मुख्य थे। इसी काल में मरुस्थलों में बलुआ पत्थर बने थे।

(v) कार्बोनीफेरस काल—वृहद् क्षेत्र में फैले कार्बन के रूप कोयले की प्राचुर उपलब्धता के आधार पर इस युग का नामकरण कोयला युग किया गया है। इसी कारण इसे 'कोयला युग' भी कहते हैं। इसका विस्तार 360 मिलियन वर्ष पूर्व से 286 मिलियन वर्ष पूर्व तक माना गया है। कार्बोनीफेरस काल की शैलों को दो भागों में विभक्त किया गया है, प्रथम, पेन्सिलवेनियन तथा द्वितीय मिसिसीपियन। इसका नामकरण ऊपरी मिसिसीपी घाटी के नाम पर किया गया है। इस काल में आरमोरिकन भू-हलचल हुई जिससे सभी महाद्वीपों में पर्वतों का निर्माण हुआ। इस हलचल से ब्रिटेन तथा पश्चिमी फ्रांस सर्वाधिक प्रभावित रहे।

इस काल में जलवायु परिवर्तन हुआ तथा तापमान में वृद्धि हुई। जलवायु अधिक आर्द्र हुई तथा वर्षा की अधिकता के कारण दलदलों का अत्यधिक विस्तार हुआ। इन पर सघन वन क्षेत्रों का विकास हुआ। वृक्षों की ऊँचाई 100 फीट तक हो गई थी। भू-हलचल के कारण ये वन समुद्रों में डूब गए तथा कालान्तर में इनके ऊपर अवसाद की परतें जमती गईं। जब ये भाग पुनः ऊपर उठे तो इन पर फिर वनावरण विकसित हुआ तथा पुनः जलमग्न हुए। यही क्रिया बार-बार हुई तथा भूमिगत हुए वनों के कायान्तरण से कालान्तर में कोयले का निर्माण हुआ। यही कोयला वर्तमान में हमें उपलब्ध होता है। यह क्रिया सर्वाधिक उत्तरी गोलार्द्ध में हुई।

उभयचरों का विकास जारी रहा तथा सागरीय तथा स्थलीय जीव जन्तुओं में विविधता आई। प्रथम बार सरिसृपों ने स्थलों पर प्रजनन किया। कुछ कीड़े-मकोड़ों में पंखों का विकास हुआ। इसी काल में गोंडवाना में हिमानीकरण हुआ।

(iv) परमियन काल—मर्किसान के सुझाव पर 1841 में इस काल का नामकरण रूस के पर्म (Perm) प्रान्त के नाम किया गया। इसका समय 286 मिलियन वर्ष पूर्व से 245 मिलियन वर्ष पूर्व तक का माना गया है। इस काल की विशेष घटना वेरिस्कन नायक भू-हलचल है जो आर्मोरिकन के समकालीन मानी जाती है। इसी समय यूरोप, एशिया तथा पूर्वी संयुक्त राज्य अमेरिका (अप्लेशियन) में पर्वत निर्माण हुआ। उत्तरी गोलार्द्ध में जलवायु खुश्क रही जबकि दक्षिणी गोलार्द्ध के अनेक भाग हिमावरित रहे। इन परिवर्तनों के साथ ही ट्राइलोबाइट युग का अंत हुआ। नुकीली पत्ती वाले वृक्षों का विकास हुआ। सदाबहार वनों में कमी आई तथा सूखा सहन करने वाले पर्णपाती पौधों का विकास हुआ।

इस युग में सरीसृपों (Reptiles) का सर्वाधिक विकास हुआ, जिस कारण इसे 'सरीसृप युग' भी कहा जाता है। इनमें डाइमेस्ट्रोडोन प्रमुख थे। रेंगने वाले डायनोसोर का उल्लेख भी इसी काल में हुआ था। पैंजिया के दक्षिणी भागों में ग्लोसोप्टोरिस पाया जाता था। इसके अवशेष वर्तमान समय में भारत, अफ्रीका तथा आस्ट्रेलिया में मिलते हैं। इस काल में सागरीय जीवों तथा पादपों का प्रभाव सागर से हटकर स्थलों में बढ़ने लगा था।

3. मध्यजीवी महाकाल—भूगर्भिक समय मापनी में मध्यजीवी महाकाल की अवधि 245 मिलियन वर्ष पूर्व से 66.4 मिलियन वर्ष पूर्व तक मानी गई है। प्रथम स्तनधारी तथा पक्षी इसी महाकल्प में उत्पन्न हुए। इस महाकल्प में जलवायु इतनी शुष्क हो गई थी कि अण्टार्कटिका की हिम पिघलने लगी थी। विशाल पशुओं का आगमन हुआ। टेथीज सागर इसी समयावधि में दो भागों में विभाजित हुआ था। मध्यजीवी महाकल्प को तीन कालों में विभक्त किया गया है जिनका विवरण निम्नलिखित है—

(i) ट्रायसिक काल—इसका नामकरण जर्मनी के तीन वलित पर्वतों के नाम पर किया गया है। इसका प्रारम्भ 245 मिलियन वर्ष पूर्व तथा अन्त 208 मिलियन वर्ष पूर्व माना गया है। यहीं से मध्यजीवी महाकल्प का प्रारम्भ होता है। इस समय, ब्राजील, दक्षिणी व मध्य अफ्रीका, मेडागास्कर, दक्षिणी भारत तथा आस्ट्रेलिया आदि क्षेत्र आपस में स्थलीय रूप में जुड़े हुए थे तथा एकीकृत रूप में गोंडवाना लैंड के नाम से जाने जाते थे।

ट्रायसिक काल की जलवायु पेड़-पौधों के विकास के अनुकूल थी, जो बाद में आर्द्र हो गई थी। इस काल में सायकाड (Cycads), फर्न (Fern) तथा नुकीली पत्तियों वाले शंकु (Conifers) वनों का विकास हुआ। डायनोसोर इसी युग में उत्पन्न हुए तथा प्रथम स्तनधारी जीव (Mammals) के आगमन का वक्त भी यही युग माना जाता है। मछली के आकार वाले मांसाहारी सरीसृप विकसित हुए, जिनमें स्थिरोसोर्स (Ichtyosaurs) तथा फ्लाइंग फिश (Flying Fish) प्रमुख हैं। डायनोसोर 6 फीट तक लम्बे थे। पेड़-पौधों की कमी के कारण वायुमण्डल में ऑक्सीजन की कमी रही जिस कारण अन्य जीवों का विकास नहीं हो पाया। तितली और दीमक इस युग में उत्पन्न होने वाले प्रमुख छोटे जीव हैं।

(ii) जुरासिक काल—यह काल सर्वाधिक हलचलों का काल माना जाता है। इस युग में स्थलीय और समुद्रीय दोनों जीव में तीव्र परिवर्तन हुए।

इस युग का नामकरण वान हम्बोल्ट द्वारा 1795 में फ्रांस के जूरा (Jura) पर्वत के नाम पर किया गया है। इस युग का काल 208 मिलियन वर्ष पूर्व से 144 मिलियन वर्ष पूर्व तक माना गया है। इस काल में सागरों का विस्तार हुआ। इस काल में अधिकांश स्थलीय भाग, दलदली मैदानों, झीलों और विसर्पोयुक्त नदियों से ढका हुआ था। पश्चिमी संयुक्त राज्य अमेरिका के समुद्र में मिट्टी का जमाव हुआ तथा कोलोरेडो के पठारी भाग में मरुस्थलीय दशाएँ विकसित हुईं। जलवायु मृदु दशाओं वाली रहीं तथा वनस्पति के प्रचुर मात्रा में विकसित होने के लिए पर्याप्त मात्रा में वर्षा की उपलब्धता रही। शंकुधारी, फर्न तथा ट्रीफर्न का विकास हुआ। फूलों वाले पौधे भी इस काल की देन हैं।

इस काल में विशाल जीवों का तीव्रता से विकास हुआ। ये जन्तु जल, थल तथा वायु तीन परिवेशों में रहते थे। इनकी गर्दन लम्बी तथा भारी होती थी। ये जीव शाकाहारी थे तथा विवेक का अभाव था। इनकी लम्बाई 33 मीटर तथा वजन में 36 मैट्रिक टन तक थे। उड़ने वाले पशु 'उरंग' कहलाते थे। 'टेरीडेक्टाइल' इसी प्रकार का एक उरंग था। तीन आँख वाली स्फेनोडन छिपकली का भी इसी युग में आगमन हुआ। आर्कियोप्टेरिक्स (Archaeopteryx) नामक प्रथम पक्षी इसी काल में विकसित हुआ। विभिन्न प्रकार के मगरमच्छों (Crocodiles) का भी आविर्भाव हुआ। इस युग में सर्वाधिक प्रभाव डायनासोर का रहा, जो सम्पूर्ण काल में प्रभावी रहे। डायनोसोर के दो समूह थे, प्रथम सारिस्कियन (Saurischian), जो छिपकली के सदृश्य थे तथा द्वितीय आर्निथिस्कियन (Ornithischian) थे, जो पक्षी सदृश थे।

(iii) क्रिटेशियस काल—इस काल का नामकरण ग्रीक शब्द क्रेटा (Creta) के

नाम पर हुआ है, जिसका अर्थ है—खड़िया (Chalk)। इस युग की 144 मिलियन वर्ष पूर्व से 66.4 मिलियन वर्ष पूर्व मानी गई है। इस काल में स्थल भाग पर सागरीय आक्रमण हुआ तथा ब्रिटेन से रूस तक का भूभाग जलमग्न हो गया था। जलमग्न होने के कारण यहाँ चूने की परतें जम गई थीं, नदियाँ धीमी गति से प्रवाहित होने लगीं तथा विशाल डेल्टाओं का निर्माण हुआ। इस काल में पृथ्वी की आंतरिक हलचलों से बड़ी संख्या में ज्वालामुखी विस्फोट हुए जिससे काफी मात्रा में लावा बाहर आया है जो बहकर दक्षिणी भारत के पठारी क्षेत्र में फैल गया। लेनेमाइड नामक भू हलचल भी इसी काल में ही हुई जिसके प्रभाव से कार्डिलेरा पर्वत का निर्माण हुआ।

जलवायु निरन्तर मृदु होती रही जिस कारण वनस्पति का विस्तार हुआ। ग्रीनलैण्ड तथा आस्ट्रेलिया में हिमावरण बना रहा। पैंजिया यानी कि विशाल महाद्वीप का विघटन भी इसी काल में प्रारभ हुआ तथा अफ्रीका एवं अमेरिका के मध्य समुद्र का उद्गम हुआ। गोण्डवाना भूखण्ड छोटे-छोटे भागों में विभाजित होना प्रारम्भ हो गया था। टेथीज सागर के उत्तर में स्थित लारेंशिया में चिलोनिया (Chelonia) एवं थिरप्सिडा (Therapsida) जन्तुओं का विकास हुआ और जलवायु शुष्क एवं आर्द्र होने पर पतझड़ वनों का विकास हुआ, जिनमें अंजीर (Fig), मैग्नोलिया (Magnolia), पॉपलर (Poplar) प्रमुख वृक्ष हैं। इस काल में डायनोसोर विलुप्तप्रायः हो चुके थे। भीमकाय कछुए तथा सागरीय साँप विकसित हुए। मछलियाँ पूर्ण विकसित हो गई थीं। फूलदार पौधों का जन्म हुआ। रेंगने वाले पशुओं का विकास हुआ।

4. नवजीवी महाकल्प—नवजीवी महाकल्प जो अंग्रेजी के 'Cenozoic' का पर्याय है, दो शब्दों 'Ceno' तथा zoic से मिलकर बना है, जिनके अर्थ क्रमशः नूतन तथा जीवन हैं। अर्थात् नूतन या आधुनिक जीवन इस युग का प्रारम्भ 66.4 मिलियन वर्ष पूर्व हुआ था। इसे दो कालों (Periods) तथा 7 युगों में विभाजित किया गया है।

पुरानूतन युग—इस युग की अवधि 66.4 मिलियन वर्ष पूर्व से 57.8 मिलियन वर्ष पूर्व के मध्य मानी गई है। इस युग में रॉकी पर्वत का उद्भव हुआ। घास-पात में वृद्धि हुई। आदि स्तनधारियों (Primitive Mammals) में उच्च विकास हुआ। इस युग में घोड़े का जन्म तथा घोड़े के वर्तमान रूप का विकास भी इसी काल की घटना है। यूरोप, उत्तरी अमेरिका अभी भी परस्पर जुड़े हुए थे। प्रथम मांसाहारी स्तनधारियों का आगमन इसी समय हुआ। इन्हें क्रियोडोण्ट्स (Credonts) कहा जाता था। प्रारम्भिक तीक्ष्ण दन्तक (Rodents) भी इस युग में जीवित रहे। इनमें

कुतरने या चबाने (Gnawing) के लिए लम्बे कृन्तक (Incisors) थे। इस युग के जीवों में प्लेसियाडेपीस (Plesiadepis), फेनाकोड्स (Phenacodes), परामिसस (Paramys) प्रमुख थे।

आदिनूतन युग—इसका विस्तार 57.8 मिलियन वर्ष पूर्व से 36.6 मिलियन वर्ष पूर्व तक माना गया है। इस युग में भूतल में दरारें बनीं तथा लावा बाहर आकर भूसतह पर फैल गया। आर्कटिक, स्कॉटलैंड, आयरलैण्ड तथा भारत के दक्कन के पठार पर लावा का सर्वाधिक जमाव हुआ। पतझड़ वृक्षों तथा फूलदार पादपों का विकास हुआ। जलवायु उष्ण हुई तथा लन्दन में मलेशियन प्रकार के वनों का विकास हुआ।

इसी युग में प्रथम बार खुर वाले जीवों (Ungulates) का आगमन हुआ। इस युग में मछलियों ने अपना वर्तमान रूप प्राप्त कर लिया था। आधुनिक स्तनधारियों की अनेक प्रजातियों का विकास हुआ। हाथी तथा गेंडों के पूर्वजों के साथ-साथ घोड़े, सुअर तथा मवेशियों के पूर्वजों का आगमन भी इसी युग में हुआ। ग्याँमार क्षेत्र में आदि बन्दर तथा गिब्बन का उद्भव हुआ।

अल्पनूतन युग—यह युग 36.6 मिलियन वर्ष पूर्व से प्रारम्भ होकर 23.7 मिलियन वर्ष पूर्व समाप्त हुआ। पूरे युग में स्थलीय उत्थान जारी रहा। अल्पाइन हलचल के परिणामस्वरूप अल्पाइन पर्वत का विकास हुआ। वन क्षीण हुए तथा घास का विस्तार हुआ। घास खाने वाले स्तनधारियों की संख्या में वृद्धि हुई। आधुनिक कुत्ता तथा भालू के पूर्वजों का जन्म भी इसी युग में हुआ। प्रथम कपि या वानर (Ape) डोयडीकोरस भी इसी काल की देन था। संभवतया इसे ही मानव का पूर्वज माना गया था। छोटे दाँत व सूण्ड वाले हाथी का भी विकास हुआ। कुछ शाकाहारी जन्तुओं, गाय, भैंस, भेड़, बकरी आदि के पूर्वजों का भी आगमन शुरू हो गया था।

मध्यनूतन युग—इस काल का विस्तार 23.7 मिलियन वर्ष पूर्व से 5.3 मिलियन वर्ष पूर्व तक माना गया है। इस युग में शक्तिशाली भूहलचलें हुईं। इसी युग में भूमध्य सागर भू आवेष्टित (Landlocked) सागर बना। यूरोपियन तथा एशियाई भूखण्ड परस्पर पूर्णतया जुड़ गए थे। वर्षा की मात्रा में वृद्धि होने से अनेक क्षेत्रों में अपरदन बढ़ा। आल्पस तथा हिमालय का निर्माण पूर्ण हुआ तथा अनेक स्थानों पर ज्वालामुखी उद्गार भी हुए। मायोसीन युग की वनस्पति वर्तमान वनस्पति के समान ही थी। हाथी, घोड़े, गेंडे आदि आधुनिक विकास की ओर अग्रसर रहे। ये आस्ट्रेलिया तथा दक्षिणी अमेरिका में विचरण करते थे क्योंकि अभी ये क्षेत्र गोण्डवानालैण्ड के रूप में परस्पर जुड़े हुए थे। मानव के पूर्वज होमोइरेक्टस

(Homoeractus) का आगमन मध्य अफ्रीका में प्रारम्भ हो गया था। सागरों में भीमकाय शार्क (20 मीटर तक लम्बी) की संख्या में कमी आई जबकि बोनीफिश तथा मानी फिलेज का विकास शुरू हुआ, कपि (Ape) की संख्या भी बढ़ी। अण्टार्कटिका में मानव जितने लम्बे आपिंग्विन रहने लगे।

अतिनूतन युग

अतिनूतन या प्लासोयीन युग का विस्तार 5.3 मिलियन वर्ष से लेकर 1.6 मिलियन वर्ष पूर्व तक माना गया है। इस समय विशाल शाकाहारी स्तनधारियों का आधिपत्य रहा, जिनमें मैमथ (Mammoths), जंगली भैंसे (Bison) तथा गैंडे (Rhinoceros) प्रमुख थे। प्रथम हॉमिनायड्स या मानवसम (Hominids) का इस युग में आगमन हुआ। इनका मस्तिष्क कपि (Ape) से बड़ा था। महासागर अपने वर्तमान स्वरूप में विकसित होने लगे थे। स्थलीय अवतलन फलस्वरूप उत्तरी सागर, काला सागर, केस्पियन सागर तथा अरल सागर का जन्म हुआ। भीमकाय शार्क विलुप्त हो गई थी। मानव सदृश्य कपि आस्ट्रेलोपिथयक (Australopithecus) का उद्‌गम काल भी इसी युग को माना जाता है। उष्ण कटिबन्धीय भागों में घासों की अधिकता के कारण मध्य अफ्रीका में बिन पूंछ के बन्दर का विकास हुआ। हाथी का विकास हुआ तथा उसका विस्तार अफ्रीका, यूरोप, एशिया तथा उत्तरी अमेरिका में हुआ। साइबेरिया में मिले हाथों के जीवाश्मों को मैमथ कहा गया है मैमूथ प्लीस्टोनीन में विलुप्त हो गए थे।

चतुर्थक काल

अत्यन्तनूतन युग—इस युग का प्रारम्भ 1.6 मिलियन वर्ष पूर्व हुआ तथा इसकी समाप्ति 10,000 वर्ष पूर्व मानी गई। इस युग में पृथ्वी के अनेक भाग हिमातरित हो गए थे। मुख्यतः यूरोप, उत्तरी अमेरिका, अण्टार्कटिका तथा हिमालय क्षेत्र में चादर का विस्तार हुआ। मैमथ जैसे अनेक जीवों के शरीर पर ठण्ड से बचने के लिए समूर (Fur) विकसित हो गए थे। मेधावीमानव (Homosepiens) का प्रथम आगमन इसी काल में अफ्रीका में आज से लगभग 10,000 वर्ष पूर्व हुआ। इस काल में जीवों में शिवाथेरियम (घोड़े जैसा), डेनोथेरियन (हाथी सदृश), मेगोलोसर्स (बारहसिंगे जैसा) प्रमुख हैं।

हिम के पिघलने से उत्तरी अमेरिका की महान झीलों का निर्माण हुआ। इस युग में जलवायु में परिवर्तन असामान्य तथा चरम सीमा तक हुए। सागरीय जीवन

वर्तमान जितना था। मानव के आदि पूर्वज ने बुद्धि-विस्तार का परिचय देते हुए वे इस युग में पत्थर के औजार बनाने शुरू कर दिए थे। उसने पत्थरों से ऐसे औजार बनाए जिनसे वह मारे गए जानवरों को काट सकता था। यह आदिमानव एशिया तथा यूरोप में फैल गया था। हाथी, घोड़े तथा बैल अपने आधुनिक रूप में विकसित हो गए थे। मैमथ विलुप्त हो गए थे।

अभिनव या आधुनिक युग (Holocene or Recent Epoch)

इसका प्रारम्भ 10,000 वर्ष पूर्व से माना गया है। आधुनिक समय इसी युग में सम्मिलित किया जाता है। इस युग में हिम निरन्तर घटते रहने के कारण सागर तल में उत्थान हुआ। जलवायु में भी आनुपातिक परिवर्तन आता गया। उत्तरी अफ्रीका शुष्कता बढ़ने से मरुस्थलों का उद्‌भव हुआ। सागरीय जीवन वर्तमान सदृश्य था। मानव ने पशुओं का पालतू बनता तथा कृषि कार्य सीख लिया था।

2

पृथ्वी की अन्तःसंरचना

भू-गर्भ के समय को जानने की जिज्ञासा मनुष्यों की प्राथमिक जिज्ञासाओं में से एक ही प्राचीनकाल में वैज्ञानिक समझ और साधनों के अभाव में मनुष्य का भूगर्भ-ज्ञान अत्यन्त अल्प था, किन्तु धीरे-धीरे मनुष्य की वैज्ञानिक तरक्की ने भूगर्भ के ज्ञान के द्वार मानव के लिए खोल दिए हैं। यहां तक कि भू-भौतिकी को शाखा के रूप में भूगर्भ की पूरी की पूरी एक इकाई विकसित हुई है। इस इकाई के अन्तर्गत भू-भौतिकी में भू-गर्भ संरचना, इसके भौतिक एवं रासायनिक गुणों व इसके तापमान आदि का अध्ययन किया जाता है। इतना होते हुए भी भू-आकृति-विज्ञानी व भूगोलशास्त्री भी इसके अध्ययन में पर्याप्त रुचि रखते हैं। क्यों? इसकी वजह यह है कि भूगोल एक ऐसा शास्त्र है जो मनुष्य व उसके पर्यावरण के आपसी संबंधों का अध्ययन करता है। पर्यावरण क्या है?

वायुमंडल, स्थलमंडल, जलमंडल व जैवमंडल मिलकर पर्यावरण का सृजन करते हैं। इसीलिए इनका अलग-अलग अध्ययन भूगोलशास्त्र के अंतर्गत आता है। इस प्रकार स्थलमंडल जो पर्यावरण का अभिन्न अंग है, का अध्ययन भूगोलशास्त्री हेतु अत्यन्त महत्त्वपूर्ण एवं आवश्यक है। स्थलमंडल के अध्ययन का अर्थ है, स्थल पर उपस्थित विभिन्न भू-आकृतियों का अध्ययन। स्थलमंडल पर तीन विभिन्न श्रेणियों की भू-आकृतियाँ विद्यमान हैं। महाद्वीप व महासागर प्रथम श्रेणी की भू-आकृतियाँ हैं। पठार, पर्वत व ग्रेबन आदि द्वितीय श्रेणी की भू-आकृतियाँ हैं व नदी घाटियाँ, नदी विसर्प, पानी प्रपात, समुद्री मेहराब, प्राकृतिक तटबंध, संयोजी भित्तियाँ, बालू टिब्बे, निलंबी घाटी आदि तृतीय श्रेणी की भू-आकृतियाँ हैं।

स्थलमंडल पर विद्यमान पहली व दूसरी श्रेणी की भू-आकृतियों की उत्पत्ति ऐसी शक्तियों के फलतः होती है जो पृथ्वी के गर्भ में उत्पन्न होती हैं और वहीं से अपना कार्य करते हुए स्थलीय धरातल पर इन महान भू-आकृतियों की रचना करती

है। इन भू-आकृतियों की उत्पत्ति को अच्छी प्रकार समझने हेतु यह आवश्यक है कि भूगोलशास्त्रियों को भू-गर्भ का समुचित ज्ञान होना चाहिए, क्योंकि उपर्युक्त महान भू-आकृतियों को जन्म देने वाली शक्तियाँ भी भू-गर्भ में ही होती हैं। पृथ्वी के ऊपर क्या हो रहा है इसको समझने हेतु यह जानना आवश्यक है कि इसके नीचे क्या हो रहा है। इतना ही नहीं, भूगोलशास्त्री को समस्थिति सिद्धान्त, ज्वालामुखी, भूकंप आदि विषयों का सविस्तार अध्ययन करना पड़ता है, क्योंकि ये भू-आकृति विज्ञान के अभिन्न अंग हैं।

समस्थिति सिद्धान्त को समझने के लिए भी भू-गर्भ का समुचित ज्ञान होना आवश्यक है। भूकंपों व ज्वालामुखियों की उत्पत्ति का कारण भी भू-गर्भ में होने वाली हलचलें व विभिन्न प्रकार की उथल-पुथल हैं। इसीलिए भूकंप व ज्वालामुखी-क्रिया का समुचित अध्ययन भी भू-गर्भ ज्ञान के बिना नहीं हो सकता। प्लेट विवर्तनिकी सिद्धान्त का अध्ययन व जानकारी भी भू-गर्भ के ज्ञान के बिना नहीं हो सकती। इसी दृष्टिकोण से भू-गर्भ ज्ञान को भू-आकृति विज्ञान का आवश्यक अंग समझा जाता है, यद्यपि इसकी खोज पूरी प्रकार भू-भौतिकीविदों के अधिकार क्षेत्र में आती है। भू-विज्ञानियों के पास भू-गर्भ में झाँकने हेतु पर्याप्त साधन नहीं हैं। अभी तक किसी ऐसे कैमरे का आविष्कार नहीं हुआ जो भू-गर्भ का ठीक-ठीक चित्र हमारे सामने प्रस्तुत कर सके।

खानों, वेधछिद्रों की सहायता से कुछ गहराई तक भू-गर्भ का प्रत्यक्ष ज्ञान प्राप्त किया गया है, पर यह ज्ञान 50-60 कि.मी. की गहराई तक ही सीमित है जो पृथ्वी की कुल औसत गहराई अर्थात् 6367 किमी. को देखते हुए बिल्कुल नगण्य है। इसीलिए पाठकों को यह स्पष्ट होना चाहिए कि भू-गर्भ की जो कुछ भी जानकारी हुई है, वह अप्रत्यक्ष साधनों के माध्यम से प्राप्त हुई है। आधुनिक युग में विज्ञान एवं तकनीकी के विकास के साथ कुछ ऐसे यंत्रों का आविष्कार हुआ है जिनकी सहायता से पृथ्वी के गुरुत्वाकर्षण, पृथ्वी की चुम्बकीयता, ऊष्मा प्रवाह व भूकंप तरंगों का विश्वसनीय ज्ञान प्राप्त हो जाता है।

उपर्युक्त सभी तथ्यों ने भू-गर्भ की जानकारी में महत्त्वपूर्ण भूमिका अदा भी है। पर भूकंपी तरंगों का भू-गर्भ की झांकी प्रस्तुत करने में अन्य साधनों की तुलना में ज्यादा महत्त्वपूर्ण स्थान है। इसीलिऐ नीचे भूकंपी तरंगों की संक्षिप्त चर्चा की गई है, क्योंकि इनकी सहायता से ही भू-गर्भ का भली प्रकार ज्ञान प्राप्त हुआ है।

भूकंपी तरंगें

जब किसी तालाब में पत्थर फेंकते हैं तो जहाँ पत्थर गिरता है, वहाँ तालाब

के पानी में हलचल पैदा हो जाती है व तरंगें पैदा हो जाती हैं। यह तरंगें जहाँ पत्थर गिरता है से तालाब के किनारों की तरफ यात्रा करती हैं और किनारों पर आकर समाप्त हो जाती हैं। इसी प्रकार भू-गर्भ में शैलों पर प्रतिबल पड़ने पर जब ये टूटती-फूटती हैं तो ऊर्जा मोचन के साथ भूकंप का उद्‌भव होता है। भू-गर्भ में जिस जगह पर भूकंप की उत्पत्ति होती है, उसे उद्‌गम केंद्र कहा जाता है। उद्‌गम केंद्र के ठीक ऊपर भूतल पर जो बिंदु होता है, उसे अधिकेंद्र कहते हैं। भूकंपी तरंगें भू-गर्भ से यात्रा करती हैं और भूकंप मापी इनको अंकित करता है। ये तरंगें तीन प्रकार की होती हैं—

(क) प्राथमिक तरंग—इसे पी. तरंग भी कहते हैं। प्राथमिक तरंग इसलिए कहा जाता है क्योंकि इसका वेग अन्य तरंगों से अधिक होता है और यह भूकंप मापी पर सबसे पहले रिकार्ड की जाती है। इसे कर्षापकर्षी भी कहते हैं।

(ख) नौब तरंग—इसे एस. तरंग भी कहते हैं। इसका वेग पी. तरंग की तुलना में कम होता है। इसीलिए भूकंप मापी पर यह पी. तरंग की तुलना विलंब से रिकार्ड की जाती है।

(ग) लांग तरंग—इसे एल तरंग भी कहते हैं। यह पृष्ठीय तरंग है अर्थात् भूमि से होकर यात्रा न करके, पृथ्वी के पृष्ठ में ही सीमित रहती है। इसीलिए भू-गर्भ का ज्ञान प्रदान करने के दृष्टिकोण से बेकार है। इस प्रकार पी. व एस. तरंगें ही पृथ्वी के अंदर की जानकारी देने की क्षमता रखती हैं। भू-गर्भ से यात्रा करते वक्त पी. व एस. तरंगों की कई विशेषताएँ देखने में आई हैं और इन विशेषताओं के माध्यम से भू-गर्भ का उचित ज्ञान प्राप्त हुआ है। अतएव पी. व एस. तरंगों की निम्नलिखित विशेषताएं हैं—

1. यदि किसी प्रदेश से गुजरते वक्त पी. तरंग का वेग कुछ कम हो जाता है और एस. तरंग भी यहाँ अच्छी प्रकार से प्रवेश करके इस प्रदेश से गुजर जाती है तो यह विशेषता इस बात का परिणाम है कि उस प्रदेश की शैलें ठोस होने के साथ कुछ-कुछ पिघली हुई भी हैं। अन्य शब्दों में यह कह सकते हैं कि यहाँ आंशिक रूप से अर्थात् 5-6 प्रतिशत तरल अवस्था में है जिसमें 'एस' तरंग यहाँ से गुज़र जाती है और पी. तरंग के वेग में थोड़ी सी कमी की जाती है।
2. पी. व एस. तरंगें जिन शैलों से होकर ये यात्रा करती हैं, यदि उनका प्रत्यास्थता बढ़ती जाती है तो दोनों तरंगों के वेग में भी निरन्तर बढ़ोत्तरी होती जाती है।

3. पी. व एस. तरंगें जब ये भू गर्भ की शैलों से यात्रा करते-करते किसी ऐसे क्षेत्र में पहुँचती हैं जहाँ से पी. तरंगें गुजर तो सकती हैं पर इनके वेग में कमी आ जाती है अर्थात् यहाँ पी. तरंग सिर्फ वेग ह्रास के साथ ही यात्रा करने में समर्थ है और 'एस.' तरंग इस प्रदेश में प्रवेश ही नहीं कर पाती, बल्कि इस प्रदेश की सीमा पर ही रह जाती है तो यह विशेषता इस तथ्य की ओर संकेत करती है कि उस प्रदेश की शैलें ठोस न होकर तरल अवस्था में हैं, क्योंकि तरल शैल में एस. तरंग प्रवेश नहीं कर सकती।
4. पी. व एस. तरंगों के वेग में अचानक तेजी से वृद्धि इस बात की ओर संकेत करती है कि जहाँ इन तरंगों के वेग में अचानक वृद्धि हुई है, उस जगह के ऊपर एवं उसके नीचे स्थित शैलों के संघटन व घनत्व में अन्तर है अर्थात् ऊपर की शैलें हल्की हैं जबकि नीचे की शैलें भारी हैं और भारी खनिजों के योग से बनी हैं।

पी. व एस. भूकंप तरंगों के यात्रा वेग में तुलनात्मक अध्ययन

हालांकि पृथ्वी एक ठोस गोले की भांति है। परंतु इसके ध्रुवीय भाग कुछ चपटे हैं। इसीलिए हमारी पृथ्वी का ध्रुवीय अर्द्धव्यास विषुवतीय अर्द्धव्यास से 22 कि.मी. कम है। पृथ्वी का औसत अर्द्धव्यास 6367 कि.मी. है जो तीन परतों से बना है। ये परतें एक-दूसरे के ऊपर इसी प्रकार चढ़ी हुई हैं यथा प्याज कई परतों के योग से बना होता है। पर प्याज की परतों व पृथ्वी की परतों में काफी अंतर है और वह यह कि प्याज की परतें एक-जैसे पदार्थ से बनी होती हैं जबकि पृथ्वी की तीन परतें भिन्न-भिन्न संघटन वाले पदार्थ से बनी हैं। पृथ्वी को तीनों परतों क, ख, ग और घ बिन्दुओं में संक्षिप्त प्रकाश डाला गया है–

(क) भू-पृष्ठ–भू-पृष्ठ पृथ्वी की प्रथम परत है। इसके ऊपर अवसादी शैलों की एक पतली-सी परत है जिसकी औसत मोटाई सिर्फ 1-1.5 कि.मी. के लगभग है। यह परत भी भू-पृष्ठ का ही एक अंग है। भू-पृष्ठ की अलग-अलग जगहों पर अलग-अलग मोटाई है। पर इसकी औसत मोटाई 35 कि.मी. के लगभग है। भूकंपी तरंगों के माध्यम से प्राप्त सूचनाओं के आधार पर पता चला है कि भू-पृष्ठ ऊपरी भू-पृष्ठ और निम्न पृष्ठ इन दो परतों से मिलकर बनी हुई है। इन दोनों परतों पर संक्षिप्त प्रकाश नीचे डाला गया है1

1. **ऊपरी भू-पृष्ठ**–यह भू-पृष्ठ की सबसे ऊपर की परत है जो मुख्य रूप से ग्रेनाइट नामक शैल से बनी हुई है। ग्रेनाइट का घनत्व 2.7 है। यह एक हल्की

शैल है। ग्रेनाइट में बनी होने की वजह से इसे ग्रेनाइटिक परत भी कहा जाता है। ग्रेनाइट एक अंतर्वेधी आग्नेय शैल है जो कई खनिजों के योग से बनती है। इन खनिजों में फेल्स्पार सिलिका, एलुमीनियम की विशेष रूप से अधिकता प्राप्त होती है। इन दोनों शब्दों के पहले दो अंग्रेजी अक्षरों को संयुक्त करने से 'सियाल' शब्द की उत्पत्ति होती है। इसीलिए भू-पृष्ठ की ऊपरी परत को 'सियाल' भी कहते हैं जो भू-आकृति विज्ञान में पर्याप्त प्रचलित एवं प्रसिद्ध शब्द है।

'सियाल' की मोटाई सभी जगह से एकसमान नहीं है। कहीं सियाल की परत बहुत मोटी है तो कहीं बहुत पतली। कहीं-कहीं तो सियाल की पूर्ण रूप से कमी है। महाद्वीपों के नीचे सियाल की औसत मोटाई 30-45 कि.मी. है। पर पर्वतों विशेषकर नवीन पर्वतों के नीचे सियाल 80 कि.मी. तक मोटा है जैसे हिमालय के नीचे। एंडीज पर्वत के नीचे सियाल की मोटाई 70 कि.मी. है। महासागरों के धरातल पर सियाल की कमी है। इस प्रकार सियाल की औसत मोटाई 25 कि.मी. के लगभग है और यह परत एक अविच्छिन्न परत न होकर बिखरी हुई है। महाद्वीप ऊपरी भू-पृष्ठ से बने हैं। इसीलिए इसे महाद्वीपीय भू-पृष्ठ भी कहते हैं।

2. **निम्न भू-पृष्ठ**—सियाल के नीचे भू-पृष्ठ की निम्न परत है जो ग्रेनाइट से कुछ भारी शैलों से निर्मित है। यह शैल है 'बेसाल्ट' बेसाल्ट का घनत्व 3.0 है। यह ग्रेनाइट से भारी है। बेसाल्ट से बनी होने की वजह से इस परत को बेसाल्टिक परत भी कहा जाता है। बेसाल्ट एक सघन भारी बहिर्वेधी आग्नेय शैल है जो कई खनिजों के योग से बनती है। पर अन्य खनिजों की तुलना में बेसाल्ट में सिलिका व मैग्नीशियम नामक खनिजों के योग से बनती है। पर अन्य खनिजों की तुलना में बेसाल्ट में सिलिका व मैगनीशियम नामक खनिजों की पर्याप्त अधिकता होती है और इन दोनों शब्दों के पहले दो अंग्रेजी अक्षरों को मिलाने पर (Si + Ma) साइमा शब्द की उत्पत्ति होती है। इसीलिए निम्न भू-पृष्ठ को 'साइमा' भी कहा जाता है।

सियाल की तुलना में साइमा की परत पतली तो है पर यह परत महाद्वीपों व महासागरों दोनों के नीचे समान रूप से विद्यमान है। इसकी औसत मोटाई 10 कि.मी. है। पर भूवैज्ञानिक सी.डी. ओलियर ने इसकी मोटाई 6-8 कि.मी. बतलाई है। महासागरों के धरातल मुख्य रूप से साइमा से ही बने होते हैं। अतः इसे महासागरीय भू-पृष्ठ भी कहते हैं। नीचे के चित्र में महाद्वीपीय व महासागरीय भू-पृष्ठ की मोटाई दिखाई गई है। उपर्युक्त व्याख्या से यह स्पष्ट है कि भू-पृष्ठ सियाल एवं साइमा परतों से मिलकर बना है जिसकी औसत मोटाई 25+10=35 कि.मी. के लगभग है। भू-पृष्ठ ठोस, कठोर, परिदृढ़ है। यह दो भागों अर्थात् महाद्वीपीय भू-पृष्ठ

व महासागरीय भू-पृष्ठ में विभक्त है। ऊपरी भू-पृष्ठ व निम्न भू-पृष्ठ के बीच में स्पष्ट सीमा है, जिसे कोनार्ड सीमान्त कहते हैं।

(ख) मैंटल—भू-गर्भ की यह परत भू-पृष्ठ के नीचे पायी जाती है। भूकंपी तरंगें मैटल व भू-पृष्ठ के बीच स्पष्ट सीमांत की सूचना देती हैं जिसका यह अर्थ है कि भू-पृष्ठ व मैंटल की शैलों के संघटन में पर्याप्त अंतर है अर्थात् मैंटल की शैलें तुलनात्मक रूप से भारी हैं। इस स्पष्ट सीमांत की खोज 1909 ई. में यूगोस्लाविया के एक भूकंपविज्ञानी मोहोरोविचिक ने की थी, अतः इस सीमांत को भू विज्ञानी मोहोरोविचिक के नाम पर मोहोरोविचिक सीमांत कहते हैं। मोहोरोविचिक का उच्चारण कठिन होने की वजह से इसे सिर्फ मोहो कहा जाता है। मोहो के ऊपर भू-पृष्ठ व इसके नीचे मैंटल स्थित है। भू-पृष्ठ के नीचे मोहो नामक सीमांत की गहराई भिन्न-भिन्न होती है। सी.डी. ओलियर (1980 ई.) ने लिखा है कि नवनिर्मित महासागरों के धरातल के नीचे मोहो 6-8 कि.मी. की गहराई पर स्थित है। पर यूरोप की हरसीनियन पर्वत पट्टी के नीचे इसकी गहराई 20-30 कि.मी. है। एंडीज पर्वत के नीचे मोहो सीमांत 70 कि.मी. की गहराई पर व हिमालय के नीचे 80 कि.मी. की गहराई पर स्थित है। कैम्ब्रियन-पूर्व शील्ड व नये पर्वतों के नीचे भू-पृष्ठ की मोटाई 35 कि.मी. है अर्थात् इसके नीचे मैंटल स्थित है।

इस प्रकार स्पष्ट है कि महासागरों के नीचे भू-पृष्ठ बहुत पतला है जिसकी औसत मोटाई 6-8 कि.मी. है महाद्वीपों के नीचे इसकी औसत मोटाई 30-45 कि. मी. है व पर्वत पट्टियों जैसे एंडीज व हिमालय में इसकी मोटाई क्रमशः 70 कि.मी. और 80 कि.मी. है। सभी भू-पृष्ठ की औसत मोटाई लगभग 35 कि.मी. है। भू-पृष्ठ के नीचे मैंटल की मोटी परत स्थित है। यह 2900 कि.मी. की गहराई तक उपस्थित है। इस प्रकार इसकी मोटाई 2900-35=2865 कि.मी. के लगभग है। मैंटल का ऊपरी भाग भू-पृष्ठ की भांति ठोस है परन्तु इन दोनों में काफी अन्तर पाया जाता है। पर दोनों की शैलों में पर्याप्त भिन्नता है।

मैंटल पैराडोटाइट नाम शैल से बना है। और यह शैल ओलीवाइन, पाइराक्सीन व गारनेट जैसे घने तथा भारी खनिजों के योग से निर्मित है। इसका घनत्व 3.3 से 5.5 तक है मैंटल के ऊपरी भाग को लिथौस्फीयर कहा जाता है। लिथौ ग्रीक भाषा का शब्द है जिसका अर्थ है शैल। इसीलिए इसे शैलमंडल भी कहते हैं। आधुनिक युग के भू-आकृति-विज्ञानी लिथौस्फीयर की औसत मोटाई 50 कि.मी. स्वीकार करते हैं। लिथौस्फीयर के नीचे 100 कि.मी. से 350 कि.मी. की गहराई पर एक अनोखी परत पायी जाती है, जो एस्थेनोस्फीयर कहलाती है। 'एस्थेनो ग्रीक भाषा का शब्द

है जिसका अर्थ है 'दुर्बल' जिससे एस्थेनोस्फीयर को दुर्बल मंडल, कोमल परत तथा अनोखी परत भी कहा जाता है।

वास्तव में यह एक अनोखी परत है, क्योंकि इस परत का स्वभाव अपने ऊपर स्थित लिथौस्फीयर की परत व अपने नीचे स्थित शेष मैंटल की परत से पूर्णतया भिन्न है। इस परत की जानकारी हाल ही में भूकंपी तरंगों की सहायता से हुई है और इस जानकारी से भू-विज्ञान, भू-भौतिकी व भू-आकृति विज्ञान में एक महान क्रांति का प्रारम्भ हुआ है। वास्तव में प्लेट विवर्तनिकी सिद्धांत, जो डार्विन के विकास सिद्धांत के समान ही क्रांतिकारी एवं वैज्ञानिक जगत में उथल-पुथल मचा देने वाला सिद्धांत है, इसी कोमल परत की खोज का नतीजा है। आधुनिक भू-आकृति-विज्ञानी सी.डी. ओलियर ने एस्थेनोस्फीयर की स्थिति 50 से 250 कि.मी. की गहराई तक मानी है। एस्थेनोस्फीयर व लिथौस्फीयर के निचले भाग की शैलों में कोई भिन्नता नहीं है। दोनों ही पैरीडोटाइट नामक भारी शैल से बने हैं, पर दोनों के भौतिक गुण एक-समान नहीं है।

लिथौस्फीयर प्रत्यास्थ, ठोस, कठोर परिदृढ़ है, जबकि एस्थोनोस्फीयर दुर्बल, कोमल व विरूपणशील है। यह सुघट्य के समान व्यवहार करता है। जैसे बर्तन बनाने वाली मिट्टी सुघट्य होती है, वैसे ही एस्थेनोस्फीयर की शैल भी सुघट्य है। इसीलिए सरलता से विरुपित हो जाती है। इतना ही नहीं ऊपर से लंबी वक्त तक दाब पड़ने के कारण यह नीचे से बहने लगती है। इसकी परिदृढ़ता नगण्य है जो लिथौस्फीयर के गुणों से पूर्णतया पृथक् है। पर ऐसा क्यों है और इसका ज्ञान कैसे हुआ? बात यह है कि एस्थेनोस्फीयर में तापमान इतना अधिक है कि यहाँ शैलें गलनांक के बिल्कुल निकट हैं। ताप की अधिकता की वजह यहां मौजूद यूरेनियम जैसे रेडियोधर्मी तत्वों को माना गया है। इसीलिए यहाँ की शैलें आंशिक रूप से पिघल जाती हैं। और अन्य ठोस खनिजों के चारों ओर लिपट जाते हैं। चारों ओर लिपटा मैग्मा चिकनाई का काम करता है जिससे शैलों की परिदृढ़ता एवं कठोरता में काफ़ी ह्रास हो जाता है और इसकी सुघट्यता में वृद्धि हो जाती है। यहाँ यह याद रखना चाहिए कि एस्थेनोस्फीयर में शैलों का लगभग 5-10 प्रतिशत भाग पिघलता है। शेष ठोस अवस्था में ही रहता है। अतः एस्थेनोस्फीयर ठंडे एवं ठोस कोलतार की भाँति व्यवहार करता है।

उपर्युक्त तथ्यों तथा गुणों का ज्ञान भी भूकंपी तरंगों की सहायता से ही हुआ है। वास्तव में लिथौस्फीयर के नीचे से यात्रा करते वक्त पी. तरंगों का वेग 6-7 कि. मी. प्रति सेकंड रहता है, जबकि लिथौस्फीयर में पी. तरंग का वेग 8.1 कि.मी. प्रति सेकेंड आता है, पर एस्थेनोस्फीयर में घुसते ही पी. तरंग का वेग 8.1 कि.मी. प्रति

सेकेंड से कम होकर 6 कि.मी. प्रति सेकेंड रह जाता है और एस. तरंग एस्थेनोस्फीयर से गुज़रने में पूर्ण रूप से सक्षम है। एस. तरंग के गुजरने का अर्थ है कि वह भाग द्रवावस्था में नहीं है, जबकि पी. तरंग का वेग कम होने का अर्थ है कि यहाँ कुछ द्रवित शैलों की उपस्थिति जरूर है। इसीलिए निष्कर्ष यह निकला कि यह भाग कुछ-कुछ तरल व अधिकांश भाग ठोस ही है।

भूकंपी तरंगों का यह अद्‌भुत व्यवहार 350 कि.मी. या 250 कि.मी. की गहराई तक ही देखने में आता है जिससे विदित हुआ है कि एस्थेनोस्फीयर की स्थिति 350 अथवा 250 कि.मी. की गहराई तक सीमित है। भूकंपी तरंग का वेग कम हो जाने की वजह यह है कि ठोस खनिजों के चारों ओर चिपके हुए मैग्मा के कारण शैलों के प्रत्यास्थता गुण कम हो जाता है। क्योंकि मैग्मा एक चिकनाई का काम करता है। 'पी.' तरंग का वेग कम हो जाने के परिणामतः एस्थेनोस्फीयर को निम्न-वेग मंडल की संज्ञा प्रदान की जाती है। इस प्रकार स्पष्ट है कि लिथौस्फीयर अपने नीचे स्थित कोलतार सदृश आंशिक रूप से द्रवित एस्थेनोस्फीयर पर तैर रहा है। इतना ही नहीं लिथौस्फीयर कुछ बड़े और कई छोटे-छोटे टुकड़ों में विभक्त है। लिथौस्फीयर के ये छोटे-बड़े टुकड़े प्लेट कहे जाते हैं।

सभी लिथौस्फीयर प्लेटें अपने नीचे स्थित आंशिक रूप से द्रवित शैलों पर तैर रही है और एक दूसरे के साथ संचरण भी कर रही हैं। परस्पर संचरण करती हुई प्लेटें तीन भिन्न-भिन्न प्रकार के सीमांतों का सृजन करती हैं। प्लेटों के सीमांतों पर बड़ी महत्त्वपूर्ण भू-आकृतिक घटनाएँ घटती हैं जिनका सविस्तार वर्णन प्लेट विवर्तनिकी के अध्याय में किया गया है। एस्थेनोस्फीयर के नीचे स्थित शेष मैंटल को मध्यमण्डल का नाम दिया गया है। मैंटल में गहराई के साथ शैलें अधिक भारी होती जाती हैं व 400 कि.मी. और 700 कि.मी. की गहराई पर मैंटल में भूकंपी तरंगों के वेग में दुबारा अचानक वृद्धि रिकार्ड की गई है। इसका मतलब यह हुआ कि 400 व 700 कि.मी. पर शैलों के भारीपन में अचानक वृद्धि हुई है जो भूकंपी तरंगों की वेगवृद्धि की वजह है।

विभिन्न वैज्ञानिकों का मानना है कि संभवतः 400 व 700 कि.मी. की गहराई पर ऊपर से पड़ने वाले अपार दाब की वजह से यहाँ शैलों के खनिजों का पुनर्गठन होता है जिसके कारण खनिज ज्यादा सघन खनिजों में परिणत हो जाते हैं और शैलों के भारीपन (घनत्व) में अचानक वृद्धि हो जाती है। अत्यधिक दबाव की वजह से 400 व 700 कि.मी. की गहराई पर खनिज-पुनर्गठन के परिणामस्वरूप खनिज बहुरूपकों में परिवर्तित हो जाते हैं। बहुरूपक खनिज रवेदार संरचना में पाया जाता है। खनिजों में दबाव के कारण पुनर्गठन को प्रावस्था संक्रमण कहते हैं। इस प्रकार

मैंटल में 400 कि.मी. की गहराई पर पहला प्रावस्था संक्रमण व 700 कि.मी. की गहराई पर दूसरा प्रावस्था संक्रमण होता है। भूकंपी तरंगों की अचानक वेग उन्नति का संभावित कारण हो सकते हैं।

मैंटल की शैलों का गहराई के साथ घनत्व बढ़ता जाता है व इसका ताप भी बढ़ता जाता है, पर घनत्व एवं ताप के बावजूद भी मैंटल की शैलें ठोस अवस्था में रहती हैं। मैंटल के आधार पर शैलों का घनत्व 5.5 है। यहाँ पी. तरंग का वेग 14 कि.मी. प्रति सेकेंड व एस. तरंग का वेग 9 कि.मी. प्रति सेकेंड आता है। एस्थेनोस्फीयर के नीचे स्थित शेष मैंटल जिसे मध्यमण्डल का नाम दिया गया है, ठोस अवस्था में है। क्रोड के ऊपर स्थित पृथ्वी की भिन्न-भिन्न परतों की स्थिति हेतु एस्थेनोस्फीयर के ऊपर की परत को लिथौस्फीयर, निम्न-वेग मण्डल को एस्थेनोस्फीयर तथा एस्थेनोस्फीयर के नीचे शेष मैंटल को मध्यमण्डल को आधुनिक शब्दावली में सम्मिलित किया गया है।

यहाँ यह स्पष्ट होना आवश्यक है कि पूर्वी अफ्रीका को रिफ्ट घाटियों और संयुक्त राज्य अमेरिका के राकीज़ और सियरा नवादा पर्वत के बीच के मार्ग में सिर्फ भू पृष्ठ अवस्थित है। इन दोनों स्थलों पर भू-पृष्ठ के नीचे मैंटल के ठोस भाग भी कमी है अर्थात् यहाँ लिथौस्फीयर के बदले सिर्फ भू-पृष्ठ ही विद्यमान है, क्योंकि इन स्थलों के नीचे एस्थेनोस्फीयर मोहो तक आ गया है। यह विचार (नोपोक नामक भू विज्ञानी) ने 1974 ई. में प्रस्तुत किया है। चैपमैन व पोलक ने सन् 1977 ई. में अपने शोध से यह निष्कर्ष निकाला कि भविष्य में लिथौस्फीयर की मोटाई में उन्नति होती जाएगी। नवनिर्मित महासागरों व महाद्वीपीय वलित पट्टियों के नीचे लिथौस्फीयर की मोटाई बढ़ेगी और शील्ड्स के नीचे 300 कि.मी. से अधिक हो जाएगी। इसका प्रभाव यह होगा कि प्लेटों का संचरण कम होता जाएगा और अन्त में इसका अस्तित्व ही समाप्त हो जायेगा। इससे वर्तमान प्लेट विवर्तनिकी पर भी बुरा प्रभाव पड़ेगा अर्थात् इस प्लेट का भी अस्तित्व समाप्त हो जायेगा।

(ग) क्रोड—पृथ्वी की यह तीसरी परत मैंटल के नीचे अवस्थित होती है। यह परत वास्तव में पृथ्वी के केंद्र के चारों ओर एक गोले के समान है। अतः इसे केंद्रीय प्रदेश भी कहते हैं जो 2900 कि.मी. से पृथ्वी के केन्द्र तक स्थित है। इसीलिए इसकी मोटाई 6367.2900 = 3467 कि.मी. है। लोहे जैसे-भारी खनिज इस क्षेत्र में प्रमुखता से मौजूद हैं। इसके अतिरिक्त इसमें अन्य हल्के खनिज जैसे निकिल, गंधक व सिलिकन भी अल्प मात्रा में पाये जाते हैं। लौह-धातु को फैरम भी कहते हैं। निकिल व फैरम के पहले दो अंग्रेजी अक्षरों (Ni+Fe) को मिलाने से निफे

(nife) शब्द की रचना होती है। इसलिए क्रोड को निफे की संज्ञा प्रदान की गयी है। पृथ्वी के क्रोड में लौह-धातु के केंद्रीभूत होने के कई प्रमाण मिलते हैं जो निम्नलिखित हैं–

1. प्रमाण यह है कि खगोलशास्त्र के अनुमान के आधार पर पृथ्वी का औसत घनत्व 5.5 निकाला गया है। हम यह देख चुके हैं कि पृथ्वी की ऊपरी दो परतों अर्थात् भू-पृष्ठ व मैंटल की शैलों का घनत्व 2.7, 3.0 व 3.3 है। पर मैंटल के आधार पर अवश्य यह घनत्व 5.5 पहुँच जाता है जिसमें ऊपर से पड़ने वाला दाब भी सम्मिलित है। इसीलिए सारी पृथ्वी का औसत घनत्व 5.5 तभी हो सकता है जबकि इसका क्रोड बहुत भारी शैलों से निर्मित हो, जो भू-पृष्ठ व मैंटल की हल्के घनत्व वाले शैलों की कमी को बना सके। यह हिसाब लगाया गया है कि यह बात तभी संभव हो सकती है, जबकि क्रोड की शैलों का घनत्व 10 - 2 तक हो। यह सही है कि क्रोड की शैलों के 10 - 11 दबाव को निष्प्रभाव भी कर दें तो भी क्रोड की शैलों का घनत्व 7.8 से 8.0 तक जरूर आना चाहिए जो कि लौह-धातु का घनत्व है। इस प्रकार घनत्व के आधार पर वैज्ञानिक इस निष्कर्ष पर पहुँचे हैं कि पृथ्वी का क्रोड लौह-धातु से बना है।
2. भूकंपी तरंगों के वेग से भी क्रोड के लौह-धातु से बने होने के संकेत मिलते हैं। क्रोड में भूकंपी तरंगों का वेग व प्रयोगशाला में लौह धातु पर किए गए उपयोगों से प्राप्त तरंगों के वेग में पर्याप्त समानता मिली है जिससे क्रोड के लोहे से बनी होने का संकेत मिलता है।
3. लोह गलाने वाली भट्ठी में भी पृथ्वी के केंद्र में लौह धातु जैसे भारी खनिज का केंद्रीभूत होना संभव जाना जाता है। कैसे? लोहा गलाने वाली भट्ठी में लौह धातु पिघली हुई स्थिति में भट्ठी के निचले भाग में केंद्रित हो जाती है और हल्का धातु-मैल पिघले हुए लोहे के ऊपर तैरता रहता है।
4. धातु-मैल में कुछ लोहे का अंश उपस्थित रहता है, पर अधिकांश लौह धातु नीचे की ओर एकत्र हो जाती है। इसी प्रकार हमारी पृथ्वी सृजन के उपरांत रेडियोधर्मिता के प्रमाण से जब ठोस अवस्था से द्रवावस्था में आई तो इसके भारी खनिज इसके नीचे अर्थात् केंद्र में एकत्र अथवा केंद्रीभूत हो गए। पृथ्वी का भू-पृष्ठ लोहे की भट्टी के धातु-मैल की प्रकार होती है जिसमें लौह धातु की कुछ मात्रा पाई जाती है, पर इसका केंद्रीकरण तो पृथ्वी के केंद्र में उपस्थित है जैसे कि लोह की भट्ठी में लौह धातु का नीचे की ओर

केंद्रीकरण हो जाता है : चतुर्थ, पृथ्वी में चुंबकीय गुण पाया जाता है, जो भी पृथ्वी के केंद्र में लौह धातु के केंद्रीकरण की ओर संकेत करता है।

क्रोड की स्थिति

मैंटल की भांति पी. तरंग का वेग 14 कि.मी. प्रति सेकेंड और एस. तरंग का वेग 9 कि.मी. प्रति सेकेंड लेता है। मैंटल और क्रोड के बीच स्पष्ट सीमांत का अर्थ है दोनों परतों की शैल संरचना में अंतर का होना। मैंटल को पार करके जब भूकंपी तरंगें क्रोड की ऊपरी सीमा पर पहुँचती हैं तो एक आश्चर्यजनक घटना घटित होती है और वह यह कि पी. तरंग क्रोड से प्रवेश तो कर पाती है पर इसका वेग 14 कि.मी. प्रति सेकेंड से कम होकर 9 कि.मी. प्रति सेकेंड रह जाता है। इतना ही नहीं एस. तरंग क्रोड में प्रवेश नहीं कर पाती, प्रत्युत् मैंटल के आधार पर ही रुक जाती है।

पी. तरंग को भी क्रोड में प्रवेश करने में अधिक समय लगता है। क्रोड के इस क्षेत्र को छाया क्षेत्र कहते हैं। छाया क्षेत्र में एस. तरंग का प्रवेश न कर पाना और पी. तरंग का यहां से गुज़रते वक्त वेग का कम हो जाना यह सिद्ध करता है कि यह भाग द्रवावस्था में है। खगोल वैज्ञानिकों का मानना है कि पृथ्वी जिस प्रकार सूर्य और चन्द्रमा की गुरुत्व आकर्षण शक्ति के सामने व्यवहार करती है ऐसा व्यवहार तभी संभव है जब पृथ्वी के केन्द्र में लोहा ठोस रूप में उपस्थित है। यदि पृथ्वी का क्रोड ठोस न होकर तरल होता, तो पृथ्वी का व्यवहार भी पृथक् प्रकार का होता है। इसीलिए पृथ्वी का क्रोड तरल नहीं, ठोस है। वास्तव में क्रोड तरल और ठोस दोनों रूपों में पाया जाता है, क्योंकि इसे दो बाध्य आन्तरिक क्रोड में विभाजित किया गया है।

बाह्य क्रोड परत से 5350 कि.मी. की गहराई तक स्थित पायी जाती है। 2450 किमी. यह मोटी परत लोहे व निकिल का मिश्रण है और तरल अथवा द्रव अवस्था में है। जबकि आंतरिक क्रोड यद्यपि लोहे व निकिल धातु से ही बना है, पर ठोस अवस्था में है। आंतरिक क्रोड ठोस होने के साथ-साथ इस्पात में अधिक परिदृढ़ है और इसकी मोटाई 1017 कि.मी. है। यहाँ सवाल यह उठता है कि बाह्य क्रोड तरल व आंतरिक क्रोड ठोस क्यों है? बाह्य क्रोड में शैलों के द्रवावस्था में रहने का प्रमुख कारण यह है कि यहाँ शैलों का तापमान इतना अधिक हो जाता है कि वह ऊपर से पड़ने वाले ज्यादा दबाव को निष्प्रभावी कर देता है और शैलें पिघल जाती हैं, जबकि आंतरिक क्रोड में शैलों के ऊपर से पड़ने वाला अपार दबाव इतना अधिक

हो जाता है कि बढ़ते हुए तापमान के प्रभाव को निष्प्रभावी कर देता है। अन्य शब्दों में किसी शैल का गलनांक मुख्य रूप से शैल का तापमान या भूतापीय प्रवणता तथा ऊपर से पड़ने वाला दबाव इन दो बातों पर अश्रित होता है।

यदि किसी शैल पर ऊपर से पड़ने वाला दबाव में वृद्धि हो जाती है, तो शैल का वह तापमान जिस पर वह पिघल जाएगी, भी बढ़ता जाता है। बाह्य क्रोड में भूतापीय प्रवणता की वजह से तापमान इतना बढ़ जाता है कि ऊपर से मैंटल व भू-पृष्ठ की मोटी परतों का दबाव पड़ने के बावजूद भी लौह-निकिल पिघलकर तरल स्थिति को प्राप्त हो जाते हैं। इसके विपरीत आंतरिक क्रोड में तापमान तो बाह्य क्रोड की तुलना में और भी अधिक होता है, पर आंतरिक क्रोड के ऊपर बाह्य क्रोड, मैंटल और भू-पृष्ठ की शैलों का मिला-जुला दबाव पड़ता है जो इतना अत्यधिक हो जाता है कि आंतरिक क्रोड के बढ़ते हुए उच्च तापमान के प्रभाव को समाप्त कर देता है व अर्थहीन बना देता है जिससे आंतरिक क्रोड उच्च तापमान के बावजूद भी ठोस ही रहता है।

भू-गर्भ में तापमान की स्थिति

भू-गर्भ में तापमान की वृद्धि गहराई के ऊपर निर्भर करती हैं। भू-विज्ञानियों के अनुरूप भूतापीय प्रवणता सर्वत्र एक-समान नहीं है। हकीकत में भूतापीय प्रवणता 15° से 75° से. प्रति कि.मी. तक रहती है। साधारणतः महासागरीय भू-पृष्ठ के नीचे भूतापीय प्रवणता महाद्वीपीय भू-पृष्ठ से ज्यादा है। पृथ्वी के क्रोड में 5000° से. अथवा इससे अधिक तापमान का अनुमान लगाया गया है। उपर्युक्त व्याख्या से स्पष्ट है कि पृथ्वी का भीतरी भाग ऊष्मा का अपार भण्डार है, जिसे भूतापीय ऊर्जा कहते हैं और इसका प्रयोग मनुष्य की उन्नति में रचनात्मक कामों हेतु किया जा सकता है।

ज्वालामुखी प्रदेशों में भू-गर्भ में कम गहराई पर भी पर्याप्त उच्च तापमान मिलता है जिसका कारण भू-गर्भ में ऊपर उठा हुआ तप्त मैग्मा है। इसीलिए ऐसे क्षेत्रों में भू-गर्भ की ऊष्मा का प्रयोग करना अन्य क्षेत्रों की अपेक्षा पर्याप्त आसान है। यही वजह है कि आइसलैंड, इटली व संयुक्त राज्य अमेरिका के पश्चिमी राज्यों में जहाँ ज्वालामुखी उद्गार के कारण भूतल के निकट ही पर्याप्त ऊष्मा मिलती है, जिसका प्रयोग बिजली बनाने में किया जाता है, अन्य क्षेत्रों में पर्याप्त गहराई पर उच्च तापमान अथवा पर्याप्त ऊष्मा मिलती है जिसका उपयोग अभी संभव नहीं है, पर भविष्य में संभवतः ऐसा हो जाए। अतः स्पष्ट है कि पृथ्वी की भूकंपी तरंगों के

माध्यम से प्राप्त सूचना के आधार पर माना गया है कि पृथ्वी तीन परतों—मैंटल, भू-पृष्ठ व क्रोड—में विभक्त है।

क्रोड का बाह्य भाग तरल व आंतरिक भाग ठोस है जो लोहे-निकिल के योग से बना है। मैंटल पैरीडोटाइट शैल से बना है जबकि भू-पृष्ठ ग्रेनाइट व बेसाल्ट से भू-पृष्ठ व मैंटल का कुछ ऊपरी भाग जिसकी मोटाई लगभग 50 अथवा 100 कि. मी. है, लिथौस्फीयर कहलाता है जो अपने नीचे स्थित एस्थेनोस्फीयर पर इसी प्रकार तैर रहा है जैसे हिमखंड समुद्र में तैरता है। एस्थेनोस्फीयर 100 से 350 कि.मी. की गहराई तक उपस्थित है। इसकी शैलें लिथौस्फीयर की शैलों की तुलना दुर्बल हैं, कम ठोस, सुघटय तथा बहुत कम परिदृढ़ हैं। लिथौस्फीयर बड़ी व कई छोटी प्लेटों में विभक्त है जो एस्थेनोस्फीयर पर तैरते हुए संचरण कर रही हैं। भू-गर्भ में ऊष्मा का अक्षय भंडार है जिसका प्रयोग बिजली बनाने में मनुष्य हित हेतु किया जा सकता है।

3

महाद्वीपीय एवं महासागरीय नितल की उत्पत्ति

पृथ्वी के कुल क्षेत्रफल का 70.87% क्षेत्र पर जल और 29.13% क्षेत्र स्थलीय क्षेत्र है। विस्तृत जलीय क्षेत्र को महासागर और स्थलीय क्षेत्र को महाद्वीप कहा जाता है। महाद्वीप को तीन भागों या श्रेणियों में विभाजित किया गया है, जो पृथ्वी के प्रथम श्रेणी के भूआकार हैं। द्वितीय श्रेणी के भूआकारों अन्तर्गत पर्वत, पठार तथा मैदानों को तथा तृतीय श्रेणी के भूआकारों में स्थानीय स्थलाकृतियों (पहाड़ियाँ, बालुका स्तूप, घाटियाँ, गॉर्ज भृगु, सर्क, हिमह्रद आदि) को सम्मिलित किया जाता है। प्रथम वर्ग के भूआकारों को सदैव स्थायी माना गया है जबकि द्वितीय वर्ग के भूआकार भूगर्भिक हलचलों अथवा रचनात्मक क्रियाओं के कारण बने हैं। तृतीय श्रेणी के भूआकार अनाच्छानकारी शक्तियों द्वारा अपनी वर्तमान अवस्था में आयी।

महाद्वीप पृथ्वी की भौगोलिक रूप रेखा

जैसा कि पूर्व में स्पष्ट किया जा चुका है कि पृथ्वी के कुल क्षेत्रफल का 29.13 प्रतिशत भाग पर स्थलीय भाग का विस्तार है, जो संसार के सबसे बड़े महासागर प्रशान्त महासागर (160 मिलियन वर्ग किमी) से कम है। इस आधार पर अनेक वैज्ञानिकों ने यह सुझाव दिया कि पृथ्वी को पृथ्वी की जगह जलीय गृह नाम दिया जाना चाहिए। प्राचीन काल से पृथ्वी पर जल एवं स्थल का यह वितरण बदलता रहा है, जिसके प्रमुख कारण जलवायु परिवर्तन (हिमयुग) एवं विवर्तनिक घटनाएँ (भूकम्प एवं ज्वालामुखी) मानी गई हैं। जलवायु परिवर्तन द्वारा अनेक बार जलीय क्षेत्र का अधिकांश भाग बर्फ के रूप में जमा हो गया था। इनके अतिरिक्त प्लेट विवर्तनिकी द्वारा भी महाद्वीपों का क्रमिक अवस्थितिकरण हुआ है।

महासागर

पृथ्वी एक ग्रह है। इसके 70.87 प्रतिशत भाग पर जल पाया जाता है। जल का 97.2 फीसदी हिस्सा महासागरों में पाया जाता है। शेष जल हिम, भूमिगत तथा स्थलीय मीठे पानी के रूप में मिलता है। वायुमण्डलीय जलवाष्प को भी जलमण्डल का भाग माना जाता है। पृथ्वी पर कुल पाँच महासागर हैं। जल एवं स्थल का वितरण दोनों गोलार्द्धों (Hemispheres) में समान रूप से नहीं मिलता है। उत्तरी गोलार्द्ध में समस्त स्थलीय भाग का 75 प्रतिशत विषुवत् रेखा के उत्तर में स्थित है, जबकि दक्षिणी गोलार्द्ध में जलीय भाग की अधिकता है। इस प्रकार से जल एवं स्थल के वितरित होने का प्रभाव जलवायु पर पड़ता है क्योंकि महासागर आर्द्रता के प्रमुख स्रोत हैं जो वर्षा का प्रमुख कारण है।

महाद्वीप एवं महासागरों की उत्पत्ति के सिद्धान्त

पृथ्वी तल पर महाद्वीप एवं महासागरों का वर्तमान वितरण देखकर यह प्रश्न उठता है कि इनके वर्तमान स्वरूप के पीछे कौनसी शक्तियों का प्रभाव रहा है। क्या ये स्थल रूप स्थायी रहे हैं अथवा गतिशील रहे हैं। इन सभी समस्याओं को मद्देनजर रखकर विभिन्न विद्वानों ने अनेक प्रमाणों के आधार पर अपने मत प्रस्तुत किये हैं, जो एक सीमा तक इन प्रश्नों का जवाब देने में सफल रहे हैं।

महाद्वीपीय विस्थापन की परिकल्पना

क्रिस्टोफर कोलम्बस के 1492 में अमेरिका पहुँचने के साथ ही सागरीय तथ्यों के बारे में जानकारी एकत्रित करने का कार्य आरम्भ हुआ जब उन्होंने दुबारा यात्रा की तो अटलांटिक महासागर के पश्चिम तट का मानचित्रण करवाया। 16वीं शताब्दी तक पुर्तगालियों ने अटलांटिक महासागर के तटवर्ती भागों का आशा अन्तरीप तक का मानचित्रण करवाया। 1620 में प्रसिद्ध इंग्लिश प्रकृति वैज्ञानिक फ्रेंसिस बेकन ने अध्ययन कर बताया कि अफ्रीका तथा अमेरिका के तटीय भाग को एक दूसरे में फिट किया जाए तो वो आसानी से एक-दूसरे में फिट हो जाते हैं, जिसके आधार पर कहा जा सकता है कि ये दोनों महाद्वीप एक ही समय में बने हैं तथा पूर्व में परस्पर समाजित थे। ओरटोलियस (Ortclius, A-1527-1598) ने अपनी रचना *"Thesaurus Geographicus"* (1596) में कुछ महाद्वीपों की तट रेखाओं को सुमेलित रूप में वर्णित कर स्पष्ट किया है। 1668 में पी. प्लासेट नामक फ्रेंच विद्वान ने भी महाद्वीपों की समरूपता सम्बन्धी विचार प्रस्तुत किये। ये सभी अध्ययन

महाद्वीपीय प्रवाह की परिकल्पना के पक्ष में ठोस प्रमाण रहे जिन्हें आगे विभिन्न विद्वानों ने आधार बनाकर शोध किया है। और शोध के निष्कर्षों से सिद्धान्त को मजबूती प्रदान की है।

महाद्वीपीय प्रवाह सिद्धान्त

महाद्वीपीय प्रवाह क्रम सम्बन्धी विचारों का बीजारोपण यद्यपि 17वीं शताब्दी में महासागरों के मानचित्र तथा संरचना सम्बन्धी जानकारी प्रस्तुत करने के साथ ही हो गया था, जिसे समय के साथ प्रमाण जुटा कर फ्रेंसिस बेकन, प्लासेट, एन्टोनियो स्नाइडर, एफ.बी. टेलर आदि ने आगे बढ़ाया।

एन्टोनियो स्नाइडर नामक फ्रेंच वैज्ञानिक ने इस विषय पर व्यापक रूप से प्रकाश डाला है। उन्होंने अपनी पुस्तक *"Creation and its mysteries Revealed"* में स्पष्ट किया कि महाद्वीप विस्थापित होने से पूर्व किस प्रकार एक साथ जुड़े थे। इसका मानचित्र उन्होंने अपनी रचना *"Carboniferous Geography"* में प्रस्तुत किया। उन्होंने इस बारे में उत्तरी अमेरिका तथा यूरोप से जीवाश्मों को संगृहीत कर प्रमाणस्वरूप प्रस्तुत किया है।

सर्वप्रथम सन् 1908 में टेलर की भूमिका महाद्वीपीय प्रवाह सम्बन्धी विचारों को सिद्धान्त के रूप में स्वीकार किया गया और इस सिद्धान्त का प्रकाशन सन 1910 में किया गया। अमेरिकी भूवैज्ञानिक टेलर (Taylor, Frank B.) ने विभिन्न भूगर्भिक साक्ष्य प्रस्तुत कर इसे एक संगठित आधार प्रदान किया। टेलर के अनुसार स्थल भागों का क्षैतिजीय स्थानान्तरण हुआ। उनकी परिकल्पना का मुख्य उद्देश्य टर्शियरी युग के वलित पर्वतों की भौगोलिक विवेचना करना था। टेलर के समक्ष मुख्य समस्या उत्तरी एवं दक्षिणी अमेरिका के रॉकीज तथा एण्डीज पर्वतों का उत्तर से दक्षिण दिशा में तथा अल्पाइन पर्वतों (आल्पस एवं हिमालय) का पूर्व से पश्चिम मे विस्तार होना थी। इस समस्या के सन्दर्भ में उन्होंने अपना सिद्धान्त प्रस्तुत किया। टेलर ने सिद्धान्त का आरम्भ क्रिटेशियस युग से किया। उनके अनुसार महाद्वीपों का प्रवाह विषुवत् रेखा की ओर हुआ जिसका मुख्य कारण उन्होंने ज्वारीय शक्ति को माना है।

वेगनर का महाद्वीपीय विस्थापन सिद्धान्त

प्रसिद्ध जर्मन जलवायुविद् अल्फ्रेड़ लोथर वेगनर ने 1915 में *'महाद्वीप एवं महासागरों की उत्पत्ति'* नामक पुस्तक में यह प्रकाश डाला कि वर्तमान में वितरित

सभी महाद्वीप प्राचीन काल में एक वृहद् महाद्वीप के रूप में परस्पर संयोजित थे। वेगनर की इस पुस्तक का 1920 तक अंग्रेजी अनुवाद नहीं होने से विचार का अधिक प्रसार नहीं हो सका। वेगनर की इस संकल्पना के प्रमुख आधार महाद्वीपों की आकृति तथा भूगर्भिक प्रमाण रहे थे। वेगनर महोदय का मुख्य उद्देश्य यह समझना था कि विश्व की जलवायु में मुख्यतः क्या भिन्नताएँ हैं तथा इनके क्या कारण रहे हैं? उन्हें पृथ्वी के अनेक स्थानों पर ऐसे प्रमाण मिले, जिनके आधार पर जलवायु परिवर्तन सम्बन्धी परिकल्पना को आधार मिले। इस समस्या के समाधान हेतु उन्होंने अनेक प्रमाण एकत्रित किये। अफ्रीका एवं ब्राजील से जीवाश्म प्राप्त किये। उन्होंने महाद्वीपों की विभिन्न अवस्थाओं का मानचित्रण किया। वेगनर के मस्तिष्क में पृथ्वी की प्राचीन जलवायु के अध्ययन के दौरान कुछ प्रश्न आये जिनके आधार पर उन्होंने अपना प्रवाह सिद्धान्त प्रस्तुत किया। पहला प्रश्न यह था कि लन्दन, पेरिस तथा ग्रीनलैण्ड में उष्ण कटिबन्धीय फर्न कैसे विकसित हुए। दूसरा प्रश्न टुण्ड्रा जलवायु के शीत प्रदेशों में कोयला कैसे पाया जाता है और तीसरा प्रश्न ब्राजील, प्रायद्वीपीय भारत, आस्ट्रेलिया तथा कांगो बेसिन में हिमाचरण क्यों पाया गया।

इस प्रकार उन्हें पृथ्वी पर वनस्पति के ऐसे प्रमाण मिले जिनसे उन स्थानों पर परिवर्तन में विकसित होने में विपरीत दशाएँ पायी जाती हैं। इसी प्रकार अनेक संसाधनों (कोयला) का वितरण भी भिन्न क्षेत्रों में मिलता है जिनका वर्तमान दशाओं में वहाँ मिलना असम्भव है। इन सभी प्रश्नों पर इस विस्तार से चिन्तन करने के उपरान्त वेगनर महोदय के मस्तिष्क में दो परिकल्पनाएँ उत्पन्न हुईं जो प्रथम सभी महाद्वीप वर्तमान स्थानों पर स्थायी रहे हों तथा जलवायु कटिबन्धों में एक स्थान से दूसरे स्थान पर स्थानान्तरण हुआ हो। ज्ञातव्य है कि जलवायु कटिबन्धों का स्थानान्तरण पृथ्वी पर सूर्य की किरणों के चमकने पर निर्भर करता है अर्थात् पृथ्वी एवं सूर्य के सम्बन्ध परिवर्तित हुए हों। सूर्य का अपनी सीमाओं पर नियन्त्रण खोना वेगनर को असम्भव प्रतीत हुआ तथा इस सन्दर्भ में उन्हें प्रत्यक्ष प्रमाण भी नहीं मिले। द्वितीय सभी जलवायु कटिबन्ध स्थायी रहे होंगे, तथा स्थल खण्डों (महाद्वीप) का स्थानान्तरण हुआ होगा। इस सम्भावना ने वेगनर महोदय को सर्वाधिक प्रभावित किया तथा महाद्वीपों के प्रवाह सम्बन्धी सिद्धान्त प्रस्तुत किया।

महाद्वीपीय विस्थापन सिद्धान्त का स्वरूप

वेगनर ने विभिन्न प्रमाणों पुराजलवायु शास्त्र, पुरावनस्पति शास्त्र तथा भूविज्ञान आदि के आधार पर यह तथा स्वीकार कर लिया था कि कार्बोनीफेरस युग में सभी

महाद्वीप एक ही स्थलखण्ड के रूप में संयोजित थे। वेगनर ने इसको पैंजिया (Pangaea) नाम दिया। वेगनर ने यह माना कि पैंजिया के चारों ओर एक विशाल महासागर था, जिसे 'पेन्थालासा' (Panthalassa) नाम दिया गया। पैंजिया के उत्तरी भाग को लारेंशिया तथा दक्षिणी भाग को गोंडवाना लैण्ड के नाम से जाना जाता है। लारेशिया में उत्तरी अमेरिका, ग्रीनलैण्ड तथा यूरेशिया को तथा गोण्डवाना लैण्ड से दक्षिणी अमेरिका, अफ्रीका, मेडागास्कर, भारत, आस्ट्रेलिया तथा अण्टार्कटिका को सम्मिलित किया गया है। लारेंशिया तथा गोण्डवाना लैण्ड इनके मध्य में स्थित एक लम्बी तथा उथली भूअभिनति द्वारा विभक्त थे। इसे वेगनर ने टेथीज (Tethys) भूअभिनति की संज्ञा प्रदान की गई है। कार्बोनिफेरस युग में दक्षिणी ध्रुव अफ्रीका के नेटाल (डर्बन) के पास तथा उत्तरी ध्रुव प्रशान्त महासागर के मध्य स्थित था।

पैंजिया महाद्वीप में तीन परतें ऊपरी सियाल परत, मध्यवर्ती भाग सीमा तथा केन्द्रीय भाग निफे से निर्मित माना है। वेगनर ने महाद्वीपीय भाग सियाल से तथा महासागर सीमा से निर्मित माने हैं, उनके अनुसार सियाल सीमा पर बनी किसी अवरोध पर तैर रहा है। यह महाद्वीप लगभग 300 मिलियन वर्ष पूर्व कार्बोनिफेरस काल में प्रवाहित होना आरम्भ हुआ जिसके परिणामस्वरूप पृथ्वी का वर्तमान स्वरूप तथा महाद्वीपों की सापेक्षिक स्थिति प्राप्त हुई। वेगनर महोदय ने पेंजिया के भूमध्य रेखा की ओर तथा पश्चिम से दो प्रकार बतायी थीं :

भूमध्य रेखा की ओर महाद्वीपों के प्रवाहित होने का कारण गुरुत्वाकर्षण तथा द्रव के उछाल का पारस्परिक सम्बन्ध रहा था। भूमध्यरेखा की ओर विस्थापन से अफ्रीका एवं यूरेशिया परस्पर समीप आये जिस कारण टेथीज सागर में निक्षेपित तलछट वलित होकर ऊपर उठी तथा अल्पाइन पर्वतों (हिमालय, आल्पस तथा एटलस) का निर्माण हुआ। विषुवतीय प्रवाह के कारण ही प्रायद्वीपीय भारत तथा अफ्रीका, आस्ट्रेलिया तथा अण्टार्कटिका से पृथक् हुए तथा पश्चिम में प्रवाहित होने का कारण सूर्य तथा चन्द्रमा की ज्वारीय शक्ति को माना है। पश्चिमी दिशा में विस्थापन के परिणामस्वरूप उत्तरी अमेरिका तथा दक्षिणी अमेरिका, यूरोप तथा अफ्रीका से पृथक् हुए तथा अटलांटिक महासागर का उद्भव हुआ। वेगनर महोदय ने विस्थापन द्वारा महाद्वीपों एवं महासागरों के उद्भव के साथ ही पर्वत निर्माण को भी स्पष्ट किया है। उनके अनुसार विषवत् रेखीय विस्थापन के कारण टर्शियरी काल में अल्पाइन पर्वत बने जबकि पश्चिम में विस्थापित होने से रॉकी तथा एण्डीज पर्वतों का निर्माण हुआ।

महाद्वीपीय प्रवाह के पक्ष में प्रमाण

वेगनर ने अपनी परिकल्पना को पुष्ट करने के लिए जलवायु विज्ञान, भूगर्भ विज्ञान, वनस्पतिशास्त्र, जन्तुशास्त्र तथा गणित विषयों के दृढ़ आधार पर विभिन्न प्रमाण प्रस्तुत किये। ये प्रमाण निम्नलिखित हैं :

महाद्वीपों के जोड़ मिलाने वाले प्रमाण

दक्षिणी अटलांटिक महासागर के दोनों दिशाओं (पूर्वी तथा पश्चिमी) की तट रेखाओं में पर्याप्त समानता पायी जाती है। दोनों को परस्पर मिलाया जाये तो ऐसा प्रतीत होता है कि पूर्व में ये दोनों तट एक दूसरे से जुड़े हुए थे। दक्षिणी अमेरिका का पूर्वी तथा दक्षिणी अफ्रीका महाद्वीप का पश्चिमी तट परस्पर आसानी से संयोजित हो सकते हैं। इसी प्रकार ग्रीनलैण्ड तथा एलिस्मेरे (Ellesmere) द्वीप भी परस्पर सम्बद्ध हो जाते हैं। भारत, मैडागास्कर तथा अफ्रीका महाद्वीप को मिलाने पर बनने वाला चित्र पूर्ण लगता है। अटलांटिक महासागर के मध्य स्थित मध्यवर्ती अटलांटिक कटक (जलमग्न पहाड़ी) का पाया जाना वेगनर के विचारों के पक्ष में अच्छा प्रमाण है। वेगनर ने इसी जलमग्न पर्वत के सहारे यूरोप, अफ्रीका तथा अमेरिका को संयोजित होना बताया है। प्रसिद्ध भूगर्भवेत्ता एल.सी. किंग (L.C. King) ने स्थलीय भागों के परस्पर संयुक्त होने में विश्वास प्रकट किया है।

संरचनात्मक तथा स्तरक्रम विन्यास से जुड़े प्रमाण

अगर महाद्वीपों को दुबारा मिलाया अथवा जोड़ा जाये तो अनेक महाद्वीपीय तटों की संरचना तथा शैलों की प्रकृति में समरूपता मिलती है। उत्तरी पश्चिमी अफ्रीका तथा ब्राजील के तटवर्ती भागों में पर्याप्त साम्यता है। इसी प्रकार ब्रिटेन के कैलीडोनियन पर्वत उत्तरी अमेरिका के अप्लेशियन पर्वत से समानता रखता है। इसी क्रम में पश्चिमी यूरोप की हरसीनियन पर्वत श्रेणी उत्तरी अमेरिका के पूर्वी तट (न्यूफाउण्डलैण्ड तट) से समानता रखती है। उत्तम आशा अन्तरीप तथा अर्जेन्टीना के ब्यूनस आयर्स की चट्टानी संरचना तथा निर्माण समय में भी समरूपता है। अटलांटिक महासागर के दोनों ओर के तटवर्ती भागों की चट्टानें क्रिटेशियस युग (144 मिलियन वर्ष पूर्व) की मानी जाती हैं। इस आधार पर कहा जा सकता है कि इनका विभाजन जुरासिक काल में (200 मिलियन वर्ष पूर्व) आरम्भ हुआ।

हिमानीकरण के साक्ष्य

पुराजीवी महाकाल के उत्तरार्द्ध में (लगभग 30 करोड़ वर्ष पूर्व) दक्षिणी गोलार्द्ध में महाद्वीपों का एक बड़ा भाग हिमावतरित हो गया था। यहाँ पर हिमानी के प्राचीन जमावों के स्पष्ट चिन्ह यहाँ मिलते हैं।

पुराचुम्बकीय साक्ष्य

वेगनर ने बताया कि प्रत्येक भूगर्भिक युग में ध्रुवों की स्थिति बदलती रही है, जिसे वेगनर ने "ध्रुवीय प्रवाह या संचलन" (Polar Wandering) कहा है। पुराचुम्बकीय आंकड़ों से पुराजीवी महाकाल में पेंजिया का अस्तित्व स्वीकार किया गया है।

पुराजीवाश्मीय साक्ष्य

पृथ्वी के विस्थापित भूखण्डों (महाद्वीपों) पर एक समान जीवों का पाया जाना इस तथ्य की पुष्टि करता है कि पूर्व में महाद्वीप एक साथ संयोजित थे। इतने विशाल सागरों के द्वारा विभक्त इन महाद्वीपों पर जीवों का तैर कर जाना सम्भव नहीं है। मीजोसोर्स नामक जलीय सरीसृप के जीवाश्म दक्षिणी-पूर्वी अमेरिका तथा दक्षिणी अफ्रीका में मिले हैं। यदि मीजोसोर्स तैरने में समर्थ होता तो उसका वितरण समीपवर्ती महाद्वीपों उत्तरी अमेरिका तथा यूरोप आदि में भी मिलता। लेकिन ऐसा नहीं था, ये जीव इन दोनों भूखण्डों के जुड़े होने के कारण ही इन पर वितरित थे। फर्न तथा ग्लोसोप्टारिस वनस्पति के जीवाश्म अफ्रीका, आस्ट्रेलिया, भारत तथा दक्षिणी अमेरिका में विस्तृत रूप से मिलते हैं। बाद में इसके अवशेष अण्टार्कटिका में भी मिले हैं। फर्न वनस्पति केवल उपध्रुवीय जलवायु में ही विकसित होती है लेकिन इसके जीवाश्मों का वितरण उष्ण जलवायु वाले सागरों से विभक्त पृथक् क्षेत्रों में मिले हैं। स्पष्ट है कि ये सभी स्थल खण्ड सम्मिलित रूप में थे जब यहाँ ठण्डी जलवायु दशायें थीं।

वेगनर के प्रवाह सिद्धान्त का मूल्यॉंकन

वेगनर का प्रारम्भिक कार्य प्राचीन जलवायु का अध्ययन प्रस्तुत करना था। लेकिन जैसे ही उन्हें महाद्वीपीय प्रवाह सम्बन्धी व्यवस्था में विश्वास हुआ तो वे साक्ष्य जुटाने में लग गये तथा अनेक गलती कर बैठे। यद्यपि उन्होंने महाद्वीपीय तटों के मध्य सादृश्य स्थापित करने का वैज्ञानिक कार्य किया लेकिन अपनी परिकल्पना की

सत्यता को प्रमाणित करने के लिए अनेक त्रुटियों को नजरअन्दाज किया जिस कारण उनके विचारों की अनेक आलोचनाएँ हुईं।

जोड़ मिलाने वाले प्रमाणों की आलोचना हुई अन्ध महासागर के दोनों ओर स्थित महाद्वीपों में कुछ सादृश्य अवश्य है लेकिन सिर्फ सादृश्यता के आधार पर जमीन के दो टुकड़ों के किसी समय आपस में जुड़े रहने की परिकल्पना को आसानी से गले के नीचे नहीं उतारा जा सकता। और इसका कारण है दक्षिणी अमेरिका एवं गिनी की खाड़ी की संगत भुजाओं में 15 डिग्री से अधिक का अंतर है। इसी प्रकार अटलांटिक के मध्य स्थित अन्तःसागरीय कटक भी तटों के मध्य साम्य स्थापित करने में समस्या बनता है। ग्रीनलैण्ड एलिसमेरे तथा बेफिनलैण्ड द्वीपों को भी मिलाकर प्रवाह सिद्धान्त का आधार देना अनुचित है। यदि सभी महाद्वीपों को पुनः मिलाया जाये तो जैसे वेगनर महोदय ने सुमेल करके बताया वैसा प्रवाहित होने पर संभव नहीं है, क्योंकि एक भूखण्ड के विभिन्न भागों के रूप में प्रवाहित होने पर उनमें इतनी विकृति आ जाती है कि उन्हें पुनः नहीं मिलाया जा सकता है। वेगनर द्वारा बताये गये महाद्वीपों को बहाने वाले बल भी पर्याप्त नहीं हैं। उन्होंने पश्चिम में प्रवाहित होने के लिए जो ज्वारीय बल बताया था वह उनके द्वारा बताये गये बल की तुलना में 10 अरब गुना अधिक होना चाहिए तभी महाद्वीपों को प्रवाहित कर सकेगा।

सियाल की पिघली हुई चट्टानों के ऊपर बनी परत सीमा पर निर्मित महासागरों पर महाद्वीप तैर रहे हैं। जिस कारण ही पश्चिम में प्रवाह में सियाल में दबाव पड़ने से पश्चिम कार्डिलेरा का निर्माण हुआ जो असत्य है क्योंकि यदि सीमा को कठोर मानते हैं तो महाद्वीप बह नहीं सकते। और नरम मानते हैं तो पर्वत बन नहीं सकते हैं। वेगनर ने बताया कि ग्लोसोप्टोसिस वनस्पति का वितरण भारत, ऑस्ट्रेलिया, दक्षिणी अफ्रीका, दक्षिणी अमेरिका, फाकलैण्ड आदि में कार्बोनीफेरस युग की शैली में पाया जाता है, जो विस्थापन के कारण वितरित हुई। जबकि यह वनस्पति उत्तरी-पश्चिमी अफगानिस्तान तथा साइबेरिया आदि में भी मिलती है।

इन्होंने पुराजीवी काल में हिमानीकरण के कारण दक्षिणी गोलार्द्ध के सभी महाद्वीपों का हिम आच्छादित होना बताया। लेकिन वहाँ पर उष्ण कटिबन्धीय जलवायु के पौधों के जीवाश्म मिलते हैं। स्पष्ट है कि हिमानीकरण द्वारा महाद्वीपों का एक साथ जुड़ा होने तथा बाद में प्रवाहित होने का प्रमाण सिद्ध करने में कठिनाई आती है क्योंकि जलवायु का निर्धारण अक्षांशों के अनुसार होता है। वेगनर ने महाद्वीपों का विस्थापन केवल उत्तर एवं पश्चिम में ही माना है जबकि टेलर ने महाद्वीपों का विस्थापन ध्रुवों से बाहर प्रत्येक दिशा में होना बताया है।

उपर्युक्त कमियों व दोषों के बावजूद भी वेगनर का महाद्वीपीय विस्थापन सिद्धान्त महीद्वीपों, महासागरों तथा पर्वतों के निर्माण में मध्यपूर्व जानकारी प्रस्तुत करता है। सागर नितल में प्रसण (Sea Floor Spreading) तथा प्लेट विवर्तनिकी मॉडल द्वारा वेगनर की विचारधारा की पुनर्स्थापना हुई है तथा महाद्वीपीय प्रवाह सिद्धान्त को वैज्ञानिक स्वरूप मिल गया है।

सागर-नितल का प्रसरण

भूआकृति विज्ञान में सागर नितल प्रसरण का विचार एक नवीन विकास है जो महाद्वीपीय प्रवाह के सिद्धान्त को सही सिद्ध करता है। इसका प्रतिपादन संयुक्त रूप से प्रिस्टन विश्वविद्यालय के प्रो. हैरी हेस (Harry, H. Hess) तथा राबर्ट डीट्ज (Robert S. Dietz) ने 1960 में किया। सागर नितल प्रसरण का विचार सागरीय भूवैज्ञानिकों तथा भूभौतिकविदों के सम्मिलित शोध के विश्लेषण का परिणाम है इनमें मारिस एविंग तथा उसके सहयोगी शोधकर्त्ताओं की प्रमुख भूमिका रही है। हेस और डीट्ज ने इन सागरीय तलों के प्रसरण को ऐसी प्रक्रिया या विधि बताई जो पर्वत शृंखला का निर्माण करती है तथा महाद्वीपीय संचलन को गति देती है। हेस के अनुसार अन्तःसागरीय पर्वत शृंखलाएं, जिन्हें मध्य महासागरीय कटक कहते हैं, का निर्माण उष्ण क्षेत्रों से तप्त मैग्मा के ऊपर की ओर प्रवाह से हुआ है। ये उष्ण क्षेत्र ऊपरी मैण्टिल, दुर्बलतामण्डल तथा इससे गहरे सम्बन्धित क्षेत्र माने गये हैं। जब मैण्टिल से संवहन द्वारा मैग्मा ऊपर भूपटल पर आता है तो भूपटल विभाजित हो जाता है तथा मैग्मा सागरीय भागों में फैलकर ठण्डा होकर नवीन सागरीय नितल का रूप ले लेता है फलस्वरूप कटक का निर्माण हो जाता है।

निष्कर्ष

नवीन शोधों से यह निष्कर्ष निकल कर सामने आया है कि महाद्वीपों के अपने स्थानों से खिसकने का प्रमुख कारण सागर नितलों का प्रसारण होना है। जैसे सागर नितलों का प्रसारण हुआ वैसे-वैसे सागर के ऊपर स्थित महासागर भी अपने स्थान से खिसके और उन्होंने धीरे-धीरे खिसकते हुए आज की स्थिति प्राप्त की।

4
भू-संचलन

पृथ्वी की भू-संरचना

प्रकृति पृथ्वी की भू-संरचना में लगातार परिवर्तन करती रहती है। कभी यह परिवर्तन अचानक होते हैं तो कभी परिवर्तन की प्रक्रिया लाखों साल भी लग जाते हैं। प्रकृति ने विभिन्न शक्ति और पदार्थों की सहायता से पृथ्वी पर अलग-अलग भू-आकृतियों की रचना की है। इन प्राकृतिक शक्ति और पदार्थों ने ही कई पर्वत निर्मित किये हैं, कहीं सागर तो कहीं पठार। एक समय वर्तमान हिमालय के स्थान पर टेथीज सागर नामक सागर लहराता था, इसी टेथीज सागर से विभिन्न बलों के प्रभाव से कालान्तर में हिमालय पर्वत की रचना हुई लेकिन अनेक प्रभाव इतने दीर्घकालीन न होकर आकस्मिक भी होते हैं। ज्वालामुखी एवं भूकम्प इसी प्रकार के बल हैं। 1872 के भूचाल के कारण कैलिफोर्निया की आबेंस घाटी में 7 मीटर ऊँची पहाड़ी का निर्माण हो गया था। भूसतह पर अनेक परिवर्तन इतनी मन्द गति से होते हैं, जिनका सरलता से आभास नहीं हो पाता है। क्योंकि इनकी अवधि मानव जीवन की अल्प अवधि (अधिकतम लगभग 100 वर्ष मानी जाती है) से कई गुना अधिक होती है। ये परिवर्तन हजारों वर्षों के उपरान्त दृष्टिगत हो पाते हैं। हिमालय, आल्पस, रॉकीज तथा एण्डीज पर्वतों का निर्माण दीर्घकालीन परिवर्तनों का परिणाम था। 1660 के भू-वैज्ञानिक प्रयोगों से पहले यही माना जाता था कि यह पर्वत प्लेट विवर्तनिकी का ही परिणाम है परन्तु बाद में वैज्ञानिक शोधों से सिद्ध हो गया कि इन पर्वतों के निर्माण सागर नितल में प्रसरण की महत्वपूर्ण भूमिका है अर्थात् इनका प्रभाव महाद्वीपीय ही माना जाता था लेकिन प्लेट विवर्तनिकी सिद्धान्त द्वारा पुष्टि की गई है कि महासागरीय धरातल भी अनेक आन्तरिक व बाह्य तथा आकस्मिक एवं

दीर्घकालीन शक्तियाँ प्रभावित करती हैं, जिनके फलस्वरूप सागरीय तली (Ocean Bottom) पर अनेक छोटे-बड़े भू-आकारों का निर्माण होता है। सागर तली पर परिवर्तनकारी शक्तियों से निर्मित भू-आकारों में समुद्री पहाड़ियाँ (Sea mount) तथा गुयोट (Guyot) प्रमुख हैं। ऐसी जलमग्न पहाड़ियाँ, जिनके शिखर सागर तल से 1000 मीटर से अधिक ऊँचे हैं। 'समुद्री पहाड़ियाँ' कहलाती हैं। जबकि सपाट शीर्ष वाले समुद्री पर्वतों को 'गुयोट' कहा जाता है। इनका निर्माण ज्वालामुखी क्रिया द्वारा माना गया है।

भू-पटल पर प्रभाव डालने वाली शक्तियाँ

भूपटल को प्रभावित करने वाले बलों की उत्पत्ति दो प्रकार से मानी जाती है। प्रथम, पृथ्वी के आन्तरिक भागों में उत्पन्न शक्तियाँ, तथा द्वितीय बाह्य शक्तियाँ, जो सूर्याताप के आधार पर वायुमण्डलीय परिवर्तनों के परिणामस्वरूप उत्पन्न होती हैं। पृथ्वी के आन्तरिक भागों में उत्पन्न होने वाले बल किसी प्रतिबल के कारण पैदा होते हैं। पृथ्वी तल पर विवर्तनिकी क्रिया से तनाव सम्पीडन तथा अपरूपण का आभास होता है। इन स्थितियों को उत्पन्न करने वाले बलों की उत्पत्ति के आधार पर दो भागों में बांटा गया है। थार्नबरी महोदय ने उन दोनों बलों को भू-आकृतिक प्रक्रय की संज्ञा प्रदान की है। अतः इन दोनों बलों पर नीचे संक्षिप्त प्रकाश डाला जा रहा है—अन्तर्जात बल तथा बहिर्जात बल।

भूपटल पर प्रभाव डालने वाले बल

अन्तर्जात बल—पृथ्वी के आन्तरिक भाग में उत्पन्न होने वाले ये बल भूपटल पर विषमता उत्पन्न करते हैं। इनकी उत्पत्ति चट्टानों के प्रसरण तथा सिकुड़न या सम्पीड़न के परिणामस्वरूप होती है। इन बलों को निर्माणकारी शक्तियाँ भी कहा जाता है। इनकी उत्पत्ति पृथ्वी के आन्तरिक भाग में होने से प्रत्यक्ष रूप से इनके बारे में पर्याप्त भौगोलिक जानकारी प्राप्त नहीं हो पाती है।

आंतरिक बल की उत्पत्ति के कारण—आन्तरिक शक्तियों के रूप में इन बलों की उत्पत्ति होती है—

(1) उष्ण पृथ्वी के ठण्डे होने से संकुचित होने,

(2) परिभ्रमण गति में ह्रास तथा

(3) पृथ्वी के आन्तरिक भाग में रेडियोधर्मी पदार्थों के विघटन से उत्पन्न ऊष्मा

(4) संवाहनिक धाराओं के कारण मानी जाती है।

भूवैज्ञानिकों के अनुसार भूपटल के नीचे विद्यमान तापीय अन्तर के कारण चट्टानों में सम्पीडन एवं प्रसरण होता है। ये आन्तरिक क्रियाएँ मैग्मा द्वारा संचालित होती हैं। मैग्मा के साथ गैस, वाष्प आदि भी मिश्रित रहते हैं, जिनके सामूहिक प्रभाव से मैग्मा पृथ्वी के बाहरी भाग में प्रवाहित होता है। यदि यह मैग्मा अन्य पदार्थों के साथ पृथ्वी की आन्तरिक परतों में जमा हो जाता है, तो इसे अन्तर्वेशन (Intrusion) कहते हैं, जबकि मैग्मा के भूसतह पर जमाव को बहिर्वेधन कहते हैं।

आन्तरिक बलों की उत्पत्ति में भूवैज्ञानिकों ने उपर्युक्त वर्णित सभी कारणों को संश्लेषित कर प्रमुख चार कारणों पर प्रकाश डाला गया है जो निम्नवत् हैं–

(क) ज्वारीय शक्ति या ज्वार भाटा–सूर्य और चन्द्रमा अपने अंदर स्थित गुरुत्वीय शक्ति से पृथ्वी को अपनी ओर खींचते हैं, भू-पेटी के ठोस होने के कारण भू-पटल में तो कोई परिवर्तन नहीं आता परन्तु जल के तरल होने के कारण गुरुत्वीय शक्ति के प्रभाव से जल ऊपर की ओर उठता है जिससे समुद्र में ऊँची-ऊँची लहरें उठती हैं, जिसको ज्वार भाटा कहते हैं। इस प्रकार पृथ्वी पर ज्वारीय शक्ति के कारण सागर एवं स्थल में परिवर्तन होने से भूसतह में सन्धियाँ उत्पन्न होने से आन्तरिक शक्तियाँ प्रभावी हो जाती हैं।

(ख) गुरुत्वाकर्षण शक्ति–सम्पूर्ण पृथ्वी गुरुत्व बल से सन्तुलित एवं प्रभावित होती है। पृथ्वी तल पर विभिन्न वस्तुएँ आकर्षित करती हैं जिनके आकर्षण पृथ्वी के केन्द्र की ओर रहते हैं। इस बल से तनाव एवं सम्पीडन की क्रिया को बल मिलता है तथा अनेक स्थलाकृतियाँ बनती हैं।

(ग) सागरीय तली में प्रसरण का बल–सागरीय कटकों के समीप नवीन महासागरीय धरातल का निर्माण हो रहा है। प्लेट विवर्तनिकी सिद्धान्त से इस तथ्य की पुष्टि हुई है कि अमेरिकन प्लेट के प्रशान्त सागरीय प्लेट की ओर प्रसरण से मध्य अटलांटिक कटक के सहारे नवीन धरातल का निर्माण हो रहा है। इस कारण भूपटल पर भ्रंशन एवं वलन की क्रिया को गति मिलती है।

(घ) विवर्तनिक शक्तियाँ–सम्पूर्ण पृथ्वी 7 बड़ी तथा 14 छोटी भूप्लेटों में विभक्त हैं। ये प्लेटें गतिशील रहते हुए कभी रचनात्मक ढंग से नहीं भू-आकृतियों की रचना करती हैं तो कभी विनाशकारी ढंग से पृथ्वी की भू-पेटी पर परिवर्तन लाती है। इनमें संचलन का एक कारण रेडियोधर्मी तत्त्वों को भी माना गया है।

अन्तर्जात बलों को निम्नलिखित दो भागों में विभक्त किया गया है–

(1) आकस्मिक अन्तर्जात बल–भूपटल को प्रभावित करने वाले आकस्मिक अन्तर्जात बलों में ज्वालामुखी एवं भूकम्प प्रमुख हैं। ज्वालामुखी क्रिया से निसृत

विभिन्न प्रकार के पदार्थों के पृथ्वी पर आन्तरिक तथा बाहरी भागों में जमा होने से अनेक भू-आकारों का निर्माण होता है, जिनमें पर्वत (किलीमंजारों तथा फ्यूजीयामा पर्वत) पठार, (कोलम्बिया तथा भारत में दक्कन का पठार) तथा मैदान (फ्रांस, न्यूजीलैण्ड तथा आइसलैण्ड के मैदानी भाग) प्रमुख स्थलाकृतियाँ हैं। भूकम्प द्वारा भी भूसतह पर परिवर्तन होते हैं। नदियों के मार्ग बदल जाते हैं। (1950 में असम भूकम्प के समय ब्रह्मपुत्र नदी में अवरोध आ गया था)। झीलें बन जाती हैं 1811-12 में पश्चिमी टेन्नेसी प्रान्त (U.S.A.) में रीलफुट झील बन गई थी। अनेक स्थानों पर दरारें व गहरे गर्तो की रचना हो जाती है। रचनात्मक कार्यो के साथ ही भूकम्प द्वारा एक लम्बी अवधि में स्थापित निरंतरता टूटकर खत्म हो जाती है।

(2) पटल विरूपणी बल—वे बल भूगर्भ में लम्बवत् एवं क्षैतिज रूप में उत्पन्न होते हैं तथा धीमी गति से कार्य लंबे समय से कर रहे हैं। इनका प्रभाव हजारों लाखों वर्षो के उपरान्त दृष्टिगत होता है पटलविरुपणी शक्तियों द्वारा भूपटल पर बड़े भू-आकारों का निर्माण होता हैं क्षैतिज बल के कारण धरातल पर तनाव, सम्पीड़न तथा अपरूपण होता है। तनाव से भ्रंश तथा सम्पीड़न से वलन पड़ते हैं। इसी प्रकार सागर तटीय भागों में निमज्जन तथा उन्मज्जन की क्रियाएँ होती हैं। पटल विरूपणी घटना दीर्घकालीन होने के साथ ही इसक प्रभाव भी स्थानीय न होकर प्रादेशिक होता है, अतः इनके प्रभाव के क्षेत्रीय विस्तार की दृष्टि से दो वर्गों महादेशजनक संचलन तथा पर्वत निर्माणकारी संचलन में वर्गीकृत किया गया है। अतः इन दोनों वर्गों पर नीचे संक्षिप्त प्रकाश डाला गया है—

(क) महादेशजनक संचलन—'महादेशजनक' शब्द ग्रीक भाषा के एपीरो (Epeiro) शब्द से बना है, जिसका शाब्दिक अर्थ होता है, भूमि अथवा महाद्वीप। genetic ग्रीक भाषा के शब्द Genesis से बना है जिसका अर्थ होता है उत्पत्ति। अर्थात् महाद्वीपों की उत्पत्ति (अवतलन तथा उत्थान) से सम्बन्धित बल को महादेशजनक बल कहते हैं। जी. के. गिल्बर्ट ने महाद्वीपों के निर्माण की प्रक्रिया को महाद्वीप निर्माण की प्रक्रिया कहा है तथा पर्वत निर्माणकारी प्रक्रिया को पर्वत निर्माण क्रिया (Orogeney) कहा है।

भू-वैज्ञानिक एच. हाउलिंग ने वलनकारी प्रभावों को तीसरी शक्ति के रूप में माना है। हाउलिंग का मानना है कि वलनकारी प्रभावों को सूक्ष्म स्तर पर अनुभव करना काफी मुश्किल है। इसलिए वलनकारी बल को भी महाद्वीपीय रचना से संबंधित बल मानना चाहिए। अतः स्पष्ट है कि किसी भी विस्तृत क्षेत्र में तनाव एवं सम्पीडन के दौरान चट्टानों के मुड़े अथवा टूटे बिना उत्थान या अवतलन हो,

तो इसे महाद्वीपीय रचना सम्बन्धी बल कहते हैं। महादेशजनक संचलन भूपटल के स्थायित्व में परिलक्षित होता है जिसमें स्थायी कटिबन्धों पर इन संचलनों के प्रभाव से तनाव एवं सम्पीडन होता है। ये संचलित दिशा के अनुसार दो भागों अधोगमन अथवा निमज्जन तथा भूउत्थान अथवा उन्मज्जन में प्रभावी रहता है।

जब महादेशजनक संचलन ऋणात्मक होता है, तो एक बड़ा भू-भाग अवतलित हो जाता है तथा उथला सागर एवं महाद्वीपीय मग्न तट का आविर्भाव होता है, इसके बाद जब धनात्मक संचलन, अथवा उत्थान होता है तो सागर तल पर एक बड़ा अवसादी आवरण उत्पन्न होता है। इस प्रकार जब कोई भूभाग अपने प्रादेशिक विस्तार में समीपवर्ती भूभाग से धँसाव के कारण नीचा हो जाता है, तो इस क्रिया को अधोगमन कहते हैं तथा दूसरी ओर किसी महाद्वीपीय भाग के ऊपर उठने की क्रिया को भू-उत्थान (Uplift of Land) कहते हैं। भारत का गंगा का डेल्टा तथा मुम्बई व पाण्डिचेरी के तटीय भागों में ऐसे संचलन हो चुके हैं लेकिन इनका प्रभाव महादेशीय न होकर स्थानीय ही माना जाएगा।

(ख) पर्वत निर्माणकारी संचलन—स्थलाकृतियों की रचना की दृष्टि से अन्तर्जात बलों में पर्वत निर्माणकारी संचलन की प्रमुख भूमिका है। पर्वत निर्माणकारी जिसके लिए अंग्रेजी भाषा में Ogogenic शब्द प्रयुक्त किया जाता है, यह लेटिन भाषा के Oros तथा Genesis से मिलकर बना है, जिनका अर्थ क्रमशः पर्वत तथा उत्पत्ति होती है। पर्वत निर्माण की प्रक्रिया के लिए (Orogeny) शब्द भू-वैज्ञानिक ने गिलबर्ट दे दिया था तथा सर्वप्रथम इन्होंने ही भ्रंशोत्थ व वलित पर्वतों के मध्य अन्तर स्पष्ट किया। यह संचलन क्षैतिज रूप में उत्पन्न होता है, जिस कारण इसे स्पर्शीय भी कहते हैं। यह संचलन दो रूपों में कार्य करता है। जब क्षैतिज बल दो विपरीत दिशाओं से क्रियाशील होता है, तो उससे तनाव उत्पन्न होता है। जिसके परिणामस्वरूप भ्रंश, दरार तथा चटकन पड़ते हैं। अतः इस बल को 'तनावमूलक'बल कहते हैं। दूसरे प्रकार के संचलन में भू-खण्ड पर क्षैतिज बल एक ही दिशा में (आमने-सामने) केन्द्रित होकर क्रियाशील होते हैं, तो सम्पीड़न क्रिया से चट्टानों में वलन तथा संचलन पड़ जाते हैं। इन दोनों क्रियाओं के प्रभाव से भूपटल पर पर्वत निर्माण क्रिया सम्पन्न होती है। ऐसी क्रियाएं अक्सर लघुकालिक न होकर दीर्घकालिक होती है। अतः ये क्षैतिज बल निम्न दो भागों भ्रंश तथा वलन में विभक्त किए जा सकते हैं—

1. भ्रंश—अन्तर्जात बलों द्वारा क्षैतिज संचलन के कारण उत्पन्न तनाव तथा कभी-कभी अत्यधिक सम्पीड़न के कारण होने वाले चट्टानों के स्थानान्तरण को

भ्रंशन कहते हैं। वरसेस्टर के अनुसार, ''भू-पेटी पर पृथ्वी की आंतरिक प्रक्रियाओं के कारण पड़ने वाली दरार को भ्रंश कहते हैं। भ्रंशन कई अंग हैं जिनमें–**भ्रंश तल**–(यह वह सतह है, जिसे सहारे चट्टानों का संचलन होने से स्थानान्तरण होता है। यह लम्बवत् झुका हुआ, वक्राकार तथा क्षैतिज रूप में भी हो सकता है।), **अधः क्षेपित खण्ड**–(भ्रंश तल के सहारे नीचे धँसा हुआ भाग अधःक्षेपित खण्ड कहलाता है।), **भ्रंश नीति**–(भ्रंश तल तथा क्षैतिज तल के मध्य के कोण को भ्रंश नीति कहते हैं।), **आधार भित्ति**–(भ्रंश तल की निचली दीवार को आधार भित्ति कहते हैं।), **शीर्ष भित्ति**–(भ्रंश तल की ऊपरी दीवार को शीर्ष या ऊपरी भित्ति कहते हैं।), **भ्रंश कगार**–(भ्रंश तल द्वारा बनी असमतल सतह रेखा को भ्रंश कगार कहते हैं।), **गिरिपदीय कगार**–(इनका निर्माण प्रबल भ्रंशन क्रिया के फलस्वरूप होता है।), **क्षेपण**–(इस प्रक्रिया में टूटने या उनके अपनी जगह से हटने से शैल परतों में जो लम्बवत परिवर्तत होता है, उसे क्षेपण कहते हैं।), **उत्कोण**–(भ्रंश तल और लम्बवत् रेखा के मध्य बनने वाले कोण को उत्कोण कहते हैं।), **पार्श्वक्षेप**–(यह वह क्षैतिज दूरी है, जो विस्थापन के कारण विदरित परतों के सिरों के बीच पाया जाता है।) तथा **भ्रंश नति लम्ब**–(नति (Dip) के साथ समकोण बनाने वाली रेखा को नतिलम्ब कहते हैं। ये नति के साथ 90° का कोण बनाती है।) आदि प्रमुख हैं।

भ्रंश तथा वलन

भ्रंशों के संचलन की दिशा एवं निर्माणकारी शक्ति में भिन्नता के आधार पर निम्न रूपों मं वर्गीकृत किया जा सकता है–

(1) सामान्य भ्रंश–अन्तर्जात या अंदर की तरफ पड़ने वाले बल के कारण जमीन पर दरार बन जाने पर जब दोनों खण्ड रूप एक-दूसरे से विपरीत दिशा में हटते हैं तो इसे सामान्य भ्रंश कहते हैं। भ्रंश तल ढालू (Steep) से लगभग ऊर्ध्वाधर (Vertical) होता है, (सामान्यतः 65 से 90° के मध्य)। सामान्य भ्रंश के परिणामस्वरूप ढालू सीधी (Straight) तथा भृगु सदृश्य बनता है जिसे भ्रंश कगार कहते हैं। भ्रंश कगार कुछ मीटर से सैकड़ों मीटर ऊँचा होता है। दो सामान्य भ्रंशों के मध्य एक संकरे भाग का क्षेपण हो जाता है तो इसे ग्रेबेन (Graben) कहते हैं।

(2) उत्क्रम भ्रंश–सामान्य भ्रंश के विपरीत इसमें दोनों खण्ड एक-दूसरे के पास खिसकते हैं तथा भ्रंश तल के ऊपर वाला खण्ड नीचे वाले खण्ड से ऊपर चढ़ जाता है, इसे उत्क्रम भ्रंश कहते हैं। उत्क्रम भ्रंश कहते हैं। उत्क्रम भ्रंश 45° कोण से अधिक नति के होते हैं। ऐसे भ्रंश तीव्र सम्पीडनात्मक बलों का परिणाम होते हैं।

ये लम्बाई में कम ही मिलते हैं, क्योंकि अनाच्छादनकारी प्रक्रियाओं से प्रभावित रहते हैं तथा अन्त में कगारनुमा बन जाते हैं जो सामान्य भ्रंश की कगार की तरह दिखती हैं।

(3) क्षेप भ्रंश—क्षेप भ्रंश भी एक प्रकार का उत्क्रम भ्रंश ही होता है, किन्तु इसमें कोण निम्नकोण होता है।

(4) सोपानी भ्रंश या सीढ़ीदार भ्रंश—जब किसी भू-भाग में तनाव या सम्पीडन द्वारा कई समानान्तर भ्रंश इस प्रकार पड़ते हैं कि भूभाग अनेक सीढ़ियों में परिवर्तित हो जाता है तो इसे सोपानी भ्रंश कहते हैं। इन पर सोपानी ढाल बन जाता है। ये सामान्यतः फाल्ट ब्लॉक स्थलाकृति में मिलते हैं। रिफ्ट घाटी के किनारों पर भी मिलते हैं। इसमें भ्रंश तल के साथ ऊर्ध्वाधर विस्थापन (Vertical Displacement) होता है।

(5) अधिक्षेप भ्रंश—इसमें ऊपर वाली चट्टान अपनी आधार भित्ति पर चढ़ जाती है। इसका भ्रंश तल क्षैतिज रहता है।

(6) तिर्यक भ्रंश या तिरछा भ्रंश—इस भ्रंश में ऊर्ध्वाधर एवं क्षैतिज दोनों प्रकार के संचलन होते हैं।

(7) पार्श्वीय या नतिलम्बी भ्रंश—इस भ्रंश में क्षैतिज संचलन होता है। जिसमें भ्रंश रेखा के सहारे अपरूपण के रूप में संचलन होता है। इसमें कगारों की रचना नहीं हो पाती है।

इसका सर्वोत्तम उदाहरण कैलिफोर्निया का ग्रेट सान एण्ड्रियाज फाल्ट है, जो उत्तरी अमेरिकी प्लेट के सहारे 1040 कि.मी. लम्बाई में विस्तृत है। इसे रूपान्तरण भ्रंश भी कहते हैं। ये भ्रंश विवर्तनिक प्लेटों के परिवर्तित भ्रंश किनारों के सहारे अधिक मिलते हैं।

सीढ़ीदार भ्रंशों से दो प्रमुख भ्रंशघाटी तथा होर्स्ट या ब्लॉक पर्वत स्थलरूप बनते हैं। जब दो समानान्तर भ्रंशों के मध्य का भाग नीचे अवतलित हो जाता है तो बीच में एक लम्बी एवं संकरी घाटी बन जाती है, जिसे भ्रंश घाटी कहते हैं। कभी-कभी दो समानान्तर भ्रंशों के दोनों ओर के भाग ऊपर उठ जाते हैं, जिस कारण मध्य की नीची रही भूमि घाटीनुमा बन जाती है।

2. वलन—पृथ्वी के आंतरिक बल के प्रभाव से होने वाली क्षैतिज संचलन की क्रिया से चट्टानों पर सम्पीडन बल के प्रभाव से चट्टानों पर लहरदार मोड़ पड़ जाते हैं जिन्हें वलन कहते हैं। फिंच के अनुसार, ''समतल परतदार चट्टानों के अधिक मात्रा में मुड़ जाने को ही वलन कहते हैं।'' वलन के दौरान बनने वाला झुकाव एक

चाप का रूप ले लेता है। इस चाप का ऊपरी पीठनुमा घुमावदार भाग अपनति तथा द्रोणीनुमा भाग अभिनति कहलाता है। प्लेट विवर्तनिकी सिद्धांत के अनुसार जब दो विवर्तनिक प्लेटों का अभिसरण होता है, तो प्रावार में संवाहनिक तरंगों द्वारा एक दूसरे पर पार्श्विक रूप में बल डालती हैं तथा वलन पड़ जाते हैं।

वलन के प्रमुख अंग

वलन के निम्नलिखित प्रमुख अंग होते हैं—

(1) वलन की भुजाएँ—प्रत्येक वलन में दोनों ओर के भागों को वलन की भुजाएँ कहते हैं। यह दो अधिकतम चक्रों (Hing) के मध्य स्थित होती हैं।

(2) द्रोणी रेखा—यह प्रत्येक परत के सबसे निचले बिन्दुओं को जोड़ने वाली रेखा होती है।

(3) शीर्ष रेखा—किसी भी वलन के सर्वोच्च बिन्दुओं को मिलाने वाली रेखा को शीर्ष रेखा कहते हैं।

(4) अपनति एवं अभिनति—वलन के दौरान ऊपर उठे उत्तल प्रकार के ऊपरी भाग को अपनति तथा निम्नतम द्रोणीनुमा भाग को अभिनति कहते हैं।

(5) चट्टान परत—प्रत्येक वलन का निर्माण शैल परतों से होता है।

(6) अधिकतम चक्र—शैल चट्टानों के ऊपर जहां अधिकतम मोड़ दिखाई देते हैं, उसे अधिकतम चक्र कहा जाता है तथा ऐसी रेखा जो मोड़ों की दिशा और परिवर्तन को इंगित करती है, उसे अधिकतम चक्र रेखा कहते हैं। इस रेखा के सहारे स्थित क्षेत्र अधिकतम चक्र क्षेत्र तथा वलन का नाक कहलाता है।

(7) अक्षीय तल—यह ऐसी सतह होती है, जहाँ पर अधिकतम वक्र की समस्त रेखाएँ मिलती हैं। प्रत्येक अपनति या अभिनति के वलन की दोनों भुजाओं के मध्य के कोण आदि की आर्दिक रेखा अक्षीय तल कहलाती है।

वलन का वर्गीकरण

चट्टानों की प्रकृति के सम्पीडन की अवस्था के आधार पर वलन निम्नलिखित दस वर्गों में वर्गीकृत किया गया है—

(1) श्यान वलन—श्यान वलन में दोनों भुजाएँ इतनी झुक जाती हैं कि वे क्षैतिज हो जाती हैं, इसे दोहरा वलन भी कहते हैं। संयुक्त राज्य अमेरिका का कैरिक कैसल प्रसिद्ध श्याम वलन है।

(2) अधिक्षिप्त वलन—अधिक सम्पीडन के कारण जब एक भुजा दूसरी पर उलट जाती है, तब उसे प्रतिवलन कहते हैं। इस वलन में सम्पीडन बल इतना

अधिक होता है कि शैलों की परतें अक्ष पर टूटकर एक दूसरे पर चढ़ जाती हैं। जब ऐसे वलन की एक भुजा टूटकर दूर जाकर अन्य चट्टानों पर चढ़ जाती है, तो इसे ग्रीवाखण्ड (Nappe) कहते हैं। अधिक्षिप्त वलन एवं ग्रीवाखण्ड कश्मीर की पीर पंजाल श्रेणी एवं गढ़वाल हिमालय में मिलते हैं।

(3) खुले वलन—खुले वलन में देखा जाता है कि इसकी दोनों भुजाओं के मध्य 90° से अधिक का कोण बन रहा हो तो इस प्रकार के वलन को खुला वलन कहा जाता है।

(4) बन्द वलन—जब सम्पीडन के दौरान किसी वलन की भुजाओं के बीच न्यूनकोण (Acute Angle) या 90° से कम का कोण बना हो तो, इसे बन्द वलन कहते हैं।

(5) अवनमन वलन—जब किसी चट्टान के वलन की अक्ष (Axis) क्षैतिज तल के समानान्तर न होकर क्षैतिज तल के साथ कोण बनाती है, तो उसे अवनमन वलन कहते हैं।

(6) पंखा वलन—यह एक अपनति होती है, जिसमें अनेक लघु अपनतियाँ तथा अभिनतियाँ दिखाई देती हैं। इसे समपनति भी कहते हैं। छोटा नागपुर की सिंहभूमि समपनति इसका उदाहरण है।

(7) सममित वलन—ये वलन का सबसे साधारण रूप होता है। इस वलन के अन्तर्गत इसकी भुजाएं दोनों ओर समान रूप से झुकी होती हैं स्विट्जरलैण्ड का जूरा पर्वत इसका सर्वोत्तम उदाहरण है।

(8) असममित वलन—इसमें एक भुजा दूसरी भुजा की अपेक्षा कम या अधिक झुकी होती है। इसकी एक भुजा छोटी तथा अधिक ढाल वाली तथा दूसरी भुजा लम्बी तथा मंद ढाल वाली होती है इसका उदाहरण इंग्लैण्ड का दक्षिणी पेनाइन पर्वत है।

(9) एकनत वलन—इस प्रकार के वलन में एक भुजा साधारण झुकी होती है, जबकि दूसरी भुजा धरातल के साथ समकोण बनाती हुई खड़े ढाल वाली होती है। इसका निर्माण लम्बवत् भूसंचलन अथवा असमान क्षैतिज भूसंजचलन द्वारा होता है। आस्ट्रेलिया का ग्रेट डिवाइडिंग रेन्ज इसी प्रकार का है।

(10) समनत वलन—समनत वलन में तेज प्रेशर के कारण वलन की दोनों भुजाएं इतनी ज्यादा झुक जाती हैं कि एक-दूसरे से समानान्तर लगने लगती हैं और आगे का भाग सामने से देखने पर झूलता सा दिखाई पड़ता है। पाकिस्तान के कालाचिंता पर्वत में इसी प्रकार के वलन मिलते हैं।

वलन क्षेत्रों का पर्यावरणीय तथा संसाधन पक्ष

भूपटल पर वलन उत्पन्न होने पर पर्यावरणीय तथा आर्थिक महत्त्व परिवर्तित हो जाता है। अप्लेशियन पर्वत के दक्षिणी एवं मध्यवर्ती पेंसिलवानिया में 150.-600 मीटर ऊँची कटक का निर्माण हुआ इसके मध्यवर्ती निम्न भागों से अनेक राजमार्ग गुजरते हैं। अनेक जल प्रवाहों द्वारा इस कटक को काट दिया गया है। कुछ महत्त्वपूर्ण नगर भी इन नदी प्रवाहों के सहारे बस गए हैं। उदाहरणार्थ इसके ब्लू माउण्टेन को सस्केचवान नदी ने काट दिया है जिसके सहारे हैरिसबर्ग नगर बसा है। इन घाटियों के बीचों बीच सघन कृषिकारी की जाती है। संसाधनों की उपलब्धता की दृष्टि से भी अनेक वलन क्षेत्र अधिक महत्त्व के हैं। विश्व का 50 प्रतिशत एन्थ्रेसाइट जो कि उन्नत किस्म का माना जाता है। पेन्सिलवानिया अप्लेशियन क्षेत्र में स्थित है। इसमें वलन के दौरान पड़ने वाले दबाव के कारण बिटुमिनस कोयला एन्थ्रेसाइट में कायान्तरित हुआ है। इसकी उपलब्धता भू-अभनति के तलीय भाग तक है। इसी प्रकार वलनों के अपनतिय मोड़ों में पेट्रोलियम भी पाया जाता है। यह पेट्रोलियन उच्च अपनतिय भागों से संचलन करके बलुआ पत्थर की चट्टानों में संचलित हो जाता है।

वलन के दौरान पड़ने वाले दबास से अनेक चट्टानों का रूपान्तरण (शैल -स्लेट में) हो जाता है। अन्य वलित क्षेत्रों में अरकसांस का ओउचिटा पर्वत, स्विटजरलैण्ड का जूरा पर्वत, फ्रेंच आल्पस प्रदेश प्रमुख हैं। जूरा पर्वतीय क्षेत्र में विशाल चूना पत्थर के जमाव हैं।

वलन एवं भ्रंश से संबंधित कुछ महत्त्वपूर्ण स्थलाकृतियाँ

वलन एवं भ्रंश से संबंधित कुछ प्रमुख स्थलाकृतियों पर संक्षिप्त प्रकाश नीचे डाला गया है–

(1) नापे–नापे को ग्रीवा खण्ड भी कहा जाता है जिसका निर्माण पर्वत निर्माणकारी संचलन के दौरान अधिक सम्पीडन तथा संचलन होने से होता है। अधिक सम्पीडन से परिवलन की एक भुजा दूसरी पर उलट जाती है तथा टूटकर चढ़ जाती है। इस क्रिया को उत्क्रम कहते हैं। इस प्रकार निर्मित जटिल वलन को नापे कहते हैं। आल्पस तथा हिमालय पर्वतों के वलित क्षेत्रों में नापे के अनेक उदाहरण मिलते हैं। आल्पस पर्वत में हैल्वेटिक नापे, पिनाइन नापे, आस्ट्राइड नापे तथा दिनारिड नापे आदि प्रमुख हैं। हिमालय में भी अनेक नापे का अध्ययन किया

गया है। कश्मीर में भू-वैज्ञानिक डॉ. वाडिया, शिमला क्षेत्र में पिलाग्रिम, गढ़वाल में आदिन महोदय तथा कुमायूँ हिमालय में हीम तथा गैसर महोदय ने ग्रीवा खण्डों का अध्ययन किया है।

(2) समपनति—सम्पीडन के कारण जब एक लम्बी तथा जटिल अपनति, जिस पर विभिन्न छोटे-छोटे अपरमुखी वलन तथा नतवलन बन जाते हैं तो इस प्रकार की स्थलाकृति को समपनति कहते हैं। इसमें किसी वृहद् अपनति में अनेक छोटी अपनतियाँ तथा अभिनतियाँ बन जाती हैं। स्काटलैंड का पर्वतीय प्रदेश ऐसा ही है।

(3) समभिनति—सम्पीडन के कारण अपनति की तरह ही एक लम्बी समिश्र अभिनति बन जाती है, जिस पर उपरमुखी एवं नतवलन निर्मित हो जाते हैं। इन दोनों की लम्बाई कई मिलोमीटर होती है, इसमें एक विशाल अभिनति के अन्तर्गत कई छोटी-छोटी अपनतियाँ बन जाती हैं। पाकिस्तान का पोटवार प्रदेश इसी क्रम का है।

(4) हॉर्स्ट—भूगोलवेत्ता एडवर्ड स्वेस ने ऐसे भूखण्ड के लिए जिनकी ऊपरी सतह समतल तथा किनारे खड़े होते हैं के लिए 'हॉर्स्ट' शब्द का इस्तेमाल किया है जो कि जर्मनी में स्थित हॉर्स्ट पर्वत का स्थानीय नाम है। इसके लिए रम्प पर्वत (Rump Mountain) शब्द का प्रयोग भी किया गया हैं।

हॉर्स्ट का निर्माण भ्रंशन क्रिया द्वारा होता है, इसमें दो सामान्य भ्रंशों के मध्य का भू-भाग ऊपर उठा रह जाता है तथा इसके दोनों ओर के भाग नीचे धँस जाते हैं तो ऊपर उठा भाग हॉर्स्ट कहलाता है।

ग्रेब्रेन

ग्रेबेन एक जर्मन भाषा का शब्द है, जिसका अभिप्राय एक लम्बी संकरी द्रोणी होता है। इसे एक बृहद् खाई (Ditch) भी कहा गया है। अलग-अलग भूगोल वत्ताओं ने 'ग्रेबेन' को अपनी समझ के हिसाब से अलग-अलग ढंग से परिभाषित किया है। वुलरिज एवं मोरगन ने (Wooldridge, S.W. and Morgan, 1937) ने ग्रेबेन को एक रिफ्ट घाटी कहा है। बेंकर (Bencker, 1942) ने बताया कि एक लम्बे संकरे सागरीय गर्त को ग्रेबेन कहते हैं जिसके किनारे ढालू होते हैं। जबकि स्वेज की खाड़ी का अध्ययन कर रश्दी सैयद ने बताया कि ग्रेबेन एक रिफ्ट घाटी ही होती है।

जबकि भौगोलिक परिभाषा के अनुसार ग्रेबेन एक लम्बी, संकरी द्रोणी होती है। जिसका निर्माण दो समीपवर्ती समानान्तर भ्रंशों के मध्यवर्ती भाग के नीचे धँसने से होता है। इस प्रकार यह पूर्णरूपेण खाई सदृश स्थलाकृति होती है। इसका सबसे

अच्छा उदाहरण लाल सागर है, जो अरब प्रायद्वीप को अफ्रीकी भूखण्ड से पृथक् करता है। इसके उत्तरी भाग का भूगर्भिक अध्ययन प्रसिद्ध भूगोलवेत्ता रश्दी सैयद ने किया है।

भूपटल में तनाव उत्पन्न होने पर किसी बड़े क्षेत्र में दो साधारण भ्रंश कई किलोमीटर में इस प्रकार पड़ें कि इनके बीच का भाग नीचे दब जाए तथा एक निम्न बेसिन का निर्माण हो जाए, तो इसे भ्रंश घाटी (Rift Valley) कहते हैं। भ्रंश घाटी एक रेखीय अवदाब या द्रोणी (Depression or Trough) होती है जो मध्यवर्ती भूपटल के डूबने से बनती है। इस अवदाब को ग्रेबेन कहते हैं तथा इससे सम्बन्धित आकारीकीय दृश्य को रिफ्ट घाटी कहते हैं। अनेक बार ग्रेबेन को ही रिफ्ट घाटी कहा जाता है लेकिन ये रिफ्ट घाटी का केवल मध्यवर्ती तथा उसकी तुलना में छोटा भाग होता है। अधिकांश भ्रंश घाटियाँ लम्बी, संकरी एवं अत्यधिक गहरी होती हैं। राइन नदी घाटी की प्रसिद्ध भ्रंश घाटी है जो वासेल तथा बाइन्जेन नगरों के मध्य 320 किमी. लम्बी तथा 32 किमी. चौड़ी है। इसके एक ओर हार्स्ट तथा वाससेज तथा दूसरी ओर ब्लेक फोरेस्ट एवं ओडेन बोल्ड पर्वत स्थित हैं। विश्व की सर्वाधिक लम्बी भ्रंश घाटी पूर्वी अफ्रीकन रिफ्ट घाटी है।

रिफ्ट घाटी के निर्माण के संबंध में भूगोलवेत्ताओं की राय एक समान नहीं है। प्रारम्भ में यह कहा गया कि एक मेराब (Arc) के मध्य गिरने या धँसने से निर्मित अवदाब को रिफ्ट घाटी कहते हैं। इस प्रक्रिया में शैलों में तनाव उत्पन्न होने से दो भागों का विपरीत दिशाओं में खिसकाव होता है तथा मध्य में रिफ्ट घाटी बनती है। वर्तमान में इसे मान्यता नहीं है। इसे तनावमूलक परिकल्पना कहते हैं। इसके विपरीत प्रसिद्ध भूगोलवेत्ता स्मिथ एवं बलार्ड ने सम्पीडनात्मक परिकल्पना प्रस्तुत की जिसके अनुसार रिफ्ट घाटी का निर्माण आकस्मिक न होकर क्रमिक रूप से है जिसकी बलार्ड महोदय ने तीन अवस्थाएँ बताई हैं।

(1) प्रथम अवस्था में शैलों में सम्पीडन होता है तथा क्षैतिज बल परस्पर आमने-सामने काम करते हैं। सम्पीडन अधिक होने से शैलों में चटकन होने लगता है।

(2) द्वितीय अवस्था में दरार पड़कर एक भाग दूसरे पर चढ़ जाता है तथा इसके विपरीत दूसरा भाग नीचे चला जाता है, अर्थात् अधोगमन या क्षेपण (Subduction) हो जाता है।

(3) तृतीय अवस्था में दरार चौड़ी होकर घाटी विकसित हो जाती है।

रिफ्ट घाटी निर्माण की आधुनिक परिकल्पना के अनुसार रिफ्ट घाटी के

निर्माण में भूपटल का उच्च अपरूपण बल के कारण पृथक्करण एवं विभाजन हो जाता है तथा भ्रंश घाटी बन जाती है। सक्रिय भ्रंशन क्रिया मैण्टिल प्लू के ऊपर पाई जाती है। प्लूम एक लहरदार संवाहन तरंग होती है जो मैण्टिल से ऊपर की ओर गति करती है। प्लूम के कारण नवीन भूपृष्ठ का उत्थान होता है अतः रिफ्ट घाटी का निर्माण प्लूम की अनुपस्थिति में ही होता है। प्लेट विवर्तनिकी के अनुसार जब दो प्लेटों में अपसरण होता है, तो वे परस्पर पृथक् होती हैं तथा दुर्बलतामण्डल से मैग्मा का यहाँ प्रसरण होता है जिससे नवीन भूपृष्ठ बनती है लेकिन स्थलमण्डल पर इसके दूसरी ओर भूपटल दूर जाता है जिससे भूपटल पतला होकर रिफ्ट के आकार में खुल जाता है। ऐसा अधिकांशतया सागरीय कटकों के सहारे होता है। कुछ भूगोलवेत्ताओं का मानना है कि महाद्वीपों पर भ्रंश निर्माण सर्वोत्तम उदाहरण पूर्वी अफ्रीकन भ्रंश जाति है। जहाँ अफ्रीका महाद्वीप का भ्रंशन हो रहा है। इस भ्रंश क्षेत्र के सहारे भूपटल पतला हो रहा है। लाल सागर अपने विकसित आकार में उभर रहा है तथा अरेबियन प्लेट अफ्रीकन प्लेट से पृथक् हो रही है। इस आधार पर यह कहा जा रहा है कि भविष्य में लाल सागर एक महासागर का रूप ले लेगा।

अफ्रीका की भ्रंश घाटी

स्थलमण्डलीय भूपटल का भ्रंशन द्वारा रिफ्ट घाटी बनने का अफ्रीका की भ्रंश घाटी सर्वोत्तम उदाहरण है। इसका भूगर्भवेत्ता विगत 100 वर्षों से गहन अध्ययन कर रहे हैं। इसका विस्तार लाल सागर के पूर्वी भाग से 3000 किमी. माना गया है। इस तल के सहारे भूपृष्ठ का पृथक्करण हुआ है जो अफ्रीका से धीरे-धीरे अलग हुआ है। इस भ्रंश घाटी में अनेक द्रोणीनुमा ग्रेबेन स्थित हैं। प्रत्येक ग्रेबेन पृथक् भ्रंश घाटी के रूप में है जिसकी चौड़ाई 30 से 60 किमी. के मध्य है। इन भ्रंश घाटियों का क्षेत्र इतना लंबा-चौड़ा है कि इनके अंदर कई नदियाँ तथा झीलें और पहाड़ स्थित हैं जिनमें न्यासा व रूडोल्फ झीलें प्रमुख हैं। पूर्वी विक्टोरिया झील के पास दो बड़े ज्वालामुखी भी हैं। इनमें एक माउंट किलीमंजारो (5895 मी.) तथा दूसरा माउण्ड केन्या है, जो लगभग भूमध्य रेखा पर स्थित है।

प्लेट विवर्तनिकी एवं सागर तल प्रसरण के साक्ष्यों के आधार पर भू-वैज्ञानिकों ने अनुमान लगाया है कि भविष्य में पूर्वी अफ्रीका का रिफ्ट घाटी का पूर्वी भाग पृथक् स्थल का रूप लेगा। प्लेट टेक्टोनिक एवं मेंटिल संवहन की प्रक्रिया द्वारा संचालित भूपटलीय टुकड़ों को पृथक् स्थल कहते हैं। ये अपने निर्माणकारी इतिहास, संघटन तथा संरचना की दृष्टि से संयोजित महाद्वीप से भिन्न होते हैं। पृथक् स्थल को कभी

भी किसी प्रदेश के भूभाग का समानार्थी नहीं माना जा सकता क्योंकि यह किसी स्थल की स्थलाकृति को दर्शाता है।

बहिर्जात बल—आन्तरिक शक्तियाँ या बल सदैव पृथ्वी पर रचनात्मक कार्य करते हैं, जबकि बाह्य शक्तियाँ विनाश का कार्य करके नवीन स्थलाकृतियों का निर्माण करती रहती हैं। इन शक्तियों में स्थैतिक शक्तियाँ (अपक्षय) तथा गतिशील शक्तियाँ (अपरदन) प्रमुख हैं। स्थैतिक शक्तियाँ उन शक्तियों को कहते हैं जो स्थिर दिखते हुए धीमी गति से निर्माण प्रक्रिया को अंजाम देती हैं। स्थैतिक शक्तियों में भौतिक, रासायनिक तथा जैविक अपक्षय प्रमुख हैं जबकि गतिशील शक्तियाँ जल, हिमनद, सागरीय लहरें और वृहद् संचलन के द्वारा त्वरित कार्य करते हुए भू-आकृतियों को परिवर्तित करने के लिए क्रियाशील रहती है। इसकी विस्तृत विवेचना आगे विभिन्न अध्यायों में पृथक् रूप से की गई है।

भ्रंशों की उपयोगिता

भ्रंश भूआकृतिक, पारिस्थितिकीय तथा सामाजिक-आर्थिक दृष्टि से महत्त्वपूर्ण है। भ्रंशों के कारण भूकम्प आते हैं। शैलों का परस्पर पिसने से चूर्ण बन जाता है। अपारगम्य शैल के विरुद्ध अवसादी पारगम्य शैलों का भ्रंशन होता है, जिनमें पेट्रोलियम जमाव पाए जाते हैं। अतः अवसादी स्तरों (Strate) के भ्रंशन क्षेत्र तेल दोहन के अच्छे क्षेत्र होते हैं। भ्रंशन द्वारा उष्ण एवं शीत स्रोतों (Hot and cold springs) के सहारे भूजल की प्राप्ति होती है। विश्व के अधिकांश उष्ण एवं शीत स्रोत भ्रंश रेखाओं के सहारे ही मिलते हैं जबकि इनके सहारे जल प्रपात विकसित हो जाते हैं। भ्रंशों का अपक्षय तथा अपरदन की दृष्टि से भी महत्त्व है। भ्रंश संधियों का अपरदन कठोर भाग की तुलना में अधिक होता है।

उपसंहार—मिस्र के वलनों और भ्रशों के हजारों लाखों सालों से हो रहे निर्माण की वजह से पृथ्वी की स्थलाकृतियां निरन्तर परिवर्तित होती रही हैं। भू-वैज्ञानिकों की भविष्यवाणियों पर विश्वास करें तो आने वाले वर्षों में मानव-पीढ़ियां इस धरती पर भारी परिवर्तन देखेंगी।

5

भू-संतुलन

भू-स्थलाकृतियों में काफी विषमता पायी जाती है। पठार, मैदान तथा सागर उसके प्रमुख रूप हैं। इस प्रकार की व्याख्या स्थलाकृतियों में पर्याप्त अन्तर पाया जाता है। सागर तथा मैदानों की तुलना में पठारों एवं पर्वतों में आयतन अधिक पाया जाता है। अतः स्पष्ट है कि पठार एवं पर्वतों में आयतन ज्यादा होना चाहिए परन्तु ऐसा नहीं है। ज्ञात है कि भूपर्पटी के नीचे ऊपरी प्रावार (Mantle) अर्द्धतरल पदार्थों (SIMA) द्वारा निर्मित है। पर्वतादि में अधिक भार रहने पर वे उक्त तरल में धँस जाते। पर ऐसा नहीं होता। ये भूआकृति इकाइयाँ यथास्थान खड़ी हैं। इससे प्रकट होता है कि इनके अतलस्पर्शी पेटे का भार हर जगह बराबर है। इनमें कोई आपसी संबंध है और वे किसी निश्चित नियम के अनुसार संतुलित हैं जिसमें हर भूआकृति इकाई अपने स्थान पर स्थिर है। इस संतुलन के संबंध को भूसंतुलन या समस्थिति (Isostasy) कहा जाता है। आर्थर होम्स महोदय ने इस सन्दर्भ में लिखा है कि "भूपर्पटी के विस्तृत भूखण्डों जिनकी ऊँचाइयाँ भिन्न-भिन्न हैं और जो भूतल पर पर्वत श्रेणियों, विस्तृत पठारों अथवा मैदानों के रूप में उपस्थित हैं, के बीच परस्पर संतुलन की स्थिति भूसंतुलन है।" इस प्रकार परिभ्रमणशील पृथ्वी तल पर ऊँचे उठे भूखण्डों—पर्वत, पठार एवं मैदान तथा निम्न स्तरीय क्षेत्रों—झील, सागर आदि के बीच स्थिरता की दशा को भूसंतुलन कहते हैं। अतः भूसंतुलन एक सिद्धांत है जो मानता है कि भूपर्पटी की विभिन्न स्थलाकृतियों के बीच एक कठोर एवं दृढ़ भूपर्पटी और उसके नीचे स्थित अर्द्धतरल प्रावार के बीच द्रवस्थैतिक संतुलन है।

भू-संतुलन का अर्थ

भूसंतुलन शब्द 'भू' (पृथ्वी) और 'संतुलन' (समभाव या समस्थिति) शब्दों

के मेल से बना है जिसका अर्थ है पृथ्वी की विभिन्न भूआकृति इकाइयों में संतुलन की स्थिति। भूसंतुलन का पर्यायवाची अंग्रेजी का शब्द 'आइसॉसटेसी' है। पृथ्वी के धरातल के ऊँचे भाग-पर्वत, पठार एवं मैदान और उनके समीपस्थ निम्न क्षेत्रों महासागरों के बीच संतुलन की स्थिति की व्याख्या करने के लिए इस अमरीकी विद्वान डॉ. सी. ई. डट्टन ने 1889 ई. में सबसे पहले भू-संतुलन की इस स्थिति के लिए Isostasy शब्द का इस्तेमाल करते हुए यह सिद्धांत दिया था कि इस प्रकार जहाँ महादेशीय धरातल की ऊँचाई बहुत अधिक होगी (जैसे हिमालय आदि में), वहाँ वह महासागरीय वितल की अपेक्षा कम घनत्व की चट्टानों द्वारा निर्मित होगा तथा अधिक द्रव्यमान की क्षतिपूर्ति के लिए समुद्रतल के नीचे भी उसी अनुपात में फैला होगा। महादेशीय खण्ड (सियाल) समुद्री वितल की अपेक्षा कम घनत्व की चट्टानों द्वारा निर्मित है। इसलिए उसमें द्रव्यमान अधिक है। इस भूपृष्ठीय द्रव्यमान के आधिक्य की क्षतिपूर्ति उसमें पाए जाने वाले घनत्व की कमी के द्वारा होती है। इसलिए पर्वत और पठार में अधिक द्रव्यमान रहने पर भी कम घनत्व की चट्टानों द्वारा निर्मित रहने के कारण उनका भार द्रव्यमान की तुलना में कम होता है। जबकि महासागरों में कम द्रव्यमान रहने पर भी वहाँ अधिक घनत्व की चट्टानों के रहने के कारण भार अपेक्षाकृत अधिक रहता है जिससे धरातल के नीचे एक तल पर महासागरों एवं महादेशों का भार बराबर होता है और संतुलन बना रहता है।

भूसंतुलन में यह भाव निहित है कि समुद्र तल के नीचे एक न्यूनतम गहराई में विभिन्न भूखंडों का भार हर जगह बराबर होता है। भूपटल के उच्चावचन की विभिन्न इकाइयों में आयतन में भिन्नता के कारण क्षतिपूर्ति हो जाती है। समान भार के तल को, जहाँ क्षतिपूर्ति हो जाती है, 'क्षतिपूर्ति जल' कहते हैं। वस्तुतः यह सिद्धांत आर्कमिडीज के प्लवन सिद्धांत जैसा है। जल में हिमशिला का आठ भाग डूबा रहता है तथा एक भाग जल के बाहर निकला रहता है। ठीक उसी प्रकार पृथ्वी की कम घनत्व की उभरी स्थलाकृतियाँ भी समुद्रतल के नीचे बहुत दूर तक अधिक घनत्व के सिमै में फैली हुई हैं। इस प्रकार महादेशीय सियाल नीचे के अधिक घनत्व के सिमै में तैर रहा है और कोई पर्वत शृंखला एक इकाई के रूप में संतुलित होती है। अतः भूसंतुलन पृथ्वी पर पर्वत, पठार, मैदान और सागर के रूप में प्रदर्शित होने वाले विभिन्न भूखंडों के बीच संतुलन की स्थिति है जो प्लवन के सिद्धांत के द्वारा नियमित होता है। यह भूसंचालनकारी शक्ति नहीं है।

भूसंतुलन सिद्धांत के आधार

भूसंतुलन का सिद्धांत दो प्रकार के पर्यवेक्षणों तथा अनुभवों पर आधारित है, जिसमें पहला अक्षांशों की खगोलीय माप और पर्वतों की आकर्षणशक्ति संबंधी अनुभव और दूसरी गुरुत्वाकर्षण शक्ति की गहनता एवं विसंगति संबंधी अनुभव।

यदि पृथ्वी हर जगह जल से घिरी हुई समांग चट्टानों द्वारा निर्मित होती तथा गोलाकार होती तो साहुल (Plum bob) हर स्थान में समुद्र तल पर समकोण बनाते हुए लटकता तथा किसी एक अक्षांश के सभी स्थानों पर गुरुत्वाकर्षण बराबर होता। उसी प्रकार यदि कोई पर्वत श्रेणी केवल धरातलीय उभार के रूप में होती तो स्वतन्त्रतापूर्वक लम्बवत् लटकाए जाने पर साहुल पर्वत श्रेणियों में उपलब्ध द्रव्यमान की आकर्षणशक्ति के अनुपात में उनकी ओर खिंच जाता। पर ऐसा नहीं होता। वास्तविक आकर्षण उपलब्ध द्रव्यमान की अपेक्षा कम होता है।

इस सिद्धांत की पुष्टि के लिए वैज्ञानिकों के एक दल ने भारत, संयुक्त राज्य अमेरिका और दक्षिणी अमेरिका में भू मापनी सर्वेक्षण किया जिससे काफी महत्वपूर्ण जानकारियां निकल कर सामने आईं। 1935-45 के बीच पीरे बैगुआर ने एण्डिज के सर्वेक्षण के समय पाया कि चिम्बेराजो की विशाल चोटी के द्वारा सीस रेखा का खिंचाव उसके पिण्ड के आधार पर किए गए अनुमान से कम था। इससे भी आश्चर्यजनक बात पेरीनिज की अपेक्षा बिस्के की खाड़ी की ओर सीस रेखा का आकर्षित होना है। इसका सर्वाधिक अनुभव सर बुराई एवं सर कर्नल एवरेस्ट की देख-रेख में 1845 में हुए भारत के भूमापन सर्वेक्षण के समय हुआ। हिमालय से 96 किमी. की दूरी पर स्थित कलियाना और 696 किमी. की दूरी पर स्थित कल्याणपुर के अक्षांशों का त्रिकोणात्मक एवं खगोलीय विधियों द्वारा माप किया गया। पर दोनों विधियों से प्राप्त अक्षांशीय माप में 5.236" का फर्क पाया गया जो भूतल पर 168 मी. दूरी की दूरी के बराबर था। ऊपर वर्णित दोनों पद्धतियों से अक्षांश मापन में प्राप्त दोनों स्थानों का अक्षांशीय अन्तर 15.85" होना चाहिए था जो प्राप्त आँकड़ों का तिगुना है। इसका अर्थ है कि हिमालय का अपेक्षित खिंचाव नहीं पड़ा। भू-वैज्ञानिक बैगुआर के पर्यवेक्षण पर आधारित संदेह ने काफी पर्यवेक्षणों के पश्चात् इस तथ्य को इस रूप में प्रस्तुत किया कि पर्वत आयतन के अनुरूप सीस रेखा को आकर्षित नहीं कर रहा है।

गुरुत्वाकर्षण शक्ति पर आधारित अनुभवों की सहायता से भू-संतुलन के सिद्धांत को सिद्ध व निरूपित किया गया है। पृथ्वी के केन्द्रीय भाग में पदार्थ के

अधिक केन्द्रित रहने के कारण गुरुत्वाकर्षण विषुवत् रेखा से ध्रुवों की ओर धीरे-धीरे बढ़ता जाता है और पृथ्वी के केन्द्र से दूरी अर्थात् अक्षांशों एवं समुद्र तल से ऊँचाई पर निर्भर करता है। पर्यवेक्षणों से पता चला है कि पर्वतों की चोटियों पर सामान्यतः गुरुत्वाकर्षण की गहनता जितनी होनी चाहिए उससे कम है, अर्थात् विसंगति ऋणात्मक है। इसके विपरीत मैदानी तथा सागरीय भागों में विसंगति धनात्मक है। अतिरिक्त पदार्थ के आधार पर अनुमानित तथा स्थान विशेष के सर्वेक्षित गुरुत्वाकर्षण की भिन्नता को गुरुत्वाकर्षण की विसंगति कहते हैं। स्पष्ट है कि इस विसंगति का कारण पृथ्वी के भीतरी भागों में घनत्व की भिन्नता है; पर्वतों के अधिक आयतन की क्षतिपूर्ति उनके नीचे के भागों में पाई जाने वाली कम घनत्व की चट्टानों के द्वारा होती है।

उक्त पर्यवेक्षणों, समस्याओं, विचारों और गुरुत्व बल के भूतल पर वितरण के मान और दिशा में विचरणशीलता के द्वारा पृथ्वी की बाह्य परत और इसके उच्चावचन की प्रमुख इकाइयों के आपसी संबंध पर पर्याप्त प्रकाश पड़ा है तथा इसने भूसंतुलन के सिद्धांत का रूप ग्रहण कर लिया है जिसकी व्याख्या के लिए तीन प्रकार के अनुमान प्रस्तुत किए गए हैं, जो निम्नलिखित हैं—

(1) यदि पर्वत सिमै को बिना विरूपित किए हुए खड़े हैं तो वे बुलबुला के सदृश भीतर से खोखले हैं। इसीलिए उनमें आयतन रहने पर भी अपेक्षित आकर्षण शक्ति नहीं है।

(2) विभिन्न भूआकृति इकाइयों में घनत्व की भिन्नता है और ये विभिन्न घनत्व के स्तम्भों द्वारा निर्मित हैं।

(3) प्रावार (सिमै) की ऊपरी सतह सीधी और समतल नहीं है। धरातल से काफी नीचे तक कम घनत्व की चट्टानें फैली हुई हैं तथा भूपर्पटी प्रावार को विस्थापित करते हुए उसमें धँसी हुई है और नीचे की ओर पर्वतों की प्रतिच्छाया उत्पन्न करती है। इस प्रकार पर्वतों के मूल होते हैं जो परत चट्टानों से बनी है।

भूसंतुलन की व्याख्या करने के लिए प्रस्तुत विभिन्न अनुमानों की संभावनाओं के कारण भूसंतुलन सिद्धांत की व्याख्या में सभी विद्वानों के मत एक समान नहीं हैं। भू-वैज्ञानिकों ने आर्क डिकॉन प्राट, जे.एफ. हेफार्ड एवं डब्लू बोवी ने अलग-अलग पर कमोबेश एक समान सिद्धांत दिया, जिसे समतोलन सिद्धांत कहते हैं।

गुरुत्वाकर्षण की विसंगतियों की व्याख्या करने के लिए प्राट ने अधिक आयतन, अधिक ऊँचाई, कम घनत्व पर आधारित समतोलन तल का सिद्धांत

प्रतिपादित किया। हिमालय में पाई गई विसंगतियों के आधार पर उन्होंने माना कि पृथ्वी की विभिन्न भूआकृति इकाइयों में चट्टानों का घनत्व भिन्न है और यह घनत्व उनकी ऊँचाई का अनुपाती है। अधिक ऊँचे भूखण्ड कम घनत्व की चट्टानों के द्वारा और कम ऊँचे भूखंड अधिक घनत्व की चट्टानों द्वारा निर्मित हैं। ऊँचाई और घनत्व में विपरीत संबंध है। इस प्रकार प्राट ने, विभिन्न घनत्व, समान गहराई, ऊँचा स्तम्भ, कम घनत्व तथा नीचा स्तम्भ, अधिक घनत्व सिद्धांत के प्रतिपादन द्वारा भूपर्पटी को विभिन्न स्तम्भों के द्वारा निर्मित माना। प्राट के अनुसार भूतल के नीचे एक क्षतिपूर्ति तल है जिसके ऊपर विभिन्न भूखंडों के घनत्व में अंतर पाया जाता है। पर उसके नीचे समान घनत्व है। घनत्व में यह अंतर केवल भूपर्पटी में पाया जाता है; प्रावार तथा भूक्रोड में नहीं। घनत्व-भिन्नता के कारण क्षतिपूर्ति (समतोलन) तल पर भार बराबर पड़ने के कारण विभिन्न आकृति इकाइयाँ अपने स्थान पर स्थित हैं। उस सिद्धांत के अनुसार हिमालय अधिक ऊँचा होने के कारण कम घनत्व की चट्टानों के द्वारा प्रायद्वीपीय पठार एवं उत्तर भारत का मैदान अपेक्षाकृत अधिक घनत्व की चट्टानों द्वारा निर्मित हैं। इसी कारण हिमालय सीस रेखा को उतना आकर्षित नहीं करता जितना उसे आयतन के कारण करना चाहिए था।

हेफोर्ड और बोवी ने भी प्राट से मिलता-जुलता मत प्रकट किया और माना कि समान क्षेत्रफल वाले भूखण्डों के नीचे भार बराबर होगा। हेफोर्ड ने माना कि समतोलन तल भूतल से 100 किमी. नीचे स्थित है।

प्राट, हेफोर्ड और बोवी द्वारा प्रस्तुत भूसंतुलन की व्याख्या में समस्थिति का भाव निहित है। यह सत्य है कि एक निश्चित गहराई के बाद घनत्व में भिन्नता नहीं रहती और गुरुत्वाकर्षण की अनियमितताएँ केवल भूपर्पटी में ही निहित हैं।

जॉली ने इस सिद्धांत की कटु आलोचना की है और इसे अव्यावहारिक एवं गणितीय पहेली कहा है पृथ्वी का स्तम्भों में निर्मित मानना व्यावहारिक नहीं। पृथ्वी ऊर्ध्व स्तम्भों में न निर्मित होकर यह सकेन्द्रीय (Concentric) परतों के द्वारा निर्मित है। अगर यह मान लिया जाए कि पृथ्वी स्तम्भों पर निर्मित है तो समस्याएं निपटने की वजह और अधिक बढ़ जाएगी, स्थायी नहीं हो सकती। भूगर्भिक प्रक्रियाएँ इस प्रकार की बनावट को समाप्त कर देंगी।

एयरी की मूल परिकल्पनाः एयरी ने हिमालय में पाई गई गुरुत्वाकर्षण की विसंगतियों के स्पष्टीकरण के निमित्त साधारण उत्प्लावन (Floatation) के सिद्धांत

पर आधारित एक सिद्धांत प्रतिपादित किया है जिसमें माना गया कि पर्वतीय सियाली खंड नीचे के प्रावार (Mantle) को विरूपित करते हुए उसके अंदर धँसे हुए हैं और उनके नीचे काफी गहराई तक हल्के पदार्थ फैले हुए हैं। उन्होंने माना कि पर्वतों के मूल अर्धद्रव्य पदार्थों से बनी तलहटी में धँसे हुए हैं। अगर पर्वत पर ठोस पर टिके होते तो पृथ्वी उनका भार सहन नहीं कर पाती

हल्की चट्टानों द्वारा निर्मित अपने 'मूल' के अधःस्तर में धँसे रहने के कारण ही वे अपने स्थान पर खड़े रह सकते हैं जिस प्रकार कोई लकड़ी का कुन्दा जल में तैरता हुआ खड़ा रहता है। कुंदे का निर्माण लकड़ी से होता है। जो कुंदा कम ऊँचाई का होता है तथा जो कुंदा अधिक उठा होता है वह जल में अधिक गहराई तक धँसा रहता है। इस प्रकार उन्होंने माना कि कम घनत्व के महादेशीय भूखंड (सियाल) नीचे के अधिक घनत्व के पदार्थ (सिमै) पर तैर रहे हैं और अधःस्तर के नीचे सिमै में अपने विस्तार के द्वारा संतुलित हैं। किसी बड़ी वस्तु का खड़ा रहना तभी संभव है जब उसका एक बड़ा भाग नीचे धँसा हो क्योंकि आर्किमिडीज के उत्प्लावन सिद्धांत के अनुसार द्रव में डूबी वस्तु अपने भार के बराबर द्रव को विस्थापित करती है। उसी प्रकार हिमशिलाओं के प्लवन के सदृश 2.67 घनत्व का सियाली खंड तीन घनत्व के अलकतरे के समान अर्द्ध तरल सिर्म में इस प्रकार धँसा हुआ है। अतः पर्वतों के नीचे सियाली चट्टानें अधिक और सिमै चट्टानें बहुत पायी जाती हैं। जबकि महासागरों के नीचे केवल सिमै ही सिमै है। अतः पर्वत श्रेणियाँ पृथ्वी पर अतिरिक्त भार प्रदर्शित नहीं करतीं। दूसरी ओर महासागर पदार्थ की कमी भी प्रदर्शित नहीं करते। अधिक घनत्व के सिमै द्वारा निर्मित रहने के कारण ये एक निश्चित गहराई के बाद पर्वतादि के सदृश अधःस्तर पर समान भार डालते हैं। क्योंकि महादेशीय खण्ड हल्की चट्टानों पर स्थापित है और महासागरीय खंड अधिक घनत्व की चट्टानों से निर्मित है इसलिए समान क्षेत्रफल पर समतोलन पर बराबर भार डालते हैं। विभिन्न भूआकृतियों की ऊँचाई में भिन्नता उनके निर्माणकारी चट्टानों के आयतन में भिन्नता के कारण है। समतोलन तल पर बराबर भार पड़ने के कारण संतुलन बना रहता है। कम घनत्व की चट्टानों से निर्मित पर्वतों के मूल के सिमै में धँसे रहने के कारण उनमें आकर्षण शक्ति कम रहती है। पृथ्वी के विभिन्न भूखण्ड समान घनत्व की चट्टानों द्वारा निर्मित हैं। आयतन की भिन्नता के कारण उनकी ऊँचाई समान नहीं है। ज्यादातर भूआकृतियाँ एक साथ ही संतुलित होती हैं, ये अलग-अलग संतुलित नहीं होती हैं। धराकृति

की छोटी इकाइयों को भूपर्पटी अपने बल पर सम्भाले रहती है। हिमालय के संदर्भ में उन्होंने बतलाया कि हिमालय भूपटल पर अतिरिक्त पदार्थ के रूप में नहीं है। यह अधःस्तर (Substratum) में काफी गहराई तक फैला हुआ है। हिमालय का नौ भाग अधःस्तर में धँसा हुआ है और अधिक घनत्व की चट्टानों (सिमै) को मैदानों और सागरों की ओर हटा दिया है। हिमालय की औसत ऊँचाई 8,839 मी. है। इसलिए इस ऊँचाई का नौ गुना ($8,839 \times 9 = 79,551$ मी.) जो कम घनत्व की चट्टानों द्वारा निर्मित होगा, अधःस्तर में प्रविष्ट है। इसी कारण यह सीसरेखा को अपने आयतन के अनुपात में आकर्षित नहीं करता।

एयरी का सिद्धांत पृथ्वी पर पाई जाने वाली स्थितियों के अनुकूल है। खानों की खुदाई से ज्ञात होता है कि पृथ्वी के भीतरी भाग में भी समान घनत्व की सियाली चट्टानें उपस्थित हैं। साथ-साथ पृथ्वी की बनावट भी परतों में है। पर्वतों के नीचे 40 से 80 किमी. गहराई तक, तथा मैदानी भागों के नीचे से 30 से 40 किमी. गहराई तक सियाली चट्टानें फैली हुई हैं। सागरों के नीचे सियाल या तो पूर्ण रूप से अनुपस्थित है अथवा उसकी परत वहाँ अति ही पतली है। जॉली ने भी इस सिद्धांत की पुष्टि की है।

प्राट और एयरी के सिद्धांतों की तुलना : दोनों के सिद्धांतों की तुलना करने से पता चलता है कि दोनों ने क्षतिपूर्ति और प्लावन के सिद्धांत को स्वीकार किया है। फिर भी दोनों में स्पष्ट अंतर है। बोवी के शब्दों में एयरी और प्राट के सिद्धांतों में मौलिक भेद यह है कि एयरी महोदय ने समान घनत्व, पर विभिन्न मुटाई और प्राट ने समान गहराई पर विभिन्न घनत्व की संकल्पना प्रस्तुत की है।

एयरी की मूल परिकल्पना द्वारा भूसंतुलन की स्थिति का सही ढंग से स्पष्टीकरण होता है। आधुनिक खोजों, विशेषकर आर्थर होम्स और प्रो. हस्केनेन की खोजों तथा भूकंप विज्ञान से प्राप्त साक्ष्यों ने इस सिद्धांत को नया जीवन प्रदान किया है। आज यह सर्वमान्य हो गया है। इस प्रकार भूसंतुलन के सिद्धांत में आज सत्यता का अंश दिखाई पड़ता है और यह एक तथ्य के रूप में स्वीकृत हो चुका है। इस सिद्धांत ने भौतिक भूगोल की कई समस्याओं का समाधान प्रस्तुत किया है जिसे नग्नीकरण (अनाच्छादन), भूगर्भिक प्रक्रियाओं और भूसंतुलनकारी व्यवस्था के रूप में देखा जा सकता है। फिर भी इसे इस रूप में पूर्ण प्रतिष्ठित करने के लिए इससे संबंधित कतिपय समस्याओं का समाधान किया जाना आवश्यक है। पृथ्वी के अधिकांश भागों में आज पूर्ण संतुलन है क्योंकि अधिकांश

भागों में किसी प्रकार के भूगर्भिक हलचल नहीं पाए जाते। जहाँ पर असंतुलन की स्थिति है वहाँ प्राकृतिक शक्तियाँ संतुलन साधने के लिए हमेशा प्रयत्नशील रहती हैं। महादेशीय खंड और महासागर साथ-साथ संतुलन की स्थिति में स्थित हैं। यह संतुलन क्षेत्रीय हैं, न कि स्थानीय। पर भूसंतुलन की स्थानीय विसंगतियाँ देखने को मिलती हैं। हिमालय, एण्डीज, जापान, फिलीपींस तथा अन्य कई देशों एवं स्थानों में सीस रेखा का पर्वतों की ओर अपेक्षित खिंचाव नहीं होता। यहाँ निरंतर भूकंप का आना यह संकेत करता कि वहाँ का वातावरण संतुलित नहीं है।

क्षतिपूर्ति की संकल्पना और समतोलन तल : भूतल के नीचे जिस तल पर विभिन्न भूआकृति इकाइयों का भार बराबर होता है, उसे क्षतिपूर्ति तल या समतोलन तल कहते हैं। 1925 में जॉली ने माना कि प्राट एवं एयरी के सिद्धांत बेशक एक-दूसरे से मिल सकते हों परन्तु व्यवहार में दोनों एक समान हैं। इसके बावजूद जॉली ने इस अवधारणा को मानने से इंकार कर दिया कि भूतल की स्थलाकृतियाँ अलग-अलग घनत्व की चट्टानों से निर्मित हैं। स्थलाकृतियों के विभिन्न घनत्व द्वारा निर्मित रहने पर भी भूगर्भिक प्रक्रियाएँ उसे नष्ट कर देंगी। प्रसिद्ध भूवैज्ञानिक के शब्दों में क्षतिपूर्ति की क्रिया समान तल पर हो ही नहीं सकती है। कम, पर समान घनत्व की भूपर्पटी (सियाल) और अधिक घनत्व के सिमै के बीच में 16 किमी. मोटा एक क्षतिपूर्ति मंडल है जिसके ऊपर समान घनत्व की परत है; घनत्व भिन्नता इसी मंडल में सन्निहित है, एयरी के समान जॉली ने भी माना कि 2.67 घनत्व का सियाली खंड 3.00 घनत्व के सिमै में हिमशिला के समान तैर रहा है। जॉली का सिद्धान्त प्लवन के सिद्धान्त के अनुरूप है। क्षतिपूर्ति मण्डल में कम घनत्व की चट्टानें मूल के रूप में विस्तारित सियाली चट्टानें हैं जबकि अधिक घनत्व की चट्टानें अधःस्तर के ऊपर की ओर उठी चट्टानें हैं। भूकम्प तरंगों के अध्ययन के आधार पर आर्थर होम्स ने भी प्लवन के सिद्धान्त की पुष्टि की है।

नग्नीकरण, भूगर्भिक प्रक्रियायें, भूसंतुलनकारी व्यवस्था और भौतिक भूगोल की समस्यायें (Denudation, Geological Processes, Isostatic Adjustment and Problems of Physical Geogrophy) :

धरती के ऊपर सामान्य रूप से स्थिरता की स्थिति बनी रहती है परन्तु कभी-कभी भूगर्भिक घटनाएँ इस संतुलन को बिगाड़ देती हैं। इसमें महादेशीय खण्डों (पर्वत और पठार) का कटना, समुद्री क्षेत्रों एवं भूसन्नतियों में मलबे का

जमा होना, आग्नेय प्रक्रियायें तथा महादेशीय हिमटोपों (Ice Caps) का निर्माण प्रमुख है।

पर्वतों-पठारों का निम्नीकरण और भूसंतुलन
(Denudation of Mountains and plateaux and Isostasy)

महादेशीय क्षेत्रों के अपरदित होकर सपाट मैदान में परिणत होने के क्रम में अपरिमित मात्रा में मलबा कटकर बह जाता है जिसका आयतन प्रारम्भिक धरातल की ऊँचाई का अनुपाती होता है। महादेशीय क्षेत्रों में अपरदन के कारण भार हल्का हो जाता है और निक्षेप के कारण समुद्री तथा निम्न क्षेत्रों में भार बढ़ जाता है, जिससे भूसंतुलन विरूपित हो जाता है। पुनः भूसंतुलन स्थापित होने के लिए बढ़े हुए भार के कारण समुद्र तथा निक्षेपीय क्षेत्र के नीचे का सिमै महादेशीय भाग की ओर सरकता जाता है जिससे वहाँ भूसंतुलनीय उत्थापन होता है और पुनः भूसंतुलन स्थापित हो जाता है। इसे भूसंतुलनकारी व्यवस्था (Isostatic adjustment) कहते हैं। इससे आसानी से समझा जा सकता है कि जहाँ पर भी भूस्थल पर असंतुलन की स्थिति बनती है, प्रकृति तुरन्त वहाँ संतुलन को साधने में लग जाती है। यदि ऐसा नहीं होता तो महादेशीय खण्ड दीर्घकालीन अपरदन के द्वारा चरम तल तक कटकर समाप्त हो जाते और निपेक्ष के द्वारा समुद्र भर जाते। भूसंतुलनकारी व्यवस्थाएँ ऐसा नहीं होने देतीं। जिस प्रकार हिम-शिलाएँ ऊपरी भाग के गलते जाने पर भी नीचे से ऊपर उठ जाने के कारण तैरती रहतीं है, उसी प्रकार महादेशीय खण्ड अपरदन तथा नग्नीकरण द्वारा भारयुक्त हो जाने तथा ऊँचाई घट जाने पर भी अपने नीचे निक्षेपीय क्षेत्रों से अधिक भारी सिमै के आ जाने के कारण ऊपर उठते जाते हैं। फिर भी दीर्घकालीन अपरदन के द्वारा अरावली, अपलेशियन, स्कॉटी उच्चभूमि, पूर्वीघाट पहाड़, ऑस्ट्रेलिआई पूर्वी उच्च प्रदेश आदि कटकर पहाड़ियों और निम्न क्षेत्रों में परिवर्तित हो गए हैं। प्रश्न उठता है कि ये गगनचुम्बी पर्वत और उच्च प्रदेश कटकर समप्राय मैदान (peneplain) और निम्न क्षेत्रों में कैसे परिणत हो गए ? इसका उत्तर भूसंतुलन प्रस्तुत करता है। भूसंतुलन के अनुसार समान क्षेत्र में समान द्रव्यमान होना चाहिए। अपरदित पर्वतों के नीचे आने वाला सिमै अधिक घनत्व का तथा अधिक भारी होता है। इसलिए अपरदित ऊँचाई की अपेक्षा उत्थापन (uplift) कम होता है। कालक्रम में इस क्रिया द्वारा पर्वतों की ऊँचाई घटती जाती है।

मान लिया कि 2.3 घनत्व की 1000 मी मोटाई की चट्टानें अपरदित हो गई हैं। इस प्रकार अपरदित द्रव्यमान 2.6 1000 का अनुपाती है। इसकी क्षतिपूर्ति 3.4 घनत्व की स मोटाई के सिमै के अपरदित भूखण्ड के नीचे प्रवाहित होकर आने से होती है। इस अवस्था में भूसंतुलन बने रहने के लिए 3.4 स=2300 मी होनी चाहिए स=765 मी है। सिमै के इस प्रकार अपरदित भूखण्ड के नीचे जाने से अ-ब तल उत्थापित होकर 'अ-ब' तल में चला जाता है। इस प्रक्रिया में जो पठार का तथा धरातल तथा पूर्व निर्मित धरातल मान एक दूसरे से 235 मी. नीचे स्थित होते हैं। 1000 मी ऊँचा भूखण्ड के समप्राय मैदान (Peneplain) में परिणत होने के लिए उसके लगभग चार गुणा मोटाई के धरातल का अपरदन आवश्यक होगा।

जैसे-जैसे अपरदन चक्र की गति बढ़ती जाती है वैसे-वैसे उत्थापन बढ़ता जाता है। प्रौढ़ावस्था शुरू होते ही शिखर तल और जल विभाजक तल प्रारंभिक धरातल के ऊपर उत्थापित हो जाते हैं। जब घाटियों और जलविभाजकों के खण्ड परिच्छेद का क्षेत्रफल बराबर हो जाता है, तब अनाच्छादित भूखण्ड का आधा अपरदित हो जाता है। इस अवस्था में न-द धरातल उत्थापित होकर न'-द' धरातल पर आ जाता है, अर्थात् $\frac{765}{2}$ मी उत्थापन होता है जहाँ शिखर तल की ऊँचाई घाटी तल के 1000 मी ऊपर रहती है।

भूसन्नतियों में निक्षेप, पर्वत निर्माण और भूसंतुलन
(Deposition in Geosynclines, Mountain building and Isostasy)

पर्वतों के अपरदन से प्राप्त मलबा समुद्र तथा भूसन्नतियों में जमा होता जाता है। अतः वहाँ भार बढ़ जाता है जिससे समुद्र तल नीचे की ओर धँसता है। इससे भूसंतुलन बना रहता है। पर और अधिक निक्षेप होने पर वास्तविक भूसंचलन प्रारम्भ होता है। इससे अग्रप्रदेश (Foreland) एक दूसरे की ओर आने लगते हैं। फलतः निक्षिप्त हल्का मलबा वलित हो जाता है और दबाव के कारण काफी नीचे चला जाता है जिससे पर्वतों के मूल का निर्माण होता है। वलन के परिणामस्वरूप जब भार अधिक बढ़ जाता है उसे कम करने अथवा संतुलित करने के लिये उपयोग किया जाता है। अतः अग्रप्रदेश से आने वाली शक्तियों की समाप्ति पर वास्तविक उत्थापन प्रारम्भ होता है। इससे पर्वत शृंखलाएँ अपने प्लवन-तल तक उठ जाती हैं जिससे बिगड़ा हुआ भूसंतुलन पुनः स्थापित हो जाता

है। ऐसा नहीं है कि भूसंतुलन की स्थापित करने की स्थिति खास चरम बिन्दु पर जाकर रूक जाती है।

आज भी पृथ्वी के कुछ भागों में भूसन्नतियों मे निक्षेप-कार्य चल रहा है। हिमालय के पार्श्व में स्थित गंगा-सिन्धु का मैदान एक संकीर्ण भूसन्नति के रूप में है। इसमें निक्षेप-कार्य आज भी चल रहा है। इस भूसन्नति का पूर्व की ओर विस्तार पूर्वी द्वीप समूहों में बान्दा द्वीपीय चाप के सामने तक 6,500 किमी की दूरी में पाया जाता है। आज यहाँ यह भूसन्नति निमज्जित उत्सेध के रूप में है। भूवैज्ञानिक वेंनिग मेनेस्ज की भूसंतुलन सम्बन्धी खोजों से यह पता चला है कि भूसन्नति में जमाव के द्वारा भविष्य में निर्मित होने वाले पर्वत के मूल का निर्माण हो चुका है। उक्त निमज्जित उत्सेध में हर स्थल पर गुरुत्वाकर्षण का ऋणात्मक विसंगति पाई जाती है। इससे ज्ञात होता है कि वहाँ कम घनत्व की चट्टानें अग्रभाग के दबाव के कारण नीचे धँस गई हैं। अब इस क्रिया के और जारी रहने पर वलन क्रिया प्रारम्भ हो जाएगी। आज कम घनत्व की चट्टानों के सिमै में धँसे रहने के कारण यहाँ गुरुत्वाकर्षण ऋणात्मक है। समान स्थिति टोंगा, क्युराइल तथा प्युटोरिको ट्रेन्च में पाई जाती है। यहाँ भी गुरुत्वाकर्षण की ऋणात्मक विसंगति तथा मोहो का अधिक गहराई में पाया जाना सियाली चट्टानों में नीचे की ओर हुए मुड़ाव को प्रदर्शित करता है। लगता है कि भूसंतुलनीय व्यवस्था के कारण दोनों पार्श्वों (अग्रप्रदेशों) से दबाव पड़ रहा है और 'मूल' का निर्माण हो रहा है।

पर्वतीय चोटियों की ऊँचाई और भूसंतुलन : सभी वलित पर्वतों में, विशेषकर नवीन मोड़दार पर्वतों में उनकी सामान्य ऊँचाई के ऊपर गगनचुम्बी चोटियाँ पाई जाती हैं। पश्चिम में नंगा पर्वत से पूर्व में नामचा बारवा तक हिमालय में ऐसी अनेक चोटियाँ पाई जाती हैं। ऐसी स्थिति आल्पस, ऐण्डिज, रॉकी आदि में भी पाई जाती है।

पर्वतीय चोटियों की अत्यधिक ऊँचाई भूसंतुलनीय व्यवस्था के अधीन वलित मलबे के उत्थापन आदि कई कारणों से हो सकती है। पर उन चोटियों की असमान्य ऊँचाई का एक कारण अपरदन के साथ होने वाला भूसंतुलनीय उत्थापन भी है। नदियाँ ही पर्वतों में अपरदन कार्य में मुख्य भूमिका निभाती हैं जिससे अति गहरे गॉर्जों का निर्माण हुआ है। ब्रह्मपुत्र, गंगा, सिन्धु आदि नदियों में इसके सुन्दर उदाहरण पाए जाते हैं। गंगा की एक सहायकी अरुण (कोसी) तिब्बत में 6706

मी की ऊँचाई पर उत्पन्न होकर एवरेस्ट और कंचनजंघा चोटियों के बीच एक बहुत गहरे गॉर्ज से होकर प्रवाहित होती है।

इसकी क्षतिपूर्ति के लिए भारी और अधिक घनत्व का सिमै प्रवाहित होकर पर्वतों के नीचे आ जाता है जिससे भूसंतुलनीय उत्थापन होता है। हिमालय में इस प्रकार हो रहे उत्थापन के प्रमाण हिमालय के दक्षिणी पदीय भाग में पाए जाने वाले नूतन जलोढ़ निक्षेप और विभिन्न ऊँचाइयों पर पाई जाने वाली नदी वेदिकाएँ है। गॉजों के निर्माण में अपरिमित मात्रा में चट्टानों के कटकर अपरिदित होने तथा भूसंतुलनीय उत्थापन के कारण चोटियों की ऊँचाई बढ़ जाती है। बहुत ज्यादा ऊँचाई पर स्थित चोटियों पर अपरदन का कार्य नहीं हो पाया और जहाँ हिमीकरण साल में कुछ महीनों में होता था। वहाँ चोटियों के जल विभाजक के रूप में रहने के कारण अपरदन की गति अत्यन्त कम हो जाती है। एवरेस्ट-कंचनजंघा क्षेत्र में सियाली भूखण्ड की मोटाई 5977 मी है। इस अवस्था में भूसंतुलनीय उत्थापन, 1821 मी से अधिक होगा।

अनाच्छादन और भूसंतुलनीय उत्थापन के कारण वलित पर्वतों की चोटियाँ अत्यधिक ऊँची होती हैं।

महादेशीय दृढ़ भूखण्ड (Shield) एवं भूसंतुलन : अफ्रीका, ऑस्ट्रेलिया, ब्राजील, कनाडा तथा रूस के दृढ़ भूखण्डों में रवादार कायान्तरित चट्टानों एवं ग्रेनाइट जैसे पातालीय चट्टानों की बहुलता है। दीर्घकालिक अपरदन के कारण इस क्षेत्र की चट्टानें साफ हो गईं और ठीक उनके नीचे अवस्थित भारी चट्टानें धरती के ऊपरी हिस्से में दिखने लगती हैं। ये समुद्र तल से सामान्यतः 600 मी से अधिक ऊँचाई पर पाई जाती हैं। पर उक्त दृढ़ भूखण्डों के निर्माण से आजतक की अवधि में इन्हें चरम तल तक कट जाना चाहिए था। इनके चरम तल तक नहीं कटने का एक कारण समय-समय पर इनका क्षेत्रीय उत्थापन हो सकता है। पर दीर्घकालिक विस्तृत अपरदन और उस समय भार का हल्का होना तथा भूसंतुलनीय उत्थापन भी इन दृढ़ भूखण्डों की ऊँचाई का एक प्रमुख कारण है।

अधोसमुद्री कैनियन (Submarine canyons) और भूसंतुलन : ये कैनियन महादेशीय ढाल पर समुद्र तल से 2000 मी गहराई तक विस्तृत पाए जाते हैं। इन कैनियनों की उत्पत्ति कई कारणों से बतलाई जाती है। भू-वैज्ञानिक शेपार्ड के अनुसार ये कैनियन भूखण्डों के समीपस्थ समुद्री वितल पर नदी-घाटियों के विस्तारित भाग हैं। नदी-घाटियों का विस्तार प्लिस्टोसीन हिमयुग में समुद्री वितल

पर हुआ था जब हिमचादरों के निर्माण के कारण समुद्र तल नीचा हो गया था और सागरीय वितल का सीमान्त भाग समुद्र तल के ऊपर निकल गया था। नदियाँ समुद्र तल से ऊपर निकले समुद्री वितल पर विस्तारित हो गई और वे नदी घाटियाँ ही हिमयुग खत्म होने और समुद्र तल के ऊपर उठने पर कैनियन के रूप में हैं। पर प्रश्न उठता है कि प्लिस्टोसीन हिमयुग में समुद्र-तल केवल 100 मी नीचे गिरा था, पर कैनियन समुद्र-तल से 2000 मी गहराई तक पाए जाते हैं। शेपार्ड कई प्रकार के प्रमाणों के आधार पर मानते हैं कि प्लिस्टोसीन हिमयुग में समुद्र-तल 1100 मी नीचे गिरा था, पर कैनियन 2000 मी गहराई तक पाए जाते हैं। इस स्थिति की व्याख्या भूसंतुलनीय व्यवस्था के द्वारा की जा सकती है। इस अवस्था में वितल का भार हल्का हो गया था जिससे यह अ-स-ई रेखा के रूप में वक्राकार उत्संवलित हो गया। इस नए तट पर नदियाँ विस्तारित हो गईं। हिमाच्छादन के पश्चात् समुद्र-तल हिमाच्छादन के पूर्व की तरह अ-ब तल में आ गया। इसका अर्थ है कि हिमाच्छादन समाप्त होने पर हिम के गलने से प्राप्त जल समुद्र में जमा हो गया जिससे समुद्र-तल ऊँचा उठ गया और समुद्री वितल पर भार बढ़ गया। जब इनका वजन अधिक बढ़ जायेगा वह अपने आप समुद्री वितल अ-स-ई वक्र के रूप में अवसंवलित हो जाएगा। इस प्रकार चरम हिमकाल में स बिन्दु 1100 मी गहराई पर था; वह भूसंतुलनीय व्यवस्था के कारण अब 2000 मी गहराई पर है। अतः जो कैनियन 1100 मी गहराई तक निर्मित हुए थे, वे आज 2000 मी गहराई तक विस्तृत पाए जाते हैं।

ज्वालामुखी, भूकम्प और भूसंतुलनः ज्वालमुखियों और भूकम्पों और उनके क्षेत्रों का अध्ययन करने पर भूसंतुलनीय व्यवस्था को प्रभावित करने वाले कई तथ्य प्रकाश में आए। पता चला कि विश्व के ज्वालामुखी और भूकम्प की मुख्य दो पट्टियाँ हैं जहाँ भूकम्प और ज्वालामुखी साथ-साथ पाए जाते हैं। उक्त भूकम्प-ज्वालामुखी क्षेत्र में पर्वत और गर्त के रूप में अत्यधिक उच्चावचन पाया जाता है। यहाँ गगन-चुम्बी पर्वत पाए जाते हैं जहाँ अधिकतम अपरदन होता है जिससे वहाँ अधिकतम भूसंतुलनीय उत्थापन होता रहता है। उन पर्वतों के पास की गहराई या गर्त्त (जैसे प्रशान्त महासागर के गर्त्त) अथवा पो-घाटी, मेसोपोटामिया का निम्न क्षेत्र, गंगा-सिन्धु घाटी, इरावदी घाटी आदि के रूप में निम्न क्षेत्र हैं जहाँ पर्वतों के अपरदन से प्राप्त अवसाद जमा होता जाता है। इस प्रकार ज्वालामुखी-भूकम्प क्षेत्र में भूसंतुलनीय उत्थापन और निम्न क्षेत्रों में भूसंतुलनीय अधोगमन की प्रवृत्ति

पाई जाती है। इस प्रकार की विपरीत प्रवृत्ति के क्षेत्रों में एक चूल (Hinge) क्षेत्र पाया जाता है जहाँ भूपर्पटी में विदारण होता है जिससे ज्वालामुखी क्रिया होती है और भ्रंश के सहारे भूपर्पटी का विस्थापन होता है जिससे भूकम्प होता है। कई बार देखा गया है कि भू-संतुलन को साधने वाली ये क्रियाएँ एक साथ होती हैं जैसे वहाँ ज्वालामुखी उद्‌गार होते हैं। बड़ा ज्वालामुखी फटने के साथ-साथ भूकम्प के झटके भी महसूस किए जाते हैं और कई बार भूकम्प के झटके महसूस किए जाते हैं।

हिमाच्छादन और भूसंतुलन : कभी-कभी कुछ प्रक्रियायें भूसंतुलन को इतना शीघ्र अव्यवस्थित एवं विरूपित कर देती हैं कि भूगर्भ में सिमै का बहाव उतना शीघ्र पुनः भूसंतुलन स्थापित करने में असमर्थ हो जाता है। इसका व्यावहारिक रूप हिमाच्छादित क्षेत्रों में देखने को मिलता है। हिमटोपों और हिमचादरों के निर्माण के द्वारा महादेशों के विस्तृत भाग हिमाच्छादित होते हैं जिससे वहाँ अचानक भार बढ़ जाता है और हिमाच्छादित भूभाग भूसंतुलनीय व्यवस्था के अधीन धँस जाता है। हिमाच्छादन की समाप्ति पर भार अचानक घट जाता है जिससे भूसंतुलनीय व्यवस्था के अधीन सम्बन्धित भूभाग धीरे-धीरे ऊपर उठने लगता है। कनाडा, स्कैण्डेनेविया और ब्रिटिश द्वीपपुंज में 8000-11000 वर्ष पूर्व हिमयुग आया था। हिमयुग की समाप्ति पर वहाँ बर्फ इतनी जल्दी पिघली कि इस क्षेत्र का भार अचानक बहुत घट गया जिससे वहाँ असंतुलन की स्थिति उत्पन्न हो गई। यह हिम इतना शीघ्र पिघल गया कि प्रभावित क्षेत्र में भार हठात् बहुत घट गया जिससे वहाँ भूसंतुलन विरूपित हो गया है। असंतुलन की स्थिति को ठीक करने के लिए स्थलखण्डों का उत्थापन जारी है। स्कैण्डेनेविया में भूसंतुलनीय अवनमन और उत्थान के चिह्न सागरों और झीलों के उत्थापित पुलिनों में मिलते हैं बोथानियाँ की खाड़ी के पास के क्षेत्रों में पिछले 8,000—11,000 वर्षों में लगभग 300 मी उत्थापन हुआ है। अनुमान किया जाता है कि एक मीटर (प्रति वर्ष 1 से. मी.) उत्थापन होता है। उत्थापित क्षेत्र गुम्बदकार स्वरूप प्रस्तुत करता है। यहाँ अभी भी पूर्ण भूसंतुलन स्थापित नहीं हुआ है। इस भाग में लगभग 213 मी और उत्थापन हो जाने पर यहाँ पूर्ण संतुलन की स्थापना हो जाएगी। उत्थापित हो रहा क्षेत्र गुम्बदाकार स्वरूप प्रस्तुत करता है। ब्रिटिश द्वीपपुंज और उत्तरी-पूर्वी उत्तर अमेरिका में भी भूसंतुलनकारी प्रक्रियायें जारी है। हडसन की खाड़ी के उत्तरी किनारे पर निकट भूतकाल में नए चट्टानी द्वीप समुद्र तल के ऊपर निकल आएगी।

धसन घाटी (Rift valley) और भूसंतुलन : अधिकांश धसन घाटियाँ सामान्य भ्रंशों के बीच भूपर्पटी के धँसे भाग है। इस कारण कम घनत्व की चट्टानें नीचे धँस जाती हैं। अतः अधःभ्रंशित भूभाग सामान्यतः कम घनत्व की सियाली चट्टानों के द्वारा निर्मित होते हैं। अतः अधिक घनत्व के स्थान पर कम घनत्व की चट्टानों द्वारा निर्मित रहने के कारण वहाँ द्रव्यमान की कमी रहती है। सागरीय गर्त्तों में भी ऐसी स्थिति पाई जाती है जहाँ महादेशीय प्लेटों का अधोगमन होता है। द्रव्यमान की कमी के कारण वे ऋणात्मक गुरुत्वाकर्षण के क्षेत्र होते हैं। इसका उदाहरण पूर्वी अफ्रीका के अल्बर्ट झील, दक्षिणी टैंगनिका झील, रूकवा और मगादी झील क्षेत्र में पाए जाते हैं।

भूसंतुलनः भारत के सन्दर्भ में पिछली कुछ दशकों में भारतीय भूगणितीय सर्वेक्षण (Geodetic Survey of India) के द्वारा किए गए गुरुत्वाकर्षण एवं उदग्र अक्ष के विचलन (Deviation of the Vertical) की माप के द्वारा प्राप्त फल के द्वारा भूसंतुलन के सामान्य सिद्धान्त की पुष्टि होती है। फिर भी यह सिद्धान्त भारत में पाये जाने वाली गुरुत्वाकर्षण सही रूप में व्याख्या करना संभव नहीं हो सकता है। भारत के विभिन्न प्राकृतिक विभागों एवं उच्चावचन क्षेत्रों में अधिकाशतः भूसंतुलनीय क्षतिपूर्ति (Isostatic compensation) की स्थिति पाई जाती है। पर गुरुत्वाकर्षण की दिशा और तीव्रता के अनुमानित (सैद्धान्तिक) और आकलित (Observed) मानों में तीव्र विसंगतियाँ पाई जाती हैं। गुरुत्वाकर्षण सर्वेक्षण तथा इसकी तीव्रता के मापन द्वारा नापा गया कि भारत के उत्तरी क्षेत्र में अधिक घनत्व की पट्टियों के साथ-साथ अल्प घनत्व की पट्टियाँ भी पायी जाती हैं। पर उन घनत्व-पट्टियों के पास धरातलीय उच्च क्षेत्र अथवा धरातलीय निम्न क्षेत्र के रूप में धरातलीय अभिव्यक्ति नहीं पाई जाती। भू-वैज्ञानिक सर्वेक्षणों में पाया गया कि हिमालय पर्वत के नीचे द्रव्यमान में कमी है। इसके विपरीत सिन्धु-गंगा के मैदान के नीचे अदृश्य श्रेणी के रूप में अधिक घनत्व की चट्टानों की पट्टी स्थित है जो कराची, कलत, बाड़मेर, उदयपुर, विलासपुर और सम्भलपुर होते हुए ओडिशा तक विस्तृत है। भूसन्तुलन के सिद्धान्त के अनुसार इस क्षेत्र में भारत का सर्वाधिक निम्न क्षेत्र होना चाहिए, पर ऐसा नहीं है। यहाँ धरातल की ऊँचाई समुद्र तल से 300 से 600 मी तक है। उसी प्रकार प्रायद्वीपीय भारत में एक अल्प घनत्व का क्षेत्र है जिसकी धुरी धारवाड़ से कड़प्पा होकर गुजरती है। भूसन्तुलन सिद्धान्त के अनुसार यह एक उच्च पर्वतीय क्षेत्र होना चाहिए था, पर यह एक अपरदित पठारी क्षेत्र है

जो पश्चिम में 1000 मी से आरम्भ होकर पूर्व में समुद्रतल तक विस्तृत है। यह आवश्यक नहीं है सिन्धु-गंगा मैदान के नीचे ही स्थित हों। इस प्रकार घनत्व का यह अनियमित वितरण भूसन्तुलन सिद्धान्त के अनुसार असंगत दीखता है क्योंकि गुरुत्वाकर्षण की अल्पता या अधिकता धरातलीय ऊँचाई अथवा निम्नक्षेत्र के रूप में अभिव्यक्त रहना चाहिए। भारत भर में सर्वे ऑफ इंडिया द्वारा किए गए सर्वेक्षणों से ज्ञात हुआ है कि धरातल से लगभग 16 से 32 किमी नीचे उपभूपर्पटी में उत्संवलनों (Upwarps) और अवसंवनलों (Downwarps) का एक क्रम पाया जाता है। ये भूपर्पटी-संवलन (Crustal Warps) कम घनत्व की भूपर्पटी की पैठिक चट्टानों (सियाल) के नीचे स्थित अधिक घनत्व की अधिक पैठिक चट्टानों द्वारा निर्मित उपभूपर्पटी (सिमै परत) को उसके सन्तुलन-तल (Plane of equilibrium) के ऊपर या नीचे उठा देते हैं।

इस प्रकार भारत में भूसन्तुलन का सिद्धान्त अत्यधिक विरूपित पाया जाता है। भूगणितीय (Geodetic) सर्वेक्षण और गुरुत्वाकर्षण विसंगति (Gravimetric) सर्वेक्षण द्वारा यहाँ प्राप्त अद्योस्थल घनत्व की स्थिति की व्याख्या भूसन्तुलन का सिद्धान्त नहीं कर पाता। उत्तर भारत में गुरुत्वाकर्षण की दिशा में असामान्य विचलन (variation) पाया जाता है। बुरार्ड के अनुसार सम्पूर्ण विश्व के किसी भी भाग में स्थिर स्थिति में तरल-तल क्षैतिज से इतना अधिक विचलित होता नहीं पाया जाता। इस प्रकार (Geoid) (मध्य समुद्र तल के देश के भीतरी भाग में विस्तार के द्वारा निर्धारित पृथ्वी की आकृति) में भारत में सर्वाधिक विरूपण (Deformation) पाया जाता है। भारत के अनेक भागों में गुरुत्वाकर्षण की विसंगतियाँ पाई जाती हैं जिनके अनुरूप धाराकृति एवं उच्चावचन नहीं पाया जाता। पश्चिम घाट-क्षेत्र में साहुल (plumb bob) अरब सागर की ओर आकर्षित होता है। संपूर्ण भारतीय उपमहाद्वीप जिसमें पाकिस्तान और अफगानिस्तान का कुछ हिस्सा सम्मिलित है में भूसंतुलनीय स्थिति नहीं पाई जाती है और द्रव्यमान की कमी पाई जाती है। जिसके चलते भू-वैज्ञानिकों का मानना है कि यहाँ भविष्य में तीव्र भौगोलिक घटनाएँ घट सकती हैं। वृहद् हिमालय में अधिक क्षतिपूर्ति पाई जाती है। इतना होते हुए भी भूसन्तुलन के सिद्धान्त के भारत में कार्यरत रहने के प्रमाण मिलते हैं। हिमालय के उत्तुंग शिखरों का अत्यन्त गहरे गॉजों के साथ स्थित पाया जाना भूसन्तुलन के सिद्धान्त के अनुकूल है। गॉजों में अपरदन के द्वारा मलबे के हटते जाने से वहाँ भार की कमी होती जाती है और शिखर ऊँचा उठते जाते हैं।

हिमालय में वेदिकाओं (Terraces) का पाया जाना, वहाँ होने वाली भूकम्प तथा तिब्बत क्षेत्र के झीलों का उत्तरोत्तर सूखते जाना भूसन्तुलनीय उत्थापन के अन्य प्रमाण हैं। उसी प्रकार प्रायद्वीपीय भारत के धरातल पर रवेदार कायान्तरित चट्टानों की बहुलता भी दीर्घकालिक अपरदन और भूसन्तुलनीय उत्थापन को प्रमाणित करता है।

6
चट्टान

चट्टानें पृथ्वी का आधार

पिछले अध्याय में आपने पृथ्वी की भू-संरचना की जानकारी प्राप्त की। आपने पढ़ा कि धरती की रचना कैसे और किन-किन पदार्थों से हुई। इसके अलावा महासागरों और महाद्वीपों का निर्माण कैसे हुआ और इसके निर्माण के पीछे कौन-कौन से सिद्धान्त काम कर रहे हैं, विभिन्न भू-वैज्ञानिकों ने धरती निर्माण पर कौन-कौन से सिद्धांत दिए हैं, उनसे भी आपको अवगत कराने का प्रयास हमने पिछले अध्याय में किया। इस अध्याय में आपको भू-पर्पटी के महत्वपूर्ण अवयव चट्टानों से आपका परिचय कराया जायेगा। पृथ्वी की ठोस बाहरी परत को भूपर्पटी कहा जाता है। इसकी संरचना में भिन्न-भिन्न प्रकार की चट्टानें पाई जाती हैं। अधिकतर चट्टानें खनिज का समुच्चय होती हैं। ऑब्सिडियम और झामक (Pumice) नामक चट्टानें ज्वालामुखी में पैदा होने वाले अत्यधिक ताप में कांच द्वारा निर्मित होती हैं और कोयले का सृजन वनस्पति पदार्थों में वायु की कमी, आर्द्रता के आधिक्य व दाब एवं ताप के माध्यम से होने वाले परिवर्तनों के क्रम में बचे अवशेषों के माध्यम से होता है। रासायनिक तत्व मुख्य रूप से खनिजों में विद्यमान होते हैं। अभी तक 103 मूल तत्त्वों की जानकारी प्राप्त हो चुकी है। इनमें से 90 तत्त्व प्राकृतिक रूप में पाए जाते हैं। पर भूपर्पटी की रचना के लिए प्रयुक्त चट्टानें एक सी नहीं हैं। अलग-अलग खनिजों के योग से निर्मित चट्टानों को प्रकृति से अलग तरह से गुण मिलते हैं। जैसे लगभग 99% चट्टानें सिर्फ तत्वों के योग से निर्मित खनिजों से बनी होती हैं

भू-पृष्ठीय चट्टानों की साधारण संरचना—बी. एम. गोल्डस्मिथ और ब्रायन मैसन पर आधारित—

तत्त्वों के आधार	*ऑक्साइड के आधार*
पर नाम	**पर प्रतिशत**
ऑक्सीजन	44.70

सिलिकॉन	27.72
एल्यूमिनियम	8.13
लोहा (आयरन)	5.00
कैलशियम	3.63
सोडियम	2.83
पोटेशियम	2.59
मैग्नीशियम	2.09
टाइटेनियम	0.44
हाइड्रोजन	0.14
फॉसफोरस	0.12
योग	99.29
सिलिका	59.26
अलुमिना	15.35
आयरन ऑक्साइड-फेरिक	3.14
आयरन ऑक्साइड-फेरस	3.74
चूना (Lime)	5.08
सोडा	3.81
पोटाश	3.12
मैगनेशिया	3.46
टाइटेनिया	0.73
जल	1.26
फॉसफोरस पेण्टोक्साइड	0.28
कुल	**99.23**

इस सारणी से यह स्पष्ट है कि भू-पृष्ठ का 99% से भी अधिक भाग सिर्फ उपर्युक्त 11 तत्त्वों के माध्यम से निर्मित है।

चट्टान निर्माणकारी खनिज—पृथ्वी पर लगभग 2000 प्रकार के खनिज पाए जाते हैं। पर इनमें से 20 खनिज ऐसे हैं जिनसे अधिकतर चट्टानों की रचना होती है। चट्टान निर्माणकारी मुख्य खनिज स्फटिक (क्वार्ट), हेमाटाइट, फेल्सपार, मैगनेटाइट, अभ्रक, पाइरॉक्सीन, क्लोराइट, एम्फीबोल, ओलिवीनब, डोलोमाइट, मैगनेसाइट, कैलसाइट, पाइराइट, जिप्सम, कॉर्बन, गेलेना और ग्रेफाइट हैं।

सारणी—प्रमुख चट्टान निर्माणकारी खनिज और
साधारणतः पाई जाने वाली चट्टानों की सामान्य खनिज-रचना।

खनिज	*ग्रेनाइट*	*बेसाल्ट*	*बलुआ पत्थर*	*शैल*	*चूना पत्थर*
स्फटिक (क्वार्ज)	31.3	—	69.8	31.9	3.7
फेल्सपार	52.3	46.2	8.4	17.6	2.2
अभ्रक	11.5	—	1.2	18.4	—
मृत्तिका खनिज	—	—	6.9	10.0	1.0
क्लोराइट	—	—	1.1	6.4	—
एम्बीफोल : प्रधानतः हौर्नब्लेण्ड	2.4	—	—	—	—
पाइरॉक्सीन प्रधानतः ऑगाइट	दुर्लभ	36.9	—	—	—
ओलीविन	—	7.6	—	—	—
कैलसाइट और डोलोमाइट	—	—	10.6	7.9	92.8
लौहअयस्क (आयरन और)	2.0	6.5	1.7	5.4	0.1
अन्य खनिज	0.5	2.8	0.3	2.4	0.3

चट्टानों का गुणों पर आधारित वर्गीकरण

निर्माण प्रक्रिया के अनुरूप पर चट्टानें तीन प्रकार की होती हैं—अवसादी, आग्नेय और कायान्तरित।

आग्नेय चट्टानें : ज्वालामुखी को अग्नि से तप्त हुए पिघले हुए मैग्मा के ठंडे होने पर उससे निर्मित चट्टानों को आग्नेय चट्टानें कहा जाता है। आग्नेय क्रियाओं के माध्यम से पृथ्वी के गर्भ से मैग्मा किसी कारण ऊपर आकर शनैः-शनैः ठण्डा होकर आग्नेय चट्टानों का रूप ग्रहण कर लेता है। धीरे-धीरे ठण्डा होकर बनने वाली ये चट्टानें रवादार (स्फाटयुक्त) होती हैं। भू-पर्पटी का महत्वपूर्ण भाग आग्नेय चट्टानों से मिलकर बना है। इनमें से अधिकतर का सृजन पृथ्वी के द्रव अवस्था में, ठोस अवस्था में आने के काल में आद्य महाकल्प में हुआ है। इसीलिए इनमें जीवों के अवशेष नहीं पाए जाते। आग्नेय चट्टानों की निर्माण प्रक्रिया वर्तमान में मिलती है। पृथ्वी पर समस्त प्रकार की चट्टानों की रचना प्रत्यक्ष या परोक्ष रूप से इन्हीं आग्नेय चट्टानों के माध्यम से हुई है। इसलिए ये प्राथमिक चट्टानें भी कहलाती हैं। डेसाइट, रायोलाइट, एण्डेसाइन, ग्रेटाइट, ग्रैनोडायोराइट,

बेसाल्ट, डायोराइट, गैब्रो, पेरिडोटाइड, सानाइट, ओबसिडियम आदि आग्नेय चट्टानों के उदाहरण हैं।

गुणों और स्थितियों के अनुसार चट्टानों के निम्नलिखित प्रकार हैं–

(अ) अन्तर्वेधी (Intrusive), (ब) बहिर्वेधी (Extrusive)

(अ) अन्तर्वेधी आग्नेय चट्टान : भू-गर्भ से ऊपर की ओर निकलने के क्रम में मैग्मा (शैलमूल) का एक भाग भू-गर्भ में ही जमकर ठोस हो जाता है जिसमें कई प्रकार की आग्नेय चट्टानों का सृजन होता है। इसे अन्तर्वर्ती अथवा अन्तर्वेधी आग्नेय चट्टान कहते हैं। पृथ्वी के आन्तरिक भाग में हुई आग्नेय क्रिया से निर्मित होने से इन्हें अन्तर्वेधी कहा जाता है। भू-गर्भ में शनैः-शनैः ठण्डा होकर जमने से बनने के कारण इनमें रवाकण होता है और इन चट्टानों में बड़े रवाकण पाए जाते हैं। ग्रैबो, ग्रेनाइट और डायोराइट चट्टानें आग्नेय चट्टानों के मुख्य प्रकार हैं। धरातल के बहुत नीचे पाताल में बनने के कारण इन्हें पातालीय चट्टान भी कहते हैं। चट्टानों का एक और प्रकार अवसादी चट्टानों के योग से बनता है। कभी-कभी मैग्मा भू-गर्भ से बाहर आने के क्रम में अवसादी चट्टानों के सस्तरों, रन्ध्रों, सन्धों, दरारों आदि में घुस जाता है और ठण्डा होकर जम जाता है जिससे कुकुचशैल (Loccolith), मसूर शैल (Phacolith), न्यूदुज्ज शैल (Lopolith), रालभिति (Dyke), रालपट्टी (Sill) आदि का सृजन होता हैं। इस प्रकार की पाताली चट्टानों के ऊपरी हिस्सों पर और भूपर्पटी बाहर की तरफ निकली चट्टानों के नीचे होती है। इसलिए इन्हें मध्यवर्ती या बीच में स्थित चट्टानें भी कहा जाता है। पाताली चट्टानों की तुलना में ये शीघ्र ठण्डा होती हैं। इसलिए इनके रवे छोटे होते हैं।

बिहार के सिंहभूम जिले में चाइबासा के पास कई रालभित्तियाँ (डाइक) व कोयला खानों में रालपट्टी (सिल) पाई जाती है। इन सभी को एक साथ डाइक चट्टान भी कहते हैं। कभी-कभी मैग्मा भू-गर्भ से बाहर निकलकर धरातल पर फैल जाता है, इसे लावा कहते हैं। इसके माध्यम से कई प्रकार की चट्टानों का सृजन होता है, इसे बहिर्वेधी चट्टान कहते हैं। लावा से निर्मित चट्टानों को ज्वालामुखी चट्टान भी कहते हैं। लावा शीघ्र ही जमकर ठोस हो जाता है। अतः इन चट्टानों में रवे विकसित नहीं हो पाते। लावा निर्मित चट्टान का सबसे उत्तम उदाहरण बेसाल्ट है। कभी-कभी लावा में रवाकरण बिल्कुल नहीं हो पाता। इस स्थिति में ज्वालामुखी काँच का सृजन होता है। ऑब्सिडियम इस प्रकार की चट्टान का सुन्दर उदाहरण है। रचना के आधार पर भी आग्नेय चट्टानों का वर्गीकरण किया जा सकता है। सिलिका आग्नेय चट्टानों का एक आवश्यक रचना तत्त्व है। चट्टानों में इसकी उपस्थिति के आधार पर आग्नेय चट्टानें निम्नलिखित होती हैं–

आम्लिब आग्नेय चट्टानें व पैठिक आग्नेय चट्टानें–जब आग्नेय चट्टानों में सिलिका की मात्रा 65% से अधिक होती है, तब उसे आम्लिक आग्नेय चट्टान कहते हैं। ये चट्टानें साधारणतः सिविल परत में मिलती हैं। इनका रंग फीका होता है। इनमें

मैग्नीशियम की कमी व क्वार्ज (बिल्लौर) तथा फेल्सपार की अधिकता होती है। ग्रेनाइट इसका उदाहरण है।

पैठिक आग्नेय चट्टानें—जब सिलिका की मात्रा 45-55% तक रहती है, तब उसे पैठिक आग्नेय चट्टान कहते हैं। जिन चट्टानों में सिलिका की मात्रा 45% से भी कम होती है, उन्हें अतिपैठिक आग्नेय चट्टान (Ultrabasic rock) कहते हैं। इनका रंग गहरा और काला होता है और ये सिमै क्षेत्र में पाई जाती हैं।

अवसादी चट्टानें—पुरानी चट्टानों की टूट-फूट से अथवा किसी प्रकार के भौतिक, रासायनिक या जैविक विधियों से परतों के रूप में व्यवस्थित होने वाली चट्टानों को अवसादी चट्टानें भी कहते हैं। परत पाई जाने की वजह से इन्हें परतदार चट्टान या तहदार चट्टान भी कहते हैं। पुरानी चट्टानों की टूटन व उनके बीच में पौधों, जन्तुओं आदि के हजारों सालों से दबे रह जाने से भौतिक, रासायनिक और जैविक क्रिया का निर्माण होता है। इन चट्टानों की निर्माण-सामग्री को अवसाद (Sediment) कहते हैं।

अवसाद की तह पर तह जमने व दबाव के माध्यम से इन तहों के संगठित होने से ये चट्टानें बनती हैं। अतः इनमें पतली-मोटी कई तहें होती हैं। चट्टानों की निर्माण सामग्री या (Composition) के आधार पर अवसादी चट्टानों को निम्नलिखित भागों में वर्गीकृत किया जा सकता है—

(क) बालुकामय चट्टानें—ये चट्टानें साधारणतः क्वार्ज-कणों (बालू) के माध्यम से बनी होती हैं। पर उनमें दूसरे खनिजों के अंश भी पाए जाते हैं। बलुआ पत्थर और ग्रिट इसके सुन्दर उदाहरण हैं।

(ख) मृण्मय चट्टान या मिट्टी से निर्मित चट्टान—ये चट्टानें मृत्तिका (Clay) के माध्यम से बनी होती हैं। मृत्तिका और शैल इसके उदाहरण हैं। अन्य खनिजों के सूक्ष्म कणों के माध्यम से भी इनका सृजन होता है। इसका उदाहरण (Mud) है।

(ग) चूनेदार चट्टान—ये चट्टानें कार्बोनेट ऑफ लाइम के माध्यम से बनी होती हैं। इनमें जन्तु और पौधों के कवच, अस्थिपंजर एवं अवशेष पाए जाते हैं। चूना पत्थर और ट्रेवरटाइन इसके उदाहरण हैं।

(घ) कॉर्बनयुक्त चट्टान—ये चट्टानें मूल रूप से कार्बन के माध्यम से बनी होती हैं। कोयला, लिग्नाइट और पिट इसके उदाहरण हैं। इनमें पौधों के अवशेष पाए जाते हैं। इसके अतिरिक्त संगुट्टिकाश्म (Conglomerate) और संकोणाश्म (Breccia) भी अवसादी चट्टान हैं जो उपर्युक्त किसी श्रेणी में भी नहीं आतीं। दूसरी चट्टानों की गुट्टिकाओं (Pebbles) के माध्यम से बनी चट्टान संगुट्टिकाश्म है।

नुकीले प्रस्तर कणों के माध्यम से निर्मित चट्टानें संकोणाश्म कहलाती हैं। अवसादी चट्टानों के सृजन में भाग लेने वाले कारकों के विचार से अवसादी चट्टानें निम्नलिखित प्रकार की होती हैं—

(क) जलीय स्पर्श से निर्मित चट्टानें—प्रवाहित पानी के माध्यम से बहाकर लाया गया अवसाद झीलों-समुद्रों में परत पर परत जमता जाता है, जिससे अवसादी चट्टानों का सृजन होता है। समुद्र में बनने के कारण इसे समुद्री अवसादी चट्टान (Marine rocks) कहते हैं। खड़िया, चूना पत्थर आदि इसके उदाहरण हैं।

(क) सरोवरों, झीलों और जलाशयों में निक्षिप्त होकर बनने वाली चट्टानों को सरोवरी चट्टान (Lacustrine rocks) कहा जाता है। जलाशयों के सूख जाने अथवा उनके नितल के उत्थापित हो जाने पर ये चट्टान पृथ्वी पर निकल आती हैं।

(ख) नदी-बेसिन में नदियों के माध्यम से लाए गए अवसाद के माध्यम से बनने वाली चट्टान को नदीकृत चट्टान (Reverine rock) कहते हैं। बाढ़ के मैदान में पाई जाने वाली जलोढ़ मिट्टी इसी प्रकार की चट्टान है।

(ग) वाष्पीकरण के माध्यम से पानी के सूख जाने पर घुले हुए रसायन संचित हो जाते हैं। इस प्रकार निर्मित चट्टान को रसायनमूलक अवसादी चट्टान या रासायनिक चट्टानें भी कहते हैं। जिप्सम और सेंधा नमक इसके उदाहरण हैं।

(ख) वायु के प्रभाव से बनने वाली चट्टानें—शुष्क प्रदेशों में पवन मिट्टी, बालू और शिलाचूर्ण को उड़ाकर एक स्थान से दूसरे स्थान में जमा करती है। इस प्रकार बनने वाली चट्टानों को वायूढ़ अवसादी चट्टान कहते हैं। मरुक्षेत्रों का लोएस इसका उदाहरण है।

(ग) हिमनद के साथ निर्मित चट्टानें—हिमनद का पानी शिलाचूर्ण और मिट्टी बहाकर लाता है। और घाटियों, हिमाच्छादित क्षेत्रों व अधिकतम विस्तार के क्षेत्रों में उन्हें जमा कर देता है। हिमोढ़ आदि इसके उदाहरण हैं।

कायान्तरित चट्टानें—भूपर्पटी के नीचे अत्यधिक उच्चदाब, ताप और ताप के प्रभाव से खनिजों में रासायनिक परिवर्तन आते हैं जिससे चट्टानें अपना रूप या काया परिवर्तित कर लेती हैं। ऐसी चट्टानों को कायान्तरित चट्टानें भी कहते हैं। इन्हें परिवर्तित चट्टान भी कहते हैं। कायान्तरण दो प्रकार के होते हैं : भौतिक कायान्तरण (Physical metamorphism) व रासायनिक कायान्तरण (Chemical metamorphism)। कायान्तरण के माध्यम से चट्टानों का आकार परिवर्तित होता है, उनके खनिजों का रूप परिवर्तित हो जाता है व चट्टानों का खनिज-विन्यास और रवाकरण बदल जाता है।

शिस्त, क्वार्जाराइट, नाइस, संगमरमर, फाइलाइट, स्लेट, ऐन्थ्रेसाइट कायान्तरित चट्टानों के उदाहरण हैं। कतिपय मूल चट्टानें और उनके बदलते हुए रूप निम्नांकित हैं—

चट्टान का प्रकार	*मूल चट्टान*	*परिवर्तित रूप*
आग्नेय चट्टान	ग्रेनाइट	ग्रेनाइटी नाइस
	साइनाइट	साइनाइट नाइस

	गैब्रो	गैब्रो नाइस (काला)
	रायोलाइट	रायोलाइट शिस्त (हल्का रंग)
अवसादी चट्टान	कंग्लोमिरेट	कंग्लोमिरेट शिस्त
	बलुआ पत्थर	स्टफिट (क्वार्ज) शिस्त
	शेल	स्लेट, अभ्रक शिस्त
	चूना-पत्थर	संगमरमर
	लिग्नाइट कोयला	ऐन्थ्रासाइट कोयला
	कोयला	हीरा अथवा ग्रेफाइट

चट्टानों की सांरचनिक विशिष्टताएँ और उनका भौगोलिक स्वरूप

बाहरी रक्षक आवरण या कोटिंग के अभाव में चट्टानें क्षरणशील होती हैं। जैसे ही कोई भूखण्ड समुद्रतल के ऊपर उठता है, भू-पृष्ठीय अपरदन के कारक अपरदन क्रिया आरम्भ कर देते हैं। मलबा परिवहनकारी शक्तियों अर्थात् वो प्राकृतिक शक्तियाँ जो बेकार पदार्थों को अपने प्रवाह में एक स्थान से दूसरे स्थान पर ले जाती हैं। पवन, प्रवाही जल, हिमनद के प्रभाव के भूतल पर उत्पन्न होने वाली विनाशकारी प्रक्रिया को अपरदन कहा जाता है। चट्टानों की संरचना और प्रकार, अपरदन की प्रक्रिया, अपरदन में लगा वक्त, अपरदन के माध्यम से निर्मित होने वाली स्थलाकृतियों के आकृति, आकार और विकास के स्वरूप को नियंत्रित करती हैं। अतएव विभिन्न भूपर्पटी पर दिखाई देने वाली स्थलाकृतियों के विकास और उनके भौगोलिक स्वरूप को समझने के लिए आवश्यक है कि हम सबसे पहले चट्टानी संरचना को जानें-समझें। चट्टानी-संरचना आदि का अध्ययन किया जाना आवश्यक है।

चट्टानों की सांरचनिक विशिष्टताएँ—चट्टानी संरचना के अन्तर्गत चट्टानों की कठोरता, गठन, नति-ढाल वलन की स्थिति, खनिज-रचना, संघों की उपस्थिति आदि का अध्ययन किया जाता है। चट्टानों की संरचनाओं की विक्षिप्तताओं का अध्ययन करने पर यह तथ्य उभरकर सामने आता है कि चट्टानी संरचनाएँ स्थलाकृतियों के विकास और विनाश को नियंत्रित करती हैं, जबकि चट्टान-गठन उच्चावचन की बारीकियों के विकास को नियंत्रित करता है।

(क) चट्टान-विन्यास—चट्टान-विन्यास चट्टानों में वलन, भ्रंशन एवं स्तरण की स्थिति को प्रदर्शित करता है और स्थलाकृतियों के विकास पर इसका स्पष्ट प्रभाव पड़ता है। जहाँ भिन्न-भिन्न अवरोधकता की तह पर तह पड़ी संस्तरों (Beds or strata) में वलन अथवा भ्रंशन होता है, और तहें एक ही दिशा में झुकी रहती हैं, तब उस अवस्था में अपरदन के माध्यम से उपालम्ब और घाटी स्वरूप के क्रम का विकास होता है जैसा कि द.-पू. इंग्लैण्ड में पाया जाता है। सममित रूप से (Symmetrically) वलित संस्तरों

में समानान्तर पर्वतीय उत्सेधों और घाटियों का सृजन होता है। कुछ परिस्थितियाँ ऐसी भी होती हैं जिनमें चट्टानी विन्यास से किसी विशेष स्थलाकृति का निर्माण नहीं होता है। वलित अथवा एक ही दिशा में झुकी चट्टानों की तहें यदि समान कठोरता की चट्टानों के माध्यम से निर्मित होती हैं, तब ये तहें कोई विशिष्ट स्थलाकृतियों का सृजन नहीं करतीं।

वेल्स और स्कॉटलैण्ड की दक्षिणी उच्च भूमि की सिल्यूरियन और ओर्डोविसियन कल्प की वलित चट्टानों की खनिज रचना समान रहने की वजह से विशिष्ट स्थलाकृतियों का सृजन नहीं होता। वलित क्षेत्र में सामान्य अपरदन चक्र की शुरुआत होती है। सन्नतियों (Synclines) में घाटियाँ और प्रतिनतियों (Aticlines) में पर्वत पाए जाते हैं पर दीर्घकालिक अपरदन के पश्चात् उच्चावचन-विलोम (Inversion of relief) पैदा होता है। प्रतिनीतियों में घाटियाँ और सन्नतियों में पर्वत निर्मित हो जाते हैं। ऐसी स्थिति अप्लेशियन पर्वत और शिमला हिमालय में पाई जाती है।

(ख) कठोरता—दीर्घकालिक अपरदन के क्षेत्रों में अधिक अवरोधी चट्टानें उच्च भूमि का सृजन करती हैं। बिहार के मगध में अधिक अवरोही क्वार्जाइटी उत्सेध गया-राजगीर क्षेत्र के मध्य में क्वार्जाइटी सूकरपीठों का निर्माण करती है। हर्डफोर्डशायर में पहले कैम्ब्रियन चट्टानों के माध्यम से बनी मालवर्न पहाड़ियाँ डिवोनियन और ट्रियासिक कल्प के निकटस्थ मैदानों के ऊपर सर उठाए खड़ी पाई जाती हैं। उसी प्रकार ज्यादा अवरोधी चट्टानों के माध्यम से बनी रहने के कारण उपब्रिटेन में द.-पू. ब्रिटेन की तुलना में उच्च भूमि पाई जाती है।

(ग) पारगम्यता—चट्टानों के रन्ध्रों से पानी के एक तरफ से दूसरी तरफ निकलने के पानी के गुण धर्म को पारगम्यता कहते हैं। इससे पता चलता है कि पानी कितनी आसानी से चट्टानों में घुसकर बहता है। धरातल पर अपरदन-कार्य मुख्य रूप से प्रवाही पानी के माध्यम से होता है। अतः जिस चट्टान में प्रवेश कर जाता है जिससे पानी का धरातलीय प्रवाह नहीं पैदा होता, वह चट्टान अपेक्षाकृत अवरोधी होती है। पारगम्यता कठोरता से भी अधिक प्रभावकारी होती है क्योंकि चूना-पत्थर और शेलखड़ी (Chalk) ऊँचे पर्वतों का सृजन करते पाए जाते हैं। इंग्लैण्ड के झील प्रदेश में कार्बोनिफेरस कल्प के चूना पत्थर ओर्डोविसियन कल्प की ज्वालामुखी चट्टानों के ऊपर स्थित पाए जाते हैं। अपारगम्य होने के कारण ज्वालामुखी चट्टानें भू-पृष्ठीय अपरदन के माध्यम से कटती जा रही हैं। उन्हें काटकर लोथर नदी ने नीचे घाटी का सृजन किया है जबकि चूना पत्थर पारगम्यता की वजह से उच्च पहाड़ियों का सृजन करते हैं।

(घ) सन्ध्र, विदलन, शिस्तता और संस्तरण तल—सन्ध्र चट्टानों में लघु टूटन-तल (Plane of fracture) होते हैं जिनमें कोई गति नहीं होती। सन्ध्रयुक्त चट्टानें अधिक तीव्रता से अपरदित होती हैं और नीची भूमि का सृजन करती हैं। अपक्षय के कारक, विशेषकर रासायनिक अपक्षय के कारक, सन्ध्रों में प्रवेश करके उन्हें

बड़ा बनाते हैं क्योंकि चट्टान टूटती है। पाताली चट्टानों में, विशेषकर ग्रेनाइट में उनके ठण्डा होने के क्रम में व उनके ऊपर की चट्टानों के कट जाने पर उनके ऊपर का भार कम हो जाने के कारण सन्ध्र विकसित होते हैं। ग्रेनाइट में साधारणतः एक दूसरे के समकोण पर स्थित सन्ध्रों का तीन समूह विकसित होता है। जिससे ग्रेनाइट आयताकार खण्डों में खंडित हो जाती हैं। इस प्रकार चट्टानें सन्ध्र-खण्ड विच्छेदन के माध्यम से टूटती जाती हैं। ऐसी स्थिति में बेसाल्ट में भी पाई जाती है। पर चूना-पत्थर में ये सन्ध्र पारगम्यता पैदा करते हैं जिससे उनमें अवरोधकता का गुण आ जाता है। फिर भी ये सन्ध्र चूना-पत्थर में रासायनिक अवक्षय में उन्नति करते हैं।

(ङ) **खनिज संरचना और स्थलाकृति**—चट्टानों की खनिज रचना का अपक्षय, अपरदन और निर्मित होने वाली स्थलाकृति के स्वरूप पर असर पड़ता है। मुख्य रूप से आग्नेय चट्टानों के खनिज दो रंगों में पाए जाते हैं : साफ रंग तथा काला रंग। साफ रंग के खनिज से सल्फर, स्फटिक (क्वार्ज) और अभ्रक (मस्कोवाइट) व काले रंग के खनिज हॉर्नब्लेड, हाइपस्थीन, ऑगाइट, ओलीविन और बायोटाइट हैं। इन खनिजों के माध्यम से बनी चट्टानें आम्लिक और पैठिक होती हैं। लवणता में अंतर के कारण होने से दोनों तरह की चट्टानों पर रासायनिक अपक्षय का अलग-अलग प्रभाव पड़ता है।

अत्याधिक प्रभाव	ओलीविन
	चूना प्लेजियोक्लेज
	ऑगाइट
	चूना-सोडा प्लेजियोक्लेज
	हॉर्नब्लेण्ड
	सोडा प्लेजियोक्लेज बायोटाइट
	ऑर्थोक्लेज
	मस्कोबाइट
न्यूनतम प्रभाव	क्वार्ज

काले खनिजों का अपक्षय आसानी से होता है जबकि साफ रंग वाले खनिज से काफी कम होते हैं। इस प्रकार पैठिक चट्टानों की तुलना में आम्लिक चट्टानें अपक्षय के माध्यम से कम प्रभावित होती हैं। ग्रेनाइट के निर्माणकारी खनिज-क्वार्ज, मस्कोवाइट, आर्थोक्लेज (अभ्रक) न्यूनतम प्रभावित होते हैं। इसके विपरीत गैब्रो प्रधानतः ऑगाइट, चूना-सोडा प्लेजियोक्लेज के माध्यम से निर्मित होता है। अतः अन्य बातों के समान रहने पर भी ग्रेनाइट की अपेक्षा गैब्रो रासायनिक अपक्षय का असर नहीं पड़ता। इस प्रकार कण खंडित हो जाते हैं। वे मृत्तिका का निर्माण नहीं करते हैं। चट्टान खनिजों का समुच्चय होती

है। साधारणतः चट्टान किसी एक खनिज के गाध्यम रो बनी नहीं होती। ये विभिन्न खनिज विभिन्न प्रकार से अपक्षयित होते हैं। रचक खनिजों में से एक खनिज के भी अपक्षयित होने पर खनिजों का बन्धन लचक जाता है और चट्टान बिखर जाती है।

चट्टानों की बाहरी सतह के रवाकरण की स्थिति को (Texture) कहते हैं। कई अवस्थाओं में समान खनिज रचना से युक्त होने पर भी मोटी दानेदार चट्टानें महीन दानेदार चट्टानों की अपेक्षा शीघ्रता से अपक्षयित होती हैं। अपक्षय की प्रक्रिया में समस्त रचक-खनिज समान रूप से अपक्षयित नहीं होते।

(च) अपरदन-काल और स्थलाकृति—जिस चट्टान के अपक्षय में जितना अधिक वक्त लगेगा चट्टानों का अपक्षय उतनी ही गहराई तक प्रवाहित होगा। पर अपक्षयित अपरदन के यथास्थान रहने पर एक वक्त के पश्चात् अपक्षय बन्द हो जाता है। पर यह सिर्फ यांत्रिक अपक्षय हेतु सच है। रासायनिक अपक्षय लगातार होने वाली प्रक्रिया है। अपरदपन के यथास्थान रहने पर प्रक्रिया रुकती नहीं है। दीर्घकालिक भू-पृष्ठीय अपरदन के माध्यम से ऊँचे भूखण्ड समान रूप से कटकर निम्न क्षेत्र में बदल जाते हैं और चट्टानी अवरोधकता का उच्चावचन पर प्रभाव समाप्तप्राय हो जाता है। पर उरा भूखण्ड के पुनः उत्थापित होकर अपरदित होने पर अवरोधी चट्टानें ऊँची भूमि का सृजन करती हैं।

आग्नेय चट्टानों का भौगोलिक स्वरूप—प्रत्येक प्रकार की चट्टान के माध्यम से विशेष प्रकार की स्थलाकृतियों का सृजन होता है। पर कतिपय चट्टानों द्वारा, विशेषकर आग्नेय और अवसादी चट्टानों के माध्यम से निर्मित स्थलाकृतियाँ अधिक विशिष्ट होती हैं। आग्नेय चट्टानों से दो प्रकार की स्थलाकृतियाँ निर्मित होती हैं; धरती के आंतरिक क्षेत्र की तरफ से बनने वाली स्थलाकृतियाँ धरातलीय चट्टानों के अपरदित होने धरातल पर दिखाई देती हैं व बहिर्वेधी आग्नेय चट्टानों के माध्यम से निर्मित स्थलाकृतियाँ, ये स्थलाकृतियाँ धरातल पर निर्मित होती हैं। अन्तर्वेधी आग्नेय चट्टानों के माध्यम से लैकोलिथ, बैथोलिथ, सिल, डाइक आदि का सृजन होता है। ऊपर की चट्टानों के अपरदित होने पर ये धराकृति में उच्च भूमि के रूप में व्यक्त होते हैं—

इंग्लैंड के विकलो पर्वत में ऐसी स्थिति पाई जाती है। बिहार के सिंहभूम जिले के चाइबासा के पास डाइक की पहाड़ियाँ पाई जाती हैं। लैकोलिथ स्थानीय रूप से छोटे गुम्बदों का सृजन करते हैं। इसका उदाहरण हेनरी पर्वत (ऊटा-संयुक्त राज्य) में पाया जाता है। पुराने ज्वालामुखियों के छिद्रों में मैग्मा जम जाता है, जो शंकु निर्माणकारी चट्टानों से अधिक अवरोधी होता है। अपरदित हो जाने पर ज्वालामुखी छिद्र में जमा यह मैग्मा (Volcanic neck) के रूप में स्पष्ट स्थलाकृति का सृजन करता है। स्कॉटलैण्ड के बीच घाटी व मध्य फ्रांस में 'पाई' क्षेत्र में इसके अनेक उदाहरण पाए जाते हैं।

डाइक और सिल भी स्थलरूपों को प्रभावित करते हैं। इंग्लैंड के अर्रान तट में कई

डाइक निकलें पाए जाते हैं। उत्तरी इंग्लैंड में ह्विन सिल तट में निकल पाया जाता है। रानीगंज झरिया कोयला क्षेत्र में सिल पाए जाते हैं। बहिर्वेधी आग्नेय चट्टानों के माध्यम से धरातल पर सुस्पष्ट स्थलाकृतियों का सृजन किया जाता है। ज्वालामुखी शंकु इसके सर्वोत्तम उदाहरण हैं। पर ये शंकु सिर्फ स्थानीय रूप से महत्त्वपूर्ण होते हैं। लावा के माध्यम से बने पठार महत्त्वपूर्ण विशद स्थलाकृति का सृजन करते हैं।

मध्य-पश्चिम भारत का लावा (दक्कन) पठार, स्नेक-कोलम्बिया, अहग्गर, अरब, अबीसिनिया व आन्तरिक हेब्राइड्स का लावा पठार इसके उत्तम उदाहरण हैं। इनकी ऊपरी सतह पठार के समान चौरस होती है, पर किनारे खड़े होते हैं। यहाँ विद्यमान बेसाल्ट साधारणतः ऊर्ध्व सन्ध्रों से युक्त होता है। ऊर्ध्व सन्ध्रों व किनारों पर कगारों (Escarpments) की उपस्थिति के कारण ये पठार अपरदित होकर पीछे की ओर चले जाते हैं। जिससे चौकोर शीर्ष से युक्त टेबुलाकार आकृतियों का सृजन किया जा सके। ऐसी विशद आकृतियों को मेसा और छोटी आकृतियों को व्यूह कहा जाता है। दक्कन लावा पठार में इसके कई उदाहरण पाए जाते हैं। इगनिमब्राइट भी ऊर्ध्व सन्ध्रों से युक्त रहने की वजह से खड़ा कगार का सृजन करते हैं। न्यूजीलैण्ड का इगनिमब्राइट पठार इसका उदाहरण है। धरती के नीचे की चट्टानों में ग्रेनाइट चट्टानें मुख्य और धरती के ऊपर दिखाई देने पर यह विशेष स्थलाकृतियों का निर्माण करती हैं। मैग्मा के ठण्डा होकर जमने के क्रम में व ऊपरी चट्टानों के अपरदित हो जाने, भार हल्का हो जाने की वजह ग्रेनाइट में एक दूसरे से समकोण पर मिलते हुए सन्ध्रों के तीन समूह का विकास होता है। इस कारण ग्रेनाइट आयताकार खण्डों में टूटता है।

रासायनिक प्रक्रिया से अपक्षय होने के कारण इनके किनारे और कोने गोल हो जाते हैं जिससे इनसे निर्मित पहाड़ियाँ वर्तुलाकार ढोकों की ढेर हो जाती हैं। गया के पास सीताकुण्ड पहाड़ी और वजीरगंज के पास ऐरू पहाड़ी इसके सुन्दर उदहारण हैं। अवरोधी ग्रेनाइट के वर्तुलाकार शिलाखण्डों की खड़ी ढरे को टॉर कहा जाता है। यह आधार शैल का अवशिष्ट अंश होता है जो भू-गर्भ पानी के रासायनिक प्रभाव से सन्ध्रयुक्त ग्रेनाइट के धरातल के नीचे सड़ने से निर्मित होता है, रासायनिक अपक्षय के माध्यम से अपक्षयित मलबा के हटा दिए जाने पर वह धरातल पर व्यक्त हो जाता है। डेवन का डार्टमूर टॉर और आन्ध्र प्रदेश का काजी पेठ टॉर इसके सुन्दर उदाहरण हैं। शेरघटी के निकट चाँदपुर में भी इसके उदाहरण मिलते हैं। ग्रेनाइट शिलाखण्ड का आकार अपपत्रण के कारण छोटा हो जाता है।

अपपत्रण रासायनिक अपक्षय की एक प्रक्रिया है जिसके माध्यम से चट्टान समूहों में वर्तुलाकार चट्टानी पट्टियों का सृजन किया जाता है ताकि वे मूल चट्टान समूह से एक-एक करके छूटते जाते हैं। इसमें प्याज की परतों की प्रकार चट्टानों के छिलके छूटते हैं। अतः इसे (Onion weathering) भी कहते हैं।

उपसंहार—हमने इस अध्याय में यह समझने का प्रयास किया कि चट्टानें किस प्रकार बनती हैं। किन पदार्थों से निर्मित होती हैं और किस प्रकार अलग-अलग चट्टानें अलग प्रकार की स्थलाकृतियों के निर्माण के लिए जिम्मेदार होती हैं तथा विभिन्न प्राकृतिक शक्तियाँ चट्टानों को किस प्रकार प्रभावित करती हैं।

7

मृदा

जब पेड़-पौधे, पशुओं के जीवाश्म आदि सड़ जाते हैं उसके पश्चात् एक परत का निर्माण करते हैं। यह मृदा धरती की ऊपरी परत पर स्थित होती है तथा काफी उपजाऊ होती है। इन मृदाओं में कौन-कौन से तत्व सहायक होते हैं जिनकी विस्तृत जानकारी हम यहाँ प्राप्त करेंगे।

मृदा निर्माण प्रक्रिया

मिट्टी, मिट्टियों के निर्माण की प्रक्रिया का परिणाम है जो आन्तरिक रूप से ऊर्जा तथा पदार्थों (तत्वों) का विरूपण कर दिखाई देती है। दूसरे रूप में मिट्टियाँ उन सभी मिट्टी प्रदत्त चट्टानों, जैवीय जगत तथा पर्यावरण, जिसमें धरातल, जलवायु तथा भौगोलिक स्थिति आदि तथ्यों की लम्बी व जटिल अन्तर्क्रियाओं का ही प्रतिफल है। मुख्य रूप से मिट्टियों के निर्माण के तथ्य (Factors) शब्द का उपयोग किसी भी प्राकृतिक अर्न्तनिर्भर घटनाओं के लिए या जो ऊर्जा पदार्थों का स्रोत हो तथा मिट्टियों के निर्माण में सहायक होते हैं, या वह दशाएँ जो इनके समय व स्थान के आधार पर विकास की अवधि को नियन्त्रित करती हो, लागू होता है। ये तथ्य (Factors) दो समूहों में बाँटे जा सकते हैं :

(अ) प्रथम समूह (First group) तथ्य (Factors) –

1– थल मण्डल (Lithosphere) मिट्टी प्रदत्त चट्टानें (Soil Forming Rocks)

2– जैवीय मण्डल (Biosphere), जैवीय तत्व, वनस्पति पौधे-पशु आदि ।

3– वायुमण्डल (Atmosphere) का वह भाग जो विशेषकर धरातल के निकट है ।

4– जलमण्डल (Hydrosphere) का वह भाग जो अधोभूमि व जलाशय का है।

(ब) द्वितीय समूह (Second group)– दशाएँ (Conditions) –

5– ब्रह्मण्डलीय ऊर्जा (Badiant energy, light and heat)

6– धरातल (Belief), धरातलीय आकृतियाँ (Land forms)

7– स्थान (Space) भौगोलिक स्थिति (Geographic Situation)

8– समय (Time), मिट्टियों की आयु (Age of Soils)

9– मानव की उत्पादित गतिविधियाँ (Productive activity of man), कृषि आदि ।

मिट्टियों के निर्माण की प्रमुख अवस्था, जो सौर ऊर्जा, ताप व प्रकाश के रूप में मिलती है, होती है। यह मिट्टियों द्वारा नियमित ली जाती है क्योंकि धरातल का विकास मिट्टियों से बहुत कम प्रभावित होता है।

मानव की विकास की विभिन्न अवस्थाओं को मिट्टी ने अलग-अलग रूपों में प्रभावित किया है। मानव के सांस्कृतिक, व्यावहारिक और उत्पादक क्रिया के साथ किसी न किसी तरह मृदा से प्रभावित रहे हैं। इसी प्रकार मिट्टियों का समय व स्थान का एकपक्षीय सापेक्षिक सम्बन्ध रहा है।

मिट्टियों के निर्माण का प्रमुख तथ्य वनस्पतियुक्त हरा तत्व होता है, जो कार्बनिक तत्वों या जैवीय पदार्थों का संश्लेषण कर, सूर्य के प्रकाश व ताप की सहायता से फोटोसिन्थेसिस की क्रियाएँ कर विभिन्न जीवाश्मों का भोजन तैयार करता है। पौधे सूर्य-ऊर्जा को प्राप्त कर उनकी निश्चित मात्रा को ग्रहण कर अनेक प्रक्रियाएँ करते हैं। इस प्रकार मिट्टियाँ एक जटिल जीवों व खनिज पुंजों को अपने गुण विरासत या वंशानुक्रम के रूप में देती है।

मृदा में परस्पर निर्भरता का गुण होता है। यदि निर्भरता वाले किसी भी तत्व में परिवर्तन आता है तो इस पर निर्भर दूसरे तत्व पर भी अवश्य परिवर्तन आयेगा। जैसे, मिट्टियों में तापमान की बदलती गतियाँ इनके खनिज एवं जैविकीय प्रक्रियाओं की अवधि को प्रभावित करती हैं। मिट्टियों में पानी की मात्रा के परिवर्तन से आर्द्रता का कम या अधिक परिवर्तन अन्य गुणों के परिवर्तन के साथ इनके विकास की दिशा में परिवर्तन कर देता है। इनके ताप व पानी के वातावरण (Bengime) में परिवर्तन होने से ताप चालन (Electro Conductivity-EC), मिट्टियों की संरचना व घुलनशीलता की सघनता, संगठन व रन्ध्रता आदि में भी परिवर्तन हो जाता है। इनके गुणों में दिशाओं के अनुसार बदलाव परिलक्षित हैं, क्योंकि मिट्टियाँ स्वयं एक वेक्टर (Vector) या वाहक का कार्य करती हैं। इसी सिद्धान्त के आधार पर इनकी बनावट तथा संरचना में परिवर्तन होते रहते हैं।

धरती पर मृदा निर्माण की प्रक्रिया उतनी ही पुरानी है जितनी कि धरती पर जीवन उत्पत्ति की प्रक्रिया। जब एक पदार्थ के दूसरे में अबाध रूप से परिवर्तन की प्रक्रियाएँ हुई, जैसे खनिज-कार्बन या जैवीय तथा जैवीय खनिजों के रूप में, तो खनिजों व जैवीय तत्वों की अन्तनिर्भरता भी बढ़ती चली गई।

पौधे मिट्टी के विकास की प्रक्रिया को हमेशा चलायमान रखते हैं। पौधे प्रतिवर्ष मिट्टियों को समृद्ध बनाते हुए इनकी उर्वरता बढ़ाते रहते हैं। अगर ऐसा नहीं होता तो हमें आज गहरी चरनोजम, ह्यूमस-कार्बोनेट युक्त या पूर्णतया समृद्ध व उर्वरा मिट्टियाँ वहाँ प्राप्त नहीं होती। वनस्पति के विकास की अवधि में द्विफल देने वाला मेपिल (Maple) की पत्तियाँ, जो एक होकर या भूमि की मिट्टियों पर जमा होती हैं, वह 120 किलो कैल्शियम ऑक्साइड (CaO), 16 किलो पोटेशियम ऑक्साइड (K_2O), 5 किलो फॉस्फोरस ऑक्साइड (P_2O_3) का निर्माण करती हैं। अन्य चौड़ी पत्तियों के जड़ीय जाति के पौधे मिट्टियों की ऊपरी परत को कार्बन युक्त राख (Ash) तत्वों से समृद्ध करते हैं। जीव, जो मिट्टियों पर जन्म लेकर विकसित होते रहते हैं, अपने शरीर में फॉस्फोरस युक्त तत्वों का संचयन करते हैं और जब मरते हैं तो अपने शरीर में संचित फॉस्फोरस का वायरस मिट्टी में मिला देते हैं। लेकिन फॉस्फोरस भी अन्य जैवीय तत्वों की तरह पानी के द्वारा मिट्टियों से हटाकर, फसलों आदि से नगरों की ओर बहा दिया करते हैं।

इस प्रकार की क्षति पूर्ति होना आवश्यक है, जो मिट्टियों में विक्षालन (Leaching) को रोक कर या अन्य खनिज व जैविक युक्त खाद आदि देकर सम्भव है। मिट्टियों की उर्वरता बढ़ाना पौधों के विकास की दशा पर निर्भर करता है। यह केवल मात्र संख्यात्मक प्रक्रिया ही न होकर गुणात्मक रूपान्तरण (Qualitative Transformation) भी है, जो मिट्टियों के निर्माण की विभिन्न दशाओं का भी द्योतक है।

जैसा कि मिट्टियाँ अपने-आप में उर्वरापन के स्तर में परिवर्तन करती रहती हैं। लेकिन प्रकृति में इनके एकाकीपन से उर्वरापन की अवधि व विकास की अवस्थाओं में पिछड़ने की गतियों में अन्तर देखा जा सकता है। सामयिक रूप से अस्थाई तौर पर उर्वरापन एक स्तर तक बढ़ सकता है। जैसा कि—पोडजोलाईजेशन, दल-दलीय, क्षारीय, स्टेपी आदि के निर्माण में देखा जा सकता है।

धरातल पर कार्बनिक पदार्थों में संश्लेषण की प्रक्रिया लगातार होती रहती है या इनके विघटन की क्रियाओं पर हावी हो जाती है (खनिजों में), तब मिट्टियों के निर्माण का परिणाम अतोगत्वा हर क्षेत्र में इनके विपरीत गतियों में होता है।

जैसे—जैवीय चट्टानों का [कार्बन] पीट (Peat), कोल (Coal), ग्रेफाइट (Graphite) आदि में।

प्रकृति में कार्बनिक पदार्थों के सम्पूर्ण संश्लेषण (Synthesis) के कारण इनका भी विघटन हो जाता है, पौधे जब प्रकाश संश्लेषण की प्रक्रिया को खत्म कर मृत हो जाते हैं तो इस रूप में वो सड़-गल कर मृदा में मिलकर मिट्टी की उर्वरता में वृद्धि करते हैं। इस संश्लेषण में जैविक-पदार्थों के विघटन से मिट्टियों के निर्माण के अवशिष्ट (Essence) पदार्थों का सृजन होता है।

अपक्षयण के विपरीत मिट्टियों का निर्माण एक सृजनात्मक (Creative) जैविकीय प्रक्रिया है। इस प्रक्रिया में पौधों की प्रजनन-शक्ति का विकास कर मिट्टियों की उर्वरक शक्ति को बढ़ाया जा सकता है। मिट्टी की उर्वरता में किस प्रकार बढ़ोत्तरी की जाय इसकी कोई सीमाएँ निर्धारित नहीं की गई हैं क्योंकि पौधों के भोजन तत्वों के आधार पर इनकी पहचान नहीं की जा सकती। इस जटिल प्रक्रम को न केवल एग्रोकेमिकल या एग्रोटेकेनिकल परिवर्तन से बल्कि मिट्टी-निर्माण की प्रक्रिया के नियंत्रण द्वारा भी नियमित किया जा सकता है। यह नियंत्रण उत्पादन की दृष्टि से अधिक महत्त्वपूर्ण है।

कुछ महत्त्वपूर्ण तथ्यों (Factors) तथा दशाओं (Conditions) की प्रक्रियाओं का विवरण नीचे दिया जा रहा है :

मिट्टी प्रदत्त चट्टानें (Soil Forming Rocks)

मिट्टी प्रदत्त चट्टानें विस्तृत रवेदार [ग्रेनाईट, बेसाल्ट, प्रोफीराइट, डायोराइट आदि], रूपान्तरित [शिष्ट नीस, क्ले फाईलाइट्स, माईका, स्लेट, क्वार्टजाइट, मारबल, वेलसाइट आदि] और परतदार [कसेई दोमट, बलुआ पत्थर, चूना युक्त चट्टान, खड़िया, चाक आदि] अपक्षयण के परिणामस्वरूप हो सकती है। मूल चट्टानें कायान्तरित चट्टानें या परतयार चट्टानें वो चट्टानें हैं जो धीरे-धीरे मिट्टी में परिवर्तित हो जाती हैं।

प्राचीनतम परतदार चट्टानें प्रायः नवीन क्वार्टरली जमावों की चट्टानों से ढक दी गई हैं तथा बाद वाली चट्टानें धरातल के ऊपरी सतह पर पाई जाती हैं। इस प्रकार मूलभूत पैतृक चट्टानों में जो विस्तृत फैली हुई हैं, वह महाद्वीपीय नवीन क्वार्टरली जमाव की चट्टानें ही हैं। भू-वैज्ञानिक मानते हैं कि हिमनद अपने साथ कार्यरत कई हजार सालों से अपने साथ लाए हिमोढ़ों से चट्टानों पर लगातार गतिपूर्वक प्रहार करते हैं जिसके 50-60 मीटर की गहराई तक कंकड़, पत्थर और चट्टानों के टुकड़े जमा हो गए हैं, इन्हीं से लोयस का निर्माण हुआ है। ये महाद्वीपीय

नवीन जमावों में से है। हिमोढ़ (Moraines), जिन्हें अतिरिक्त हिमानी जमावों से सेन्डर्स मैदान (Sanders Plain) का निर्माण मानते हैं, ये हिमनद पानी के परिणामस्वरूप वैदिकाओं में निर्मित हुए। प्राचीन झीलों में स्तरीकरण के जमाव भी हैं।

ग्लेशियर के द्वारा लाए गए जमाव से निचले और दक्षिण भाग में लोयस वाले जमाव मिलते हैं। लोयस एक पीली, सूक्ष्म समरूप मिट्टी है, जिसमें रन्ध्रों के साथ कार्बोनेट की मात्रा होती है, जिसे लम्बवतीय भाग में अलग किया जा सकता है। लोयस एक चट्टान के रूप में बड़ी नदियों की घाटियों, जैसे – डेन्यूब, नीपर, बुग, डान, बोल्गा आदि में विस्तृत बिछी पाई जाती है। पश्चिमी साईबेरिया थ्यान-श्यान, पामीर उत्तरी चीन में इसकी मोटाई 400-500 मीटर तक है। दक्षिणी रूप के भागों में, जहाँ यह 20 मीटर गहरी है, अनेक जीवावशेषों की परतों से अलग की जाती है। लोयस की उत्पत्ति के बारे में अनेक सिद्धान्तों का प्रतिपादन हुआ है, जिनमें वायूढ़ (Aeolian), डेल्यूवियल (Deluvial), हिमकृत (Glacial, Fluvo-Glacial) मिट्टीकृत (Soil Eluvial) आदि आधार प्रमुख रहे हैं। लोयस का स्तरीकरण (Stratification), पिघली हुई बर्फ + बर्फ - (Fluvo-Glacial) बालू के रूप में विकास तथा हिमोढ़ की जलीय उत्पत्ति आदि कारणों से हुआ। प्राचीन बाढ़ग्रस्त मैदान, वेदिकाओं का विकास जो प्राचीन नदी पेटे के कछारी जमाव है, लोयस का ही रूप माना जाता है। इनकी संरचना के आधार पर अभूतपूर्व किस्में वायूढ़ प्रक्रिया का ही परिणाम मानी जाती हैं। हालांकि वायूढ़ क्रियाओं द्वारा इनके निर्माण की गतियों को अस्वीकार नहीं किया जा सकता।

चट्टानों के टूटने से सिर्फ लोयस ही नहीं बनता इससे नर्म चट्टानों का निर्माण भी हो सकता है। इनमें लोयस समान बलुई या चिकनी मिट्टी (Sand-Clay) आदि है। अनेक प्रकार से निर्मित चट्टान का स्वीकृत रूप ही लोयस माना गया है। यांत्रिकी व रासायनिक संरचना में लोयस के अनेक परिवर्तन धरातलीय अनुरूप, पर्वत से मैदान, मैदानों से नीचे नदी-नालों में मिलते हैं। इसी प्रकार लोयस का वर्गीकरण जो अपक्षायित से पुनः जमाव के रूप गें लायस से लोयस समान दोमट (Loam) बन जाती है लेकिन स्वतः लोयस से भिन्नता रखती है।

काली व पीली मिट्टियाँ, जो नदी की घाटियों में पाई जाती हैं, वास्तव में अपरदन के परिणामस्वरूप निर्मित होती हैं। विशेष लाल मिट्टी गहरी होती है। इसमें परतें न होकर जिप्सम की मात्रा के साथ चूना युक्त पदार्थों की भरमार रिक्त स्थानों व गोल छिद्रों में पाई जाती है। लाल मिट्टी पर पीली मिट्टी की चद्दर छा जाती है, जो एलूबियम (Alluvium) या डिलूवियम (Deuvium) के जमावों के कारण होती है।

इस मिट्टी पर भी लाल मिट्टी के बाहरी भागों में प्रक्रियास्वरूप एलूवियम प्रकार के जमाव मिलते हैं।

नदीकृत विभिन्न प्रकार की मिट्टियाँ इनके निर्माण की स्थिति के अनुरूप पुकारी जाती हैं।

सिर्ट प्रकार की मिट्टियों का खासा बिछाव वोल्गा नदी की निचली तरफ बाएं किनारे पर विस्तृत रूप में मिलता है। यह भाग काफी ऊबड़-खाबड़ व अनेक प्रकार की मिट्टियों का भाग बन गया है। ये मिट्टियाँ सम आकार, पथरीली, कार्बोनेट युक्त हैं, जिनमें SiO2 की मात्रा लोयस की तुलना में कम होती है (50 से 60%)। A इसके गहरी होने से जल छनने की क्षमता कम होती है। गंधक व क्लोराइड भी यहाँ कहीं-कहीं स्थानों पर पाये जाते हैं। पश्चिमी भागों में जहाँ अधिक जमाव हुए हैं विक्षालन (Leaching) अधिक होता है तथा ये डेल्टा एल्यूवियम प्रकार की मिट्टियाँ हैं। इनके आगे कैस्पियन सागर के प्राचीन समुद्री जमावों के अवशिष्ट मिलते हैं, जिनमें चूनायुक्त जीवावशेष पाए जाते हैं। लेकिन इस प्रकार के जमाव सभी क्षेत्रों में नहीं मिलते हैं क्योंकि कुछ भागों में अन्तिम भूगर्भिक जमावों का प्रभाव हुआ है जैसा कि एल्यूबियम, डेल्यूवियम तथा एल्यूवियम का है।

एल्यूवियम (Alluvium)—एल्यूवियम शब्द का प्रयोग भूगर्भिक आधारित चट्टानों में हुई टूट-फूट से बने हुए जमाव के लिए किया जाता है। यह चट्टानों के अपक्षयित मलबे के लिए भी उपयोग में लाया जाता है जिसमें मूल चट्टान के अबाध्य विकास क्रम के निर्माण में जैवीय व शैलीयकरण जैसी विशेषताएँ मिलती हों या मूल—पैतृक चट्टान के गुण विद्यमान हों। किसी चट्टान पर जहाँ तीव्र अपरदन या गहरे संचयन के चिह्न तथा निर्माण की गतियों का प्रभाव न हुआ हो वहाँ एल्यूवियम का निर्माण हो सकता है। उपरोक्त गतियों के विपरीत एल्यूवियम का विरूपण प्रारम्भ हो जाता है। धरातल पर शायद ही कोई चट्टान हो जो किसी-न-किसी कारण से एल्यूवियम की प्रक्रिया से प्रभावित हो, बदली न हो। यह प्रक्रियाएँ स्थलविरूपण (Denudation), अपक्षयण (Weathering) या मिट्टियों के निर्माण की घटनाएँ हो सकती हैं। इन प्रक्रियाओं के तीव्र प्रभाव से ही एल्यूवियम से एल्यूवियम निर्मित होती है।

यह क्रिया धरती की प्रारंभिक सतह पर होती है। यह विभिन्न क्षेत्रीय ढाल, मैदानों आदि से अलग की जा सकती है। ढाल तथाि नतोदन ढालों में अवशिष्ट एल्यूवियम (Residuel Alluvium) का निर्माण या नवीनीकरण (Rejuvenation) होता है। भौतिक एवं भौगोलिक परिस्थितियों में तीव्र परिवर्तन के कारण अन्तिम

जमावों पर आवरणिक बदलाव होता है। इसमें कुछ जीवावशेषों के निर्माण की क्रियाएँ होती हैं। अवसादी शैलों के बीच अत्यधिक ताप और ऊँचे दाब पर ही अवसादी शैलों के बीच जीवांश खनिज तेल में परिवर्तित हो जाते हैं। वैसे एल्यूवियम की चारित्रिक विशेषता उस चट्टान पर निर्भर करती है जिस पर इसका निर्माण हुआ। इस तरह मैदानी एल्यूवियम, जो रवेदार चट्टानों से निर्मित हुई हैं, नरम परतदार चट्टान से बनी एल्यूवियम से निश्चित रूप में भिन्न होती है। किसी भी संगठित चट्टान के ऊपरी भाग में चट्टान के विघटन के कारण बिखरा नरम मलबा अपक्षयण से क्षत-विक्षत होकर इतना बदल जाता है कि उसकी पहचान करना कठिन हो जाता है कि वह वास्तविक रवेदार चट्टान का ही भाग है या ऊपरी सतह चट्टान का। इसी तरह गहराई के साथ भी इसके निर्माण व विशेषताओं में भिन्नता पाई जाती है। कभी-कभी काफी गहराई पर वास्तविक चट्टान का पता चल पाता है जिससे ऊपरी एल्यूवियम सम्बन्धित होती है। हवा व पानी के काफी अन्दर प्रवेश कर जाने से चट्टान में तेज गति से विघटन की क्रियाएँ प्रारम्भ हो जाती हैं, जिससे काफी गहराई पर नरम (Loose) मलबा बन जाता है, जबकि इसके ऊपरी भाग पर (कुछ गहराई पर) रवेदार चट्टान का आवरण कम विघटित अवस्था में मिलता है। परतदार चट्टान के एल्यूवियम की औसत गहराई मौसमी पानी की अधिकतम गहराई के आधार पर आंकी जाती है। एल्यूवियम की मोटाई के निर्धारण के लिए पृथ्वी की आंतरिक एवं बाहरी प्रक्रियाओं से होने वाले परिवर्तन एवं अपरदन जैसी क्रियाएँ जिम्मेदार होती हैं। लेकिन यह सभी चट्टानों में विघटन की सघनता व अपक्षयण में स्थानान्तरित पदार्थों की गति पर निर्भर करता है। इल्यूवियल प्रक्रिया के अधिक लम्बा व स्थिर होने पर जमावों की मोटाई बढ़ती जाती है जिसमें संरचना व विशेषताओं के आधार पर मूल चट्टानों से भेद किया जा सकता है। ऐसी ही प्राचीन अपक्षयित सर्पाकार क्षेत्र ओरस्क खालीलेवों का है जिसमें इनकी मोटाई करीब 50 मीटर तक पाई जाती है।

एल्यूवियम उतनी ही भिन्न होती है जितनी कि चट्टानें तथा परतीय विशेषताएँ दर्शाती हैं। शुष्क भागों में क्षारयुक्त एलकलीक तथा नम प्रदेशों में अम्लिक गुण विद्यमान होते हैं। जब अम्लिक का उपभोग किया जाता है तो इसका रूप ईट के समान हो जाता है। क्षारीय (Alkaline) अवस्था में कार्बोनेट तथा खड़िया मलबे की लोयस क्षारीय हो जाता है। जहाँ पानी होता है वहाँ कार्बन डाईऑक्साइड CO_2 प्रचुर मात्रा में होता है लेकिन जहाँ पानी नहीं होता वहाँ निष्क्रियता बढ़ जाती हे। जिसके प्रभाव से एल्केलाईन प्रतिक्रिया चालू हो जाती है। ठण्डे प्रदेशों में

रासायनिक अपक्षयण की प्रक्रियाएँ सिलिकेट के विभाजन का कार्य कर केओलाईजेशन की प्रक्रिया करती है जिससे इनका रंग गहरा नीला-स्लेटी-दलदली क्ले के प्रकार का या चिकना हो जाता है।

शीतोष्ण भागों में इनका संचयन लाल, पीला, भूरा रंग, दोमट के प्रकार का होता है। महाद्वीपीय भागों पर शुष्कता के बढ़ने से इनका रंग हल्का पीला-लोयस की तरह, जिसमें जिप्सम मिला होता है, हो जाता है। विक्षालन के परिणामस्वरूप घुलनशील क्षार तथा सीलेसिक अम्ल में बढ़ोत्तरी हो जाती है। यह मुख्य रूप से आर्द्र जलवायु में पाया जाता है। उष्ण आर्द्र भागों में एल्यूवियम से एल्केलाइन के नष्ट होने से SiO_2 की मात्रा बढ़ती है। इनके साथ $Al_2 O_2$ तथा $Fe_2 O_3$ के संचयन से इनका रंग लाल ईंट सदृश या बाक्साइट सा हो जाता है क्योंकि लौह-ऑक्साइड तत्वों की मात्रा बढ़ जाती है जिससे इन पर हाईड्रेशन, ऑक्सीजन व डीसिलिकेशन आदि की प्रक्रियाएँ भी तीव्र होती हैं।

मरुस्थलीय भागों में जहाँ जल की कमी पायी जाती है। इस कमी के चलते पानी के घुलनशील पदार्थ स्थल की ऊपरी सतह पर अधिक मात्रा में रह जाते हैं। इनमें लोहे तथा मैंगनीज ऑक्साइड की मात्रा से लाल व काली मिट्टियाँ प्रमुख रूप से देखी जा सकती हैं तथा पीला रंग आयरन-हाइड्रोक्साइड के कारण तथा स्लेटी आयरन मैंगनीज-हाइड्रोक्लोराइ के कारण बनता है।

ढालू भागों में जहाँ पानी या नमी अच्छी मात्रा में मौजूद होती है ऐसी अवस्था में पानी में घुलकर यह पदार्थ पृष्ठ के निचले भागों में पहुँच जाते है। इस पदार्थ के नीचे आधारभूत चट्टानें स्थित होती हैं जो किसी तरह का प्रभाव नहीं डालती हैं। इस प्रकार निचले ढालू भागों में जमा हुआ मलबा जिसमें कंकड़-पत्थर आदि होते हैं कभी-कभी भूमिस्खलन (Land Slide) के परिणामस्वरूप भी बनते हैं जिन्हें कोलूवियम (Colluvium) के नाम से पुकारते हैं।

एल्यूवियम की प्रक्रिया धीरे-धीरे डेल्यूवियम, एल्यूवियम, वायूढ़ तथा जमावों के निर्माण विभिन्न अवस्थाओं को प्राप्त होती है। यह विभिन्न भूगर्भिक जमावों के निर्माण की सामग्री भी तैयार करती है। ऊपरी भागों से समुद्री मुहानों तक की तमाम सामग्री किसी-न-किसी रूप से एल्यूवियम से ही निर्मित होती है। एल्यूवियम नामक पदार्थ विभिन्न धरातलीय और भू-गर्भिक घटनाओं के परिणामस्वरूप परत् दर परत जमता जाता है, जो अनेक चट्टानों के विघटन का ही परिणाम है।

यूँ तो एल्यूवियम धरती के हर क्षेत्र में पाई जाती है, परन्तु अनुकूल दशाओं और सरसता के कारण विश्व के कुछ भागों में इनकी अधिकता भी मिलती है।

अपरदन व संचयन की क्रियाएँ इसके निर्माण में बाधक होती हैं क्योंकि जहाँ यह एकत्रित होना शुरू होती है वहाँ पानी व हवा इन्हें हटा देती हैं तथा पदार्थों की वहन शक्ति से स्थानान्तरित भी हो जाती है। धरातल के नवीन एल्यूवियम, डेल्यूवियम आदि जमावों को छोड़कर जिन पर इनके जमाव की क्रियाएँ नहीं हो पाती हैं शेष सभी तत्वों पर इनका प्रभाव देखा जाता है।

ऐसा इसलिए भी है कि नवीन जमावों की गतियों पर तथा भूगर्भिक प्रक्रियाओं पर एल्यूवियम प्रक्रिया का नियंत्रण नहीं रहा है। प्राचीन एल्यूवियम या डेल्यूवियम तथा हिमोढ़ आदि के जमावों पर एल्यूवियम के जमाव तो देखे जा सकते हैं। डेल्यूवियम के साधारण ढालों पर तथा एल्यूवियम के उच्च सोपानों (Terraces) पर एल्यूवियम का निर्माण लोयस प्रकार की एल्यूवियम में मिलता है, जिनका लम्बे अर्से में परिवर्तन विशेष वायूढ़ लोयस (Aeolian Loess) के रूप में देखा जा सकता है। धरातल पर इल्यूवियल प्रक्रिया के द्वारा परतदार चट्टानों पर भी इसके प्रभावों को देखा जाता है लेकिन इनके जमावों पर रासायनिक व भौतिक क्रियाओं द्वारा परिवर्तन नहीं होता है तब तक इन्हें पहचानना मुश्किल होता है। इनके परिणामस्वरूप इन चट्टानों की उत्पत्ति जैसे महाद्वीपीय हो, लगती है और इनकी परतों में विभिन्न रूप-रंग मिलते हैं। इनमें मृतिका, फेरूजिनस, बलुई दोमट, दोमट तथा चिकनी मिट्टी लोयस तथा खड़िया सदृश मिट्टी, ईंट सदृश्य तथा ईट बाक्साइट प्रकार आदि प्रमुख हैं। धरातल पर अबाध गति से एल्यूवियम प्रक्रिया के सम्पन्न होने से, अपने सम्पूर्ण काल के दौरान, यह नई विशेषताएँ व गुण अर्जित करती रहती है।

धरातल पर जीवों के विकास तथा मानव की उत्पादित कार्यशीलता के कारण एल्यूवियम के विकास में एक नया मोड़ आ जाता है, जिसे एन्थ्रोपोजेनिक (Anthropogenic) अवस्था कहते हैं। एल्यूवियम की प्रक्रिया जमावों और अपरदन पर नियंत्रण कर मानव इसका कृषि को विकसित करने में महत्वपूर्ण उपयोग कर सकता है। भूमि नियंत्रण संगठन के रूप में भूमि परत को वायुखात (Deplation), अपवर्तन (Ablation) तथा अपरदन की क्रियाओं से बचाना है, जो मिट्टियों पर कृषि, वनस्पति आवरण, नदियों के धरातल पर नियमित बहाव की गतियाँ सुचारु कर भूमिगत जल का नियंत्रण आदि इस दिशा में महत्त्वपूर्ण कार्य हैं।

डेल्यूवियम (DALLUVIUM)

'डेल्यूवियम' शब्द दोमट मिट्टी के विकास के साथ जुड़ा है। साथ ही यह दोमट मिट्टी के जमावों को भी इंगित करता है, जो विभिन्न रासायनिक संरचना व रन्ध्रता

लिए होती है। पानी की जो धारा बहती है इसका कोई निश्चित आधार नहीं होता है, यह ऊपर से निचली दिशा की तरफ बढ़ती है जो पानी की वहन शक्ति, कार्य क्षमता तथा समयानुसार बदलाव दृष्टिगत होते हैं पर निर्भर करती है। इन्हीं सब प्रक्रियाओं के परिणामस्वरूप इन मिट्टियों की उत्पत्ति होती है। डेल्यूवियम जमाव तब तक होते रहते हैं जब तक कि पानी के बहाव की प्राथमिक या प्रारम्भिक प्रणाली तथा लम्बवतीय अपरदन क्रिया निश्चित नहीं हो जाती है। डेल्यूवियम एक निश्चित, लम्बे प्रकरण का परिणाम है जिसमें (1) क्षेत्रीय जलवायु की दशा, (2) चट्टान, (3) ढाल का स्वरूप व झुकाव, (4) ढाल का नियंत्रित क्षेत्र, तथा (5) मिट्टियों का निर्माण व वनस्पति-आवरण आदि प्रमुख तथ्य हैं।

धरती के ढालू भागों में डेल्यूविक की क्रिया द्वारा मिट्टी के मोटे कण महीन कणों में तब्दील होते हैं। लम्बवतीय दिशा में यह प्रक्रिया विशेष रूप से दृष्टिगत होती है, जहाँ डेल्यूवियम बिछाव की तली में मोटे कण व ऊपरी भाग में महीन कण मिलते हैं। क्योंकि बहाव के कम होने एवं ऊपरी भागों के साधारण कटाव से केवल महीन कण ही जमा हो पाते हैं जबकि निचले हिस्सों में क्रिया अपेक्षाकृत तेज होती है।

डेल्यूवियल परत के सम्पूर्ण पार्श्व चित्र (Profile) में कुछ जीवावशेष भी देखे जाते हैं जो इनके निर्माण के दौरान गहरे जमावों में अन्तराल के द्योतक हैं। ये जीवयुक्त मिट्टियाँ डेल्यूवियम की मोटाई, जो परतों (Horizons) के रूप में मिलती है, विभिन्न कालों में विभक्त करती है। ऐसी परतों वाली डेल्यूवियम की भौतिक व थलीय संरचना में भी भिन्नता पाई जाती है, जो इनके (डेल्यूवियम) के निर्माण में परिवर्तनकारी तथ्यों पर निर्भर करती है।

डेल्यूविक की असमान यांत्रिक प्रक्रिया के चलते कहीं यह अधिक विकसित अवस्था में होती है तो कहीं पर निम्न अवस्था दिखती है। यह हल्के भौतिक संरचना के साथ अक्सर उन्नतोदर आकारों में मिलती है। लम्बे साधारण ढाल पर तीव्र भौतिक संरचना का प्रभाव मिलता है। भौतिक संरचना पर भी ढाल काफी प्रभाव डालती है। इनके जमावों से दक्षिणी भागों में कार्बोनेट तत्वों के जमाव के कारण विक्षालन कम या नहीं होता है। इनके पार्श्वचित्रों का अध्ययन करने पर अपरदन और विरूपण व प्राचीन जीवावशेषों के आधार पर प्रमाण मिल सकते हैं। भौतिक संरचना में दोमट (Loam) ही मूल रूप में मिलती है। इसलिए इनकी मोटी परत हल्के पानी के बहाव तथा विस्तृत ढालों पर नहीं मिल सकती। बारिश का पानी चट्टानों

पर आसानी से फिसल कर इसके रन्ध्रों में घुस जाता है। इसलिए कठोर चट्टान का विघटन प्रारम्भ हो जाता है। इससे विभिन्न आकारों में कंकड़-पत्थर टूट-फूट कर डेल्यूवियम के निर्माण की क्रिया प्रारम्भ कर देते हैं। इनके विस्तृत अपक्षयण से पता चला है कि कहीं-कहीं डेल्यूवियम के प्रमुख आधार का निर्माण घाटी के गहरा होने के बाद निश्चित हुआ है। पुरानी डेल्यूवियम के नीचे नवीन डेल्यूवियम की मोटी परत, जो कभी-कभी ह्यूमस तथा डेल्यूवियम मिलकर एल्यूवियल-डेल्यूवियल (Alluvial-deluvial) गहरे स्लेटी (Dark Grey) रंग में नदी के नवीन सोपान (Terraces) पर जमाव के रूप में मिलती है। जहाँ दोमट मिट्टी अधिक मात्रा में मौजूद थी वहाँ जल्दी ही प्रारंभिक कृषि की जाने लगी है।

एल्यूवियम (ALLUVIUM)

नवीन भूमि क्षेत्रों के बाढ़ग्रस्त मैदानों पर चट्टान चूर्ण (Debris) के जमा हुए पदार्थों को एल्यूवियम की संज्ञा दी गई है। किसी भी बाढ़ग्रस्त मैदान या क्षेत्र, जहाँ एल्यूवियम के जमाव मिलते हैं, दो तरह के होते हैं।

पहला क्षेत्र—नदी के प्रारम्भिक क्षेत्र जिसे निचला मैदान कहा जा सकता है बलुई तथा कंकड़ पत्थर से विस्तृत होता है तथा ऊपरी मैदान नदी की बाढ़ से लाई दोमट मिट्टी से निर्मित होता है। ये बाढ़ मैदान में होते हैं, जिसमें दोमट चिकने (Loamy Clayey) प्रकार की मिट्टियाँ प्रायः क्षैतिज रूप में फैली होती हैं। एल्यूवियल प्रक्रिया के परिणामस्वरूप ये क्षेत्रीय भागों में विभाजित हो जाती हैं। पानी के नीचे जलस्तर तथा बाढ़-जल स्तर से अलग-अलग प्रक्रियाएँ प्रारम्भ होती हैं। अगर इन दोनों को ही साथ मिला लिया जाए तब यह एक जटिल स्वरूप प्रस्तुत करती है। दोनों एक ही भौतिक-भौगोलिक पर्यावरण में निर्मित होते हैं। नदी के सोपान तथा बाढ़ग्रस्त क्षेत्रों के नीचे अलग-अलग रूपों से पहचाने जा सकते हैं। दोनों की जटिलता बाढ़ के उच्चतम स्तर एवं नदी पेटे की निम्नतम सीमा जहाँ अलग-अलग रूप से अपरदन की क्रियाएँ होती हैं, जमावों व इनकी विशेषताओं में भिन्नता पैदा कर देती है। नदी पेटे में इनकी मोटाई और ऊपरी मैदान पर दोमट मिट्टी का जमाव पानी के प्रवाह की तेजी पर निर्भर करता है। सामान्यतया इनकी मोटाई 50 मीटर से अधिक ही मिलती है।

नदी के बाढ़ क्षेत्र में आने वाला मैदान बार-बार बाढ़ों से ग्रस्त होकर दोमट मिट्टी जमा करता रहता है जबकि नदी पेटे के जमाव नदी पानी के बहाव की प्रक्रिया का परिणाम होते हैं। बाढ़ के मैदानों में एल्यूवियम भारी मात्रा में पाये जाते हैं। इनका

जमाव विभिन्न कालों में होता है। जैसे सर्पाकार जमावों में मिट्टियाँ चिकनी व झीलकृत दलदली होती हैं।

नदी पेटे के जमावों की सीमा अवशिष्ट एल्यूवियम, जो मोटे मलबे के रूप में होते हैं, पर्वतीय क्षेत्रों में नदी के आधारतल पर पाए जाते हैं। नदी तल में होने वाले जमाव का नदी के प्रभावशीलता और अपने प्रवाह में अपशिष्ट को बहने की क्षमता का परिणाम है, जिसमें वहनीय पदार्थ व बाढ़ पदार्थ, जो पानी में घुलनशील व अर्द्ध लटकी हुई अवस्था में रहते हैं, जमा होते हैं। नदी में जो पदार्थ विद्यमान होते हैं उनका भार कितना होता है, इन्हीं बातों पर नदी की भौतिक संरचना निर्भर करती है। भार को भौतिक संरचना, समोईलोव के अनुसार, जो 20 नदियों के औसत भार पर मालूम की गई है।

पैतृक चट्टानों की संरचना व वर्गीकरण
(The Composition and Classification of Parent Rocks)

जिन चट्टानों की टूट से मिट्टी बनी है उस चट्टान की भौतिक और रासायनिक विशेषताएँ उसकी मिट्टी में भी मिलती हैं। लेकिन इनकी जैवीय प्रक्रियाओं के कारण इन्हें अन्य मिट्टी प्रदत्त चट्टानों पर भी देखा जा सकता है। जैसे—चरनोजम (Chernonem), हिमोढ़, एल्यूवियम, लोयस तथा अन्यों के साथ देखा जा सकता है। इसके विपरीत चट्टानों पर ज्यादातर इस प्रकार की मिट्टियाँ पाईं जाती हैं। ये मिट्टियाँ कई प्रकार की होती हैं। उदाहरणस्वरूप—हिमोढ़ पर पाइजोलिक, सोढी-पाडजोलिक, चरनोजोमिक आदि मिट्टियाँ हो सकती हैं। लेकिन वास्तव में मूल चट्टानों का महत्व बना रहता है क्योंकि मिट्टियाँ तो इन्हीं चट्टानों में क्षरण का परिणाम होती हैं।

पौधों की जल-प्रणाली का भौतिक आधार नरम मिट्टी प्रदत्त चट्टानों द्वारा निश्चित किया जाता है। मिट्टी में रन्ध्रता के गुण की वजह से पौधे को पानी, हवा और पोषक तत्व आसानी से प्राप्त होते हैं। पौधों में खनिज, भोजन, पानी तथा हवा के संचार की दृष्टि से मिट्टी प्रदत्त चट्टानों को छः बड़े भागों में विभक्त किया जा सकता है। ये हैं—

1. मिश्रित कंकड़ीली चिकनी मिट्टी (Mixed Marly Coare Grained)—कुछ अपक्षयित खनिज तत्वों की मात्रा भी पायी जाती है। चट्टानों से क्षरित खनिज की प्रमुखता इस प्रकार की मिट्टी का विशेष गुण है। कंकड़-पत्थर अनिश्चित आकारों के तथा पत्थर आदि, जिन्हें पानी अलग नहीं कर पाता है, मोटी बलुई मिट्टियाँ एकत्रित करती रहती हैं। इनकी प्रमुख विशेषताएँ पानी को सोखने या बनाए रखने की क्षमता का न होना है।

2. मध्यम कणों वाली चट्टानें (Medium-Grained Bocks) – इनमें सिलिका ऑक्साइड जैसे तत्व 90-95% तक पाए जाते हैं तथा विघटित चट्टानों के सिलिकेट्स ही अवशिष्ट रूप में एकत्रित रह जाते हैं। क्वार्ट्ज जो कि वो अघुलनशील पदार्थ हैं जो क्षरण या टूट-फूट से लंबे समय तक बचे रहते हैं।

3. छोटे कणों वाली चट्टानें (Small Grained Rocks) – दोमट (Loamy) चिकनी मिट्टी, जो छोटे व मध्यम कणों के साथ मिश्रित रहती है, जमावों के रूप में पाई जाती है। इस प्रकार की चट्टानों के पदार्थ धीरे-धीरे घुलते हैं तथा इनमें पानी रखने की मध्यम क्षमता होती है ।

4. सर्वोत्तम मिट्टी (Fine Grained Clayey Soil)—यही मिट्टी चिकनी होती है जिनके कणों का आकार काफी छोटा होता है। एल्यूमिनियम आक्साइड (Al_2O_3) में इनकी मात्रा 16.20% से कम होती है तथा सिलिका आक्साइड (SiO_2) 60% से अधिक होता है। शीतोष्ण प्रदेशों में ये भारी मात्रा में पाये जाते हैं। इनमें क्षारक (Bases) जो जल में विलय नहीं होते हैं, इसके क्षारकों की विशेषताएँ हैं कि वह पानी में लंबे समय तक बने रहते हैं।

5. वह पदार्थ जो चिकनी मिट्टी के विघटन के बाद पुनः संचित होकर जमावों के रूप में निर्मित हुए हों तथा एल्यूमिनियम की प्रधानता रखते हैं, इस वर्ग में आते हैं। इनमें मुख्यतः एल्यूमिनियम युक्त हाईड्रोआक्साइड [$Al(OH)_3$] से निर्मित पदार्थ होते हैं तथा SiO_2 की तुलना में Al_2O_3 की अधिकता होती है। ये चट्टानें विक्षालन चलित होती हैं, कार्बोनेट के साथ घुलकर मिट्टी को क्षारीय बना देते हैं जो पौधों के लिए नुकसानदायी है।

6. धूस-कण प्रकार की (Dust like) – इनमें चिकने व बलुई कण काफी कम मात्रा में पाये जाते हैं। यह अपक्षयण में छंटे हुए पदार्थों के पुनः जमाव से निर्मित होती रहती है। अपक्षयित चट्टान का बालू वहीं जमा रह जाता है जबकि (धूल महीन कण) उड़कर कहीं दूर जमा रहते हैं तथा महीन चिकने कण और भी दूर उड़ाकर ले जाए जाते हैं। ऐसे उदाहरण नदी के पास बाढ़ मैदान के जमाव धूल कण युक्त बालू जो लोयस चट्टानों से निर्मित होती है, आदि मिलते हैं।

मिट्टियों के निर्माण में जलवायु एक तथ्य
(Climate asA factor of Soil Formation)

मिट्टियाँ किसी क्षेत्र की जलवायु की नब्ज होती हैं। विभिन्न जलवायु दशाओं में मिट्टियों के निर्माण की दिशा व विकास की प्रक्रियाओं का पता चलता है।

जलवायु की दशाओं को निम्न समूहों में रखा जा सकता है। जैसे–निवल जलवायु (Nival Climate) जहाँ वर्षा हिमपात के रूप में होती है। आर्द्र जलवायु (Humid Climate) जहाँ वर्षा की मात्रा जल वाष्प की दर से अधिक हो तथा शुष्क या मरुस्थलीय जलवायु (Arid or Dry Climate) जहाँ वाष्पीकरण की दर वर्षा या वायुमण्डल से किसी रूप में नमी की प्राप्ति से अधिक हो। मिट्टियाँ जो विभिन्न जलवायु दशाओं से निर्मित हुई हैं, एक दूसरी से विशेषताओं व गुणों में भिन्नता रखती हैं। यहाँ तक कि मिट्टियों को मिलने वाला ह्यूमस तत्व की मात्रा भी विभिन्न जलवायु दशाओं पर निर्भर करती है। ह्यूमस कमी या अधिकता के निर्धारण में जलवायु का ठंडा, गर्म या शुष्क होना महत्वपूर्ण भूमिका निभाता है।

जलवायु मिट्टियों के निर्माण में एक प्रमुख तथ्य (Factor) के रूप में तथा इसके महत्त्व को जलवायु खण्डों व मिट्टियों के प्रदेशों के तुलनात्मक अध्ययन से अधिक स्पष्ट रूप से समझा जा सकता है। इनका प्रादेशिक वितरण धरातल पर मिलने वाले ताप विकिरण तथा पानी के संतुलन या धरातल व वायुमंडल में ताप व नमी के आदान-प्रदान की प्रक्रियाओं पर निर्भर करता है।

स्थानीय जलवायु पर मिट्टी की अपक्षयता निर्भर करती है। एक ओर मिट्टियों पर जलवायु का निश्चित प्रभाव इनकी विशेषताओं में ह्यूमस तत्व, तापमान, आर्द्रता, शुष्कता आदि के रूप में पाया जाता है। दूसरी ओर वनस्पति का विकास जो विभिन्न धरातलीय दशाओं में होता है, मिट्टियों पर ही निर्भर करता है। इनके निर्माण के दौरान जैवीय, जलीय, भूआकृतीय, थलीय के साथ सामाजिक व आर्थिक गतियों का प्रभाव मिट्टियों के निर्माण की प्रक्रियाओं पर पड़ता है।

सूर्य का ताप और वर्षा मिट्टी निर्माण में महत्वपूर्ण भूमिका का निर्वहन करते हैं। वायुमण्डलीय नमी वर्षा, हिमपात और जलवाष्प के रूप में प्राप्त होती है, जो धरातल पर व मिट्टियों में ओस या अन्य संघनन के रूप में ग्रहण की जाती है। जो कुछ नमी किसी भी रूप में वायुमण्डल से प्राप्त होती है मिट्टियों के लिए आवश्यक ही नहीं बल्कि मिट्टियों की आर्द्रता की क्षमता पर किसी भी क्षेत्र की वनस्पति का विकास निर्भर करता है। वर्षा का कुछ भाग धरातल में रिस जाता है, कुछ बहता हुआ तथा कुछ वाष्पीकरण के द्वारा नष्ट हो जाता है।

धरातल के ऊँचे भागों से बहता जल क्षेत्र के इन भागों से मिट्टी का निक्षेप लाकर उस क्षेत्र के निचले व ढालू भागों को भरता है। चरनोजम के समान ही वर्षा का पानी मिट्टी की उर्वरता को बढ़ाने में महत्वपूर्ण भूमिका निभाता है तथा उसमें उसकी नियमित नमी अनुकूलतम दशा को निर्धारण में योगदान देने की क्षमता होती

है। इसके विपरीत मिट्टियों में पर्याप्त नमी का न होना तथा शुष्कता का बढ़ना, कम ह्यूमस, जैसे सिरोजम (Seirozems) तथा (नमी) आर्द्रता के अधिक बढ़ने से दलदली (Peaty-gley) तथा कीचड़ (Boggy) युक्त मिट्टियों का निर्माण करती है। अनियमित सामयिक वर्षा भी मिट्टियों में अनुपयुक्त जल व्यवस्था बढ़ाती है तथा सूखा जैसी परिस्थितियाँ पैदा करती हैं या कभी-कभी अवांछित अतिवृष्टि से अधिक नमी को बढ़ाती है। वर्षा न होने की दशा और नमी न सोख पाने के कारण ऊपरी मार्ग की मिट्टियां शुष्क होकर क्षारीय तत्वों को अपने अंदर संचयन करती हैं। इस प्रकार मिट्टियाँ लवणी हो जाती हैं। जहाँ पर हिमपात होता है, वहाँ धीरे-धीरे हिम का आवरण बढ़ने से ठोस बर्फ चट्टान के रूप में अधिक मोटाई के साथ जमा हो जाती है। इससे आन्तरिक गर्मी का बाहर निकलना बन्द होकर यह भाग भी धीरे-धीरे ठंडा होकर जम (Freez) जाते हैं और उस क्षेत्र की मिट्टियों के जलयोजना को प्रभावित करते हैं। इस प्रकार वायुमण्डलीय नमी वर्षा के रूप में मिट्टियों की नमी व जलयोजना को नियंत्रित कर विभिन्न परतों को जैविकीय परतों में घुस कर उनकी स्थिति पर पूर्ण और विशेष प्रभाव डालती है। मिट्टी की भौतिक संरचना को भी ये काफी प्रभावित करती हैं।

जब नमी सीमित होती है, तो मिट्टी में कम चिकनाहट पायी जाती है। जैसे-गर्म मरुस्थल, अर्द्ध मरुस्थल, ठण्डे या आर्कटिक प्रदेश हैं। अपेक्षतया, निश्चित या स्थिर तापमान की दशाओं में आर्द्रता के बढ़ने के साथ-साथ चिकनी मिट्टी के तत्व भी बढ़ते जाते हैं। इसी प्रकार स्थिर या स्थाई आर्द्रता पर, तापमान के बढ़ने के साथ-साथ ये तत्व घट जाते हैं। इनके प्रभाव आर्द्र प्रदेशों में सुस्पष्ट होते हैं जबकि शुष्क भागों में अस्पष्ट।

दूसरे जलवायु तथ्य, वायु तथा मिट्टियों में तापमान है। तापमान की दशाएँ मिट्टियों की रासायनिक एवं जैवीय प्रक्रियाओं की दर को प्रभावित करती है, जिसके अनुरूप वान्ट हॉफ (Von't Hoff) का नियम की रासायनिक प्रक्रिया की दर प्रत्यक्ष रूप से तापमान की अनुपातिक वृद्धि के साथ होती है। (10° से. ताप की वृद्धि में यह दर 2-3 गुना बढ़ जाती है)।

स्थानीय तापमान की दशा व वनस्पति जीवन का कुल समय मिट्टियों के सघन मौसमी निर्माण के समय का निर्धारण करते हैं। बर्फीले स्थानों पर तापमान लगातार हिमांक के आस-पास बना रहता है। ऐसी अवस्था में मृदा निर्माण की प्रक्रिया धीमी हो जाती है। धरातल पर 30° उत्तरी व 30° दक्षिण अक्षांशों के मध्य (स्थानीय दशाओं के आधार पर) तथा उष्ण पेटी में मिट्टियों का निर्माण अबाध गति

से होता रहता है तथा रुक-रुक कर (मध्यान्तर के साथ) उपरोक्त पेटी के उत्तरी व दक्षिणी भागों में मिट्टियाँ निर्मित होती रहती हैं क्योंकि इन क्षेत्रों में शीतकाल तापमान को कम कर देता है। गर्मियों में ताप की अधिकता और सर्दी में ताप की कमी क्रमशः पॉजिटिव और निगेटिव के रूप में माने जाते हैं। कम ताप की प्राप्ति या निगेटिव ताप में भी इसका प्रभाव मिट्टियों पर उल्टा देखा जाता है, जिसमें ह्यूमिक (Humic) अम्ल का निर्माण होता है।

मिट्टी में अघुलनशील कार्बन तथा कार्बन खनिजों का निर्माण होता है। इसी प्रकार असामयिक पोजेटिव व निगेटिव तापमान का अन्तर भी, जहाँ जमने व पिघलने की क्रियाएँ होती हैं, मिट्टियों को चटकाने में सहायक होता है। किसी-किसी स्थानों पर ताप दरारों पर गहरा प्रभाव डालते हैं। जिससे चट्टानों की कठोरता कम हो जाती है। परिहिमानी (Pemafrost) के क्षेत्रों में ग्रीष्म काल में ऊपरी बर्फ पिघल जाती है लेकिन भीतरी बर्फ ज्यों की त्यों जमा रहती है। जिससे भीतरी परत की स्थिति में कोई परिवर्तन नहीं आता।

कम ताप, साधारण जल वाष्प के साथ मिलकर जहाँ मिट्टियों में अतिरिक्त आर्द्रता होती है, अर्द्ध दल-दली कीचड़ युक्त मिट्टियों का निर्माण करता है जिसमें इस दलदली मिट्टी में पेड-पौधों के अपशिष्टों का जमाव होना शुरू हो जाता है। उच्च ताप जलवाष्पीकरण तीव्र होने से मिट्टियों की शुष्कता के साथ जैविक तत्वों का खनिजीयकरण तीव्रता से होने लग जाता है। ऐसी स्थिति में मिट्टियों के गठन व इनकी बनावट और इसके गुणों में भिन्नता आ जाती है।

हवा मिट्टियों के ऊपरी तल के धूल कणों को हटाकर या अन्य पदार्थों को जमा कर इनके निर्माण पर प्रभाव डालती है। हवा के कारण ही मिट्टियों के तापमान में परिवर्तन आता है तथा धरातल व मिट्टियों के जल के वाष्पीकरण को गति देती है।

जलवायु की दशाएँ अपने सभी स्थाई क्षेत्रों में भू-भौतिकीय प्रक्रियाओं पर व विशेषकर मिट्टियों के निर्माण की प्रक्रियाओं पर अपनी छाप छोड़ती हैं और विभिन्न प्रकार की विभिन्न प्रकार की मिट्टियों का निर्माण जलवायु दूसरे तत्वों का इसमें समावेश करके करती है।

मिट्टियों के निर्माण में धरातलीय तथ्य

मिट्टियाँ धरातल पर टिकी होने के बावजूद ये काफी विकसित होती हैं। पृथ्वी की आन्तरिक व बाह्य शक्तियाँ भी धरातल पर ही क्रियाशील हैं। पटल-विरूपण

शक्तियों के विपरीत मिट्टियों के निर्माण की शक्तियाँ धरातल के संगठन व समतलन में कार्यरत रहती हैं जबकि शेष दोनों शक्तियाँ इसके विरुद्ध असमान धरातल का निर्माण करने में लगी रहती हैं।

धरातल की मुख्य (तत्वों) आकृतियों में जल प्रपात, ढाल, घाटियाँ जिनमें अनेक स्वरूप और विकसित होकर इनमें अन्तर्भेद करते हैं। एक परिपूर्ण (परिपक्व) घाटी विभिन्न ढालों के साथ सोपानों, बाढ़ मैदान, डेल्टा तथा घाटी की पेटी (Beds) आदि का निर्माण करती है। विभिन्न स्थानों की स्थानीय जलवायु और दूसरी अन्तर दशाओं में अलग-अलग प्रकार की मिट्टियों का निर्माण होता है। धरातल (Belief) के मुख्य वर्गीकृत रूपों के आधार पर मिट्टियों का निर्माण अन्तर्निभर दशाओं में होता चला जाता है। यह वर्गीकरण वृहद् (Macro), मध्यम (Meso) तथा लघु (Micro) धरातल के रूप में होता है।

किसी भी विशाल स्थल का स्वरूप एक ही जैसा होता है। जिसमें पर्वत, पहाड़ और मैदान विकसित होते हैं। मध्यम भूमि आकार मुख्य स्वरूप के साथ द्वितीय श्रेणी के रूप में होते हैं जिनमें छोटी पहाड़ियाँ, टीले, बड़े गड्ढे, नतोदर व उन्नतोदर ढाल आदि होते हैं जबकि लघु या छोटी (Micro relief) धरातलीय आकृतियाँ सीमित क्षेत्र की होती हैं जिन्हें आसपास की भूमि के सन्दर्भ में ही समझा व देखा जा सकता है तथा वृहद् व मध्यम क्षेत्रों में ही इनका निर्माण होता है। यहाँ कहीं ऊँचे पठार तो कहीं गहरे गर्त हैं तथा जिनका क्षेत्र कुछ ही हजार वर्ग मीटर का होता है, लघु भूमि के स्वरूपों में सम्मिलित किए जाते हैं। इस प्रकार कुछ विशेष मिट्टियों की परतों के पार्श्व समतल या विस्तृत जल प्रपातों जैसे स्वरूपों के सम्बन्ध में समझे जा सकते हैं, जहाँ इनके अनुरूप मिट्टियों का निर्माण होता है। जलप्रपातों के ऊपरी ढालों पर व निचले भागों में मिट्टियाँ पानी द्वारा काट ली (Washed off) जाती हैं और दोनों ही जगह जमाव नहीं हो पाते हैं। जल प्रपात के गिरते पानी से ऊपर की मिट्टी कटती है और नीचे की घुलती है।

केवल साधारण ढालों पर जहाँ करीब 5° से कम प्रवणता पाई जाती है, वहीं मिट्टियों के जमाव होते हैं क्योंकि इन भागों पर अपरदन क्रिया बहुत ही नगण्य होती है, जो मिट्टियों के पार्श्व (Profile) के निर्माण में बाधक नहीं होती। ढालों के अनुरूप साधारण (5° - 10°), माध्यमिक साधारण (10° - 15°) तथा तेज ढाल (15° - 20°) पर अपरदन क्रमशः तीव्र व स्पष्ट होता है।

अधिक तेज ढालों पर (20° - 45°) अपरदन अति तीव्र होता है। जहाँ ऊपरी परत घर्षित होकर मिट्टियों की परत यदा-कदा या अलग-अलग रूप में धुली हुई

नजर आती हैं। अति तीव्र ढालों (45° से अधिक) पर केवल चट्टानें ही नजर आएँगी, उन पर मिट्टियाँ आदि अपरदित होकर साफ कर दी जाती हैं। वह ढाल, जो हर परिस्थितियों में अप्रभावित व अपरिवर्तनीय होते हैं, पैतृक चट्टान व मिट्टियों की भौतिक संरचना पर प्रभाव डालते हैं। इनका झुकाव जितना स्पष्ट व तीव्र होगा, उनसे उतने ही बड़े आकार के कणों की मिट्टियाँ का निर्माण होगा।

धरती के उतार-चढ़ावों को संतुलित करते हुए मिट्टी के आपसी संबंध विकसित होते हैं। चढ़ाव उन्नतोदर ढाल के रूप में होता है जो अपरदन के आधार तल के कारण निश्चित होकर नीचे के कटावों व नदी-घाटियों के रूप में विकसित होता है। नदी घाटियों में अपरदन की प्रक्रिया जल प्रपातों की तुलना में काफी तेज होती है जिससे घाटी व प्रपात के मध्य विभाजन की एक आनुपातिक व सापेक्षिक ऊँचाई बन जाती है। उस क्षेत्र में विभाजन की रेखा दृष्टिगत होती है जिन पर प्रक्रियाओं की शुरुआत होती है।

ज्यादा तीखे और ऊँचे ढालों से मिट्टियाँ हटा दी जाती हैं। इसे अपरदित मिट्टियों का अपूर्ण पार्श्व कहा जाता है। लगातार अपरदन की सघनता साधारण तल की ऊँचाइयाँ कम करता है तथा अधिकतम ऊँचे उठे भागों को निम्न तल पर ले आता है। ऐसी स्थिति में जो ढाल निर्मित होते हैं, उन्हें तटस्थ (Neutral) या बीच के ढाल कहते हैं। यह ढाल सीधे व परिपक्व होते हैं जिनमें मिट्टियों के पार्श्व निश्चित होते हैं। यह वह क्षेत्र है जहाँ एक तरफ जल प्रपातों के कटाव व दूसरी तरफ नदी घाटी के कटाव के मध्य का सापेक्षिक आदान-प्रदान होता है। आधार तल पर अपरदन की क्रिया होती है तो उसमें स्थायित्व आ जाता है। तब घाटी में कटाव बन्द होकर जमाव की प्रक्रियाएँ प्रारम्भ हो जाती हैं। लगातार मिट्टी के जमाव से खड़े ढाल साधारण ढालों में बदल जाते हैं। तटस्थ (Neutral) धरातल धीरे-धीरे उतर धरातल (Descending Relief) के रूप में बढ़ता जाता है जो पूर्ववत् धरातल व प्रपातों को नीचे करने की प्रक्रियाओं में तथा नदी घाटी में जमावों से विकसित होता रहता है। यही धीरे-धीरे वृद्धावस्था को पहुँचकर जब समतल दशा में पहुँचता है तो दोनों (ऊँचे व निचले क्षेत्रों) के मध्य एक सीधी रेखा स्थापित हो जाती है लेकिन अपरदन के नए आधार तल में विस्थापन के कारण यह चक्र नई विकास की अवस्थाओं में इसकी पुनरावृत्ति होती है। इस प्रकार किसी भी क्षेत्र का भू-स्वरूप मृदा परिवर्तन से प्रमाणित होता रहता है।

भू-स्वरूपों या आकृतियों व परिणामतया इनकी मिट्टियों के आधार पर भू-आकृति विज्ञान निम्न सिद्धान्तों को मानता है :

1. समय के अन्तराल में एक भू-आकार दूसरे में बदलता है। उदाहरणार्थ-एक प्रदेश धीरे-धीरे पहाड़ियों से समतल मैदान (Peneplain) में निर्मित हो जाता है।

2. एक समान भू-खण्ड अलग-अलग परिस्थितियों में भिन्न तरीकों से अलग स्वरूप में विकसित होते हैं। जैसे पहाड़ी का निर्माण, हिमानी अपरदन, ज्वालामुखी, हवाओं आदि क्रियाओं का परिणाम हो सकता है।

3. समान दशाओं में जरूरी नहीं है कि भू-खण्ड एक ही तरीकों से विकसित हों, दूसरे तथ्यों के प्रमाण से उनके आकारों में व्यापक परिवर्तन हो सकता है। जैसे हिमकृत घटनाएँ या क्रियाएँ, श्रेणियाँ (Ridges) तथा हिमकृत मैदान (Out wash plains) घाटियों का निर्माण करती हैं।

4. सभी भू-आकार एक-दूसरे पर निर्भर करते हुए, मिट्टियों के साथ विकसित होते हैं। उदाहरणार्थ—एक नदी घाटी जो धरातल पर पूर्ण कटाव का या भूमि को काट कर विभिन्न ढालू-जलप्रपात, भागों का घर्षण व अपरदन करती हुई सघन अपरदन कर काटछांट का कारण बनती है। ऊपरी भागों में अधिकाधिक मिट्टियों को काट कर ढालू भागों से नदी के ढाल तथा रेवाइन्स में नदी घाटी में विकास की दशाओं को परिवर्तित भी करते हैं तथा रेखा ढाल के आकार में विविधता लाते हैं।

अपरदन परिवर्तन तथा अवसादों के जमाव अपवाह, आद्रीकरण या दोनों मिलकर अनेक भौतिक, रासायनिक एवं जैवीय प्रक्रियाओं का मिला-जुला प्रभाव, मिट्टियों के निर्माण की या परिवर्तन की गतियों पर पड़ता है। इस तरह धरातल का मिट्टियों के निर्माण में महत्त्वपूर्ण योगदान होता है। धरातल का प्रभाव व इसकी महत्ता इस बात से आँकी जाती है कि पौधों व जीवों के लिए ब्रह्ममण्डलीय तथ्यों जैसे ताप, प्रकाश, नमी आदि से मिट्टियों की जलवायु व स्थानीय धरातल तथा जलीय ताप द्वारा जैवीय रसायन की प्रक्रियाओं का निर्माण होता है। मिट्टियों के निर्माण में धरातल का प्रभाव इस तथ्य से भी स्पष्ट हो जाता है कि विभिन्न धरातल की दशाओं में ताप व पानी की भिन्न मात्रा के आधार पर प्राकृतिक उर्वरक तत्वों के पुनः वितरण पर कितना प्रभाव पड़ता है कि किसी भी समतल क्षेत्र में जितना पानी वर्षा से प्राप्त होता है उसे क्षेत्र की मिट्टियों का निर्माण उसकी जलवायु की विशेषताओं के अनुरूप ही होगा। शीतोष्ण प्रदेशों में जहाँ वर्षा के अतिरिक्त पानी बढ़ता रहता है, वहाँ मिट्टियों का निर्माण उनके उत्तरी भागों के अनुरूप ही हुआ है। जबकि उन ढालों पर जहाँ दक्षिणी भागों का प्रभाव है वहाँ इन्ही के अनुरूप मिट्टियों का निर्माण हुआ है। वह मिट्टियाँ, जो मैदानी भागों की अपेक्षा निम्न शुष्क जलवायु

में पाई जाती है, स्थानीय शुष्क (Dry) कही जा सकती है। इसी तरह वह मिट्टियाँ, जो मैदानी भाग की अपेक्षा किसी निचले भाग में है, जहाँ अधिक पानी प्राप्त होता है, स्थानीय आर्द्र (Humid) कही जाती है। किसी एक ही क्षेत्र की विभिन्न स्वरूपों पर निर्मित हुई हैं। बनावट, संरचना व विशेषताओं में भिन्नता लिए हुए होती है। इस प्रकार निचले क्षेत्रों में आर्द्र परत (Humid Horizons) की मोटाई पहाड़ी या ढालू भागों की तुलना में अधिक मोटी होगी। निचले हिस्सों में ये नदी की अपरदन क्रिया के फलस्वरूप ऊँचे क्षेत्रों की तुलना में मिट्टी अधिक जैव तत्वों और नाइट्रोजन से भरपूर होती है। बड़े क्षेत्रों में जहाँ ऊपरी परतों से नमी, तत्वों के आधार पर मिट्टियों की प्रतिक्रिया संतृप्त तल व अम्लीयकरण की दिशा में अग्रसर होती है।

धरातल जो पानी के बहाव को नियंत्रित व विभाजित करता है, दो भागों में बाँटा जा सकता है :

1. पानी के बहाव की बहुलता वाले क्षेत्र।
(Areas of Bun-off of water)
2. जल बहाव से वंचित होना।
(Areas of Devoid of Bun-off)

किसी मैदान या पहाड़ी का महत्त्व उनकी वास्तविक ऊँचाई ढाल, प्रवणता तथा आकारों से होता है। ऊँच-नीच वाले धरातल के कारण किसी क्षेत्र को आवश्यकता से अधिक पानी मिलता तो कोई क्षेत्र पानी से पूर्णतः वंचित रह जाता है। जलवायु के साथ-साथ वनस्पति, के वितरण तथा वृद्धि । विभिन्न ढाल चाहें उत्तर या दक्षिण के हों जहाँ नमी, पानी की भिन्नता के साथ हवाओं के कार्य भी भिन्न मिलते हैं। इसलिए ऐसे ढालों की मिट्टियों की नमी, हवा, जलयोजन तथा ताप की असमानता मिलने से इनकी मूल विशेषताओं में भिन्नता आ जाती है।

अन्य तथ्यों की सामान्य दशाओं में शीतोष्ण भागों के उत्तरी भागों की मिट्टियाँ दक्षिण भागों की तुलना में अपेक्षतया अधिक विक्षालन करती है क्योंकि पानी व ताप के साथ-साथ ढालू भागों में जैविक अवशिष्टों में भिन्नता पाई जाती है जिससे ह्यूमस की रासायनिक संरचना में भिन्नता पैदा हो जाती है। स्टेपी मैदानों में या नतोदार खड्ड क्षेत्रों में अधिक नमी पाकर वनस्पति का विकास (वृद्धि) मिट्टियों में अधिक ह्यूमस तत्व होने के कारण तीव्रता से होता है।

धरातल का क्षेत्र और प्रपात भूमिगत जल स्तर और खनिज पर पाया जाता है। नतोदार ढ़ाल के ऊपरी परत पर जल काफी मीठा होता है। ऐसे क्षेत्रों में (अक्सर)

मिट्टियाँ जिनका जल स्तर गहरे तथा अपेक्षाकृत लगातार प्रवाह वाले क्षेत्रों की तुलना में ऊँचा है, वहाँ pH वेल्यू कम पाई जाती है। इस प्रकार धरातल का मिट्टियों के निर्माण में अप्रत्यक्ष प्रभाव, जलवायु जल संयोजन (Hydrology) तथा मिट्टियों के निर्माण की जैविक दशाओं आदि के रूप में होता है। इसी तरह विभिन्न छोटी-छोटी ऊँचाईयों का प्रभाव मिट्टियों के निर्माण की प्रक्रियाओं पर सतत् रहता है। जैसे असमान भौम्याकारों पर विभिन्न मिट्टियों का बिछाव मिलता है। इन ऊँचाइयों या असमान धरातल को निम्न धरातल व ऊँचाई (Micro relief and Micro heights) के रूप में माना गया है।

मानव के सांस्कृतिक और सामाजिक विकास विशाल घास के मैदानों के पूर्ण रूप से प्रभावित किया है। ऐसे छोटे क्षेत्र जो निचले मैदान कहे जा सकते हैं, जहाँ ऐसी वनस्पति का विकास ऊपरी भागों की कम नम व पतली परत वाली मिट्टियों की तुलना में अधिक हुआ। ऐसे ऊँचे-नीचे क्षेत्रों में विभिन्न फसलों का पाया जाना अस्वाभाविक ही नहीं, बल्कि धरातल पर उचित मिट्टियों के विकास व फसलों के उपयुक्त वितरण के लिए असमान धरातल की दशाओं में मूल परिवर्तन की क्रियाएँ भी शामिल हैं। ऐसी स्थिति में मूल योगदान वृहद क्षेत्र (Macro relief) का व इसके अन्य तथ्यों का ही रहता है। खासतौर से पर्वतीय भागों में मिट्टी के अलग-अलग रूप पाए जाते हैं। जिससे इनका विरूपण व अपरदन अधिकाधिक होता है।

मिट्टियों के निर्माण में जैवीय मण्डल का महत्त्व
(Biosphere as A Factor of Soil Formation)

कार्बनिक व अकार्बनिक तत्वों का वह वृहद् मण्डल जहाँ इन दोनों का अन्तर भेद करना नामुमकिन हो जाता है, मिट्टियाँ ऐसे तत्वों का मध्यम स्वरूप हैं। दूसरे शब्दों में, मिट्टियाँ जीवित तथा अजीवित प्रकृति संसार के बीच होने वाली अन्तर्क्रियाओं व अन्तर्निर्भरता में होने वाली प्रक्रियाओं का आधार प्रस्तुत करती हैं। इस तथ्य के बावजूद कि पौधों के लिए नितनया भस्मी भोजन (Ash food) तैयार करने में मिट्टियों के खनिज तत्व उनके संचयन व संगठित होने में सहायक नहीं होते हैं। मिट्टियों में भस्म (Ash) व नाइट्रोजनयुक्त भोजन के तत्वों का संगठन मिट्टियों की जैविकीय तत्वों को ग्रहण करने की क्षमता पर निर्भर करता है। जिन खनिज पदार्थों को पानी अपने अंदर नहीं घोल पाता उन खनिजों का पचा पाना जीवों के लिए भी मुश्किल होता है, वे (जीवित) जीवों में भी संचयित नहीं हो पाते हैं। हर क्षण-समय में जीवित जीव मरते रहते हैं, उनके खनिज तत्व घुलते या गलित

होते रहते हैं। यदि ये फिर से नए जीव में नहीं पहुँच पाते हैं तब यह परिवर्तन के प्रमुख भू-गर्भिक चक्र में आ जाते हैं।

मिट्टियों में भष्मी भोजन तत्वों के संगठन व जमाव जीवित जीवों का कार्य होता है, जिसमें वनस्पति प्रमुख है। मिट्टियों में जीव-खनिज पदार्थों का संचयन इन्हीं पौधों द्वारा जो विकसित व मृत-प्राय होते रहते हैं, किया जाता है। पौधों में शुष्क पदार्थ (Dry Matter) का औसत-प्रतिशत इस प्रकार मिलता है – C-45, O-42, H-6.5, N-1.5 तथा ऐश (Ash) करीब 5.0A भस्मी राख का निर्माण अनेक तत्वों, जिनकी मात्रा पौधों के आधार पर भिन्न होती है, से मिलकर होता है। वनस्पति जगत और सूक्ष्म जीव मिट्टियों का विशेष अंग होते हैं। इनके मेल या कमी से ही मिट्टी उर्वरक या अनउर्वरक होती है।

भूमि के सभी हरे पौधों को दो समूहों में बाँटा जाता है :

1. लकड़ी वाले, तथा
2. शाकीय।

लकड़ीदायक पौधों की पैदावार लंबे समय तक होती है अथवा पूरे वर्ष होती है। कोणधारी वनों में जहाँ पाइजोलिक मिट्टियाँ विक्षालन (Leaching) के कारण अशक्त या राख भष्मी भोजन बनाने में निरूपाय हो जाती हैं, वहीं पतझड़ वनों से वनस्पति अपेक्षतया ह्यूमस युक्त मिट्टियाँ तथा कार्बन राख युक्त भोजन जैसे तत्वों का अधिकता से निर्माण करती है।

शाकीय पौधे एक वर्ष तक की उम्र रखने वाले या एक वर्ष से ज्यादा की उम्र रखने वाले दोनों प्रकारों में मिलते हैं। शाकीय वनस्पतियों पर मिट्टियाँ लकड़ी के वनों की अपेक्षा काफी प्रभावित करती हैं। शाकीय वनस्पति के प्रभाव से मिट्टियों के निर्माण में भिन्नता पाई जाती है, जो अपनी-अपनी दशाओं के अनुकूल होती है। ज्यादा घास वाली जमीन की मिट्टी दलदली प्रकार की होती है। प्रक्रिया भी घास प्रदत्त होगी, जो अन्ततोगत्वा दलदली के रूप में निर्मित होती है। स्टेपी प्रकार की वनस्पति स्टेपी प्रकार की मिट्टियों के निर्माण की प्रक्रिया करेगी। स्टेपी मिट्टियों का निर्माण स्टेपी वनस्पतियों द्वारा ही किया जाता है।

जड़ तंत्र (Root System) जो धरातल पर पौधे के ऊपरी भाग की तुलना में अधिक फैला रहता है, जिनका विकास व वितरण मिट्टियों में निहित नमी व पोषक तत्वों पर निर्भर करता है, एक अलग ही जड़ परत का जैवीय परत में भिन्नता के साथ निर्माण करता है। जड़ें उपापचयी (Metabolic) तत्वों जैसे घुलनशील कार्बोहाइड्रेट्स (Co_2) तथा जैविक अम्ल व लेक्टिक दुग्धा अम्ल (Lactic) का निर्माण करते हैं। पौधों

की अधिचर्म मृतक कोशिकाओं से जिन्हें जड़ें बाहर निकाल देती हैं, पौधों की जड़ों में सूक्ष्म जीव रहते हैं वे जड़ों में उपस्थित पोषक तत्वों को अपनी खुराक बनाते हैं। इन जीव पदार्थों या कार्बन तत्वों की परत जो जड़ों के चारों ओर निर्मित हो जाती है उसे रीजोस्फेयर (Rhizosphere) तथा माइक्रोफ्लोरा (Microflora) या जीवाणुमण्डल (Bacteriorhiza) कहते हैं।

पौधे और सूक्ष्म जीव पोषकता और खुराक के लिए पूर्ण रूप से निर्भर हैं। एक-दूसरे के पूरक-पोषकता का स्रोत व आधार रीजोस्फेयर व बेक्टीरियोरिजा ही हैं। मृतक जड़ें कार्बन तत्वों के निर्माण का मुख्य स्रोत होती हैं जिनसे ह्यूमस जैसे तत्वों का निर्माण होता है। गहरी और मृत जड़ों की वजह से मिट्टी में ह्यूमस की मात्रा बढ़ती है और मिट्टी का रंग काला हो जाता है। पौधे पोषक तत्वों का निष्कासन करते रहते हैं और मरणोपरान्त नाइट्रोजन युक्त व कार्बनिक पोषक खनिजों का संचयन करते हैं। इन सभी में शाकीय पौधे लकड़ीधारी पौधों की तुलना में सबसे अधिक मात्रा (10-15 गुनी मात्रा) में खनिज तत्वों का मिट्टियों की परतों से निष्कासन करते हैं।

प्रत्येक वनस्पति के निर्माण में विभिन्न जाति के सूक्ष्म जैवीय जटिल अनुकूलता पाई जाती है जो मिट्टियों में समय के आधार पर परिवर्तन करते रहते हैं। इसलिए मिट्टियों के जीव व इनके निर्माण की प्रक्रिया में घनिष्ठ सम्बन्ध पाया जाता है। पौधों की जड़ें कुछ लाभप्रद व कुछ हानियुक्त जीवाणु (फुन्जाई के रूप में), परत के रूप में जड़ों को घेरे हुए रहते हैं। इसलिए उपयुक्त पौधों व इनकी फेरी (Rotation) से मिट्टियों में अवांछित सूक्ष्मजीवाणु के विकास को रोकने या नष्ट करने का एक अच्छा अवसर प्राप्त होता है, जो लाभप्रद भी है। सूक्ष्मजीवाणुओं के महत्त्वपूर्ण कार्यों को किसी नियमित रूप में बदला जा सकता है। नमी की दशाओं में परिवर्तन लाकर मिट्टी में ह्यूमस तत्वों के संचयन को नियंत्रित और प्रभावित किया जा सकता है।

लम्बे समय तक अतिरिक्त आर्द्रता से वातनिरक्षेप (Anaerobic) जीव नाइट्रोजन को छोड़ देते हैं। सिंचाई के सही तरीकों और ऐसे पौधे लगाकर जो नाइट्रोजन वाले जीवों को आवश्यक खुराक देते हैं इनका विकास एवं संचयन किया जा सकता है। सिंचाई द्वारा विभिन्न प्रकार के सूक्ष्म जीवों तथा इनकी भौतिक क्रियाओं का विकास किया जा सकता है। घुलनशील नाइट्रेट्स को विक्षालण की सहायता से पानी आसानी से नष्ट कर सकता है। इस प्रकार पानी या सिंचाई की विधियाँ भिन्न नतीजे देती हैं। सिंचाई द्वारा नाईट्रेट्स के नुकसान को भी पूरा किया

जा सकता है। सिंचाई की सुव्यवस्था से सूक्ष्म जीवों के नष्ट व संश्लेषण की प्रक्रियाओं, जो ह्यूमस तत्वों के निर्माण में सहायक होती हैं, को नियमित किया जा सकता है।

ह्यूमस के नष्ट होते ही सूक्ष्म जीव पौधों के विकास और जीवन के लिए उपयोगी तत्वों को बाहर निकाल देते हैं। संचार के तत्व जैसे नाईट्रेटस व कार्बन (भस्म) युक्त भोजन के पौष्टिक तत्व बाहर निकाल देते हैं। जीवाणु व फूँजी जैसे लोअर इक्लारोफेलस (Loweracholorophyllous) पौधों से हरे पौधों के शेष भागों का विघटन या अपरदन प्रारम्भ हो जाता है। इस प्रकार के सूक्ष्मजीवों से न केवल कार्बनिक तत्वों का बल्कि मिट्टियों के खनिज तत्वों का रूप परिवर्तित हो जाता है ।

कार्बनिक तत्वों का विनाश वातनिरपेक्ष (Aerobic) जीवों (जो वायु द्वारा ऑक्सीजन को निकालने की क्रिया करते हैं) से भी होता है। जीवाणुओं द्वारा जबकि मिट्टियों में प्रतिक्रिया नहीं के बराबर होती है। फुन्जाई (Fungi) अम्लिक क्रिया करती है। हवा से ऑक्सीजन ना सोख पाने से निचली परत और दलदली मिट्टियों के कार्बनिक तत्व वातनिरपेक्ष जीवाणुओं द्वारा अपघटित कर दिये जाते हैं। यह जीवाणु अनेक तत्वों से ऑक्सीजन प्राप्त करते रहते हैं। इनका कुछ हिस्सा सूक्ष्म जीवों द्वारा उपयोग में लिया जाता है, जो मिट्टियों के घोल में बने रहते हैं। वातनिरपेक्ष के कारण पौधों में तीक्ष्ण अम्ल (Tamic Acid) तथा रालदार (Resinous) तत्वों का भी अपसंचयन हो जाता है। यह प्रक्रिया फुन्जाई के आम्लिक तल पर फैलने की प्रतिक्रियास्वरूप होती है।

जैविक चक्रों का आधार मिट्टियों द्वारा प्रस्तुत किया जाता है। जहाँ पौधों व पशुओं के अवशिष्टों को जीवाणु व फुन्जाई अपक्षयित कर आदि जीवी प्रोटोजोआ (Protozoa) जीवों का भोजन बनाते हैं, जैसे अमीबा।

मूलामास, इन्फुसोटिया जैसे जीवाणुओं को खाकर धरती की नमी वाली मिट्टी में रहने वाले कीड़े और केंचुए जीवित रहते हैं।

आधुनिक जीव विज्ञान ने अनुसंधान की नई तकनीकों का इस्तेमाल करके मिट्टियों को सूक्ष्म जीवों के बारे में नवीन गुणात्मक आंकड़े प्रस्तुत किए हैं। कुछ निश्चित सूक्ष्मजीवों की जातियों का चयन कर उनके जीवित रहने के तरीकों व दिनों का अध्ययन किया गया है। ये जीवाणु गतिमान तथा गतिहीन होते हैं, जो झुण्ड के रूप में शृंखलाबद्ध समूहों में या कालोनी के रूप में रहते हैं। कुछ मिट्टियों में इनकी संख्या अत्यधिक हो जाती है। एक ग्राम मिट्टी में हजारों, लाखों की संख्या

में सूक्ष्मजीव पाए जाते हैं। मिट्टी के 0.1 से 3% कार्बनिक तत्वों की कोशिकाओं में जीवित जीव मिलते हैं।

कृषि युक्त भूमि के प्रति हेक्टेयर भाग में करीब 7 टन सूक्ष्मजीवों की कोशिकाएँ पाई जाती हैं जो मरते रहते हैं और नयों को जन्म देते रहते हैं। एन. ए. क्रासीलनिकोव (N. A. Krasilnikov) के अनुसार मिट्टियों में एक महीने के अन्दर सूक्ष्म जीवों की करीब 2 से 3 पीढ़ियाँ गुजर चुकी होती हैं तथा एक वनस्पति के काल में करीब 12—18 (27) पीढ़ियाँ। इनका निर्माण उत्तर की अपेक्षा दक्षिणी भागों में अधिक होता है। इसका अभिप्राय यह हुआ कि ग्रीष्मकाल में कृषियुक्त भूमि पर दर्जनों टन जीवित जीवाणुओं का विभिन्न रूप में विकास होता रहता है जिसमें सभी आदिकालीन जीव, फुन्जाई, एल्गी, एक्टीनोमस आदि प्रमुख है। जीवाणुओं का विकास वांक्षित भौतिक और भौगोलिक दशाओं द्वारा नियंत्रित होता है जिसके अर्न्तगत जलवायु (ताप-वर्षा), मिट्टियाँ, भौतिकी-रासायनिक प्रक्रियाएँ तथा मिट्टियों पर विभिन्न कृषि की दशाओं को सम्मिलित किया जा सकता है।

सूक्ष्मजीव (Micro organism) मिट्टियों में समान रूप से नहीं पाए जाते हैं। गर्म प्रदेशों में जहाँ पर्याप्त नमी मिलती है, इनकी संख्या बढ़ती रहती है। मिट्टियों की ऊपरी परत में (10 से.मी.) इनकी सर्वाधिक संख्या पाई जाती है जो गहराई के साथ (200 से.मी.) घटती रहती है। अनेक मीटर की गहराई पर मिट्टियाँ पूर्णतया निर्वत हो जाती हैं। सूक्ष्मजीवों की प्रक्रिया के लिए अधिकतम तापमान 20° - 30° व 40° से. तक होता है। जिन खेतों मिट्टियों में बीज बोने से पहले अच्छी तरह हल या ट्रेक्टर चलाया जाता है उस मिट्टी में फसल को फायदा पहुँचाने वाले सूक्ष्म जीवों का अच्छा विकास होता है। जबकि बिना जोती भूमि की मिट्टी व सीमित स्थाई मिट्टियाँ, क्षारीय मिट्टियों की तुलना में इन सूक्ष्म जीवों के विकास के लिए अनुपयुक्त होती हैं। जीवांशों की परतों के आधार पर सूक्ष्म जीवों की किस्में अलग-अलग तरह की पाई जाती हैं। किसी भी ठण्डी परत की गहराई तक ग्रीष्म काल में शीतकाल की तुलना में ये जीव बढ़ते हैं और इनकी किस्में भी अनेकानेक होती हैं। ठंड में ऊपर की परत लगभग अनुपजाऊ हो सकती है।

मिट्टियों में जीवाश्म तथा गतियाँ विद्यमान होती हैं, जिन्हें जीवाणु केन्द्र की संज्ञा दी जाती है। इसमें नाइट्रीयस जीवाणु महत्त्वपूर्ण होते हैं, बैक्टीरिया अमोनिया को नाइट्रिक अम्ल में बदल देते हैं। कार्बनिक पदार्थों की नाइट्रोजन एमोनिया (NH_3) में बदलकर नाईट्रोजन डाईआक्साइड (NO_2) में बनती है। इसे जीवाणु पुनः (NO_3) नाईट्रेट में परिवर्तित कर देते हैं।

कृषि में सहायक इन जीवाणुओं के महत्त्व को इस बात से आंका जा सकता है कि न तो वायुमण्डलीय नाइट्रोजन व न ही कार्बनिक तत्वों (पदार्थों) की बल्कि वह जो मिट्टियों में मिलकर पौधों व पशुओं के निस्त्राव से परोक्ष रूप से पौधों को मिलती हैं, घुलनशील लवणों के साथ मिलकर कृषि में महत्त्वपूर्ण योगदान देती हैं।

कुछ महत्त्वपूर्ण जीवाणु जो वायुमण्डल में नाइट्रोजन को निश्चित करते हैं, उनमें–

1. वायुजनक स्वतंत्र जीवीय (Free Living Aerobic) वायु में स्वतंत्र रूप से विचरणशील होते हैं।

2. शाम्बीय जीवाणु (Nodule Bacteria), जो मटर या राजमा जैसे फलीदार पौधों की जड़ों में चिपका रहता है तथा करीब प्रति हेक्टेयर मिट्टियों से 160-300 किलोग्राम नाइट्रोजन प्राप्त करता है।

प्रोटीन युक्त पदार्थों के संयोजन से सल्फर जीवाणु आक्साइड (H_2S) को सल्फर के सूक्ष्मकणों तथा आक्साइड को फिर से $H_2 SO_4$ में निर्मित करता है। सल्फर जीवाणु का महत्त्वपूर्ण योगदान है क्योंकि मिट्टियाँ सल्फर के प्रमुख तत्व को एल्यूवियम यौगिक के रूप में ग्रहण कर पौधों में संचार करती है। ये पौधों में आसानी से दृष्टिगत नहीं होते हैं।

इसी प्रकार लौह-जीवाणु (Iron Bacteria) दलदली, जलीय व कीचड़युक्त मिट्टियों में फेरस लवणों के आक्साइड या भस्म को हाईड्रेटेड फेरिक आक्साइड में परिवर्तित करते हैं। सिलिकेट्स के विनियोजन में कुछ जीवाणु महत्वपूर्ण भूमिका निभाते हैं तत्पश्चात् पोटेशियम एकत्रित कर फास्फोरस यौगिक अम्ल में निर्मित करते हैं, जो पौधों के लिए आवश्यक है।

रीजोस्फियर (Rhizosphere) का निर्माण वायुजनक स्वतंत्र जीवों के पुन्ज से होता है। वलगेरी (Balgare) तथा कोली (Coli) इसी किस्म के जीवाणु हैं। यूरिया का एमोनिकल अंश ऐसे ही यूरो जीवाणुओं द्वारा होता है, जो क्षार (Alkaline) के माध्यम से विकसित होते हैं। सेलियस या सेल्यूलोज (Cellulose) के विनियोजन से H, CH_4, CO_2 का निर्माण होता है, जो वायुजनक जीवाणु होते हैं। यह जीवाणु चिकने पदार्थों जैसे (Butyric) जीवाणुओं से सम्बन्ध रखते हैं, जिसका निर्माण मक्खन युक्त (Buttery) होता है। ऐसे जीवाणुओं से एल्यूमिनस तत्व प्राप्त होता है।

मिट्टियों में कभी-कभी अतिरिक्त सिंचाई या नए ताजा कार्बनिक पदार्थों से, वायुजनक डीनाईट्रीफाईंग जीवाणुओं के लिए उपयुक्त दशाएँ निर्मित होकर नाईट्रेट्स (NO_2) को नाइट्राइट (NO_3) नाइट्रोजन व आक्साइड तथा केवल नाइट्रोजन जो

मिट्टियों से नष्ट हो जाती है, का पुनः निर्माण होता है। यह प्रक्रिया इस प्रकार होती है—

$$KN_3 + KNO_2 \rightarrow 2KNO + N_2$$

इसी प्रकार कुछ जीवाणु, जो ऊपरी सतह या हवा में रहते हैं वह एल्गी (Algae) के रूप में होते हैं। कुछ वायरस (Virus) के रूप में होते हैं। एल्गी तथा डायटम (Diatom) मिट्टियों के अपक्षयण व विघटन में प्रमुख योगदान देते हैं। डायटन का प्रभाव चूना युक्त चट्टानों पर तथा एल्गी का शीत व वसन्तकाल में विस्तृत रूप से देखा जा सकता है। लेकिन कभी-कभी एल्गी में क्लोरोफिल होने से फोटोसिन्थेसिस क्रिया, जिसमें कार्बनडाई आक्साइड ग्रहण कर आक्सीजन छोड़ती है जो पानी में घुलकर दलदली या कीचड़युक्त मिट्टियों का विकास करती है। इसी प्रकार फुन्जाई (Fungi) जो मिट्टियों के नीचे रह कर हेटेरोट्रोफिक (Heterotrophic) पौधे के रूप में विकसित होती है। यह अधिकतर वनों की मिट्टियों में अधिक विकसित होती है। इससे पेनीसिलियम (Penicillium) तथा एसपरगिलस (Aspergillus) जैसे तत्वों का स्राव होता है। प्रोटीन का विनियोजन कर NH_3 का निर्माण करती है। मिट्टियों में अन्य पराजीवी (Parasitic) फुन्जाई का निर्माण होता रहता है।

मिट्टियों में काई (Lichens) का भी महत्त्व होता है जो संगठित चट्टानों की विदरों में प्रवेश कर इनका विघटन करती है। मिट्टियों में साधारण जीवों का जीवन विकसित होता रहता है, जिनमें अनेक प्रकार के जीव जैसे प्रोटोजोआ (Protozoa), अमीबा (Amoebae) तथा सिलिऐटा (Siliata) प्रकार के प्रमुख हैं।

मिट्टियों में अपृष्ठवंशी (Invertebrates) या एक कोशिकीय जैसे केंचुआ व अनेक कीड़े आदि रहते हैं। विभिन्न कीड़ों के लार्वा जमीन के नीचे पोली मिट्टी में अस्थाई तौर पर रहते हैं। इन सभी के द्वारा मिट्टियों में भारी मात्रा में बदलाव आसानी से किये जा सकते हैं।

मिट्टियों में बहुपृष्ठवंशी (Vertebrates) जिनमें रोडेन्ट ससलाईक, हमस्टरस, पोलकेट, माईस, मोल-रेट आदि प्रमुख हैं जो मिट्टियों में अपने घर बनाकर रहते हैं।

इस प्रकार प्राकृतिक जीवमण्डल में मिट्टियां भी निर्माण विनाश परिवर्तन विनियोजन संगठन आदि विभिन्न चक्रों से गुजरती हैं, जो इन सभी के जीवन चक्र का एक अंग है।

मिट्टियों के निर्माण के अन्य कारक
(Other Factors of Soil Formation)

समय की भूमिका (The Bole of Time) — प्रकृति के अन्य रूपों के समान ही मिट्टियों में समय के साथ-साथ विकास होने लगता है। इनकी आन्तरिक विशेषताएँ व संरचना आदि का लगातार परिवर्तन होता रहता है, इसी कारण मिट्टियों का बाहरी स्वरूप अलग तरह का दिखाई देता है। इन सभी गतियों में मिट्टियों की प्रक्रियाएँ व इनके निर्माण में परिवर्तन के अनेक कारणों व तथ्यों का महत्त्व होता है। धरातल के कुछ क्षेत्रों व स्थानों पर मिट्टियों के घुल जाने, अपरदित व जमावों आदि के कारण इनका नवीनीकरण एक निश्चित अन्तराल पर किसी क्षेत्र में मिट्टियाँ पूर्णतया नष्ट कर दी जाती हैं तथा पुनः निर्मित होती हैं तथा इस क्रम की विभिन्न अवस्थाओं जैसे प्राथमिक से परिपक्व में इनका विकास होता रहता है मिट्टियों में परिवर्तन की प्रक्रिया एक सतत प्रक्रिया है जो हमेशा चलती रहती है। कुछ क्षेत्रों में यह विकास तेज होता है तो कुछ में धीमा।

परतदार-अवसादीय चट्टानें जो पौधों के पोषक तत्वों से युक्त होती हैं, कठोर संगठित चट्टान की तुलना में अधिक तेज गति से विकसित होती हैं। उर्वरता के परिणामस्वरूप ही इस प्रकार के अन्तर दृष्टिगत होते हैं।

आजकल मिट्टियों में अन्तर वास्तविक या सापेक्षिक अवस्थाओं के आधार पर किया जाता है। मिट्टी की वास्तविक आयु उसका वास्तविक समय ही है, जो उसके निर्माण के ठीक वक्त से प्रारम्भ होकर आज तक है।

समय के आधार पर अगर मिट्टियों के निर्माण व प्रकट होने का समय अन्यों की तुलना में और भी पीछे जाता है तो उनका काल निश्चित रूप से और भी अधिक है। एक ही काल की चट्टानें भी उनके विकास के क्रम में अन्तर लिए होती हैं। तब वे अलग-अलग सापेक्षिक काल (आयु Age) की मानी जाती हैं। कुछ वे जीन का विकास तेज गति से हुआ है, धीमी गति से विकसित होने वाली चट्टानों के सापेक्षिक काल से अधिक आयु की है। कुछ चट्टानें अपेक्षाकृत अन्यों की तुलना में कम विकसित (नई मिट्टियाँ) लेकिन वह एक ही काल की होते हुए भी उनकी परिपक्वता तेज गति से होती है। यह भी हो सकता है कि पूर्णतया पुरानी मिट्टियाँ कुछ पूर्ण नवीन युवा मिट्टियों से भी युवा नजर आती हैं।

इस प्रकार की घटना न केवल मिट्टी प्रदत्त चट्टानों की भिन्नता के साथ जुड़ी हैं बल्कि अनेक भौतिकी भौगोलिक दशाओं के साथ भूमि आकार, भौतिक-रसायन से जैविकीय घटनाओं की भिन्नता के साथ भी जुड़ी हुई हैं। अधिकांशतया मिट्टियों

की पूर्ण या वास्तविक आयु अनेक मिलेनिया, जिसका वास्तविक अंश भी पिछले कई वर्षों से लुप्त हो चुका है, से आंकी जाती है। काम में ली जाने वाली मिट्टियों की आयु निर्धारण तो सम्भव है जो मानवीय क्रियाओं के अवशिष्टों जैसे-ईंटों के टुकड़े, काँच, एसफाल्ट, कंक्रीट, एवोनाइट, फिनीट तथा धातु के हथियार, सिक्के जिन पर तारीख आदि का उल्लेख है, आदि हैं। वैसे मिट्टियों का निर्माण अपेक्षाकृत तेज गति से होता है। सड़कों की खुदाई, कगार-दीवार, अपूर्ण छोड़ी हुई सड़कों, तालाबों के बाँध आदि के काम में ली जाने वाली मिट्टियाँ जो नवीन हैं तथा वास्तविक मिट्टियों के काफी अनुरूप मिलती है। कुछ कारणों से मिट्टियाँ धरातल से भी लुप्त हो जाती हैं तथा उन पर नई मिट्टियों का आवरण बिछ जाता है, जिनमें एल्यूवियम, एल्यूवियम, डल्यूवियम, ज्वालामुखी, हिमोढ़, दल-दली, वायूढ़ आदि अनेक नई मिट्टियों के जमाव सम्मिलित हैं। महासागरों के अतिक्रम काल में या हिमानी के बढ़ने से भी मिट्टियाँ विलुप्त हो जाती हैं।

हिमयुग काल में विशाल भूभाग बर्फ की परत के नीचे ढक गया था जिससे मिट्टियों के निर्माण की प्रक्रियाएँ पूर्णतया बन्द हो गईं। हिमानी के पीछे हटने या आगे बढ़ने की क्रियाएँ अनेक, हजारों वर्षों तक चलती रहीं। बर्फ से भूमि को आजाद होने पर उस नई वनस्पति के साथ नई मिट्टियों का निर्माण हुआ। दक्षिणी भागों के वे क्षेत्र जो उत्तरी भागों की तुलना में कई शताब्दियों पूर्व बर्फ से आजाद हो गए थे, वहाँ आज पूर्णतया उत्तरी प्रदेशों की नई युवा मिट्टियों की तुलना में प्राचीन-पुरानी मिट्टियों का बिछाव है।

वे क्षेत्र जो हिमानीकृत कार्यों से बचे रहे, उनकी अधिकांशतया मिट्टियाँ पुरानी हैं लेकिन फिर भी वहाँ प्री-क्वार्टनरी युग की मिट्टियाँ नहीं मिलती हैं। यह एक सार्वभौमिक सच है कि पटलविरूपण, अपरदन, जमावों के संचयन के कारण धरातल का लगातार पुनर्निर्माण व नवीनीकरण होता रहा है। कुछ कारणों से किसी भी क्षेत्र में जल प्रपातों के समतल भागों पर पुरानी मिट्टियों की भरमार होती है जबकि ढालू भागों पर नवीन मिट्टियों के जमाव दृष्टिगत होते हैं जिनका धुलने व डेल्यूवियम जमावों के कारण नवीनीकरण होता रहता है।

मिट्टियों की वास्तविक आयु ज्ञात करने और निर्धारण करने के लिए कई पद्धतियाँ इस्तेमाल की जाती हैं। जिनमें भूकालानुक्रम, पुरातत्वीकालानुक्रम आदि प्रमुख हैं। इल्यूवियल मिट्टी की आयु की जानकारी एल्यूवियल सिल्ट के जमावों से आँकी जा सकती है। ह्यूमस मिट्टियों की बनावट C^{14} का मात्रा से धरातल पर प्राचीनतम मिट्टियों का निर्धारण, तत्वों के विघटन व उनके आईसोटोप्स के आधार

पर किया जा सकता है। वास्तविक तथा सापेक्षिक मिट्टियों का आंकलन एक महत्त्वपूर्ण कार्य है तथा इनका महत्त्व इनके क्रियात्मक व प्रयोगात्मक रूप से अधिक है।

मिट्टी निर्माण प्रक्रिया में स्थान का महत्त्व

मिट्टियों के निर्माण में स्थान के महत्त्व को धरातल पर मिट्टियों के भौगोलिक वितरण के एक महत्वपूर्ण तथ्य के रूप में लिया गया है जिसे मूल स्थानीय परत तथा अधिक संकीर्ण रूप में इनके सीमान्तवर्ती वर्गीकरण को जो स्थानीय सीमाओं के सन्दर्भ में हो सकता है, जैसे-समुद्री तट रेखा, वनों की सीमान्त रेखा, मरुस्थलों में बालू की वितरण रेखा, ढाल के प्रारम्भ से अन्त तक का क्षेत्र या पर्वतीय चोटी से तराई तक के भाग आदि हो सकते हैं।

मिट्टियों की आन्तरिक विशेषताएँ धीमी गति से विकसित होती हैं, इनकी भिन्नता के कारण मालूम की जा सकती है। इनका संबंध मूल परत क्षेत्रों से होता है। पाडजोल मिट्टियाँ सोडी-पाडजोलिक में इसी प्रकार अंतर किया जाता है। सोडी-पाडजोलिक स्लेटी-वनों की मिट्टियाँ से तथा चरनोजम से अलग की जाती है। वितरण की सतत् विशेषताओं में अति सूक्ष्म स्थानीय मिट्टियों के आधार पर एक-दूसरे से अलग की जाती है। भिन्न प्रकार की मिट्टियों को आन्तरिक और बाहरी संरचनाओं को भली प्रकार से समझने के लिए इसे अनेक समूहों उपसमूहों में वर्गीकृत किया जाता है।

क्षेत्र के अक्षांश-देशान्तरीय विस्तार के आधार पर भौगोलिक दृष्टि से इनको मूल क्षेत्र (Native Zones) या प्रान्तों के आधार पर एक-दूसरे समूह से विभाजित कर अलग-अलग वर्गीकृत किया जाता है।

मिट्टियों के निर्माण में मानव का उत्पादन कार्य
(Man as A Productive Factor in Soil Formation)

मिट्टियाँ मानव के उत्पादन क्रिया से अधिकाधिक प्रभावित होती हैं। पिछली कुछ शताब्दियों से इनका उपयोग बहुत ही गहन हाने से ह्रास हुआ है। यह कभी नकारात्मक तथा कभी सकारात्मक रूप से रही है। अधिकाधिक उपयोग द्वारा अधिकतम उत्पादन के लाभ, बिना उचित विकास या भविष्य की उर्वरता पर ध्यान दिए मिट्टियों की शक्ति का ह्रास व विनाश हुआ है। बहुत बड़े क्षेत्रों की मिट्टियाँ कुछ स्थानों पर पानी या हवा द्वारा अपरदित होकर अपनी बनावट से परिवर्तन कर रही है। भूतकाल में असमान-भेदपूर्ण सिंचाई के कारण या तो विस्तृत क्षारीय या

दलदली बनती जा रही है। जंगलों के जलाए जाने व कटने से सूखे जैसे नुकसानदायक परिणाम हो रहे हैं क्योंकि इन क्रियाओं से ह्यूमस तत्वों, भौतिक तथा रासायनिक गुणों आदि से मिट्टियाँ विक्षिप्त तथा नष्ट होती हैं। कुछ वर्षों पूर्व निर्माण व बस्ती वाले क्षेत्रों के पास की भूमि के उपयोग का इतना महत्त्व नहीं था। लेकिन वर्तमान में विज्ञान के विकास की अवस्था ने मिट्टियों को कृषि उत्पादन व श्रम उत्पादक के रूप में प्रमुख साधन बना दिया है।

मानव की उत्पादन गति व विधियाँ मिट्टियों के निर्माण की संस्कृति में एक प्रमुख तथ्य बन गई है। प्रकृति को यदि उपयुक्त व उर्वरा मिट्टियाँ बनने में सदियाँ लग जाती थी तो वह आज बिना कोई समय लगाए कम से कम समय में कृषि योग्य बना दी जाती है। मिट्टियों के अधिकाधिक उपयोग से अधिकतम उत्पादन लेने की प्रक्रिया अब अधिक सघन होती जा रही है। मिट्टियों के निर्माण की संस्कृति (विकास के रूप में) आज के सन्दर्भ में अधिक उर्वरा शक्ति व अद्भुत सम्भावित साधन के रूप में विकसित हो रही है।

मिट्टियों का अधिकतम विकास कर मानव उपयोगी बनाई जाने की क्रिया को मिट्टियों के निर्माण की संस्कृति कहा गया है क्योंकि मिट्टियों की खेती एक प्रकार से विभिन्न उपयोग द्वारा नई वांछित मिट्टियों के निर्माण की कला ही मिट्टियों की संस्कृति कहलाती है।

मिट्टियों के निर्माण की प्रक्रियाएँ
(Process of Soil Formation)

मिट्टियों के निर्माण की सभी जटिल भौतिक, रासायनिक तथा जैवीय प्रक्रियाओं को अलग-अलग निम्न प्राथमिक प्रक्रियाओं में वर्गीकृत किया जा सकता है।

1. मिट्टी के निर्माण की भौतिक प्रक्रियाएँ (Physical Process of Soil Formation)—इसके अन्तर्गत निम्न प्रक्रियाएँ होती हैं :

अ—मिट्टी निर्माण में निलम्बन की प्रक्रिया (Formation of Suspension)

ब—मिट्टी की घुलनशीलता का निर्माण (Formation of Soil Solution)

स—पृथ्वी के गुरुत्वाकर्षण के कारण निलम्बन का स्थानान्तरण (Translocation of Solution and suspension due to gravity)

द—अघुलित लवणों में परिवर्तन जो मिट्टियों में तापमान, नमी, वाष्पीकरण, सघनता आदि की क्रियाओं से होती है।

(Precipitation as a result of conversion to insoluble salts in connection with the change in the soil temperature, humidity, moisture concentration etc,)

द–अधिशोषण (Absorption)

मिट्टी में विद्यमान विभिन्न कणों व कार्बोनेट्स अधिशोषण की प्रक्रियाओं में काफी सहायक होती हैं। विभिन्न तत्व जैवीय या कार्बनिक अपनी क्षमता के अनुरूप विभिन्न अन्य तत्वों का अधिशोषण कर उनका ह्रास करते रहते हैं और अपने जीवन की संचार क्रिया जारी रखते हैं। इस प्रक्रिया को अधिशोषण कहा गया है ।

2. मिट्टी निर्माण की रासायनिक प्रक्रियाएँ (Chemical Process of Soil Formation) - इसके अन्तर्गत निम्न उपक्रियाएँ आती हैं।

अ– रासायनिक प्रक्रियाएँ (Chemical Reactions)

यह प्रतिक्रियाएँ H_2O, CO_2, O_2, HNO_3, H_2SO_4

(Hydration, dehydration, carbonatisation, decarbonatisation, oxidation, dioxidation, silicatisation desilicatisation and others) के द्वारा होती हैं।

ब– ह्यूमिक अम्ल के साथ रासायनिक प्रतिक्रियाएँ (Chemical reaction tied with the humic acids) तत्वों के सिलिक अम्ल तथा कार्बोनिक अम्ल के स्थानान्तरण से सिलिकेट्स एल्यूमिनिकेट्स का विघटन तीव्र व सघन हो जाता है तथा अतिरिक्त नमी में इनमें कमी आ जाती है। ऐसी स्थिति में अलग तरह की प्रक्रियाएँ होती हैं।

3– मिट्टी के निर्माण में जैवीय प्रक्रियाएँ (Biological Process of Soil Formation) - यह भी निम्न रूपों में होती हैं।

अ– अवशिष्ट जीवों से खनिजीकरण (Mineralisation of organic remains) जटिल जैवीय तत्वों से साधारण जैवीय तत्वों की संरचना में परिवर्तन की प्रक्रिया जो सूक्ष्मजीवों व अन्य स्त्राविद पदार्थों से होती है, ऐसी ही क्रियाएँ हैं। इन प्रक्रियाओं में अमोनियम, नाइट्रीफिकेशन तथा सेल्यूलोज का रूपान्तरण, माड़ (Starch) का जमना, वास वियोजन, अन्य रालदार टेनिक (Tennic), मोमदार (Waxly) आदि का विसर्जन तथा लकड़ी का खनना आदि क्रियाएँ सम्मिलित की जाती हैं।

ब– ह्यूमिफिकेशन (Humification) इनमें पेड़-पौधों से अपेक्षाकृत अधिक ह्यूमिक तत्वों का निर्माण होता है जो जीवाणु व फुन्जाई जैसे सूक्ष्म जीवों द्वारा किया जाता है।

स– कार्बनिक पदार्थों का संश्लेषण (Synthesis of Organic Matter)

द– सूक्ष्मजीवों व पौधों द्वारा कुछ तत्वों का आत्मसात् करना (Assimilation by Micro-organism and plants of certain elements)

मिट्टियों के निर्माण की सम्पूर्ण प्रक्रियाएँ एक प्रकार से मिट्टियों के प्राथमिक (Elementary) निर्माण की प्रक्रिया है। प्रत्येक प्रकार का निर्माण व उसकी परत जो जैवीय परत का ही हिस्सा होती है, से सम्बन्धित है।

ह्यूमिक जमावों के निर्माण के दौरान, ऊपरी परत पर निम्न प्रक्रियाएँ गतिशील होती हैं ।

1. कार्बनिक तत्वों का निर्माण (Formation of Organic matter)

2. कार्बनिक अवशिष्ट का विघटन (Decomposition of Organic Remains) जैसे -

अ– भौतिक परिवर्तन (Physical Change)

ब– विघुलनीकरण (Dissolution)

स– खनिजीकरण (Mineralisation)

त– ह्यूमिक तत्वों का संगठन व संचयन
(Fixation and accumulation of Ash Elements)

मिट्टियों के निर्माण की प्रमुख प्रक्रियाएँ जैवीय या कार्बनिक तत्वों के विभिन्न रूप से संचयन व जमावों के कारण होती है। इन प्रक्रियाओं में पीट (Peat), सोड (Sod), पाडजोलाईजेशन, विक्षालन के साथ सिलिकाइनेशन, एल्यूमिनाइजेशन आदि प्रमुख हैं। पौधों व पशुओं के कार्बनिक तत्वों का संचयन मिट्टी की उर्वरता बनाए रखने के लिए आवश्यक है। यह प्रक्रिया इनमें अवशिष्ट तत्वों के विलय खनिजीकरण या विघटन से भौतिक रूपों में परिवर्तन के कारण होती हैं।

आक्सीजन की उपस्थिति में वायु में मौजूद जीवाणुओं (वैक्टीरिया) से विघटन की क्रियाएँ तीव्र रूप से होती हैं। इस प्रक्रिया में जब तापमान में बढ़ोत्तरी होने के साथ-साथ विनिष्ट तत्वों के तापमान में भी स्वतः बढ़ोत्तरी हो जाती है। वातनिरपेक्ष (Anaerobic) तत्वों में ताप की उत्पत्ति नहीं होती है और यह क्रिया धीरे-धीरे सम्पन्न होती है।

केल्शियम कार्बोनेट तथा ह्यूमिक अम्ल के बीच प्रतिक्रिया से रासायनिक प्रतिक्रिया होती है। यह प्रतिक्रिया ह्यूमस जैसे तत्वों का विघटन कर ह्यूमिक कार्बन तत्वों का जमाव करने में महत्वपूर्ण भूमिका निभाती है। इसलिए जिन क्षेत्रों में ह्यूमस

तत्वों के स्थाई जमाव पाए जाते हैं वहाँ विघटन की क्रिया रसायन की सहायता से होती है। तापमान और नमी में परिवर्तन भी ऐसी ही प्रतिक्रियाएँ करती हैं।

पौधों व पशुओं के अवशिष्ट तत्वों से ह्यूमस तत्वों या कार्बनिक पदार्थों का निर्माण निम्न प्रक्रियाओं द्वारा बढ़ता रहता है–

1– वायुजीवी जीवाणु प्रक्रिया (Baterial aerobic process) यह कार्बोनेट्स, सल्फेट्स, नाइट्रेट्स, फोस्फेट्स, क्लोराइड तथा ह्यूमिक अम्ल आदि से होता है। NH_3 से प्रारम्भ होकर H_2 तथा CO_2 में सम्पन्न होती है।

2– वातनिरपेक्ष जीवाणु प्रक्रिया (Bacterial anaerobic process) यह CH_4H, N_5, NH_3, H_2, PH_2, Fes_3 तथा NH_4 के फूटने से निर्मित होती है।

3– फुन्जाई प्रक्रिया (Fungal process) इसमें टूटने वाले तत्व H_2O, CO_2, N आदि कार्बोनेट्स हैं।

ह्यूमस तत्वों को संचयन निश्चित समय के बाद विघटित होकर टूट-फूट जाते हैं और अपने लाभकारी गुण खोकर साधारण तत्वों में बदल जाते हैं। जैसे–CO_2 H_2O, NH आदि। लेकिन नम मिट्टियों में यह प्रक्रिया अधिक धीमी गति से होती है, जिस पर घास जैसे ह्यूमस विकसित होती है, को ऐसी ही मिट्टियों के उदाहरण के रूप में प्रस्तुत किया जा सकता है। धीरे-धीरे यह ह्यूमस तत्व ऊपरी धरातल से नीचे की परतों में प्रवेश कर जाते हैं। इस प्रकार की इल्यूवियल मिट्टियों में इनकी मात्रा काफी बढ़ जाती है। अधिक ह्यूमिक तत्वों से आन्तरिक एल्यूवियम (Alluvium) मिट्टियों में प्रस्फुटन हो दरारें पड़नी शुरू हो जाती हैं और विघटन हो जाता है।

ह्यूमस संचयन के साथ-साथ भस्म तत्व कार्बन (Ash elements) तत्वों का संचयन भी प्रारम्भ हो जाता है। पौधों की जड़ें गहरी मिट्टी में प्रवेश कर अतिरिक्त पोषक तत्वों का निस्त्राव करती हैं जिनकी इन्हें आवश्यकता होती है। इनके मरणोपरान्त यही तत्व विघटित होकर खनिज तत्वों में बदल जाते हैं। जैविकीय अवशिष्टों का खनिजीकरण होने पर यह भस्म (Ash) तत्व घुलनशील अवस्था में आ जाते हैं।

इनमें से कुछ ऊपरी सतहों पर पहुँच जाते हैं और कुछ पानी द्वारा भीतरी तहों जहाँ जड़तन्त्र होता है, पहुँच जाते हैं, जहाँ नई गतिविधियाँ करने में कार्बनिक पदार्थों का निर्माण करते हैं। इस प्रकार इन पर विकसित वनस्पति और भी समृद्ध होती जाती है। जड़ों में पौधों की तुलना में इनका अधिक विकास होता है। घास के मैदान व स्टेपी क्षेत्रों में 7-7.5% Ash, बीच, [Beech] में 5.6% , स्प्रूस में 4.5% व पाईन (Pine) में 1.5% मात्रा पाई जाती है।

ह्यूमस संचयित जमावों में ऊपरी परत को ह्यूमस परत, इसके नीचे की एल्यूवियम (Alluvium) व इसके नीचे की परत एल्यूवियल (Iluvial) परतें (जो प्रायः पानी से धुल जाती है या साफ हो जाती है) कहलाती है। धुली हुई (Washed out) परत में घुलनशील तत्व पानी के द्वारा स्थानान्तरित कर दिए जाते हैं और गहराई में चले जाते हैं। पाडजोइक मिट्टियों की एल्यूरवियल परत से विक्षालन की प्रक्रियाओं से तत्व घुलकर नीचे बैठ जाते हैं और इस परत में लवणों की कमी हो जाती है। कुछ ह्यूमस भी घुलनता के कारण धुल जाते हैं। वाष्पीकरण के कारण कभी-कभी यह तत्व बहाकर नहीं ले जाए जाते हैं बल्कि वहीं जमा रह जाते हैं और मिट्टियों की लवणता (Salinisation) बढ़ाते हैं।

इसी प्रकार नीचे की परतों में जिसे एल्यूवियम (Alluvium) परत कहा जाता है, जिप्सम (Gypsum) के जगह-जगह स्थाई हो जाने से परत में छिद्र हो जाते हैं। चूना कार्बोनेट के रूप में बाहर निकल आने से छोटे-छोटे रन्ध्र विकसित हो जाते हैं।

एक विशेष प्रकार की मिट्टियों का निर्माण, जिन्हें सोलोन्चाक (Solonchak) कहते हैं, उसमें घुलनशील लवणों की अधिक मात्रा होती है। इसके धरातल पर लवण होने से पौधे व सूक्ष्मजीव विकसित नहीं हो पाते हैं इनसे मिट्टियों की उर्वरता का ह्रास होता है।

प्राचीनतम-पिछली मिट्टियों के निर्माण का ज्ञान इतना अधिक नहीं है लेकिन इनकी प्रक्रियाओं का क्रम व अवधि की अप्रत्यक्ष जानकारी ही उपलब्ध है। टुन्ड्रा मिट्टियों में जीवावशेषों के प्रमाणों के आधार पर ही उनके अस्तित्व का पता चलता है। इस प्रकार कोणधारी वनों में इससे संबंधित काफी प्रमाण दृष्टिगत हुए हैं।

उपसंहार—मिट्टी पृथ्वी निर्माण विनाश संयोजन और पृथ्वी पर जीवन के लिए एक आवश्यक तत्व है। जिस प्रकार मानव इस धरातल पर मानव जाति में अलग-अलग तरह की किस्में पाई जाती हैं, भिन्न-भिन्न रंग के मानव पाए जाते हैं, उसी प्रकार मिट्टियों में विकास की अलग-अलग प्रक्रियाओं के चलते भिन्न प्रकार की विशेषताएँ पाई जाती हैं और इन विशेषताओं के चलते ही धरातल पर भिन्न प्रकार के जीव पाए जाते हैं। इसलिए जाति की परिस्थिति को समझने के लिए मिट्टी और उसकी विशेषताओं को जानने की आवश्यकता है। मिट्टियों के निर्माण के मूल तत्व चट्टानों की निर्माण और संरचना को बदलने में भूकंप का काफी महत्व है जिसका अध्ययन हम अगले अध्याय में कर सकेंगे।

8

भूकंप

भूकंप एक ऐसी विनाशकारी और परिवर्तनकारी घटना है, जिससे मानव अपने उद्‌भव के समय से ही डरता रहा है। मानव भूकंप और इसके कारणों को लेकर शुरू से ही जिज्ञासु रहा है। पुराने अभिलेखों, पुराणों आदि में विद्वानों ने भूकंप का वर्णन किया है। पिलनी, हैरोडोट्स, लिवी, वराहमिहिर (वृहत संहिता) आदि विद्वानों के लेखों एवं ग्रंथों से भी इस सच की पुष्टि होती है। इन महारथियों ने भूकंपों से होने वाले नुकसान-हानि व भूकंप के संभावित कारणों पर प्रकाश डालने का प्रयास किया है। किन्तु भूकंपों का वैज्ञानिक, सुनियोजित एवं सुव्यवस्थित अध्ययन वर्तमान वक्त की देन है। हकीकत में भूकंपों का वैज्ञानिक अध्ययन भूकंप विज्ञान (Seismology) के अंतर्गत किया जाता है जो 19वीं सदी से प्रारंभ होता है, जबकि 1840 ई. में प्रो. ए. पैरी ने विश्व में आने वाले भूकंपों की एक सूची तैयार की। इस महान काम को डबलिन के एक प्रसिद्ध इंजीनियर आर. मैलेट ने अपने हाथ में लिया। उसने सन् 1852 से 54 ई. के बीच आए भूकंपों की, जिनकी संख्या 7000 से भी अधिक थी, एक विज्ञप्ति प्रकाशित की। यहीं से भूकंपों के वैज्ञानिक अध्ययन का प्रारम्भ होता है।

भूकंपों के इस वैज्ञानिक अध्ययन में जॉन मिलने का नाम भूकंप विज्ञान के इतिहास में सदैव अमर रहेगा। जॉन मिलने को भूकंप का जनक कहते हैं। मिलने व उसके सहयोगियों, जो जापान में भूकंप अध्ययन के महान खोजकार्य में संलग्न थे, ने मिलकर सन् 1880 ई. में जापान की भूकंप विज्ञान सोसायटी की स्थापना की। इसके अतिरिक्त मिलने ने संसार के विभिन्न क्षेत्रों में भूकंप संबंधी सूचना एवं आँकड़े प्राप्त करने हेतु विश्व में भूकंपमापी केंद्रों का जाल-सा बिछा दिया। उसने एक भूकंपमापी (Seismograph) का भी आविष्कार किया। जुलाई 1913 में मिलने की मृत्यु से इस महान अनुसंधान कार्य को बड़ा धक्का लगा। उसके

उपरांत प्रो. एच. एच. टरनर ने इस खोज कार्य को जारी रखा। आज भूकंपों के अध्ययन पर काफी बल दिया जा रहा है।

भूकंप विज्ञान को विज्ञान की श्रेणी में रखा है तथा भौतिकी व रसायन विज्ञान की भाँति अभी विकसित नहीं हो पाया है, तो भी यह विज्ञान अपनी शैशवावस्था से लेकर विभिन्न अवस्थाओं से गुजरते हुए अपनी प्रौढ़ अवस्था प्राप्त कर चुका है। में प्रवेश कर चुका है , में प्रवेश कर चुका है और संसार के विभिन्न भागों में इस दिशा में महान खोज कार्य चल रहा है। वर्तमान युग में न सिर्फ संसार के सुविकसित देशों, यथा रूस, संयुक्त राज्य, अमेरिका, जापान आदि में भी इस विज्ञान के अध्ययन की आवश्यकता को अनुभव किया जाने लगा है, प्रत्युत् भारत और चीन जैसे विकासशील देशों में भी भूकंपों के अध्ययन के विषय में आशानुरूप महत्वपूर्ण तरक्की हुई है। सत्य तो यह है कि भूकंपों के माध्यम से होने वाले महाविनाश और मनुष्य संहार ने मानव सभ्यता के प्रारंभ से ही सरकार व वैज्ञानिकों का ध्यान अपनी ओर आकर्षित किया है। अब तक भूकंप से 50-60 लाख लोग मारे जा चुके हैं। भारत में 893 ई. में भूकंप में 180000 व्यक्ति मारे गये थे। सन् 155 ई. में चीन में 830000 व्यक्तियों को शैशी भूकंप के कारण अपनी जान गंवानी पड़ी।

सन् 1773 ई. में भारत में जो भूकंप आया था उसमें 300000, सन् 1923 ई. में जापान में 1430000, व 1920 ई. में 20000 से भी अधिक व्यक्ति मृत्यु की गोद में समा गए। लिस्बन भूकंप जो 1775 ई. में पुर्तगाल में आया, से 60000 व्यक्ति मृत्यु को प्राप्त हुए। भारत में ही कांगड़ा भूकंप की वजह से, जो 1905 में आया था, 20000 व्यक्ति मृत्यु के मुँह में चले गए थे। हाल ही में 1976 ई. में चीन के महाविनाशकारी भूकंप ने जो तांगशान नगर में आया, 750000 लोग काल का ग्रास बन गये, इसी भूकंप के प्रकोप से 780000 लोग घायल व 500000 लोग घर से बाहर हो गए।

कोई भी ऐसे भवन नहीं होंगे जो भूकंप से प्रभावित नहीं हुए होंगे तथा जान या माल का नुकसान नहीं हुआ होगा, उसको सोचकर की प्रभावित लोगों की आत्मा तक काँपने लगती है। संस्कृत भाषा का शब्द 'भूकंप' अंग्रेजी के अर्थक्वेक, फ्रेंच के ट्रम्बलमेंट डी टैरे, स्पेनिश के टैरीमोटो और जापानी भाषा के जिशिन शब्दों से पूर्ण रूप से मेल खाता है। इन सभी का एक ही अर्थ है ''पृथ्वी, अथवा इसके किसी भाग का कंपित होना''। भूकंप भू-गर्भ में शैलों पर पड़ने वाले प्रतिबल एवं विकृति की वजह से इनके टूटने-फूटने के फलतः पैदा होता है। शैलों के भ्रंशित होने और इसके प्रवाहित होने से भू-गर्भ में भूकंप की उत्पत्ति होती है। भू-गर्भ में जहाँ भूकंप की

उत्पत्ति होती है, उस जगह को उद्गम-केंद्र (Focus) कहते हैं। उद्गम-केंद्र से यदि भूतल (Earth's surface) पर एक लंब खींचा जाए, तो इस प्रकार जो बिंदु भूतल पर आएगा, उसे अधिकेंद्र (Eocentre) कहा जाता है। उद्गम-केंद्र की गहराई भू-गर्भ में किसी भी जगह पर हो सकती है। पर साधारणतः उद्गम-केंद्र भूतल से 700 कि.मी. की गहराई तक स्थित होता है। उद्गम-केंद्र की गहराई के आधार पर भूकंप को तीन भागों में विभक्त किया गया है :

(i) उथले भूकंप—उन भूकंपों को, जिनके उद्गम-केंद्र की गहराई भूतल से 60 कि.मी. तक होती है, उथले भूकंप (Shallow earthquakes) कहा जाता है।

(ii) माध्यमिक भूकंप—उन भूकंपों को, जिनके उद्गम-केंद्र की गहराई 60 से 300 कि.मी. के बीच होती है, माध्यमिक भूकंप (Intermediate earthquakes) कहते हैं।

(iii) गहरे भूकंप—उन भूकंपों को, जिनके उद्गम-केंद्र की गहराई 300 से 700 कि.मी. के बीच है, गहरे भूकंप (Deep-focus earthquakes) कहते हैं। गहरे भूकंपों को वितलीय भूकंप (Plutonic earthquakes) भी कहते हैं। भूकंपों के वर्गीकरण का दूसरा आधार भूकंपों के कारणों से संबंध रखता है। इस आधार पर भूकंपों को दो प्रकारों में विभक्त कर सकते हैं :

(i) मानवनिर्मित या कृत्रिम भूकंप, व (ii) प्राकृतिक भूकंप

(i) कृत्रिम भूकंप—वे सभी भूकंप जो किसी मानवीय क्रिया के माध्यम से उत्पन्न होते हैं, कृत्रिम भूकंप कहलाते हैं। वर्तमान में वैज्ञानिक बारूद की सहायता से कृत्रिम भूकंप पैदा करके भू-गर्भ में छिपी धातुओं व खनिजों का पता लगाते हैं। कुएँ खोदने व खानों में शैलों को तोड़ने के लिए सुरंग लगाकर बारूद भर दी जाती है और आग लगा दी जाती है। जब बारूद में आग लगती है तो बड़ी-बड़ी शिलाएँ धड़ाम से टूटती हैं जिससे आस-पास का क्षेत्र कांपने लग जाता है। इसी विधि के माध्यम से बड़े पैमाने पर वैज्ञानिक बारूद लगाने से बड़े-बड़े भूकंप के धमाके उत्पन्न होने लगते हैं जिन्हें कृत्रिम भूकंप की संज्ञा दी गई है और खनिजों की इस खोज को भूकंपी विधि (Seismic method of prospecting) कहा जाता है।

इन भूकंपों के माध्यम से पैदा कंप (tremors) पर्याप्त हल्के एवं कमजोर हैं जिनसे मनुष्य को कोई नुकसान नहीं होता। किसी स्थान पर बम विस्फोट, विशेषकर परमाणु विस्फोट, से भी भूकंप के झटके अनुभव किए जाते हैं जो कभी-कभी बड़े तेज होते हैं। भूमिगत परमाणु परीक्षण के लक्ष्य भी भूकंप जैसे होते हैं। राजस्थान में किए गए पोखरण परमाणु परीक्षण के दौरान भी कृत्रिम रूप से भूकंप आया था।

(ii) प्राकृतिक भूकंप—भूमि के नीचे गहराई में चट्टानों में होने वाली हलचलों

से पैदा होने वाले भूकंपों को प्राकृतिक भूकंप की संज्ञा दी जाती है। यथार्थ में यही सच्चे भूकंप हैं और यही भूकंप हमारे अध्ययन के क्षेत्र हैं, क्योंकि इनका आना मनुष्य के हाथ में नहीं है और न ही वैज्ञानिक ऐसे भूकंपों का पूर्वानुमान लगा पाते हैं और न ही इनको रोक पाने की कोई वैज्ञानिक युक्ति निकाल पाए हैं। प्राकृतिक भूकंप दो कारणों से उत्पन्न होते हैं। पहला कारण ज्वालामुखी-क्रिया (volcanic activity) है और दूसरा कारण शैलों पर प्रतिबल तथा तनाव (stress and strain) पड़ने पर उनका चटकना एवं टूटना व भ्रंश के साथ गमन करना है। अतः प्राकृतिक भूकंपों को दो भागों में विभक्त किया गया है–

(क) ज्वालामुखी की हलचलों से आने वाला भूकंप

(ख) विवर्तनिक प्लेटों में हलचलों से पैदा होने वाला भूकंप

(क) ज्वालामुखीजन्य भूकंप–ऐसे भूकंपों की उत्पत्ति ज्वालामुखी के उद्गार है। पर यहाँ यह बात स्पष्ट होना बहुत आवश्यक है कि ज्वालामुखी का उद्गार दो प्रकार का होता हैः–(i) ज्वालामुखी का शांत उद्गार (ii) ज्वालामुखी का विस्फोटक उद्गार। भूकंपों की उत्पत्ति ज्वालामुखी के विस्फोटों के उद्गार के परिणामस्वरूप ही होती है, क्योंकि सिर्फ ऐसे उद्गार के वक्त ही भू-गर्भ से लावा, आग, गैस, धुआँ, वाष्प और शैलों का चूर्ण भू-पृष्ठ को भयंकर झटके के साथ चीर कर वायुमण्डल में ज्यादा ऊँचाई तक उछलकर बाहर आ जाता है जिससे धरातल सिहर उठता है, पृथ्वी कंपायमान हो जाती है और भूकंप के झटके नहीं आते क्योंकि शांत उद्गार के वहन ज्वालामुखी के मुँह से पतले लावा का धीमी प्रवाह होता है, जो धरातल को कंपित नहीं करता।

ज्वालामुखी में होने वाले विस्फोट के आवेग से भूमि में कंपन होने लगता है और यह कंपन तब तक होता रहता है जब तक उद्गार का विस्फोटक रूप बना रहता है। कुछ वक्त उपरांत विस्फोटक उद्गार शांत उद्गार में बदल जाता है और ज्वालामुखी के मुख से लावा का शांत प्रवाह होता है। विस्फोट जितना तीव्र एवं शक्तिशाली होता है, भूकंप की तीव्रता भी उतनी ही अधिक होती है। ये भूकंप अधिक क्षेत्रों पर अपना प्रभाव नहीं डालते हैं, सिर्फ ज्वालामुखी के चारों ओर का क्षेत्र जो 150 से 300 कि.मी. के लगभग है, भूकंप का अनुभव करता है।

सिर्फ भूकंपों की तीव्रता भी सामान्य प्रकार की होती है और इनसे नुकसान भी कम ही होता है। इस प्रकार यह स्पष्ट है कि ज्वालामुखी-क्रिया व भूकंप में गहरा संबंध है। यही कारण है कि संसार मानचित्र पर भूकंप तथा ज्वालामुखी प्रदर्शित करने वाली पट्टियाँ आपस में मिली हुई हैं अर्थात् विश्व में ज्वालामुखी व भूकंप को

दिखाने वाली पट्टी लगभग एक ही है। ज्वालामुखीजन्य भूकंप विश्व के ज्वालामुखी क्षेत्रों में आया करते हैं। प्रसिद्ध भूकंपविज्ञानी आर. मैलेट के अनुरूप ऐसे भूकंप इटली, हवाई द्वीप समूह और आइसलैंड आदि में आते हैं।

(ख) विवर्तनिक भूकंप—विवर्तनिक भूकंपों को समझने से पहले विवर्तनिकी (Tectonics) को समझना बहुत आवश्यक है। भू-पृष्ठीय शैलों का मुड़ना तथा विभंजन (bending and breaking) विवर्तनिक क्रिया कही जाती है। अन्य शब्दों में, भू-पृष्ठ का वलन तथा भ्रंशन विवर्तनिक-क्रिया है। इस क्रिया व इससे पैदा भू-आकृतियों के अध्ययन को विवर्तनिकी कहते हैं अर्थात् भू-पृष्ठ के किसी भाग में शैलों के वलित होकर वलन व भ्रंशित होकर ब्लाक पर्वतों पर एवं भ्रंश घाटियों में परिणत होना आदि विवर्तनिकी के अंतर्गत आता है। इस प्रकार स्पष्ट है कि विवर्तनिक भूकंप भू-पृष्ठ के उन क्षेत्रों से संबंध रखते हैं जहाँ हाल ही (अल्पाइन कल्प) में पर्वत सृजन क्रिया (mountain-building activity) का ज्यादा बोलबाला रहा है।

यही वजह है कि नवीन पर्वतों, जैसे हिमालय, आल्प्स, राकीज़, एंडीज, एटलस, एल्बुज आदि प्रमुख भूकंप प्रभावित क्षेत्रों के अंतर्गत करते हैं। यथार्थ में विवर्तनिक भूकंपों का मुख्य कारण लिथौस्फीयरी प्लेटों का एस्थेनोस्फीयर के ऊपर तैरना और संचरण करना है। पाठक जानते हैं कि भू-पृष्ठ के नीचे मैंटल की स्थिति है।

मैंटल का ऊपरी भाग भू-पृष्ठ की प्रकार कठोर, ठोस और सृदृढ़ है। मैंटल का कठोर एवं ठोस ऊपरी भाग व भू-पृष्ठ शामिल रूप से लिथौस्फीयर कहलाता है। लिथौस्फीयर की मोटाई 100 कि.मी. के लगभग है। लिथौस्फीयर, 10 बड़े भागों में विभक्त है और इसका प्रत्येक भाग लिथौस्फीयरी प्लेट कहा जाता है। प्रत्येक प्लेट उपप्लेटों में विभजित है। लिथौस्फीयर के नीचे 100 से 350 कि.मी. तक मैंटल की परत को एस्थेनोस्फीयर कहते हैं।

एस्थेनोस्फीयर एक कमजोर क्षेत्र है, इसीलिए इसे कोमल परत भी कहते हैं, क्योंकि यह क्षेत्र न तो सुदृढ़ है और न ही कठोर है। एस्थेनोस्फीयर न ठोस है और न तरल, प्रत्युत् ठंडे कोलतार के बराबर है। भूकंपी तरंग जब यहां से गुजरते हैं उनके वेग में भी लगातार कमी होती जाती है। इसलिए इसे निम्न आकृति क्षेत्र भी कहते हैं। यहां शैलें पूर्ण रूप से नहीं पिघल पाती हैं। लिथौस्फीयरी प्लेटें एवं उपप्लेटें एस्थेनोस्फीयर पर इसी प्रकार तैर रही हैं जैसे कोई प्लावी हिमखंड समुद्र में तैरता है और ये प्लेटें एस्थेनोस्फीयर पर सिर्फ तैर ही नहीं रही हैं, बल्कि तैरते हुए संचरण

भी कर रही हैं अर्थात् प्लेटें गतिशील हैं और इनका वेग भी इनकी प्रकृति और साइंस के अनुसार अलग-अलग है। कुछ सेमी. से लेकर कई सेमी. प्रतिवर्ष है। एस्थेनोस्फीयर के ऊपर तैरती और परस्पर संचरण करती हुई लिथौस्फीयरी प्लेटें तीन भिन्न-भिन्न प्रकार के सीमांतों की रचना करती हैं जो निम्नांकित हैं–

1. अपसारी सीमांत
2. अभिसारी सीमांत
3. भ्रंश सीमांत।

इन सीमांतों का सविस्तार विवरण प्लेट विवर्तनिकी सिद्धांत समानांतर किया जाता है। यथार्थ में अभिसारी सीमांत और भ्रंश सीमांत भूकंपों के क्रियास्थल हैं। इन क्षेत्रों में विवर्तनिकी भूकंपों का जोर रहता है। अभिसारी सीमांत वे स्थल हैं जहाँ दो प्लेट एक-दूसरे की तरफ खिसकती हुई आपस में टकराती हैं। दो प्लेटों के टकराने से शैलों पर भयंकर तनाव उत्पन्न हो जाता है जो भूकंप का मुख्य कारण है। भ्रंश सीमांत वे क्षेत्र हैं जहाँ दो प्लेटें एक-दूसरे पर फिसलती हैं ताकि प्लेटों में रगड़ उत्पन्न होती है जिसके परिणामस्वरूप ही भूकंप होता है। सेन एंडीज भ्रंश एक ऐसा ही भ्रंश है जहाँ अमरीकी प्लेट प्रशांत प्लेट पर फिसल रही है और रगड़ उत्पन्न करती है जिससे कैलिफोर्निया में कई विनाशकारी भूकंप समय-समय पर आए हैं।

भूकंप की तीव्रता एवं आवृत्ति

जब भूकंप आता है तो पृथ्वी डोलने लगती है, जिसे भूकंप कहा जाता है, जिसके अंतर्गत जमीन पर बने बड़े-बड़े भवन एवं इमारतें झूले की प्रकार झूलने लगती हैं और कई बार इतनी आगे-पीछे होती हैं कि संतुलन खो बैठती हैं और धराशायी हो जाती हैं। इसीलिए भूकंप की तीव्रता इमारतों, बांधों, मकानों, पुलों, रेलवे लाइनों आदि को होने वाली क्षति के माध्यम से निर्धारित की जाती है। हकीकत में भूकंप की तीव्रता जितनी अधिक होगी उससे होने वाला नुकसान भी उतना ही अधिक होगा। उससे होने वाली हानि की मात्रा होने वाला नुकसान होगी।

भूकंप की तीव्रता कई बातों पर निर्भर करती है, जैसे अधिकेंद्र की दूरी व आघात की प्रचंडता आदि। भूकंप की तीव्रता जानने हेतु रिक्टर नामक भूकंपविज्ञानी ने एक मापनी (scale) का आविष्कार किया है जिसे इसके आविष्कारक के नाम पर रिक्टर तीव्रता मापनी (Richter scale of earthquake magnitude) कहते हैं। इस मापनी के आधार पर भूकंप की तीव्रता 1 से 9 तक होती है। भूकंप की तीव्रता 1 से बढ़कर 9 तक हो सकती है और तीव्रता की प्रत्येक इकाई वृद्धि के साथ

इसकी शक्ति बढ़कर 10 गुना हो जाती है अर्थात् यदि 1 तीव्रता वाले भूकंप की शक्ति क है तो 2 तीव्रता वाले भूकंप की शक्ति 10 क और 3 तीव्रता वाले भूकंप की शक्ति 100 क होगी। कहने का आशय यह है कि प्रत्येक इकाई वृद्धि के साथ इसकी शक्ति बढ़कर 10 गुना हो जाती है। नीचे की तालिका में भूकंप तीव्रता व उस क्षेत्र में इससे होने वाली हानि में सह-संबंध स्थापित किया गया है–

सारिणी–भूकम्प तीव्रता और उसका प्रभाव

भूकंप तीव्रता	*प्रति वर्ष की संख्या*	*जनसंख्या वाले क्षेत्र में प्रभाव*
3.4 से कम	8 लाख	सिर्फ भूकंपमापी पर ही अंकित हो पाते हैं।
3.5 से 4.2	30 हज़ार	कुछ लोगों को ही अनुभव हो पाता है।
4.3 से 4.8	48 सौ	अनेक लोग अनुभव करते हैं।
4.9 से 5.4	14 सौ	क्षेत्र का हर व्यक्ति अनुभव करता है।
5.5 से 6.1	5 सौ	भवनों को काफी हानि पहुँचती है।
6.2 से 6.9	1 सौ	भवनों को काफी हानि पहुँचती है।
7.0 से 7.3	15 सौ	गंभीर हानि, पुलों का ऐंठना व दीवारों में दरारें पड़ना आदि।
7.4 से 7.9	4	भयंकर हानि, भवनों का धराशायी होना।
8.0 से अधिक	5-10 वर्षों में	सर्वनाश।

उपर्युक्त तालिका के अध्ययन से यह सिद्ध होता है कि रिक्टर पैमाने पर 6.1 तीव्रता का भूकंप मानवीय दृष्टिकोण से अधिक विनाशकारी नहीं होता, पर जब भूकंप की तीव्रता 7.0 या इससे अधिक हो जाए तो भूकंप की विनाशकारी क्षमता में पर्याप्त बढ़ोत्तरी हो जाती है। रिएक्टर स्केल या भूकंपमापी पर 8.0 अथवा इससे ज्यादा की तीव्रता के भूकंप 5-10 वर्ष में एक-आध बार ही आते हैं, पर सर्वनाश कर देते हैं। शायद ही कोई घर होगा जो तहस-नहस होने से बच पाता हो। ऐसे भूकंपों में लाखों की संख्या में लोग अपने प्राण गंवाते हैं। अब तक जितने भूकंपों का अभिलेख किया गया है, उनमें सर्वाधिक तीव्रता वाले भूकंपों की तीव्रता रिक्टर मापनी पर 8.5 तक अभिलेख की गई है अर्थात् विश्व में 9.1 तीव्रता तक के भूकंप आ चुके हैं।

यथार्थ में, भारत में 1737 ई. का कलकत्ता भूकंप, चीन में 1556 का शैंशी भूकंप व 1920 ई. का कान्सू भूकंप 8.0 से अधिक तीव्रता के ही भूकंप थे जिन्होंने अपने क्षेत्रों में सर्वनाश कर डाला था। भूकंप विज्ञानी रोनाल्ड शिलर (फरवरी 1980 ई.) का विचार है कि संसार में प्रत्येक दिन लगभग 2000 भूकंप आते हैं। इनमें से 95% तो इतने हल्के तथा कमजोर होते हैं कि मनुष्य को इनका पता भी नही चल पाता है। सिर्फ 5 प्रतिशत ही ऐसे भूकंप होते हैं जिनका मनुष्य अनुभव कर पाता है। इनमें किसी प्रकार के नुकसान दृष्टिगत नहीं होते हैं। वर्ष में सिर्फ 15 भूकंप ज्यादा तीव्रता वाले होते हैं जिनसे काफी नुकसान होती है।

वैसे तो विश्व का कोई भी क्षेत्र भूकंपों के प्रकोप से आजाद नहीं है, पर हकीकत में भूकंप में कुछ ऐसे विशेष जोन होते हैं जहाँ अक्सर भूकंप आते रहते हैं, इन्हें भूकंपी पट्टियाँ (seimic belts) कहते हैं। इन पट्टियों में ही अधिक तीव्रता वाले भूकंपों का दौर-दौरा रहता है और यहीं पर इनकी बार-बार पुनरावृत्ति होती रहती है। भूकंपी पट्टियों को तीन भागों में विभाजित किया गया है जिनका वर्णन निम्नलिखित दिया जा रहा है—

1. परिप्रशांत पट्टी
2. भूमध्यसागरीय-एशियाई पट्टी
3. मध्य-महासागरीय पर्वत श्रेणियाँ।

प्रथम व द्वितीय पट्टियाँ अविच्छिन्न पट्टियाँ हैं, किन्तु तीसरी पट्टी विच्छिन्न है और प्रत्येक पट्टी महासागर के मध्य में स्थित है, यथा— हिंद महासागर, अंध महासागर व प्रशांत महासागर के मध्य ये भूकंपी पट्टियाँ स्थित हैं। इन भूकंपी पट्टियों में आने वाले भूकंप भी अलग-अलग श्रेणियों के हैं। संसार के 80% भूकंप पहली व 15% भूकंप दूसरी पट्टी में आते हैं। शेष 5% भूकंप विश्व के अन्य क्षेत्रों में आते हैं। डैविसन ने 19वीं सदी में आने वाले भूकंपों की एक तालिका तैयार की गयी है जिसे नीचे दिया गया है—

देश	*भूकंपों की संख्या*
फिलीपीन	71
इटली	62
चीन	59
टर्की	48

जापान	42
भारत	27
संयुक्त राज्य अमेरिका	22
ईरान	18
रूस	8
ब्रिटिश द्वीप समूह	शून्य

रोनाल्ड शिलर के आधार पर विश्व में ऐसे तीन क्षेत्र हैं जहाँ प्रचंड भूकंपों की बहुत ही ज्यादा पुनरावृत्ति होती है। इन क्षेत्रों का उल्लेख नीचे किया गया है :–

1. जहाँ महासागरीय प्लेटें महाद्वीपीय प्लेटों के नीचे घुसती जा रही हैं, यथा मध्य एलास्का तथा दक्षिणी अमेरिका के तटों के पास है। जापान, हिंदेशिया व कैरीबियन द्वीप मालाओं के साथ ही यह हो रहा है। एलास्का के तट के पास प्रशांत प्लेट अमरीकी प्लेट के नीचे धँस रही है। मध्य अमेरिका में काकोस प्लेट कैरीबियन उपप्लेट के नीचे धँस रही है और दक्षिणी अमेरिका के पश्चिमी तट के साथ नाज़का उपप्लेट अमेरिकी प्लेट के नीचे धँस रही है। फिलीपींस, जापान, हिंदेशिया के पास प्रशांत प्लेट यूरेशियन प्लेट के नीचे धँस रही है।

2. जहाँ लिथौस्फीयरी प्लेटें एक-दूसरे के सहारे खिसक रही हैं अर्थात् जहाँ ट्रांसफार्म भ्रंश की स्थिति है। संसार में एक महान ट्रांसफार्म भ्रंश संयुक्त राज्य अमेरिका में कैलिफोर्निया राज्य में उपस्थित है। इसका नाम सेन एंड्रीज भ्रंश है। सेन एंड्रीज भ्रंश प्रशांत प्लेट का अभिन्न अंग है, जो उत्तरी अमेरिका में स्थित है। यहाँ प्रशांत प्लेट अमेरीका की प्लेट के साथ फिसल रही है।

3. जहाँ महाद्वीप एक-दूसरे की ओर रहे हैं। यथा ईरान, चीन व सऊदी अरब, बलकान व पूर्वी भूमध्यसागरीय क्षेत्र में, भारत व अफ्रीका उत्तर की ओर खिसक रहे हैं और चीन, हिमालय, ईरान व बलकान आदि पर लगातार तनात्र बढ़ाते जा रहे हैं।

इसे ध्यान से देखने पर उपर्युक्त वर्णन में भूकंपों की स्थिति अच्छी प्रकार स्पष्ट हो जाती है। इन्हीं क्षेत्रों में भयँकर भूकंप बार-बार आते हैं जिनसे चुटकियों में शहर खंडहर में बदल जाता है। जापान, चीन, इटली, टर्की, कैलिफोर्निया आदि के भूकंप इन्हीं क्षेत्रों से जुड़े हैं। अक्टूबर सन् 1980 में असनाम नगर (अल्जीरिया) में आने वाले भूकंप की वजह से अफ्रीका प्लेट का उत्तर की तरफ खिसकना और विशाल चट्टानों पर अति उच्च स्तर का प्रतिबल तनाव का पड़ना रहा है।

भूकम्प के कारण

वैज्ञानिक भूकंप के कारणों को जानने की कोशिश आरंभ से ही करते रहे हैं। भूकम्प प्रत्येक देश में ऐसे हुए हैं, भूगर्भ में उपस्थित गैसों का एकएक विस्फोट जलवायु के साथ बाहर निकलना ही भूकंप का प्रमुख कारण माना जाता है। बृहत्संहिता में वराहमिहिर ने कुछ दूसरे ही कारण दिए हैं। इतना ही नहीं भूकंप के कारणों के विभिन्न हास्यास्पद अंधविश्वास प्रचलित हैं। न सिर्फ भारत, अपितु प्रत्युत् बड़े-बड़े सभ्य तथा सुसंस्कृत देशों में भी भूकंप के कारणों के विषय में कई अंधविश्वास देखने में आए हैं। जापान में ऐसी किंवदंती है कि भू-गर्भ के नीचे एक मकड़ी (जिशिन मुशी) स्थित है और जब वह अपनी दुम तथा शरीर को हिलाती है तो पृथ्वी काँपने लगती है।

भारत में माना जाता है कि शेषनाग धरती को अपने सर पर उठाए हैं, जब वो किसी कारण से हिलते हैं तो भूकंप आता है। उत्तरी अमेरिका में यह जानवर कछुआ, मंगोलिया में सुअर व मुस्लिम विश्वास के अनुरूप हाथी है। उपर्युक्त प्रक्रिया को सही रूप से भूकंप नहीं कहा जा सकता है ये कोरी कल्पनामात्र है जिन्हें सुनकर आज का छात्र हँसने के अतिरिक्त और कुछ नहीं कर सकता है? भूकंप के कारणों पर प्रकाश डालने वाला पहला वैज्ञानिक विचार 19वीं सदी के अंतिम चरण में जर्मन विज्ञानी एडवर्ड सुऐस (Edward Suess) ने दिया था। उनके अनुसार शैलों का भ्रंशों के सहारे चलायमान होना भूकंप का मुख्य कारण है। ऐसे भूकंप को विवर्तनिक-भूकंप भी कहा जाता है। ये भूकंप भू-पृष्ठ के ऊपरी भाग में होने वाली उथल-पुथल से जुड़े हैं। कभी-कभी भूकंप की तीव्रता इससे अधिक होती है, जो भूमि के नीचे काफ़ी गहराई अर्थात् 300-700 कि.मी. की गहराई पर उत्पन्न होते हैं। इन्हें गहरे भूकंप कहा जाता है। अलग-अलग भूविज्ञानियों ने भूकंप आने के अपने-अपने अनुसार भिन्न कारण बतलाए हैं। प्रसिद्ध वैज्ञानिक जैफरेज़ का मत है कि पृथ्वी का अंतराल लगातार ठंडा हो रहा है जिससे भू-गर्भ शनैः-शनैः सिकुड़ रहा है।

भू-गर्भ के संकुचन से यह छोटा हो जाता है और ऊपर का ठोस खोल गुरुत्वाकर्षण के परिणामतः पृथ्वी के संकुचित अभ्यंतर में समाने का प्रयास करता है जिससे भू-पृष्ठ की शैलों में प्रतिबल एवं तनाव (stress and strain) की उत्पत्ति होती है। जब यह प्रतिबल तथा तनाव पर्याप्त मात्रा में संचित हो जाता है और शैल की शक्ति से बढ़ जाता है तो शैल चटक कर प्रवाहित होती है और शैल में उत्पन्न हुआ प्रतिबल व तनाव भूकंप के माध्यम से से छुटकारा पाता है। परन्तु यह विचार

पूर्णतया अमान्य है, क्योंकि वैज्ञानिक इस बात पर एकमत है कि भू-गर्भ ठंडा होने से अधिक उष्ण होता जा रहा है जिसकी वजह भू-गर्भ में होने वाली रेडियोधर्मिता (Radioactivity) है। अन्य विचार या सिद्धांत जो भूकंप के कारणों पर प्रकाश डालने हेतु प्रतिपादित किया गया है समस्थितिक विक्षोभ से संबंध रखता है।

इस सिद्धांत के अनुरूप भूविज्ञानियों ने भू-पृष्ठ को विभिन्न बड़े-बड़े ब्लाकों, जैसे पठार, पर्वत, मैदान व महासागरीय गर्तों में विभक्त किया है और ये भू-पृष्ठीय ब्लाक अपने नीचे के पदार्थ पर तैर रहे हैं। भू-पृष्ठीय ब्लाक अपने नीचे के पदार्थ पर तैरते हुए एक संतुलन की अवस्था में रहते हैं। इस संतुलन की अवस्था को समस्थिति कहा जाता है। कई बार पृथ्वी के अंतर्जात एवं बहिर्जात बल भू-पृष्ठीय ब्लाकों के बीच स्थित संतुलन की दशा को बिगाड़ देते हैं। उदाहरणार्थ पर्वतजन्य हलचलें समस्थिति को बिगाड़ देती हैं। इसी प्रकार विभिन्न बहिर्जात प्रक्रम जैसे नदियाँ, हिमानियाँ आदि पर्वतों को काट-काटकर और अपरदित शैल-मलबे को बहाकर समुद्रों के धरातल पर जमा कर देती हैं। इससे भी विभिन्न ब्लाकों के बीच स्थित संतुलन की दशा बिगड़ जाती है।

संतुलन की दशा बिगड़ने के उपरांत भूगर्भ में कई घटनाएँ घटती हैं जिसमें शैलों का टूटना-फूटना व प्रवाहित होना मुख्य है। इसके कारण भूकंपी प्रघातों की उत्पत्ति होती है और भूकंप आते हैं। इस प्रकार यह स्पष्ट है कि भू-पृष्ठीय ब्लाक के मध्य स्थित समस्थिति की दशा बिगड़ जाने पर इसकी पुनर्स्थापना का भू-गर्भ में प्रयत्न किया जाता है। इस प्रयास में शैलों का टूटना-फूटना व चलायमान होना भी शामिल है जो भूकंप का प्रधान कारण है। कुछ हद तक उपर्युक्त विचार ठीक भी हैं। पर भूकंप का सही कारण खोजने हेतु हमें प्लेट विवर्तनिकी सिद्धांत की शरण लेनी होगी, क्योंकि इसके अभाव में भूकंप के कारणों को समझना संभव नहीं है। जैसा कि पहले भी उल्लेख किया जा चुका है, पृथ्वी की 100 कि.मी. मोटी ऊपरी परत जिसे लिथौस्फीयर कहते हैं, दस प्लेटें व कई उपप्लेटों में विभक्त है। ये प्लेटें संचरण करते हुए एक-दूसरे से पृथक् हो रही हैं और कहीं एक-दूसरे की ओर आगे बढ़कर परस्पर टकरा रही हैं।

इस तरह जहाँ प्लेटें एक-दूसरे की तरफ खिसकते हुए एक-दूसरे से टकरा रही हैं, उसे अपसारी सीमांत कहते हैं। इसके अतिरिक्त इन प्लेटों का एक और भी सीमांत है, जिसे भ्रंश सीमांत कहा जाता है। जैसे कैलिफोर्निया का सेन एंड्रीज भ्रंश एक भ्रंश सीमांत ही है। प्लेटों के तीनों ही सीमांत भूकंप के प्रमुख क्षेत्र हैं। भू विज्ञानी इस बात पर एकमत हैं कि प्लेटों के सीमांत क्षेत्र भूकंप के प्रमुख क्षेत्र हैं। विश्व

के ज्यादातर भूकंप सीमांत क्षेत्रों में ही आते हैं। ईरान, इराक, अल्जीरिया, टर्की, इटली, हिमालय, वेनेजुएला, संयुक्त राज्य, चिली, जापान, हिंदेशिया, चीन आदि के भूकंप प्लेटों के सीमांत क्षेत्र से जुड़े हैं। यहाँ यह तो स्पष्ट है कि विभिन्न लिथौस्फीयरी प्लेटों के सीमांत प्रदेश सक्रिय भूकंप क्षेत्र हैं। पर इन क्षेत्रों में भूकंप आने की क्रियाविधि क्या है? दोनों प्लेटें अपसारी सीमांत पर विपरीत दिशा में संचरण क्रिया करती हैं और धीरे-धीरे एक-दूसरे से अलग होती जाती हैं।

प्लेटों के एक-दूसरे से अलग होने पर एस्थेनोस्फीयर तक फट जाता है और उसमें लावा निकलने लगता है। प्लेटों के अपसारी सीमांत पर लावा का उद्‌गार ही भूकंप का प्रमुख कारण है। किस्मत से ऐसे भूकंप महासागरों में पाई जाने वाली मध्य-महासागरीय पर्वत-श्रेणियों पर आते हैं क्योंकि ये ही प्लेटों के अपसारी सीमांत और लावा उद्‌गार के क्षेत्र हैं। इसीलिए इनसे धन-जन की कोई विशेष हानि नहीं होती। अंध महासागर में मध्य-अंध पर्वत-श्रेणी हिंद महासागर में मध्य-हिंद महासागरीय पर्वत-श्रेणी व दक्षिणी महासागर में मध्य-महासागरीय पर्वत-श्रेणी ऐसे ही अपसारी सीमांत क्षेत्र हैं जहाँ भूकंपों का दौर चलता रहता है। प्लेटों के अभिसारी सीमांत की कहानी कुछ अलग तरह की होती है। यथार्थ में ये ही सक्रिय भूकंप-क्षेत्र हैं।

इस स्थान पर संचरण क्रिया दो प्लेटों के मध्य होती है और इन दोनों के मध्य टकराहट पैदा होता है। जब दो प्लेटें एक-दूसरे की ओर संचरण करती हैं तो करोड़ों वर्षों से इनके बीच इकट्ठा शैल-मलबा पहले तो संकुचित होता है और संकुचन अथवा भारी दबाव की वजह से एकीकृत होकर विशाल चट्टान बन जाता है। उसके उपरांत दबाव शक्ति की वृद्धि के साथ-साथ शैल स्तर मुड़ने लगते हैं और इस प्रकार क्षैतिज शैल स्तर मुड़कर वलन में परिवर्तित हो जाते हैं। इस क्षेत्र में भू-पृष्ठ का ह्रास भी होता है, क्योंकि दो प्लेटों के बीच का काफी ज्यादा शैलीय भाग दोनों तरफ से दबाव पड़ने के कारण एस्थेनोस्फीयर के नीचे घुस जाता है। पार्श्विक संपीडन के क्रियाशील होने की वजह से यहाँ पर्वत सृजन होता है, जिससे भू-संतुलन भी बिगड़ जाता है, जिसे फिर से प्राप्त करने के लिए यहाँ शैलों पर प्रतिबल एवं तनाव पड़ता है और भूकंप इसी प्रतिबल निर्मोचन का परिणाम है। जहाँ एक महासागरीय प्लेट व दूसरी महाद्वीपीय प्लेटें एक-दूसरे की ओर बढ़ती हों और आपस में टकराती हैं, वहाँ कई जगहों पर महासागरीय प्लेटें भारी शैलों से बनी हुई होने के कारण महाद्वीपीय प्लेट के नीचे घुस जाती हैं। इस क्रिया को प्लेट-प्रविष्ठन की संज्ञा दी गई है।

महासागरीय प्लेट महाद्वीपीय प्लेटों के नीचे 30° से 45° का कोण बनाती हुई प्रवेश करती है और 800-900 कि.मी. की गहराई तक एस्थेनोस्फीयर में घुस जाती है। लिथौस्फीयरी प्लेट जो मैंटल में प्रवेश करती है, 700 कि.मी. की गहराई तक अपनी भंगुरता बनाए रखती है। यही वजह है कि गहरे भूकंप 700 कि.मी. गहराई तक सीमित रहते हैं। प्लेटों के आपस में टकराने के कारण शैलों पर प्रतिबल एवं तनाव पड़ता है और भूकंप के रूप में इस तनाव और प्रतिबल का निर्मोचन होता है व प्रतिबल का जितनी देर से निर्मोचन होता है, भूकंप भी उतनी ही अधिक तीव्रता का होता है। जब शैलों पर प्रतिबल एवं तनाव पड़ता है तो वे निरूपित हो जाती हैं और प्रतिबल तथा तनाव के निर्मोचन के उपरांत में फिर से अपने मौलिक रूप में आ जाती हैं। शैलों के इस गुण धर्म को प्रत्यास्थता (elasticity) कहते हैं। जब शैलों पर पड़ने वाला प्रतिबल व तनाव शैलों की प्रत्यास्थता की हद से अधिक हो जाता है तो शैल चटक अथवा तड़क जाती है अर्थात् भंगुरित हो जाती है। इसे शैल का चटकन अथवा भंगुरता गुणधर्म (brittle property) कहा जाता है।

शैल भंगुरता के माध्यम से ही इस पर पड़ने वाला प्रतिबल व तनाव का निर्मोचन होता है जो भूकंप का मुख्य कारण है। इसी प्रकार प्लेटों के भ्रंश सीमांत पर प्लेटें एक-दूसरे के साथ खिसकती अथवा फिसलती हैं ताकि भूकंप आते हैं। कैलिफोर्निया का सेन एंड्रीज भ्रंश ऐसा ही भ्रंश है जिसने वैज्ञानिकों एवं जनता का ध्यान यहाँ आने वाले विनाशकारी भूकंपों की वजह से अपनी ओर आकृष्ट किया है। इस संबंध में एक बात बड़े महत्त्व की है और वैज्ञानिकों हेतु अभी तक एक सिरदर्द बनी हुई है। बात यह है कि प्लेट विवर्तनिकी के आधार पर प्लेटों के सीमांत पर आने वाले भूकंपों का कारण तो सही प्रकार से समझ में आ जाता है, प्लेटों के बीच से आने वाले भूकंप के झटकों का रहस्य अभी तक वैज्ञानिक सुलझा नहीं पाए हैं।

भारत के कोयना भूकंप व संयुक्त राज्य अमेरिका के मिसीसिपी घाटी भूकंप, जो प्लेटों के केंद्र (Heart of the plates) से संबंधित हैं, भूकंप के कारणों का अभी तक पता नहीं चल पाया है, हालाँकि भू-विज्ञानियों ने कोयना के निकट भी कई भ्रंशों की खोज की है। इन भ्रंशों के सहारे शैलों के प्रवाह को भूकंप की वजह बतायी गई है। अंत में, हम इस निष्कर्ष पर पहुँचते हैं कि भू-गर्भ में शैलों पर निश्चय ही कुछ प्रतिबल एवं तनाव पड़ते हैं। धीरे-धीरे एकीकृत बल लगाते हुए शैल की सहनशीलता की सीमा को तोड़कर शैल में दरार पैदा कर देते हैं। भूकंप आने का यही कारण है।

भूकंप-धरातलीय आकृति में परिवर्तन के कारण

जो क्षेत्र भूकंप से प्रभावित होते हैं उनकी प्राकृतिक दृश्यभूमि एवं भू-आकृतियों में कई परिवर्तन होते देखे गए हैं। हालांकि भूकंप के माध्यम से होने वाले परिवर्तन बड़े परिवर्तन नहीं होते, तो भी इनका वर्णन आवश्यक है। यह सही है कि विश्व के अधिकतर भूकंप भूतल से 30 कि.मी. की गहराई पर पैदा होते हैं, तो भी कमजोर शैल प्रदेशों में भूकंपों से स्पष्ट परिवर्तन होते देखे गए हैं। दरारों का पड़ना, भूमि का फटना व नीचे धँसना सामान्य घटनाएँ हैं। पर्वतीय क्षेत्रों में भूस्खलन तथा भूकंप एक साथ होते हैं। ताकि भूकंप के कारण बड़ी-बड़ी शिलाएँ खिसक कर पर्वतों के ढाल के सहारे ऊपर से नीचे को लुढ़क पड़ती हैं व ढालों पर पड़ा शैल-मलबा चलायमान होकर नीचे को प्रवाहित होने लगता है, जिससे इसके मार्ग में पड़ने वाले गाँव के गाँव समाप्त हो जाते हैं। कई स्थानों पर भ्रंश घाटी का निर्माण धरातल फटने के कारण होता है।

सन् 1934 ई. के बिहार भूकंप के कारण इसके पड़ोसी राज्य उत्तर प्रदेश के गाज़ीपुर ज़िले में मुहम्मदाबाद से बलिया जाने वाली सड़क के किनारे भूमि के फटने से एक रिफ़्ट का सृजन हुआ है। यह रिफ़्ट 17 मी. लम्बी व 6.5 मी. चौड़ी है। इसकी गहराई ज्यादा बताई जाती है। यहाँ भूमिगत जल का जमाव हो जाता है। जब यह अधिक गहरा हो जाता है, तो इसे पातालगंगा कहा जाता है। इसी प्रकार सन् 1829 में गुजरात राज्य में कच्छ भूकंप के वक्त एक 3 मीटर ऊँचे बाँध का सृजन हो गया था। इसे अल्लाह बाँध के नाम से जाना जाता है। बड़े-बड़े विवर्तनिक भूकंपों की वजह से कई झीलों के तल में पर्याप्त परिवर्तन हो जाता है और पानी बड़ी तेजी से उद्विग्न तथा आंदोलित हो उठता है, ऐसा लगता है कोई तूफान अगया हो।

भूकंप की वजह से कई बार नदियाँ अपने कगारों के ऊपर से होकर बहने लगती हैं। कई बार नदियाँ भूकंप के प्रभाव से सूख जाती हैं। उदाहरणार्थ सन् 1847 के ज़ेनेकोज़ी भूकंप (जापान) के परिणामस्वरूप शिनान गोवा नदी का कुछ भाग सूख गया था, जिसकी वजह पर्वत ढालों से शैल-मलबे का प्रवाहित होकर नदी घाटी को भर देना था। भूकंप के प्रभाव से नये जलस्रोत का सृजन होता है तो अनेक बार पुराने स्रोत सूख जाते हैं। इतना ही नहीं जलस्रोतों के पानी के तापमान एवं शुद्धता में परिवर्तन हो जाता है। कई बार नदियों के मार्ग में बदलाव आ जाता है व कुओं के जलस्तर में पर्याप्त परिवर्तन हो जाता है।

भूकंप का पूर्वानुमान

भूकंपों के माध्यम से होने वाले महाविनाश ने भूकंपविज्ञानियों को भूकंप का पूर्वानुमान लगाने हेतु विवश किया है जिससे भूकंप के माध्यम से होने वाली भयंकर विनाशलीला को कम किया जा सके। बात यह है कि अभी तक भूकंपविज्ञानी भूकंप का आना नहीं रोक सकते और संभवतः भविष्य में भी यह संभव न हो सके। भूत, वर्तमान और भविष्य तीनों कालों में भूकंप का प्रकोप बराबर बना हुआ है। इनका आना एक प्राकृतिक घटना है जो वैज्ञानिकों की पहुँच के बाहर है। पर इनकी भविष्यवाणी की कोई कारगर एवं सफल विधि मनुष्य के हाथ लग जाए तो इनके माध्यम से होने वाले महाविनाश को बहुत-कुछ हद तक कम जरूर किया जा सकता है। हालाँकि इस दिशा में बहुत वक्त से प्रयत्न किए जा रहे हैं। कई देशों, यथा जापान, संयुक्त राज्य अमेरिका, चीन, रूस आदि में इस दिशा में महान खोज कार्य चल रहा है, पर अभी मंजिल दूर है क्योंकि अभी तक भूकंप के पूर्वानुमान की कोई ऐसी कारगर एवं अचूक विधि विकसित नहीं हो पाई जो शत-प्रतिशत खरी उतरे। पर भूकंपविज्ञानी अटूट विश्वास के साथ यह दावा करते हैं कि अगले 10 वर्षों में वे भूकंप के बारे में भविष्यवाणी करने की अचूक एवं कारगर विधि खोजने में सफल हो जाएँगे। यहाँ भूकंप का पूर्वानुमान लगाने से पहले यह स्पष्ट करने की कोशिश की गई है कि भूकंप की पशु जगत पर क्या प्रतिक्रिया देखने में आई है। प्रो. मिलने ने भूकंप की पशु जगत पर प्रतिक्रिया का सविस्तार उल्लेख किया है।

भूकंप के वक्त व भूकंप आने के कुछ दिन व कुछ घंटे पहले पशुओं व रेंगने वाले जीवों का असाधारण व्यवहार देखने में आया है। भूकंप के वक्त अथवा कुछ घंटे पहले कई पशु जैसे घोड़े घबराहट में अजीव व्यवहार करने लगते हैं। पहले वे जोर की हिनहिनाहट करते हैं और फिर तेज़ी से भागते हैं और आखिर में संतुलन खोकर धराशायी हो जाते हैं। इसी प्रकार गाएँ भी भूकंप आने के कुछ वक्त पहले तीव्रता से जंगली पशुओं की तरह इधर-उधर भागती हैं। भूकंप के वक्त या उससे पले पालतू कुत्ते और बिल्लियाँ भी अपने आप आचरण से अलग आचरण करने लगते हैं। बिल्ली और कुत्ते जंगली जानवरों की भाँति व्यवहार करने लगते हैं। अनेक कुत्ते रोने लगते हैं। कुछ दुम दबाकर एक कोने में बैठ जाते हैं। कभी-कभी कुत्ते भूकंप से डरकर आक्रामक आचरण करने लगते हैं।

सन् 1906 में सेनफ्रांसिस्को में भूकंप आया था। उस भूकंप आने से प्रथम रात को कुत्ते बड़े जोर से रोए थे। नगर के सभी कुत्तों का यह व्यवहार किसी विनाश की पूर्वसूचना थी। चिली में 1822 ई. तथा 1835 ई. के समुद्री भूकंप के वक्त अनेक

समुद्री चिड़ियाँ स्थल पर आ गई थीं। साधारणतया यह कहा जाता है कि पशु जगत अपनी विशेष गतिविधियों तथा असाधारण व्यवहार के माध्यम से भूकंप की पूर्वसूचना देता है।

भूकंप का पूर्वानुमान लगाने की चीनी विधि (Chinese method) भी पशुओं व रेंगने वाले जीवों जैसे साँप आदि के असाधारण आचरण पर आधारित है। भूकंप के पूर्वानुमान की आवश्यकता के विषय में दो विचार नहीं हो सकते। इसके पूर्वानुमान के माध्यम से तीन प्रश्नों का उत्तर मिलना बहुत आवश्यक है, तभी भूकंप का पूर्वानुमान सार्थक हो सकता है। प्रथम सवाल है कि भूकंप कहाँ आएगा? दूसरा सवाल है कि भूकंप किस दिन और किस वक्त आएगा? तीसरा सवाल है कि भूकंप किस तीव्रता (intensity) का होगा? रिएक्टर स्केल 5-6 तक की तीव्रता वाले भूकंप हानिरहित भूकंप समझे जाते हैं। जिसके लिए विशेष चिंतन की आवश्यकता है। पर 7-8 तीव्रता का भूंकप आना है तो जरूर ही चिंता का विषय है जिसके विनाशकारी प्रभाव से बचने हेतु शीघ्र ही उपाय करने होंगे।

पुराने वक्त में वैज्ञानिक कुओं तथा स्रोतों के पानी स्तर में होने वाले परिवर्तन को देखकर भूकंप की भविष्यवाणी किया करते थे। भूमिगत गड़गड़ाहट भी भूकंप की पूर्वसूचन्ना समझी जाती थी।

पूर्व में सूर्य व चंद्र के आकर्षण को देखकर भी लोग भूकंप की भविष्यवाणी करते थे। कुछ लोग अभी-भी मौसम में होने वाले असाधारण परिवर्तन, जैसे एकाएक व अकस्मात् कोहरे, इंद्रधनुष, धुंध और वर्षा की उत्पत्ति को देखकर भूकंप की भविष्यवाणी करते हैं। ज्योतिषी आकाशीय पिंडों एवं पृथ्वी की सापेक्षिक स्थिति में होने वाले परिवर्तन को देखकर भूकंप की भविष्यवाणी करने का प्रयास करते हैं। यह भी कहा गया है कि भूकंप के वक्त चुंबक का चुंबकीय गुण खत्म हो जाता है व कुओं के पानी का स्तर गिर जाता है। भूकंप के विषय में भविष्यवाणी करने की कुछ-कुछ आधुनिक एवं विश्वसनीय विधि एक और है और वह है किसी प्रदेश में हल्के धीमे-धीमे भूकंपी प्रघात एवं झटकों का आना किसी संहारक झटके की पहले की सूचना है।

भूकंप प्रवृत्त क्षेत्रों में विभिन्न जगहों की सापेक्षिक ऊँचाइयों में परिवर्तन का दिखाई देना भूकंप आने का द्योतक है। यह जगहें हैं कि उपर्युक्त तरीकों के आधार पर भूकंपों की भविष्यवाणी किसी सीमा तक की जा सकती है, पर आधुनिक भूकंपविज्ञानी उपर्युक्त विधियों को पर्याप्त संदेह की दृष्टि से देखते हैं और इनमें कोई निष्ठा नहीं रखते, क्योंकि इन तरीकों के आधार पर वैज्ञानिक पूर्ण आश्वासन के साथ

भूकंप की भविष्यवाणी नहीं कर सकते। गत 10-20 वर्षों से भूकंप का पूर्वानुमान लगाने की दिशा में विभिन्न देशों, यथा जापान, चीन, संयुक्त राज्य अमेरिका व रूस में विशेष प्रयास हुए हैं और इन देशों के भूकंपविज्ञानियों ने अलग-अलग तरीकों का आविष्कार किया है जो पर्याप्त हद तक सफल रही हैं, फिर भी अभी तक पूर्ण आश्वासन के साथ भूकंप का पूर्वानुमान एक कठिन समस्या है। विभिन्न देशों में भूकंप के पूर्वानुमान की प्रचलित विधियों का निम्नांकित वर्णन किया गया है—

(i) भूकंप के पूर्वानुमान की चीनी विधि—भूकंपों के पूर्वानुमान की चीनी विधि है जो कई पशुओं व रेंगने वाले जानवरों, यथा कुत्ते, चूहे, साँप, केंचुए, मछलियों, चिड़ियों व विभिन्न कीड़ों-मकोड़ों के आचरण तथा व्यवहार में एकाएक परिवर्तन पर आधारित है। चीनी भूकंपविज्ञानियों ने एक-दो बार इस विधि का प्रयोग करके भूकंप से होने वाले महाविनाश से जनता की रक्षा भी की है और लोगों को संभाव्य भूकंप वाले स्थान से हटाकर सुरक्षित जगह पर पहुँचाने का महान काम किया है। चीनी भूकंपविज्ञानियों के कथनानुसार भूकंप आने से कुछ दिन अथवा कुछ घंटे पहले उपर्युक्त जानवरों के आचरण में अचानक परिवर्तन को देखकर भूकंप के पूर्वानुमान का वैज्ञानिक आधार है। इस विधि के माध्यम से भूकंप का पूर्वानुमान लगाया जा सकता है। अनेक बार यह पूर्वानुमान सच सिद्ध हुआ है। पर कई बार यह विधि पूर्णतया असफल रही है।

चीनी विधि का अध्ययन करने के ध्येय से अमरीकी भूकंपविज्ञानियों का एक दल सन् 1977 ई. में चीन गया और इस विधि पर गहन शोध के बाद इस निष्कर्ष पर पहुँचा कि पशुओं के व्यवहार में अचानक परिवर्तन का आना भूकंप पूर्वानुमान सत्य भी हो सकता है और झूठ भी। अतः यह विधि कोई विश्वसनीय तथा वैज्ञानिक विधि नहीं कही जा सकती। अतः इस पर भरोसा नहीं किया जा सकता। चीनी सरकार ने चीन में भूकंप के खतरों के प्रति जागरूकता फैलाने का कार्य किया है। चीनियों ने जनता को भूकंप के विषय में और इससे अपनी सुरक्षा प्राप्त करने का प्रशिक्षण दिया है। चीन ने भूकंप-प्रवृत्त क्षेत्रों में स्कूलों, फैक्ट्रियों व अन्य बड़े स्थलों पर भूकंप पूर्वानुमान के हज़ारों केंद्र स्थापित किए हैं। वर्तमान में चीन में 300 से अधिक भूकंपवेधशालाएँ काम कर रही हैं। लगभग एक लाख अव्यावसायिक व 10 हज़ार व्यावसायिक व्यक्ति चीन में भूकंप की भविष्यवाणी के काम में लगे हुए हैं।

(ii) भूकंप पूर्वानुमान की जापानी विधि—भूकंप के पूर्वानुमान की जापानी

विधि एक वैज्ञानिक तरीका है। जापान में सबसे ज्यादा भूकंप आते हैं। जापान में प्रत्येक साल कहीं-न-कहीं भूकंप आते हैं और इनसे काफी विनाश भी होता है। इसीलिए भूकंप के पूर्वानुमान की जितनी आवश्यकता तथा महत्ता जापानियों हेतु है उतनी शायद ही किसी अन्य देश हेतु हो। 1923 ई. के टोक्यो भूकंप में टोक्यो नगर पूर्णतया नष्ट हो गया था। टोक्यो वर्तमान संसार का बहुत बड़ा एवं घनी जनसंख्या वाला महानगर है। यदि अब यह नगर किसी विनाशकारी तथा प्रलयंकारी भूकंप का शिकार होता है तो इससे होने वाले महाविनाश का अनुमान लगाना भी मुश्किल होगा। भूकंप के आने की सही भविष्यवाणी करने की सही विधि खोजने से जान-माल की भारी हानि से बचा जा सकता है। कहते हैं जापान ने इस दिशा में कुछ सफलता प्राप्त की है। उन्होंने एक भूकंप संसूचक (Earthquake detector) नामक यंत्र जिसे तनावमापी (Strainmeter) भी कहा जाता है, उसका आविष्कार किया है जिसकी सहायता से शैल पर पड़ने वाले प्रतिबल व तनाव को मापा जाता है और फिर भूकंप की भविष्यवाणी की जाती है।

तनावमापी यंत्र एक स्टेनलेस स्टील की 3-1/2 मीटर ऊँची ट्यूब है जिसका व्यास 1-1/2 मीटर के लगभग है। यह ट्यूब सिलिकन तेल से भर दी जाती है और शैल में बेधन करके इसके आकार का एक सुराख बनाया जाता है जिसमें इस ट्यूब को फिट कर दिया जाता है और सीमेंट की सहायता से ट्यूब को स्थिर कर दिया जाता है। जब शैल पर तनाव पड़ता है और शैल फैलती है तो शैल से गड़ा तनावमापी यंत्र इसकी हलचलों को रिकार्ड करता है। ट्यूब की हलचल इसमें भरे सिलिकन तेल को प्रभावित करती है। ट्यूब के ऊपरी सिरे पर निकिल की फूँकनियाँ उपस्थित होती हैं जो सिलिकन आयल के माध्यम से ऊपर की ओर धकेल दी जाती हैं। इस क्रिया से विद्युतकणों से बने विभेदी ट्रांसफॉर्मर व बाईमॉर्फ सैसर (Bimorph sensor) क्रियाशील हो जाते हैं और धरातल पर विद्युत प्रघात भेजते हैं जहाँ एक विशेष भूकंपी यंत्र के माध्यम से इन्हें रिकार्ड कर लिया जाता है और प्रतिबल की तीव्रता जानकर भूकंप का पूर्वानुमान लगाया जाता है।

जापानियों के माध्यम से विकसित भूकंप पूर्वानुमान की यह विधि पर्याप्त हद तक विश्वसनीय है, पर पूर्णतया या शत-प्रतिशत विश्वसनीय नहीं है। अभी तक इस ट्यूब के सृजन में बहुत खर्चा होता है। जापान ने आरंभ में ऐसी 10 ट्यूबों का सृजन किया था। अब वह ऐसी 100 ट्यूबें तैयार करने की दिशा में काम कर रहा है। इन ट्यूबों को जापान में भूकंपप्रवृत्त बड़े-बड़े महानगरों के इर्द-गिर्द स्थापित किया जाएगा, जिनसे शैलों पर पड़ने वाले तनाव एवं प्रतिबल की तीव्रता को देखकर भूकंप

का पूर्वानुमान लगाया जा सकता है। तनावमापी यंत्र का जापान में अनेक अवसरों पर सफल उपयोग किया जा चुका है।

(iii) भूकंप पूर्वानुमान की सोवियत विधि—सोवियत संघ ने इस दिशा में पर्याप्त सफलता प्रदान की है। सोवियत भूकंपविज्ञानियों ने भूकंप के पूर्वानुमान की अपनी ही विधि खोज़ निकाली है जो बड़ी आसान तथा सुगम है। उन्होंने भूकंपप्रवृत्त क्षेत्रों में जगह-जगह पर शैलों में बेधन करके कुएँ बनाए हैं जहाँ से थोड़ी-थोड़ी देर उपरांत भूमिगत पानी प्राप्त किया जाता है और इस पानी का निरीक्षण तथा परीक्षण किया जाता है। यदि कुओं से प्राप्त होने वाले पानी का परीक्षण इसके रासायनिक संघटन (chemical composition) से किसी परिवर्तन को व्यक्त करता है तो वह भूकंप की पूर्वसूचना है। यहाँ यह कहना कठिन है कि इस प्रकार से प्राप्त भूमिगत पानी के संघटन में किस प्रकार का रासायनिक परिवर्तन भूकंप की चेतावनी है। इसका पता सिर्फ सोवियत भूकंपविज्ञानियों को ही है, क्योंकि उन्होंने यह रहस्य किसी को नहीं बतलाया है।

(iv) भूकंप पूर्वानुमान की अमरीकी विधि—संयुक्त राज्य अमेरिका के भूकंपविज्ञानी विशेषकर रॉबर्ट ई. वालास (Robert E. Wallace) भूकंप के पूर्वानुमान पर खोज-कार्य में संलग्न हैं, किन्तु उन्हें जापानियों के समान अभी तक सफलता नहीं मिली है। संयुक्त राज्य अमेरिका के भूकंपविज्ञानी 1910 ई. से इस दिशा में काम कर रहे हैं। आधुनिक वैज्ञानिक मानते हैं कि नए ईजाद भूकंपमापी की सहायता से चट्टानों पर पड़ने वाले प्रतिबल और तनाव को मापकर भूकंप की ठीक भविष्यवाणी की जा सकती है। किन्तु सन् 1960 ई तक यहाँ के वैज्ञानिकों ने भूकंप के पूर्वानुमान के लिए किसी यंत्र का आविष्कार नहीं किया था। सन् 1960 ई. में यहाँ पहले तनाव मापी यंत्र बनकर तैयार हुआ। संयुक्त राज्य अमेरिका के भू-वैज्ञानिक सर्वेक्षण विभाग के वैज्ञानिकों का विचार है कि भूकंप आने के कुछ सप्ताह पहले भूकंप का उचित पूर्वानुमान लगाया जा सकता है जिससे भूकंप के माध्यम से होने वाले नुकसान से सुरक्षा के उपाय किए जा सकते हैं और लोगों को सही वक्त पर भूकंप की चेतावनी दी जा सकती है।

भूकंप और मानव

आज तक मनुष्य न तो भूकंपों के आगमन को रोकने में सफल हुआ है, न ही वह भूकंपों को नियंत्रित कर सका है। हालाँकि आज विज्ञान ने काफी उन्नति कर ली है लेकिन इसके बावजूद अभी तक ऐसे किसी यंत्र का आविष्कार नहीं हुआ

जो भूकंप की सटीक भविष्यवाणी कर सके। ऐसी परिस्थिति में बेचारा मनुष्य क्या करे? यह बात तो बिल्कुल सही है कि मनुष्य न तो भूकंपों का आना रोक सकता है और न ही उनकी सही-सही भविष्यवाणी कर सकता है। हाँ, वह कुछ ऐसे उपाय जरूर कर सकता है जिससे भूकंपों के माध्यम से होने वाली धन-जन की हानि काफी हद तक कम की जा सके। सुविज्ञा पाठकों को यहाँ यह ध्यान दिलाना आवश्यक है कि मात्र भूकंप पर मनुष्य को सीधे तौर पर कोई क्षति नहीं पहुँचती है अपितु भूकंप के अन्य प्रभावों जैसे भवनों का धराशायी होना, पुलों और बाँधों का टूटना, रेलवे लाइनों का मुड़ जाना, आग लगना, बिजली से लोगों का मरना, परमाणु स्टेशनों का फटना आदि से हानि पहुँचती है। क्वेटा भूकंप से मरने वालों में उन लोगों की संख्या सबसे ज्यादा थी जो मकानों के गिरने से मलबे में दब गए थे। अक्तूबर सन् 1980 ई. में अल्जीरिया के अल असनाम नगर में आए भूकंप में भी अधिकतर लोग मकानों के गिरने से दबकर मरे थे जबकि 1906 ई. के सनफ्रांसिस्को भूकंप में अधिकतर हानि आग लगने से हुई थी। भूकंप के वक्त बड़े-बड़े भवन झूलने लगते हैं।

आप भूकंप की भयानकता का अन्दाजा इस बात से लगा सकते हैं कि विनाशकारी भूकंपों से बिल्डिगें एक मीटर तक आगे-पीछे हो जाती हैं। ऐसी स्थिति में भवन झूलते-झूलते जब अपना संतुलन खो देते हैं तो तहस-नहस हो जाते हैं। कई भवनों में दरारें पड़ जाती हैं। अतः यदि किसी प्रकार भवनों के ढहने को रोक दिया जाए तो भूकंप से होने वाली 70-80 प्रतिशत क्षति को कम किया जा सकता है। सवाल अब खड़ा होता है कि वह कौन-सी विधि है जिससे भवन भूकंप के झटकों को सहन कर सकें और धराशायी होने से बच जाएँगे। यथार्थ में यह समस्या भूकंप-निर्माण विशारदों तथा भूकंप अभियंताओं को मिलकर हल करनी है। भूकंप अभियंताओं को भूकंपप्रवृत्त क्षेत्रों में बड़े-बड़े भवनों व मकानों के ऐसे नमूने एवं डिजाइन तैयार करने हैं व इनके सृजन में उपयोग होने वाले ऐसे पदार्थों तथा मसालों की खोज करनी है जो संहारक भूकंपों के धमाकों एवं प्रघातों को अच्छी प्रकार सहन कर सकें। इस दिशा में पर्याप्त उन्नति हुई है और हो रही है।

भूकंपों से मकानों तथा भवनों को होने वाली हानि दो बातों पर आश्रित हैः 1. भूकंप की तीव्रता, 2. भवनों की बनावट।

जहाँ तक भवनों की बनावट का सवाल है, यह बात निर्विवाद है कि रेतीले, दलदली व साधारण मिट्टी वाले क्षेत्रों में बनाए गए मकानों व भवनों को भूकंप से अधिक हानि होती है, जबकि शैलीय क्षेत्रों में बनाए गए मकान भूकंप के झटकों को सहन करने की अधिक क्षमता रखते हैं। सेनफ्रांसिस्को भूकंप के वक्त शैलीय

क्षेत्रों में बने मकानों को सबसे कम नुकसान हुआ था। टोक्यो भूकंप के वक्त का अनुभव भी कुछ ऐसा ही है। सन् 1925 ई. के सेंटलारेंस भूकंप के वक्त कनाडा और संयुक्त राज्य अमेरिका के उस भाग में बने मकानों की दीवारों में दरारें पड़ गई थीं जो नदियों के माध्यम से लाई गई जलोढक पर खड़े किए गए थे या जो बालू टिब्बों पर बनाए गए थे। बड़े-बड़े भवनों को भूकंपों से होने वाली हानि भवनों की मंजिलों, उनके डिजाइनों व उनके सृजन में प्रयुक्त पदार्थ पर बहुत-कुछ निर्भर करती है।

भूकंपप्रवृत्त क्षेत्रों में भवन विशेषकर स्कूल, अस्पताल आदि एक-दो मंजिल से अधिक ऊँचे नहीं होने चाहिएँ। सरकार को इस दिशा में कठोर कदम उठाने चाहिएँ। बड़े-बड़े भवनों की नींव गहरी और सुदृढ़ होनी चाहिए। भवनों की डिजाइन सीधी एवं आसान होनी अपेक्षित है और भवनों के सृजन में उत्तम प्रकार का मसाला लगाना बहुत जरूरी है। बहुमंजिले भवन सृजन में इस्पात व कंक्रीट का उपयोग होना आवश्यक है। बड़े-बड़े हाल बनाकर अंदर से लकड़ी के तख्तों का प्रयोग विभाजन हेतु किया जाना चाहिए। इतना ही नहीं, बड़े-बड़े भवनों की दीवारें मोटी होनी चाहिएँ और उनमें खिड़की व दरवाजे कम से कम होने चाहिएँ, क्योंकि इनसे दीवारों की सुदृढ़ता कम हो जाती है। यदि पहले कंक्रीट का प्लेटफार्म बनाकर इस पर इमारत बनाई जाए तो यह भूकंप के झटकों को सहन करने में सक्षम साबित होगी। भवनों की छतें हल्की होने के साथ सुदृढ़ हों और इनमें टाइल्स के बदले स्लेट का उपयोग अधिक लाभप्रद रहता है। इसके अतिरिक्त भूकंपविज्ञानियों को ऐसे भूकंप मानचित्र तैयार करने चाहिएँ जो कम से कम प्रत्येक महाद्वीप को भूकंप की तीव्रता के आधार पर विभिन्न भूकंप पट्टियों या क्षेत्रों में विभक्त करें। मानचित्रों की मदद से ऐसे क्षेत्रों में, जिनकी भूकंपी तीव्रता 7 से ज्यादा है, भवनों के सृजन में विशेष सतर्कता बरती जा सकेगी। ऐसे क्षेत्रों में वास्तुकारी और योजना विशेषज्ञों की मदद से ऐसे भूकंपरोधी भवन तैयार किए जा सकते हैं जो भूकंप से अपनी रक्षा कर सकें। भूकंप की तीव्रता को ध्यान में रखकर विशेष योजना तैयार करनी होगी। इतना ही नहीं, ऐसे क्षेत्रों में, जिनकी भूकंपी तीव्रता 7 से ज्यादा आती है, बड़े-बड़े महानगरों जैसे योकोहामा, कोलकाता, टोक्यो, लोसएंजलीस, शंघाई आदि में भूकंप ब्रिगेड (Earthquake brigade) का सरकार की ओर से गठन किया जाना चाहिए।

भूकंप ब्रिगेड प्रशिक्षित कार्यकर्त्ताओं व जरूरी साज-सज्जा से लैस हों भूकंपग्रस्त नगर में शीघ्रता से पहुँच कर जनता की रक्षा करें। अकसर यह देखने में आया है कि किसी नगर में भूकंप आने के अनेक दिन उपरांत तक भी कोई राहत कार्य शुरू

नहीं होता, क्योंकि अधिकतर देशों में भूकंप से निपटने के लिए कोई डिजार्स्ट मैनेजमेंट नहीं है। कुछ वक्त इसी बात में लग जाता है कि क्या-क्या राहत कार्य किए जाएँ और यह राहत कार्य कौन करे। इसी मुश्किल में सैकड़ों व्यक्ति, जिन्हें मौत के मुँह से निकाला जा सकता है, राहत कार्य के अभाव में मृत्यु का शिकार हो जाते हैं। सही समय पर बचाव कार्य करके उस क्षेत्र में महामारी फैलने से रोका जा सकता है। जिन क्षेत्रों की भूकंपी तीव्रता रिक्टर पैमाने पर 8 से अधिक है और जहाँ सक्रिय भ्रंश उपस्थित हैं, वहाँ परमाणु ऊर्जा स्टेशन, बड़े-बड़े नदी, बाँध व पानी भंडार, जैसे भाखड़ा बाँध व गोविंद सागर, बहुमंजिलें भवन बनाने की इजाजत सरकार को किसी भी हालत में नहीं देनी चाहिए। यदि इनका बनाना देश या क्षेत्र की आर्थिक प्रगति हेतु बहुत ही आवश्यक हो तो, भूकंप अभियंताओं से इस विषय पर विचार-विमर्श के उपरांत ही इनका निर्माण किया जाना चाहिए और इनके सृजन में उपयोग किए जाने वाले पदार्थ के बारे में पूर्ण सावधानी बरतनी चाहिए। भूकंप का जरा भी एहसास होने पर बिजली तथा गैस लाइनें बंद कर देनी चाहिएँ, क्योंकि इनसे आग लगने का डर रहता है।

सैनफ्रांसिस्को नगर को 1906 ई. में व टोक्यो तथा योकोहामा नगरों को 1923 ई. में 90% हानि नगर में आग लग जाने से ही हुई थी। अतः विद्युत व गैस के कनेक्शन जरूर काट देने चाहिएँ जिससे लगने वाली आग से नगर को बचाया जा सके। पर्वतीय क्षेत्रों व प्रपाती ढाल पर पड़ा हुआ अपक्षयित शैल-मलबा भूकंप के झटकों के कारण तेज गति से ढाल के साथ प्रवाहित होने लगता है। जिससे इसके मार्ग में पड़ने वाले नगर, गाँव, सड़कें आदि खत्म हो जाते हैं। एलास्का व दक्षिणी कैलिफोर्निया में इस प्रकार वृहद् प्रवाह (mass movement) से भवनों, सड़कों व अन्य संसाधनों को अक्सर काफी क्षति पहुँचती है। कभी-कभी संहारक भूकंप के फलतः हिमधाव (Avalanche) हो जाता है जो आस-पास के क्षेत्रों में विनाश लीला का कारण बन जाता है। सागरीय (Marine) भूकंप के फलतः समुद्रों के पानी में महातरंगों का सृजन होता है। जापानी भाषा में इन्हें सूनामी (Tsunami) कहते हैं।

ये तरंगें बहुत शक्तिशाली तथा विनाशकारी होती हैं, क्योंकि इनकी ऊँचाई 18 मीटर से अधिक ऊँची होती है और वेग भी साधारण तूफानी तरंगों से अधिक होता है। ऐसी भूकंपी महातरंग जिधर भी यात्रा करती है, सर्वनाश का खेल चारों तरफ देखने को मिलता है। सागरीय भूकंपों में मई सन् 1877 ई. को आने वाले भूकंप का विशेष महत्त्व है। इस भूकंप के परिणामतः समुद्र में महातरंग की उत्पत्ति हुई जिसने चिली देश के इक्वीक नगर को आन-की-आन में समाप्त कर दिया था। इस

सागरीय भूकंप के फलस्वरूप पहले तो समुद्र 60 मीटर पीछे को हटा और फिर अकस्मात् ही 2 मीटर ऊँची तरंग के रूप में तट पर चढ़ गया और पूरे नगर को नष्ट-भ्रष्ट कर दिया। यहाँ से ये तरंगें जापान पहुँचीं जहाँ ये एक दिन तक विनाश कार्य करती रहीं।

प्रशांत महासागर के धरातल पर सागरीय भूकंपों का विशेष दौर देखने में आया है। सन् 1946 में एलास्का के निकट यूनिमार्क द्वीप में आने वाले सागरीय भूकंप के फलस्वरूप लगभग 4-1/2 घंटे उपरांत एक महातरंग पैदा हुई जिसने यात्रा करके हवाई द्वीप पर आक्रमण किया। इसके प्रभाव से हवाई द्वीप के 500 मकान गिरकर मिट्टी का ढेर बन गए, 1000 के लगभग मकानों का नुकसान हुआ व 159 व्यक्ति मौत की गोद में सो गए थे। भूकंप नगरों की जीवन रेखा सड़कों, पुलों, रेल, सुरगों को अपार क्षति पहुँचाते हैं जिन्हें अवश्य रोका जाना चाहिए। इसीलिए सड़कों तथा रेलवे लाइनों हेतु नदियों पर बनाए जाने वाले पुस्तों, पुल पर कुएँ गलाकर बनाए जाने चाहिए। पुस्तों की नींव गहरी हों व इनकी मोटाई का विशेष रूप से ध्यान रखा जाना चाहिए।

इनके निर्माण में इस्पात तथा कंक्रीट का उपयोग करना लाभप्रद होगा क्योंकि ऐसी दशा में पुस्ता नीचे से ऊपर तक एक शैल का काम करेगा और भूकंप के झटकों को सफलता से सहन कर सकेगा। भूकंप के माध्यम से होने वाले नुकसान से जनता को राहत प्रदान करने हेतु भूकंपप्रवृत्त प्रदेशों में भूकंप बीमा व्यवसाय भी प्रारंभ किया जा सकता है। इसके अतिरिक्त जीवन बीमा कंपनियों को भूकंपप्रवृत्त क्षेत्रों में प्रीमियम की दर भूकंपमुक्त क्षेत्रों की तुलना में ज्यादा रखनी चाहिए, क्योंकि भूकंप प्रवृत्त क्षेत्रों में मौत का ज्यादा डर रहता है।

भूगर्भ की भूकंपीय तरंगें

जैसा कि पहले भी उल्लेख किया जा चुका है, भू-गर्भ में जहाँ पर भूकंप की उत्पत्ति होती है, उसे भूकंप का उद्गम केंद्र कहते हैं। उद्गम केन्द्र से भूकंपीय तरंगें धरातल की ओर यात्रा करती है। भूकंपी तरंगें तीन प्रकार की होती हैं— प्राथमिक तरंग, द्वितीय तरंग व एल तरंग। इसमें से प्राथमिक एवं द्वितीय भूकंपी तरंगों ने भू-गर्भ की पूर्ण एवं विश्वसनीय जानकारी दी है। इन्हीं की सहायता से भू-गर्भ की विभिन्न परतों का पता चला है। इन्हीं की सहायता से भू-गर्भ में मोहो का ज्ञान प्राप्त हुआ। इन्हीं के माध्यम से वर्तमान युग में ऐस्थेनोस्फीयर व इसकी विभिन्न विशेषताओं, जैसे कोमल, अदृढ़ तथा निम्न-वेग आदि का ज्ञान हुआ है। इन्हीं की

सहायता से भू-गर्भ की विभिन्न परतों की मोटाई, बनावट व शैल संरचना का ज्ञान हुआ है। इन्हीं की सहायता से पृथ्वी के अभ्यंतर या क्रोड का पता लगाया गया है और यह निश्चित किया गया है कि पृथ्वी के क्रोड के दो भाग—बाह्य क्रोड तथा आंतरिक क्रोड हैं। बाह्य कोड 2900 कि.मी. से 5350 कि.मी. की गहराई के बीच में स्थित है और तरल अवस्था में है, जबकि आंतरिक क्रोड उष्ण, लाल, सुदृढ़, ठोस तथा इस्पात की प्रकार कठोर है। भूगर्भ की तरंगों की मदद से भूगर्भ की महत्वपूर्ण जानकारियाँ प्राप्त हुईं हैं।

भूकंपी तरंगों का मानव जीवन में उपयोग

इसमें कोई शक नहीं कि भूकंपों से मनुष्य को महान क्षति पहुँचती रही है और भविष्य में भी यह नुकसान पहुँचेगा। पर वैज्ञानिकों ने भूकंपों व भूकंपी तरंगों के बारे में जो महान खोज कार्य संपन्न किया है, उसका मनुष्य जीवन में बहुत उपयोग किया जाने लगा है। भूकंपी तरंगों का प्रयोग कई खनिज पदार्थों विशेषकर मिट्टी के तेल की खोज हेतु किया जाने लगा है। खनिज खोज की इस विधि को भूकंपी विधि कहा जाता है। इस विधि के अंतर्गत संभावित क्षेत्रों में कृत्रिम भूकंप उत्पन्न करके भूतल के समीप तथा कुछ गहराई की शैलों व उनकी विशेषताओं तथा प्रकृति का ज्ञान प्राप्त किया जाता है जिससे यह घोषणा करना आसान हो जाता है कि उसमें कौन-कौन से खनिज उपस्थित हैं।

निष्कर्ष

अब यह सिद्ध हो चुका है कि संसार को दो भागों— कमजोर तथा कठोर भागों में विभक्त किया गया है। विश्व के कमजोर भू-भाग ही भूकंप का बार-बार शिकार होते हैं। ये दुर्बल भू-भाग आस्ट्रेलिया को छोड़कर सभी महाद्वीपों में उपस्थित हैं। अफ्रीका का सिर्फ थोड़ा-सा उत्तरी भाग ही कमजोर भू-भाग है जबकि इसका 80% से 90% भू-भाग कठोर भू-भाग होने के कारण भूकंप के प्रघातों से मुक्त है। उत्तरी अमेरिका के पश्चिमी पर्वतीय क्षेत्र, दक्षिणी अमेरिका के एंडीज पर्वतीय क्षेत्र व यूरोप का दक्षिणी पर्वतीय क्षेत्र और एशिया महाद्वीप की आल्पस-हिमालय पट्टी जिसमें ईरान, टर्की, तुर्किस्तान, चीन, भारत, नेपाल, जापान, फिलिपींस और हिंदेशिया शामिल हैं।

विश्व के प्रमुख दुर्बल भाग हैं और प्लेटों के सीमांत क्षेत्र हैं जहाँ भूतकाल में महाविनाशकारी भूकंप आए हैं और भविष्य में इनके आने की पूर्ण संभावना है। भूकंप

का आना या न आना या इन्हें नियंत्रित करना अभी भूकंपविज्ञानियों के वश में नहीं है। इतना ही नहीं अभी तक भूकंप के पूर्वानुमान की भी किसी विश्वसनीय एवं सफल विधि का आविष्कार नहीं हो सका है, हालाँकि इस दिशा में पर्याप्त सफलता मिली है, पर पूर्ण सफलता मिलनी अभी बाकी है। भूकंपों के माध्यम से होने वाले महाविनाश से भूकंपविज्ञानी, जनता एवं सरकारें अच्छी प्रकार परिचित हैं, जिसे एकजुट होकर रोकने की बड़ी आवश्यकता है।

जनकल्याण को ध्यान में रखते हुए संसार के प्रगतिशील देशों जैसे रूस, संयुक्त राज्य, चीन, जापान तथा भारत के भूकंपविज्ञानियों को आपसी भूवैज्ञानिकों को इकट्ठे होकर भूकंप की भविष्यवाणी की सार्थक और विश्वसनीय विधि जल्दी से जल्दी आविष्कृत करनी चाहिए ताकि भूकंप से होने वाली जानमाल की भारी हानि को रोका जा सके। इस काम में वैज्ञानिकों को अन्तर्राष्ट्रीय सहयोग से काम लेना चाहिए। क्योंकि इसमें मानव के हित की भावना छिपी हुई है साथ-ही-साथ भूकंपविज्ञानियों को इस दिशा में काम करना अपेक्षित है कि किस प्रकार भूकंप के माध्यम से निर्मोचन होने वाली महान ऊर्जा का मानव विकास हेतु प्रयोग किया जा सकता है। भारत में भूकंप के विभिन्न पक्षों पर कई संस्थाएँ, यथा मौसमविज्ञान की भूकंपविज्ञानशाला, केंद्रीय पानी तथा ऊर्जा आयोग, भू-वैज्ञानिक सर्वेक्षण विभाग, परमाणु ऊर्जा विभाग और रुड़की विश्वविद्यालय का स्कूल ऑफ अर्थक्वेक इंजीनियरिंग, गहन अध्ययन कर रही हैं।

उपर्युक्त संस्थाओं के अतिरिक्त अन्य कई राष्ट्रीय प्रयोगशालाएँ एवं संस्थान भी भूकंप के विभिन्न पहलुओं पर खोज कार्यरत हैं। इनमें रुड़की विश्वविद्यालय के स्कूल ऑफ अर्थक्वेक इंजीनियरिंग का विशेष महत्त्व है इस विश्व विद्यालय में भूकंप विज्ञान टेक्नोलॉजी पर काफी महत्वपूर्ण कार्य हुआ है और भूंकप टेक्नोलॉजी में अब भारत का संयुक्त राज्य अमेरिका व जापान के उपरांत तीसरा स्थान है, जो विभिन्न देशों को भूकंपप्रवृत्त क्षेत्रों में विभिन्न परियोजनाओं के सृजन हेतु उपयुक्त तथा सार्थक सुझाव सेवा प्रदान कर रहा है। भारत में टिहरी बांध सृजन के संबंध में भी इसने उपर्युक्त सलाह दी है। लद्दाख में थर्मल पावर परियोजना चलाने हेतु भी इससे सलाह ली गई है।

हिमालय क्षेत्र की भूकंपीयता जानने के लिए भी भारत में हिमालय क्षेत्र का भूकंप की दृष्टि से काफी संवेदनशील माना जाता है। इसी वजह से रुड़की विश्वविद्यालय ने 500 से अधिक भूकंपमापी यंत्र लगाए हैं। हिमालय में कोई भी नदी परियोजना, पुल, औद्योगिक बस्ती, सुरंग, परमाणु शक्ति केन्द्र, बहुमंजिला भवन

बनाने से पहले इस स्कूल के भूकंपविज्ञानियों से सलाह ली गई है। भारत में भूकंप के विभिन्न पहलुओं पर भिन्न-भिन्न कार्य करने वाली विभिन्न एजेंसियों में तालमेल रखना अपेक्षित है। इन्हें भूकंप के कुछ पक्षों, जैसे भूकंप का पूर्वानुमान लगाने के बारे में सम्मिलित रूप से कार्य करना चाहिए, जिससे भूकंप की विश्वसनीय भविष्यवाणी की सार्थक और विश्वसनीय जानकारी मिल सके और भविष्य में भूकंप से होने वाले महाविनाश कम किया जा सके।

1. सागरीय नितल के नीचे स्थित पर्पटी सिर्फ 6 से 7 किमी. मोटी पाई जाती है जबकि महाद्वीपीय भागों पर यह लगभग 30 से 40 किमी. तक पाई जाती है।

2. सागरीय भू-वैज्ञानिकों को बीच अटलांटिक कटक की जानकारी थी, पर उन्होंने यह पता लगाया कि मध्य महासागरीय कटक वर्तमान में सभी महासागरों में उपस्थित है जो भूकम्प एवं ज्वालामुखी से जुड़े हैं।

3. सागरीय नितल की शैलें कहीं भी क्रिटेशियस युग (135 मिलियन वर्ष पूर्व) की नहीं मिलती हैं।

उपर्युक्त खोजों के आधार पर हैस हेरी (Hess, H., 1960) ने बताया कि सागरीय नितल गतिशील है व मैग्मा पृथ्वी के मैण्टिल से संवहन के माध्यम से ऊपर सागरीय पटल पर मध्य महासागरीय कटकों के सहारे आता है जहाँ से कटक के दोनों ओर जमा हो जाता है व अन्त में महाद्वीपीय तटों के सहारे खाइयों (Trenches) में भर लिया जाता है। हकीकत में सागरीय नितल सापेक्षिक रूप से पृथ्वी तल की नयी स्थलाकृति है। इस प्रसरण प्रक्रिया के माध्यम से सागर नितल का सृजन होता है। दूसरी ओर महाद्वीपों को पुरानी व स्थायी स्थलाकृतियाँ माना गया है जो सक्रिय रूप से खिसक रहे हैं व साथ-साथ मैण्टिल के पीछे संवहन तरंगें उत्पन्न होती हैं। ये सभी तथ्य यह स्पष्ट करते हैं कि महाद्वीप एवं महासागर गतिशील हैं। प्रो. हैरी ने अपने सागर नितल प्रसरण के सिद्धान्त के पक्ष में निम्नांकित साक्ष्य प्रस्तुत किए हैं–

1. मध्य महासागरीय कटकों के सहारे भूकम्पों का पाया जाना।

2. मध्य महासागरीय कटकों के शिखरों (Crests) पर अवसादों की कमी (Dearth) व मध्य अटलांटिक कटक के सहारे स्थित सक्रिय ज्वालामुखी द्वीपों का पाया जाना सागर नितल प्रसरण के सिद्धान्त को सिद्ध करता है। इसके अतिरिक्त कटक से दूर जाने के साथ ही अवसादी जमावों की मोटाई में भी वृद्धि होती है। परन्तु यह तथ्य असंगत (inconsistent) हैं क्योंकि कटक से दूर स्थित पुराने क्षेत्र हैं जहाँ लम्बे वक्त से अवसाद जमा होती रही है।

3. महासागरीय कटक से दूरी के साथ बेसाल्टिक परत के ऊपर स्थित सागरीय अवसाद के किनारे (The Edge of Marine Sediments) विस्तृत हो जाते हैं। उदाहरणार्थ अटलांटिक महासागर में कटक के सहारे स्थित अवसाद की उम्र सात मिलियन वर्ष से कम है जबकि इससे दूर स्थित अवसादों की उम्र 160 मिलियन वर्ष आकलित की गई है।

4. पृथ्वी के प्रमुख चुम्बकीय क्षेत्रों में विपरीत सम्बन्ध पाया जाना। इन्हें चुम्बकीय क्षेत्र या चुम्बकीय द्वि-पोल के रूप में जाना जाता है।

5. मध्य महासागरीय कटकों के दोनों तरफ सामान्य व विपरीत चुम्बकीय विसंगतियाँ (Magnetic Anomalies) पाई जाती हैं।

नयी खोजों के उपरांत स्पष्ट हुआ है कि मध्य महासागरीय कटकों के सहारे भू-गर्भिक ऊर्जा के पर्याप्त स्रोत हैं, जो यह स्पष्ट करते हैं कि यहाँ भूगर्भ में उपस्थित लावे से ऊष्मा प्राप्त होती है। ऊष्मा की प्राप्ति होती है। हेस के माध्यम से प्रस्तुत साक्ष्यों से यह निष्कर्ष निकला कि (i) सागर का लगातार विस्तार हो रहा है, (ii) मध्य महासागरीय कटकों के सहारे नवीन बेसाल्ट परत का सृजन हो रहा है, (iii) बेसाल्ट से बनी नवीन परत दो समान भागों में विभक्त होकर मध्य महासागरीय कटकों से दूर विस्थापित हो जाती है, (iv) मध्य महासागरीय कटकों के दोनों ओर बढ़ता हुआ और घटता हुआ क्षेत्र सामायिक रूप्र से विपरीत दिशा में परिवर्तित होते रहते हैं। जिसमें दक्षिणी चुम्बकीय उत्तरी ध्रुव के साथ अपनी अवस्थिति परिवर्तित करता है। इस ध्रुवीय विपरीत परिवर्तन के दौरान नयी बेसाल्ट के भूपटल पर आने से सागर तल का प्रसरण होता है।

जब शैलें सामान्य भू-चुम्बकीय (Geomagnetic) क्षेत्रों के दौरान बनी होती हैं तो चुम्बकीय विसंगति सकारात्मक (Positive) होती है जबकि शैलें ध्रुवीय परिवर्तन (Reversal Polarity) के दौरान बनती हैं, जब भू-चुम्बकीय क्षेत्र एक दूसरे के विपरीत दिशा में बदलते हैं तो नकारात्मक (Nagative) चुम्बकीय विसंगति कहलाती है। इसके अतिरिक्त सागरीय तलीय प्रसरण की स्थितियों को भी स्पष्ट करती है, महाद्वीपीय विस्थापन, मध्य महासागरीय कटकों के सहारे भूकम्प का पाया जाना व उनके शिखरों (Summits) पर अवसादों की अनुपस्थित मध्य अटलांटिक कटक के सहारे सक्रिय ज्वालामुखी द्वीपों की उपस्थिति व सागरीय नितल पर व सागरीय द्वीपों पर 135 मिलियन वर्ष से पुरानी शैलों की अनुपस्थिति अर्थात् इन क्षेत्रों में क्रिटैशियस युग के पश्चात् की शैलें मिलती हैं।

सागर नितल के विस्तार का सिद्धान्त और प्लेट विवर्तनिकी सिद्धान्त आपस में मिलकर एक सिद्धान्त हो गए हैं। इस सिद्धान्त से जहाँ एक ओर महाद्वीपीय विस्थापन के विचार पुनर्जीवित हुए हैं। वहीं दूसरी ओर इसके आधार ही नवीन संकल्पना प्लेट विवर्तनिकी सिद्धान्त विकसित हुआ है जो इन दोनों विचारधाराओं को स्पष्ट करता है।

भारत में भूकंप

भारत एक अत्यन्त विशाल देश है जिसे तीन भौतिक विभागों (Physical divisions) में विभक्त किया गया है। इसे देखने से पता चलता है कि दक्षिण का पठारी भाग, हिमालय व गंगा-सिन्धु का मैदान भारत के तीन मुख्य भौतिक भाग हैं। दक्षिण का पठार ऑस्ट्रेलियाई प्लेट का एक मुख्य अंग है। यह कठोर भू-भाग है जिसकी शैल 3.5 से 3.8 अरब वर्ष पुरानी है। यह एक स्थिर तथा शांत क्षेत्र है, इसीलिए भूकंपों के प्रकोप से स्वंतंत्र है। पर 1974 ई. के कोयना भूकंप ने भूकंप वैज्ञानिकों को चौकन्ना कर दिया है और इस भूकंप के कारणों को समझना बड़ा मुश्किल हो रहा है, क्योंकि यह भूकंप आस्ट्रेलियाई प्लेट के ठीक भीतरी क्षेत्र में आया है ताकि इसके कारणों को समझने में काफी मुश्किलों का सामना करना पड़ रहा है। अब रुड़की विश्वविद्यालय के कुछ भूकंपवैज्ञानिकों ने यहाँ भी भ्रंशों की स्थिति खोज निकाली है जिनके सहारे शैलों के प्रवाहित होने की वजह कोयना भूकंप की उत्पत्ति को समझाने का प्रयास किया गया है। भारत का अन्य क्षेत्र हिमालय पर्वत क्षेत्र है जो भू-वैज्ञानिक दृष्टि से नये क्षेत्र होने के साथ-साथ नये अवसादी शैलों से बना है।

यह विश्व का एक अशांत व अस्थिर भू-भाग है। इस भाग पर अभी भी दक्षिणी भारत के लगातार ऊपर की ओर सरकने के कारण महान विकृति अथवा तनाव पड़ रहा है। शैलों पर तनाव पड़ने के कारण तनाव बढ़ता रहता है और अंत में शैल चटक जाती हैं और गमन करने लगती है। इस क्रिया से ऊर्जा का निर्मोचन (release) हो जाता है। यही ऊर्जा भूकंपी तरंगों को उत्पन्न करती है जो शैलों से होकर यात्रा करती हैं और धरातल को कंपित करती हैं। इसीलिए हिमालय प्रदेश एक सक्रिय भूकंपी क्षेत्र है जहाँ भूकंपों का आना एक स्वाभाविक घटना है। गत अभिलेखों से भी यही बात स्पष्ट होती है। भूतकाल में आने वाले कई प्रचंड भूकंप भी इसी तथ्य की पुष्टि करते दिखाई देते हैं। 1737 ई. का कलकत्ता भूकंप, 1934 का बिहार भूकंप, 1935 का क्वेटा भूकंप, 1950 का असम भूकंप व 1976 का किन्नौर भूकंप

हिमालय की भूकंपी पट्टी से जुड़ी हैं। यहाँ भारतीय प्लेट उत्तर-पूर्व को संचरण करके एशियाई प्लेट को धकेल दे रही है। हिमालय की असंख्य भ्रंशों की स्थिति का भी पता लगाया गया है। इन भ्रंशों के साथ शैलों का गतिशील होना भूकंप का मुख्य कारण है। इसीलिए हिमालय क्षेत्र में कश्मीर से असम राज्य तक का भू-भाग भूकंप के प्रकोप का कभी भी शिकार हो सकता है।

भूतकाल में यहाँ कई प्रचंड भूकंप आ भी चुके हैं और भविष्य में आने की संभावना भी है। सौभाग्य से हिमालय क्षेत्र बहुत कम जनसंख्या वाला क्षेत्र है। और यहाँ आने वाले भूकंपों से भवनों व जनसंख्या को ज्यादा नुकसान नहीं हो सकता। हाँ, भूकंप के परिणामस्वरूप यहाँ भूस्खलन (Landslide) होने से कुछ गाँव खत्म हो जाते हैं। पर गंगा-सिन्धु का मैदान जो हिमालय का पड़ोसी क्षेत्र है, एक घनी जनसंख्या वाला क्षेत्र है। हिमालय क्षेत्र के कई भूकंपों ने इस घनी जनसंख्या वाले क्षेत्र में भूतकाल में अनेक बार महाविनाश लीला की है। कलकत्ता, बिहार, क्वेटा, असम भूकंप इसके स्पष्ट प्रमाण हैं।

अकेले कलकत्ता भूकंप ने जो 1737 ई. में आया था, 3 लाख व्यक्तियों को मृत्यु की गोद में सुला दिया था। इसीलिए स्पष्ट है कि हिमालय क्षेत्र में आने वाले भूकंप गंगा के ज्यादा जनसंख्या वाले प्रदेश में कभी भी सर्वनाश का काम कर सकते हैं। इसीलिए सतर्क रहने की आवश्यकता है। इसी संदर्भ में एक और भी सतर्कता रखने की आवश्यकता है जो बहुत ही महत्त्वपूर्ण है। बात यह है कि सन् 1962 ई. में भारत पर चीनी आक्रमण की वजह से हिमालय की सामरिक महत्ता बहुत बढ़ गई है।

फलतः यहाँ कई सामरिक महत्त्व के संस्थान स्थापित किए जा रहे हैं व नई-नई आवास बस्तियाँ स्थापित की जा रही हैं। इतना ही नहीं, गंगा-सिन्धु के मैदानी क्षेत्र को पन-विद्युत प्रदान करने, सिंचाई की सुविधा देने व बाढ़ के प्रकोप से बचाने हेतु हिमालय की अनेक नदियों पर बड़े-बड़े बाँध बनाए गए हैं और बनाए जा रहे हैं। भाखड़ा बाँध इसका ज्वलंत उदाहरण है जो सतलुज नदी की भाखरा गॉर्ज (George) पर बनाया गया है।

गढ़वाल में भगीरथी पर बनने वाले टिहरी बाँध पर काम चल रहा है। ऐसे महान बाँधों के सृजन में सरकार को कुछ सतर्कता अवश्य बरतनी चाहिए, क्योंकि यदि इनमें से कोई भी बाँध किसी अत्यधिक अर्थात् 8.0 अथवा 8.5 की तीव्रता के भूकंप के कारण टूट गया तो ऐसा सर्वनाश होगा कि वर्तमान में भी किसी भूकंप से नहीं हुआ होगा। इसीलिए हिमालय क्षेत्र में ऐसे महान बाँध जिनके टूटने से सभी

क्षेत्र में सर्वनाश का डर हो, सक्रिय भ्रंशों के पास नहीं बनाए जाने चाहिएँ। पर ऐसे बाँधों का सृजन किया ही नहीं जाना चाहिए। यदि ऐसे महान बाँधों के सृजन में प्रयुक्त होने वाले पदार्थों का सतर्कता से चुनाव होना चाहिए व भविष्य में यहाँ वाले भूकंपों की तीव्रता का पूर्वानुमान लगाना भी आवश्यक होगा।

9

ज्वालामुखी

ज्वालामुखी पृथ्वी के धरातल में भू-गर्भ से जुड़ा हुआ एक छिद्र होता है जिससे होकर तरल लावा, गर्म, राख, गैस आदि निकलते हैं। भू-गर्भ से निकलने वाले पदार्थ सामान्यतः चमकदार होते हैं जिन्हें देखकर ऐसा कम संदेह होता है कि यह आग भी ज्वाला है। पर ज्वालाएँ तो सिर्फ कुछेक गैसों—जैसे हाइड्रोजन आदि से ही निकलती हैं। पर इन्हीं दीखनेवाली ज्वालाओं के आधार पर इसे ज्वालामुखी की संज्ञा दी गई है।

ज्वालामुखी क्रियाएँ—भू-गर्भ से धरातल की ओर बहने वाले लावा की गति से जुड़ी सभी क्रियाएँ ज्वालामुखी कहलाती हैं। ये दो प्रकार की होती हैं (क) अन्तर्वर्ती (Intrusive) व (ख) बहिर्वर्ती (Extrusive)। अन्तर्वर्ती क्रिया में मैग्मा पृथ्वी के गर्भ से धरातल पर नहीं निकलता; बल्कि पृथ्वी के गर्भ से थोड़ा ऊपर आकर जमकर ठोस हो जाता है। इससे धरातल के नीचे अनेक प्रकार की आकृतियों, यथा महास्कन्ध (बैथोलिथ), लैकोलिथ, फैकोलिथ, सिल, स्कन्ध (स्टॉक), वृत्तस्कन्ध (बॉरा) आदि का सृजन होता है। ये आकृतियाँ अधिकांशतः वलित पर्वतों के मध्य भाग में निर्मित होती हैं जहाँ आग्नेय क्रियाएँ अधिक होती हैं। ये भूपटल पर भू-आकृति के रूप में होती हैं। जब अपरदन के माध्यम से ऊपरी चट्टानें कटकर समाप्त हो जाती हैं, बहिर्वर्ती क्रिया के माध्यम से लावा एवं अन्य गर्म पदार्थ भू-गर्भ से पृथ्वी की सतह पर निकलते हैं जिससे लावा पठार, विभिन्न प्रकार के शंकु आदि का सृजन होता है।

ज्वालामुखी उद्भेदन—बहिर्वर्ती ज्वालामुखी क्रिया के माध्यम से ज्वालामुखी से बड़े धड़ाके की आवाज होती है व भूकंपों के साथ शांतिपूर्ण ढंग से पृथ्वी के अन्दर से प्रभायुक्त पदार्थ निकलने लगते हैं। इसे ज्वालामुखी का मुख या उद्गार कहते हैं। ज्वालामुखी में लावे का उद्गम स्थल यही होता है। यह उद्गार दो प्रकार का

होता है : (क) शांत उद्‌गार एवं (ख) विस्फोटक उद्‌गार। उद्‌गार जोरदार धड़ाके की आवाज के साथ होता है, तब उसे विस्फोटक उद्‌गार कहते हैं। उद्‌गार के पूर्व, ज्वालामुखी, विस्फोट की सूचनाएँ देता है मानों अपने क्षेत्र के आस-पास रहने वाले लोगों को विस्फोट की पूर्व चेतावनी दे रहा हो। विस्फोट के पहले गड़गड़ाहट की आवाज होती है व पृथ्वी में कई भूकंप के झटके आते हैं। ज्वालामुखी के आसपास की जमीन के ताप में भी वृद्धि हो जाती है। कभी कुओं व सोतों में कीचड़ मिला गंदा पानी भी आने लगता है, पर हर उद्‌गार के पहले इन सभी घटनाओं का घटित होना आवश्यक नहीं। विस्फोट के साथ प्रभायुक्त वाष्प, गैस, महीन धूलकण व शिलाखंड निकलने लगते हैं।

वाष्पीय बादल में शीघ्र ही संघनन (Condensation) होने से भारी वर्षा होती है और अंत में लावा का उद्‌गार होता है। अधिकतर ज्वालामुखी में लावे का निकास विस्फोट के साथ होता है। विस्फोटक उद्‌गार शीघ्र ही भयानक होते हैं। 78 ई. में विसुवियस के विस्फोट से 30,000 आबादी वाला पोम्पाई नगर बिल्कुल नष्ट-भ्रष्ट हो गया। वैसी ही घटना घटी 1902 ई. में एन्टीलिज के मार्टीनिक के पीली पर्वत के विस्फोटों से। इस विस्फोट के पहले यह पर्वत 1982 व 1851 के साधारण विस्फोटों के उपरांत शांत था। पर 1902 ई. के भयानक विस्फोट से मार्टिनीक की राजधानी सेन्ट पियरे का पूर्ण सर्वनाश हो गया। 1883 ई. के क्राकातूआ के विस्फोट से आधा द्वीप उड़ गया था और सबसे ऊँची जगह पर 200 मी. गहरा समुद्र लहराने लगा था।

शांत उद्‌गार में लावा शांतिपूर्वक तरीके से निकलकर चारों ओर फैल जाता है। ऐसे उद्‌गार जहाँ पहले से ही लावे के निकलने के लिए दरार होती है। लावा निकलने के तरीके के आधार पर भी उद्‌गार दो प्रकार के होते हैं– (क) छिद्र उद्‌गार (Vent eruption) तथा (ख) दरार उद्‌गार (Fissure eruption)। छिद्र उद्‌गार में लावा एक केन्द्रीय छिद्र से निकलता है, जिसे ज्वालामुखी (क्रेटर) कहते हैं। पर दरार उद्‌गार में लावा कई बिखरे हुए छिद्रों से निकलता है।

ज्वालामुखी उद्‌गार से निकले पदार्थ

ज्वालामुखी से ज्यादातर चार प्रकार के पदार्थ निकलते हैं–वाष्प, गैस, ज्वालामुखी क्षिप्त पदार्थ (विखण्डित पदार्थ या चट्टानों के टुकड़े) व लावा।

वाष्प और गैसें–ज्वालामुखी से निकलने वाले पदार्थों के साथ कई प्रकार की गैसें भी निकलती हैं जिनमें कॉर्बन डाइ-ऑक्साइड, सल्फर डाइ-ऑक्साइड, हाइड्रोजन,

नाइट्रोजन व क्लोराइन मुख्य हैं। इसमें जलवाष्प की बड़ी मात्रा मिली रहती है जो 90% तक होती है। मैग्मा में गैसों की विद्यमता से विस्फोट होता हैं। वस्तुतः विस्फोटक उद्गार गैसों की क्रियाशील शक्ति का परिचायक है। ये गैसें भू-गर्भ में भयानक गर्मी व दबाव के कारण लावा में मिली रहती हैं। पर दबाव व गर्मी के कम होते ही ये गैसें मैग्मा से पृथक् हो जाती हैं। जलवाष्प के संघनन से भारी बारिश होती है।

विखण्डित पदार्थ—ज्वालामुखी विस्फोट के साथ लावा खण्ड, ज्वालामुखी (क्रेटर) की दीवार की चट्टानें, झामक (Pumice) व धूलिकण बड़े धड़ाके के साथ ऊपर की ओर उछलते हैं व अपने आकार हवा की गति एवं दिशा के अनुरूप ज्वालामुख के समीप या दूर जा गिरते हैं। 1883 क्राकातूआ में हुए विस्फोट से प्राप्त धूलिकणों ने संसार की अनेक बार परिक्रमा की थी।

ज्वालामुखी विस्फोट से प्राप्त शिलाखंडों को, आकार के अनुरूप ज्वालामुखी बम, अश्मक (लैपिली), अंगार (Cinder), क्षार (Ash) तथा धूलिकण कहते हैं। विस्फोट के साथ मैग्मा बड़ी तीव्र से हवा में फेंक दिया जाता है जो हवा में चक्कर काटने के कारण अंडाकार या गोलाकार हो जाता है।

अखरोट के आकार के टुकड़ों को अश्मक, मटर के दानों के आकार के टुकड़ों को अंगार व इससे और छोटे टुकड़ों को क्षार कहते हैं। ये सामान्यतः ज्वालामुखी की ढालों पर गिरते हैं और पीछे चलकर जमने पर टफ (Tuff) का सृजन करते हैं। बहुत ही सूक्ष्म कण को धूलिकण कहते हैं। हवा के साथ ये धूलिकण ज्वालामुखी से बहुत दूर तक उड़कर चले जाते हैं। सरन्ध्र खुरखुरा, हल्का व लाल पदार्थ, जो ज्वालामुखी के माध्यम से बाहर फेंका जाता है, अंगार कहलाता है। ये उन पदार्थों से मिलते हैं जो जलने और सुलगने से प्राप्त होते हैं। कभी-कभी विस्फोट के शुरू में व कभी-कभी अंत में ज्वालामुखी से पंक निकलता है जिसे ज्वालामुखी पंक कहते हैं।

लावा—ज्वालामुखी से बहुत ही गर्म, द्रव रूप में निकलने वाला पदार्थ लावा कहलाते हैं। बनावट व गैसों की विद्यमानता के अनुरूप इनका तापमान 600° से. से 1200° से.ग्रेड तक रहता है। लावा और मैग्मा में भेद है। पृथ्वी के अंदरूनी भाग में, विभिन्न गैसों व वाष्प से युक्त रहने पर लावा को मैग्मा कहते हैं और गैस व वाष्परहित हो जाने पर उसे लावा कहते हैं। सिकता (Silica) की विद्यमानता के अनुरूप लावा दो प्रकार का होते हैं। (1) आम्लिक (Acid), (2) पैठिक (Basic)।

आम्लिक लावा में 75% तक सिकता की उपस्थिति रहती है। यह पीले रंग का गाढ़ा व चिपचिपा होता है। धीरे-धीरे प्रवाहित होने की वजह से कम दूर तक

फैलता है। इसमें गैस की मात्रा बहुत अधिक रहती है जिससे यह बड़े ही भयानक विस्फोट के साथ बाहर निकलता है। पैठिक लावा काला, पतला व ज्यादा प्रवहनशील होता है और सीसा जैसे परतों में जमता है वैसे ही जमता जाता है। इसके जमने से बेसाल्ट का सृजन होता है। गैसों के निकलने से जमे लावा के धरातल में छिद्र बन जाते हैं। जब इन छिद्रों की मात्रा अधिक होती है, तब लावा को अवस्कर (Scoriae) कहते हैं। छिद्रों के और अधिक रहने पर हल्का होकर यह पानी में तैरने लगता है। इस अवस्था में इसे झामक कहते हैं।

ज्वालामुखी के प्रकार—विस्फोट की अवधि के आधार पर ज्वालामुखी तीन प्रकार के होते हैं (1) सक्रिय अथवा जाग्रत, (2) सुषुप्त अर्थात् सोया हुआ व (3) मृत अर्थात् जिसमें काफी समय से विस्फोट न हुआ हो। जिस ज्वालामुखी से ज्यादातर राख, गैस, धुआँ, लावा आदि निकला करता है, उसे सक्रिय ज्वालामुखी कहते हैं, यथा एटना व स्ट्रामबोली। जिस ज्वालामुखी से उद्गार सदैव न होकर काफी आवन्तर के उपरांत होता है, उसे 'सुषुप्त ज्वालामुखी' कहते हैं। इनमें दीर्घकाल तक उद्भेदन नहीं होता; पर इसकी संभावनाएँ बनी रहती हैं। इनके मुख से सिर्फ थोड़ी बहुत गैस निकलती है। दीर्घकाल तक शांति देख लोगों को शक होता है कि ज्वालामुखी मर गया है। पर अचानक विस्फोट उनका यह मत तोड़ देता है, और भयानक क्षति होती है। विसुवियस में 79 ई. के उपरांत 1631 ई. में विस्फोट हुआ। इसके दूसरे उदाहरण इक्वेडर के चिम्बेराजो व चिली के अकांकागुआ हैं। जिस ज्वालामुखी से कोई उद्गार नहीं होता, उसे मृत या नष्टक्रिय ज्वालामुखी कहते हैं। बर्मा का पोपा, ईरान का कोहसुल्तान व कैली आदि इसके उदाहरण हैं। बहुत दिनों तक विस्फोट न होने से ज्वालामुखी का मुँह भर जाता है और ज्वालामुखी में पानी भर जाने पर झील का निर्माण होता है। मध्य-पश्चिमी भारत में क्रिटेशस कल्प में कई ज्वालामुखी थे जिससे दक्कन लावा पठार का सृजन हुआ। पर अब वे सारे के सारे मर चुके हैं।

ज्वालामुखी क्रिया से पैदा भू-आकृतियाँ—ज्वालामुखी उद्गार रूप निर्माणकारी शक्तियों के माध्यम से होता है। अतएव इससे निकलनेवाले लावा शिलाखंडों के द्वारा ज्वालामुखी पठार, ज्वालामुखी शंकु व निम्नक्षेत्र, ज्वालामुख एवं ज्वालामुख कुंड आकृतियों का निर्माण होता है। जब ज्वालामुखी क्रिया से बनी होने वाली आकृति काफी विशद रहती है, तब उसे ज्वालामुखी क्षेत्र कहते हैं। यह क्षेत्र ज्वालामुखी पठार तथा ज्वालामुखी शंकुक्षेत्र के रूप में होता है।

प्राचीन काल में दरार-उद्गार के माध्यम से लावा पठारों का निर्माण हुआ है।

मध्य-पश्चिमी भारत के लावा पठार (दक्कन ट्रैप), सहारा के अहग्गर व कोलम्बिया, आइसलैंड और अबिसिनिया के लावा पठार इसके प्रमुख उदाहरण हैं। इन पठारी क्षेत्रों में शंकु, ज्वालामुख एवं शिलाखंड लगभग अनुपस्थित हैं व लावा-तहें क्षैतिज पाई जाती हैं। इससे पता चलता है कि लावा दरारों से निकलकर चारों ओर फैल गया था। छोटे-छोटे पंक्तिबद्ध आश्मशंकु भी इस बात को प्रमाणित करते हैं कि यहाँ उद्‌गार पंक्तिबद्ध लम्बे दरारों के माध्यम से हुआ है जैसा कि मध्यकाल में 1743-83 में आइसलैंड में हुआ था। इन लावा पठारों में लावा का अपरिमित परिमाण, लावा-तहों की मोटाई की समानता व उनका विशद क्षेत्रों में विस्तार भी यह संकेत करता है कि लावा दरारों से पिघली हुई अवस्था में निकलकर चारों ओर फैल गया।

क्षेत्र-मध्य पश्चिमी भारत का सबसे बड़ा लावा पठार है जिसका विस्तार गुजरात, महाराष्ट्र, आन्ध्र प्रदेश, मध्य प्रदेश, उत्तरी कर्नाटक व बिहार में, 500,00 किमी. क्षेत्र है। गोदावरी के डेल्टा में बसे राजामुन्द्री (आन्ध्र प्रदेश), पश्चिमी सिन्ध, अमरकंटक व बिहार के नेतराहट जैसे दूर-दूर की जगहों में उक्त लावा की विद्यमानता स्पष्ट करती है कि उक्त लावा का विस्तार वर्तमान विस्तार के दुगुना क्षेत्र में आवश्यक था जिसका सृजन क्रिटेशस कल्प के आखिरी चरण में कई दरारों के माध्यम से शांत लावा उद्‌गार से हुआ था। गुजरात (राजपिपला), काठियावाड़, सतपुड़ा व नर्मदा नदी की घाटी के डाइकों व क्षार से दरारों की स्थिति एवं दिशा का ज्ञान होता है। लावा-तहें बम्बई के पास 3048 मी. व दूर के स्थानों में सिर्फ 30 मी. से 61 मी. तक मोटी हैं। लावा पठारों का निर्माण प्रारम्भ में प्रायद्वीपीय भारत के उत्तर में तथा दक्षिण राजपूताना से धारवाड़ तक पश्चिमी तट से पूर्वी तट तक रहा। यहाँ लावा की तहें क्षैतिज हैं व शिलाखंडों का अभाव है।

पठारों पर पास जाने वाली ठंडे लावे की अलग-अलग परतें ज्वालामुखी में अलग-अलग विस्फोटों को प्रमाणित करती हैं। अकेले भुसावल (महाराष्ट्र) के पास 336 मी. की बोरिंग में उनतीस लावा तहें पाई गई हैं जिससे ज्ञात होता है कि उद्‌गार निरन्तर न होकर रुक-रुक कर हुआ था। क्रिटेशस कल्प से आज तक दीर्घकालीन अपरदन की वजह से उक्त लावा-पठार कटकर तितर-बितर हो गया है। लावा तहों के क्षैतिज होने के कारण अपरदन के माध्यम से चौकोर भू-आकृतियों का सृजन हुआ है जो ऊपर से देखने पर आयताकार आकृति के समान लगती है। लावा पठार का दूसरा सुन्दर उदाहरण आइडाहो, नेवादा, औरेगॉन व पूर्वी वाशिंगटन में कोलम्बिया-स्नेक नदियों की घाटी में पाया जाता है। यहाँ लावा की मोटाई 1829 मी. है व अलग-अलग लावा तहें 61 मी. तक मोटी हैं।

स्नेक और कोलम्बिया नदियों ने पठारों को काटकर 1,676 मी. तक गहरी घाटियों (कैनियनों) का सृजन किया है। ये कोलोरैडो की कैनियनों से भी गहरी हैं। पठारों का सृजन दोनों प्रकार के लावा के माध्यम से होता है। पर दोनों की मूल बनावट के कारण दोनों से बनी धराकृतियों में थोड़ी भिन्नता पायी जाती है। आम्लिक लावा का ऊपरी भाग शीघ्र ही जम जाता है व नीचे के भाग में लावा प्रवाहित होता रहता है जो शनैः-शनै आगे की ओर बढ़ता जाता है। इससे ऊपरी तहों में रस्सी जैसी ऐंठने (झुर्रियाँ) पड़ जाती हैं ताकि ऊपरी सतह ऊँची-नीची हो जाती है। ज्यादा पतला पैठिक लावा के ऊपरी भाग के जम जाने और नीचे के भाग में प्रवाहित होते रहने पर गर्म लावा ऊपर के प्रस्तर को असमान खंडों में तोड़ देता है।

कभी-कभी ऊपर व किनारों में लावा के जम जाने के पश्चात् अन्दर का प्रवाहित तरल लावा किनारों को फोड़कर निकल पड़ता है जिससे लावा-गह्वरों का जन्म होता है। ऑरेगॉन के महा हिम-गह्वर इसी प्रकार बने हैं। इनमें सर्दी में जमी हुई बर्फ गर्मी में भी वर्तमान रहती है क्योंकि गर्म हवा इसे गलाने में असमर्थ रहती है। कभी-कभी लावा पठार बिल्कुल समतल होते हैं। इस स्थिति में इसे लावा-मैदान की संज्ञा दी जा सकती है, जैसे आइडाहो के स्नेक नदी क्षेत्र का लावा पठार। ऐसी सतहों का सृजन सामान्यतः शांत उद्गार के माध्यम से होता है। विस्फोटक उद्गारों के माध्यम से बनी लावा पठार की ऊपरी सतह ऊबड़-खाबड़ होती है क्योंकि विस्फोट से प्राप्त शिलाखंड लावा के साथ जमने पर असमान सतह का सृजन करते हैं। उसी प्रकार पैठिक लावा की ऊपरी सतह के जमकर विभिन्न खंडों में टूटने के कारण बनी सतह भी ऊबड़-खाबड़ होती है। लावा सतहों पर कभी-कभी टीले पाए जाते हैं जिनमें लावास्तूप (तुमुली), लावा उत्सेध व दाब उत्सेध मुख्य हैं। लावास्तूप वे भौतिक संरचनाएं हैं जो धरातल में उभरी हुई छोटी पहाड़ी के रूप में होते हैं। इसका सृजन नीचे के अधिक प्रवहनशील लावा के फैलने में जमे हुए लावा-तहों के माध्यम से रुकावट विद्यमान किए जाने के कारण होता है। लावा उत्सेधों का सृजन जमे हुए लावा तह में फटने के माध्यम से लावा के ऊपर की ओर निकलकर जम जाने के कारण होता है। ये छोटे टीलों या उत्सेधों की आकृति के होते हैं। कई लावा उत्सेध मैक्सिको के मैककार्टिज लावा क्षेत्र में पाए जाते हैं। समान आकृति की बड़ी इकाइयों को दाब-उत्सेध कहते हैं जो आकृति में भग्न-शीर्ष प्रतिनति के समान होते हैं। इनका विस्तार लावा बहाव के समानान्तर होता है व ये सामान्यतः उनके किनारों पर पाए जाते हैं। अतः मान्य धारणा के अनुरूप ये पार्श्वदबाव के कारण बने होते हैं। स्नेक नदी की घाटी में गुम्बद कार लावा-तल के गुम्बद के धँसने से दाब उत्सेध

बनी हुई हैं। लावा-फोला (Lava blester) का सृजन ऊपर में जमी लावा-तह के नीचे इकट्ठा भाप व गैस के विस्फोट के कारण होता है।

अवस्कर गुम्बद तथा लावालव शंकु लावा द्वारा निर्मित टीले हैं। ये जमी लावा-सतह के नीचे एकत्रित हुए लावा व गैसों के विस्फोट के कारण तरल लावा के लोन्दों के ऊपर की ओर फेंके जाने के कारण बने होते हैं। शंकु का निर्माण इन्हीं के इकट्ठा होने के कारण होता है। सानसाल्वेडोर का 914 मी. ऊँचा इजालका शंकु इसी प्रकार बना हुआ है। यही कारण है कि लावा से बने पठार समतल नहीं होते हैं।

इसका शंकु प्रकार छोटे से लेकर विशाल पर्वत के रूप में भी हो सकता है। शंकु की रचना एवं बाह्यरूप ज्वालामुखी से निकले पदार्थों, लावा की रासायनिक रचना, उनके विश्राम कोण, विस्फोट काल में हवा की दिशा व उद्गार की स्थिति आदि पर आश्रित होता है। पृथ्वी पर किसी वस्तु के जमा होने के कोण को विश्राम-कोण कहते हैं। ज्वालामुखी से निकले विभिन्न पदार्थों का विश्राम-कोण अलग-अलग होता है। अतः शंकु सृजन करने वाले पदार्थों की दशा का शंकु के स्वरूप असर पड़ता है। इसीलिए शिलाखंडों से निर्मित होने वाले शंकु ज्यादा ऊँचे तथा ज्यादा खड़ी ढाल से युक्त होते हैं। ज्यादा गाढ़ा लावा जल्दी जम जाता है इसलिए ज्यादा गाढ़ा आम्लिक लावा से बना शंकु शिलाखंडों से निर्मित शंकु से कम ऊँचा होता है; पर पैठिक लावा से बने शंकु की तुलना ज्यादा प्रपाती ढालों से युक्त होता है।

ज्वालामुखी शंकु—अधिकतर ज्वालामुखियों में एक केन्द्रीय छिद्र होता है। निकले हुए पदार्थ—लावा, राखचूर्ण, शिलाखंड आदि उक्त छिद्र के चारों ओर जमा होते जाते हैं जिससे एक निश्चित, शंक्वाकार भू-आकृति का सृजन हो जाता है। इस प्रकार ज्वालामुखी से निकले पदार्थों के उसके चारों ओर जमा होने से निर्मित शंक्वाकार आकृति को ज्वालामुखी शंकु कहते हैं।

ज्वालामुखी शंकु के प्रकार

ज्वालामुखी शंकु निम्नवत् प्रकार के होते हैं—

(1) शील्ड शंकु—इस प्रकार के शंकु का सृजन काफी तरल पैठिक लावा के माध्यम से होता है जो ज्वालामुख (Crater) से निकलकर काफी दूर तक फैल जाता है और तह पर तह जमा होता है। इसीलिए इसके आधार का विस्तार इसकी ऊँचाई की तुलना में ज्यादा होता है व इसके पार्श्वों की ढाल बहुत धीमी होती है। इसीलिए

यह शंकु देखने में ढाल के समान ज्ञात होता है। अतः इसे शील्ड शंकु कहते हैं। ज्यादा विस्तार, पर मन्द ढाल के कारण यह ऊपर से देखने में साधारण ढाल वाले पठार के समान ज्ञात होता है। अतः इसे पठारी शंकु भी कहते हैं। इसका सुन्दर उदाहरण हवाई द्वीप में पाया जाता है जहाँ पूरा द्वीप एक शील्ड शंकु है। यह आधार के पास समुद्र-तल पर 80 किमी. विशद व 9144 मी. ऊँचा है। यह शंकु 2560 किमी. लम्बे दरार के माध्यम से निकले लावा से निर्मित हुआ है। वर्तमान समय में वहाँ पाँच ज्वालामुखी हैं जिनमें मौनालोआ (3962 मी.) व मौनाकीआ (3993 मी.) मुख्य हैं। मौनालोआ नामक शंकु पर्वत संसार का सबसे बड़ा शील्ड शंकु है। आधार के पास इसकी ढाल 2° व शीर्ष भाग में 10° है।

(2) गुम्बदाकार शंकु—इस शंकु का सृजन कम प्रवहनशील, ज्यादा चिपचिपा और गाढ़ा आम्लिक लावा के माध्यम से होता है। ज्वालामुखी से निकलने के पश्चात् लावा तुरंत ही उसके चारों ओर फैलकर जम जाता है और गुम्बदाकार शंकु का सृजन करता है। अतः शील्ड शंकु की तुलना में इसके आधार का विस्तार कम होता है; पर इसके किनारों की ढाल ज्यादा तेज होती है। कैलिफोर्निया का लेसेन पीक व फ्रांस के ऑवर्न क्षेत्र के पाई इसके सुन्दर उदाहरण हैं।

(3) शिलाखंड-शंकु—शिलाखंड का निर्माण उस समय होता है जब विस्फोट के बाद उद्गारों से ज्यादा मात्रा में शिलाखंड तथा लावा निकलते हैं। जब लावा बहुत ही कम प्रवहनशील व ज्यादा गैसों से युक्त रहता है, तब ज्वालामुखी का उद्गार विस्फोट होता है जिससे निकलने वाला पदार्थ टुकड़ों में निकलता है। जो टुकड़े बड़े होते हैं वे दूर नहीं जा पाते वहीं पर जमा होते हैं तथा शिलाखंड शंकु का निर्माण करते हैं। ऐसे शंकु के पार्श्व की ढाल 30° से 40° तक होती है। एटना पर्वत का शीर्ष भाग शिलाखंड शंकु का उदाहरण है। अंगारों तथा अश्मक से निर्मित शिलाखंड **आंगारिक** अथवा **आश्म शंकु** कहलाते हैं। ऐसे शंकु छोटे होते हैं; इनकी ऊँचाई 305 मी. से अधिक नहीं होती। इस प्रकार के सृजन हेतु लम्बे अरसे तक विस्फोट होते रहने की आवश्यकता होती है। पर कभी-कभी एक ही विस्फोट के माध्यम से पूर्ण शंकु का सृजन हो जाता है। 29 सितम्बर, 1938 के पहले नुओवो पर्वत के स्थान पर झील का किनारा था। पर एक सप्ताह के उद्गार के माध्यम से झील की जगह पर आधार के पास 610 मी. विशद तथा 122 मी. ऊँचा शंकु का सृजन हो गया।

मैक्सिको सिटी के पास के सितम्बर, 1759 में विस्फोट से जोरुल्लो शंकु का निर्माण आरम्भ हुआ। उसी वर्ष नवम्बर में 253 मी. ऊँचा शंकु निर्मित हो गया। इस प्रकार के शंकु के सृजन में हवा का प्रभाव स्पष्ट रहता है। यदि हवा तेज रहती

है, तब हवा के बहाव की दिशा में अधिक शिलाखंड जमा होते हैं। जिससे शंकु का स्वरूप असममित (Asymmetrical) हो जाता है। पर हवा के शांत रहने पर चतुर्दिक ढाल पर समान रूप से निक्षेप होता है और शंकु का स्वरूप सममित होता है। इनकी ढाल तुलनात्मक खड़ी होती है क्योंकि शिलाखंडों का विश्राम कोण 30° से 45° तक होता है। इनकी ऊँचाई ज्यादा नहीं होती; फिर भी स्पष्ट भू-आकृति का सृजन करते हैं।

(4) मिश्रित शंकु—कुछ ज्वालामुखी शांत होते हैं और कुछ जाग्रत। इनसे निकलने वाले पदार्थों से बने शंकु को मिश्रित शंकु कहते हैं। विस्फोटक उद्‌गारों से निकलने वाले शिलाखंड एवं धूलिकण ज्वालामुख के चारों ओर जमा हो जाते हैं। उपरांत में शांत उद्‌गार से निकलने वाला लावा उनके रन्ध्रों में प्रवेश कर उन्हें ठोस बना देता है। इसलिए इस पर लावा की अलग-अलग कई तहें बन जाती हैं और अनेक उद्‌गारों से शंकु बने होते हैं। इस प्रकार मिश्रित शंकु, टफ, शिलाखंड एवं लावा की तहों के माध्यम से बनी होती है। जापान का फिउजियामा, रोम का विसुवियस, सिसली का एटना व फिलीपीन का मेयोन ज्वालामुखी इसके सुन्दर उदाहरण हैं। विश्व के अधिकतर शंकु मिश्रित शंकु के ही उदाहरण हैं। इसे कई स्तरों वाला लावा शंकु भी कहते हैं। इन शंकुओं का बाहरी रूप निर्माणकारी पदार्थों पर आश्रित होता है। शिलाखंडों के ज्यादा रहने पर इनकी ढाल खड़ी व ज्यादा लावा रहने पर ढाल धीमी होती है, जैसे सिसली के एटना में।

(5) परजीवी अथवा पराश्रित शंकु—मिश्रित शंकुओं के पार्श्व भागों में बनने वाले शंकु को, जिनमें परिवर्तित विकास शंकु के निर्माण के बाद होता है, परजीवी या पराश्रित शंकु कहते हैं। विस्फोट की वजह से कभी-कभी मिश्रित शंकुओं की दीवारें टूट जाती हैं और इनके पार्श्वों में कई छिद्र बन जाते हैं। इनसे होकर लावा व शिलाखंड निकलते हैं जिससे मिश्रित शंकुओं के पार्श्व में छोटे राख-शंकुओं का सृजन हो जाता है। इन शंकुओं का सृजन आश्रयदाता शंकु के सृजन के पश्चात् होने के कारण इनका ऐसा नाम पड़ा है। सभी मिश्रित शंकुओं में ज्यादातर परजीवी शंकु पाए जाते हैं। कैलिफोर्निया के शास्ता पर्वत के पार्श्व में निर्मित शास्तिना शंकु इसका सर्वोत्तम उदाहरण है।

ज्वालामुखी के माध्यम से निर्मित भू-आकृतियाँ—ज्वालामुखी के माध्यम से निर्मित निम्न भाग भी धराकृति-इकाई के रूप में उतने ही स्पष्ट होते हैं जितना कि शंकु या लावा पठार। इसीलिए ज्वालामुखी निर्मित भू-आकृति के रूप में इनका अध्ययन आवश्यक है। ज्वालामुखी के माध्यम से बनी निम्न स्थलाकृतियाँ दो प्रकार

की होती हैं : ज्वालामुख (Crater) व ज्वालामुख कुंड (Caldera)। दोनों ही ज्वालामुखी क्रिया के माध्यम से बने होते हैं। इसीलिए दोनों का स्वरूप समान होता है और अधिकतर दोनों में भेद करना मुश्किल होता है। इसके बावजूद दोनों में काफी अन्तर है।

ज्वालामुख (क्रेटर) ज्वालामुखी के माध्यम से निर्मित प्याला अथवा कीप (फनल) की आकृति का साधारण वृत्ताकार गढ़ा होता है जिसका व्यास दो किलोमीटर से कम होता है। ज्वालामुख जब सक्रिय ज्वालामुखी क्षेत्रों में पाए जाते हैं, तब उनकी स्थिति स्पष्ट रहती है। ये मृत ज्वालामुखी क्षेत्रों में भी पाए जाते हैं जहाँ ये सामान्यतः झील के रूप में मिलते हैं। आकृति और आकार के अनुसार ज्वालामुखी के अलग-अलग प्रकार हैं। गुम्बदाकार शंकुओं में पाए जाने वाले ज्वालामुख अस्पष्ट, मिश्रित शंकु में पाए जाने वाले ज्वालामुख गहरे व संकीर्ण और आंगारिक शंकुओं में पाए जाने वाले कीप या प्याला की आकृति के एवं विशद होते हैं। ये विस्फोट एवं धसान-दोनों क्रियाओं के माध्यम से निर्मित होते हैं। ऐसे ज्वालामुखी तीन प्रकार के होते हैं : विस्फोटीय ज्वालामुख, धसान ज्वालामुख व संयुक्त ज्वालामुख।

ज्वालामुख विस्फोट के साथ राख, लावा व शिलाखंड पृथ्वी के अन्दरूनी भाग से निकलते हैं जिससे पृथ्वी के धरातल में प्यालानुमा छिद्र बन जाता है, इसे विस्फोटक ज्वालामुख कहते हैं।

धसान ज्वालामुख—वह ज्वालामुख है जिसका निर्माण ऊर्ध्व गतियुक्त मैग्मा में शिथिलता आने के कारण होता है। वर्तमान बड़े ज्वालामुखी के अंदर बने होने वाले छोटे (क्रेटर) को संयुक्त ज्वालामुख कहते हैं, यथा—विसुवियस का आधुनिक क्रेटर। विसुवियस के आधुनिक छोटे क्रेटर का सृजन पुराने क्रेटर में हुआ है।

ज्वालामुख कुंड—ज्वालामुख कुंड मुख वृत्ताकार होता है। यह भग्न शीर्ष (शीर्ष कटी हुई) विशद चोटी वाले शंकु की प्रकार दिखलाई पड़ता है। ज्वालामुखी विस्फोट तथा शंकुओं के धँसने से निर्मित होने की वजह से यह ज्वालामुखी विस्फोटीय तथा धसान ज्वालामुख कुंड होता है। भयँकर विस्फोटों से ज्वालामुखी शंकुओं के ऊपरी भागों के टूटने से निर्मित होने वाले ज्वालामुख कुंड को विस्फोटीय ज्वालामुख कुंड कहते हैं। धसान ज्वालामुख का निर्माण अत्यधिक मैग्मा निकलने के ही कारण होता है। पहले यह माना जाता था कि ज्वालामुख कुंड सिर्फ ज्वालामुखी विस्फोट से निर्मित होते हैं इस क्रिया के माध्यम से इनका सृजन संभव भी है। इसका उदाहरण क्राकातूआ और विसुवियस में पाए जाते हैं। क्राकातूआ जावा और सुमात्रा के मध्य सुण्डा के मुहाने में एक छोटा-सा द्वीप है। मई, 1883 में हुए विस्फोटों ने द्वीप के

दो-तिहाई भाग को उड़ाकर धूल बना दिया और द्वीप के सबसे ऊँचे केन्द्रीय भाग में विस्फोट के पश्चात् 274 मी. गहरा समुद्र लहराने लगा। जावा के पहले में सम्बावा द्वीप में 1815 में हुआ विस्फोट और भी भयंकर था जिससे लगभग 30 किमी. चट्टानें उड़ गईं और विशद ज्वालामुख कुंड का सृजन हुआ। पर इस प्रक्रिया से सिर्फ छोटे ज्वालामुख कुंड, जिनके व्यास की लंबाई 2 किमी. से कम होती है, ही निर्मित होते हैं।

आधुनिक यंत्रों के माध्यम से की गई खोजों से स्पष्ट हुआ है कि अधिकतर ज्वालामुख कुंड विस्फोट के माध्यम से निर्मित न होकर शंकु-क्षेत्रों के मैग्मा चैम्बर के धँस जाने के कारण बने हैं। काफी मात्रा में मैग्मा निकल जाने मैग्मा चैम्बर का खाली जगहें शंकु-भार को वहन करने में असमर्थ हो जाता है और धँसकर ज्वालामुख कुंड का सृजन करता है। यह बात इस तथ्य से भी प्रमाणित होती है कि यदि ज्वालामुख कुंड विस्फोट के माध्यम से निर्मित होते तो उनके आसपास बड़ी मात्रा में शिलाखंड तथा धूलिकण जरूर पाए जाते। पर ऐसा नहीं पाया जाता। उनके पास अधिकतर पुरानी चट्टानों के शिलाखंड न पाए जाकर नया लावा निक्षेप पाया जाता है जो विस्फोट स्थिति के विपरीत है। पुरानी चट्टानों के शिलाखंड के संबंध में एक बात कही जा सकती है। भयँकर विस्फोट से निर्मित गढ़ों में वे शिलाखंड गिर जा सकते हैं जिस कारण वे विद्यमान नहीं रह सकते हैं। पर आधुनिक भू-वैज्ञानिक मानते हैं कि ज्वालामुखी उद्गार का निर्माण ज्वालामुख कुंडों के धँसने के माध्यम से निर्मित हुआ। इस प्रक्रिया में बनी विश्व के कतिपय प्रमुख ज्वालामुख कुंड निम्नलिखित प्रकार हैं :

	प्रमुख ज्वालामुखी कुंड	*देश*	*किलोमीटर में*	*लंबाई*
1.	लोक तोबा	सुमात्रा	50	20
2.	ऐरा	जापान	25	24
3.	टारसोयेगा	तिवेस्ती, सहारा	18	14
4.	सानटोरिन	यूनान	17	11
5.	अनियाकचक	अल्युशियन द्वीप	11	9
6.	क्रेटरलेक	ऑरिगान	10	10
7.	असकजा	आइसलैण्ड	8	6
8.	क्राकातुआ	हिन्देशिया	7	6
9.	तामबोरा	हिन्देशिया	6	6
10.	फुल्दिर (समुद्र में)	अल्युशियन द्वीप	43	21

सन् 1883 ई. के विस्फोट से यद्यपि क्राकातुआ द्वीप का दो-तिहाई भाग उड़ गया, फिर भी ज्वालामुख कुण्ड का निर्माण शंकु कोण धँस जाने के माध्यम से ही हुआ है। विस्फोट एवं उद्गार के कारण 18 किमी. मैग्मा बाहर निकल गया। इतना अधिक मैग्मा निकलने का परिणाम यह हुआ कि शंकु आधारहीन होकर धँस गया जिससे सात किलोमीटर लम्बा एवं छह किलोमीटर चौड़ा आकार का ज्वालामुख कुण्ड निर्मित प्रतीत होता है। वस्तुतः ज्वालामुख कुंडों का निर्माण विभिन्न भौगोलिक परिवर्तनों के क्रम में ही होता है। चाहे वे क्रियाएँ क्यों न अलग-अलग हों। कुछ कम तेज विस्फोटों से बनी वृत्ताकार गढ़ों को जर्मनी में 'मार' कहते हैं। ये राइन नदी के पश्चिम में इफेल क्षेत्र में काफी मात्रा में पाए जाते हैं। और जलपूर्ण होने की वजह झीलों को जन्म देते हैं।

ज्वालामुखी डाट : यह ऐसी भू-आकृति है जिसका निर्माण तरल या ठोस लावा के कारण होती है। इसकी सर्वप्रथम जानकारी 1902 ई. में मार्टिनिक में पीली पर्वत में हुए विस्फोट के वक्त हुई। सालीभर गैस, राख आदि निकलने के पश्चात् ज्वालामुखी क्रियाओं के शान्त होने पर ज्वालामुख से अर्द्ध तरल लावा का डॉट अंगुलियों से दबाए जाने पर ट्यूब से निकलने वाले टूथपेस्ट के समान निकला। कभी-कभी ज्वालामुख में जम गया लावा भी डाट के रूप में निकल जाता है। जैसा कि 1915 में कैलिफोर्निया के लेसेन पिक में हुआ था। ज्वालामुखी एक अस्थायी संरचना है जो कि किसी भी दशा में कटकर परिवर्तन व समाप्त होती रहती है।

गाइजर

अधिकांश ज्वालामुखी बाद में शांत होने लगते हैं। ऐसी दशा में उनमें से लावा, राख आदि की जगह पर कई प्रकार के गैस, सोडियम क्लोराइड, गन्धक का धुआँ, अलकलाइन व भाप निकलते हैं। देखने में ऐसा महसूस होता है कि सिर्फ धुआँ ही धुआँ निकल रहा है, इसीलिए इन्हें धुआँरा कहते हैं। इनमें 90% तक जलवाष्प रहता है। यह क्रिया भी शनैः-शनैः शान्त होती जाती है। धुएँ का तापमान 650° तक रहता है। अलास्क में ''दस सहस्त्र धुआँरों की घाटी' एक विशद धुआँरा प्रदेश है। वस्तुतः यह ज्वालामुखी के शान्त होने के पहले की स्थिति है। बंगाल की खाड़ी में बेरेन द्वीप एक गाइजर है।

सोलफातरा या गन्धकीय धुआँरा उस ज्वालामुखी को कहते हैं जिससे वाष्प, गैस, तथा गन्धक का धुँआ निकलता रहता है। नेपुल्स के पास एक गन्धकीय धुआँरा

है जिससे गन्धक का धुआँ निकलता है। इसका स्थानीय नाम सोलफातरा है। इसी के नाम पर इस प्रकार के दूसरे गन्धकीय धुआँरों का नाम सोलफातरा पड़ा है।

पंक ज्वालामुखी—ये वे ज्वालामुखी हैं जिनसे मात्र, इससे गर्म भाप व गैस के साथ बहुत ज्यादा मात्रा में पंक भी निकलता है। इनसे निकलने वाला पानी धूलिकणों के साथ मिलकर पंक का सृजन करता है। कई प्रकार के खनिजों के सम्मिश्रण रहने के कारण पंक विभिन्न रंगों का होता है। पंक निकलकर ज्वालामुख के पास जमा होता है जिससे छोटा शंकु का सृजन होता है। इसकी ऊँचाई 600 मी. तक होती है। ट्रिनीडाड में पंक ज्वालामुखी का समूह है। कॉकेशश क्षेत्र में इनसे पानी की जगह पेट्रोलियम पाया जाता है। ऐसे क्षेत्रों में प्राकृतिक गैस स्वतः बाहर निकलता है। इसीलिए बहुत से विद्वान् इसी कारण मानते हैं कि पंक ज्वालामुखी से कीचड़ निकलने की क्रिया का संघ ज्वालामुखी क्रिया से नहीं है।

उष्णोत्स—गर्म जल स्रोतों से निकलने वाले पानी तथा वाष्प में काफी तीव्रता होती है। यह वाष्प कभी-कभी तो तीस मीटर की ऊँचाई तक उठती जाती है। इस प्रकार ये गाइजर गर्म पानी के अन्तरकि स्रोत होते हैं। जो समय-समय पर अपने मुख से गर्म पानी की फुहार व वाष्प छोड़ते हैं। गाइजर में पानी ऊपर की ओर छिद्र से निकलता है जिसके चारों ओर कालक्रम से एक छोटे टीले का सृजन हो जाता है। गाइजर के मुँह का व्यास 21 मी. और गहराई 1.2 मी. होती है। इसका मुख नीचे के भू-गर्भ पानी से एक नली के माध्यम से जुड़ा रहता है। इसे गाइजर नली कहते हैं।

गाइजर यह पतली-लम्बी, पर टेढ़ी-मेढ़ी होती है और इसकी लम्बाई 30 से 120 मी. तक होती है। गाइजर के पानी का तापमान 75° से 90° तक रहता है। गाइजर का सम्बन्ध ज्वालामुखी क्रिया से होता है और यह ज्वालामुखी क्रिया का एक गौण रूप है। इसलिए यह सक्रिय ज्वालामुखी क्षेत्रों में ही पाया जाता है। इसे उष्णोत्स भी कहते हैं। एशिया में तिब्बत, गाइजर, उत्तरी अमेरिका, यूरोप, आइसलैण्ड व न्यूजीलैण्ड में पाए जाते हैं। संयुक्त राज्य के यलोस्टोन नेशनल पार्क में गाइजर का समूह पाया जाता है। जहाँ पर लगभग 200 गाइजर पाए जाते हैं। न्यूजीलैण्ड का मुख्य गाइजर वायुमान्गू है जिसका निर्माण सन् 1901 में हुआ था। गाइजर व गर्म जल स्रोतों की संख्या आइसलैण्ड में सर्वाधिक है। 12,800 किलोमीटर क्षेत्र में फैला हुआ यह क्षेत्र वहाँ की भू-आकृतिक संरचना में परिवर्तन का कारण है। यहाँ सर्वप्रथम ग्रैण्ड गाइजर व स्ट्रोकर हैं।

10

भू-आकृतिक प्रक्रियाएँ

भौगोलिक परिवर्तनों के कारण धरातलीय संरचना में भी परिवर्तन होता रहता है। यह परिवर्तन निम्नीकरण, मृदा अपरदन आदि के कारण होता है। वस्तुतः मृदा आच्छादन की गति मृदा अपरदन की तुलना में बहुत कम होती है यही कारण है कि तेज वन कटाव आदि के कारण होने वाले कटाव शीघ्र आच्छादित नहीं हो पाते। आधुनिक समय में अनाच्छादन को अवक्रमण का पर्याय माना जाने लगा है तथा इसमें अपघर्षण, संक्षारण, अपरदन, वृहद संचलन, परिवहन तथा अपक्षय को सम्मिलित किया जाता है। अवक्रमण की दर में जलवायु भूगर्भिक संरचना, शैल संस्तर तथा विवर्तनिक क्रियाओं के कारण भिन्नता पाई जाती है। ये प्रक्रियाएँ उष्ण शुष्क निम्न भूमि में न्यूनतम (1.2 मि.मी. प्रति 1000 वर्ष) तथा शीत आर्द्र व हिमानीकृत उच्च भूमि पर सर्वाधिक (3000 मि.मी. प्रति 1000 वर्ष) सक्रिय होती है। अनाच्छादनकारी प्रक्रियाओं के सन्दर्भ में सर्वप्रथम प्रसिद्ध अमेरिकन भूगर्भवेत्ता जॉन वेस्ले **पावेल** (J.W. Powell, 1834-1904) ने 1875 में बताया कि अनाच्छादनकारी प्रक्रियाओं की अंतिम सीमा होती है जिसके बाद अपरदन नहीं होता। पावेल ने इसे 'आधार तल' (Base Level) कहा है। सागर को व्यापक आधार पर तल माना जाता है परन्तु इसमें भी परिवर्तन आता रहता है। इसके अतिरिक्त झीलों व अनेक कठोर शैल संस्तरों को स्थानीय आधार तल माना गया है। इस प्रकार अपरदन चक्र की प्रकृति, जलवायु परिवर्तन, भूगर्भिक संरचना आदि के अनुसार आधार तल का स्तर बना रहता है।

प्राकृतिक कारक एवं प्रक्रियाएँ (Geomorphic Agents and Processes)

प्राकृतिक प्रक्रियाएँ वे सभी भौतिक एवं रासायनिक परिवर्तन हैं जिनका प्रभाव जमीन के ऊपर दिखने वाली प्राकृतिक आकृतियों के बदलाव में पड़ता है। एक भू-आकृतिक कारक (Agent) वह प्राकृतिक माध्यम है, जो भूतलीय पदार्थों को प्राप्त

करके परिवहन करने की क्षमता रखता है। इस प्रकार प्रवाहित जल, भूजल, हिमनद, पवन तथा स्थिर में होने वाली गतियाँ, तरंग धाराएँ, ज्वार तथा सुनामिस आदि मुख्य भू-आकृतिक कारक हैं क्योंकि यह भू-पृष्ठीय निक्षेपों को अपने प्रवाह में एक स्थान से बहाकर दूसरे स्थान पर जमा करते रहते हैं। अधिकांश भू-आकृतिक साधन (Agencies) पृथ्वी के वायुमंडल में उत्पन्न होते हैं तथा गुरुत्व शक्ति के द्वारा नियंत्रित होते हैं। पुरुषत्व शक्ति स्वयं भूपृष्ठीय पदार्थों को स्थानांतरित नहीं करती वरन् ये सभी भू-आकृतिक कारकों के लिए एक निर्देशित शक्ति का कार्य करती है।

सभी प्रकार के भू-आकृतिक प्रक्रम एवं प्रक्रियाएँ भूपृष्ठ के ऊपर क्रियाशील रहती हैं जिस कारण इन्हें बहिर्जात कारक या क्रम कहा गया है। भूतल पर कार्य करने वाले प्रक्रमों को सर्वप्रथम पेंक ने 'बहिर्जात' (Exoigenetic) शब्द दिया था। भूपटल को प्रभावित करने वाले अन्य कारक जो भूपृष्ठ के अंदर उत्पन्न होते हैं, उन्हें अंतर्जात (Endogenetic) कहते हैं। ज्वालामुखी तथा अन्य पटल विरुपणी शक्तियों को इस वर्ग में रखते हैं। उल्कापात आदि के स्थलाकृतिक प्रभावों को उपर वर्णित दोनों वर्गों से अलग रखा जाता है क्योंकि यह शक्ति पृथ्वी के वातावरण से बाहर उत्पन्न होती है। इस प्रकार पृथ्वी तल पर एवं भूपृष्ठ के आंतरिक भाग में परिवर्तन लाने वाले कारकों (Agents) की संपूर्ण प्रक्रिया को उनकी प्रकृति के आधार पर निम्नलिखित रूप में बांटा जा सकता है–

भू-आकृतिक प्रक्रियाएँ

बहिर्जात प्रक्रियाएँ (Exogenetic or Epigene Processes	अंतर्जात प्रक्रियाएँ (Endogenetic or Hypogene Processes)	पृत्वेतर (Extra-Terrestrial)
पटलविरूपण (Diastrophism)	ज्वालामुखी (Volcanism)	उल्कापात (Fall of Meteorites)
अपरदन (Erosion)	अभिवृद्धि (Aggardation)	जीवांशों का कार्य मानव सहित (Work of organism including man)
(a) तल संतुलन (Gradation)	(e) प्रवाहित जल (Running Water)	(j) प्रवाहित जल (Running Water)
(b) निम्नीकरण (Degradation)	(f) भूमिगत जल (Ground Water)	(k) भूमिगत जल (Ground Water)
(c) अपक्षय (Weathering)	(g) सागरीय तरंगें, धाराएँ, ज्वार व सुनामिस (Sea Wavers, Ocean Tides and Tsunamis)	(l) सागरीय तरंगें, धाराएँ, ज्वार व सुनामिस (Sea Waves, Ocean Tides and Tsunamic)
(d) वृहद् संचलन (Mass Movement)	(h) पवन (Winds)	(m) पवन (Winds)
	(i) हिमनद (Glacier)	(n) हिमनद (Glacier)

धरातली संरचना में होने वाली प्रक्रियाओं को सरलता से स्पष्ट नहीं कर सकते। अनेक विद्वानों ने अपरदनात्मक प्रक्रिया में अपक्षय को सम्मिलित किया है, जो एक स्थैतिक क्रिया है तथा साथ ही परिवहन की क्रिया को भी अपरदन का भाग मानने में मतैक्य नहीं है लेकिन सामान्यतया इसे अपरदन का भी भाग स्वीकार करते हैं। अभिवृद्धि (Aggradation) को भी अपरदन का ही भाग मानते हैं। थार्नबरी महोदय ने इसके लिए तल संतुलन श्रेणीकरण (Gradation) शब्द का प्रयोग किया जिसे मूलतः सर्वप्रथम चेम्बरलिन तथा सेलिसबरी (Chamberlin and Salisburry, 1904) ने स्पष्ट करते हुए बताया कि इसमें उन सभी प्रक्रियाओं को सम्मिलित किया है जो स्थल मंडल की सतह को सामान्य तल तक लाने में सहायक होती हैं। उन्होंने जल संतुलनकारी प्रक्रियाओं को दो निम्नीकरण तथ्य अभिवृद्धि के रूप में पहचाना, प्रथम, तल निम्नीकरण (Degradation) करने वाली तथा द्वितीय तलोच्चन या अभिवृद्धि (Aggradation) करने वाली प्रक्रिया मुख्य है। भूगर्भवेत्ताओं ने अनाच्छादन (Denudation) को अवक्रमण (Degradation) के समानार्थ अर्थों में प्रयुक्त किया है लेकिन इसमें पदार्थों के हटाने को सम्मिलित करते हैं। अवक्रमण में निक्षेपण क्रिया को समाहित नहीं करते जबकि अनाच्छादन में यह समाहित है।

यद्यपि समतलन (Planation) को श्रेणीकरण (Gradation) के अर्थों में प्रयुक्त किया जाता है लेकिन इसमें भी निक्षेप को समाहित नहीं करते हैं। इस प्रकार श्रेणीकरण को भूपटल को सपाट बनाने की प्रक्रिया माना गया है। जिसमें रचनात्मक (Conbstructional) तथा विनाशात्मक (Destructional) प्रक्रिया होती है।

समतलकारी प्रक्रियाएँ (Gradational Processes)

भू-आकृतिक प्रक्रियाओं के अंतर्गत समतलकारी एवं अभिवृद्धिजनक प्रक्रियाओं को सम्मिलित किया जाता है। इसमें पृथ्वी के प्रवाह द्वारा ऊँचे स्थलों का निम्नीकरण अपरदन द्वारा तथा निक्षेपण द्वारा समतलीकरण किया जाता है। इन सभी क्रियाओं के लिए 'अवक्रमण' शब्द का प्रयोग किया जाता है जिसमें मुख्यतः अपक्षय (Weathering), अपरदन (Erosion) तथा वृहत् क्षरण (Mass Wasting) आदि क्रियाओं को सम्मिलित किया जाता है। अपक्षय स्वस्थाने (in-situ), शैलों के विघटन (Disintegration) एवं अपघटन (Decomposition) की क्रिया होती है। इस क्रिया द्वारा भूसतह पर स्थित कठोर शेल संहति (Rock Masses) में कमी आती है। इसके बारे में अनाच्छादन और अपक्षय नामक अध्याय में विस्तार से दिया हुआ है।

अपरदन (Erosion) : अपरदन लेटिन भाषा के शब्द 'erodere' से बना है जिसका अर्थ है 'काटकर ले जाना' (to gnaw away)। यह एक व्यापक शब्द है जो

अपने अंदर कई अर्थ समेटे हुए है। जिसमें उन सभी प्रक्रमों को सम्मिलित किया गया है जो भूसतह पर शैल मलबे (Rock debris) को काटकर स्थानांतरित करते हैं। यद्यपि परिवहन की क्रिया अपरदन का भाग नहीं है लेकिन अधिकांश भूगर्भवेत्ता इसे अपरदन का आवश्यक भाग मानते हैं। अपरदन की क्रिया विभिन्न प्रक्रमों द्वारा विभिन्न रूपों में की जाती है। अधिकांशतः प्रकृति में अपघर्षण (Abrasion or Corrasion), सन्निघर्षण (Attrition), कोष्ठीकरण या गुहिकापन (Cavitation), अपवहन (Deflation), उत्पाटन (Plucking), उत्खनन (Quarrying) आदि रूपों में अपरदन होता है। इनमें कुछ प्रक्रियाएँ किसी प्रक्रम विशेष से ही संबद्ध हैं जैसे अपवहन पवन के द्वारा, उत्पाटन हिमनद द्वारा आदि प्रमुख हैं। अपरदन की क्रिया भी दो प्रकार की होती है। भौतिक अपरदन में उपर्युक्त वर्णित सभी प्रकियाएँ सम्मिलित की गई हैं जबकि रासायनिक अपरदन में संक्षारण (Corrosion) की क्रिया प्रमुख है। जिसमें घोलीकरण (Solution), कार्बोनेटीकरण (Carbonation), जलयोजन (Hydration), आक्सीडेशन (Oxidation) तथा जल अपघटन (Hydrolysis) प्रमुख क्रियाएँ हैं।

आधार शैल—आधार शैल उसे कहते हैं जो कि मृदा अथवा आवरण प्रस्तर के नीचे पाई जाती है।

आवरण प्रस्तर—एक सामान्य शब्द है जो आधार शैल के उपर पाए जाने वाले अपक्षयित ढीले पदार्थों के लिए प्रयुक्त किया जाता है। इसमें मृदा, अपसाद, टूटे शैल के टुकड़े, ज्वालामुखी राख, वायूढ (Aeolian) पदार्थ आदि सम्मिलित हैं।

परिवहन—परिवहन के कारण भी धरातलीय संरचना में परिवर्तन होता रहता है जबकि अनेक भूवैज्ञानिक इसे पृथक् प्रक्रिया मानते हैं। थार्नबरी महोदय ने परिवहन को अपरदन की प्रक्रिया में अंतर्निहित माना है फिर भी इस शब्दावली के बारे में संशय स्पष्ट नहीं है। अपरदन की क्रिया में ढीले पदार्थों को अधिग्रहण, आधार शैल को काटकर ले जाना, शैल कणों को परस्पर काटना तथा शैल मलबे को अधिग्रहित करते हुए आच्छादित करने की प्रक्रियाएँ शामिल होती है। इस प्रकार कमोबेश रूप में अपरदन की प्रक्रिया में परिवहन की भूमिका महत्वपूर्ण मानी गई है। परिवहन का कार्य चार महत्वपूर्ण प्रक्रियाओं कर्षण, उत्परिवर्तन, लटकना तथा घोलीकरण द्वारा होता है। कर्षण की **कर्षण** प्रक्रिया में शैल कण नदी तल के साथ फिसलकर या लुढ़ककर चलते हैं। **उत्परिवर्तन** की प्रक्रिया में शैल कण उछल-उछल कर चलते हैं। **लटकना** की प्रक्रिया में हल्के शैलकण जो प्लवनशीलता (Buoyancy)

के कारण जल में डूबते नहीं हैं, तैरते हुए चलते हैं। तथा **घोलीकरण** इसमें घुलनशील शैल पदार्थ घुलकर स्थानांतरित होते हैं।

निक्षेपण या अभिवृद्धि (Deposition or Aggradation)

अभिवृद्धि या तल के क्रमिक रूप से बढ़ने की प्रक्रिया एक आवश्यक प्रक्रिया है जो भूसतह के समतलन में अपना योगदान देती है। भू-आकृतिक प्रक्रिया में अनेक बार अपरदन को निक्षेपण की तुलना में अधिक महत्व दिया जाता है क्योंकि अपरदनात्मक स्थलरूप इतने स्पष्ट होते हैं कि उन्हें विभिन्न रूपों में वर्गीकृत किया जा सकता है। जब जमा किए हुए निक्षेप का आकार बहुत छोटा होता है। हिमनद तथा जलोढक से निर्मित निक्षेणात्मक स्थलाकृतियाँ स्पष्टतः वर्गीकृत की जा सकती हैं। भू-आकृतिक प्रक्रिया में सहभागी कारक प्रवाहित जल, पवन, हिमनद, भूमिगत जल, सागरीय लहरें तथा तरंगें आदि जिस प्रकार अपरदन करके अवक्रमण करते हैं उसी प्रकार अपरदन से प्राप्त शैल मलबे को निम्नवर्ती भागों में निक्षेपित करके अभिवृद्धि या तलोच्चन का कार्य करके भूसतह की समतलन (Gradation) की प्रक्रिया को पूर्ण करते हैं। समतल सतह पर जब क्रमिक उत्थान होता है तो अनाच्छादनकारी प्रक्रम कार्य करने लगते हैं तथा पुनः भूसतह को समतल करने लग जाते हैं। इस प्रक्रिया को भू-आकृतिक चक्र कहते हैं जिसका अध्ययन सबसे पहले भू-वैज्ञानिक डब्ल्यू. एम. डेविस ने किया था।

पटल विरूपण (Diastrophism) : पटल विरुपण को अंतर्जात प्रक्रम माना गया है क्योंकि इनकी उत्पत्ति भूपटल के नीचे होती है। पटल विरुपण द्वारा भूपटल पर नवीन सतह का निर्माण होता है जिससे उच्चावच में वृद्धि होती है। भूपटल में होने वाली इस उच्चावचीय वृद्धि के कारण अवक्रमण होकर भूपटल सागर तल को प्राप्त नहीं कर पाता है। पटलविरूपणी प्रक्रिया दो प्रकार की होती है–प्रथम, पर्वत निर्माणकारी (Orgenic) तथा दूसरी महादेशजनक (Epeirogenic)। इन दोनों प्रक्रियाओं में गिलबर्ट (G.K. Gilbert, 1890) ने सर्वप्रथम अंतर स्पष्ट किया।

ज्वालामुखी (Volcanism) : ज्वालामुखी क्रिया में भूगर्भ से पिघली शैलें गर्म लावा के रूप में भूसतह की ओर आती हैं। जो लावा पिघली अवस्था में भूसतह पर नहीं आ पाता वह भूपटल के नीचे ही जमा हो जाता है। ज्वालामुखी क्रिया भूसतह में उच्चावच संबंधी परिवर्तन करती है जिस पर अपरदन होता है तथा इसके समतलन की क्रिया होने लगती है। ज्वालामुखी के अतिरिक्त अनेक बार पृथ्वेत्तर (Extra-Terrestrial) क्रियाओं में उल्कापात भी प्रभाव डालता है। अनेक बार ऊपर अन्तरिक्ष से गिरने वाले उल्का पिंड भी अपना योगदान देते हैं।

वृहद् क्षरण या वृहद् संचलन (Mass Wasting or Mass Movement)

वृहद् संचलन को वृहद् क्षरण भी कहते हैं। वस्तुतः इसका प्रमुख कारण यह है कि भूपृष्ठीय पदार्थों के गुरुत्वाकर्षण के कारण इस प्रक्रिया में पदार्थों का संचरण तीव्रता से होता है लेकिन इन क्रियाओं में हमारा मुख्य ध्यानाकर्षण गुरुत्व शक्ति द्वारा प्रकृति के एक बड़े भाग के पदार्थों के संचलन (movement) पर रहता है। यह संचलन तीव्र अथवा धीमी गति से हो सकता है। **डी. ब्लिज** एवं **पीटर मूलर** ने इनमें 'वृहद् संचलन' (Mass Movement) शब्द को प्राथमिकता दी है जबकि **थार्नबरी** महोदय ने इस संचलन को वृहद क्षरण (Mass Wasting) कहा।

इसकी परिकल्पना सर्वप्रथम **शार्पे** (Sharpe) ने 1938 में की। इस प्रक्रिया में उन्होंने गुरुत्व शक्ति की महत्वपूर्ण भूमिका बताते हुए इसे प्रमुख भू-आकृतिक प्रक्रम माना। वृहद् क्षरण गुरुत्व शक्ति द्वारा निम्नवर्ती ढालों की ओर होने वाला शैल पदार्थों का स्थानांतरण होता है। इसके संचलन की गति में परिवर्तन होता रहता है। कभी तो यह तीव्र होती है और कभी बहुत मंद। वृहद् क्षरण के पीछे शैलों का विखंडन होना प्रमुख कारण है जिसके उपरांत शैल मलबा एकत्रित हो जाता है। इस प्रकार वृहद् क्षरण के लिए अपक्षय की क्रिया आवश्यक है। यदि वृहद् क्षरण कम प्रभावी रहता है तो इसका प्रत्यक्ष प्रभाव संपूर्ण अवक्रमणीय तंत्र (Degradational System) पर पड़ता है। वृहद् क्षरण का प्रारूप (Typology) निर्धारित करने में भी इसकी दर की प्रभावी भूमिका होती है। वृहद क्षरण की दर को शैलों की संरचना, शैल संगठन तथा पारगम्यता, जलवायु, वानस्पतिक आवरण, जल की उपलब्धता तथा इसका दबाव के कारण नियंत्रित व प्रभावित होती रहती है।

जल की पर्याप्त मात्रा में प्राप्ति वृहद् क्षरण की दर को तीव्र करती है। भारी वर्षा से जल की उपलब्धता बढ़ने पर तीव्र वृहद् क्षरण (Rapid Mass Wasting) होता है। इसी प्रकार हिमावरण के तीव्रता से पिघलने पर भी इस क्रिया को गति मिलती है वृहद् क्षरण में जल एक स्नेहक (Lubricant) का कार्य करता है। ढाल प्रवणता (Slope Gradient) की भूमिका भी वृहद् क्षरण में समान रूप से महत्व रखती है।

वृहद क्षरण के कारण (Causes of Mass Wasting)

बड़े पैमाने पर क्षरण का मुख्य कारण पृथ्वी की गुरुत्व शक्ति है। लेकिन इसके अतिरिक्त भी अनेक कारक इसके लिए उत्तरदायी हैं। भू-वैज्ञानिक शापें (Sharpe, 1938) ने तीव्र वृहद क्षरण के लिए उत्तरदायी कारकों को मूलतः दो भागों में विभक्त किया। प्रथम, निष्क्रिय (Passive) तथा द्वितीय सक्रिय (Activating or Initiating)।

निष्क्रिय कारकों में स्थलीय (Lithologic) कारक, स्तरक्रम विन्यासी (Stratigraphic) कारक, संरचनात्मक (Structural) कारक, स्थलाकृतिक (Topographic) कारक, जलवायुवीय (Climatic) कारक तथा जैविक (Organic) कारक प्रमुख हैं। इसी प्रकार शार्पे महोदय ने भूसतह पर शैल संस्तर के सहायक पदार्थों को हटाने वाले प्राकृतिक या कृत्रिम साधनों, प्रवाहित जल द्वारा ढाल का तीव्र ढालू बना देने तथा जलीय संतृप्तता के कारण अति भार उत्पन्न करने आदि को वृहद् क्षरण का सक्रिय कारक माना है। सामान्यतः वृहद् क्षरण के निम्नांकित कारण माने जाते हैं–

1. स्थलीय कारक (Lithosperic Factors)–असंगठित या कमजोर स्थलीय पदार्थ आसानी से गतिशील हो जाते हैं। कुछ पदार्थ पर्याप्त नमी एवं स्नेहक प्रकृति वाले होते हैं।

2. स्तरक्रम वैन्यासिक कारक (Stratigraphic Factors)–इसमें शैल संस्तरों की उपस्थिति, शैल लक्षण, रचना क्रम तथा पारस्परिक संबंधों का प्रभाव पड़ता है। शैल संस्तर के पतले होने, पारगम्य व अपारगम्य संस्तरों का प्रत्यक्ष प्रभाव पड़ता है।

3. संरचनात्मक कारक (Structural Factors)–जोड़ों के बीच की दूरी, भ्रंशन, विभाजन क्षेत्र (Crush Zone), कटाव व अवपत्रण स्तर तथा ढालू नति संस्तर (Steeply dipping beds) आदि सम्मिलित किए जाते हैं।

4. स्थलाकृतिक कारक (Topographic Factors)–इसमें विभिन्न भू-आकारों में विद्यमान तीव्र ढाल या ऊर्ध्वाधर भृगुओं (Cliffs) का प्रभाव महत्वपूर्ण है।

5. जलवायुवीय कारक (Climatic Factors)–ताप परिसर की दर एवं जमने-पिघलने के ताप का अंतर, पर्याप्त वर्षण (Precipitation) तथा नमी प्रमुख जलवायुवीय कारक हैं, जो वृहद् क्षरण की उत्पत्ति में सहायक हैं।

6. जैविक कारक (Organic Facrors)–इसमें वनस्पति आवरण को सम्मिलित करते हैं। इसका अभाव होने पर वृहद क्षरण तीव्र होता है।

7. भूकंपनीय कंपन (Vibration from Earthquake)–भूकंपनीय कंपन से भी वृहद् क्षरण को गति मिलती है।

वृहद् क्षरण के प्रकार (Types of Mass Wasting)–

वृहद् क्षरण की प्रक्रिया को सर्वप्रथम सापे ने वर्गीकृत किया उनके अनुसार प्रकृति में विद्यमान विविध भौगोलिक दशाओं में–धीमा प्रवाह, त्वरित प्रवाह, भूस्खलन, अवतलन के द्वारा इसे भलीभाँति समझा जा सकता है

मृदा क्षरण मुख्यतः चार प्रकार के होते हैं, जिनका उल्लेख नीचे किया जा रहा है–

1. धीमा प्रवाह (Slow Flowage)–धीमे प्रवाह के अंतर्गत निम्नांकित पाँच प्रकार का प्रवाह होता है–

(i) मृदा विसर्पण (Soil Creep), (ii) पादीय स्थल निक्षेप विसर्पण (Talus creep or scree) (iii) शैल विसर्पण (Rock Creep), (iv) शैल हिमनद विसर्पण (Rock-Glacier Creep) तथा मृदा सर्पण (Solifluction)

मृदा विसर्पण

मृदा का गुरुत्व के कारण ढाल के निचले भागों की ओर होने वाली गतिशीलता जो अदृश्य (imperceptible) लेकिन नियमित होता है, मृदा सर्पण कहलाता है। यह सभी प्रकार की जलवायु में होता है, जहाँ ढाल प्रवणता होती है। स्वतंत्र रूप से भी मृदा के कण अपने स्थान से हटते और बिखरते हैं, इसमें मृदा नमी में वृद्धि होने से तथा तापमान में परिवर्तन होने से जमने-पिघलने तथा शुष्कता वाली दशाओं के उत्पन्न होने की प्रमुख भूमिका होती है। प्रायः आर्द्र महासागरीय जलवायु वाले परिहिमानी (Periglacial) पर्यावरण में ऐसा देखा गया है। इसके अतिरिक्त वनस्पति आवरण में कमी से भी इस क्रिया को गति मिलती है। मृदा में नमी की मात्रा एक स्नेहक (Lubricant) का काम करती है जिस कारण कमजोर होकर मृदा गतिशील हो जाती है। शीत प्रदेशों में तुषार का अनुप्रस्थ विस्थापन (Frost heaving) भी इसे प्रभावित करता है। मृदा के बिलकारी जीव (Burrowing Animal) भी मृदा विस्थापन में योगदान देते हैं। पर्वतीय पर्यावरण में मृदा विसर्पण में लंबी अवधि में औसत दर निम्न ढालों में 3 मिमि. प्रतिवर्ष से लेकर तीव्र ढालों पर 9 मिमि. प्रतिवर्ष तक रहती है।

पादीय स्थल निक्षेप विसर्पण

पादमलबा या टालस को सामान्यतः शैल मलबा (Scree) का समानार्थी माना जाता है। यह शैल विखंडन से प्राप्त मलबे का निचले ढालों की तरफ होने वाला धीमा प्रवाह है। यहह भूरा (Cliff), कगार (Scarps) तथा पहाड़ियों के अपक्षय का सर्वोत्तम उत्पाद है। इसमें बड़े आकार के पदार्थ होते हैं। टालस विसर्पण स्पष्टतया उन ढालों पर अधिक होता है, जहाँ जमने-पिघलने की क्रिया स्वतंत्र रूप से होती है।

शैल विसर्पण

चट्टानों के टूटे टुकड़ों का ढलवा सतह की तरफ धीरे-धीरे निकलना शैल

विसर्पण कहलाता है। इसमें धरातल केनीचे की आधार शैल (Bedrock) का जब विखंडन (Framentation) होता है तो वह अविखंडित होकर ढाल के अनुसार नीचे की ओर संचालित हो जाती है। यह संचलन तापन एवं शीतलन (Heating and Colling) या विखंडित शैल के नीचे हिम रवों (Ice Crystal) में वृद्धि के कारण होता है। यही कारण है कि कुछ भूगोल विदुत तथा भूगर्भशास्त्री इसे शैल विसर्पण कहते हैं।

शैल हिमनद विसर्पण

शैल हिमनद विसर्पण को शैल धारा (Rock-stream), तथा शैल नदी (Rock River) भी कहते हैं। यह शैल अपशिष्ट के अंतिम भार (Tongues of Rock Waste) का संचलन होता है। शार्पे ने बताया कि मृत हिमनद (गतिहीन) में स्थित पदार्थों से निर्मित होते हैं लेकिन उन्होंने ऐसा होना आवश्यक रूप से स्वीकार नहीं किया। इस विसर्पण के पीछे तुषार अपक्षय की भी महत्वपूर्ण भूमिका होती है। इस क्रम में जो टंग का निर्माण होता है वह टालस विसर्पण में नियमित जमने-पिघलने की क्रिया होने से शैल विखंडन संचलन के कारण होता है। यह टंग ही आगे गति करती है। इस संबंध में होवे (Howe, 1909) ने पश्चिम कोलोरेडो के सानजुआन पर्वत पर केप्स ने अलास्का में तथा केसेली ने केलिफोर्निया के सियरा-नेवदा में अध्ययन किया।

मृदा सर्पण

मृदा सर्पण अंग्रेजी भाषा के Solifluction का पर्याय है, जो लेटिन भाषा के शब्दों 'solum' तथा 'Fluere' से मिलकर बना है जिनका अर्थ क्रमशः soil = मृदा तथा 'to flow'= 'प्रवाह' होता है। इस प्रकार मृदा सर्पण एक प्रकार का मृदा प्रकार (Soil Flowage) होता है। यह विस्तृत रूप से परिहिमानी (Periglacial) क्षेत्रों में पाया जाता है। जल अवशोषित मलबे का प्रवाह (Flow of Water Soaked Debris), तथा जमने-पिघलने की क्रिया द्वारा सतही पदार्थों के खिसकने के कारण यह सर्पण होता है।

उच्च अक्षांशों में स्थित आर्कटिक तथा उपआर्कटिक क्षेत्रों में अवमृदा (sub soil) स्थायी रूप से जमे (Permanently Frozen) धरातल के रूप में रहती है लेकिन ग्रीष्मकाल के प्रारंभ में तथा बसंत के दौरान धरातल पिघलने लगता है। पिघलने से प्राप्त जल शैलों के अपारगम्य होने से नीचे रिस (Percolate) नहीं पाता। इस जल

जमाव के कारण धरातल की ऊपरी सतह भी सदैव संतृप्त रहती है जिस कारण हिम के पिघलने से प्राप्त जल साधारण ढाल पर धीरे-धीरे प्रवाहित होने लगता है। जल के प्रवाह की यह क्रिया जमने-पिघलने के कारण होती है। इससे मृदा प्रवाह भी प्रारंभ हो जाता है। इस प्रकार चट्टानों और अन्य निक्षेपों का ढालू पहाड़ियों पर मंद गति से सामूहिक संचलन होता है। मृदा सर्पण को गति देने में निम्नांकित चार दशाओं को अनुकूल माना गया है–

(i) स्थलीय हिम के पिघलने से पर्याप्त मात्रा में जलापूर्ति

(ii) वनस्पति विहीन मध्यम से तीव्र ढालू भाग

(iii) स्थायी रूप से जमा भूसतह (Frozen ground or Tjaela)

(iv) नवीन शैल मलबे का तीव्रता से अपक्षय होना।

मृदा सर्पण नदी द्वारा कीचड़ के बहने से अनेक अर्थों में अलग है प्रथम, यह पंक प्रवाह से धीमा लेकिन नियमित संचलन है। द्वितीय, यह अत्यंत शीत प्रदेशों उपआर्कटिक व अल्पाइन जलवायु में विकसित होती है जबकि पंक प्रवाह शुष्क व अर्द्ध शुष्क जलवायु में प्रभावी होती है। मृदा सर्पण के बारे में सर्वप्रथम **एण्डर्सन** (Anderson, 1906) ने पंक हिमनदों का अध्ययन कर बताया था। उन्होंने उत्तरी अटलांटिक में बीयर द्वीप के पंक हिमनदों तथा फाकलैंड द्वीपों का अध्ययन कर बताया था कि मृदा सर्पण नमी से संचित मृदा समूह का ऊपर के क्षेत्रों से नीचे की तरफ संचलन होता है।

2. तेज प्रवाह

मृदा विसर्पण का प्रभाव भूसतह पर अधिक प्रभावी नहीं होता है लेकिन तीव्र प्रवाह के अंतर्गत स्पष्ट भूदृश्य दृष्टिगत होता है। इसमें मृदा प्रवाह, पंक प्रवाह, मलबा अवधाव (Avalanche) प्रमुख प्रवाह हैं। विसर्पण (Creep) की तुलना में प्रवाह (Flow) में गुरुत्व के साथ जल की चालक बल के रूप में महत्ता स्पष्ट हो जाती है। प्रकृति में पाए जानेवाले प्रमुख प्रवाह निम्नांकित हैं :

मृदा प्रवाह (Earth Flow)

पानी से युक्त मिट्टी वाली कीचड़ के नीचे के ढालू भागों की ओर होने वाला प्रवाह मृदा प्रवाह कहलाता है। यह ढाल अस्थिरता का परिणाम माना गया है लेकिन इसकी उत्पत्ति में मानवीय हस्तक्षेप (वनावरण में कमी व ढालों का निम्नवर्ती कटाव) को महत्वपूर्ण माना गया है। किसी भी तीव्र ढालू भाग पर, भारी वर्षा के उपरांत ऐसा प्रवाह होता है। ऐसा विशेषतः अपारगम्य शैलों वाले ढाल पर अधिक होता है जहाँ

जल को शैलें सोख नहीं पातीं तथा शीघ्र ही संतृप्त होकर संचलित हो जाती हैं। यह पंक प्रवाह से निम्न रूपों से भिन्न हैः

1. ये धीमी गति से होता है जिसे आँखों से देखा जा सकता है।
2. इसके पंक प्रवाह की तरह निश्चित चेनल नहीं होते हैं।
3. इसमें पंक प्रवाह की तुलना में जल की मात्रा कम होती है।
4. ये आर्द्र क्षेत्रों में पाया जाता है जबकि पंक प्रवाह शुष्क क्षेत्रों में भी मिलता है। अप्लेशियन क्षेत्र में इसे स्लाइड (Slide) कहते हैं।

पंक प्रवाह (Mud Flow)

पंक प्रवाह अनिश्चितता ढाल के कारण होता है। इस प्रवाह की तीव्रता (Velocity, 15 सेमी से 4.2 मीटर प्रति सेकेंड) अधिक होती है क्योंकि इसमें जल की मात्रा अधिक होती है। यह इतनी तीव्रता से संचलित होता है कि इसे स्पष्टतः देखा जा सकता है। इसकी चैनल निश्चित होती है। ब्लेकवेल्डर ने शुष्क एवं अर्द्ध शुष्क प्रदेशों में इसकी भू-आकृति में परिवर्तन का निम्न कारण माना।

1. सतह पर उपस्थित असंगठित पदार्थ जो आर्द्र होने पर फिसलने (Slippery) वाला हो जाता है।
2. तीव्र ढाल।
3. जल की पर्याप्त आपूर्ति।
4. वनस्पति की विरलता।

पंक प्रवाह के किनारों पर नुकीले रेखीय कटक बन जाते हैं, जिन्हें पंक प्रवाह तटबंध (Mud flow levees) कहते हैं।

शार्पे ने अर्द्ध शुष्क, अल्पाइन तथा ज्वालामुखी तीन प्रकार का पंक प्रवाह बताया। प्रसिद्ध अल्पाइन पंक प्रवाह सन् 1909 में होने वाला *स्लम गुलिन पंक* प्रवाह था, जिसने पश्चिमी कोलोरेडो की गुनीसन नदी में लेक फोर्क नामक बाँध बना दिया था यह प्रवाह 6 मील लंबा था। पंक प्रवाह संगठित होने पर टिल (till) की तरह बन जाता है।

मलबा अवघाव (Debris Avalanches)

मलबा अवघाव भारी वर्षा से संतृप्त होने पर मलबे का आकस्मिक होने वाला संचलन होता है। यह अवघाव आर्द्र क्षेत्रों में पाया जाता है। इसका स्वरूप हिम अवघाव की तरह ही होता है। अनेक बार मलबा स्खलन (Debris slides) व मलबा अवघाव के मध्य अंतर कर पाना भी कठिन कार्य होता है। इनमें मूल अंतर जल की मात्रा का होता है, मलबा स्खलन में जल की मात्रा अधिक होती है। आधार शैलों

(Bed rock) में अवघाव के बार-बार होने से कटाव हो जाता है जिसे *अवघाव* चूट (Avalanche chutes) कहते हैं।

3. भूस्खलन (Landslides or Landslips)

यह एक निम्नवर्ती ढाल की ओर होने वाला शैल खंडों का गुरुत्वीय संचलन है। भूकंप और वर्षा जैसे कारक भी इन्हें गतिशील करने में महत्वपूर्ण भूमिका निभाते हैं। मानवीय हस्तक्षेप को भी इसके लिए उत्तरदायी माना जा रहा है। भूस्खलन के अंतर्गत होने वाले संचलनों में आपेक्षिक शुष्कता वाले मृदा मलबे का समूह होता है। प्रकृति में निम्नांकित पाँच प्रकार के भूस्खलन पहचाने गए हैं–

(i) अवपात (Slump), (ii) मलबा स्खलन (Debris Slides), (iii) मलबा पात (Debris Fall), (iv) शैल स्खलन (Rock Slide) तथा (iv) शैलपात (Rock Fall)।

अवपात (Slump)

शैल मलबे की एक या अधिक इकाइयों के निम्नवर्ती भाग में खिसकने (Slipping) को अवपात कहते हैं। नदियों द्वारा ढालों के अंतर्कटाव और मानवों द्वारा ढालों की वनस्पतियों के दोहन को अवपात का कारण बताया है। अवपात संहति (Slumped Mass) वाले धरातल पर वेदिका की तरह अनेक सीढ़ियाँ बन जाती हैं। पर्वतीय ढाल के अनुरूप शैलों का स्खलन रुक-रुककर होता रहता है। सीढ़ियाँ बनने का मूल कारण अवपात के दौरान शैलों का अधिक दूर तक स्खलन न होना है। मिसिसिपी घाटी में सदैव लोयस जमाव के दौरान छोटी वेदिकाएँ बन जाती हैं, जिन्हें केटस्टेप्स (Catsteps) कहते हैं।

मलबा स्खलन (Debris Slides)

यह इधर-उधर बिखरी चट्टानों के ढेरों का बिना संहति (mass) के पीछे गति करने वाला स्खलन (sliding) होता है। इसमें शैल संहति पीछे गति नहीं करती है। तथा जल की मात्रा भी कम होती है। शार्पे ने इसे मृदा फिसलन या *मृदा स्खलन* (Earthslide or slips) कहा है। मलबा स्खलन बड़ी मात्रा में असंगठित रूप से आवरण प्रस्तर (Regolith) के एकत्रित होकर गतिमान होने पर होता है।

मलबा पात (Debris Fall)

यह मलबा स्खलन से थोड़ा भिन्न संचलन होता है जिसमें लटकते भृगु (Hanging Cliff or Bluff) से ऊर्ध्वाधर पात (Fall) होता है। यह मूलतः सरिताओं के किनारों पर अंतर्वर्ती कटाव वाले क्षेत्रों में पाया जाता है।

शैल स्खलन (Rock Slide)

आधार तल के सहारे शैल मलवे के स्खलित होने की प्रक्रिया को शैल स्खलन कहते हैं। पहाड़ी भागों पर ढाल के अनुरूप बड़े-बड़े शिलाखंड अपने स्थान से खिसक जाते हैं जो नीचे की ओर गिरकर छोटे टुकड़ों में बदलकर शैल चूर्ण बन जाते हैं। पहाड़ों पर हिम के पिघलते समय यह क्रिया अधिक होती है। सन् 1884 में नैनीताल (उत्तराखंड) के समीप मल्लीताल में स्थित **नैना** झील के उत्तरी भाग में बड़ी मात्रा में शैल स्खलन हुआ जिससे इस झील का उत्तरी-पश्चिमी भाग शैल मलबे से भर गया तथा वर्तमान में यह क्षेत्र नैनीताल के हैलपेड के रूप में उपयोग में लिया जा रहा है।

शैलपात (Rock Fall)

शैलपात की प्रक्रिया तीव्र ढाल की ओर शैल गिरते रहते हैं। इस प्रक्रिया में शैलों के छोटे टुकड़े भृगु के सामने वाले भाग से अलग होकर नीचे की ओर गिरते हैं। पर्वतीय क्षेत्रों में होने वाला शैलपात जनवरी से फरवरी में अधिक होता है।

4. अवतलन (Subsidence)

भूपृष्ठीय पदार्थों के निम्नवर्ती स्थानांतरण के कारण अवतलन की प्रक्रिया होती है। यहाँ निम्नवर्ती स्थानांतरण से अभिप्राय ऊर्ध्वाधर गति से लिया गया है। इसमें क्षैतिज रूप में गति नहीं होती है। रिफ्ट घाटी तथा घोल रन्ध्र (Solution holes) इसके विशिष्ट उदाहरण हैं। वृहद् क्षरण के उपर्युक्त वर्गीकरण के अतिरिक्त अनेक विद्वानों ने इसे पुनः संशोधित कर वर्गीकृत किया है, लेकिन वर्गीकरण से तात्पर्य यह नहीं है कि ऊपर वर्णित प्रक्रियाओं की क्रियाविधि एवं प्रकृति बदलती है वरन् उन्होंने केवल अपने अध्ययन के अनुसार इन्हें विभिन्न वर्ग बनाकर उनमें रखने का कार्य किया है। उदाहरणार्थ शार्पे महोदय ने सभी प्रकार की वृहद् क्षरण की क्रियाओं को चार वर्गों में रखकर 14 प्रकार बताए हैं तथा वृहद् संचलन (Mass Movement) तथा वृहद् क्षरण (Mass Wasting) में वृहद् क्षरण को प्राथमिकता दी है। इसी प्रकार पीटर स्मिथसन, केन एडीसन तथा केन एक्टिसन ने इस संपूर्ण प्रक्रिया को वृहद् क्षरण नाम दिया है। जबकि एण्ड्री गाउड़ी ने अपनी रचना The Nature of Environment में वृहद् संचलन को अधिक उपयुक्त बताया, क्रिस पार्क ने वृहद् संचालन के निम्नवत प्रकार बताए :

1. विसर्पण (Creep)–यह मृदा पदार्थों का निम्नवर्ती भागों में होने वाला मंद संचलन होता है।

2. वाह (Flow)–इसमें संचलन विसर्पण की तुलना में तीव्र होता है तथा जल एक स्नेहक का कार्य करता है।

3. स्खलन (Slide)–यह मिट्टी या इसके जैसे पदार्थों का अचानक गतिमान हो जाना है, जिसमें अपक्षयित शैल तीव्र ढालू भागों पर स्खलित होती है।

4. अवपात (Slump)–मृदा या आधार शैल में भृगु या किनारा अनावृत्ति-करण (Bank or Cliff expose) अवपात कहलाता है।

5. पात (Fall)–भृगुनुम आकृति में ऊपरी भाग से तीव्रता से ऊर्ध्वाधर रूप में गति होती है। इसमें कोणीय खंड ढाल के आधार क्षेत्र तक पहुंच जाते हैं।

वृहद् संचलन के बारे में अध्ययन कर एच.जे.डी. ब्लिज एवं पीटर ओ. मुलर ने बताया कि यद्यपि वृहद् संचलन को स्पष्टतः वर्गीकृत कर पाना तो कठिन है, लेकिन मुख्यतः इस संपूर्ण प्रक्रिया को संचलन की दर के आधार पर चार वर्गों में रखा जा सकता है। ये निम्नांकित हैं :

1. विसर्पण संचलन (Creep Movement)–यह सबसे मंद गति का वृहद् संचलन होता है जिसे स्पष्टतया पहचानना कठिन कार्य है। इसमें सर्वाधिक पहचानने योग्य क्रिया मृदा सर्पण है। इस वर्ग में मृदा सर्पण और विसर्पण दोनों को शामिल किया गया है।

2. वाह संचलन (Flow Movement)–इसकी गति तीव्र होती है तथा भूपृष्ठ पर प्रभाव दृष्टिगत होता है। इस संचलन में चालक बल के रूप में गुरुत्व शक्ति के साथ जल का भी महत्व माना गया है। इस वर्ग में मृदा प्रवाह (Earth Flow), पंक प्रवाह (Mud Flow) तथा अवपात (Slumping) को सम्मिलित किया गया है।

3. स्खलित संचलन (Slide Movement)–जब मृदा या शैल मलबा तीखे कोणों और तेज ढालू पर तीव्रता से स्खलित होता है तब उसे स्खलित संचलन कहते हैं। इस प्रक्रिया में भूस्खलन (Land Slide or Rock Slide) को महत्वपूर्ण माना जाता है।

4. पात संचलन (Fall Movement)–यह तृहद् संचलन की सबसे तीव्र प्रक्रिया है जिसमें खड़े ढाल से तीव्रता से ऊर्ध्वाधर संचलन होता है। इस संचलन की आधार भूमि भृगनुमा होती है, जिसमें ऊपर व बड़े-बड़े शिलाखंड गिरते हैं जो नीचे जाकर परस्पर छोटे-छोटे टुकड़ों में बदल जाता है।

समतल की प्रक्रिया में अपक्षय तथा वृहद् क्षरण का प्रमुख योगदान होता है। ये भू-आकृतिक प्रक्रिया के द्वारा होने वाली अनाच्छादन की क्रिया में योग देते हैं। अपक्षय अपरदन तथा वृहद् क्षरण की क्रिया में सहायक है साथ ही आवरण प्रस्तर (Regolith) तथा मृदा निर्माण में इसकी महती भूमिका होती है। पृथ्वी की आंतरिक शक्तियों द्वारा भूसतह पर उत्पन्न उच्चावचीय भिन्नता को कम करने में भी अपक्षय एवं वृहद् क्षरण का भौगोलिक महत्व है। प्रक्रम प्रकृति में अपक्षय (Degradation) करके भारी मात्रा में शैल मलबे तथा तलछट का निर्माण कर स्थानांतरित करते हैं जिसके तहत भूसतह पर स्थित स्थानों पर जमा कर अभिवृद्धि (Aggradation) करते हैं। स्पष्ट है कि ये प्रक्रम में नवीन भूदृश्य की रचना करते हैं। इस संपूर्ण प्रक्रिया में ये प्रक्रम स्वतंत्र न होकर परस्पराश्रित होते हैं। अपक्षय की प्रक्रिया में शैल खंड टूटते हैं तथा इनके भ्रंशन के कारण विकृत होते हैं। इस प्रकार सभी भू-आकृतिक प्रक्रमों को हम मूलतः दो वर्गों, अनाच्छादन एवं वृहद्क्षरण के अंतर्गत भी विभक्त करते हैं, क्योंकि अनाच्छादन में भू-आकृतिक प्रक्रम कार्य करते हैं जबकि वृहद् क्षरण में गुरुत्व शक्ति मुख्य होती है।

आकारजनक प्रदेशों की संकल्पना (The Concept of Morphogenetic Regions)

विभिन्न प्रकार की भू-आकृतिक प्रक्रियाओं से उत्पन्न होने वाले भू-आकार भी भिन्न होते हैं। किसी धरातल के लक्षणों में जलवायुवीय दशाओं का प्रभाव स्पष्टतः परिलक्षित होता है। भूगोलवेत्ताओं का मानना है कि इनमें पाई जाने वाली समानताओं को पहचानने में जलवायु में सर्वाधिक सहायक कारक है। विभिन्न प्रकार की भू-आकृतिक प्रक्रियाओं एवं जलवायु का अध्ययन करने के उपरांत हम विभिन्न प्रकार के भू-आकारों एवं जलवायु के मध्य पाए जाने वाले समान संबंधों को देख सकते हैं। इसी कारण आकारजनक प्रदेशों को आकार जलवायु प्रदेश भी कहा जाता है। यह संकल्पना इस तथ्य पर आधारित है कि प्रत्येक भू-आकृतिक प्रक्रम पृथक् लक्षणों वाले स्थलरूप को जन्म देता है तथा प्रत्येक प्रक्रम विशेष प्रकार की जलवायु दशाओं का प्रतिफल होता है।

भूआकृतिक तथा जलवायु के बीच के संबंधों के बारे में अध्ययन करके **सायर** महोदय ने बताया कि विशेष प्रकार की जलवायु में विशेष प्रकार के स्थलरूप विकसित होते हैं। बुदेल (Budel) ने 1944 से 1948 के मध्य अध्ययन कर आकारजनक प्रदेशों (Formkreisens or Morphogenetic Regions) की संकल्पना प्रस्तुत की। इन्होंने स्पष्ट किया है कि निश्चित जलवायुवीय दशाओं में विशेष प्रकार

भू-आकृतिक प्रक्रिया संपन्न होती है, जो विशेष लक्षणों वाले भूदृश्य का नजारा प्रस्तुत करती है। बुदेल (Budel) ने 1963 में चार प्रमुख आकारजनक कटिबंध का उल्लेख किया :

1. ऊष्ण कटिबंधीय सवाना तथा भूमध्यरेखीय पेटी में समतल प्रभावी कटिबंध (Zone of dominant Planttion in the Equatorial and Savanna belts)

2. पेडीमेंटेशन की क्रिया वाला उपोष्ण कटिबंध (Sub tropical zone in which Pedimentation in dominant)

3. विस्तृत ऊष्ण कटिबंधीय पेटी, जहाँ जलीय क्रिया (Fluvial Processes) महत्त्वपूर्ण है।

4. उच्च अक्षांशीय कटिबंध जो स्थाई हिम वाला परिहिमानी (Periglacial) क्षेत्र है।

आकारजनक प्रदेश की संकल्पना को व्यवस्थित रूप में विकसित करने का कार्य पेल्टियर ने 1950 में किया। इन्होंने आकारमितिय उपकरणों के आधार पर आकारजनक प्रदेशों को विभिन्न प्रभागों में बांटा गया। पेल्टियर ने इस वर्गीकरण को निम्नलिखित दो जलवायु मापकों (Climatic Parameters) को आधार माना—(i) औसत वार्षिक तापमान (ii) औसत वार्षिक जलवर्षा (Prcipitation)। इस आधार पर पेल्टियर ने संपूर्ण विश्व को नौ आकारजनक प्रदेशों में विभक्त किया। इनका विवरण निम्नलिखित है—

	आकारजनक प्रदेश	औसत तापमान वार्षिक (°F)	औसत वार्षिक वर्षा (इंच में)	आकृतिक वशेषताएँ
1.	हिमानी (Glacial)	0°-20°	0-45	हिमानी अपरदन, निक्षेप, वायु कार्य
2.	परिहिमानी (Periglacial)	5°-30°	5-55	तीव्र सामूहिक चलन, सामान्य से तीव्र वायु कार्य, प्रवाही जल का न्यून कार्य
3.	बोरियल (Boreal)	15°-39°	10-60	सामान्य तुषार क्रिया, सामान से न्यून वार्य कार्य प्रवाही जल का सामान्य कार्य।
4.	सागरीय (Maritime)	35°-70°	50-75	तीव्र सामूहिक संचलन, सामान्य से तीव्र जल के कार्य।

5. सेल्वा (Selva)	60°-85°	35-90	तीव्र सामूहिक संचलन, न्यून ढाल, घुलन, वायु कार्य की कमी।
6. मृदु (Moderate)	38°-85°	35-60	प्रवाही जल का अधिकतर कार्य, सामान्य सामूहिक संचलन, शीत क्षेत्रों में सामान्य तुषार क्रिया।
7. सवाना (Savanna)	10°-85°	25-30	तीव्र से न्यून प्रवाही जल का कार्य, सामान्य वायु कार्य।
8. अर्द्ध शुष्क (Semiarid)	38°-85°	10-25	तीव्र पवन का कार्य सामान्य से तीव्र जल कार्य।
9. शुष्क (Arid)	55°-85°	0-15	तीव्र पवन कार्य व न्यून जल कार्य।

अपरदन

सर्वप्रथम सन् 1786 में स्काटिश भू-विज्ञानवेत्ता *जेम्स हटन* ने पृथ्वी तल पर अपरदन चक्र के लक्षणों पर दृष्टिपात किया। उन्होंने सर्वप्रथम यह मत व्यक्त किया कि ''न प्रारम्भ का कोई लक्ष्य है न अंत की कोई संभावना''। इसी मत के आधार पर उन्होंने समरूपतावाद के सिद्धांत (Principle of uniformitarianism) का प्रतिपादन किया। ***'जेम्स हटन'*** के बाद 19वीं शताब्दी के अंत में ***विलियम मौरिस डेविस*** ने अपरदन चक्र की संकल्पना की तथा नवीन पर्यावरणीय प्रक्रमों का विश्लेषण किया। *डेविस* के अनुसार स्थल स्वरूप का निर्माण एक निश्चित कालक्रम में होता है। इनके अनुसार भू-सतह पर आकार निर्धारण करने के लिए दो शक्तियाँ निरंतर कार्यशील रहती हैं। प्रथम, आंतरिक शक्तियाँ यथा-ज्वालामुखी, भूकम्प एवं भूपटल विरूपण शक्तियाँ तथा द्वितीय, बाह्य शक्तियाँ यथा नदी हिमनद, पवन आदि। प्रथम वर्ग की प्राकृतिक शक्तियाँ धरातल पर उच्चावचीय विषमता को जन्म देती है जबकि द्वितीय प्रकार की शक्तियाँ उस उच्चावचीय विषमता को समाप्त करने में संलग्न रहती हैं। स्थल रूपों के उत्थान एवं अवनमन चरणों को डेविस ने विभिन्न इसकी अवस्थाओं को मानवीय के समान माना है। डेविस ने इसकी भिन्न अवस्थाओं को युवावस्था, प्रौढ़ावस्था और वृद्धावस्था के रूप में संवोधित किया है। इस तरह उन सारी क्रियाओं, जिनके चलते किसी स्थान का उत्थान होता है एवं पुनः अपक्षय तथा **अपरदन** द्वारा समतलन होता है, अपरदन चक्र कहते हैं। डेविस के अनुसार कोई भी स्थल स्वरूप उपरोक्त तीनों अवस्थाओं से गुजरता है। डेविस ने इसे ही भौगोलिक चक्र (Geographical cycle) का भी नाम दिया है।

डेविस के कालक्रम विभाजन सिद्धान्त का कुछ भू-वैज्ञानिकों ने समर्थन किया है तो कुछ ने कड़ी आलोचना। आलोचकों में मुखर आलोचना वाल्टर पेंक ने किया तथा डेविस के भौगोलिक चक्र को नकारते हुए नए अपरदन चक्र की संकल्पना का प्रतिपादन किया। डेविस द्वारा प्रतिपादित भौगोलिक चक्र की संकल्पना का कालान्तर में भूमिगत जल, हिमनद, पवन आदि के कार्यों के सन्दर्भ में परीक्षण किया गया। हिमानी चक्र, पवन चक्र आदि का विधिवत् अनुभव एक वैज्ञानिक अध्ययन होने लगा। *'स्वीजीक'* ने 1918 में लाइमस्टोन वाले क्षेत्रों में कार्स्ट स्थलीय अपरदन चक्र तथा पेल्टियर ने 1950 में परिहिमानी अपरदन चक्र का विस्तृत विश्लेषण प्रस्तुत किया। 1948 में *एल.सी. किंग* ने अफ्रीका के शुष्क सवाना प्रदेश के सन्दर्भ में भू-स्वरूपों के विकास की व्याख्या करने हेतु 'पेडीप्लेनेशन चक्र' की संकल्पना को जन्म दिया। आगे चलकर *स्ट्रालर, शोर्ले* तथा *हैक* ने अपरदन चक्र की कमियों को रेखांकित किया है एवं मत व्यक्त किया कि जब तक अपरदन तथा अपक्षय को नियन्त्रित करने वाले प्रकोपों में कोई परिवर्तन नहीं होता, तब तक भू-स्वरूपों में समय के साथ कोई परिवर्तन नहीं होता है। इस मत के बाद इन विद्वानों ने 'गतिशील सन्तुलन सिद्धांत' (Dynamic Equilibrium theory) का प्रतिपादन किया। इस सिद्धान्त के अनुसार भू आकारों के निर्माण के समय महत्वपूर्ण हो जाता है।

भौगोलिक चक्र की संकल्पना

भौगोलिक चक्र की संकल्पना सर विलियम मौरिस डेविस ने 1899 में प्रस्तुत की। उनके अनुसार 'भौगोलिक चक्र वह कालावधि (Period) है जिसमें कोई ऊपर उठा भू-खंड अपरदन के प्रक्रमों द्वारा अपरदित होकर एक आकृतिहीन (Featureless Plain) समतल मैदान में परिवर्तित हो जाता है।

"The Cycle of Erosion of geographical cycle of erosion is a period of time during which an uplifted land mass undergoes its transformation by the process of land sculpture ending into a low featureless plain-Peneplain."

इस संकल्पना में डेविस ने यह स्पष्ट किया है कि स्थल स्वरूपों का जन्म एवं विकास, संरचना (Structure), प्रक्रम (Process) तथा समय (Time) से प्रभावित होता है। इसी प्राक्कल्पना के आधार पर डेविस का यह सिद्धांत स्थापित हुआ कि कोई भी स्थल स्वरूप, संरचना, प्रक्रम एवं अवस्था का परिणाम होता है (Landform is a function of structure, process and stage)। डेविस ने अपनी परिकल्पना में निम्न तीन तथ्यों का उल्लेख किया।

संरचना (Structure)–धरातल की बनावट या उसकी आंतरिक संरचना चट्टानों की तत्वगत बनावट उनके उत्पत्ति काल, उनकी स्थिति एवं परिस्थिति पर निर्भर करती है। क्षैतिज तल के सन्दर्भ में नमन, वलन, भ्रंशन, विषम विन्यास आदि से कोई भी स्थल खंड प्रभावित होता है। यदि किसी भी स्थल खंड का विकासात्मक स्वरूप जानना है तो सर्वप्रथम उस स्थान की भौमिकीय संरचना का ज्ञान आवश्यक है। प्रत्येक प्रकार के स्थल खंड के लिए एक विशेष प्रकार की संरचना जिम्मेदार होती है चाहे वह पर्वत हो या पठार या मैदान। थार्नवरी के शब्दों में "स्थल स्वरूपों'की उत्पत्ति में भूगर्भिक संरचना सर्वाधिक नियन्त्रक कारण हैं" (Geological Structure is a dominant controlling factor in the evolutionof landforms)। यद्यपि संरचना का महत्व स्थल स्वरूप के निर्माण में प्रत्यक्ष रूप में दृष्टिगोचर नहीं होता, फिर भी इसकी भूमिका परिवर्तनकारी होती है।

प्रक्रम (Process)–स्थल स्वरूप में जो भी परिवर्तन अपक्षय व अपरदन के कारण होता है उसे प्रक्रम कहा जाता है। प्रक्रम के माध्यम से ही स्थल स्वरूप में विभिन्न परिवर्तन उत्पन्न होते हैं। वस्तुतः स्थल स्वरूप इस बात पर निर्भर करता है कि प्रक्रम या अपरदन कारक की ऊर्जा कितनी है। थार्नवरी के मतानुसार भू-आकृति प्रक्रमों की कार्यशीलता की छाप भू-आकृतियों की संरचना पर साफ दिखाई देती है तथा प्रत्येक प्रक्रम एक विशेष स्थालाकृतिक-समूह विकसित करता है।

(Geomorphic processes leave their disinctive imprints upon landforms and each geomorphic process develops its own characteristic assemblage of landforms Thornbury-Principles of Geomorphology)

स्पष्टतः किसी भी प्रदेश में भू-स्वरूप का विकास इस तथ्य पर निर्भर करता है कि कौनसा तत्व भू-आकृति निर्माण में कितनी सक्रियता से लगा है। उदाहरण के लिए वी (V) आकार की घाटी नदी द्वारा ही बनेगी जबकि (U) आकार की घाटीर हिमानी द्वारा। अतः किसी भी स्थल स्वरूप की व्याख्या के लिए वहाँ क्रियारत विभिन्न प्रक्रमों का अध्ययन आवश्यक है। क्योंकि अलग-अलग प्रक्रमों के खास सहयोग द्वारा विशेष प्रकार की आकृति का निर्माण होता है।

अवस्था (Stage)–कोई भी स्थल स्वरूप प्रकम के प्रभाव से जिन-जिन सुस्पष्ट स्थितियों को प्राप्त करता है उन स्थितियों को ही अवस्था कहा जाता है।

दूसरे शब्दों में विभिन्न समयानुसार प्रक्रमों की कार्यशीलता के फलस्वरूप उपज स्वरूप को अवस्था कहा जाता है। सामान्यता प्रक्रमों की तीन अवस्थाएँ क्रमशः युवावस्था (Yough Stage), प्रौढ़ावस्था (Mature Stage) एवं वृद्धावस्था (Old Stage) की पहचान उटती है। कुछ भूगोलवेत्ताओं ने और भी अवस्थाएँ बताई हैं। वस्तुतः कोई भी प्रक्रम किसी भी क्षेत्र में कितने काल तक क्रियाशील रहेगा, यह संरचना पर निर्भर है। कठोर संरचना वाले क्षेत्र में युवा अवस्था की अवधि दीर्घ रहेगी, जबकि नरम संरचना वाले क्षेत्र में युवा अवस्था का अंत जल्दी हो जायेगा।

सिद्धांत का प्रक्रियात्मक स्वरूप—डेविस, भौगोलिक चक्र का प्रारम्भ स्थल खंड के उत्थान से मानते हैं। उनका मत है कि स्थल खंड के पूर्ण-उत्थान के पहले अपरदन के कारक क्रियाशील नहीं रहते। परंतु जैसे ही उत्थान समाप्त होता है, स्थल खंड के अपरदन के लिए प्रक्रम सक्रिय हो जाते हैं (यहीं पर डेविस का मत भ्रामक लगता है, क्योंकि प्रकृति में कोई भी अपरदन कारक स्वभावतः स्थल खंड के पूर्ण उत्थान तक प्रतीक्षा नहीं कर सकता) जबकि अपरदन की अवधि दीर्घ होती है तथा उत्थित खंड की समाप्ति के साथ ही चक्र का अंत हो जाता है।

उत्थान	अपरदन	
लघुकाल	लम्बी अवधि	चक्र की समाप्ति

डेविस के अपरदन चक्र की प्राक्कल्पनाएँ—डेविस का अपरदन चक्र निम्नवत् प्राक्कल्पनाओं पर आधारित है—

1. भू-आकृतियाँ पटल विरूपणकारी अभ्यान्तरिक शक्तियों एवं वायुमंडल से निःसृत अपक्षय-अपरदनकारी शक्तियों की अंतर्क्रिया का परिणाम होती है।

2. अपरदन तब तक सक्रिय नहीं होता, जब तक उत्थान की क्रिया पूर्ण नहीं हो जाती है।

3. धरातल का उत्थान (आन्तरिक शक्तियों की सक्रियता) अल्प अवधि में तीव्रता से होती है।

4. नदियाँ अपनी घाटियों का तब तक अपरदन करती हैं जब तक उनका आधार तल (Base level) से समायोजन नहीं हो जाता अर्थात् वे क्रमिक ढाल युक्त (graded) नहीं हो जातीं।

5. भू-आकृतियों का उदभव विकास व्यवस्थित क्रम में होता है। अस्तुकाल क्रमानुसार क्रमबद्ध-अनुक्रम (Sequence) दृष्टव्य होते हैं।

डेविस के भौगोलिक चक्र में वक्र जिन अवस्थाओं से होकर गुजरता है उन्हें नीचे स्पष्ट किया जा रहा है—

पूर्व अवस्था—सर्व प्रथम स्थल खंड का उत्थान होता है तथा यह उत्थान B से प्रारम्भ होकर D तक चलता है। D बिन्दु के बाद उत्थान समाप्त हो जाता है। इस अवस्था में अपरदन के अभाव के चलते ऊँचाई तथा उच्चावच दोनों में वृद्धि होती है। हालाँकि छोटी अवधि में उत्थान तेजी से होता है परन्तु यह अपरदन चक्र का अंश नहीं होता, अस्तु, यह अपरदन चक्र का अंश नहीं होता।

युवावस्था—HD के बाद उत्थान की प्रक्रिया समाप्त हो जाती है। ऊपरी वक्र यानी जल विभाजकों के शीर्ष तथा शिखर पर अपरदन नहीं होता, परंतु निचले वक्र पर यानी घाटियों में अपरदन तीव्र गति से होता है। परिणामतः इसी वजह नदी घाटियाँ तेजी से गहरी होती जाती हैं, जबकि ऊपरी भाग अपरदन से अप्रभावित रहते हैं, क्योंकि नदियाँ अपरदन करती हुई शीर्ष की ओर अग्रसर होती हैं। चूँकि उत्थान समाप्त हो गया है तथा शीर्ष भाग अपरदन विहीन है, परिणामतः DF रेखा HI के लगभग समान्तर है। EC रेखा क्रमशः झुकती जा रही है। इस स्थिति में अधिकतम ऊँचाई प्रतीक है। इस प्रकार इस अवस्था में नदियों की लम्बाई में वृद्धि हो जाती है, जबकि लम्बवत् अपरदन द्वारा घाटियाँ (तली) गहरी होती जाती हैं। इसलिए नदी-घाटियां गहरी और संकरी होती हैं, जबकि किनारे नतोदर एवं खड़े होते हैं। इस प्रकार युवावस्था में भू-आकृति की निम्न विशेषताएँ परिलक्षित होती हैं :

(क) शीर्ष सपाट क्षैतिज आधार के लगभग समानान्तर होते हैं। क्योंकि अपरदन से अप्रभावित रहते हैं अस्तु, निरपेक्ष ऊँचाई कम नहीं होती।

(ख) निचला वक्र, नदियों की तीव्र लम्बवत् कटान के कारण शीघ्रता से अवतलित होता है।

(ग) निम्न तल (घाटी) के गहरा होते जाने परंतु शीर्ष तल के अपरदन मुक्त रहने के कारण सापेक्ष उच्चावच (Relative relief) में बढ़ोत्तरी होती रहती है।

(घ) नदियों की लम्बवत् पार्श्विका (Longitudinal Profile) खंडित दिखती है क्योंकि नदी घाटी क्षिप्रिका (Rapids) एवं प्रपातों (Falls) से परिपूर्ण रहती है।

(ङ) नदियों के किनारे लगभग खड़े दिखते हैं जिससे नदी की आर-पार की किनारे (Cross Profile) V आकार की होती है।

प्रौढ़ावस्था—इस अवस्था की अवधि सर्वाधिक लम्बी होती है तथा इसी अवस्था के अंतर्गत अपरदन चक्र में प्रौढ़ता दृष्टिगत होती है। इस काल में पार्श्व अपरदन शुरू हो जाता है, जिसके कारण ऊपरी वक्र पर भी अपरदन का असर दृष्टिगत होने लगता है। इस काल में लम्बवत् की अपेक्षा पार्श्व अपरदन अधिक होता है, क्योंकि नदी तल प्रवणता, प्रवाह वेग, तथा भार वहन क्षमता तीनों में कमी

आने लगी। इसके चलते अधिकतम ऊँचाई एवं उच्चावच दोनों घटने लगते हैं। इस समय में नदियों की प्रवणता का क्रमिक स्वरूप (Gradation) प्रारम्भ हो जाता है अस्तु निरपेक्ष एवं सापेक्ष दोनों प्रकार के उच्चावच में ह्रास होने लगता है।

वृद्धावस्था—इस अवस्था में पार्श्व अपरदन शुरू हो जाता है, लम्बवत् अपरदन समाप्त हो जाता है। लम्बवत् अपरदन का तीव्र ह्रास अल्प प्रणवता एवं गतिक ऊर्जा (Kinetic Energy) में तीव्र ह्रास का प्रतिफल होता है। नदी घाटियाँ अधिक चौड़ी हो जाती हैं, जिसमें जलधारा इस किनारे से उस किनारे तक विसपर्ण (Meandering) करती चलती है जिसके चलते ऊपरी वक्र तेजी से नीचे गिरता जाता हैं। अर्थात्, निरपेक्ष ऊँचाई घटने लगती है। परिणामतः उच्चावचीय विषमता तेजी से समाप्त होने लगती है एवं अंततः स्थल खंड एक उच्चावचीय विषमता विहीन समप्राय मैदान (Peneplain) बन जाता है। अपरदन की इस प्रक्रिया में भी चट्टानें अपरदन नहीं हो पातीं, इनके बचे अवशेषों को 'मोनाडाक' (Monadnock) कहते हैं। यह नामकरण न्यू हेंम्पशायर में इसी नाम की एकाकी पहाड़ी के आधार पर पड़ा है। सम्पूर्ण भू-आकृति मन्द, उच्चावच एवं चौड़ी मन्द प्रवणता युक्त, बाधा विहीन घाटी में मनमाना मन्द गति विसर्पण करती नदियों से आच्छादित होता है।

आलोचना—यद्यपि डेविस ने अपनी संकल्पना तार्किक ढंग से प्रस्तुत की परंतु भूगोलविदों ने इसकी निम्नवत आधार पर आलोचना की—

(i) जर्मन विद्वानों के अनुसार चक्र तभी पूरा होता है, जब स्थलखंड पूर्णतया उसी रूप में आ जाए, परंतु व्यवहारतः ऐसा नहीं होता एवं इस तरह चक्र शब्द ही भ्रामक है।

(ii) डेविस का यह कथन कि स्थलखंड के उत्थान तक अपरदनकारी शक्तियाँ प्रतीक्षा करती हैं, पूर्णतया काल्पनिक है, क्योंकि उत्थान एवं अपरदन शक्तियाँ समानान्तर क्रियाशील रहती हैं।

(iii) डेविस ने उत्थान को अचानक बताया है, जबकि स्थल खंड का उत्थान स्वयं एक दीर्घकालिक प्रक्रिया है, जैसा कि 'प्लेट टेक्टानिक' की क्रियाशीलता से स्पष्ट है।

(iv) डेविस ने चक्र की संकल्पना को आवश्यकता से अधिक सामान्यीकृत कर दिया है। इनके अपरदन चक्र के पूर्ण होने के लिए लम्बी अवधि तक टेक्टानिक स्थिरता अपेक्षित है, जो सम्भव नहीं है।

(v) यह संकल्पना तत्कालीन प्रचलित डार्विनवाद एवं उसमें सन्निहित जैविक

विकास परक अवधारणाओं से आक्रान्त है। अस्तु, भूआकृति का जीवन चक्रीय विकास के अनुसार दर्शाने को सचेष्ट है।

इन्हीं कारणों से शौले तथा स्ट्रालर ने इस परिकल्पना को गलत बताया और आगे चलकर गतिक संतुलन सिद्धान्त का पालन किया गया।

उपरोक्त आलोचनाओं के बावजूद भी पूर्णरूपेण डेविस के सिद्धांत को अस्वीकार नहीं किया जा सकता। अभी भी भू-आकृतियों के कालक्रमिक विश्लेषण के लिए डेविस का भौगोलिक चक्र ही सबसे विश्वसनीय समझा जाता है। तीखी समकालीन (पेंक द्वारा) एवं परवर्ती आलोचनाओं के बावजूद डेविस की अपरदन चक्र की संकल्पना दीर्घ अवधि तक लोकप्रिय रही है। इसका कारण इसमें निहित कुछ सकारात्मक प्रक्रियाएँ हैं, जैसे : (1) इसने उस काल तक भू आकृति के क्षेत्र में विकसित संकल्पनाओं का विश्लेषण करने का सफल प्रयास किया। प्लेफेयर नियम जिसे जान प्लेफेयर ने 1802 में प्रतिपादित किया, आधार तल एवं नदियों की तली की क्रमिक प्रवणता (Gradation) जो सर्वप्रथम 'गिल्वर्ट' ने दर्शाया था, 'हटन' के 'पृथ्वी के इतिहास की चक्रीय प्रवृत्ति' तथा 'समरूपतावाद' (Principle of uniformitarianism) इन सब सिद्धान्तों का समावेश अपरदन चक्र संकल्पना में मिलता है। (2) इसने भू-आकृति के ऐतिहासिक विश्लेषण के लिए एक आधार प्रदान किया। भू-आकृति में वास्तविक स्वरूपों एवं अपरदन चक्र द्वारा इंगित आदर्श प्रतिरूप में विसंगति मिलने पर उनके स्पष्टीकरण के कारण ढूँढ़ना सरल हो गया। जैसे अपरदन चक्र में समुद्र तल के पतन-उत्थान की वजह से हुई रुकावट, अपरदन चक्र का पुर्नजीवन (Rejuvenation) या किसी अपरदन कारक, जो प्रवाहित जल से भिन्न प्रकार या गति से क्रियाशील होता है (जैसे—पवन, हिम) अथवा संरचनात्मक संरचनात्मक भूलों को ढूँढ़ना आसान हो गया। (3) जैविक उद्भव-विकास-अवसान के प्रतीकात्मक प्रयोग से भू-आकृति परिवर्तन को सरल ढंग से समझने में बड़ी आसानी हुई। अपरदन चक्र माडल को प्रतीकात्मक न मानकर, विशुद्ध वैज्ञानिक तथ्य मानने पर ही समस्याएँ उठ खड़ी होती हैं। जैसे स्वयं डेविस ने यह स्वीकार किया था कि उन्होंने किसी क्षेत्र के उत्थान के समय अपरदन क्रिया ठप्प रहने की बात माडल को सरल एवं नियन्त्रित रखने हेतु की थी। साथ ही तीव्र उत्थान काल में अपरदन की नगण्य भूमिका (इसलिए भू-आकृति स्वरूप की व्याख्या में महत्वहीन) की ओर भी इंगित किया था। अभी भी भू-आकृतियों के काल क्रमिक विश्लेषण के लिए डेविस का भौगोलिक चक्र महत्वपूर्ण है।

वाल्टर पेंक की अपरदन-चक्र संकल्पना

डेविस के भौगोलिक चक्र संकल्पना से भिन्न जर्मन भू-विज्ञानवेत्ता, वाल्टर पेंक ने अपरदन चक्र सिद्धांत प्रतिपादित किया। वान एंजल के अनुसार पेंक ने युवा, प्रौढ़ एवं वृद्धाअवस्था युक्त चक्रीय व्यवस्था को नकारते हुए 'विकास' (Entwicklung i.e. unfolding) की ओर उन्मुख निरन्तर प्रक्रिया पर बल दिया। इन्होंने प्रारम्भिक धरातल (Primarumf), जिसमें निम्न ऊँचाई पर अपरदन के लक्षण भी मिलते हैं, से प्रारम्भ करके अन्तिम अवशेष (Endrumpf) जो डेविस के समप्राय मैदान के समतुल्य है, विशिष्ट लक्षण युक्त विकास-चरण बताए। वाल्टर पेंक ने प्रतिपादित किया कि भू-आकृति-स्वरूप, अवतलन (Degradation) के सापेक्ष उत्थान की दर एवं चरण का द्योतक होता है। दोनों के मध्य अंतर्क्रिया निरंतर चलती रहती है। किसी स्थल पर दृष्टव्य भू-दृश्य उत्थान एवं अवतलन के अंतर्संबंध की दशा अभिव्यक्त करता है न कि प्रगतिशील अनुक्रम की कोई विशेष अवस्था (The landform observed at any site is an "expression of relationship between the two factors, that has been or is, ineffect and not to a stage of progressive sequence.") इन्होंने भू-आकृतिक विशेषताओं के आधार पर विभिन्न क्षेत्रों के पटल विरूपण (Diastrophism) की व्याख्या का प्रयास किया। पेंक के अनुसार स्थल-स्वरूप उत्थान की दर (Rate) तथा अपरदन द्वारा निम्नीकरण (Degradation) का परिणाम है उनके अनुसार, प्रकृति में कोई भी अपरदन कारक स्थलखंड के उत्थान की प्रतीक्षा नहीं कर सकता, अपितु उत्थान एवं अपरदन साथ-साथ चलते हैं तथा उत्थान की दर समयानुसार भिन्न-भिन्न होती है। उत्थान की दर स्पष्ट करने के लिए पेंक ने तीन प्रकार के परिवर्तन बताये–

(i) आऊफस्टाइगेंड एंटवीकलुंग (उत्थानगत विकास) : यह प्रथम दशा है जिसमें स्थल तेजी के साथ ऊपर उठता है।

(ii) ग्लाईशफार्मिश एंटवीक्लुंग (यथास्थितिक विकास) : स्थलखंड के उत्थान की यह मध्यम दशा है जिसमें उत्थान एक समान गति से होता है।

(iii) अबस्टागेंट एंटवीकलुंग (अवतलनगत विकास) : स्थल खंड के उत्थान की यह अन्तिम दशा है, जिसमें उत्थान की गति न्यून हो जाती है।

पेंक के सिद्धांत का ग्राफ के माध्यम से स्पष्टीकरण

'पेंक' ने अपने सिद्धांत का स्पष्टीकरण ग्राफ के माध्याग रो किया है। सम्पूर्ण रेखा चित्र को पाँच भागों में बाँटा गया है जो विभिन्न अवस्थाओं दशाओं के प्रतीक

हैं। यहाँ यह जानना जरूरी है कि डेविस के अपरदन चक्र की तरह ये अवस्थाएँ (Stages) नहीं, अपितु उच्चावच के विकास की दशाएँ प्रकट करते हैं।

प्रथम अवस्था—इस अवस्था में उत्थान तथा अपरदन दोनों साथ-साथ चलते हैं परंतु कुछ समय तक मन्द रहने के पश्चात् उत्थान की गति सत्वर हो जाती है। जिसके फलस्वरूप नदी घाटी के स्तरीकरण में बढ़ोत्तरी हो जाती है। फलतः जल प्रवाह एवं गतिक ऊर्जा में वृद्धि होने से नदियाँ अपनी तली का द्रुत गति से कटाव करती हैं। परंतु उत्थान तली अपरदन की बजाय ज्यादा तेजी से होता है। परिणामतः V आकार की घाटियाँ गहरी से और गहरी होती जाती हैं। तथापि निरपेक्ष ऊँचाई (Absolute height) बढ़ती ही जाती हैं। अर्थात्, नदी तल एवं जल विभाजक दोनों पहले की तुलना में समुद्रतल से और अधिक ऊँचे उठते जाते हैं। साथ ही सापेक्षिक ऊँचाई (नदी तल एवं जल विभाजक के बीच का अंतराल) भी बढ़ती जाती है। इस प्रकार अधिकतम ऊँचाई (समुद्र तल से) एवं अधिकतम उच्चावच (Relief) दोनों के वृद्धिमान होने के कारण इसे उत्थानपरक विकास (Aufsteigende Entwicklung) की संज्ञा दी। ऊपरी वक्र पर उत्थान की गति निचले वक्र की अपेक्षा अधिक रहती है तथा अपरदन की गति भी दोनों वक्रों पर असमान है। औसत रूप में उत्थान, अपरदन की अपेक्षा अधिक होता है। परिणामतः निरपेक्ष ऊँचाई बढ़ती है।

द्वितीय अवस्था—इस अवस्था में दोनों वक्रों पर उत्थान समान गति से होता है तथा अपरदन भी दोनों वक्रों पर समान है। कुल उत्थान अपरदन से अधिक होता है परंतु अपेक्षाकृत धीमी गति से। अतः निरपेक्ष ऊँचाई बढ़ती है तथा उच्चावच में स्थिरता होती है एवं दोनों वक्र समानान्तर होते हैं।

तृतीय अवस्था—इसे हम वृद्धावस्था की तरफ बढ़ती प्रौढ़ावस्था भी कह सकते हैं। इस अवस्था में उत्थान तथा अपरदन दोनों ही बराबर होते हैं, परिणामतः निरपेक्ष ऊँचाई (Absolute height) स्थिर होती है तथा दोनों वक्र समानान्तर होते हैं एवं क्षैतिज अवस्था में होते हैं। क्योंकि निरपेक्ष एवं सापेक्ष उच्चावच समान रहते हैं।

चतुर्थ अवस्था—इस अवस्था में स्थल खंड का उत्थान समाप्त हो जाता है तथा अपरदन की गति भी बढ़ जाती है। परिणामतः निरपेक्ष ऊँचाई तेजी से घटने लगती है जबकि उच्चावच में स्थिरता होती है क्योंकि जल विभाजकों एवं नदी तलहटियों का निम्नीकरण समान गति से होता है।

कुल मिलाकर द्वितीय से चतुर्थ चरण तक भू-आकृति समरूप (Gleichformig) बनी रहती है। अब सिर्फ एकाकी पहाड़ियाँ (Inselberge) बची रहती हैं। क्योंकि

भू-आकर्ष ढाल (Gravity slope or Boschungens) खड़े कगार वाले शंकुओं का रूप धारण कर लेते हैं। अतः वक्र समानान्तर होते हैं।

पंचम अवस्था—अपरदन की इस प्रक्रिया में ऊपरी वक्र का कटाव तीव्रता से होता है। परिणामतः निरपेक्ष ऊँचाई तेजी से घटती है तथा उच्चावच तेजी से ह्रासोन्मुख होता है। अंततः स्थलखंड एक आकृतिहीन निम्नवर्ती भूखंड में परिवर्तित हो जाता है, जिसे पेंक ने 'एंड्रम्फ' (Endrumf) कहा है।

आलोचना—पेंक के सिद्धांत में ज्यामितीय जटिलता अधिक है। यह पढ़ाने में आदर्श लगता है, लेकिन क्षेत्रीय प्रयोग में इसकी सत्यता के आगे प्रश्नवाचक चिह्न लगता है। दीर्घकालीन निरंतर उत्थान की संकल्पना के ठोस प्रमाण नहीं मिलते। तथापि ढाल स्वरूपों के निर्माण-विकास एवं अपक्षय प्रक्रियाओं का विश्लेषण सार्थक है।

सामान्य अपरदन चक्र (Normal cycle of Erosion)

अपरदन के सामान्य चक्र की शुरुआत किसी नदी का कार्य अधिक सुस्पष्ट एवं व्यापक होता है क्योंकि यह एक ऐसी प्रक्रिया है जो स्पष्ट होती है। अपरदन के सामान्य चक्र की शुरुआत किसी भी स्थलखंड के उत्थान के साथ होती है। जैसे ही स्थलीय खंडका उत्थान होता है, नदी द्वारा अपरदन कार्य प्रारम्भ हो जाता है। लेकिन प्रारम्भिक काल में उत्थान की दर अपरदन की दर की अपेक्षा काफी अधिक होने के कारण स्थल खंड की ऊँचाई बढ़ती है। एवं उच्चावधीय विषमता भी बढ़ती है। जब उत्थान की प्रेरक आन्तरिक शक्तियाँ गतिहीन हो जाती हैं तो उत्थान अपने आप रुक जाता है। परंतु अपरदान सक्रिय रहता है तथा एक समय विशेष के बाद वह उठा हुआ भाग अपरदन द्वारा कटकर अपने प्रारम्भिक स्तर को प्राप्त कर लेता है। स्पष्टता स्थल खंड में जो परिवर्तन होता है वह इसलिए होता है कि इस प्रक्रिया में यह कई अवस्थाओं से गुजरता है।

विलियम मोरिस डेविस ने अपरदन के सामान्य चक्र में तीन अवस्थाओं क्रमशः युवा, प्रौढ़ एवं वृद्ध को बताया है। यानी स्थल खंड उत्थान काल में तरुण, प्रौढ़ एवं वृद्ध अवस्थाओं से गुजरता है। स्थल खंड के उद्गम एवं विकास की तरह ही नदियों के भी तीन अवस्थाएँ क्रमशः युवा प्रौढ़ तथा वृद्ध होती हैं। इन तीनों अवस्थाओं में नदियों की अपरदन गति एवं प्रवाह वेग भिन्न-भिन्न होती है। सामान्यतया नदियों के तीन कार्य क्रमशः अपरदन, परिवहन एवं निक्षेपण है इन तीनों कार्यों से नदी स्थल खंड की उच्चावचीय विषमता को समाप्त करने में संलग्न

रहती है। यहाँ यह उल्लेखनीय है कि नदी की युवावस्था, प्रौढ़ावस्था तथा वृद्धावस्था को किसी नदी की आयु से नहीं जोड़ा जा सकता, यह विभिन्न लक्षणों पर आधारित वर्गीकरण है। साथ ही ये तीनों अवस्थाएँ परस्पर जुड़ी हुई होती हैं। अपरदन चक्र कितनी अवधि तक चलेगा यह स्थल खंड के स्वरूप एवं अपरदन की गति पर निर्भर करता है। स्थल स्वरूप की ऊँचाई, जलवायु, नदी का वेग एवं परिमाण, स्थली संरचना, मानवी बाधाएँ, समुद्र सापेक्ष स्थिति सामान्य अपरदन को प्रभावित करने वाले प्रमुख कारक हैं।

सामान्य अपरदन चक्र की दशाएँ--अपरदन का सामान्य चक्र किसी स्थलीय खंड के उत्थान से प्रारम्भ होता है। स्थलीय खंड के उत्थान के बाद नदी अपनी गति तथा परिमाण से अपरदन प्रारम्भ करती है, तथा स्थल खंड क्रमशः निम्नवत् स्थितियों से गुजरता है।

युवावस्था--युवावस्था में स्थल खंड के शीर्ष भाग से ढाल के कारण नदियाँ बनती हैं, इस काल में सहायक नदियों की संख्या कम होती है। ढालों पर छोटी-छोटी नदियाँ होती हैं जो शीर्षोन्मुख अपरदन करती हैं, तथा अपना विस्तार करती हैं। क्रमशः मुख्य नदियाँ अपनी घाटी में लम्बवत् अपरदन द्वारा घाटी करे गहरा करने लगती हैं, तथा घाटी की गहराई बढ़ती जाती है एवं कहीं-कहीं गार्ज तथा कैनियन का निर्माण करती हैं। इनकी चौड़ाई गहराई की तुलना में नगण्य होती है तथा दोनों ओर के तट खड़े होते हैं। इन निम्नवर्ती घाटियों को ही V आकार की घाटी कहते हैं। इन घाटियों की गहराई सागर तल से स्थल की ऊँचाई पर निर्भर है। निम्नवर्ती कटाव के कारण पार्श्व कटाव लगभग नहीं के बराबर होता है, अतः नदियों के जल विभाजक क्षेत्र विस्तृत एवं चौड़े होते हैं। जहाँ कठोर चट्टानों वाला ढाल होता है वहाँ क्षिप्रिकाओं (Rapids) का निर्माण होता है। कठोर चट्टान के नरम होने तथा पानी गिरने से जल प्रपात का निर्माण होता है। चूँकि इस अवस्था में नदी में में अपक्षयित मलबे कम होने तथा ढाल की तीव्रता के कारण नदी प्रवाह भी तीव्र होता है। नदी के साथ लुढ़कते हुए बोल्डर्स द्वारा तली में बड़े-बड़े गड्ढों का निर्माण कहीं-कहीं होता है जिन्हें जल गर्तिका (Potholes) कहते हैं। इस अवस्था की सर्वप्रथम घटना सरिता अपहरण है जिससे शीर्ष अपरदन द्वारा बड़ी नदी दूसरी नदियों को आत्मसात कर लेती है। इस सम्पूर्ण युवावस्था में स्थलखंड अभी ऊँचा बना रहता है जबकि सापेक्ष ऊँचाई बढ़ती है।

प्रौढ़ावस्था--प्रौढ़ावस्था में नदी का ढाल कम हो जाता है। जिसके कारण नदी का वेग कम हो जाता है। नदी का वेग कम हो जाने से उसके द्वारा अपरदित एवं

परिवहित सामग्री का जमाव होने लगता है। घाटी में लम्बवत् अपरदन नगण्य होने लगता है जिसके कारण पार्श्व कटाव (Lateral Erosion) प्रारम्भ हो जाता है। युवावस्था के बाद ज्योंहि नदी ऊपरी ढाल से मैदान में उतरती हैं, ढाल के निचले भाग पर उसके द्वारा परिवहित सामग्री का जमाव होता है तथा जलोढ़ पंख (Alluvial Fan) तथा जलोढ़ शंकु (Alluvial cone) जैसी भू-आकृतियों का निर्माण होता है। जब कई जलोढ़ पंख मिल जाते हैं, तो ऐसी विस्तृत भू-आकृति को पर्वत पदीय जलोढ़ मैदान (Piedmont alluvial plain) कहते हैं।

मुख्य नदियों एवं सहायक नदियों का विकास पूर्णतया इस काल में हो जाता है। पार्श्व कटाव के कारण चौड़ाई अधिक हो जाती है तथा अंतर्नदी क्षेत्र (Inter stream areas) संकरे हो जाते हैं। प्रमुख नदी तीव्रता से अपरदन द्वारा आधार तल को प्राप्त कर लेती है। पार्श्व कटाव के कारण नदियों का मार्ग परिवर्तित हो जाता है तथा बाढ़ की स्थिति उत्पन्न हो जाती है। कभी-कभी मोड़ अधिक हो जाने पर नदी मोड़ों को छोड़कर सीधे प्रवाहित होने लगती है। अतः इस प्रवाह के चलते परित्यक्त झील (Ox-bow lake) के रूप में हो जाता है। नदी के दोनों किनारों पर अपरदित सामग्री के निक्षेपण से प्राकृतिक तटबंध (Natural Levees) का निर्माण होता है।

वृद्धावस्था—इस अवस्था में सहायक नदियों की संख्या प्रौढ़ावस्था की अपेक्षा काफी कम होती है, फिर भी सहायक नदियों की संख्या युवावस्था की अपेक्षा अधिक होती है। प्रमुख नदी की सहायक नदियाँ भी आधार तल को क्रमशः प्राप्त कर लेती है। निक्षेपण के चलते बाढ़ का मैदान काफी व्यापक एवं विस्तृत हो जाता है। सहायक नदियों तथा मुख्य नदी के मध्य ऊँचाई काफी कम हो जाती है। बाढ़ के मैदान में झीलों तथा दलदली भागों का उद्भव हो जाता है। चूँकि इस अवस्था में नदी का प्रवाह वेग अत्यन्त न्यून हो जाने से उसकी परिवहन क्षमता अति न्यून हो जाती है। इसी अवस्था में डेल्टा तथा मोनाडनाक बनते हैं।

11

नदी के कार्य एवं उत्पन्न स्थलाकृत्तियाँ

शैल अपरदन तथा मृदा अपरदन के कारण नदियों के मार्ग में भी परिवर्तन होता रहता है। इन्हीं परिवर्तनों के परिणामस्वरूप विभिन्न प्रकार की स्थलाकृतियों का निर्माण होता है। ये स्थलाकृतियाँ भी समय-समय पर भौगोलिक कारकों के प्रभाव से परिवर्तित निक्षेपित होती रहती हैं। इसके कारण जलोढ़ पंख, प्राकृतिक तटबंध, बाढ़ के मैदान तथा डेल्टा का निर्माण होता है। इन स्थलाकृतियों के निर्माण की क्रियाओं पर प्रकाश निक्षेप किया जा रहा है।

जलोढ़ पंख (Alluvial fan)

जलोढ़ पंख वह स्थलाकृति है जो तरुणावस्था के अंतिम चरण में नदियों के निदपेक्ष द्वारा निर्मित होता है। जब नदियाँ अधिक बोझ के साथ पर्वतीय ढाल से उतरकर मैदानी भाग में प्रवेश करने लगती हैं, तब ढाल परिवर्तन के कारण उनके वेग में अचानक परिवर्तन हो जाता है। इस अवस्था में नदी द्वारा लाया गया मलवा पर्वत-पद में अर्द्धवृत्ताकार रूप में निक्षिप्त हो जाता है। इसे जलोढ़ पंख कहते हैं। रोन हिमनद और जेनेवा झील के बीच रोन नदी के दोनों तटों पर ऐसे जलोढ़ पंख पाए जाते हैं। तिब्बत से भारत में प्रवेश करते समय कश्मीर हिमालय में सिन्धु, जास्कर, द्रास, आस्तीर, श्याक और शिगार नदियाँ भी जलोढ़ पंख का निर्माण करती हैं।

ढाल से नीचे उतरने पर नदी अधिक ऊँचे पंख का निर्माण करती है। इसे जलोढ़ शंकु कहते हैं। पंख की अपेक्षा शंकु की ढाल तीव्र होती है। अधिक तीव्र ढाल के कारण मलबा अधिक दूर तक न फैलकर सीमित क्षेत्र में एकत्रित हो जाता है। जलोढ़ शंकु का निर्माण तभी होता है जब मलबा की मात्रा जल की तुलना में बहुत अधिक है। अतः अर्द्धशुष्क जलवायु इसके निर्माण के लिए उत्तम अवस्था उत्पन्न

करती है जहाँ यान्त्रिक अपक्षय द्वारा पर्वतीय ढालों पर अधिक मलबा उपलब्ध होता है। जलोढ़ पंख का निर्माण ढाल के स्तर पर निर्भर करता है। ढाल का स्तर जितना अधिक होगा उतनी ही इसके निर्माण की प्रक्रिया तीव्र होगी। इस अवस्था में मलबा पर्वत पद में अधिक दूर तक अर्द्धवृत्ताकार पंखानुमा आकृति में फैल जाता है। भीमनगर के नीचे कोसी ने आन्तरिक डेल्टा के रूप में जलोढ़ शंकु का निर्माण किया है।

जलोढ़ पंख धीरे-धीरे फैलते हुए ऊँचा होता जाता है जिससे उसकी ढाल भी बढ़ती जाती है। ऊँचाई एवं ढाल अधिक हो जाने पर 'पंख' शंकु में परिणत हो जाता है।

पर्वत पद में, कई नदियों द्वारा निर्मित पंख, पार्श्ववर्ती विस्तार द्वारा आपस में मिलकर संयुक्त जलोढ़ पंख का निर्माण करते हैं जिससे एक विस्तृत पर्वतपदीय निक्षेपीय मैदान का निर्माण हो जात। है। हिमालय के पदीय भाग में उपस्थित भाभर एक संयुक्त जलोढ़ पंख का उदाहरण है। यह सूक्ष्म अवसाद और मोटा गुटिका (Pebble) का मिश्रण है। इसका दक्षिणी भाग तराई कहलाता है और यह एक शाद्वल भूमि है। हिमालय से निकलने वाली छोटी नदियाँ यहाँ आकर लुप्त हो जाती हैं और पुनः तराई क्षेत्र में प्रकट होती हैं जिससे वहाँ जलजमाव उत्पन्न हो जाता है।

जलोढ़ पंख के ऊपरी हिस्से के पास नदियाँ कई शाखाओं में बंटकर बहती हैं। इनमें से अधिकांश कुछ दूरी के बाद पंख की बजरी में लुप्त हो जाती हैं और काफी नीचे जाकर झरना या सोता के रूप में प्रकट होती हैं। इस प्रकार की नदी को गुम्फित (Braided) नदी कहते हैं। जलोढ़ पंख सामान्यतः पर्वत पद, भ्रंशोत्थ पर्वत (Block mountain) के अग्र भाग तथा हिमकृत द्रोणी के किनारे, जहाँ नदियाँ लटकती घाटियों से सपाट मैदान में उतरती हैं, पाए जाते हैं।

प्राकृतिक तटबंध (Natural levee)

नदी के दोनों तटों पर जलोढ़ (अर्थात नदी द्वारा बहाकर लाए अवसाद से निर्मित क्षेत्र) के जमाव के द्वारा निर्मित अल्प ऊँचाई के लम्बे सँकरे तटबंधों को प्राकृतिक तटबंध कहते हैं। बाढ़काल में नदी अपने तट के ऊपर से प्रवाहित होती है। इस अवस्था में नदी जल में उपस्थित सिल्ट धारा मन्द हो जाने के कारण नदी के दोनों तटों पर जमा होने लगता है। इसके द्वारा प्राकृतिक रूप से अल्प ऊँचाई का प्राकृतिक तटबंध निर्मित हो जाता है। पर ये तटबंध निश्चित रूप से हर नदी में नहीं पाए जाते। इनकी सामान्य ऊँचाई 10 मी. तक होती है। गंगा के प्राकृतिक

तटबंधों की ऊँचाई 8 मी. और अमेरिका की मिसिसिपी के प्राकृतिक तटबंध की ऊँचाई 6 से 76 मी. तक है। ये प्राकृतिक तटबंध सहायक नदियों को प्रधान नदियों से सीधे नहीं मिलने देते। प्रारंभिक अवस्था में सहायक नदियाँ मुख्य नदी के समानान्तर प्रवाहित होती हैं परन्तु आगे चलकर ये नदियाँ प्राकृतिक तटबंध को काटकर मुख्य नदी में मिल जाती हैं। पटना और मुँगेर के बीच गंगा की सहायक नदियों में ऐसी स्थिति पाई जाती है। प्राकृतिक तटबंध के पीछे के भाग में तथा प्रधान नदी और सहायक नदियों के बीच जलजमाव पाया जाता है, जिसे दक्षिण गंगा मैदान में जल्ला और टाल तथा उत्तर गंगा मैदान में चौर कहते हैं। बाहिका से होकर प्रवाहित होने के कारण बाहिका में मलबे का भाग जमा होता रहता है। इसका परिणाम यह होता है कि नदी का तल क्रमशः ऊँचा उठता जाता है जिस कारण नदी बाढ़ के मैदान की अपेक्षा कालक्रम से अधिक ऊँचा तल पर प्रवाहित होने लगती है। इस अवस्था में बाढ़काल में नदी जब तटबंधों को तोड़ देती है, तब बाढ़ का मैदान जलप्लावित हो जाता है। केवल भयानक बाढ़ों को छोड़कर ये तटबंध सूखे रहते हैं। पर उनके दोनों ओर भूमि नीची होती जाती है जिस कारण वह बाढ़काल में जलाप्लावित हो जाती है। कभी-कभी यह भूमि जलमग्न रहती है।

बाढ़ का मैदान (Flood plain)

इस प्रकार के मैदान का निर्माण सामान्यतः समुद्र तल से 300 मी. की ऊँचाई तक होता है। इस प्रकार नदी निर्मित मैदान एक निक्षेपीय समतल क्षेत्र होता है जिसकी समुद्रतल से सामान्य ऊँचाई पर्वत, पठार, पहाड़ आदि अन्य स्थलाकृतियों से बहुत कम होती है। विश्व में नदी-निक्षेप द्वारा निर्मित मैदानों का क्षेत्रफल पाठ करोड़ वर्ग किलोमीटर है जो महादेशों के क्षेत्रफल का 54% है। इसमें से 8,23,000 कि.मी.^{2} मैदानी भाग समुद्र तल से 200 मी. और 6,51,000 कि.मी. 2 मैदानी भाग समुद्र तल से 200-300 मी. ऊँचाई पर स्थित है। नदी-मैदान की सपाटता प्रसिद्ध है। गंगा मुहाने के समीप गंगा मैदान की समुद्र तल से ऊँचाई नाम मात्र की है और कलकाता में मात्र 6 मीटर है जो शनैः-शनैः ऊँचा उठती हुई दिल्ली में 216 मी. हो जाती है। ये मैदान सामान्यतः सूक्ष्म पंक के द्वारा निर्मित होते हैं; पर कभी-कभी विशेष स्थितियों में वे बालू और बजरी द्वारा भी निर्मित होते हैं। कोसी बेसिन में स्थित गंगा मैदान का एक भाग बालू और रेत द्वारा निर्मित है।

जलोढ़ मैदान तीन प्रकार के होते हैं : पर्वतीय क्षेत्र के मैदान, पर्वत आध ारीय मैदान और चरम तल (समुद्र तल) के समीप निर्मित मैदान। पहाड़ों से

उतरने के नीचे आते-आते नदियों के ढाल मंद हो जाते हैं जिससे लाया गया जलोढ़, जलोढ़ पंख में रूप में जमा हो जाता है। समान स्थिति में पर्वत पद में जमा होने वाला मलबा संकीर्ण मैदान का निर्माण करता है। भाभर और तराई इसके भारतीय उदाहरण हैं।

नदियों द्वारा निर्मित विस्तृत स्थायी निक्षेपीय मैदान एक अति ही प्रमुख स्थलाकृति है। विश्व की सभी प्रमुख नदियों—गंगा, ब्रह्मपुत्र, सिन्धु, यांग्जी, ह्वांग हो, मेकांग, इरावदी, ओब, येनीसेई, लीना, मिसिसिपी, अमेजन, पराना-पराग्वे आदि ने निक्षेपीय जलोढ़ मैदान का निर्माण किया है। शुष्कता की प्रधानता के कारण केवल ऑस्ट्रेलिया में जलोढ़ मैदान मर्रे-डार्लिंग बेसिन में सीमित है। चूँकि संपूर्ण अंटार्कटिका बर्फ से ढका हुआ है और वहाँ हमेशा बर्फ जमा होती रहती है। इसलिए वहाँ नदियाँ नहीं पायी जातीं।

मंद ढाल, त्यक्त विसर्प और नदी-मार्ग, विसर्पयुक्त नदी मार्ग, बाढ़ का मैदान, जलोढ़ वेदिका, गुम्फित वाहिकाएँ और डेल्टा की उपस्थिति इस प्रकार के बाढ़ के मैदान की विशेषता होती हैं। हिमालय से निकलने वाली नदियाँ अपने साथ बहुत सारा गाद बहा लाती हैं जो नदियों के समुद्र तक पहुँचने के क्रम में समुद्र के पास ढालू मैदानों में जमा होता रहता है जिससे सागर तक पहुँचते ये मैदान ढ़ालू हो जाते हैं। ढाल सामान्यतः 1000 में 02 सेमी. या उससे कम होती है। शुष्क क्षेत्रों की अपेक्षा उष्णार्द्र क्षेत्रों में मैदानों की ढाल मन्द होती है। मन्द ढाल के कारण नदियाँ मन्दवाही होती हैं और बाढ़काल में सामान्यतः मार्ग बदलती हैं। ह्वांगहो इसका सुन्दर उदाहरण है। 1852 ई. के पूर्व यह काफेंग के समीप वर्तमान मुहाने से 452 कि. मी. दक्षिण प्रवाहित होती थी। कोसी इसका भारतीय उदाहरण है। 1872 ई. के पूर्व यह नदी पूर्णिया के पास से प्रवाहित होती थी।

पिछले 200 वर्षों में यह 112 कि.मी. पश्चिम दरभंगा जिला की सीमा के समीप चली गई है। बंगाल में प्रवेश करने पर गंगा हुगली-भागीरथी के मार्ग से प्रवाहित होती थी। पर आज भागीरथी-हुगली एक मृतप्राय नदी है। गंगा 360 कि. मी. पूर्व हट गई है और पद्मा के मार्ग से प्रवाहित होती है। 1785 के पश्चात् ब्रह्मपुत्र भी 64 कि.मी. पश्चिम तक सरक गई है। मेमन सिंह नगर के समीप इसकी पूर्ववर्ती वाहिका आज एक मृतधार है। मेघना और पद्मा पहले पृथक्-पृथक् प्रवाहित होती हुई गंगा से मिलती थीं, पर आज दोनों नदियाँ मार्ग परिवर्तन कर रही हैं। पहले यह रन कच्छ में गिरती थी। पिछले 700 वर्षों में 32 कि.मी. पश्चिम की ओर खिसक गई हैं।

वर्षाकाल में तीव्र वर्षा व नदी के मार्ग परिवर्तन के कारण नदियों के जल के फैलने के कारण बाढ़ स्थिति आ जाती है। युवावस्था में बाढ़ के मैदान का विकास नहीं के बराबर होता है। पर प्रौढ़ावस्था में नदी अपनी घाटी को चौड़ा करने के क्रम में तटों के बाहर जलोढ़ का निक्षेप करती है जिससे निम्नस्तरीय जलोढ़ मैदान का समान होती है। पर वृद्धावस्था में बाढ़ का मैदान विसर्प क्षेत्र से कई गुण अधिक विस्तृत होता है। यह बाढ़ का मैदान नदी निर्मित जलोढ़ के मैदान का मध्यवर्ती भाग होता है। गोखुर झील, त्यक्त वाहिका और विसपों का क्रम बाढ़ के मैदान में पाए जाते हैं। उत्तर भारत की सभी नदियों में बाढ़ का मैदान पाया जाता है। उत्तर प्रदेश और बिहार में गंगा के बाढ़ के मैदान की चौड़ाई 30 कि.मी. और बंगाल में लगभग 40 कि.मी. है; यमुना के बाढ़ के मैदान की औस चौड़ाई 25 कि.मी. है।

डेल्टा

डेल्टा सागर या झील में नदी के मुहाने पर नदी-निक्षेप द्वारा निर्मित सिंघाड़ानुमा स्थलाकृति होती है जो नदी की जलवितरिकाओं द्वारा कई तिकोनाकार भागों में विभक्त रहती है। मुहाने पर नदी के मंद प्रवाह के कारण नदी में आया मलबा मुहाने पर निक्षिप्त हो जाता है। इस रचनात्मक स्थलरूप की आकृति सिंघाड़े (Δ) के समान होती है। इसे डेल्टा कहते हैं। हेरोडेटस (5वीं सदी ई. पू.) ने नील नदी के मुहाने के निक्षेपात्मक स्थलरूप (डेल्टा) के लिए ग्रीक अक्षर डेल्टा (Δ) के आधार पर 'डेल्टा' शब्द का प्रयोग किया। डेल्टा नदी के अन्तिम भाग में निर्मित समतल मैदान होता है जिसकी ढाल सागर की ओर होती है। इनके स्वरूप में आकार, विस्तार एवं उसमें जलोढ़ की मुटाई समान नहीं होती। सभी नदियां डेल्टा का निर्माण नहीं करतीं। इसका अर्थ है कि सभी नदियों के मुहाने पर डेल्टा-निर्माण और निक्षेप की दशाएँ समान नहीं होतीं। डेल्टा के निर्माण के लिए मन्द ढाल से युक्त उचित स्थान का होना आवश्यक है। इसके अतिरिक्त नदी में बोझ की उपस्थिति, जल का अधिक आयतन, मन्द नदी वेग, सागरीय तरंगों की कम सक्रियता, ज्वारीय तरंगों की अनुपस्थिति, सागरीय पेटे की स्थिरता आदि आवश्यक है। इसी कारण ज्वार आने वाली नदियों में और निमज्जित तट में डेल्टा का निर्माण नहीं होता।

डेल्टा में नदी हर साल नए स्तर पर गाद लाती है इसलिए इसके निक्षेप में क्रमिकता पाई जाती है। बड़े मोटे कण स्थल के पास और महीने-सूक्ष्म कण सागर की ओर निक्षिप्त होते हैं। स्थल के पास निक्षेप की मुटाई कम और सागर की ओर अधिक होती है।

डेल्टा के आकृति निर्माण के लिए मुख्य रूप से नदी की मलबा आपूर्ति और आंशिक रूप समुद्री तरंग और समुद्री धाराएँ जिम्मेदार होती हैं। आकृति के अनुसार डेल्टा निम्न प्रकार के होते हैं : चापाकार, पंजाकार, रूंडित, परित्यक्त, पालीयुक्त, अग्रवर्धी एवं एस्चुअरी डेल्टा।

चापाकार डेल्टा—इसकी आकृति वृत्त की चाप की तरह होती है, इसीलिए इसे धन्वाकार डेल्टा भी कहते हैं। नदी की मुख्य धारा द्वारा मध्य भाग में अधिक निक्षेप होने से यह डेल्टा निर्मित होता है जिस कारण डेल्टा के बीच का भाग उन्नतोदर उभार से युक्त होता है। इसका निर्माण मुख्यतः अर्द्धशुष्क जलवायु के क्षेत्रों में होता है तथा यह डेल्टा प्रतिवर्ष सागर की ओर विस्तृत होता जाता है। गंगा, नील, ह्वांगहो, इरावदी, वोल्गा, सिंधु, डैन्यूब आदि नदियों के डेल्टा इसका उदहारण हैं।

पालीयुक्त डेल्टा—किसी नदी की विभिन्न शाखाओं द्वारा डेल्टा का पृथक्-पृथक् निर्माण होने की अवस्था में मुख्य नदी द्वारा डेल्टा का विस्तार रुक जाता है। पर विभिन्न शाखाएँ पाली (Lobe) के रूप में डेल्टा का निर्माण करती हैं। इस प्रकार के डेल्टा को पालीयुक्त डेल्टा कहते हैं।

एस्चुअरी डेल्टा—एस्चुअरी के निर्माणकारी कारणों के समाप्त हो जाने पर एस्चुअरी में निक्षेप होने लगता है और वहाँ डेल्टा का निर्माण होता है। सीपन नदी का डेल्टा इसका उदाहरण है जो एस्चुअरी के मुहाने पर निक्षेप होने से निर्मित हुआ है।

पंजाकार डेल्टा—इस प्रकार के डेल्टा का निर्माण नदी जल में मिले हुए पाउडर जैसे बारीक कणों के द्वारा होता है जिसमें चूने की मात्रा अधिक रहती है। इसके निर्माण के लिए नदी का वेग अपेक्षाकृत अधिक होना चाहिए। इस अवस्था में नदी बोझ के बारीक कणों को लेकर समुद्र में पर्याप्त दूरी तक प्रवेश करती है। सागरीय खारे जल के सम्पर्क में आने पर नदी के साथ घोल के रूप में आए बारीक कण भारी होकर नद-प्रवाह के दोनों ओर बैठने लगते हैं जिससे लंबा डेल्टा का निर्माण होता है। सागर में नदी की धारा शाखाओं में बँटकर बहती है। इन शाखा-धाराओं के दोनों ओर भी डेल्टा का निर्माण होता है। इस प्रकार पक्षी के पंजे की आकृति का डेल्टा निर्मित हो जाता है। इसीलिए इसे पंजाकार डेल्टा, पंजा डेल्टा या अंगुल्याकार डेल्टा कहते हैं। इस प्रकार का डेल्टा सागर में निरंतर बढ़ता जाता है। मिसिसिपी का डेल्टा इसका उत्तम उदाहरण है।

खंडित डेल्टा—कभी-कभी सागरीय ज्वार निर्मित डेल्टे को काट-छाँटकर बहा ले जाता है जिससे उनके आकार में परिवर्तन होता रहता है। इस कारण डेल्टा कटे रूप में ही बचा रहता है। इस प्रकार के डेल्टा को रूंडित डेल्टा कहते हैं।

परित्यक्त डेल्टा—कभी-कभी नदी मार्ग-परिवर्तन के कारण पहले डेल्टा को छोड़कर अन्यत्र नए डेल्टा का निर्माण करती है। इस अवस्था में पहले डेल्टा की परित्यक्त डेल्टा कहते हैं। इसका उदाहरण ह्वांगहो में पाया जाता है।

उपसंहार—इस तरह हम देखते हैं कि किसी भी भू-आकृति के निर्माण तथा उसके परिवर्तन के लिए कई कारक उत्तरदायी होते हैं। जलवायुविक परिवर्तन, भूखंडों का खिसकना, भ्रंशन, शैलपात, नदियों का मार्ग परिवर्तन इसके प्रमुख घटक हैं।

12

पवन के कार्य एवं निर्मित स्थलाकृतियाँ

पवन वायु प्रवाह है, जिसकी अपरदन, परिवहन एवं निक्षेपण की क्षमता बहुत हद तक प्रवाहित जल के समान होती है, क्योंकि पवन प्रवाह के वैज्ञानिक सिद्धांत कमोबेश जल की गति के नियमों के ही समान हैं। तथापि, भू-आकृति निर्माणक के रूप में पवन की कुछ विशिष्टताएँ हैं, जो इसे अन्य भू-आकृति निर्माण-कारकों से विलग करती हैं। (अ) यह अल्प घनत्व युक्त है तथा (ब) इसका सुनिश्चित प्रवाह पथ नहीं होता। अल्प घनत्व के कारण इसकी जड़ें को परिवहन करने की क्षमता सीमित हो जाती है, जबकि सुनिश्चित प्रवाह पथ के अभाव में यह विशाल क्षेत्र पर तथा वायुमंडल में अधिक ऊँचाई तक प्रवाहित होता है। नदियों के विपरीत इसकी सक्रियता अल्प वर्षा वाले क्षेत्रों में अधिक होती है। वर्षा की अधिक मात्रा पर निर्भर लगभग निरंतर प्रवाहित जल के विपरीत पवन का प्रवाह रुक-रुककर अनिश्चित गति से होता है। यही कारण है कि 'ब्लूम' जैसे कुछ भू-आकृति वेत्ता, पवन को भू-आकृति निर्माण का महत्वपूर्ण कारक नहीं मानते हैं। तथापि, जैसे नदी अपना अधिकांश कार्य बाढ़ की दशा में सम्पन्न करती है, पवन भी अल्प अंतराल पर दीर्घावधिक प्रबल वेग से प्रवाहित होने पर ही अपनी भूमिका निभाता है। अल्पकालिक परंतु अति उद्दाम टारनेडो अथवा निरंतर प्रवाहमान मन्द पवन, दोनों ही भू-आकृति निम्रण की दृष्टि से महत्वहीन हैं। वस्तुतः शुष्क पवन ही अपरदन एवं परिवहन कार्य में सक्षम है। इसीलिए पवन निर्मित भू-आकृति का विकास गर्म मरुस्थलों, थार, सहारा या पश्चिमी आस्ट्रेलिया में ही दृष्टव्य है। पवन में रासायनिक एवं यान्त्रिक अपक्षय के साथ ही शुष्कता का संयोग होने पर ही अपरदन एवं परिवहन कार्य व्यापक और पूर्ण रूप से सम्पन्न हो पाता है। पवन ठोस चट्टानों का सीधा अपरदन करने में अल्प सक्षम होता है, परंतु शुष्क दशाओं में अपक्षय से गलबा या खनिज कण सुलभ होने पर सक्रिय हो जाता है।

पवन के अपरदनात्मक कार्य

पवन द्वारा मृदा अपरदन की प्रक्रिया होती रहती है। शीत तथा मरुस्थलीय भागों में यह प्रक्रिया अलग-अलग स्तर पर होती रहती है। मरुस्थलीय भागों में दैनिक तापान्तर अधिक होने से चट्टानों का अपक्षय अधिक होता है एवं अपक्षय के चलते चट्टानों के जोड़ असंगठित हो जाते हैं तथा पवन का अपरदनात्मक कार्य आसन हो जाता है। पवन द्वारा मृदा अपरदन का कार्य तीन रूपों में होता है—

1. अवतलन (Deflation)—अवतलन का अर्थ होता है धरातल के नीचे की प्रक्रिया होती है। पवनों द्वारा चट्टानों के चूर्णों के स्थानान्तरण से धरातल नीचा होने लगता है, जिसे 'अवतलन' (Deflation) कहा जाता है। अवतलीकरण से धरातलीय चट्टानें नग्न होने लगती हैं एवं ऐसे स्थलों पर छोटे-छोटे छिद्रों का निर्माण होने लगता है, जो बाद में गर्त का रूप धारण कर लेते हैं।

कैलिफोर्निया, अटकामा, कालाहारी, सहारा, अरब, थार, नामीबिया, आस्ट्रेलिया, पैटोगोनियाँ, तुर्किस्तान, सेंट्रल एशिया मरुस्थल, उष्ण मरुस्थल, समशीतोष्ण मरुस्थल, ठंडी धाराएँ क्षेत्रों में अवतलन काफी तीव्रता से हुआ है।

2. अपघर्षण (Abrasion or Sand blasting)—तीव्र गति से चलने वाले पवन के साथ उड़ाए गए चूर्ण अपरदन के यन्त्र के रूप में कार्य करते हैं। इन चूर्णों या कणों द्वारा किए गए अपरदन के मार्ग में पड़ने वाली चट्टानें घिसने लगती हैं। इस घिसने की प्रक्रिया को ही अपघर्षण कहा जाता है। चट्टानों के कठोर होने पर अपघर्षण की स्थिति कम होती है।

3. संघर्षण (Attrition)—प्रवाहित पवन के साथ उड़ने वाले चट्टानी चूर्ण आपस में टकराकर विदीर्ण होते रहते हैं एवं इनसे विभिन्न आकार के चूर्ण बनते हैं। चट्टानी चूर्णों के इस आपसी रगड़ को ही संघर्षण कहा जाता है।

पवन अपरदन को प्रभावित करने वाले घटक

पवन द्वारा अपरदन को प्रभावित करने वाले प्रमुख घटक निम्नलिखित हैं—

(i) धरातलीय संरचना—धरातलीय संरचना एवं उच्चावच पवन के अपरदनात्मक कार्य को प्रभावित करने वाला प्रमुख कारक है। कमजोर शैलों का अपरदन तीव्रता से होता है, जबकि कठोर प्रकृति की चट्टानों का अपरदन कठिनाई से होता है।

(ii) वायु वेग—वायु में व्याप्त वायु वेग अपरदन के लिए ऊर्जा का कार्य करता है। जहाँ पवन नियमित एवं वेगवान होती है, वहाँ अपरदन अधिक होता है।

वेगवान पवन में चट्टानी चूर्णों को प्रवाहित करने की क्षमता भी अधिक होती है। मुख्यतया वायु का अपघर्षण तथा संघर्ष कार्य वेग पर ही (Velocity) निर्भर है।

(iii) चट्टानी चूर्णों की मात्रा—चट्टानों के टुकड़े चूर होकर रेत एवं जलकणों में बदले जाते हैं। पवन में इन पदार्थों की मात्रा जितनी ही अधिक होती है, अपरदनात्मक कार्य में सक्रियता उतनी ही अधिक होती है।

(iv) जलवायुगत दशाएँ—पवन का अपरदनात्मक कार्य तापमान की दशाओं से भी प्रभावित होता है। मरुस्थलीय भागों में जहाँ दैनिक तापान्तर अधिक होता है, वहाँ शुष्कता की वजह से पवन अपवहन का कार्य ज्यादा अच्छी तरह से कर पाती है। पवन द्वारा अपवहन के लिए अधिक सामग्री मिलती है। साथ ही वाष्पीकरण की अधिकता के कारण ऊपरी सतह पर शुष्कता बनी रहती है एवं इससे अपवहन के साथ उड़ने वाले पदार्थों का परिमाण बढ़ जाता है। इसके विपरीत अधिक वर्षा वाले क्षेत्रों में आर्द्रता के चलते कण भारी होते हैं अतः अपरदन सक्रिय नहीं हो पाता।

(v) वनस्पति आवरण—जहाँ वनस्पति का सघन आवरण होता है, वहाँ वनस्पति की जड़ें कणों को आपस में बाँधे रहती हैं। परिणामतः पवन अपरदन प्रभावी नहीं होता।

पवन द्वारा निर्मित स्थलाकृतियाँ

पवन गर्त—मरुस्थलीय भागों में वायु प्रवाह द्वारा चट्टानों की ऊपरी परतें कमजोर होने लगती हैं तथा स्थान-स्थान पर छोटे-छोटे गड्ढे बन जाते हैं। इन्हें ही 'पवन गर्त' कहते हैं। समय के साथ इन गर्तों का विस्तार होने लगता है। चूँकि मरुस्थलों में भूमिगत जल स्तर काफी नीचे होता है, अतः कहीं-कहीं गर्तों की गहराई समुद्र तल से भी अधिक होती है। चूँकि इनका निर्माण पवन प्रवाह द्वारा होता है, अतः इन्हें 'अवतलन बेसिन' (Deflation Basin) भी कहा जाता है। संयुक्त राज्य अमेरिका के कोलोरेडो तथा एरोजिना एवं अफ्रीका के सहारा मरुस्थल में ऐसे अनेक उदाहरण मिलते हैं, गोबी तथा तकलामकान इसके उत्कृष्ट उदाहरण हैं।

इनसेल वर्ग—पवन प्रवाह द्वारा मरुस्थलीय क्षेत्रों में कोमल चट्टानें तेजी से अपरदित होती हैं, जबकि कड़ी चट्टानें बच जाती हैं। वायुवेग के समय जो चट्टानें कठोर नहीं होतीं वे अपरदित होती रहती हैं। इनके अपरदन होने से समुद्री द्वीप की तरह कठोर चट्टानें दिखाई देती हैं, इन्हें ही 'इंसेलवर्ग' कहा जाता है। जर्मन भाषा के इस शब्द का अर्थ 'एकाकी पहाड़' है। इंसेलवर्ग की भुजाएँ तीखे ढाल युक्त होती हैं तथा सतह पर धूल या मिट्टी का निक्षेप नहीं मिलता। सामान्यतया जहाँ मरुस्थलों

में बीच-बीच में ग्रेनाइट चट्टान होती है, वहाँ इंसेलवर्ग की रचना समूह में मिलती है। इनका आकार छतरीनुमा होता है। इंसेलवर्ग की संरचना एवं निर्माण प्रक्रिया पर सर्वप्रथम विचार करने का श्रेय 'बोर्न हार्डट्' को है। इसीलिए इस भूआकृति को 'बोर्न हार्डट्' भी कहते हैं। इसके बाद डेविस ने भी इंसेलवर्ग की संरचना पर प्रकाश डाला। कुल लोग इंसेलवर्ग का पवन अपरदन का अन्तिम स्वरूप मानते हैं।

छत्रक शिला—इसकी आकृति मशरूम की तरह होती है, इसलिए इसे मशरूम रॉक भी कहा जाता है। यदि मरुस्थलीय क्षेत्रों में कहीं कठोर चट्टानों के नीचे कोमल चट्टानों का विस्तार हो तो वायु अपघर्षण से ऊपरी भाग की अपेक्षा निचला कोमल भाग तीव्रता से कटता है। निचला कोमल भाग इसलिए भी तेजी से कटता है, कि वायु का अपरदनात्मक प्रभाव निचले भाग में अधिक होता है तथा ऊँचाई बढ़ने के साथ अपरदनात्मक कार्य कम होने लगता है। इस तरह ऊपरी कठोर भाग गदा के अग्र भाग की तरह एवं निचला भाग गदा के हत्थे की तरह दिखाई देता है। यदि निचला हिस्सा घिसते-घिसते अत्यन्त पतला हो जाता है, तो ऊपरी भाग छतरी की तरह परिलक्षित होती है। अल्जीरिया एवं मिस्र में 'गारा' इसी प्रकार की शिला को कहते हैं।

ज्यूगेन—रेगिस्तानी तथा अर्ध रेगिस्तानी क्षेत्रों में जहाँ कड़ी तथा नरम चट्टानें ऊपर-नीचे सामान्तर रूप में मिलती हैं, जोड़ों पर छोटे-छोटे गर्त पवन अपरदन द्वारा बनते हैं। इनके गर्तों में ओस की बूँदें जमा होने से अपक्षय की प्रक्रिया होती रहती है। यदि कहीं निचले कोमल चट्टान तक इसका संबंध हो जाता है, तो कठोर परत के नीचे कोमल चट्टानों में गर्त का अधिक विस्तार होता है। इस प्रकार यह आकृति 'अल्प बचत वाले मिट्टी के गुल्लक' की तरह बन जाती है, जिसे ज्यूगेन कहा जाता है। स्पष्टतया ज्यूगेन अपक्षय एवं पवन अपरदन का मिश्रित परिणाम है।

यारदांग (Yardang)—ज्यूगेन की रचना क्षैतिज संस्तर वाले क्षेत्रों में होती है, जबकि इसके विपरीत यारदांग की रचना लम्बवत् या किंचित झुके तल युक्त संरचना वाले क्षेत्र में होती है। यदि कहीं चट्टानों की स्थिति लम्बवत् रूप में हो तो भारी सख्त चट्टानों के बीच स्थित नरम चट्टानें अपरदित हो जाती हैं एवं कठोर शैलें खड़ी रह जाती हैं। यारदांग पवन दिशा के समानान्तर होते हैं। इनकी औसत ऊँचाई 6 मीटर तथा चौड़ाई 12 से 30 मीटर तक होती है।

शैल-जाली (Stone Lattice)—मरुस्थलीय एवं अथर्स मरुस्थलीय भागों में धरातलीय चट्टानेां की संरचना मिश्रित (कठोर एवं नरम दोनों तरह की चट्टानें) हों तो पवन वेग से नरम भाग अपरदित हो जाते हैं, जबकि कठोर भाग खड़े रह जाते

हैं, इस तरह पवन वेग के अपघर्षण से निर्मित भूआकृतियाँ जालीनुमा प्रतीत होती हैं, जिन्हें शैल–जाली कहते हैं। पुनः जब जालीनुमा आकृतियों में आर-पार छिद्र हो जाते हैं तो उसे 'पवन गवाक्ष' (Wind Window) कहते हैं। यही विकसित होकर 'पवन सेतु' (Wind Bridges) बनते हैं जिसमें मेहराबनुमा छत्रक के नीचे सुरंगनुमा छिद्र बन जाता है।

भूस्तम्भ (Demoisells)–जहाँ कठोर चट्टानों के नीचे नरम चट्टानों के स्तम्भ होते हैं वहाँ निचली चट्टान के अधिक अपरदित होने से ऊपरी चट्टान टोपीनुमा दीखती है। इसे ही भूस्तम्भ कहते हैं।

पवन द्वारा परिवहन कार्य

पवन द्वारा अपरदनात्मक कार्य निश्चित होते हैं, लेकिन परिवहनात्मक कार्य निश्चित नहीं होते हैं। क्योंकि पवन वेग एवं दिशा अनिश्चित होते हैं। इसके अतिरिक्त नदी एवं हिमनद का परिवहनात्मक कार्य सतह पर होता है, जबकि पवन का परिवहनात्मक कार्य वायुमंडल के निचले स्तर में होता है। साथ ही पवन द्वारा महीन कणों का ही परिवहन को पाता है। इस प्रक्रिया में परिवहन प्रक्रिया विशेष महत्वपूर्ण होती है।

निक्षेपणात्मक आकृतियाँ

निक्षेपणात्मक आकृतियों का निर्माण दो कारणों से होता है। प्रथम तो यह कि जब हवा का वेग कम हो जाय तथा द्वितीय यह है कि उसके वाहक क्षमता से निक्षेपित होने वाली सामग्री अधिक हो जाए। इस निक्षेपण से निम्नवत् दो प्रकार की स्थलाकृतियों का निर्माण होता है–

1. बालूका स्तूप–बालुका स्तूप का निर्माण वायु कटाव तथा प्रवाह क्षमता में कमी या धूल के कण, उसकी वाहक क्षमता की तुलना में अधिकता के कारण होता है। इनकी आकृति एवं प्रतिरूप तथा निर्माण प्रक्रिया में प्रादेशिक भिन्नता मिलती है। सामान्य तौर पर इनका वितरण मरुस्थलीय क्षेत्रों में ही पाया जाता है, परंतु अर्ध शुष्क क्षेत्रों में भी जहाँ शुष्क रेत होती है एवं पवन वेगवान होता है, इस तरह की आकृतियाँ मिलती हैं। समुद्र तटवर्ती भागों या झील तटों पर भी यह आकृति दृष्टिगोचर होती है। आकार सामान्यतया लम्बायत, गोलाकार, अर्ध चन्द्राकार या अर्ध गोलाकार होता है तथा ऊँचाई 20 मीटर तक होती है। सर्वाधिक विस्तृत बालुका स्तूप संयुक्त राज्य अमेरिका के 'लुईस घाटी' में मिलते हैं। पवन मार्ग के समानान्तर इनका ढाल मन्द होता है।

बालूका स्तूपों की निर्माण प्रक्रिया—ज्यों-ज्यों पवन वेग में कमी आने लगती है, परिवहित सामग्री उसकी सामर्थ्य से अधिक हो जाती है तथा उसके द्वारा परिवहित पदार्थों का निक्षेप प्रारम्भ हो जाता है एवं जगह-जगह बालू के ढेर बन जाते हैं। जब इन बालू के ढेरों की ऊँचाई कुछ अधिक हो जाती है तो पवन के प्रवाह में ये स्वयं बाधा पहुँचाते हैं एवं परिवहित सामग्री और अधिक जमा होने लगती है। अस्तु बालुका स्तूपों का निर्माण होता है। बालुका स्तूप स्थायी आकृति नहीं होती, अपितु इसका स्थानान्तरण होता रहता है। सामान्यतया बालुका स्तूप समूह में मिलते हैं एवं जिस क्षेत्र में वे मिलते हैं, उस क्षेत्र को बालुका स्तूप समिश्र (Dune Complex) कहते हैं।

बालूका स्तूप के निर्माण के प्रभावकारी घटक

बालुका स्तूप के निर्माण को प्रभावित करने वाले अधोलिखित पाँच कारक महत्वपूर्ण हैं—

(i) पवन वेग—पवन में उपस्थित गतिज ऊर्जा में जितना वेग होगा, उसके द्वारा उड़ाए गए पदार्थों की मात्रा भी उतनी ही अधिक होगी। अतः बालुका स्तूप के निर्माण के लिए वेगवान पवन सहायक है।

(ii) वायु दिशा—बालुका स्तूप के निर्माण के लिए वेगवान पवन के साथ-साथ पवन की दिशा भी सुनिश्चित होनी चाहिए। यदि वायु की दिशा अनिश्चित रहेगी तो बालुका स्तूपों का निश्चित स्वरूप नहीं मिल पाएगा।

(iii) वायु मार्ग में बाधा—पवन की दिशा सुनिश्चित होने तथा वेग अधिक होने पर भी बालुका स्तूपों का विकास तब तक सम्भव नहीं है, जब तक कि परिवहित पदार्थों को निक्षेपित करने के लिए कोई बाधक तत्व न हो। बाधक तत्व के न होने पर वायु में उपस्थित निक्षेपित पदार्थ एक ढेर के रूप में इकट्ठे नहीं हो पाएंगे। यदि पवन मार्ग में झाड़ियाँ, वृक्षों, वनों या पहाड़ियों का अवरोध हो तो परिवहित सामग्री निक्षेपण के लिए बाध्य हो जाती है।

(iv) रेत एवं धूल कणों की मात्रा—बालुका स्तूपों का विस्तार व्यापक क्षेत्र में होता है। अतः इनके निर्माण के लिए व्यापक परिमाण में रेत कणों की आवश्यकता होती है। अतः उपरोक्त सभी कारकों के उपलब्ध होते हुए भी पर्याप्त रेत की मात्रा के अभाव में बालुका स्तूपों का विकास नहीं हो पाता। इस तथ्य को ध्यान में रखते हुए यह माना जा सकता है कि बालुका स्तूपों के निर्माण के लिए मरुस्थलीय सेतु ही उपयुक्त होते हैं।

(v) बालुका स्तूप निर्माण हेतु उचित स्थान—जहाँ कहीं झाड़ियाँ, वृक्षों एवं सघन वनों से पवन को अवरोध पहुँचता है, वहीं बालुका स्तूपों का निर्माण होता है। अतः यह आवश्यकता है कि इन अवरोधों के पीछे झील या विस्तृत जलीय भाग न हो। अन्यथा परिवहित सामग्री का निक्षेपण जलीय भाग में होगा एवं बालुका स्तूप का निर्माण नहीं हो पाएगा।

बालुका स्तूपों का वर्गीकरण

बालुका स्तूपों में आकृति, संरचना तथा विस्तार के अनुसार प्रदेश की जलवायु के अनुसार बालुका स्तूपों का निर्माण अलग-अलग तरह का होता है। इस व्यापक विषमता के कारण विभिन्न विद्वानों ने बालुका स्तूपों का वर्गीकरण विभिन्न दृष्टिकोणों से किया है, जिनमें, 'हेक' तथा 'वेगनाल्ड' उल्लेखनीय हैं। वस्तुतः बालक स्तूपों का वस्तुनिष्ठ वर्गीकरण उनकी स्थिति एवं आकार के आधार पर ही सम्भव है एवं इन्हीं दृष्टिकोणों से यहाँ बालुका स्तूपों का वर्गीकरण किया जाएगा।

स्थिति के आधार पर बालुका स्तूपों के प्रकार

संरचना के आधार पर बालुका स्तूपों के निम्नवत् प्रकार होते हैं—

(क) अंतर्वर्ती बालुका स्तूप—समुद्र तटों पर स्थित बालुका स्तूपों को छोड़कर अन्य किसी भाग में स्थित बालुका स्तूप इस वर्ग में आगे हैं। ये बालुका स्तूप तीन प्रकार के होते हैं— मरुस्थलीय बालुका स्तूप, नदी तटवर्ती बालुका स्तूप तथा झील तटवर्ती बालुका स्तूप।

(ख) तटवर्ती बालुका स्तूप—इनका निर्माण समुद्र से स्थल की ओर प्रवाहित वायु के कारण होता है। इन धूलकणों के संचयन से निर्मित स्तूपों को तटवर्ती स्तूप कहा जाता है।

आकृति के आधार पर बालुका स्तूपों के प्रकार

आकृति के आधार पर निम्नवत् प्रकार के स्तूप होते हैं—

(1) तिर्यक बालुका स्तूप (Transverse sand dunes)—कभी-कभी बालुका स्तूपों की उत्पत्ति एवं विकास प्रचलित पवन की दिशा के समकोण पर होती है। ऐसी परिस्थिति में निर्मित बालुका स्तूपों को तिर्यक बालुका स्तूप कहते हैं। इनका निर्माण अपेक्षाकृत मन्दगति के पवनों से होता है तथा आकृति दूर से देखने पर लहरनुमा होती है।

(2) बरखान—तिर्यक बालुका स्तूपों का विकसित विशिष्ट स्वरूप ही बरखान है। सामान्यतया ये समूह में मिलते हैं एवं इनकी आकृति चापाकार होती है। बरखान का निर्माण प्रचलित पवन दिशा के ठीक 90° पर होता है। पवन की दिशा की ओर बरखान की ऊँचाई क्रमशः बढ़ती जाती है जबकि पवन की विपरीत दिशा में बरखान की ऊँचाई घटती जाती है तथा शीर्ष की ओर (पवन दिशा की ओर) दो सिंग होती है जिसकी ऊँचाई एवं मोटाई क्रमशः शीर्ष की ओर घटती जाती है। केन्द्रवर्ती भाग सर्वाधिक ऊँचा होता है।

(3) पवन दिशानुरूप बालूका स्तूप (Longitudinal dunes)—प्रचलित पवनों की प्रवाह दिशा में बने लम्बायत स्तूपों को पवन दिशानुरूप बालुका स्तूप (Longitudinal sand dunes) कहा जाता है। ऐसे स्तूपों में पवन दिशा की ओर ढाल क्रमशः मन्द जबकि पवन की विपरीत दिशा में तीव्र होता है। अल्जीरिया, लीबिया, मिस्र, स्पेनिश सहारा, पश्चिमी आस्ट्रेलिया आदि के मरुस्थलीय भागों में ऐसे उदाहरण मिलते हैं। यह बालुका स्तूप तक निर्मित होता है। परन्तु तीव्र वायु समान वेग से प्रवाहित होती है। दो स्तूपों के मध्य खाली स्थान को 'रेग' या 'हमादा' कहते हैं।

यहाँ पर यह बताना आवश्यक है कि बरखान का निर्माण शृंखलाबद्ध रूप में समूह में होता है तथा यह शृंखलाबद्धता एवं समूहता रेत की मात्रा तथा पवन की गति से प्रभावित होती है। इस आकृति का निर्माण अत्यन्त ही सामान्य प्रक्रिया से होता है, तथा इसके निर्माण में कोई अधिक समस्या नहीं आती है। रेत सतह पर जब कदाचित् पवन गति परिवर्तित होती है या थोड़ा व्यवधान मिलता है तो रेत कणों का जमाव प्रारम्भ हो जाता है एवं यह रेत जमाव ही बरखान के निर्माण में सहायक होता है। सामान्य रूप में बरखान की चौड़ाई-लम्बाई का अनुपात 1:10 का होता है। जिस जगह रेत के कण और वायु द्वारा लाए गए अन्य निक्षेप लगातार जमा होते रहते हैं वहाँ बरखानों का विस्तार होता है। परिणामतः मरुस्थल विस्तृत हो जाते हैं। इनका सबसे विस्तृत स्वरूप अरब के मरुस्थल में मिलता है। कहीं-कहीं पर प्रचलित पवनों की दिशा में परिवर्तन मिलता है तथा इनकी दिशा परिवर्तित होती रहती है। सामान्यतया बरखानों की ऊँचाई 30 मीटर तक होती है तथा इसकी ऊँचाई को मरुस्थल में पार करना दुष्कर होता है। ऐसी स्थिति में दो बरखानों के मध्य स्थित गलियारे ही आवागमन का मार्ग प्रदान करते हैं। इन गलियों के द्वारा ही ऊँटों के काफिले गुजरते हैं एवं ऐसे मार्ग 'कारवाँ मार्ग' कहे जाते हैं। भारत में स्थित थार मरुस्थलों में इस तरह के कारवाँ मार्ग और बरखान मिलते हैं।

लोयस (Loess)—वायु द्वारा उड़ाए गए धूल कणों के निक्षेप से निर्मित भू-भाग को लोयस कहते हैं। रिचथोपेन पहले ऐसे भू-वैज्ञानिक थे जिन्होंने 'लोयस' पर शोध किया और अपने शोध द्वारा इसकी निर्माण प्रक्रिया पर प्रकाश डाला। रिचथोपेन ने 1868 में गोबी मरुस्थल के पूरब चीन के उत्तरी भाग में महीन धूल अर्थात् लोयस का अध्ययन करके यह तथ्य प्रतिपादित किया कि यह वायु द्वारा जमा किया गया पदार्थ है। इन्होंने यह भी बताया कि लोयस तथा अन्य परतदार चट्टानों का चीन के इस भाग में निक्षेप लगभग समतल धरातल पर हुआ है जिनका आधार कड़ी चट्टानों से निर्मित है। वस्तुतः लोयस का निर्माण उस अवस्था में होता है, जब पवन द्वारा उड़ाकर लाए गए धूल कण एक स्थान पर निक्षेपित होने लगते हैं। इसके कण बहुत ही महीन होते हैं, जिसके कारण लोयस के जमाव में परतें नहीं मिलतीं। इन धूलकणों के निक्षेप निम्नवत् कारणों से होते हैं—

1. वनस्पतियों की अधिकता के कारण भी धूलकणों का निक्षेपण होता है। यदि किसी क्षेत्र में वनस्पतियों का व्यापक आवरण हो तो वायु को प्रवाहित सामग्री के उड़ाने में बाधा पहुँचती है, परिणामतः एक स्थान पर कणों का निक्षेप होने लगता है।

2. वायुमंडल में व्याप्त धूलकणों का जमाव वर्षा की बूँदों के साथ धरातल पर होता है।

3. वायुमंडल में विद्यमान धूलकण भी परस्पर संबद्ध होकर वायु की गति क्षीण होने पर भारीपन के कारण भू-सतह पर निक्षेपित होने लगते हैं।

लोयस का निर्माण धूल, रेत, एवं मिट्टी एवं नदियों द्वारा निर्मित बाढ़ क्षेत्र तथा मरुस्थलीय भाग के कारण होता है। इसके जमाव के चलते भू-सतह पर विद्यमान असमानता समाप्त हो जाती है। सामान्यतया इसका रंग पीला होता है एवं इसमें फेल्सपार, क्वार्ट्ज तथा बाक्साइट के कण पाए जाते हैं। निर्माण स्थल के आधार पर लोयस जमाव निर्मित मैदान को दो भागों— मरुस्थलीय लोयस तथा हिमनद लोयस में विभाजित करते हैं। लोयस की उर्वरा शक्ति उस समय बढ़ती है जब पर्याप्त मात्रा में पानी हो।

लोयस जमाव का विश्व वितरण—विश्व स्तर पर लोयस का जमाव आस्ट्रेलिया, उत्तरी अमेरिका, यूरोप तथा एशिया महाद्वीपों में मिलता है। इसका व्यापक जमाव चीन के उत्तरी पश्चिमी भाग में मिलता है। महाद्वीपों के अनुसार लोयस के जमाव के विवरण अधोलिखित हैं।

उत्तरी अमेरिका व द. अमेरिका—उत्तरी अमेरिका में लोयस का जमाव नदी घाटी वाले क्षेत्रों में मिलता है तथा मिसीसीपी एवं मिस्सोरी नदी घाटियाँ इसके लिए विश्व प्रसिद्ध हैं। उत्तरी अमेरिका में लोयस जमाव को 'एडोबी' (Adobe) कहा जाता है। संयुक्त राज्य अमेरिका में लोयस का विस्तार प्रमुखतया, कोलोरेडो आयवा तथा इलिनाय राज्यों में मिलता है। इसी जमाव का विस्तार मैक्सिको तक मिलता है। दक्षिणी अमेरिका में लोयस का विस्तार अत्यन्त ही सीमित क्षेत्र (पम्पास मैदान) में मिलता है।

एशिया—लोयस जमाव का सर्वाधिक उत्कृष्ट स्वरूप एशिया महाद्वीप में चीन के उ.प. भाग में मिलता है। चीन में लोयस का जमाव लगभग 23 लाख वर्ग मील क्षेत्र में है तथा गहराई औसत रूप में 5.50 मीटर है। इस एरिया की लोयस का रंग प्रमुखतया पीला और अपारदर्शी होता है। इस भाग में नदियों ने लोयस को अपरदित करके 'बैडलैंड टोपोग्राफी' का विकास किया है। चूँकि कटाव अधिक होता है, अतः नदियों का पैंदा भी उथला होता रहता है एवं प्राकृतिक तटबंधों के निर्माण के साथ नदी का मार्ग परिवर्तित होता रहता है। इसी मार्ग परिवर्तन तथा अचानक बाढ़ के कारण ही ह्वाँगहो को चीन का शोक कहा जाता था परंतु अब तटबंधों के निर्माण से चीन का यह कलंक दूर हो गया है। उल्लेखनीय है कि चीन में लोयस का जमाव रेगिस्तानी धूल से हुआ है। यूरोप में लोयस का विस्तार फ्रांस, जर्मनी, बेल्जियम, हंगरी में मिलता है। यहाँ लोयस का जमाव हिम काल के निक्षेपों से पवन द्वारा उड़ाए गए कणों द्वारा हुआ है। पं. यूरोप में लोयस को लिमोन खोल होता है। आस्ट्रेलिया में लोयस का जमाव मर्रे डार्लिग बेसिन में सीमित क्षेत्र पर हैं।

सिंचाई की व्यवस्था रहने पर लोयस मिट्टी में सफलतापूर्वक कृषि की जा सकती है। उत्तरी प. चीन, संयुक्त राज्य अमेरिका एवं रूस इसके सफल उदाहरण हैं।

मरुस्थलीय प्रदेशों में अपरदन चक्र

मरुस्थलीय प्रदेशों में वर्षा नाममात्र की होती है एवं शुष्कता ही प्रधानता होती है। ऐसे शुष्क प्रदेशों में पवन के कार्यों की प्रमुखता होती है, परंतु कभी-कभी जल कार्य भी महत्वपूर्ण हो जाता है। मरुस्थल में कुछ सालों में घनघोर बारिश भी होती है। सामान्यतया शुष्क प्रदेशों में अपरदन चक्र वहीं पूरा होता है जहाँ वर्षा की मात्रा 25 सेमी. (वार्षिक) से कम होती है। यह अपरदन चक्र पवन एवं जल के संयुक्त कार्य से सम्पन्न होता है। यह समतल शुष्क मरुस्थलों में सक्रिय नहीं होता वरन्

पर्वत आवृत बेसिनों जैसे गोबी या तारिम बेसिन में ही सम्पन्न होता है। शुष्क प्रदेशों में अपरदन चक्र तीन अवस्थाओं में सम्पन्न होता है–

(i) युवा अवस्था–मिट्टी का कटाव और जमाव दोनों होता है। पर्वत पर पवन द्वारा कटाव होता है जबकि निम्नवर्ती बेसिनों में अपरदित पदार्थों का जमाव होता है। बेसिनों में जल के एकत्रीकरण से 'प्लाया झीलों' का निर्माण होता है जिसके इर्द-गिर्द बालुका स्तूपों का निर्माण होता है। यहाँ अस्थायी सरिताओं की प्रधानता होती है जो अंतर्पर्वतीय बेसिनों में आधार तल पर सक्रिय रहती है।

(ii) प्रौढ़ावस्था–इस अवस्था में मृदा अपरदन की प्रक्रिया काफी तीव्र होती है जिसके कारण उच्चावच में कमी आती है, पर्वतीय अग्र भाग अपरदन द्वारा पीछे हटते हैं तथा जल विभाजक संकीर्ण होने लगते हैं एवं बेसिनों का विस्तार होता है। इस अवस्था में निर्मित जलोढ़ पंख बाद में कई बजादा (Bajada) का रूप धारण करते हैं। पर्वतीय अग्र भाग एवं बजादा के मध्य नग्न एवं अर्धनग्न शैलों के चलते 'पेडीमेंट' (Pediment) का निर्माण होता है।

(iii) वृद्धावस्था–वृद्धावस्था की स्थिति में पहले से विद्यमान उच्चावचीय अंतर लगभग समाप्त हो जाता है। कहीं-कहीं कठोर शैलें खड़ी रह जाती हैं, जिनके चलते इंसेलवर्ग का निर्माण होता है। चक्र की अन्तिम अवस्था में कई पेंडीमेंटों के मिल जाने से मरुस्थलीय पेनी-प्लेन का निर्माण होता है, जिसे पेडीप्लेन कहते हैं। वृद्धावस्था की पूरी प्रक्रिया को पेडीप्लेनेशन कहते हैं।

बैडलैंड भू-आकृति–कभी-कभी असामयिक वर्षा के कारण पतली जलधाराओं से मृदा के कटने से घाटियों व गड्ढों का निर्माण होता है। इन घाटियों का अलगाव कटकों (Ridges) के माध्यम से होता है, जो ऊबड़-खाबड़ या असमान उच्चावच वाले होते हैं। इस असमान धरातल पर कठोरता के कारण बिना जूते के चलना कष्टसाध्य होता है। इस तरह की कटकों एवं घाटियों से युक्त असमान उच्चावच वाले भू-आकृति प्रदेशों को ही 'बैडलैंड' स्थलाकृति कहते हैं। इस प्रकार पवन एवं जल मिश्रित अपरदन चक्र से निम्न भू-आकृतियाँ चक्र की विभिन्न अवस्थाओं में दृष्टव्य होती हैं।

बाल्सन–शुष्क एवं अर्धशुष्क क्षेत्रों के अंतर्पर्वतीय बेसिन को बाल्सन कहते हैं। गोबी, तकलामकान, तारिम बेसिन ऐसे ही बाल्सन हैं।

पेडीमेंट–पेडीमेंट वह मलबा है जो पवन द्वारा पर्वतों के निक्षेपण से बनता है। इस शब्द का सर्वप्रथम प्रयोग जी.के. गिल्बर्ट ने 1882 में किया था। यह जलोढ़ पंख की भाँति होता है, परंतु इसका निर्माण अपरदन से होता है, परंतु कुछ विद्वान

इसे निक्षेपण का प्रतिफल मानते हैं, जबकि कुछ अन्य इसे मलबा (Sheetwash) तथा परिवर्तनशील जलधाराओं का प्रतिफल।

बजाडा—अंतर्पर्वतीय बेसिन के निम्नतम स्तर पर स्थित निम्न भूमि तथा पेडीमेंट के मध्य यह मन्द ढाल युक्त निक्षेपण से बना मैदान है। यह अनेक जलोढ़ पंखों के संयुक्त होने से विस्तृत होता है।

प्लाया—उक्त बेसिन का निम्नतम धरातल होता है। इसमें चतुर्दिक पहाड़ी श्रृंखलाओं से अकस्मात् वर्षा जनित सरिताएँ अपना जल एकत्र करती हैं। जल पूरित होने पर उसे प्लाया झील कहते हैं। परंतु शुष्क वातावरण में जल का शीघ्रता से वाष्पोत्सर्जन हो जाता है और यह क्षेत्र शुष्क हो जाता है। इसमें प्रायः नमक की परत जम जा़ती है।

13

हिमनद और हिमनदकृत स्थलाकृतियाँ

हिमपात की प्रक्रिया सतत होने से एक निश्चित स्थान पर बर्फ जमा होती रहती है। इस स्थान को ही हिमरेखा कहते हैं। इस हिमरेखा की स्थिति व ऊँचाई सर्वत्र समान नहीं होती। ध्रुवीय प्रदेश में यह समुद्र तल पर पायी जाती है जबकि विषुवत् रेखा के समीप मध्य अफ्रीका में इसकी ऊँचाई 5.500 मी. है। जिस क्षेत्र में हिम का अधिक जमाव हो जाता है, उसे हिम क्षेत्र कहते हैं। हिम के अत्यधिक भार के कारण यह नीचे की ओर खिसकने लगता है। इस प्रक्रार हिमक्षेत्रों से बाहर या नीचे की ओर अपने भार से तथा गुरुत्वाकर्षण के अधीन गतिमान हिमपुंज को हिमनद (ग्लेशियर) कहते हैं। हिमनद प्रमुख रूप से निम्न प्रकार के होते हैं : हिमचादर, घाटी हिमनद, पर्वत पदीय हिमनद। बहुत बड़े क्षेत्र में विस्तृत, असंतत हिमाच्छादन को हिमचादर कहते हैं। इससे हिम सभी दिशाओं में प्रवाहित होता है और संपूर्ण हिमपुंज एक हिमनद के रूप में आचरण करता है। आज संपूर्ण अंटार्टिका और ग्रीनलैंड हिमचादरों से ढके हुए हैं। ग्रीनलैंड में हिमचादर की मोटाई 3040 मी. और अंटार्टिका में 4,200 मी. है। ऊँचे अक्षांशों में हिमचादर तट को पार कर महादेशीय छज्जा पर फैल जाता है। इसे हिमछज्जा (Ice shelf) कहते हैं। अंटार्टिका का रॉस हिमछज्जा इसका सुन्दर उदाहरण है। यहाँ हिमचादर तट को पार कर वृहद् हिमछज्जा के रूप में समुद्र में फैल गया है जहाँ हिम की मोटाई 400 मी. से भी अधिक है। लघु हिमचादरों को हिमटोप (Ice Cap) कहते हैं। आइसलैंड का हिमटोप इसका उदाहरण है। ये हिमचादरों की अपेक्षा अधिक ऊँचाई पर स्थित होते हैं।

पर्वतों की चोटियों पर स्थित बर्फ जब अपने भार से, पर्वतीय ढाल और गुरुत्वाकर्षण के कारण हिम-जिह्वा के रूप में धीरे-धीरे नीचे की ओर खिसकने लगती है, तब उसे घाटी हिमनद कहते हैं। इनकी लंबाई कुछ मीटर से लेकर 2,000 किमी. तक होती है। इनका स्वरूप और कार्य धराकृति द्वारा नियंत्रित होता है। हिमालय

और आल्पस के हिमनद इसके उदाहरण हैं। हिमगर्तों (सर्क) में पाए जाने वाले हिमनद को हिमगर्त (Cirque glacier) कहते हैं।

ऊँचे अक्षांशों में तापमान कम रहने के कारण पर्वतों के नीचे उतरने पर भी हिमनदी का हिम कभी पूरी तरह से नहीं गलता। ऐसे हिमनद पहाड़ों से उतरकर पर्वतों के पदीय प्रदेश में आपस में मिलकर पर्वत पदीय हिमनद (Piedmont Glacier) का निर्माण करते हैं। अलास्का का मालासपिना हिमनद इसका सुन्दर उदाहरण है।

हिमालय पर्वत के हिमनद : हिमालय में दक्षिणी ढाल पर हिमरेखा 4,500 मी. की ऊँचाई पर पाई जाती है। अतः इसके ऊपर हिम निरंतर जमा रहता है जिससे वहाँ अनेक घाटी हिमनदों का जन्म हुआ है। ध्रुवीय प्रदेशों को छोड़कर विश्व के सबसे बड़े हिमनद यहीं मिलते हैं। प्रमुख हिमनद निम्नांकित हैं (उनकी लंबाई कोष्ठक में किलोमीटर में दी गई)–

(क) काश्मीर क्षेत्र-रूपल (16), पुनमा (27), रिमो (40), दियामिर (11), सोनापानी (11), रूण्डुन (19), चौंग कुमदन (19) और निउ आपिन; (ख) सिक्किम क्षेत्र जेमू (26), कंचनजंघा (16); (ग) कुमाऊँ क्षेत्र–मिलन (20), केदारनाथ (14. 5), गंगोत्री (26) और कोसा (11)।

गुरुत्वाकर्षण के और हिम चादर की मोटाई के कारण हिमनद में गति होती है। पर उनके सभी भागों में गति समान नहीं होती। घाटी हिमनदों में घर्षण के कारण मध्य भाग की अपेक्षा किनारों पर गति कम होती है। अतः इनकी बाहरी आकृति अर्द्ध चन्द्राकार हो जाती है। तली की अपेक्षा सतह पर भी अधिक गति होती है। सामान्यतः इनकी गति प्रति दिन कुछ मीटर होती है। विश्व के सबसे बड़े हिमनद बियर्डमोर (अंटाकर्टिका) की प्रति दिन गति मात्र 92 सेमी. है। ग्रीनलैंड में इनकी गति प्रति दिन 20 मी. और हिमालय में 20 से 30 मी. है। हिमचादरों की गति और मन्द होती है।

हिमरदन तथा हिमनिर्मित स्थलाकृतियाँ : अपरदन, अपनयन तथा निक्षेपण के कारण विभिन्न प्रकार की स्थलाकृतियाँ बनती रहती हैं। इनमें भी परिवर्तन होता रहता है। पर हिम प्रभावित क्षेत्रों के अध्येताओं में हिमनद के अपरदन कार्य के संबंध में पर्याप्त मतभेद हैं जिससे दो परस्पर विरोधी विचारधाराओं का जन्म हुआ है। प्रथम वर्ग के विद्वानों के अनुसार जिनमें ह्विम्पर, हीम, गारउड आदि प्रमुख हैं, हिम, चट्टानों को ढके रहने के कारण, उसे संरक्षण प्रदान करता है। इसे संरक्षणात्मक विचारधारा कहते हैं। इनका मानना है कि अपरदन में हिम का विशेष योगदान नहीं है। हिम

अपने को धरातल के अनुरूप बना लेता है। वस्तुतः हिम की स्थिति जस्ते की छेनी की तरह होती है जो सर्वाधिक कठोर सकती। उसी प्रकार हिम तली में चिपके हुए शिलाखंडों की काटने की क्षमता स्वयं हिम की कोमलता के कारण सीमित रहती है। स्थायी रहने की स्थिति में या कम मोटाई रहने पर हिम चट्टानों के ऊपर आवरण का काम करता है।

रैमजे और टिण्डल का मानना है कि हिमनदों का भी अपरदन होता है। भूतकाल में हिमनद प्रभावित क्षेत्रों के अध्ययन के आधार पर ये मानते हैं कि हिमनद अपरदन का एक सफल कारक है जिससे पूर्व निर्मित धरातल में केवल परिवर्तन ही नहीं होता, बल्कि नई स्थलाकृतियों का निर्माण भी होता है। इन्होंने प्लिस्टोसीन हिमयुग में हिमाच्छादित प्रदेशों के अध्ययन के आधार पर पाया है कि वहाँ की स्थलाकृतियाँ हिम से कभी भी प्रभावित नहीं होने वाले क्षेत्रों से बिल्कुल भिन्न हैं। हिम प्रभावित क्षेत्र चिकना, मिट्टी रहित और वतुलाकार तथा खरोंचा, गढ़ों एवं U-आकार की घाटी से युक्त होता है। हिम अपरदन के कारण ही स्थलाकृतियाँ निर्मित होती हैं।

दोनों विचारधाराओं का विवेचन करने से ज्ञात होता है कि दोनों मतों में थोडी अतिशयोक्ति है। स्थायी हिम तथा झीना हिमावरण के द्वारा अपरदन कार्य नहीं होता। उस अवस्था में यह चट्टानों को संरक्षण प्रदान करता है। पर शिलाखंडों से युक्त गतिमान हिम अपरदन कार्य करता है, पर नदियों के समान चरम तल तक नहीं।

हिमनदों की गतिशीलता ही उनके कम या अधिक अपरदित होने का स्तर निर्धारित करते हैं। इसलिए जब ये तीव्र ढाल से युक्त घाटियों से प्रवाहित होते हैं, तब अपरदन कार्य अधिकतम होता है। पर हिमचादर अत्यन्त कम अपरदन कार्य करते हैं क्योंकि यह बहुत धीमी गति करते हैं। अतः ये अधिकांशतः चट्टानों को केवल चिकना करते हैं।

हिमनद अपरदन कार्य कई रूपों में संपन्न करते हैं। हिमनदों के मार्ग में निकले और उभरे हुए चट्टान समूह हिम के साथ जमी हुई चट्टान जाते हैं। जब हिमनद आगे की ओर बढ़ता है, तब खिंचाव के कारण टूट जाती हैं। इस क्रिया से सतह रूखड़ी हो जाती है, सतहों में गड्ढे बन जाते हैं और भविष्य में इस प्रक्रिया को जारी रखने के लिए स्थिति उत्पन्न होती है अपक्षत, विखंडन तथा तोड़ने की क्रिया उत्पादन से प्राप्त शिलाखंड-शिलाचूर्ण हिमदरों से होकर हिमनदों की तली में चले जाते हैं और उनके जमकर बाहित होते हैं। ये शिलाचूर्ण अपनी तली और

किनारों को रगड़ कर काटते हैं तथा खरोंच पैदा करते हैं। छोटे शिलाखंड मंद गति से बाहरी हिमनद के नीचे चिपक कर रेगमार (सरेस) जैसा प्रभाव उत्पन्न करते हैं। इससे चट्टानी सतह चिकनी हो जाती है। इसी प्रकार बड़े शिलाखंड खरोंच एवं गढ़े निर्मित करते हैं तथा धरातल पर कई प्रकार के धारीदार चिह्न बना देते हैं। तोड़ने की क्रिया के द्वारा हिमनद शीर्ष अपरदन करते हैं जिसके द्वारा हिमगर्त का निर्माण होता है। हम सभी क्रियाओं के सम्मिलित प्रभावों से हिमरदित क्षेत्र चिकले, वर्तुलाकार, गढ़ों एवं हिमनदों और हिमचादरों का विकास एवं विनाश, उनके द्वारा संपन्न होने पर अपरदन और निक्षेप कार्यों तथा इसके परिणामस्वरूप स्थलाकृतियों में होने वाले परिवर्तनों को सम्मिलित रूप से हिमरदन (ग्लेशिरशन) कहते हैं। जब विवेचन से ज्ञात होता है कि हिमनद अपरदन, अपनयन और निक्षेप कार्य निम्न क्षेत्रों एवं घाटियों में होता है। पर घाटी हिमनद, हिमचादर तथा हिमहोपों से होने वाले अपरदन एवं निक्षेप की आकृति में भिन्नता पाई जाती है। इसलिए इनका अलग-अलग अध्ययन किया जाना चाहिए

हिमरदित पर्वत तथा उच्च भूमि : विश्व के सभी ऊँचे पर्वतों में हिमदरन के द्वारा घाटियों और चोटियों का स्वरूप परिमार्जित हो गया है जो जलीय अपरदन है द्वारा निर्मित स्थलाकृतियों से स्पष्ट रूप से भिन्न हिम निक्षेप इन स्वरूपों में विविधता प्रदान करते हैं। पर्वतों में हिमरदन के प्रभाव के अध्ययन के लिए उसे दो भागों में विभक्त किया जा सकता है—शिखर हिमरदित तथा ऊपरी ढालें और हिमरदित घाटियों तथा निचली ढालें।

हिमरदित (शिखर)—तथा ऊपरी ढालें : हिमरदित पर्वतों के ऊपरी भाग के भूरूप हिमनद द्वारा होने वाले अपरदन की सच्चाइयों को प्रमाणित करते हैं। इन्हीं भूरूपों के द्वारा उन पर्वतों का स्वरूप नियंत्रित होता है। यहाँ निर्मित स्थलाकृतियाँ पूर्ण रूप से हिमरदन का परिणाम होती हैं। हिमरदन के कारण हिमगर्त (सर्क), अरत और गिरिश्रृंग (हॉर्न) का निर्माण होता है।

(1) हिमगर्त—यह हिमरदित पर्वतों में यह सर्वप्रमुख और सर्वाधिक पाई जाने वाली स्थलाकृति है। जर्मनी में इस कार, वेल्श भाषा में कम, स्कॉट भाषा कोरी, स्कॅंडेनेविआई भाषा में बॉट्न तथा फ्रांसीसी तर्क कहते हैं। ये भाषा कई देशों में इसका नामकरण इसके विस्तृत रूप से पाए जाने को प्रमाणित करता है। यह पर्वतों के ऊपरी भाग में हिमरदन द्वारा निर्मित प्रतिनिधि स्थलाकृति है हिमगर्त हिमनद घाटी के शीघ्र भाग में हिम-अपरदन के द्वारा निर्मित अर्द्ध वृत्ताकार विशाल गहरा गर्त होता है जिसकी आकृति अर्द्ध गोलाकार रंगशाला के समान होती है। हिमरहित हिमगर्त

आकृति से गहरी सीख वाली बड़ी आराम कुर्सी के समान दीखता है जो तीन ओर से दीवारों से घिरा रहता है और एक ओर खुला रहता है। पर सभी हिमगर्त निश्चित रूप से तीन ओर से दीवारयुक्त नहीं होते; पूर्ण विकसित हिमगर्त अर्द्ध आयताकार होते हैं। हिमगर्त का निर्माण तीन भागों से बनकर होता है : आबद्धकारी खड़ी दीवारें, ऊपर की ओर ढाल से युक्त या लगभग समतल तली तथा देहरी। दीवारों की ऊँचाई 600 से 900 मी. तक होती है, जिसके आधार के पास कोई शिलाखंड (टालस) नहीं पाया जाता। सामान्यतः हिमगर्त हिम से भरे रहते हैं और हिमगर्त हिमनद (Cirque glacier) का निर्माण करते हैं। पर हिम के पिघलकर समाप्त हो जाने पर इनमें जल भर जाता है जिससे हिमगर्त झील (Cirque lake) का निर्माण होता है। साधारण हिमगर्त, मिश्र हिमगर्त, लटकते हिमकर्त, निवेशन हिमगर्त आदि इसके प्रकार हैं। इनकी आकृति अलग-अलग होती है।

हिमगर्तों का निर्माण : हिमगर्तों के निर्माण के निर्माण की प्रक्रिया काफी जटिल होती है। संरक्षणवादी विचारधारा के समर्थकों का मानना है कि हिमगर्तों के निर्माण के लिए अधःस्थ चट्टानों को हिम द्वारा संरक्षण प्रदान किया जाना आवश्यक है। हिमगर्तों का निर्माण अन्तर-हिमानीकाल तथा उत्तर हिमानीकाल में हिम के उपस्थित रहने के कारण होता है। ऐसा देखा गया है कि जिन उपलब्ध गढ़ों में हिम वर्तमान रहता है, उसकी ऊपरी और नीचे की ढालों पर काट-छांट का कार्य अपरदन द्वारा होता है और हिम के पिघलने से प्राप्त जल उपलब्ध मलबे को स्थानान्तरित करता जाता है। इस क्रिया के द्वारा ये गर्त गहरे होते जाते हैं तथा उनकी दीवारें पीछे हटती जाती हैं। नाइवेशन के कारण पीछे हटते जाने के कारण गर्त की दीवारें खड़ी रहती हैं। छोटे गर्तों की अपेक्षा बड़े गर्तों का विकास विशेषकर हिमरेखा के समीप और उसके ऊपर अधिक तेजी से होता है। विस्तृत हो जाने पर इनमें छोटे हिमनद विकसित हो जाते हैं। ये हिमनद मलबा को बहाकर ले जाने पर इनमें छोटे हिमनद विकसित हो जाते हैं। मलबा बाहर ले जाने के कारण गर्त-तल को सक्रिय रूप में गहरा करने लगते हैं। पाला-क्रिया और अधोहिमानी विखंडन के द्वारा गर्त की दीवारों में शीर्ष अपरदन होता है जिससे वे पीछे हटती जाती हैं। हिमनद इन गर्तों के स्वरूप में आंशिक रूप से परितर्तन करके हिमगर्तों का निर्माण करते हैं। वास्तविक जीवन में ऐसी स्थिति पाई जाती है। अनेक हिमगर्तों में हिम जमा रहता है। संरक्षण विचारधारा के पोषक गारउड की परिकल्पना वास्तविकता से बहुत दूर है। हिमनद अपरदन का एक प्रमुख कारक है और उसकी अपरदन शक्ति को अस्वीकार नहीं किया जा सकता।

हिमगर्त निर्माण के संबंध में 1904 ई में डब्ल्यू.डी. जॉनसन ने हिमदर सिद्धांत (Bergschrund theory) प्रतिपादित किया और बतलाया कि हिमगर्त पूर्ण रूप से हिमरदन द्वारा निर्मित होते हैं। जॉनसन ने हिमगर्तों के निर्माण में हिमदरों (बड़े और हिम विदर) को सर्वाधिक महत्वपूर्ण माना है। हिमयुक्त हिमगर्तों की ऊपरी दीवार के पास हिम के नीचे की ओर बहाव के कारण हिमदरों (Bergschrund) का निर्माण होता है। ये हिमनद दीवारों जैसी संरचना का निर्माण कर उसकी सतह तक फैल जाते हैं। दिन में हिम की सतह पर हिम के पिघलने से प्राप्त जलन इन विदरों में प्रवेश कर रात में ठंडक के कारण जम जाता है। दिन में हिम के पिघलने और रात में जमने से चट्टान के सन्धों पर जोर पड़ता है जिससे चट्टान ढीली पड़कर टूट जाती है। इस क्रिया के द्वारा हिमनद के अपरदन एवं घर्षण के लिए शिलाखंड (यंत्र) प्राप्त होते हैं। इन शिलाखंडों द्वारा घर्षण एवं खरोंच द्वारा उत्पन्न अधोखनन के कारण गर्त की तली गहरी होती जाती है। चट्टानों के टूटने से दीवार पीछे की ओर हटती जाती है जिससे हिमगर्त विस्तृत होते जाते हैं। हिमगर्त के मध्य भाग में हिम की मोटाई अधिक रहने के कारण वहाँ अपरदन कार्य अधिक होता है जिससे हिमगर्त की तली की ढाल ऊपर की ओर हो जाती है और वहाँ तलीपात्र का निर्माण हो जाता है। हिमगर्त की तली और दीवारों से टूट शिलाखंड हिम के साथ जमकर हिमनद के साथ बाहर चले जाते हैं और इस प्रकार हिमदरों के निर्माण के द्वारा हिमगर्तों का निर्माण होता है।

हॉब्स चक्रीय व्यवस्था को हिमगर्तों के विकास को महत्वपूर्ण कारक मानते हैं। हिमगर्त हिमकोषों के पार्श्व में छोटे-छोटे निवेशन गर्त के रूप में प्रारंभ होते हैं। उसके पश्चात् जानसन के हिमदर सिद्धांत के अनुसार अपरदन के द्वारा यह गर्त बड़ा होता जाता है। दिन में हिमकोषों और निवेशन गर्तों (Nivation hollows) के किनारों तथा सतहों पर हिम के पिघलने से प्राप्त जल चट्टानों के रन्ध्रों में प्रवेश करके रात में ठंडक के कारण जम जाता है, जिससे चट्टानें टूटती हैं। हिम के पिघलने से प्राप्त विखंडित शिलाखंडों को बहाकर ले जाता है जिससे निवेशन गर्त उत्तरोत्तर गहरा होते जाते हैं। अपरदन की इस क्रिया के कारण दीवारें निरंतर कटती रहती हैं। पीछे की ओर हटने के क्रम में दीवारें खड़ी हो जाती हैं। और हिम जमाव के बाद वास्तविक हिमनदों का निर्माण होता है। हिमनदों के निर्माण के बाद हिमदर निर्माण के द्वारा ऊपर वर्णित क्रिया से हिमगर्तों का विकास होता जाता है।

अर्द्धवृत्ताकार हिमगर्तों का स्वरूप आयताकार हो जाता है। आसन हिमगर्त पीछे की ओर हटते जाते हैं जिससे पर्वतीय भाग कटकर नुकीला हो जाता है। और

अधिक विकास होने पर हिमगर्त आपस में मिलने लगते हैं जिससे दर्रों का निर्माण होता है। कालांतर में समस्त उच्च पर्वतीय भाग कट-पिट कर घर्षित उच्च भाग में परिणत हो जाता है। इस प्रक्रिया की निरंतरता में सदैव हिमगर्त बढ़ते रहते हैं।

(2) अरत (Arete) : अरत एक ऐसी चट्टान है जो पतली तथा संकरी होती है। आसन्न हिमगर्तों की दीवारों में, हिमगर्त विकास की क्रिया में, अपरदन होने से इनका निर्माण होता है। अपरदन क्रिया के जारी रहने के कारण निरंतर पीछे हटते जाने से दो आसन्न हिमगर्तों के बीच की परत कट जाती है। इससे पहाड़ी दर्रों का निर्माण होता है।

(3) गिरिशृंग (Horn): हिमगर्तों के निर्माण के द्वारा भित्तियों के निरंतर पीछे हटते जाने से ऊँची चोटियाँ तथा ऊपरी ढालें काफी कट जाती हैं। चार-पाँच आसन्न हिमगर्तों के बीच जहाँ तिरछी अरतें एक दूसरे से मिलती हैं, पिरामिड की आकृति के समान शंक्वाकार चोटी पाई जाती है, इसे गिरिशृंग कहते हैं। स्वीस आल्पस का मेटरहॉर्न और वेसहॉर्न तथा लघु हिमालय में बद्रिकाश्रम के पास की शिवलिंग चोट इसके सुंदर उदाहरण हैं।

हिमरदित निचली ढालें तथा घाटियाँ : ऊपरी ढालों तथा चोटियों के समान हिमरदन का प्रभाव निचली ढालों और घाटियों पर भी स्पष्ट रहता है। पर ऊपरी ढालों के विपरीत यहाँ हिमनद नई भूआकृतियों का निर्माण नहीं कर प्रधानतः पुरानी भूआकृतियों तथा घाटियों को सँवारने तथा स्वरूप परिवर्तन करने का काम करते हैं। यहाँ निर्मित होने वाली स्थलाकृतियों में U-आकार की घाटी, लटकती घाटी, भीम सोपान, मेष शिला, गिरिताल तथा मालाकार झीलें प्रमुख हैं। ये स्थलाकृतियाँ हिमनद घाटी की परिच्छेदिकाओं में दिखाई देती हैं।

(क) हिमरदित घाटी की अनुदैर्ध्य परिच्छेदिका का स्वरूप : नदी घाटी के वक्राकार अनुदैर्ध्य परिच्छेद के प्रतिकूल हिमरदित घाटियों की अनुदैर्ध्य परिच्छेदिका सीढ़ीनुमा ढाल जैसी दिखाई देती है। इसे हिम सोपान कहते हैं।

ये कुछ मीटर से लेकर हजारों मीटर तक ऊँचा और कुछ मीटर से लेकर सैकड़ों किलोमीटर लंबा होते हैं। टाप की ढाल ऊपर की ओर होती है तथा जहाँ से घाटी शुरू होती है वहाँ से सीढ़ियों की ऊँचाई बढ़ती जाती हैं। इन सोपानों को देखकर लगता है कि ये किसी दैत्य के व्यवहार के लिए निर्मित हुई है। अतः इन्हें दैत्य सोपान या भीम सोपान भी कहते हैं। इनमें हिमगर्तों के सटे नीचे पाया जाने वाला सोपान सर्व प्रमुख होता है जिसकी ढाल लगभग खड़ी होती है। इसके सुंदर उदाहरण आल्पस की जरमट घाटी, वाल मेसोक्को घाटी तथा सेरानेवादा की पश्चिमी ढाल पर

सानजुआक्वीन नदी की सहायक योसेमाइट नदी की घाटी में पाए जाते हैं। वाल मेसोक्को घाटी में क्रमशः 91 मीटर, 152 मीटर तथा 244 मी. ऊँचे तीन सोपान पाए जाते हैं।

हिम सोपान के निर्माण की प्रक्रिया के संबंध में हिमरदन के दोनों विचारधाराओं में मतभेद है। संरक्षणात्मक विचारधारा के अनुसार माना जाता है कि इनका निर्माण अंतर-हिमानी काल में, घाटी के हिमरदित क्षेत्रों में जल-अपरदन द्वारा होता है। इस काल में हिमनद पीछे हटते हैं। घाटी का जो भाग हिमाच्छादित रहता है, वहाँ साधारण अपक्षय एवं विखंडन-क्रिया तथा जल-अपरदन का प्रभाव नहीं पड़ता। पर हिमाच्छादन के नीचे हिमरहित घाटी में हिम के गलने से प्राप्त जल के द्वारा अपरदन कार्य होता है जिससे हिमरहित घाटी का तल कटकर नीचा हो जाता है। हिम की समाप्ति पर सीढ़ीनुमा आकृति का निर्माण हो जाता है। इस चरण में कई प्रकार के और भी भौगोलिक परिवर्तन होते रहते हैं। वाल मेसोक्को घाटी के सोपान आल्पस पर्वत क्षेत्र में स्वीकृत हिमाच्छादन क्रम के अनुकूल हैं। इस क्रिया द्वारा सोपान का निर्माण हो सकता है। पर सभी घाटियों का निर्माण इस क्रिया द्वारा नहीं माना जा सकता। अंतर-हिमानी काल में हिमनद एक ही स्थान में दीर्घकाल तक रुके रहेंगे, इसका कोई स्थाई आधार नहीं है। इस स्थिति में परिवर्तन हो सकता है। फिर भी सीढ़ीनुमा घाटियों के निर्माण में हिमनद-अपरदन के योगदान को अस्वीकृत नहीं किया जा सकता।

वस्तुतः इस स्थलाकृति का निर्माण विभिन्न कारणों से होने वाले अपरदन का परिणाम है। छोटे हिमनद हिम की मात्रा कम रहने के कारण, बड़े हिमनदों की अपेक्षा कम अपरदन कार्य करते हैं। इसलिए दो या अधिक हिमनदों की अपेक्षा कम अपरदन कार्य करते हैं। इसलिए दो या अधिक हिमनदों के मिलन-स्थल के नीचे अधिक अपरदन कार्य होता है जहाँ ये सोपान पाए जाते हैं। हिम अपरदन इस स्थिति में भी होता है जबकि संकीर्ण घाटियों में हिम का आयतन बढ़ जाता है। एक बार स्वीकार किए जाने पर कि हिमनद अपरदन कार्य करते हैं, यह मानना स्वाभाविक है कि अधिक हिम से युक्त हिमनद अधिक अपरदन कार्य करेंगे। कुछ सोपान अधिक अवरोधी चट्टानों द्वारा निर्मित होते हैं जो हिमनद के भेदकारी अपरदन के द्वारा निर्मित हुए प्रतीत होते हैं। कमजोर चट्टानें अपरदित हो गई हैं और अवरोधी चट्टानें सोपान का निर्माण करती हैं। इसका उदाहरण संयुक्त राज्य के येसोमाइट घाटी में पाया जाता है।

इस तरह यह स्पष्ट होता है कि हिम सोपान का निर्माण अंतर-हिमानी काल

में हिमाच्छादित क्षेत्र के बाहर प्रवाही जल के द्वारा हुए अपरदन, विभिन्न हिमनदों की अपरदन भिन्नता तथा चट्टान अवरोधकता में भिन्नता के कारण होता है। इस प्रकार सभी हिम सोपान एक ही क्रिया द्वारा निर्मित नहीं होते। सोपानों की टाप की ढाल ऊपर की ओर होती है। हिम के पिघलने के पश्चात् इसमें जल भर जाता है जिससे झीलों का निर्माण हो जाता है। इन्हें ही मालाकार झील भी कहते हैं क्योंकि झीलें धागे में पिरोई हुई मोती की लड़ी की तरह दिखाई पड़ती हैं। इसलिए इन्हें मालाकार झील कहते हैं।

(ख) हिमरदित घाटी का अनुप्रस्थ स्वरूप—नदियों के समान हिमनद अपने लिए घाटियों का निर्माण नहीं करते, बल्कि नदी घाटी के स्वरूप को परिमार्जित करके अपने अनुकूल बना लेते हैं। हिम संपूर्ण घाटी में भरकर हिमनद के रूप में प्रवाहित होता है। हिमनद के गतिमान होने पर वहाँ वहाँ उपस्थित अपरदन अपना स्थान बदल लेता है बाहूकूट कट जाते हैं और नदी तल घिस जाता है। इस प्रकार घाटी चौड़ी, गहरी और सीधी हो जाती है और अंततः रूप-सँवार के द्वारा U-आकार की घाटी में परिणत हो जाती है। अल्प हिमरदित क्षेत्रों में जहाँ घाटियाँ पूर्ण रूप से हिम के द्वारा नहीं भरी थीं, ऊपरी ढालें उच्चस्तरीय वेदिका (Shoulder) के रूप में बची रहती हैं और घाटियों की खड़ी दीवारों के ऊपर स्कन्धी का निर्माण होता है। इन्हें आब कहते हैं। यह स्कन्धी जोड़ के समान होती हैं। यह स्कन्धी यद्यपि कि हिमनद के द्वारा परिमार्जित होती है, पूर्ववर्ती प्राचीन विस्तृत नदी घाटी-तल का अवशेष होती है जहाँ हिमाच्छादन के पूर्व गहरे गॉर्ज का निर्माण हुआ था। केवल एक स्कन्धी दिखाई गई है। पर अनेक अल्पाइन घाटियों में कई स्कन्धियाँ पाई जाती हैं जो वर्तमान घाटी तल से काफी ऊँचाई तक विस्तृत पाई जाती हैं। इस प्रकार कई स्कन्धियों का पाया जाना संकेत करता है कि इनका निर्माण बारी-बारी से संपन्न हुए सामान्य अपरदन और हिम अपरदन के द्वारा हुआ है। U-आकार की घाटी का सपाट तल खड़ी दीवार से आबद्ध होता है जिसके ऊपर आब तथा ऊपरी ढालें पाई जाती हैं। घाटी तल की सपाटता हिमरदन तथा घाटी में जलोढ़ के जमाव द्वारा पैदा होती है। संयुक्त राज्य की येसोमाइट घाटी और यूरोप की लाउटर ब्रुनेन घाटी इसके प्रतिरूपी उदाहरण हैं।

नदी घाटी से तुलना किए जाने पर हिमनद की अनुप्रस्थ घाटी में नदी घाटी की युवावस्था की खड़ी ढालें और प्रौढ़ावस्था एवं वृद्धावस्था की चौरस सपाट तल का सामजस्य रहता है। पर सभी हिमनद घाटियाँ पूर्ण रूप से U-आकार की नहीं होतीं।

स्थानीय जलवायु, चट्टानी संरचना तथा हिमरदन की अवधि पर उनकी आकृति निर्भर करती है। इसलिए कतिपय घाटी तल पूर्ण सपाट न होकर वर्तुलाकार होते हैं और घाटी-दीवारों के बीच की चौड़ाई ऊपर की ओर बढ़ती जाती है।

टिण्डल जैसा हिमरदन के पक्षधर लोग U-आकार की घाटी को पूर्ण रूप से हिमनद द्वारा निर्मित मानते हैं। पर इन घाटियों का निर्माण केवल हिमरदन के द्वारा न होकर पूर्व स्थित नदी घाटियों में हिमरदन के द्वारा रूप-सँवार के द्वारा होता है। घाटियों का निर्माण नदियों के द्वारा होता है और U-आकार रूप हिमरदन के द्वारा विकसित होता है। प्लिस्टोसीन हिमयुग की ऐसी कई घाटियाँ पीरपंजल श्रेणी में पायी जाती हैं।

लटकती या प्रपाती घाटियाँ (Hanging valley) : हिमनद की समाप्ति पर प्रधान तथा सहायक घाटियाँ एक तल में नहीं मिलतीं; सहायक घाटी का तल प्रधान घाटी की अपेक्षा ऊँचा रहता है। ऐसा प्रतीत होता है मानों सहायक घाटी प्रधान घाटी के ऊपर लटक रही हो। इसलिए इसे लटकती या प्रपाती घाटी कहते हैं। नदी मार्ग प्रपात भी इन घाटियों के पास होते हैं। हिमनद घाटी की अनुदैर्ध्य परिच्छेदिका के निर्माण के समान ही प्रपाती घाटियों के निर्माण के प्रश्न पर हिमरदन की दोनों विचारधाराओं में भिन्नता पाई जाती है। संरक्षणात्मक विचारधारा के अनुसार इनका निर्माण अंतर-हिमानी काल में अधिक ऊँचाई पर स्थित सहायक घाटियों के हिमाच्छादित रहने तथा नीचे प्रधान घाटी में नदियों के द्वारा अपरदन होने के कारण होता है।

लटकती घाटियों की ऊँचाई अलग-अलग भी होती है। अंतर-हिमानी काल में जिन सहायक घाटियों में हिम मौजूद नहीं था, वे प्रधान घाटियों के समान अपरदित हो गईं और आज उनका मिलन-तल समतल है, पर अपरदन विचारधारा के अनुसार लटकती घाटियाँ हिमनद के भेदकारी अपरदन के परिणाम हैं। मुख्य घाटियों में हिम अधिक होता है। इसलिए वहाँ अपरदन क्रिया अधिक क्रिया तीव्र होती है और सहायक घाटियों में कम। अतः हिम समाप्ति पर दोनों घाटियाँ दो तलों में पाई जाती हैं और लटकती घाटियों का निर्माण होता है। घाटियों का प्रपात प्रधान तथा सहायक घाटी में हिम की मोटाई और हिमरदन की अवधि पर निर्भर करता है। यह संभव है कि विभिन्न सहायक घाटियों में हिम की मात्रा बराबर नहीं हो। इसलिए सभी सहायक घाटियों का प्रपात बराबर नहीं है। फिर भी लटकती घाटियों के निर्माण में संरक्षणात्मक विचारधारा से बल मिल सकता है।

कटित बाहूकूट—हिमनद संपूर्ण घाटी में भरकर प्रवाहित होता है। फलतः

घर्षण और हिमक्रिया के द्वारा अंतरग्रथित बाहूकूट कट जाते हैं। घाटी पार्श्व में इनके अवशेष को कटित बाहूकूट कहते हैं।

हिमरदित घाटी में उपस्थित स्थलाकृतियों को देखकर भी इसकी उत्पत्ति की क्रियाविधि पर प्रकाश पड़ता है। यह बिल्कुल सीधी होती है तथा कटित बाहूकूट के 'मूल' अवशेष के रूप में विद्यमान रहते हैं। ये बाहूकूट हिमरदन द्वारा कटते हैं। घाटी में बाहूकूटों अथवा उनके अवशेष की उपस्थिति घाटी में जल-अपरदन को तथा घाटियों के वर्तमान स्थालाकृति को निश्चित करने में हिमरदन की महत्ता को प्रमाणित करता है।

तलीपात्र (Rock Basin) तथा गिरताल (Tarn)—घाटियों के स्कन्धों पर शैल आबद्ध गढ़े पाए जाते हैं जिनमें जल के भरने से झील का निर्माण होता है। इन्हें गिरिताल कहते हैं। पर्वत पदीय भाग तथा घाटी सीमांत भाग में बड़ी झीलें पाई जाती हैं, इन्हें तलीपात्र कहते हैं। आल्पस के कुछ गिरिताल हिमोढ़ आदि के द्वारा अबद्ध हैं। पर अनेक गिरिताल हिमनद द्वारा उत्पाटन (तोड़ने) की क्रिया द्वारा निर्मित हुए हैं। संधयुक्त और कमजोर और टूटी-फूटी चट्टानों को हिमनद तोड़कर ले जाता है जिससे स्थानीय गड्ढ़े बन जाते हैं। इसका उदाहरण कनाडी शील्ड और फिनलैंड की असंख्य झीलें हैं।

दीर्घकालीन हिमरदन के द्वारा हिमरदित पर्वत तीक्ष्णाग्र चोटियों, नग्न खड़ी और प्रपाती ढालों, तीक्ष्ण शीर्षयुक्त उत्सेधों, तलीपात्र द्वारा निर्मित गिरितालों, U-आकार की तथा प्रपाती घाटियों, जलप्रपात, सीढ़ीनुमा अनुलंब ढालों तथा असममित ढाले से युक्त वर्तुल अथवा अंडाकार चट्टानी उभारों से युक्त होते हैं।

पर्वत पदीय झीलें तथा फियर्ड : पर्वतीय आधार का वो भाग जहाँ हिमनद आकर मिलते हैं, हिम की मोटाई तथा विस्तार काफी बढ़ जाता है जिससे उनकी अपरदन शक्ति बढ़ जाती है। अतः यहाँ गहरी घाटियों तथा तलीपात्रों का निर्माण होता है। हिमनद की समाप्ति पर इनमें जल भर जाता है और झीलों का निर्माण होता है। स्विट्जरलैंड और इटली की झीलें इसका उदाहरण हैं। फियर्ड भी हिमरदन द्वारा निर्मित एक प्रमुख स्थलाकृति है। यह खड़ी दीवारों तथा बाहर की ओर देहरी से युक्त, समुद्र तल के नीचे पाई जाने वाली काफी गहरी हिमनद घाटी है। यह खड़ी दीवारों के बीच समुद्र-तट में सँकरी खाड़ी की नाईं घुसा रहता है। नार्वे में इनकी गहराई 1,300 मी. तक है। इनके बाहरी अन्त्य भाग में पाई जाने वाली देहरी के ऊपर जल की गहराई अति ही कम रहती है। ये फियर्ड प्रधानतः स्कॉटलैंड, नार्वे, अलास्का, ब्रिटिश कोलंबिया, लैब्रेडोर, ग्रीनलैंड, पटागोनियाँ तथा न्यूजीलैंड में पाए

जाते हैं। इसकी आकृति सीधी दीवारों से आबद्ध आयताकार होती है। संरचना तथा अपरदन के आधार पर ही इसका निर्माण होता है। ये सामान्यतः कमजोर क्षेत्रों, टुटन और सन्धों से युक्त क्षेत्रों या अवरोधी चट्टानों से घिरी शिस्त-क्षेत्रों में पाए जाते हैं। फियर्ड-क्षेत्रों में नदियों ने संराचनिक कमजोर क्षेत्रों में घाटियों का निर्माण किया था। हिमनदों ने उन्हें और गहरा करके उनके रूप-सँवार के द्वारा फियर्डों का निर्माण किया है। इन तथ्यों की पुष्टि आज अलास्का के क्युर हिमनद में पाई जाने वाली स्थितियों से होती है। यही कारण है कि इसके पास की घाटियाँ काफी गहरी हो गयी हैं।

फियर्डों का निर्माण जमीन के ऊपर निर्मित घाटियों के क्षेत्रीय अधोगमन के द्वारा मानना तर्कसंगत नहीं जान पड़ता। इसका प्रमुख कारण यह है कि आसन्न सभी फियर्डों की गहराई समान नहीं है। अधोगमन के कारण निर्मित होने पर सभी फियर्डों की गहराई लगभग समान होनी चाहिए। फियर्डों के अंत में पाई जाने वाली देहरी तथा तली की भूखंड की ओर बढ़ती गहराई भी अधोगमन के सिद्धांत के प्रतिकूल हैं। देहरी को कुछ लोग अन्त्य हिमोढ़ मानते हैं, पर हर अवस्था में ऐसा नहीं पाया जाता। फियर्डों के निर्माण में भेदकारी अपरदन के द्वारा भी योगदान मिला प्रतीत होता है। अधिक मोटाई के हिम के द्वारा गहरी घाटियों का निर्माण होता है। अंतिम भाग में अपरदन कम होता है क्योंकि इसकी मोटाई कम होती है।

मेषशिला (Roch Moutoneu) : इसका निर्माण शिलाखंडों के ऊपरी अपरदन के कारण होता है। इसका निर्माण हिमचादरों द्वारा अधिक भली-भाँति होता है।

हिमरदित घाटियों में निक्षप : कुछ स्थलाकृतियाँ हिमनिक्षेप के द्वारा भी निर्मित होती हैं। यद्यपि कि ये स्थलाकृतियाँ महत्वपूर्ण नहीं होतीं। हिमनद पर्वतों की ऊपरी ढालों तथा घाटियों में अपरदन के द्वारा बड़ी मात्रा में मलबा प्राप्त करता है। जब हिमनद हिमरेखा के नीचे आकर समाप्त होने लगता है, तब अपने साथ लाए गए मलबे–मिट्टी, शिलाखंड, चट्टानचूर्ण, गोलाश्म (Boulder) आदि को जमा कर देता है जिससे हिमोढ़ (Moraine) का निर्माण होता है।

हिमोढ़ बालुका स्तूपों के समान जो उसके अंत में, पार्श्व में या तली में जमा होता है। यह विषम मलबे के द्वारा निर्मित होता है। इसलिए इसमें स्तरीकरण नहीं पाया जाता है। निर्माण की प्रक्रिया, स्थिति और स्थान के आधार पर ये निम्न प्रकार के होते हैं : अन्त्य हिमोढ़, अवकाशी हिमोढ़, मध्य हिमोढ़, पार्श्व हिमोढ़ और तली हिमोढ़।

अन्त्य हिमोढ़ (Terminal moraine) : हिमनदों के अधिकतम विस्तार के स्थान में जहाँ ये दीर्घकाल तक स्थायी रहते हैं, इनके द्वारा लाया गया मलबा उत्सेधों

के रूप में जमा हो जाता है। इसे अन्त्य हिमोढ़ कहते हैं। इनका निर्माण हिममुख के एक ही एक ही जगह पर लंबे समय तक ठहरने तथा निक्षिप्त मलबे को हिमजल के द्वारा बहा ले जाने की क्षमता पर निर्भर करता है। इसलिए सभी हिमनदों के द्वारा अन्त्य हिमोढ़ का निर्माण नहीं होता। हिमनद के अंतिम भाग के वर्तुलाकार होने के कारण इनकी आकृति वर्तुलाकार (अर्द्धचन्द्राकार) होती है। इनकी ऊँचाई हिमनद में हिम की मोटाई से अधिक नहीं होती। निक्षेपकाल में हिमखंड मलबे के साथ दब जाते हैं। इनके गलने से हिमोढ़ का ऊपरी धरातल ऊबड़-खाबड़ हो जाता है। इन गड्ढ़ों में जल के भरने से झील का निर्माण हो जाता है। घाटी में लगातार हो रहे जमाव की वजह से अन्त्य हिमोढ़ से जल रुक जाता है और झील का निर्माण हो जाता है। यह झील अस्थायी होती है। हिमोढ़ के द्वारा निर्मित बाँध के टूट जाने पर पानी बह जाता है और झील समाप्त हो जाती है। प्लिस्टोसीन हिमयुग के अन्त्य हिमोढ़ पीरपंजाल श्रेणी में 1,९81 मी. ऊँचाई पर पाए जाते हैं।

अवकासी हिमोढ़ (Recessional moraine) : समाप्त होने के क्रम में पीछे हटते हुए हिमनद किसी स्थान में कुछ अधिक समय तक रुक जाते हैं। रुकने की जगहों में हिमोढ़ का जमाव हो जाता है। हिमनद के अधिकतम विस्तार के पीछे निर्मित होने के कारण इनको अवकाशी हिमोढ़ कहते हैं। प्लिस्टोसीन हिमयुग के अवकाशी हिमोढ़ संयुक्त राज्य एवं उत्तरी यूरोप में पाए जाते हैं।

पार्श्व हिमोढ़ (Lateral moraine) : घाटी हिमनद के पार्श्व में निकटवर्ती पहाड़ों से प्राप्त शिलाखंडों के द्वारा निर्मित हिमोढ़ को पार्श्ववर्ती हिमोढ़ कहते हैं। विखंडन एवं अपक्षय से प्राप्त शिलाखंड हिमनदों के पार्श्व सतह पर जमा होते जाते हैं जो हिमनद की समाप्ति पर पार्श्ववर्ती हिमोढ़ के रूप में घाटी के पार्श्व में जमा हो जाते हैं। यद्यपि ये सभी हिमनद घाटियों में समान रूप से नहीं पाए जाते, फिर भी घाटियों में पहचानी जाने लायक स्पष्ट स्थलाकृतियों का निर्माण होता है।

मध्य हिमोढ़ (Medial moraine) : दो घाटियों के हिमनदों के भीतरी पार्श्व भाग के आपस में मिलने से मध्य हिमोढ़ का निर्माण होता है।

तली हिमोढ़ (Ground moraine) : घाटी हिमनद के हिम के गलने पर साथ में आया मलबा पूरी घाटी में बिछ जाता है। इसे तली हिमोढ़ कहते हैं। घाटी तल सामान्यतः तली हिमोढ़ से ढका रहता है, पर उसकी मोटाई अधिक नहीं होती।

हिम अपरदन के कारण ही झीलों का निर्माण होता है। अन्त्य हिमोढ़ और झीलों के बीच गोलाश्म मृतिका (Boulder clay) द्वारा निर्मित ड्रमलिन पाए जाते हैं। अन्त्य हिमोढ़ के पश्चात् बजरी निर्मित अपक्षेप मैदान (Outwash plain) पाया जाता

है। आल्पस में इस प्रकार के निक्षेप हिमनदों के अधिकतम विस्तार के बाहर पाए जाते हैं।

हिमचादर तथा हिमरदित निम्न प्रदेश : हिमचादरों की स्थिति हिमनद से अलग होती है। हिमचादर गतिहीन मालूम पड़ती है; पर उनकी तली में गति रहती है। हिमचादरों का विकास सामान्यतः निम्न क्षेत्रों में होता है क्योंकि पर्वतीय क्षेत्र में विकास होने पर घाटियों से गुजरते समय उनकी प्रकृति घाटी हिमनद जैसी हो जाती है। अल्प परिवर्तनों के साथ पर्वतों और उच्च भूमि की स्थलाकृति हिमरदित होने के पूर्व जैसी रह जाती है। पर निम्न प्रदेशों में हिमरदन के पूर्व की अधिकांश स्थलाकृतियाँ पूर्ण रूप से समाप्त हो जाती हैं और उनके स्थान पर नई स्थलाकृतियों का निर्माण हो जाता है। यह प्रधानतः निक्षेप का क्षेत्र होता है जहाँ हिमनद निक्षेप पूर्ववर्ती धरातल को पूर्ण रूप से आवेष्ठित कर लेता है। हिमनद के मलबे से विस्तृत होने के कारण स्थलाकृतियाँ अस्पष्ट होती हैं। निम्न क्षेत्रों में सामान्यतः हिमचादर एवं हिमटोप पाए जाते हैं। घाटी हिमनद के सदृश हिमचादर और हिमटोपों के द्वारा भी अपरदन और निक्षेप के द्वारा स्थलाकृतियाँ निर्मित होती हैं। इसलिए इनका अध्ययन पृथक्-पृथक् किया जाएगा।

निम्न प्रदेशों में हिमरदन द्वारा निर्मित स्थलाकृतियाँ : निम्न प्रदेशों में उच्चावचन में अल्प भिन्नता के कारण हिमरदन द्वारा निर्मित स्थलाकृतियाँ उतना प्रभावकारी नहीं होतीं। फिर भी उन पर हिमरदन के चिह्न स्पष्ट रूप से अंकित रहते हैं। बर्फ यहाँ पूरे धरातल पर जमी रहती है जिससे हिमतली में जमे हुए शिलाखंड एवं बालूकणों के घर्षण एवं रगड़ से अपरदन कार्य होता है। परिणामस्वरूप हिमाच्छादित संपूर्ण निम्न प्रदेश खरोंचपूर्ण, वर्तुलाकार पहाड़ी टीलों, मिट्टी रहित नग्न चट्टानी धरातल, मेषशिलाओं, हिमरदित टेकरी (knob) तथा गर्तमय भूमि से युक्त हो जाता है। इसे सपाट घिसा मैदान कहते हैं। कनाडी शील्ड, स्कैंडेनेविया और फिनलैंड में ऐसी स्थिति पाई जाती है। पहाड़ियाँ खरोंचपूर्ण, नग्न, वर्तुलाकार तथा चिकनी हो जाती हैं। अपरदित हो जाने के कारण जलविभाजक अस्पष्ट तथा दलदलपूर्ण हो जाते हैं। मिट्टी से वाहित हो जाने के कारण भूमि नग्न और अनुपजाऊ हो जाती है और जनसंख्या विरल हो जाती है। गोलाश्म मृत्तिका (Boulder clay) के क्षेत्र भी अनुपजाऊ होते हैं। हिम की समाप्ति पर जल उन गढढों में जमा हो जाता है जो हिमाच्छादन से बने होते हैं जिससे विभिन्न आकार की झीलों का निर्माण हो जाता है। ऐसी स्थिति फिनलैंड और कनाडा में भी पाई जाती है। झीलों की बहुलता के कारण फिनलैंड को 'दस हजार झीलों का प्रदेश' कहते हैं। घाटियों

में काफी गहरी, लंबी, सकरी अँगुली ताल का निर्माण होता है। अवरोधी चट्टानों के अपरदन द्वारा निर्मित पहाड़ी टीलों में मेषशिला और शृंगपुच्छ (Crag and tail) प्रमुख हैं।

मेषशिला उन चट्टानों को कहा जाता है जो आकृति में चट्टानों जैसी दिखती हैं। हिमरदन के द्वारा निर्मित, असममित ढालों से युक्त वर्तुलाकार चट्टानी टीला है जिसका हिममुख चिकना, खरोंचपूर्ण तथा मंद ढाल से युक्त और हिम विमुख भाग रूखड़ा, खड़ी ढाल से युक्त या सीढ़ीनुमा ढाल से युक्त होता है। दूर से देखने में यह बैठी हुई भेड़ की तरह दीखता है, इसलिए इसे मेषशिला या रॉक माउतुनी कहते हैं। यह पूर्ण रूप से हिमनद अपरदन द्वारा निर्मित स्थलाकृति है तथा हिमगर्तों, घाटी, निम्न प्रदेश आदि हिमरदित क्षेत्रों में पाया जाता है। इसका सुंदर उदाहरण स्कॉटलैंड के सन्ना बे के पूर्वी भाग में पाया जाता है। इसका हिमगुख भाग घर्षण एवं रगड़ के कारण चिकना और खरोंचपूर्ण और हिम विमुख भाग उभरी शिलाखंडों के तोड़े जाने के कारण रूखड़ा और प्रपाती है। इस प्रकार मेषशिला हिमरदन की सभी प्रक्रियाओं का प्रतिनिधि भूरुप है।

भारी हिमचादर के दबाव के कारण हिम सदा पिघलने की स्थिति में रहता है। थोड़ा भी भार एवं दबाव बढ़ जाने पर हिम पिघल जाता है तथा जल सन्धों तथा उभरी शिलाखंडों के चारों ओर फैल जाता है। दबाव के घटने पर जल पुनः जम जाता है जिससे उभरी शिलाएँ हिम में चिपक जाती हैं और हिम के आगे की ओर बढ़ने पर टूट जाती हैं। ऐसी स्थिति हिम विमुख भाग में पाई जाती है। इसी कारण मेषशिला के हिमविमुख भाग की तरह रूखड़ी रहती है।

कुछ ऐसी अवरोधी चट्टानें होती हैं जो कि एक लंबे समय तक अपरदित होती रहती हैं। यही बाद में मेष शिलाओं में परिवर्तित हो जाती हैं। इस प्रकार जलीय अपरदन चक्र के अंतिम चरण में निर्मित होने वाले मोनैडनॉक की तरह ये भी अपेक्षाकृत अधिक अवरोधी चट्टानों की धरातलीय अभिव्यक्ति हैं। पर अवरोधी चट्टानों के ऊपर कमजोर चट्टानों के द्वारा इनका निर्माण पाया जाना उक्त मान्यता को गलत सिद्ध करता है। चट्टानें हिमनदों में अपरदन की प्रक्रिया को नहीं रोक पातीं इसका प्रमुख कारण यह है कि वहाँ की हिम की मात्रा बहुत अधिक होती है। विशाल हिमराशि सभी प्रकार की चट्टानों को सुगमतापूर्वक और समान रूप से काटती है। इस प्रकार मेषशिला पूर्ण रूप से हिमरदन द्वारा निर्मित भूआकृति है जो हिम प्रवाह के मार्ग में उभरे हुए चट्टान पुंज के हिमरदन द्वारा रूप-सँवारे जाने के कारण निर्मित होता है।

शृंगपुच्छ (Crag and Tail) आकृति का निर्माण ज्वालामुखी पर अवरोधी चट्टानों की उपस्थिति के कारण होता है। अवरोधी चट्‌टान द्वारा निर्मित ऊँचे भाग को शृंग (Crag) और उसके पार्श्व में लंबा निक्षिप्त गोलाश्म मृत्तिका को पुच्छ (Tail) कहते हैं। शृंग का हिममुख भाग खड़ा रहता है, जबकि पुच्छ गोलाश्म मृत्तिका द्वारा निर्मित मंद ढाल से युक्त होता है। एडिनबर्ग का कासल रॉक से युक्त शृंगपुच्छ इसका उदाहरण है।

हिमनद निक्षेप और निर्मित स्थलाकृतियाँ

हिमरेखा के नीचे उतरने पर हिम पिघलने लगता है जिससे उसके साथ आया मलबा निक्षिप्त होने लगता है। हिमनद निक्षेप वस्तुतः दो प्रकार का होता है—

(क) हिमनद निक्षेप—हिमनद और हिमचादर के अधिकतम विस्तार के क्षेत्र में हिम की आपूर्ति और पिघलने के द्वारा हिम का विनाश—दोनों बराबर होता है। ढाल मंद रहने पर हिम गतिहीन और अतिभारित हो जाता है। दोनों अवस्थाओं में हिम गलकर समाप्त होता जाता है जिससे हिम के साथ आए शिलाखंड आदि जमा होने लगते हैं और धरातल पर बिछ जाते हैं। यह निक्षेप तीन प्रकार का होता है : अपोढ़ (Drift), गोलाश्म मृत्तिका (Boulder clay) और टिल्ल (Till)। हिम निक्षेप तथा हिमजल के निक्षेप को एक साथ अपोढ़ कहते हैं। इस प्रकार यह शब्द धरातल पर हिम द्वारा हुए निक्षेप का बोध कराता है। एक समय माना जाता था कि उत्तरी अमेरिका और उत्तरी यूरोप में पाया जाने वाला अपोढ़ नोआ के बाढ़काल में जमा हुआ है। इसलिए हिमरदन के सिद्धान्त को स्वीकारने में काफी समय लगा।

जल के द्वारा अपोढ़ का निक्षेप नहीं हो सकता। अपोढ़ निक्षेप दो प्रकार के होते हैं : गोलाश्म मृत्तिका (Boulder clay) और टिल्ल। गोलाश्म मृत्तिका निक्षेप होता है। यह सूक्ष्म शैलकण, मृत्तिका, बालू शिलाखंड, हर आकार के गोलाश्म (Boulder) तथा पत्थर के ढोकों के द्वारा निर्मित होता है। अधिकांश शिलाखंड अनियमित आकार के होते हैं जिन पर रगड़, घिसने या विदारन का कोई चिह्न नहीं रहता; केवल टुकड़ों पर खुरचन एवं घर्षण के चिह्न पाए जाते हैं। गोलाश्म मृत्तिका से आच्छादित चट्‌टानी धरातल की चट्‌टानों से भिन्न चट्‌टानों द्वारा निर्मित चट्‌टानी गोलाश्मों का पाया जाना हिमरदित क्षेत्रों की एक बड़ी विशेषता होती है। हिमरदित क्षेत्रों में पाई जाने वाली चट्‌टानों से भिन्न चट्‌टानों द्वारा निर्मित इस प्रकार के गोलाश्म को विस्थापित गोलाश्म (Erratic block) कहते हैं। यह वो सबूत है जो बताता है कि इस क्षेत्र में पहले भी हिमरदन हुआ है।

गोलाश्म मृत्तिका में चिपचिपी मिट्टी की प्रधानता रहने पर इसे टिल्ल कहते हैं। पूर्व हिमानी धरातल के टिल्ल के द्वारा आवेष्ठित हो जाने पर टिल्ल मैदान का निर्माण होता है। घाटियों के भर जाने से हिमनद निक्षेप के द्वारा सामान्यतः समतल क्षेत्रों का निर्माण होता है। प्रेयरी क्षेत्र की समतलता हिमानी निक्षेप के कारण है। सभी हिमक्षेत्र सपाट हों ऐसा आवश्यक नहीं है। अन्त्य हिमोढ़ का निक्षेप इसकी सपाटता को थोड़ा विषम बना देता है। ऐसी स्थिति बाल्टिक सागर के दक्षिण प्लिटोसीन हिमयुग के अन्त्य हिमोढ़ निक्षेप क्षेत्र में पाई जाती है।

ड्रमलिन—ड्रमलिन गोलाश्म मृत्तिका द्वारा निर्मित, हिमचादरों द्वारा निक्षिप्त उलटी हुई नाव की आकृति का टीला होता है जो पृथ्वी की सतह पर अति ही अल्प उभार से लेकर 100 मी. तक ऊँचा और कुछ मीटरों से दो-तीन किलोमीटर लंबा होता है। इसकी लंबी धुरी हिम-बहाव के समानांतर होती है। इसकी आकृति लंबाई की ओर से काटकर धरातल पर रखे हुए आधे अंडे के समान अथवा उलटी नाव के समान दीखती है। मेषशिलाओं के विपरीत इसका हिममुख भाग खड़ी ढाल से युक्त तथा चौड़ा और हिम विमुख भाग पतला और कम ढालू होता है। ये झुंडों में पाए जाते हैं। इसके उदाहरण आयरलैंड, स्कॉटलैंड की मध्य घाटी, न्यूयार्क राज्य तथा विसकॉन्सिन में पाए जाते हैं। इनके बीच की भूमि लगभग समतल तथा दलदलपूर्ण रहती है। इसलिए जलप्रवाह अनियमित तथा अनिश्चित रहता है। इनकी उपस्थिति जलाशयों को जन्म देती है।

ड्रमलिन का निर्माण गोलाश्म मृत्तिका के हिमनद की तली में असमान वितरण के कारण होता है। हिम में कमी या समाप्ति होने पर भार का संतुलन भी असमान हो जाता है। इससे तली में उभरे चट्टान समूह हिम के प्रवाह में रुकावट उपस्थित करते हैं जिनके चारों ओर गोलाश्म मृत्तिका जमा हो जाती है। समान प्रभाव अनुदैर्ध्य विदरों द्वारा उत्पन्न होता है। हिमचादरों के सीमांत भाग में हिम के फैलने के कारण ये विदर उत्पन्न होते हैं और गोलाश्म मृत्तिका के जमाव के लिए आदर्श स्थिति उत्पन्न करते हैं। इनकी लंबी आकृति ड्रमलिनों की आकृति के अनुकूल होती है। ऐसा निक्षेप हिम बहाव में बाधा उपस्थित करके ड्रमलिन के निर्माण में सहायता करता है। गोलाश्म मृत्तिका के असमान वितरण को गतिहीन तथा मंदवाही हिम बहाकर अन्त्य हिमोढ़ तक ले जाने में असमर्थ रहता है। इस प्रभाव तथा जमाव के कारण ड्रमलिनों का निर्माण होता है। इस स्थानीकृत निक्षेप के चारों ओर का मलबा रहित हिम अधिक तेजी से आगे की ओर बढ़ता है। फलतः मलबे का विन्यास लंबा हो जाता है। इस प्रकार यह गोलाश्म मृत्तिका द्वारा निर्मित हिमगति की दिशा के

समानांतर विन्यस्त एक प्रतिरूपी हिम निक्षेप है जिसका निर्माण महादेशीय हिमनदों की तरह काफी मोटाई के हित के द्वारा होता है।

हिमाच्छादन की प्रक्रिया पुनः प्रारंभ होने पर पूर्व स्थित गोलाश्म मृत्तिका क्षेत्र में हुए अपरदन के द्वारा होता है इसका कोई भौगोलिक आधार नहीं है। इस प्रकार उत्पन्न होने पर इनकी बाह्य आकृति मेषशिला की तरह होती है। ड्रमलिनों के बीच पाई जाने वाली समतल भूमि भी इस मान्यता के विपरीत है क्योंकि हिमरदन से इतना समतल धरातल का निर्माण नहीं होता। इनका निर्माण गोलाश्म मृत्तिका के निक्षेप में सामान्य जलीय अपरदन द्वारा भी हुआ प्रतीत नहीं होता।

हिमजल निक्षेप (Glacio-Fluvial deposit) : अर्थात् जिसमें पर्याप्त मात्रा में पिघली हुई बर्फ मौजूद थी और हिम के गलने से प्राप्त जल के द्वारा हिम निक्षेपों के दुबारा क्रमवार निक्षेप किए जाने को हिमजल निक्षेप कहते हैं। इस निक्षेप के द्वारा कई प्रकार की स्थलाकृतियाँ निर्मित होती हैं जिनमें एस्कर, केम, अपक्षेप पंख, अपक्षेप डेल्टा तथा अपक्षेप मैदान प्रमुख हैं।

एस्कर : इसे मृदकटक भी कहते हैं। यह बालू-बजरी द्वारा निर्मित दिसर्पी मोड़ों से युक्त अति ही सँकरा, लंबा, टेढ़ा-मेढ़ा उत्सेध होता है जो पूर्ण रूप से हिमजल के द्वारा निर्मित होता है। एक ही उत्सेध घाटी के दोनों किनारों पर बना दिखाई देता है। एस्करों की यह प्रकृति इंगित करती है कि इनका निर्माण नदियों द्वारा न होकर हिमनदों और हिमचादरों के भीतर निर्मित अधोहिमानी धाराओं तथा सुरंगों के द्वारा हुआ है। अतः अधःस्त धरातल पर ये पूर्वारोपित होते हैं। ये कुछ मीटरों से लेकर सैकड़ों किलोमीटर लंबे तथा मामूली ऊँचाई से लेकर बीसों मीटर ऊँचे होते हैं। यद्यपि ये टेढ़े-मेढ़े होते हैं, पर ये हिममुख से समकोण पर मिलते हैं। दस हजार झीलों के प्रदेश फिनलैंड के झीलों के बीच से गुजरते समय ये प्राकृतिक पुल का काम करते हैं। इसलिए सड़कों और रेलमार्गों का निर्माण इनकी स्थिति के अनुसार किया जाता है।

एस्कर का निर्माण अधोहिमानी सुरंगों में प्रवाहित होने वाले जल के द्वारा होने वाले निक्षेप से होता है। अधोहिमानी धाराएँ मिट्टी, बालू एवं बजरी को बहाकर ले जाती हैं और हिममुख के पास जमा करती हैं। हिममुख के स्थायी रहने तथा निक्षेप भूमि के ऊपर होने पर उनकी आवृति जलोढ़ शंकु के समान होती है। पर निक्षेप जलाशयों में होने पर इनका ऊपरी भाग सपाट तथा सम्मुख भाग प्रपाती होता है। हिममुख के तेजी से पीछे हटते जाने पर निक्षेप केंद्रित न होकर एक बड़े भाग में, कभी-कभी घाटियों के आर-पार टेढ़े-मेढ़े उत्सेध के रूप में जमा हो जाता है जिससे

टेढ़े-मेढ़े एस्कर का निर्माण हो जाता है। हिममुख के रुक-रुक कर पीछे हटने की स्थिति में अस्थायी रूप से रुकने के स्थान में कुछ अधिक जमाव हो जाता है। अतः पतले-सँकरे एस्कर उत्सेध में अनेक एस्कर पंख और डेल्टा निर्मित हो जाते हैं। ये पंख और डेल्टा एस्कर में माला के दानों के समान पिरोए हुए दिखाई देते हैं। इसलिए इसे मालाकार एस्कर कहते हैं। आज अलास्का के मालासपिना हिमनद की सुरंगों और अधोहिमानी धाराओं के द्वारा विभिन्न रूपों में एस्कर निर्मित हो रहे हैं।

हिमनद के मुहाने बंद हो जाने के कारण बालू तथा बजरी हिमनद के सुरंगों और अधोहिमानी धाराओं में ही जमा हो जाती है। हिम की समाप्ति पर यह मलबा एक निश्चित आकार में जमा रहता है। दोनों निर्माण विधियाँ एस्कर की सभी स्थितियों और विशिष्टताओं की पूर्ण रूप से व्याख्या करती हैं। एस्कर का निर्माण सामान्यतः गतिहीन महाद्वीपीय हिमचादरों के द्वारा होता है। अपेक्षाकृत छोटे और सीधे उत्सेधों का जन्म गतिहीन हिम में विदरों के बालू-बजरी के द्वारा भर जाने के कारण होता है।

केम (Kame) : केम एक प्रकार का स्थानीकृत जलोढ़ पंख (Alluvial Fan) या डेल्टा है जो एस्कर निर्माणकारी हिम-सुरंगों से निकलने वाले जल के द्वारा निर्मित होता है। देखने में लगता है कि अनेक जलोढ़ पंख या डेल्टा आपस में मिल गए हैं। यह जल के बहाव के कारण जमे बालू का टीला है। हिम के पीछे हटते जाने के कारण केम का हिममुख भाग अति ही खड़ा रहता है। इनमें प्रवाह संस्तरण (Current Bedding) के चिह्न पाए जाते हैं जो इनके प्रवाही जल के द्वारा निर्माण की पुष्टि करते हैं। हिममुख के सहारे निर्माण होने के कारण बड़ी मात्रा में हिमखंड बालू-बजरी के साथ दब जाते हैं। और जब मौसम परिवर्तन के कारण पिघलकर समाप्त हो जाते हैं तो ऐसी धरातलीय संरचना ऊबड़-खाबड़ होती है।

हिममुख के समानांतर फैले कम अन्त्य हिमोढ़ सदृश प्रतीत होते हैं। पर दोनों में भेद यह है कि केम जलवाहित बालू-बजरी द्वारा निर्मित होता है और हिमोढ़ गोलाश्म मृत्तिका के द्वारा निर्मित होता है। दक्षिणी स्कॉटलैंड का कास्टेयर्स केम इसका उदाहरण है।

अपक्षेप मैदान (Outwash plain)—भौगोलिक परिवर्तनों के कारण हिमनदों तथा हिमचादरों के पिघलने की प्रक्रिया शुरू होती है। हिममुख से निकलने वाली नदियाँ हिमनद निक्षेप तथा हिमजल निक्षेप को पुनः बहाकर क्रमिक ढंग से जमा करती हैं। ये नदियाँ अधिक भार से युक्त होती हैं। इसलिए प्रधानतः निक्षेप का कारक होती हैं। हिममुख के पास बड़े शिलाखंड जमा होते हैं और सबसे दूर सूक्ष्म

मृत्तिका; दोनों छोरों के बीच बालू का निक्षेप होता है। इस प्रकार के जमाव को अपक्षेप मैदान कहते हैं। सामान्यतः इस निक्षेप से समतल सतह का निर्माण होता है जैसा कि उत्तरी अमेरिका के प्रेयरी प्रदेश में पाया जाता है। कभी-कभी इनका निक्षेप गतिहीन हिम की सतह के ऊपर हो जाता है। हिम के गल जाने के बाद, ऐसी अवस्था में, इनकी सतह गड्ढ़ों से पूर्ण, ऊबड़-खाबड़ हो जाती है, जिसे गर्तमय अपक्षेप मैदान कहते हैं।

हिमरदित क्षेत्रों में अपवाह तंत्र : हिमरदित क्षेत्रों में सामान्यतः पूर्ववर्ती अपवाह तंत्र कायम रह जाता है; फिर भी पर्याप्त मात्रा में स्थानीय परिवर्तन पाए जाते हैं। महादेशीय हिमनद के निक्षेप से जब पूरा धरातल भर जाता है तब हिम-वर्षा की समाप्ति के बाद नए धरातल का निर्माण होता है जिससे हिमाच्छादन की समाप्ति पर नए धरातल का निर्माण होता है। इस नए धरातल पर अपवाह तंत्र नए सिरे से विकसित होता है। ऐसी स्थिति ब्रिटेन के कई भागों में पाई जाती है जहाँ धरातल पूर्ण रूप से गोलाश्म, मृतिका से आच्छादित हो गई है।

हिमाच्छादित क्षेत्रों में प्रवाह परिवर्तन का एक कारण हिम के बड़े पैमाने में बर्फ के पिघलने के कारण अचानक वहाँ बड़ी मात्रा में पानी ही पानी हो जाता है। यह जल अनेक मिलती-बिछुड़ती धाराओं से प्रवाहित होने लगता है। पर हिम की पूर्ण समाप्ति पर अधिकांश धाराएँ भी समाप्त हो जाती हैं। हिम प्रभावित नदियों में मिसिसिपी, मिसौरी तथा ओहियो प्रधान हैं।

हिमनद निक्षेप द्वारा निर्मित धरातल ऊबड़-खाबड़ होता है। केम, ड्रमलिन, हिमोढ़ आदि नए स्थानीय जलविभाजक का काम करते हैं। इनके बीच पाई जाने वाली झीलों के कारण प्रवाह प्रणाली अस्पष्ट, अव्यवस्थित तथा क्रमभग हो जाती है। फिनलैंड, स्कैंडेनेविया, कनाडा, विसकॉन्सिल, मिनेसोटा तथा मिशिगन में जहाँ हजार-हजार झीलें पाई जाती हैं, जलप्रवाह अति ही अस्पष्ट है।

हिमाच्छादन तथा हिमनद निर्माण द्वारा झीलों के लिए जल आपूर्तिकर्ता की भूमिका निभाता है। ऐसी झीलों का निर्माण निम्न प्रकार होता है : (क) हिमनद तथा हिमजल निक्षेप के द्वारा (ख) हिमरदन द्वारा तथा (ग) हिम सीमांत में निक्षेप के द्वारा।

(क) हिम तथा हिमजल के द्वारा अनेक प्रकार के निक्षेप होते हैं जिससे विषम क्षेत्र का निर्माण होता है। अपक्षेप के मैदान में गड्ढ़ों में हिम का जल जमा होकर झील का रूप ग्रहण कर लेता है। निक्षेप के क्रम में हिमखंड भी जमा हो जाते हैं। ये हिमखंड पीछे चलकर गल जाते हैं जिससे गड्ढ़े निर्मित हो जाते हैं। इस प्रकार निर्मित गढ़ों में जल जमा होकर झीलों का निर्माण करता है।

हिमनदन-अपरदन के द्वारा भी अनेक झीलों का निर्माण होता है। इस प्रकार निर्मित झीलें काफी गहरी और स्थायी होती हैं। हिमगर्त, तली पात्र (Rock basin), मालाकार झीलें तथा हिमनदों द्वारा स्थानीकृत अपरदन द्वारा निर्मित झीलें इसका उदाहरण हैं। समुद्रतल में होने वाला कटाव भी हिमनदों के स्थानीकृत होने का ही परिणाम है। इस प्रकार निर्मित गड्ढ़े जल से भर जाते हैं और झीलों का निर्माण होता है। अमेरिका की बड़ी झीलें सुपिरियर, मिशिगन, ह्युरन, ईरी और ओण्टारियो एवं बाल्टिक सागर इसका सुंदर उदाहरण हैं। हिमालय में भी हिमनद निर्मित झीलें पाई जाती हैं।

झीलों का निर्माण भी उसी समय होता है जब नदियों के मार्ग के अनुप्रस्थ हिमनदों का प्रवाह होता है। प्लिस्टोसीन हिमयुग में ऐसा अनेक बार हुआ है। आज आल्पस में अलेश्च हिमनद इसी प्रकार मर्जेलेन्स। झील का निर्माण करता इसका प्रमुख कारण अनुप्रस्थ प्रवाह ही है।

पृथ्वी के हिमकाल : धरातल पर विभिन्न प्रकार की स्थलाकृतियाँ पाई जाती हैं। विभिन्न भागों में पाए जाने वाले अपघर्षित, धारीदार, खरोंचयुक्त धरातल, मेषशिला तथा टेकरीयुक्त चट्टानी धरातल, गोलाश्म मृत्तिका क्षेत्र, हिमोढ़, अपक्षेप मैदान, अपोड़ आदि के अध्ययनों से ज्ञात होता है कि पृथ्वी पर पूर्व कैम्ब्रियन, परमियन-कार्बोनीफेरस तथा प्लिस्टोसीन युग में तीन बार हिमाच्छादन उत्पन्न हुआ है। पूर्व कैम्ब्रियन कल्प में हिमाच्छादन उत्तरी गोलार्द्ध के उत्तरी-पूर्वी ग्रीललैंड, स्कैंडेनेविया, स्पिट्जबर्जेन, यांगजी घाटी, उत्तरी कोरिया, नॉरमण्डी (फ्रांस), फिनलैंड, क्युबेक, ओण्टारियो, मिशिगन में और दक्षिणी गोलार्द्ध के कटंगा, कांगो, उत्तरी रोडेशिया, अंगोला, द.प. अफ्रीका, उरुण्डी, प्रिटोरिया एवं ट्रांसवाल (अफ्रीका) तथा कड़प्पा (भारत) में उत्पन्न हुआ था।

परमियन-कार्बोनीफेरस हिमयुग में हिमाच्छादन का विस्तार तत्कालीन गोण्डवानलैंड (अफ्रीका, भारत, आस्ट्रेलिया, अंटार्टिका और दक्षिणी अमेरिका के अंश-क्षेत्र) में था। इसके चिह्न अवशेष के रूप में ट्रांसवाल से अंतरीप तक और द. प. अफ्रीका से नेटाल तक ड्वायका टिल्लाइट (पूर्व कैम्ब्रियन एवं उत्तर कार्बोनीफेरस कल्प की जमी गोलाश्म मृत्तिका) पाया जाता है। भारत में ओडिशा (तलचर टिल्लाइट), राजस्थान, मध्य प्रदेश एवं हिमालय के पदीय भाग में टिल्लाइट पाए जाते हैं।

साल्ट रेंज में विस्थापित गोलाश्म पाए जाते हैं जो 80 किमी. दक्षिण से विस्थापित हुए प्रतीत होते हैं। इनकी अवस्थिति सिंधु तथा झेलम नदियों के बीच

है। हिमालय के पदीय भाग में टिल्लाइट ग्रीवाखंड के नीचे स्थित है। हिमाच्छादन का केंद्र बेसाल्ट द्वारा आवेष्ठित है। आस्ट्रेलिया में इसी प्रकार के हिमाच्छादन के प्रमाण मिलते हैं और हिम दक्षिण से आया प्रतीत होता है। न्यूसाउथवेल्स में छः, विक्टोरिया में ग्यारह तथा टसमानियाँ में पाँच हिमाच्छादन के प्रक्रम अंकित किए गए हैं। दक्षिणी आस्ट्रेलिया में खरोंचयुक्त धरातल तथा मेषशिलाएँ पाई जाती हैं। टिल्लाइट के साथ 480 किमी. दूरी तक से आयातित विस्थापित गोलाश्म पाए जाते हैं। दक्षिणी अमेरिका, अर्जेंटाइना, उरूग्वे एवं ब्राजील में भी टिल्लाइट दो प्रक्रमों में पाया जाता है। हिम दक्षिणी अतलांतक महासागरीय क्षेत्र में आया प्रतीत होता है।

ब्राजिलियाई टिल्लाइट में पाए जाने वाले गोलाश्म के समरूप चट्टान केवल द. प. अफ्रीका में पाई जाती है। उत्तर कार्बोनिफेरस हिमकाल तीन हिमयुगों में विभाजित था। प्रथम हिमयुग 32 करोड़ वर्ष पूर्व उ. प. अर्जेंटाइना में निम्न कार्बोनीफेरस कल्प में उत्पन्न हुआ था। दूसरा उत्तर कार्बोनीफेरस कल्प में उत्पन्न हुआ था और दक्षिणी अमेरिका, भारत एवं आस्ट्रेलिया में विस्तृत था।

तीसरा हिमयुग परमियन कल्प में 26 करोड़ वर्ष पूर्व केवल पूर्वी आस्ट्रेलिया में उत्पन्न हुआ था। अंटार्टिका में भी धारीदार खरोंचयुक्त गुटिका के साथ टिल्लाइट हॉरलिक पर्वत में पाए जाते हैं। प्लिस्टोसीन हिमयुग में उत्तरी अमेरिका के उत्तरी भाग में 10,24,00,000 किमी^{2} में, उत्तरी यूरोप के 51,20,000 किमी^{2} में तथा साइबेरिया के उतने ही बड़े क्षेत्र में हिमचादर बिछी हुई थी इसके प्रमाण आज वहाँ के धरातल पर विविध रूपों में पाए जाते हैं। वर्तमान समय में संपूर्ण अंटार्टिका (91 लाख किमी^{2}), ग्रीनलैंड (12.8 लाख किमी^{2}) तथा आइसलैंड, जिनका क्षेत्रफल भूतल का 10% है, हिमचादरों के नीचे है। यहाँ हिम के रूप में इतना जल एकत्रित है कि हिम के गलने पर वर्तमान समुद्र तल 619.1 मी. ऊँचा उठ जाएगा।

उपसंहार–जिस प्रकार जल धरती पर स्थलाकृतियों के निर्माण में महत्वपूर्ण भूमिका निभाता है। इसी प्रकार ऊँचे स्थानों में जहाँ तापमान बहुत कम होता है वहाँ हिम के रूप में विभिन्न स्थलाकृतियों के निर्माण में महत्वपूर्ण भूमिका का निर्वाह करता है।

14

भूमिगत जल के कार्य और निर्मित स्थलाकृतियाँ

चूना पत्थर की जलीय विशेषताएँ और जल-संचार

भूमिगत जल स्तर पर चूना पत्थर की संरचना का प्रभाव पड़ता है। इसका प्रमुख कारण यह है कि इसमें रन्ध्र होते हैं। ये रन्ध्र जल रिसाव पर भी प्रभाव डालते हैं। अन्य चट्टानें भूमिगत स्थलाकृतियों में ऐसी भूमिका नहीं निभाती हैं जैसा कि चूना पत्थर। चूना पत्थर की सबसे बड़ी विशेषता पूर्ण विकसित रन्ध्रों-सन्धों से युक्त होना एवं भेद्यता तथा कार्बन डाइआक्साइड जल में घुलनशील होना है। ये विशिष्टताएँ भूमिगत जल के द्वारा अपरदन के सन्दर्भ में किए जाने वाले आचरण की दृष्टि से बहुत ही महत्त्वपूर्ण हैं। सरन्ध्र तथा सन्धयुक्त होने के कारण चूना पत्थर भेद्य होता है। इस प्रकार सरन्ध्रता, सन्धयुक्तता, भेद्यता एवं घुलनशीलता इसे अन्य चट्टानों की अपेक्षा विशेष प्रकार की संरचना प्रदान करती है। यह विशिष्ट संरचना चूना पत्थर क्षेत्र के जल संचार को नियंत्रित करती है। अपनी इसी विशेषता के कारण ही चूना पत्थर क्षेत्रों में विकसित होने वाली भूआकृतियाँ अन्य चट्टानी क्षेत्रों से भिन्न होती हैं और उन पर संरचना और जलसंचार का प्रभाव स्पष्ट रूप से परिलक्षित रहता है। जिप्सम, सेंधा नमक, डोलोमाइट, खड़िया (Chalk) तथा प्रवाली में भी कैल्सियम कार्बोनेट की प्रधानता के कारण चूना पत्थर की विशेषताएँ पाई जाती हैं। पर ये चट्टानें चूना पत्थर के सदृश संहत नहीं होतीं। डोलोमाइट चूना पत्थर की अपेक्षा कम घुलनशील होता है। खड़िया अपेक्षाकृत मुलायम, मृत्तिका एवं बालू मिश्रित तथा दरारों से युक्त होता है।

कार्स्ट स्थलाकृति : चूना पत्थर क्षेत्र में भूमिगत जल तथा जलीय घुलनशील

पदार्थों के द्वारा निर्मित होने वाली स्थलाकृति को कार्स्ट स्थलाकृति कहते हैं। यह स्थलाकृति चूना पत्थर क्षेत्रों में घोलक्रिया, छतों के धँसने से निर्मित गर्त्तों, गड्ढों, कटी-फटी एवं निक्षालित धरातल तथा भूमिगत प्रवाह से युक्त होती हैं। कार्स्ट शब्द यूगोस्लाविया के एड्रियाटिक सागर के किनारे स्थित कार्स्ट पठार से लिया गया है, जहाँ पर इस प्रकार की भू-आकृतियां पाई जाती हैं। चूना पत्थर द्वारा निर्मित यह कार्स्ट प्रदेश 480 किमी लम्बा तथा 80 किमी चौड़ा क्षेत्र है और समुद्र तल से 2,438 मी. ऊँचाई पर स्थित है। धरातल के ऊपर जल की घोलक्रिया द्वारा असंख्य रन्ध्रों, बीहड़ों, खड्ढों, अवनालिकाओं, छोटी-छोटी घाटियों तथा विषम धरातल का निर्माण हो गया है जिससे धरातल पर नंगे पैर चलना कठिन है। धरातल के नीचे अनेक कन्दराएँ तथा निक्षेपीयकरण की क्रिया के कारण अनेकों प्रकार की स्थलाकृतियों का निर्माण हुआ है। अतः अन्य क्षेत्रों से यहाँ की धराकृति बिल्कुल भिन्न रहने के कारण इसे कार्स्ट स्थलाकृति की संज्ञा दी गई है। यूगोस्लाविया के अतिरिक्त कार्स्ट स्थलाकृति का विकास दक्षिणी फ्रांस के कॉसे क्षेत्र जर्मका, यूनान उत्तरी पोर्टोरिको, युकाटन, स्पेजी, अण्डालूशिया, पश्चिमी क्यूबा तथा संयुक्त राज्य के मध्य पश्चिमी केण्टुकी, वर्जिनिया, टिनेसी, दक्षिण इण्डियाना, न्यू मैक्सिको एवं फ्लोरिडा प्रान्तों में हुआ है। ये विश्व के प्रमुख कार्स्ट क्षेत्र है और यहाँ कार्स्ट स्थलाकृतियों का पूर्ण विकास हुआ है इसके अतिरिक्त इंग्लैंड और फ्रांस का खड़िया क्षेत्र, जूरा, आल्पस एवं एपीनाइन गौण कार्स्ट क्षेत्र है। भारत में मध्य हिमालय, बिहार के रोहतास पठार, दक्षिण भारत के कड़प्पा, बीजावर, जबलपुर, अरावली, जम्मू, पंजाब, विन्ध्याचल एवं असम में नुमुलिटिक चूना पत्थर फैला हुआ है। पर कार्स्ट स्थलाकृतियों की दृष्टि से इनका अत्यन्त कम अध्ययन किया गया है। इन क्षेत्रों में पाए जाने वाला चूना पत्थर आर्थिक दृष्टि से काफी उपयोगी है।

कार्स्ट स्थलाकृति विकास के लिए स्थायी भौम जल तल धरातल से काफी नीचे पाया जाना, उसके ऊपर काफी मुटाई का शुद्ध चूना पत्थर का पाया जाना तथा वहाँ सामान्य वर्षा होना आवश्यक है। भेद्यता, घुलनशीनता, रन्ध्रों एवं सन्धों से युक्त रहने पर घुलनशीलता के द्वारा विकसित होने वाली स्थलाकृतियों का पूर्ण विकास होता है। अधिक पारगम्यता के कारण खड़िया जैसी भेद्य चट्टानों से जल केवल रन्ध्रों से न प्रवाहित होकर सम्पूर्ण चट्टान समूह से होकर प्रवाहित होता है। इसलिए खड़िया क्षेत्रों में कार्स्ट स्थलाकृतियों का पूर्ण विकास नहीं होता। शुष्क जलवायु में चूना पत्थर प्रमुख अवरोधक की भूमिका का निर्वाह करता है।

कार्स्ट स्थलाकृतियों का विकास

जलीय अपरदन द्वारा निर्मित कार्स्ट स्थलाकृतियाँ : लैपीज कार्स्ट क्षेत्र में उस परिवर्तन प्रक्रिया में छोटी-सँकरी बनती है जब यहाँ कार्बनयुक्त जल का प्रवाह होने लगता है। वनस्पति रहित चूना पत्थर पर जब जल प्रवाहित होता है, तब उसके रन्ध्रों और सन्धों में प्रवेश कर जाता है और घुलाकर उन्हें बड़ा बनाता है। अतः सन्ध बड़े हो जाते हैं जिससे धरातल खाँचों, सँकरे-गहरे बिदरों तथा कटानों से युक्त हो जाता है। इनके बीच अति ही सँकरे उत्सेधों, नुकीले स्तम्भों तथा छोटी शिखरिकाओं का निर्माण हो जाता है। इनकी दीवारें खड़ी होती हैं तथा एक दूसरे से सँकरे विदरों (कटानों) द्वारा अलग रहती हैं, जिसे लैपीज कहा जाता है।

चट्टानों की संरचना की संरचना तथा घुलनशील स्तर के आधार पर ही कार्स्ट स्थलाकृति का निर्माण होता है। यह वस्तुतः विचित्र स्तम्भों से युक्त ऊबड़-खाबड़ आकृति होती है जिस पर नंगे पाँव चलना अति ही कठिन है। लैपीज को विभिन्न देशों में भिन्न-भिन्न संज्ञा दी गई है, यथा जमी में कैरेन, इंग्लैंड पें क्लिण्ट, साइबेरिया में वोगज आदि। लैपीज के निर्माण पर चट्टानी-संरचना, गठन, धरातलीय ढाल, वनस्पति और टेरारोसा की उपस्थिति का प्रभाव पड़ता है। इसके निर्माण के लिए टेरारोसा रहित ढाल युक्त चट्टानी सतहों की उपस्थिति आवश्यक है। कार्स्ट क्षेत्र की सभी स्थलाकृतियों की अपेक्षा लैपीज चट्टानों की भेद्यता, घुलनशीलता, सन्धों की उपस्थिति, स्तरण, अन्य रासायनिक स्थितियों, भौतिक भिन्नताओं तथा घुलनशीलता की दिशा और दर में होने वाली भिन्नताओं को प्रदर्शित करती हैं।

लैपीज जैसी स्थलाकृतियों और भी कई क्षेत्रों में विषुवतरेखीय तथा अन्य मूसलाधार वृष्टि के क्षेत्रों में भेदकरी घुलनशीलता, अवनालिका अपरदन तथा टेड्ओं के निर्माण के द्वारा चूना पत्थर के अतिरिक्त चट्टानों में भी समान आकृतियों का निर्माण हो जाता है। बाराबडोस तट पर बलुआ पत्थर में, हवाई द्वीप में लावा सतह पर, संयुक्त राज्य के टेक्सास प्रान्त के सेरा ब्लांका क्षेत्र में विभिन्न ढालों पर निर्मित खाँचों, गर्त्तों, फलकों के रूप में लैपीज जैसी स्थलाकृतियाँ बनी हैं।

कोटारिका

प्रवालियों, चूना पत्थर तथा खड़िया क्षेत्र में प्रवाही जल सोखकर घाटियों के पार्श्वों में निकलता है। घुलनशीलता के कारण इस अवस्था में शीर्ष अपरदन द्वारा सीधी खड़ी पार्श्वीय-दीवारों वाली अवनलिकाओं का निर्माण हुआ है, इन्हें कोटारिका घाटी कहते हैं।

घोल रन्ध्र (Sink hole)—ये कार्स्ट क्षेत्र के सर्वप्रमुख और सर्वाधिक पाई जाने वाली स्थलाकृति हैं। घोल रन्ध्र चूना पत्थर के धरातल पर चट्टानों के घुलने अथवा धँसपने से निर्मित सीपाकार या बेलनाकार गढ़े होते हैं। चूना पत्थर के ऊपर कार्बन डाइआक्साइड युक्त जल सक्रिय घोलक बन जाता है। चट्टानों के रन्ध्रों और सन्धों में प्रविष्ट होकर घुलाकर उन्हें बड़ा बनाता है। जिससे धरातल में असंख्य कीपाकार-बेलनाकार छिद्रों का निर्माण हो जाता है। इस तरह के छेद आम तौर पर तिरछी पड़ी समांग चूना पत्थर के धरातल पर मिट्टी के आवरण के नीचे घुलनशील चूना-पत्थर के घुलने या धरातल के नीचे रिक्त स्थानों के धँसने से निर्मित होते हैं। ये किसी प्रमुख कार्स्ट क्षेत्र में लाखों की संख्या में पाए जाते हैं। दक्षिणी इण्डियाना में लगभग, 3,00,000 घोल रन्ध्र पाए जाते हैं। अधिकांश घोल रन्ध्र 3 से 10 मी. गहरे होते हैं, पर कुछेक घोल रन्ध्र 30 मी. तक गहरे होते हैं। इनका क्षेत्रफल कुछ वर्ग मीटर से आधा हेक्टेयर तक होता है। इनसे होकर नदी का जल भूमिगत हो जाता है।

विलय रन्ध्र (Swallow hole)

काफी बड़े घोल रन्ध्र को विलय रन्ध्र कहते हैं। ये नदियों के पेटे तथा घाटियों के पार्श्व में पाए जाने वाले शंक्वाकार छिद्र हैं जिनसे होकर घोल रन्ध्रों के समान नदियों का जल भूमिगत होता है। बाढ़ के मैदानों में छोटे-मोटे इस प्रकार के छेद पाए जाते हैं। ये प्रमुख सन्धों की प्रतिच्छेदन रेखाओं पर चूना पत्थर या खड़िया के घुलने से निर्मित होते हैं। युगोस्लाविया के कार्स्ट क्षेत्र में इन्हें डोलाइन कहते हैं। इंग्लैंड की कोलने नदी की एक सहायकी, मृत्तिका क्षेत्र में प्रवाहित होने के बाद उत्तरी मिम्स के पास विलय रन्ध्रों से होकर, जो 9 मी चौड़े तथा 6 मी तक गहरे हैं, भूमिगत हो जाती है। सूरे की मोल नदी की घाटी में भी अनेक विलय रन्ध्र पाए जाते हैं। ये विलय गर्त्त की उपस्थिति उन नदियों में नहीं होती जो कि प्रवाहित होती रहती है क्योंकि उनमें गर्त कटते रहते हैं।

पोनोर

पोनोर चूना पत्थर के धरातल में नीचे की ओर घोलक्रिया के द्वारा निर्मित खड़े या काफी तिरछे सुरंग होते हैं जो विलय छिद्र से या सीधे प्रारम्भ होकर नीचे की ओर फैले रहते हैं। इनका निर्माण जल के नीचे की ओर प्रवाहित होने से घोल रन्ध्रों के विस्तृत होने से होता है सामान्यतः पोनोर एकाकी पाए जाते हैं, परन्तु यह स्थिति

हमेशा बनी रहती है। कभी-कभी ये एक वर्ग किलोमीटर क्षेत्र में सैकड़ों की संख्या में भी पाए जाते हैं।

पोनोर खड़ी ढाल से युक्त तथा गहरे होते हैं। जहाँ पर वनस्पतियाँ नहीं होतीं वहाँ पर यह स्थिति अधिक विषम होती है। पर वनस्पति वाले क्षेत्रों में मृत्तिकायुक्त विस्तृत छिछली घाटियों के रूप में होते हैं। कभी-कभी मिट्टी आदि के गिर जाने से डोलाइन का चिला मुँह बन्द हो जाता है जिससे जल नीचे नहीं जा पाता। इस प्रकार डोलाइन में जल के संचय हो जाने से छोटी झीलों का निर्माण हो जाता है। इसे घोलरन्ध्र झील या कार्स्ट झील कहते हैं। कालांतर में मुहाने के खुलने तथा नीचे की ओर जल रिसाव होने से कार्स्ट झील का अस्तित्व समाप्त हो जाता है। ऐसी अनेक झीलें फ्लोरिडा के कार्स्ट क्षेत्र में पाई जाती हैं। 1871 ई. में वहाँ एक डोलाइन का मुँह बन्द हो गया था जिससे 12.8 किमी लम्बी और 6.4 किमी. चौड़ी अलाशुआ झील का निर्माण हो गया था। पर 1811 ई. में डोलाइन के मुँह खुल जाने से झील का जल नीचे चला गया और वह झील आज एक शुष्क डोलाइन के रूप में है।

कार्स्ट वातायन (Karst window)—भूगर्भवर्ती सरिता, विलय रन्ध्र, घोल रन्ध्र या डोलाइन के छत के धँस जाने से होता है। इन्हें कार्स्ट वातायन कहते हैं क्योंकि इसके द्वारा भूमिगत सरिता का जल तथा अन्य स्थलरूप दृष्टिगत होते हैं। यह वस्तुतः छतों के धँसने से निर्मित होने वाला घोल रन्ध्र का ही एक रूप है।

युवाला

युवाला वे वृहद गर्त हैं जिनका निर्माण घोलीकरण के द्वारा घोल एवं विलय रन्ध्र अथवा डोलाइन आपस में मिलकर बनाते हैं। इस प्रकार के गर्त जमीन के नीचे बहने वाली नदियों की छतों के किसी कारणवश नीचे धंसने से इनका निर्माण होता है। इन्हें अवतरण घाटी कहते हैं। असंख्य घोल रन्ध्रों के आपस में मिल जाने से निर्मित होने वाले सकुण्ड को मिश्रित विलय गर्त कहते हैं। सकुण्ड का व्यास साधारणतः एक किलोमीटर तक होता है। छोटे सकुण्ड को 'जामा' कहते हैं। इनकी गहराई 100 मी तक होती है।

चूना पत्थर में सन्धों का विन्यास नियमित होने के कारण सकुण्ड सामान्यतः लम्बे होते हैं, इनकी दीवारें प्रायः खड़ी होती हैं और इनकी तली में जलोढ़ मिट्टी का जमाव पाया पाया जाता है। इसके बावजूद इनके तल का सपाट पाया जाना थोड़ा हैरान करता है। कार्स्ट वातायन और सकुण्डों का निर्माण कार्स्ट स्थलाकृति के विकास में अति ही महत्त्वपूर्ण है।

पील्ये

युवाला से अधिक विस्तृत, सपाट तल और खड़ी दीवारों से युक्त लम्बे गर्तों को पील्ये (राजकुण्ड) कहते हैं। ये सन्नितियों, अववलित तथा भ्रंशित क्षेत्रों में चूना पत्थर में घुलन क्रिया द्वारा निर्मित होते हैं। राजकुण्ड कभी-कभी देखने में सकुण्ड जैसा प्रतीत होता है। परन्तु साइज और इनके पैदा होने के कारणों की दृष्टि से इनमें अंतर है। राजकुण्ड काफी विस्तृत होते हैं। इनका विस्तार कई वर्ग किलोमीटर तक होता है जबकि सकुण्ड केवल कुछ वर्ग मीटर तक ही सीमित रहते हैं। पश्चिमी वाल्कन क्षेत्र (यूरोप) का सर्वाधिक विस्तृत लिवनी पोल्ये 64 किमी लम्बा और 5 से 11 किमी चौड़ा है। पोल्ये की सतह पर अवशिष्ट शंक्वाकार चूना पत्थर समूहों को कार्स्ट क्षेत्र में चूर्णकट (हम्स), पोर्टोरिको में पेपिनी पहाड़ी तथा क्यूबा में मोगोटेस कहते हैं।

कार्स्ट घाटियाँ : घोल रन्ध्रों तथा विलय गर्तों से युक्त क्षेत्र से प्रवाहित होते समय वर्षा का जल रन्ध्रों से होकर धरातल से नीचे चला जाता है। इसलिए कार्स्ट क्षेत्र में उत्पन्न होने वाली छोटी नदियाँ अपना प्रवाह बनाए रखने में असमर्थ रहती हैं और उनका जल भूमिगत हो जाता है। ऐसी नदियों को भूमिगत नदी या अवतरण निवेशिका कहते हैं। जिस बिन्दु से जल भूमिगत होता है, उसे अवतरण बिन्दु कहते हैं। भूमिगत नदियाँ केवल अस्थायी रूप से जलपूरित होती है; सिर्फ बारिश के मौसम में जल भराव होता है नहीं तो ये ज्यादातर सूखी रहती हैं। ऐसी नदियों को इंग्लैण्ड में बोर्न कहते हैं, क्रायडॉन बोर्न इसका उदाहरण है।

चूना पत्थर क्षेत्र के बाहर अन्य चट्टानी क्षेत्र में उत्पन्न होने वाली नदियाँ कार्स्ट क्षेत्र में कुछ दूरी तक प्रवाहमान रहती हैं और घाटी को गहरा करती हैं जिससे जल-तल नीचा हो जाता है। इसका परिणाम यह होता है कि घाटियाँ सूख जाती हैं। भूमिगत नदियों का जल धरातल पर पुनः निकलने के पूर्व काफी दूरी तक धरातल के नीचे प्रवाहित होता है। दक्षिणी इण्डियाना (संयुक्त राज्य) की लॉस्ट (लुप्त) नदी 13 किमी तक तथा ट्रिस्टे के पास रेका नदी 29 किमी तक धरातल के नीचे प्रवाहित होती है।

नदी का प्रवाह मार्ग में पाये जाने वाले विलय छिद्रों के कारण नदी का पानी नीचे पहुँच जाता है। इससे तब नदल घाटी शुष्क नजर आती है। इसे अन्धी घाटी कहते हैं। अवतरण छिद्रों के नीचे की घाटी में शायद ही कभी जल प्रवाहित होता है। फलतः दीर्घ काल में अवतरण छिद्र के नीचे की भूमि ऊँची रह जाती है जिससे धीरे-धीरे

घाटी का स्वरूप समाप्त हो जाता है। इस प्रकार की घाटी को शुष्क घाटी कहते हैं।

कन्दराएँ (Caves)

भूमिगत जल के घोल क्रिया तथा अपघर्षण के द्वारा निर्मित सँकरे, क्षैतिज अथवा लम्बवत् गह्वरों को कन्दरा कहते हैं। ये कन्दराएँ कार्स्ट क्षेत्र की अति ही महत्त्वपूर्ण स्थलाकृति हैं। कभी-कभी इनमें शाखाएँ पाई जाती हैं। स्थिति के अनुसार इनका आकार छोटा-बड़ा होता है। विश्व के सभी कार्स्ट क्षेत्रों में ये कन्दराएँ पाई जाती हैं। न्यू मेक्सिको का 'कार्ल्सवाद कन्दरा' और केन्टुकी के कन्दरामय पठार का 'बृहद् मैमथ केव' विश्व के अति ही विस्तृत कन्दराएँ हैं। धरातल से 305 मी. की गहराई पर स्थित कार्ल्सवाद कन्दरा 1219 मी. लम्बा, 183 मी चौड़ा और 91 मी. ऊँचा है। इसका सबसे बड़ा कक्ष 'बिगरूम' के नाम से विख्यात है। केन्टुकी प्रान्त का मैमथ केव 48 किमी. लम्बा है। रोहतास पठार के गुप्तेश्वर कन्दरा की लम्बाई पौन किमी. है। पर इसकी ऊँचाई तथा चौड़ाई कम रहने के कारण आदमी कठिनाई से भीतर जा पाते हैं। यह कन्दरा हिन्दुओं का पवित्र तीर्थ स्थल है क्योंकि यहाँ पर शिव की स्थापना की गयी है।

नदियों का अस्तित्व मात्र कुछ ही कन्दराओं में है। प्रधान गुप्तेश्वर कन्दरा शुष्क है, पर उसकी एक शखा में जल प्रवाहित होता रहता है। पेरीनोज तथा आल्पस (फ्रांस) में कई कन्दराएँ पाई गई हैं जिनमें धरातल से 1 किमी से अधिक नीचे भूमिगत नदियाँ, झीलें और प्रपात पाए गए हैं।

कन्दराओं के निर्माण के लिए चूना पत्थर की तहों का गहरा, मोटा, संहत एवं सघन होना आवश्यक हैं। कार्बन डाइऑक्साइड, जल रिसकर धरातल के नीचे चूना पत्थर के सन्धों एवं संस्तरण तलों में प्रवेश करके उन्हें खोखला और चौड़ा कर देते हैं। इससे धरातल के नीचे अनेक स्थलों में खोखला हो जाता है और कन्दराओं का निर्माण होता है। कन्दराओं का निर्माण मूलतः सन्धों और संस्तरण तलों द्वारा नियंत्रित रहता है जो छोटी तथा नई कन्दराओं की आकृति के विकास में स्पष्ट रूप से परिलक्षित रहता है। इनसे होकर प्रवाहित होने वाला जल अपनी चूना पत्थर को घोलकर उन्हें बड़ा बना देता है। पुरानी कन्दराओं में यह नियंत्रण अस्पष्ट हो जाता है।

कन्दराओं का नीचे की ओर विस्तार अभेद आधार अथवा भौम जलस्तर तक रहता है। उसके नीचे जल की गति क्षैतिज रूप में होने लगती है। जिससे कन्दराएँ भी क्षैतिज विन्यस्त हो जाती है।

प्राकृतिक पुनः चूना पत्थर क्षेत्र में अर्थात् वो छिद्र जिनसे नदी घुसकर भूमिगत हो जाती है के द्वारा भूमिगत हो जाने पर घोलक्रिया द्वारा लम्बी कन्दराओं का निर्माण करती है। इसे प्राकृतिक सुरंग कहते हैं। वर्जिनिया की प्राकृतिक सुरंग 274 मी. लम्बा, 40 मी. चौड़ी तथा 23 मी. ऊँची है। यह एक अद्वितीय प्राकृतिक सुरंग है। इससे होकर रेलमार्ग जाता है।

प्राकृतिक सुरंगों अथवा कन्दराओं की छतों के धँस जाने से इनकी लम्बाई घट जाती है। जिससे प्राकृतिक पुलों का निर्माण होता है। छत का शेष भाग जो कन्दरा के दोनों पाश्वो को जोड़ता है, प्राकृतिक पुल कहलाता है। चूना पत्थर क्षेत्र में घोल क्रिया द्वारा निर्मित इस प्रकार के पुल को कार्स्ट पुल भी कहते हैं। लेक्सिंगटन (वर्जिनिया) के उत्तर-पूर्व में सेदार क्रीक के ऊपर निर्मित प्राकृतिक पुल इसका सुन्दर उदाहरण है। यह एक पूर्ववर्ती कन्दरा की छत का अवशेष है।

कार्स्ट क्षेत्र में कार्स्ट क्षेत्र में जल द्वारा किए गए जमाव से बनी स्थलाकृतियाँ से निर्मित स्थलाकृतियाँ : कन्दराओं की छतों और दीवारों की असंख्य सन्धों और जोड़ी से चूनायुक्त जल रिसकर कन्दराओं में प्रवेश करता है। इस प्रकार के जल के वाष्पीकरण होने अथवा जल से कार्बन डाइऑक्साइड के अलग होने पर जल में मिश्रित चूना पत्थर के टुकड़े निक्षेप हो जाते हैं। जब जल की बून्द कन्दरा की छत से गिरती है तब चूना कन्दरा की छत के निचले भाग में जमा हो जाता है। कालक्रम से यह निक्षेप लम्बे, सँकरे, पतले स्तम्भों के रूप में वट-वृक्ष की धरोहर के सदृश छत से नीचे की ओर बढ़ता जाता है इसे आश्युताश्म (Stalactite) कहते हैं। ऊपर से नीचे की ओर लटकने के कारण इन्हें आकाशी स्तम्भ भी कहते हैं। क्योंकि ये ऊपर से नीचे की ओर लटकते रहते हैं। इसे स्तम्भ भी कहते हैं। ये स्तम्भ कन्दरा की छत के पास चौड़े तथा मोटे और नीचे की ओर पतले होते हैं।

कन्दरा की छत के जल रिसाव तथा उसके टपकने के परिणामस्वरूप घुले हुए पदार्थ का कुछ अंश शनैः-शनैः फर्श पर टपकने वाले स्थान पर जमा होता रहता है, जिससे वहाँ निक्षेपात्मक स्तम्भ निर्मित हो जाते हैं। इन्हें निश्चुताश्म (Stalagmite) कहते हैं। ये आधार के पास मोटे, पर ऊपरी भाग में नुकीले होते हैं। ये आकाशी स्तम्भों की अपेक्षा छोटे, किन्तु अधिक मोटे होते हैं। कभी-कभी आकाशीय स्तम्भ तथा निश्चुताश्म बढ़कर आपस में मिल जाते हैं जिससे कन्दरा-स्तम्भ का निर्माण होता है। संयुक्त राज्य की कार्ल्सवाद कन्दरा में हजारों की संख्या में कन्दरा-स्तम्भ पाए जाते हैं। इस कन्दरा में एक निश्चुताश्म का आधार 60 मी. विस्तृत है और उसकी ऊँचाई 30 मी है।

कार्स्ट अपरदनचक्र : घोलीकरण तथा जल रिसाव की प्रक्रिया के कारण अनुवर्ती क्रम में कटाव होता है, इसे कार्स्ट अपरदन कहते हैं। कार्स्ट क्षेत्रों में एक ही प्रकार की चट्टानी संरचना होती है। चूना पत्थर के प्रदेशों में अपरदन चक्र की सम्भावना को वास्तविक रूप देने का श्रेय फ्रान्सीसी विद्वान जीवान स्विजिक्र को है जिन्होंने यूगोस्लाविया के कई क्षेत्रों का अध्ययन करके अपने विचार 1918 ई. में प्रकाशित किये। पर कार्स्ट क्षेत्रों में स्थलाकृति के अनुवर्ती विकास की सम्भावना के संदर्भ में भूगोलवेत्ताओं के अलग-अलग विचार हैं। भौगोलिक चक्र के प्रतिपादक डेविस चूना पत्थर प्रदेश में उत्पन्न होने वाले भूदृश्य के क्रम की तथा कार्स्ट चक्र को सामान्य अपरदन चक्र की एक विशेष अवस्था मानते हैं जिसमें अपरदन कार्य जल की घोल क्रिया द्वारा सम्पन्न होता है। यहाँ अपरदन चक्र का प्रारम्भ नदियों के भूमिगत होने से होता है तथा उसका अन्त भूमिगत नदियों के पुनः धरातल पर प्रकट होने से होता है। डेविस के कथन में सत्य का अंश रहने पर भी कार्स्ट अपरदन चक्र का अध्ययन अलग से किया जाना सम्भव है क्योंकि कार्स्ट क्षेत्र की चट्टानी संरचना तथा अपरदन प्रक्रिया अन्य क्षेत्रों से भिन्न होती है। यहाँ एक ही प्रक्रिया द्वारा एक विशेष प्रकार की संरचना से युक्त चट्टानों पर भूदृश्य में हो रहे विकास एवं क्रमिक परिवर्तन को विभिन्न अवस्थाओं तथा उनमें उत्पन्न स्थलाकृतियों को पहचानना सरल है, फिर भी इन कठिनाइयों के बावजूद कार्स्ट क्षेत्रों में स्थलाकृतियों का क्रमिक विकास हुआ है।

कार्स्ट अपरदन चक्र के प्रारम्भन के लिए अभेद्य चट्टान की आधारशिला पर जल तल के ऊपर शुद्ध चूना पत्थर की काफी मोटी तह का पाया जाना आवश्यक है। कार्स्ट अपरदन चक्र का प्रतिपादन जे डब्लू बीदी (1911 ई.) तथा जोवान स्विजिक (1918 ई.) ने किया हैं, बीदी ने अपरदन चक्र के समान ही कार्स्ट चक्र को भी तीन अवस्थाओं में बाँटा है—

(क) युवावस्था : इस अवस्था में घोल रन्ध्रों तथा विलय छिद्रों का विकास होता है तथा इन छिद्रों के द्वारा जल भूमिगत होने लगता है।

(ख) प्रौढ़ावस्था : इस अवस्था में अवतरण निवेशिकाओं, अन्धी घाटियों, विलय छिद्रों तथा डोलालन का निर्माण बड़ी मात्रा में होता है जिससे भूपृष्ठीय अपवाह पूर्ण रूप से भूमिगत अपवाह में परिणत हो जाता है।

(ग) वृद्धावस्था : भूमिगत जलप्रवाह जब धरातल पर पुनः प्रकट होने लगता है, तब वृद्धावस्था प्रारम्भ होती है। प्राकृतिक पुल, कार्स्ट सुरंग, हम्स, कार्स्ट वातायन

आदि इस अवस्था की प्रमुख स्थलाकृतियाँ हैं जो वृद्धावस्था में अपरदन चक्र के सारे लक्षण लुप्त हो जाते हैं।

पर कार्स्ट अपरदन चक्र की मूल अवधारणा कार्स्ट चक्र की मूल अवधारणा का निर्धारक भू-विज्ञानी स्विजिक को माना जाता है। उन्होंने कार्स्ट चक्र को चार प्रक्रमों में विभक्त किया है :

(क) युवावस्था : कार्स्ट चक्र की इस अवस्था में लैपीज, घोल रन्ध्र तथा विलय छिद्रों का निर्माण होता है जिससे होकर भूपृष्ठीय अपवाह का एक भाग भूमिगत हो जाता है। फिर भी भूपृष्ठीय अपवाह धरातल पर भी विद्यमान रहता है। लैपीज तथा विलय छिद्र इस अवस्था की सर्वप्रमुख धराकृतियाँ हैं। कन्दराओं का निर्माण इस अवस्था में नहीं हो पाता। चक्र के और विकास के साथ विलय जैसे-जैसे छेदों की संख्या बढ़ती जाती है वैसे-वैसे उनका आकार भी बड़ा होता जाता है। धरातलीय अपवाह उत्तरोत्तर भूमिगत होता जाता है। घोल रन्ध्रों एवं विलय छिद्रों की घाटियों के अतिरिक्त अन्य क्षेत्रों में भी विकसित होने से धरातलीय अपवाह छिन्न-भिन्न होने लगता है। आसन्न विलय छिद्रों के मिलने से युवाला का विकास होता है।

(ख) प्रौढ़ावस्था : कार्स्ट अपरदन की प्रौढ़ावस्था की प्रक्रिया तब प्रारंभ होती है जब धरातलीय अपवाह के पूरी तरह रिसाव हो जाने के कारण पूर्ववर्ती नदी घाटियों का अस्तित्व समाप्त हो जाता है। इस अवस्था में घोल रन्ध्रों का अधिकतम विकास होता है तथा अपवाह तंत्र भूमिगत हो जाता है। धरातलीय अपवाह केवल घोल रन्ध्रों और विलय छिद्रों में समाप्त होने वाली अवतरण निवेशिकाओं तक सीमित रहता है। धरातल पर केवल अति गहरी घाटी से युक्त नदियाँ पाई जाती हैं। हजारों की संख्या में अवतरण नदी, विलय रन्ध्र, अन्धी घाटी, डोलिना आदि इस अवस्था की प्रतिरूपी स्थलाकृतियाँ होती हैं। भूमिगत अपवाह के कारण अपरदन की प्रक्रिया होते रहने से कन्दराओं का निर्माण होता है। कन्दराओं के उत्तरोत्तर विकास से जल-तल नीचा होता जाता है। यहाँ पर अपरदन का चरम तल अधःस्थ अभेद्य संस्तर होता है। इसलिए नीचे की ओर कन्दराओं के निर्माण की एक सीमा होती है।

(ग) पूर्ण प्रौढ़ावस्था : पूर्व प्रौढ़ावस्था में घुलन क्रिया का प्रभाव स्पष्ट रूप से प्रकट होने लगता है। इस समय कार्स्ट धरातल का निम्नीकरण होता है क्योंकि स्थलाकृतियों का अपरदन होता रहता है। घोलक्रिया के निरन्तर चलने के कारण कालक्रम से कन्दराओं की छतें पतली होकर धँसती जाती हैं जिससे जगह-जगह पर कार्स्ट वातायन का निर्माण हो जाता है। इन वातायनों से भूगर्भवर्ती जल-धाराएँ दिखाई पड़ने लगती हैं। कार्स्ट वातायन विस्तृत होकर युवाला का रूप ले लेते हैं।

युवालाओं के परस्पर मिलने तथा कन्दराओं की छतों के धँसने से पोल्ये (राजकुण्डों) का निर्माण हो जाता है। अपरदन के कारण समस्त कार्स्ट प्रदेश समप्राय मैदान में परिणत होने लगता है। इस समय हम्स के रूप में चूर्णकट दिखाई देते हैं।

(घ) जीर्णावस्था : पोल्ये, चूर्णकट, कार्स्ट वातायन, कार्स्ट सुरंग, प्राकृतिक पुल आदि इस अवस्था की प्रतिरूपी स्थलाकृतियाँ हैं। पोल्ये और चूर्णकट जीर्णावस्था के प्रतिरूपी चिह्न हैं। चूना पत्थर पूर्ण रूप से कट जाता है और धरातल पर अभेद्य चट्टानें प्रकट हो जाती हैं। नदियाँ सामान्य क्षेत्रों की तरह धरातल पर प्रवाहित होने लगती हैं। अधिक गहरे पोल्ये कभी-कभी पानी से भर जाते हैं। ऐसी स्थिति युगोस्लाविया में पाई जाती है। संयुक्त राज्य के वर्जिनिया, नेचुरल ब्रिज कण्ट्री तथा फ्रांस के कॉसे क्षेत्र में जीर्णावस्था की स्थिति पाई जाती है।

उपसंहार—भूमिगत जल ना सिर्फ भूमि के नीचे महत्वपूर्ण स्थलाकृतियों का निर्माण करता है बल्कि साथ ही भूमिगत जल बड़े पैमाने पर जमीन के ऊपरी सतह पर भी विभिन्न प्रकार की स्थलाकृतियों के निर्माण में अपना योगदान देता है।

15

सागरीय जल के कार्य तथा तटीय भू-आकृतियाँ

धरातलीय संरचना में होने वाले परिवर्तनों के लिए कई घटक उत्तरदायी होते हैं। इनमें सागरीय जल भी है। इस जल के होने के कारण होने वाले अपरदन व अपघर्षण से विभिन्न प्रकार की स्थलाकृतियों का निर्माण होता है। समुद्री जल के तत्वों के कारण होने वाला अपरदन जल प्रवाह किया, अपघर्षण, सन्निघर्षण तथा संचारण के कारण होती है। इसी अपरदन के कारण समुद्री उच्छृंग, गुफा, मेहराब स्तम्भ आदि अपरदित वेदिक तथा समुद्री अपरदन मैदान का निर्माण होता है।

समुद्री तट के अवयव : समुद्री अपरदन वहीं तक होता है जहाँ तक समुद्र की लहरें पहुंचती हैं। निम्न ज्वार तरल और उच्चतम तरंग तल के बीच का क्षेत्र, जिस पर समुद्र जल आगे-पीछे होता रहता है, सागरीय किलश (Sea shore) कहलाता है। यह आवधिक निम्मजन का क्षेत्र है। इसलिए यह कभी पानी से ढका रहता है और कभी सूखा रहता है। जल-थल की सन्धि-रेखा को अथवा जल-थल को पृथक् करने वाली रेखा को किलश-रेखा (Shorc line) कहते हैं। यह रेखा आगे-पीछे होती रहती है। ज्वारों के उतार-चढ़ाव के कारण यह रेखा भी बदलती रहती है। इस किलश की ढाल ज्वार की अवस्था और वायु की प्रचण्डता के ऊपर निर्भर करती है। इसलिए किसी अवस्था में यह एक रेखा होती है जो कई किलोमीटर चौड़े क्षेत्र में आगे-पीछे होती रहती है।

किलश दो प्रकार का होता है अग्र किलश और पश्च किलश। अग्रकिलश उच्छृंग के पदीय भाग में स्थित उससे संलग्न सागरीय किनारा या एक संकरा भाग होता है जो उच्चतम ज्वार रेखा और निम्नतम ज्वार-रेखा के बीच पाया जाता है।

अग्र किलश और तट-रेखा के बीच का क्षेत्र पश्च किलश कहलाता है। क्योंकि यह ज्वारीय सीमाओं के अंदर स्थित होता है। केवल बड़े तूफानों के समय ही जल पहुँच पाता है। निम्न किलश से समुद्र की ओर के क्षेत्र को दूरस्थ किलश क्षेत्र (Off-shore zone) कहते हैं। किलश के पीछे स्थित स्थल भाग को समुद्र तट (Sea coast) तथा समुद्र के किनारे लगी भूमि रेखा को तट रेखा कहते हैं। यह उच्छृंग-रेखा के रूप में सागरीय जल और स्थल खंड की संगम रेखा होती है। इसी रेखा को भूमि और समुद्र के बीच अन्तिमरेखा माना जाता है। यही रेखा समुद्र की अंतिम सीमा-रेखा है। खड़ी ढाल से युक्त समुद्री तट को उच्छृंग या भृगु (Cliff) कहते हैं। समुद्र तट में उच्छृंग, उन्मज्जित वेदिका और किलश की नीचे भूमि सम्मिलित रहती है। किलश (Shore) के ऊपर स्थायी रूप से जमा मलबा (निक्षेप) को पुलिन (Beach) कहते हैं। यह निक्षेप तरंगों द्वारा अपरदित वेदिका के ऊपर होता है। जब यह अपरदित वेदिका समुद्र की ओर दूरस्थ किलश क्षेत्र (Off-shore zone) तक फैली रहती है, तब सबसे दूर स्थित इस किलश को पलिन वेदिका कहते हैं। यह प्रायः सूक्ष्म कणों वाले पदार्थों के हल्का आवरण द्वारा ढका रहता है।

समुद्री अपरदन : शिलाखण्डों से युक्त तरंगें समुद्री अपरदन के मुख्य कारक हैं। पहले ऐसा समझा जाता था कि समुद्री एवं ज्वारीय धाराएँ भी समुद्री अपरदन में महत्त्वपूर्ण योगदान करती हैं पर बाद के अध्ययनों से ज्ञात हुआ है कि अपरदन द्वारा तटीय भूरूपों के निर्माण में इन धाराओं का प्रभाव नगण्य रहता है। तट से टकराने वाली शीलाचूर्णयुक्त तरंगें तट में अपरदन-कार्य करती हैं। भग्नोर्मियाँ (तट से टकराकर टूटने वाली तरंगें) तट पर विनाशकारी प्रभाव डालती हैं। शीत में अटलांटिक महासागर की तरंगें तट पर प्रति वर्ग फुट 2,000 पौण्ड और तूफानी तरंगें 6,000 पौण्ड तक दबाव उत्पन्न करती हैं। यह दबाव विशेष रूप से चट्टानों के संधों, संभेदों तथा स्तरण तल पर पड़ता है और चट्टानें उन्हीं के सहारे टूटती हैं। तरंगों के तट से टकराने पर जल सभी संधों, छिद्रों और संस्तरण तल में घुस जाता है जिससे उन छीद्रों में उपस्थित वायु पर भयँकर दबाव पड़ता है। इससे वहाँ उपस्थित वायु सम्पीड़ित हो जाती है। इस कारण संधों, फटनों, विदरिकाओं में सहसा पच्चड़ ठोंके जाने जैसा प्रभाव उत्पन्न होता है। तरंगों के साथ जल के पीछे हटने पर अचानक दबाव घट जाता है और वायु अचानक विस्फोटक गति से फैलती है जिससे चट्टानें विस्फोट के साथ इन दरार संधियों के सहारे टूटती हैं। संधों, संस्तरण, भ्रंशन आदि के कारण विखण्डित चट्टानों पर उत्खनन जैसा प्रभाव उत्पन्न होता है जिससे समुद्र तट ढोकों में टूटता है। जल के संधों आदि में घुस

जाने से उन दरारों पर यांत्रिक बल पड़ता है तथा घुलनशील चट्टानों की घुलनशीलता बढ़ जाती है।

समुद्री अपरदन की क्रिया को प्रभावित करने वाले कई घटक होते हैं जैसे तरंगों की प्रकृति, उनके आकार और परिमाण, उनके तट तक पहुँचने के ढंग, समुद्री उच्छृंग की ऊँचाई, चट्टानों की संरचना, उनकी अवरोधकता, जोड़ों, संधों एवं विदरिकाओं की उपस्थिति, तट के अभिविन्यास, दन्तुरता (तट के अनियमित होने का स्वरूप), पुलिन पर मलबे की मात्रा, तट का खुलापन, शिलाचूर्ण को बहा ले जाने की तरंगों की शक्ति आदि। जब तरंगों में जल की गहराई तरंग की लंबाई के बराबर या उससे कम होती है, तब तरंगें समुद्र तट से टकराती हैं। इसका परिणाम यह होता है कि छिछले जल में तलीय अवरोध के कारण तरंगों की लंबाई तथा गहराई घट जाती है जिससे तरंगें तीव्र ढाल बनाकर तट पर चढ़ी प्रतीत होती हैं। इसे तरंगों का टूटना कहते हैं। इस अवस्था में जल आगे बढ़ जाता है। तट से टकराकर पीछे लौटते समय तरंगें अपने साथ अपरदित सूक्ष्म कणों को बहाकर ले जाती हैं। ये तरंगें उच्च ज्वार की ऊँचाई (अधिकतम 65 मी.) तक और सामान्यतः 33 मी. नीचे तक अपरदन कार्य करती हैं।

समुद्री अपरदन के प्रकार

समुद्री अपरदन निम्न प्रक्रियाओं के कारण होती है। समुद्र चार प्रकार से अपरदन कार्य करता है :

(क) जलगति क्रिया—तरंगों के प्रहार से चट्टानों के टूटने को जलगति क्रिया कहते हैं। तरंगें तट से टकराने के क्रम में उस पर भीमकाय हथौड़े के सदृश प्रहार करती हैं जिससे वे चकनाचूर हो जाती हैं। टूटे हुए शिलाखंडों को तरंगें और धाराएँ बहाकर ले जाती हैं।

(ख) अपघर्षण—अपघर्षण की प्रक्रिया में शिलाखण्डयुक्त तरंगें उच्छृंगों से टकराती हैं और धाराओं के साथ उसे अग्रकिलश (Fore shore) पर आगे-पीछे करती हैं। इस क्रिया में रगड़ खाकर चट्टानें टूटती हैं।

(ग) सन्निघर्षण—रगड़ खाकर तथा टकराकर शिलाखंडों के टूटने को सन्निघर्षण कहते हैं।

(घ) संक्षारण—संक्षारण अपरदन की वह प्रक्रिया है जिसमें चूना पत्थर तथा चूनायुक्त चट्टानों को समुद्री जल रासायनिक क्रिया द्वारा घुलाता है। इसे संक्षारण कहते हैं। पर सागरीय जल के द्वारा होने वाला संक्षारण महत्त्वपूर्ण नहीं होता।

समुद्री अपरदन से निर्मित स्थलाकृतियाँ : समुद्री अपरदन के कारण समुद्री उच्छृंग, गुफा, मेहराब, स्तम्भ, ऊर्मी अपरदित वेदिका तथा समुद्री अपरदन मैदान प्रमुख हैं। अधोगमन द्वारा निर्मित समुद्र तट खड़ी ढाल से युक्त होता है। इस अवस्था में तट से टकराने वाली तरंगें अधोरदन के द्वारा तट में छोटा-सा कटाव (खाँच) उत्पन्न करती हैं। नीचे से अलग हो जाने पर ऊपरी भाग फिसल जाता है। इस क्रिया के जारी रहने पर समुद्र तट कटकर पीछे हटता जाता है जिससे दीवार के समान खड़ी ढाल से युक्त उच्छृंग का निर्माण होता है। समुद्र तट के पीछे हटने को पश्चगमन (Retrogradation) कहते हैं। तट के ग्रेनाइट आदि अवरोधी चट्टानों द्वारा निर्मित रहने पर उच्छृंग अति ही कम कटते हैं तथा खड़ी ढाल से युक्त रहते हैं। गोलाश्म मृत्तिका, बालू आदि कमजोर चट्टानों द्वारा निर्मित रहने पर उच्छृंग की ढाल का उछाल धीमा रहता है। होल्डरनेस तथा ईस्ट ऐंग्लिया (इंग्लैंड) में ऐसी स्थिति पाई जाती हे। इस प्रकार उच्छृंग का वास्तविक स्वरूप चट्टानों की संरचना, चट्टानी तहों का झुकाव, संधों तथा संस्तरण की उपस्थिति तथा भूपृष्ठीय एवं सामुद्रिक अपरदन की सापेक्षिक तीव्रता पर निर्भर करता है। इन विशेषताओं के आधार पर समुद्र तट के विभिन्न भागों में उच्छृंगों के स्वरूप में अन्तर पाया जाता है।

चट्टानें संधों और संस्तरण तल के सहारे टूटती हैं। तट में परतदार चट्टान रहने पर तथा विभिन्न संस्तरों का झुकाव समुद्र की ओर रहने पर शिलाखंड टूटकर आसानी से गिरते जाते हैं और सीढ़ीनुमा ढाल से युक्त उच्छृंग का निर्माण होता है। इसके विपरीत चट्टानी तहों का झुकाव जमीन की ओर और संधों का झुकाव समुद्र की ओर होने पर टूटे शिलाखंड तब तक नहीं गिरते जब जब तक तरंगें पाद स्थल के पास जड़ नहीं काट देती। इस अवस्था में उनकी जड़ (आधार) के पास अपरदन क्रिया अतिमन्द गति से होती है। इस अवस्था में उच्छृंग अति ही धीमी गति से कटते और पीछे हटते हैं। उच्छृंग समुद्र की ओर ढालू रहता है। जब चट्टानी तहों की ढाल समुद्र की ओर अति ही तीव्र होती है, तब टूट शिलाखंड आसानी से लुढ़कते जाते हैं और चिकना खड़ा उच्छृंग का निर्माण होता है। ऐसा उच्छृंग बहुत कम कटता है। चट्टानों की अवरोधकता का प्रभाव भी उच्छृंगों की प्रकृति पर स्पष्ट रूप से पाया जाता है। ग्रेनाइट द्वारा निर्मित उच्छृंग बेसाल्ट निर्मित उच्छृंग से भिन्न होता है। चट्टानों के स्थूल और संपुंजित रहने तथा उनमें रांतार तहों एवं संधों के उपस्थित रहने पर उच्छृंग बहुत धीरे-धीरे कटता और पीछे हटता है। पर तट के कमजोर शैल या हिमानी टिल आदि द्वारा निर्मित रहने पर

उच्छृंग तेजी से कटता और पीछे हटता है। इंग्लैंड के पूर्वी तट, जहाँ प्लिस्टोसीन बालू या तलछट पाया जाता है, तेजी से पीछे हट रहा है।

कमजोर चट्टानों के अपरदन के कारण अर्द्ध वृत्ताकार या अण्डाकार लघु निवेषिका (Cove), लघु खाड़ी या बाइट का निर्माण होता है। इसके निर्मित होने का कारण यह है कि चट्टानों के कटने से समुद्री जल उसमें पहुँच जाता है। ऐसी स्थिति में कठोर चट्टानें लघु अन्तरीप की तरह समुद्र की ओर निकली रहती हैं। इस प्रकार भेदकारी समुद्री अपरदन द्वारा तरंगें तट में महत्त्वपूर्ण दन्तुरता (Indentations) उत्पन्न करती हैं। इस क्रिया के द्वारा केवल लघु और गौण आकृतियों का ही निर्माण होता है।

लहरें जब गुफाओं में पहुँचती हैं तो तलोच्छेदन की प्रक्रिया शुरू होती है। समान अवरोधकता की चट्टानों द्वारा निर्मित उच्छृंगों में गुफाओं का निर्माण होता है। ये गुफाएँ हर प्रकार की कमजोरी से युक्त चट्टानों में, विशेषकर जहाँ चट्टानें अत्यधिक संधयुक्त होती हैं, निर्मित होती हैं। ये गुफाएँ कालान्तर से उच्छृंग-मुख से कई मीटर भीतर तक निर्मित हो जाती हैं। हवा के दबाव के कारण ये चट्टानें भ्रांसित होती हैं। अतः बार-बार हवा के दबने और फैलने से उच्छृंग तथा गुफाओं में उपस्थित छिद्र बड़े हो जाते हैं। जब ऊपर की ओर से छिद्रों के द्वारा गुफाएँ आपस में मिल जाती हैं; तब उसे वायु-छिद्र कहते हैं। उक्त क्रिया के जारी रहने पर वायु-छिद्र विस्तृत होते जाते हैं। समुद्री जल इनमें प्रवेश करके इन्हें काटकर बड़ा बनाता है। दो गुफाओं के आपस में मिल जाने से एक नई स्थलाकृति का निर्माण होता है। जिसे प्राकृतिक मेहराब (Arch) कहते हैं। नोवास्कोशिया के स्पिलिट अन्तरीप का मेहराब तथा कापरी द्वीप (इटली) का समुद्री मेहराब इसके सुन्दर उदाहरण हैं। समुद्री तथा भूपृष्ठीय अपरदन के कारण ये मेहराब दीर्घकाल तक बने नहीं रह पाते। इनकी छत धँस जाती है। पर मेहराब के खम्भे स्तम्भ के रूप में खड़े रहते हैं। इन्हें तटीय या सागरीय स्तम्भ (Stack) कहते हैं। कैलिफोर्निया के सान्ताक्रुज तट में तथा ओरकनी द्वीप में कैथनेस के उत्तर ऐसे तटीय स्तम्भ पाए जाते हैं।

समुद्री अपरदन के द्वारा उच्छृंग के पीछे हटने से निचले स्तर की छज्जों नुमा आकृति का निर्माण होता है। इसे तरंग अपरदित वेदिका (Wave-cut platform) कहते हैं। उच्छृंग के कटने से प्राप्त मलबा वेदिका के समुद्र की ओर ढाल पर जमा होता जाता है। इस प्रकार के निक्षेप से तरंग अपरदित वेदिका का अग्र भाग समुद्र की ओर बढ़ता जाता है। महादेशीय छज्जा के निक्षेप द्वारा निर्मित भाग को समुद्री

लहरों से निर्मित वेदिका कहते हैं। लहरों के द्वारा काटने की क्रिया जारी रहने पर तरंग अपरदित वेदिका काफी विस्तृत हो जाती है। उस अवस्था में इसे समुद्री अपरदन मैदान कहते हैं। इस प्रकार का मैदान कई प्रकार की संरचना और अवरोधकता की चट्टानों के ऊपर फैला रहता है। तरंगों के द्वारा काटने की क्रिया दीर्घकाल तक नहीं चली सकती। उच्छृंग के कटने से प्राप्त मलबा के वैदिक के अग्र भाग में जमा होते जाने से वेदिका की ढाल संतुलित हो जाती है। इस अवस्था में तरंगें उच्छृंग से दूर ही टकराती हैं। पर समुद्र के धीरे-धीरे नीचे हो जाने पर अवस्था में तरंगों की अपरदन शक्ति बनी रहती है। इस अवस्था में तरंगें तट तक पहुँच सकती हैं। इस प्रकार से काटने की क्रिया उत्तर सागर के हेलगोलैण्ड द्वीप में ऐतिहासिक काल में हुई है। 800 ई. में उक्त द्वीप की सीमा-रेखा की लंबाई 1,992 किमी. थी। पर अब उसकी लंबाई केवल 5 किमी. है। फिर भी समुद्री अपरदन द्वारा समप्राय मैदान की तरह विस्तृत मैदानों का निर्माण नहीं होता। समुद्र तल में थोड़ा सा भी परिवर्तन होने से सागर को अपरदन कार्य नए सिरे से प्रारम्भ करना पड़ता है।

सागरीय निक्षेप द्वारा निर्मित स्थलाकृतियाँ—उच्छृंगों के अपरदन से प्राप्त अथवा नदियों द्वारा लाए गए मलबे का निक्षेप समुद्री किनारे पर होता है। मोटे मलबे पुलिन (Beach) पर जमा होते हैं तथा महीन मलबा समुद्र की ओर ले जाया जाता है। कुछ मलबा तट के सहारे भी बहता जाता है। इसे बेंलाचली प्रवाह (Longshore drift) कहते हैं। यह दो प्रकार से सम्पन्न होता है : पुलिन प्रवाह (Beach drifiting) के द्वारा तथा बेलांचली धाराओं (Littoral or long-shore currents) के द्वारा। सामान्यतः टूटती हुई तरंगें प्रायः तट से तिरछे टकराती हैं जिससे मलबा भी तिरछे रूप में तट की ओर प्रवाहित होता है। पर अद्र्यः प्रवाह (Backwash) के साथ समुद्र की ओर सरकता है। तरंगों की गतिशीलता के कारण मलबे का तट की ओर आना और पुनः तरंगों के पीछे खिसकने से पीछे की ओर वापस लौटने से वक्रीय गति के कारण मलबा आगे की ओर बहता रहता है। इस पुलिन प्रवाह के द्वारा बड़ी मात्रा में मलबे का परिवहन होता है। इस परिवहन के क्रम में हुए निक्षेप के द्वारा कई प्रकार की स्थलाकृतियों का निर्माण होता है। टूटती हुई तरंगों के तट से टकराने पर तट के पास पानी का स्तर ऊँचा हो जाता है। पवन के रहने पर यह जल तट के समानान्तर धारा के रूप में प्रवाहित होता है। इसे बोलांचली धारा कहते हैं। उच्च ज्वार के समय यह अधिक प्रभावी होता है। पुलिन प्रवाह और बेलांचली धाराएँ एक ही समय में एक ही दिशा से चलती हैं।

सागरीय निक्षेप और स्थलाकृतियाँ : सागरीय निक्षेप के कारण कई प्रकार की स्थलाकृतियों का निर्माण होता है। इनका उल्लेख नीचे किया जा रहा है—

पुलिन (Beach) : पुलिन वह स्थलाकृति है जो तरंग अपघर्षित चबूतरे के ऊपरी भाग में तट के सहारे मलबे के अस्थायी निक्षेप जमा होने से बनता है। यह आवधिक निमज्जन का क्षेत्र होता है और उच्च ज्वार के समय पानी में डूबा रहता है। यह चिकनी बजरियों, बालू, शिलाचूर्ण या इनके मिश्रण से बना होता है जो इनके स्रोत की चट्टानों की प्रकृति पर निर्भर करता है। पुलिन सामान्यतः बजरी और बालूकण द्वारा निर्मित होता है। यहाँ पाए जाने वाले बालूकण क्वार्ज या प्रवाली के टुकड़े होते हैं; यह तट पर सैंकड़ों किलोमीटर में विस्तृत हो सकता है; पर इसका निर्माण स्थानीय रूप से भी हो सकता है, जहाँ नदियों द्वारा बड़ी मात्रा में बालू प्राप्त होता है अथवा तट में बलुआ पत्थर चट्टानें पाई जाती हैं, वहाँ बहुत दूर में विस्तृत रेतीला पुलिन पाया जाता है। भारत के पूर्वी तट पर महानदी और गोदावरी नदियों के मुहानों के बीच रेतीला पुलिन पाए जाते हैं। पुरी (ओडिशा) के पूरब पुलिन विशेष रूप से चौड़ा है। पुलिन में जल की गहराई बहुत कम रहती है। यह पर्यटन स्थल भी हो सकता है। इसके सुन्दर उदाहरण मुम्बई जूहू बीच, मद्रास के मेरिना बीच और पुरी का समुद्री बीच है। तूफानी लहरें कुछ ही समय में संपूर्ण पुलिन को बहाकर ले जा सकती है।

उभयाग्र पुलिन (Cusped beach) : कुछ पुलिनों के सागरवर्ती भाग में तरंगों द्वारा गोलाश्म, बजरी और बालू का ऐसा निक्षेप होता है कि लगभग समान दूरी पर समुद्र की ओर निकले नुकीले उत्सेध निर्मित हो जाते हैं। उनके बीच चापाकार उथली छोटी खाड़ियाँ पाई जाती हैं। उक्त नुकीले उत्सेधों को उभयाग्र या कस्प (Cusp) कहते हैं। कस्पों का निर्माण प्रधानतः बजरी (Shigle) निर्मित पुलिनों पर होता है। इन कस्पों की ऊँचाई सामान्यतः एक मीटर से कम होती है, यद्यपि कुछ कस्प तीन मीटर से अधिक ऊँचे पाए जाते हैं। बजरी से निर्मित पुलिनों पर दो कस्पों की दूरी लगभग 4.6 मी. होती है। पर रेतीले पुलिनों पर इनकी दूरी 61 मी. तक होती है। जहाँ पुलिन बजरी और बालू दोनों के मिश्रण के द्वारा निर्मित होता है, वहाँ बजरी प्रायः कस्प के रूप में तथा बालू के कण निक्षेप छोटी छिछली खाड़ियों में जमा होते हैं।

कस्पों के निर्माण के कारण ठीक से समझे नहीं जा सके हैं। पर जॉनसन के अनुसार पुलिन के सागरवर्ती किनारों पर उपस्थित सूक्ष्म विषमताओं को तरंगें

अपने (Swash और Backwash) क्रिया के द्वारा बढ़ाती जाती हैं जिस कारण लघु खाइयों का निर्माण हो जाता है।

रोधिका (Bar) : रोधिका संज्ञा का प्रयोग विस्तृत अर्थ में तट से कुछ दूरी पर टूटने वाली बड़ी तूफानी तरंगों तथा बेलांचली धाराओं द्वारा तट के लगभग समानान्तर बजरी-बालू निर्मित सभी बाँधों और उत्सेधों के लिए किया जाता है। (Shore line) के विकास की शुरुआती अवस्था में बेलांचली धाराएँ अपरदन का एक मजबूत कारण होती हैं। ये धाराएँ मलबे को गहरे जल की ओर बहाकर ले जाती हैं जहाँ यह मलबा कई प्रकार की रोधिकाओं के रूप में निक्षेप हो जाता है। यह रोधिका जल में डूबी हुई हो सकती है अथवा पानी के ऊपरी सतह पर देखी जा सकती है जो उच्च ज्वार के समय अवश्य जलमग्न हो जाती है। ये रोधिकाएँ तट के समानान्तर, खाड़ी या एस्चुअरी के आर-पार, द्वीप और भूखंड को मिलाते हुए अथवा बन्दरगाहों के मुहानों को जोड़ते हुए निर्मित होती हैं। स्थिति, आकार और आकृति के अनुसार इन्हें कई संज्ञाओं से अभिहित किया जाता है, यथा भूजिह्वा (Spit), संयोजक मुण्डेर (Connecting Bar), खाड़ी रोधिका (Bay Bar), दूरस्थ रोधिका (Offshore bar), हुक (Hook), लूप (Loop) और टम्बोलो (Tombolo)। इनके निर्माण से बेलांचली प्रवाह का महत्त्वपूर्ण हाथ रहता है।

स्थल संलग्न मुण्डर—यह शिलाचूर्ण के द्वारा निर्मित बांध है जिसका एक सिरा स्थल से संबंधित रहता है और दूसरा सिरा समुद्र की ओर रहता है। यह सामान्यतः समुद्र तट के समानान्तर सीधे फैला रहता है; इसकी आकृति समुद्र की ओर नतोदर रहती है। जब स्थल संलग्न मुण्डेर से मिल जाता है, तब उसे केवल मुण्डेर कहते हैं। जमीन की तरफ बहने वाली तेज धाराएँ, ज्वार या तूफानी लहरों के प्रभाव से स्थल संलग्न मुण्डेर के विकास के क्रम में उनका बाहरी सिरा स्थल की ओर मुड़ जाता है। फलतः उक्त मुण्डेर की आकृति हँसिया के समान टेढ़ी हो जाती है। इसे वक्र मुण्डेर कहते हैं। और अधिक विकास होने पर टेढ़ा सिरा तट से मिल जाता है। इस आवस्थ में इसे **हँसिया** या **अग्रवर्धी** मुण्डेर (Cuspate Bar) कहते हैं। समान स्थिति दो स्वतन्त्र स्थल संलग्न मुण्डेरों की आखिरी सिरों के आपस में मिलने से उत्पन्न होती है। मुण्डेर के पीछे दलदली भूमि तथा लैगून पाए जाते हैं जो धीरे-धीरे भरते जाते हैं।

अग्रवर्धी अन्तरीप (Cuspate foreland) का निर्माण भी ऐसी ही प्रक्रिया के कारण होता है। इसका कारण निर्माण लैगूनों के क्रमिक विकास तथा समुद्र तट की ओर बढ़ने से होता है। इसका उदाहरण न्यूयार्क के कयुगा झील के क्रोबार

प्वायण्ट तथा फ्लोरिडा के कैनेवरल अन्तरीप में पाए जाते हैं। केरल तट में तथा चिल्का झील में कई प्रकार के मुण्डेर पाए जाते हैं

जब दो दिशाओं से तेज धाराएँ आकर मिलती हैं तो मुण्डेर का निर्माण होता है। इस अवस्था में निर्मित हो रहे मुण्डेर का आखिरी भाग मुड़कर टेढ़ा हो जाता है। समुद्र की ओर मुड़े रहने पर धाराएँ उन्हें बहाकर ले जाती हैं। पर तट की ओर मुड़े रहने पर ये सिराएँ स्थायी हो जाती हैं। स्थल संलग्न मुण्डेरों का कई बार वक्राकार विकास हो सकता है जिससे उसमें कई सिराएँ विकसित हो सकती हैं। कई वक्र सिराओं से युक्त स्थल संलग्न मुण्डेर को संयुक्त मुण्डेर कहते हैं। इस प्रकार एक ही स्थल संलग्न मुण्डेर के कई जगहों में वक्राकार विकास से संयुक्त मुण्डेर का निर्माण अपरदन द्वारा तट रेखा के पीछे की ओर हटने के क्रम में भी हो सकता है इस अवस्था में टेढ़ी सिराएँ मुण्डेर की पूर्ववर्ती स्थितियों को प्रदर्शित करती हैं। इंग्लैण्ड के हर्स्ट कासल इसका प्रमुख उदाहरण है। जब इसके निर्माणकारी तथा मलवे को बहा ले जाने वाली धाराओं में संतुलन स्थापित हो जाता है, तब ये मुण्डेर स्थायी हो जाते हैं। स्थल से संबंध रहित, तट से कुछ दूरी पर निर्मित होने वाले मुण्डेर को दूरस्थ मुण्डेर कहते हैं। न्यूयार्क से फ्लोरिडा तक अतलांतक तट में अनेक स्थलों में दूरस्थ मुण्डेर पाए जाते हैं। ऐसे मुण्डेरों के पीछे हँसिया मुण्डेर, दलदल तथा लैगून पाए जाते हैं। इनका निर्माण उन्मग्न तथा निमग्न दोनों प्रकार के तटों पर होता है।

जब समुद्र अपरदित मैदानों की ढाल अत्यन्त मन्द रहती है, तब बड़ी लहरें, समुद्र तट से कई किलोमीटर दूरी पर ही टकराती हैं। यह तूफानी जल की गहराई तथा लहरों की ऊँचाई पर निर्भर करती है। इस क्रिया में तट की ओर बढ़ती लहरों द्वारा पुलिन पर पड़ा मलबा जोरदार लहरों द्वारा किनारे की तरफ उछाल दिया जाता है जिससे तटरेखा के समानान्तर उत्सेध के रूप में दूरस्थ मुण्डेर का निर्माण होता है। फ्लोरिडा बीच के दूरस्थ मुण्डेर को पुल के द्वारा प्रधान भूखण्ड से जोड़ दिया गया है तथा मुण्डेर के ऊपर सुरम्य होटलों की स्थापना की गई है।

जब मुण्डेर द्वीपों और अन्तरीपों को मिलाते हुए निर्मित होते हैं, तब उन्हें **संयोजक मुण्डेर** कहते हैं। यह दो प्रकार का होता है। जब यह किसी खाड़ी के तट के उभरे भागों को मिलते हुए निर्मित होता है, तब इसे खाड़ी मुण्डेर कहते हैं। मुण्डेरों के विकास द्वारा कभी-कभी दो द्वीप आपस में मिल जाते हैं या द्वीप स्थलखण्ड से मिल जाते हैं। इस प्रकार के मुण्डेर को टोम्बोलो कहते हैं। इसका उदाहरण कैलिफोर्निया की एस्टेरो की खाड़ी में मोरो रॉक में तथा मेसाचुसेट्स के

मार्बुल हेड द्वीप में पाया जाता है जहाँ संयोजक मुण्डेर प्रधान भूखण्ड से द्वीप को मिलाता पाया जाता है। वरसेस्टर टोम्बोलो तथा खाड़ी मुण्डेर के स्थान पर केवल संयोजक मुण्डेर का प्रयोग करते हैं क्योंकि दोनों मुण्डेरों का निर्माण एक प्रक्रिया द्वारा हुआ है। ज्वारीय धाराओं के तेज रहने पर या खाड़ियों में अधिक जल प्राप्त होने पर धाराएँ अवसाद को बहा ले जाती हैं। इस अवस्था में संयोजक मुण्डेर पूर्ण नहीं हो पाता; कहीं-कहीं छोटे-छोटे प्रवेश मार्ग छूटे रह जाते हैं।

समुद्री अपरदन और निक्षेप से निर्मित भूआकृतियों की तीन श्रेणियाँ हैं : (क) तरंग अपरदन द्वारा निर्मित भूआकृतियाँ : उच्छृंग, ऊर्मि अपरदित वेदिका, गुफा, द्वीप, मेहराब तथा तटीय स्तम्भ; (ख) ऊर्मि निक्षेप द्वारा निर्मित भूआकृतियाँः ऊर्मि निर्मित वेदिका (जल के नीचे)–पुलिन, दूरस्थ मुण्डेर तथा (ग) तटवर्ती धाराओं द्वारा निर्मित भूआकृतियाँ : विभिन्न प्रकार के मुण्डेर।

किलश अपरदन चक्र तथा किलश स्वरूप का विकास : सागरीय तटों किलश तथा पुलिन का विकास एक चक्रीय रूप में होता है। तट और किलश के अपरदन चक्र में पर्याप्त भिन्नता होती है। जल की सतह पर दिखाई दे रहे और ढाल में डूबे हुए किलश में भी चक्र का विकास अलग-अलग होता है। अपरदन में सागरीय जल की प्रमुखता के कारण इसे सागरीय अपरदन चक्र कहते हैं। तट तथा किलश में स्थलाकृतियों का विकास वहाँ चट्टान-संरचना, उनकी प्रकृति, तट-विन्यास, तरंगों तथा धाराओं की शक्ति पर निर्भर करता है। इस कारण एक ही किलश में कहीं युवावस्था तो कहीं उसमें बुढ़ापे के निशान पाए जाते हैं। समुद्र तटों की अस्थिरता के कारण जीर्णावस्था के तट नहीं के बराबर पाए जाते हैं। किलश के स्वरूप कई प्रकार के होते हैं। पर इनमें उन्मग्न एवं निमग्न किलश प्रधान हैं। इसलिए उक्त दो प्रकार के किलश में अपरदन चक्र का पृथक्-पृथक् उल्लेख किया जाएगा।

निमग्न किलश (Shore line of submergence) और **अपरदन चक्र :** अपरदन के कारण निमग्न डेल्टा, हिमनद अवक्षेप के मैदान जलोढ़ मैदान तथा युवाला के अतिरिक्त निमग्न तट में तीव्र परिवर्तन होता रहता है। नदियों तथा हिमनदों की निमज्जित घाटियाँ गहरी खाड़ियों का निर्माण करती हैं। हिमनद घाटियों के निमज्जित होने से फियर्ड तट एवं नदियों की घाटियों के निमज्जित होने से रिया तट का निर्माण होता है। निमज्जन के कारण तट पर अनेक छोटे-बड़े द्वीप पाए जाते हैं। ऐसी स्थिति आराकान तट तथा स्पेन के गैलीसिया तट में पाई जाती है। प्रारम्भ में द्वीपों की संख्या कम होती है, पर वे आकार में बड़े

होते हैं। बाद में द्वीपों की संख्या अधिक होती है, पर वे आकार छोटे होते हैं। युवावस्था के प्रारम्भ में तरंग अपरदन अति ही सक्रिय रहता है। अतः तट की चट्टानी संरचना की हर बारीकियों को तटीय स्वरूपों में स्पष्ट कर देता है। इसलिए प्रारम्भ से ही अति ही विषम तट और भी अधिक अनियमित और विषम हो जाता है।

तरंग अपरदन की प्रगति के साथ समुद्र तट में उच्छृंग, तरंग अपरदित वेदिका, पुलिन, तटीय स्तम्भ, मेहराब तथा द्वीपों का निर्माण होता है। इन आकृतियों इन स्थलाकृतियों का निर्माण अपरदन के ही कारण होता है। युवावस्था के पूर्वार्द्ध में तरंग अपरदित चबूतरों के निर्माण के बाद अन्तरीप तथा तट के उभरे भाग भी कट जाते हैं। तट पर पुलिन (Beach) एवं विभिन्न प्रकार के मुण्डेर निर्मित हो जाते हैं। समुद्री अपक्षरण एवं निक्षेप के द्वारा तरंग अपक्षरित वेदिका विस्तृत होती जाती है। कालक्रम से उक्त वेदिका की ढाल इस प्रकार संतुलित हो जाती है कि अपक्षरण और निक्षेप के बीच संतुलन स्थापित हो जाता है। इस अवस्था में कहीं-कहीं दूरस्थ मुण्डेर भी निर्मित होते हैं। अपक्षरण से प्राप्त एवं जमीन से आए मलबे के तट पर निक्षेप के द्वारा समुद्री अपक्षरण का प्रभाव घटता जाता है जिसके कारण किलश रेखा सीधी होती जाती है।

प्रौढ़ावस्था : नदियों के द्वारा मलबे को समुद्र में निक्षेपित करने से खाड़ियों का भराव होता रहता है। यह मलबा तट के पास कई नई भूआकृतियों के रूप में जमा होता है। इन निक्षेपों के द्वारा समुद्री अपरदन का प्रभाव घटता जाता है। तट के उभरे भागों के कट जाने तथा मुण्डेरों के निर्माण से पुलिन-रेखा लगभग सीधी हो जाती है। अपरदन से प्राप्त मलबा ऊर्मि अपरदित वेदिका के अग्र भाग में जमा होता है जिससे वेदिका में संतुलन की स्थिति बन जाती है अतः अपरदन और निक्षेप के बीच संतुलन स्थापित हो जाता है। इस अवस्था की प्राप्ति को संतुलित (प्रवणित) किलश रेखा कहते हैं। यह अवस्था नदी के जीवन में प्रवणित अनुदैर्ध्य ढाल के समान है। इस अवस्था में दो तट रेखाएँ होती हैं– (1) मुण्डेर द्वारा निर्मित और (2) तट द्वारा निर्मित। बीच के भाग में लैगून पाए जाते हैं। जो धीरे-धीरे निक्षेपों से भर जाते हैं। संतुलित तट रेखा की स्थापना तथा तट के उभरे भागों की खाड़ियों के शीर्ष भाग तक कट जाने पर प्रौढ़ावस्था की प्राप्ति हो जाती है। इस प्रकार संतुलित किलश रेखा एवं निमज्जित घाटियों का पूर्ण रूप से कटकर समाप्त हो जाना प्रौढ़ावस्था के मुख्य चिह्न हैं। इस अवस्था की प्राप्ति पर विभिन्न मुण्डेर और द्वीप कटकर समाप्त हो जाते हैं। उच्छृंग भी भूपृष्ठीय अपरदन

प्रक्रियाओं द्वारा समुद्री अपरदन द्वारा कटकर विखण्डित हो जाते हैं और उनकी ढाल मन्द हो जाती है। तट के एकदम सीधा हो जाने से समुद्री लहरों द्वारा अपरदन करना आसान हो जाता है। ऐसी स्थिति इटली के धुर दक्षिणी तट तथा दक्षिण-पूर्व इंग्लैण्ड में पाई जाती है। पर चट्टानों की अवरोधकता एवं संरचना में विभिन्नता के कारण अपरदन क्रिया तट में हर जगह समान रूप से नहीं होती।

वृद्धावस्था—इस अवस्था की प्राप्ति तक पूर्ववर्ती ऊँचे और तारतम्य उच्छृंग समुद्री अपरदन तथा भूपृष्ठीय अपरदन के द्वारा अति ही नीचे हो जाते हैं। स्थलीय अपरदन के दूत तट को लगभग समुद्र तल तक काट देते हैं। समुद्री अपरदन और निक्षेप द्वारा किलश की ढाल अत्यन्त ही मन्द हो जाती है। अतः तट एवं पुलिन दोनों स्थलों पर उच्चावचन अत्यन्त कम होता है। काट-छाँट की क्रिया चालू रहने पर सारा तट कटकर समुद्र में चला जाता है जिससे बड़े अपरदित समुद्री मैदान का निर्माण होता है। पर व्यावहारिक जीवन में ऐसे तट नहीं पाए जाते क्योंकि इस अवस्था की प्राप्ति के लिए दीर्घकालीन स्थिरता आवश्यक है।

उन्मग्न किलश रेखा (Shore line of emergence) और अपरदन चक्र : समुद्री किनारों पर हुए उत्थान क्रिया के फलस्वरूप उन्मग्न तट का निर्माण होता है। अतः उन्मग्न तट की प्रकृति उत्थापन के प्रकार पर निर्भर करती है। उत्थापन भ्रंशन के द्वारा होने पर अथवा उत्थापन के द्वारा पर्वत के निर्माण होने पर समुद्री तट खड़ी ढालों से युक्त तारतम्य एवं सीधा होता है और पुलिन में पानी की गहराई काफी होती है। इस अवस्था में उच्छृंग, मेहराब, तटीय स्तम्भ आदि का निर्माण होता है। ये आकृतियाँ निमग्न तट में ही निर्मित होती हैं परंतु इनसे दूरस्थ मुण्डेर का निर्माण नहीं होता। उत्तर युवावस्था में उच्छृंग स्पष्ट रहते हैं और इनकी ऊँचाई प्रारम्भिक तट के स्वरूप पर निर्भर करती है। बड़ी नदियाँ अपनी घाटी को समुद्र तल तक नीचा कर लेती हैं। लहरों द्वारा छोटी नदियों के कछारी पंख कटाव के कारण होने से जलोढ़ चट्टानें बनती हैं। जब तटरेखा उत्थापन के पूर्व की तटरेख के पास कटते-कटते पहुँच जाती है, तब प्रौढ़ावस्था की प्राप्ति हो जाती है। इस अवस्था की प्राप्ति तक उत्थापन द्वारा प्राप्त वेदिका पूर्ण रूप से कट जाती है। पर उन्मग्न तट सामान्यतः मन्द ढाल से युक्त होता है। इस प्रकार के तटीय मैदानों का निर्माण समुद्री अपरदन के कारण होता है। ऐसे उन्मग्न तट का उदाहरण केरल तट में पाया जाता है। मन्द ढाल से युक्त तट के उन्मग्न होने पर निर्मित होने वाली भूआकृतियाँ खड़ी ढाल से युक्त तट के उन्मग्न होने पर निर्मित होने

वाली भूआकृतियों से भिन्न होती हैं। उन्मज्जन के कारण समुद्र तट की चौड़ाई बढ़ जाती है। अतः नदियाँ नवोन्मज्जित तट में अपनी घाटी का निर्माण करती हैं। यही कारण है कि स्थलाकृतियों में परिवर्तन का क्रम प्रत्यक्ष या परोक्ष रूप से जारी रहता है।

प्रारम्भिक अवस्था—समुद्री अपरदन मैदानों का उत्थापन होने पर किलश रेखा (Shore line) सीधी और नियमित होती है। दक्षिण-पूर्व अर्जेण्टाइना का तट इसका उदाहरण है। लहरें सर्वप्रथम मन्द ढाल से युक्त तट को काटना प्रारम्भ करती हैं जिससे छोटे, अति ही कम ऊँचे उच्छृंगों का निर्माण होता है। बड़ी लहरें तट से दूर टकराती हैं। अतः असंगठित पदार्थों को लहरें आगे की ओर फेंक कर ढेर करती हैं। इससे दूरस्थ मुण्डेर का निर्माण होता है।

युवावस्था—ढाल तेज होने से लहरें भी काफी तीव्रता से टकराती हैं परिणामतः उच्छृंग का निर्माण होता है। अपरदन की प्रगति के साथ ये उच्छृंग पीछे की ओर हटते जाते हैं। इस क्रम में इनकी ऊँचाई बढ़ती जाती है। ढाल मन्द रहने पर उच्छृंग एवं दूरस्थ मुण्डेर-दो किलश रेखा प्रस्तुत करते हैं। दूरस्थ मुण्डेर के कारण आन्तरिक उच्छृंग कम कटते हैं। दूरस्थ मुण्डेर लैगूनों का निर्माण करते हैं; केरल एवं संयुक्त राज्य अमेरिका के पूर्वी तट में ऐसी स्थिति पाई जाती है। तटरेखा और दूरस्थ मुण्डेर के बीच के जलभाग को लैगून कहते हैं। यह देखने में छोटी झील की तरह दिखती हैं। ये लैगून जमीन की ओर से नदियों से प्राप्त मलबा तथा हवा के द्वारा उड़ाए गए बालू के जमा होने से भरते जाते हैं। कभी-कभी इनमें घासें उग आती हैं जिससे दलदल का निर्माण होता है।

समुद्री तट पर काफी दूर मुण्डेर का निर्माण आम घटना है। अतिही मन्द ढाल रहने पर बड़ी विनाशकारी लहरें तट से दूर ही टकाराती हैं जिससे बालू-कंकड़ पीछे तट की ओर फेंक दिए जाते हैं। इस क्रिया से बालू की ढेर ऊँची होती जाती है और दूरस्थ मुण्डेर का निर्माण होता है। इन मुण्डेरों में ज्वार लहर द्वारा पाए जाते हैं। ज्वार द्वारा उत्पन्न धाराओं के तेज रहने पर ये द्वार दीर्घकाल तक बने रहते हैं। दूरस्थ मुण्डेर अस्थायी रूप से समुद्र की ओर बढ़ते जाते हैं; पर प्रधान रूप से तट की ओर हटते हैं। जब ये काफी ऊँचे और विस्तृत हो जाते हैं, तब लहरें उन्हें उच्छृंगों के समान काटती हैं जिससे वे पीछे की ओर हटते जाते हैं। इस क्रम में वे प्रारम्भिक तट पर आ जाते हैं। जब उसके पीछे के लैगून एवं कच्छ समाप्त हो जाते हैं, तब माना जाता है कि प्रौढ़ावस्था आ गई है। दूरस्थ मुण्डेर का पूर्ण विकास युवावस्था की पहचान मानी जाती है।

जीर्णावस्था—इस अवस्था में लैगून, दूरस्थ, मुण्डेर, कच्छ, उच्छृंग आदि सबके सब नष्ट हो जाते हैं। प्रारम्भिक मन्द ढाल से युक्त तट कट कर काफी गहरा हो जाता है और उच्छृंग का निर्माण हो जाता है। तीव्र लहरें इन उच्छृंगों से टकराती हैं तथा उन्हें काटती हैं। प्रारम्भिक अनियमित तट के स्थान पर अब सीधी नियमित तटरेखा पाई जाती है। इटली के दक्षिणी-पूर्वी तट एवं न्यूजर्सी के लाँग ब्रांच उच्छृंग को प्रौढ़ावस्था में माना जाता है।

वृद्धावस्था—इस अवस्था में तटीय स्वरूप में कोई विशेष परिवर्तन नहीं आता। लहरों के प्रहार से पुराने उच्छृंग कटकर पीछे की ओर हटते जाते हैं। व्यावहारिक जगत में ऐसे तट शायद ही पाए जाते हैं।

तट रेखा और किलश रेखा का वर्गीकरण (Classification of Coast and shore lines)—तटरेखा और किलश रेखा का वर्गीकरण करना कठिन है। तटरेखा के विभाजन करने में सबसे अधिक कठिनाई इस बात से है कि कुछ लोग केवल किलश रेखा का वर्गीकरण प्रस्तुत करते हैं। इनका विविध स्वरूप भी इनके वर्गीकरण में कठिनाई प्रस्तुत करता है। तटरेखा की संरचनिक बनावट का किलश रेखा के स्वरूप पर प्रभाव पड़ता है। इसलिए पहले तटरेखा का वर्गीकरण प्रस्तुत किया जाएगा।

यदि हम विश्व की भौगोलिक संरचना को देखें तो हमें पता चलेगा कि महादेशीय तटों पर तटरेखाएँ प्रधानतः दो प्रकार की हैं। कुछ भागों में संरचनिक बनावट तटरेखा के समानान्तर विन्यस्त है और कुछ भागों में अनुप्रस्थ हैं। तटरेखा के साथ संराचानिक इकाइयों के विस्तार के विचार के आधार पर सुएस ने तटरेखा को दो वर्गों में विभक्त किया है। समांतर वलित पर्वत प्रशांत तुला तट की रेखा की विशेषता है। उत्तरी अमेरिका का रॉकी पर्वतमाला तथा दक्षिणी अमेरिका का एण्डिज पर्वतमाला प्रशान्त महासागर के पूर्वी तट पर स्थित हैं। प्रशान्त महासागर के पश्चिमी तट पर जापान तथा अन्य द्वीपों की नवीन वलित पर्वत शृंखलाएँ हैं। पर पश्चिमी तट पर सर्वत्र संराचनिक इकाइयाँ तटरेखा के समानान्तर नहीं हैं। अतः संराचनिक इकाइयों के समुद्र तट के समानान्तर विस्तार की सार्थकता पूर्वी एशिया के तट पर समाप्त हो जाती है।

जे. डब्ल्यू. ग्रिगरी ने इसके अध्ययन के लिए पश्चिमी प्रशान्त तट को प्रधान प्रशान्त तुल्य तट जो कमचटका द्वीप से प्रारम्भ होकर जापान, फिलीपीन और न्यूगिनी होकर न्यूजीलैण्ड तक जाता है और गौण प्रशान्त तुल्य में वर्गीकृत किया प्रधान प्रशान्त तट के पश्चिम में कई एक अधोगमित बेसिनें हैं। अतः यह तटरेखा

अधोगमित बेसिनों को आबद्ध करती है। दक्षिणी स्पेन, इटली, युगोस्लाविया तथा उत्तरी अफ्रीका तट भी प्रशान्त तुल्य तट के प्रमुख उदाहरण हैं।

तटरेखाओं की संरचना सभी क्षेत्रों में समान नहीं है। अतलांतक तुल्य तट में संराचनिक इकाइयाँ तटरेखा के अनुप्रस्थ हैं। तटरेखा का समीपस्थ स्थल से कोई सम्बन्ध नहीं है। इसके पृष्ठ प्रदेश में मैदान, पठार तथा अवशिष्ट पहाड़ पाए जाते हैं। अवरोधी और कमजोर चट्टानों द्वारा निर्मित होने के कारण कहीं-कहीं समुद्र स्थलखण्ड के भतिर घुसकर विस्तृत घाटियों तथा खड़ी ढाल से युक्त उच्छृंगों का निर्माण करता है। जिसके कारण रिया तटों का निर्माण भी अपरदन की प्रक्रिया के कारण ही होता है। न्यू इंग्लैंड, दक्षिण-पश्चिम आयरलैण्ड, उत्तर-पश्चिम स्पेन तथा फ्रांस का बुटेनी तट रिया तट है। शेष भागों में तटरेखा साधारणतः सीधी है। अतलांतक महासागर, हिन्द महासागर, आर्कटिक तथा अण्टार्टिक महासागरों के तट अतलांतक तुल्य तट हैं। बुशर इसे विसंगत तट तथा रिश हॉफेन अनुप्रस्थ तट कहते हैं।

रिश हॉफेन ने इस विषय में बताया हे कि—अनुदैर्ध्य तट-संराचनिक इकाइयों के समानानतर विन्यस्त, अनुप्रस्थ तट-संराचनिक इकाइयों को काटते फैले हुए तट, अधोगमित तट-अधोगमित बेसिनों का तट (यथा पश्चिमी भूमध्य सागरीय तट), संवर्ग तट-पठारों से आबद्ध तट यथा दक्षिणी और मध्य अफ्रीका, पूर्वी दक्षिणी अमेरिकी तट आदि) तथा जलोढ़ तट कम कम विरोध करने वाली अवसादी चट्टानों से बनता है। रिश हॉफेन के विभाजन के 1 और 3 सुएस के प्रशान्त सागर तुल्य तट के समान हैं तथा 2 और 4 उनके अतलांतक तट के समान हैं।

डी डब्ल्यू. जॉनसन जो समुद्री अपरदन के विशेषज्ञ हैं, केवल किलश रेखा (Shore line) का वर्गीकरण प्रस्तुत करते हैं । किलश रेखा के वर्गीकरण के दो आधार हो सकते हैं : भूआकृतिक और उत्पत्तिमूलक अर्थात् भूआकृति को आधार बना कर अथवा इसकी उत्पत्ति को आधार बना कर किलश रेखा के विभाजन के भूआकृतिक आधार के तटरेखा की प्रकृति का सही ज्ञान प्राप्त नहीं होता। अतः जॉनसन तटरेखा की उत्पत्ति के आधार पर उनका विभाजन प्रस्तुत करते हैं। किलश रेखा की उत्पत्ति मूलक विभाजन के दो आधार हैं : समुद्र तट का प्रारम्भिक स्वरूप तथा भूसंचलन का स्वरूप जिसके द्वारा वर्तमान तल निश्चित हुआ है। यदि समुद्र तट छिन्न-भिन्न तथा कटा-छँटा है, तो इस अवस्था में किलश रेखा का किलश रेखा अनेक स्थानों से टूटी-फूटी और तेज ढाल वाली दिखाई देगी। इसके विपरीत समुद्र तल के समतल तथा मलबे से ढका रहने पर किलश रेखा का स्वरूप समढाल से युक्त होता है। इसी

आधार पर डेविस ने सर्वप्रथम किलशरेखा का विभाजन निम्न प्रकार किया था : उन्मग्न किलश रेखा तथा निमग्न किलश रेखा। उत्पत्ति के आधार पर भूवैज्ञानिक जॉनसन किलशरेखा का विभाजन निम्न प्रकार करते हैं : (क) उन्मग्न किलशरेखा, (ख) निमग्न किलशरेखा, (ग) तटस्थ (Neutral) किलश रेखा और (घ) संश्लिष्ट किलशरेखा। उन्मग्न किलश रेखा समुद्र के वितल के ऊँचा उठने से निर्मित होती है। निमग्न किलशरेखा समुद्र तट के नीचे धँसने से निर्मित होती है, बिना समुद्र तल में परिवर्तन हुए निर्मित तट को तटस्थ किलशरेखा कहते हैं। संश्लिष्ट किलश रेखा में जिसके बारे में ऊपर बताया गया है में से दो या अधिक प्रकार की किलश रेखाओं की विशेषताएँ एक साथ पाई जाती हैं। जॉनसन निमग्न किलश को दो उप भागों में बाँटते हैं (क) रिया किलश रेखा जो भूपृष्ठीय अपरदन के द्वारा काफी काट-छाँट हुए क्षेत्रों के आंशिक निमज्जन के द्वारा निर्मित होते हैं, तथा (ख) फियर्ड किलश रेखा जो हिमरदित घाटियों के आँशिक निमज्जन द्वारा निर्मित होते हैं। न्यूट्रल किलश रेखा के अधीन जॉनसन ने छः प्रकार के समुद्री तटों को रखा है। डेल्टा किलश रेखा, जलोढ़ मैदान किलश रेखा, अपक्षेप मैदान किलशरेखा ज्वालामुखी किलश रेखा, प्रवाली किलश रेखा तथा भ्रंश किलश रेखा।

जॉनसन द्वारा प्रस्तुत यह किलश रेखा का विभाजन उत्पत्ति अनुसार विभाजन है तथा तटों के आधुनिकतम भौगर्भिक इतिहास पर आधारित है। इसमें समुद्र तट के मूल भूरूप तथा उन्मज्जन-निमज्जन प्रस्तुत करने वाले समुद्र तल में हुए परिवर्तनों का विचार किया गया है। अतः यह किलश रेखा का एक उत्तम विभाजन है। इस वर्गीकरण की पुष्टि करते हुए ल्यूक ने निम्नलिखित तर्क दिया :

(1) यह विभाजन पूर्ववर्ती अनियमित विभाजनों को व्यवस्था प्रदान कर नियमबद्ध बनाता हैं।

(2) यह विभाजन, सरल, पूर्ण और उत्पत्तिमूलक है तथा

(3) इसे सुगमतापूर्वक लागू किया जा सकता है।

जॉनसन के वर्गीकरण के विपरीत शेपार्ड ने निम्नवत् तर्क दिया–

संसार के सभी समुद्री तटों में उन्मज्जन एवं निमज्जन के चिह्न पाए जाते हैं। अतः जॉनसन के अनुसार सभी तट संश्लिष्ट तट हैं। प्लिस्टोसीन हिमयुग की समाप्ति पर सामान्य रूप से समुद्र तल ऊँचा उठा है जिससे सारे समुद्री तट प्रभावित हुए हैं। अन्तर-हिमानीकाल में समुद्र तल आज के समुद्र तल की अपेक्षा ऊँचा था। अतः अपेक्षाकृत स्थायी तटों में इस अधिक ऊँचे तटरेखा के चिह्न पाए जाते हैं।

डेल्टा किलश रेखा को जॉनसन ने तटस्थ किलश रेखा माना है। पर बहुत से

डेल्टा क्षेत्र समुद्र तल में बिना परिवर्तन हुए ही अधोगमित हुए हैं यथा मिसिसिपी का डेल्टा।

जॉनसन दूरस्थ मुण्डेर को उन्मग्न तट की प्रधान विशेषता के रूप में मानते हैं पर प्लिस्टोसीन हिमयुग की समाप्ति पर समुद्र तल के ऊँचा उठने के साथ दूरस्थ मुण्डेर टेक्सास के तट पर निर्मित होते पाए गए हैं। स्थिर तटों के पास भी ये कुछ ही वर्षों में निर्मित हो जाते हैं।

शेपार्ड की उक्त आलोचना को अतार्किक बताते हुए जॉनसन ने बतलाया कि उन्मग्न तट के वर्गीकरण का प्रधान आधार दूरस्थ मुण्डेर को नहीं मानते हैं। उन्होंने कभी नहीं स्वीकार किया है कि दूरस्थ मुण्डेर केवल उन्मग्न तट पर ही पाए जाते हैं। इसी प्रकार किलश रेखा के सीधापन को उनमज्जन का आधार मानना गलत है क्योंकि लहरों द्वारा काट-छाँट से भी किलश रेखाएँ सीधी हो जाती हैं। यह केवल पुलिन रेखा का विभाजन है।

शेपार्ड ने तटरेखा और किलश रेखा दोनों का सम्मिलित विभाजन प्रस्तुत किया है। समुद्री अपरदन के प्रभाव की अनुपस्थिति अथवा उपस्थिति के आधार पर वे समुद्री तटों को प्रधान तट एवं किलश रेखा जहाँ समुद्र तट के भूरूप का निर्माण भूपृष्ठीय अपरदन के दूतों के द्वारा होता है न कि समुद्री अपरदन द्वारा, तथा गौण समुद्रतट एवं किलश रेखा-ऐसे तटों का निर्माण समुद्री अपरदन प्रक्रिया एवं समुद्री जीवों के निक्षेप द्वारा होता है में वर्गीकृत किया गया है। ऐसे तट निर्माण के पूर्व प्रधान तट के रूप में रह सकते हैं। इनके उपविभागों का आधार समुद्र तट के निर्माण की प्रक्रिया विशेष है। अधिकतर तट ऐसे हैं जहाँ एक समान इस प्रकार की प्रक्रियाएं चलती रहती हैं। शेपार्ड का विभाजन निम्नांकित है–

1. प्रधान तट एवं किलशरेखा

(क) भूपृष्ठीय अपरदन तट–भूपृष्ठीय अपरदन प्रक्रियाओं द्वारा निर्मित तथा समुद्र तल के ऊँचा उठने या अधोगमन के कारण निमज्जित तट-निमज्जित नदी घाटियाँ तथा निमज्जित हिमरदित तट। इस प्रकार के तट पर अनेक द्वीप पाए जाते हैं तथा खाड़ियों की आकृति U–आकार की होती है। इनके किनारे सीधे तथा लगभग समानान्तर होते हैं। इसमें फियर्ड तट सम्मिलित हैं।

निमज्जित कार्स्ट क्षेत्र खाड़ियों में गोल आकृति के समान गर्त पाए जाते हैं। जो निमज्जित अवतरण गर्त प्रतीत होते हैं–

(ख) भूपृष्ठीय निक्षेप तट–ये तट भूतल पर हुए विभिन्न प्रकार के निक्षेपों के द्वारा निर्मित होते हैं। इनके निम्नांकित उप विभाग हैं।